深圳新文学大系

『非虚构写作』卷

Non-fiction Writing

孙民乐 | 主编

海天出版社
·深圳·

图书在版编目（CIP）数据

深圳新文学大系．“非虚构写作”卷 / 孙民乐主编．—
深圳 : 海天出版社，2020.8
ISBN 978-7-5507-2914-8

Ⅰ．①深… Ⅱ．①孙… Ⅲ．①中国文学－当代文学－
作品综合集－深圳 Ⅳ．① I218.653

中国版本图书馆 CIP 数据核字（2020）第 085011 号

深圳新文学大系：“非虚构写作”卷
SHENZHEN XINWENXUE DAXI：“ FEI XUGOU XIEZUO” JUAN

出 品 人：聂雄前
策划编辑：魏甫华
特约编辑：刘秋香
责任编辑：刘 婷 张 梅
责任校对：叶 果
责任技编：梁立新
封面设计：思 绪

出版发行：海天出版社
地 址：深圳市彩田南路海天综合大厦（518033）
网 址：www.htph.com.cn
订购电话：0755-83460239（邮购、团购）
排版制作：深圳市书都出版有限公司
印 刷：深圳市希望印务有限公司
开 本：787mm×1092mm 1/16
印 张：29
字 数：538 千
版 次：2020 年 8 月第 1 版
印 次：2020 年 8 月第 1 次
定 价：78.00 元

目 录
contents

导言

作品

评论

“非虚构写作”：从“特区报告”到“城市写真”

孙民乐

近年来中国文学的一个引人注目的话题，是“非虚构写作”的兴起。继《人民文学》首倡“非虚构文学”，各种以“非虚构”为名的作品和作家大量涌现，“非虚构写作”开始快速蚕食和吞并原来由“虚构文学”占有的领地，刷新着我们对“文学”的定义和理解。当众多的批评家都将目光聚焦于高举“非虚构文学”大旗的《人民文学》以及在它的理论推动之下当红一时的几位“非虚构”作家时，可能很少有人会意识到，这股席卷当代中国文坛的文学潮流的一个重要源头其实是在深圳。2008 年，由深圳作家李兰妮创作的《旷野无人：一个抑郁症患者的精神档案》，可以说是当代中国最早，或者确切地说，是与目前我们所想象的“非虚构文学”最为相符的作品。

《旷野无人》是第一份由中国抑郁症患者提供的病状记录，也是一部罕见的真实呈现抑郁症患者精神历程的纪实性作品。该书由“认知日记”“随笔”“链接”和“补白”四部分构成，分别从抑郁症患者、文学作者、旁观者与读者等多个视角全面地复现了抑郁症的病状和治疗全过程，并且溯及抑郁症患者的成长历程、家族历史以及相关的社会历史和文化背景。它以“疾病”为视角，观察诊断城市化进程的问题和症结，暴露时代的浮躁、迷狂给人们带来的心灵危机。早在新近一轮的“非虚构写作”热潮到来之前，作家陈建功就曾敏锐地指出，《旷野无人》“再次刷新了我们对中国当代文学非虚构作品的认识，同时也使这类作品有了一个新的标杆”。①

《旷野无人》的出现，不仅意味着中国文坛一个卓越的“非虚构”文本的诞生，向我们展示了从传统的“报告文学”到已占据当代西方文坛半壁江山的“非虚构写作”的起承转合，更重要的是，它标志着深圳纪实叙事由“特区报告”向“城

① 《〈旷野无人〉对当代文学的开拓性贡献——李兰妮长篇自传体散文〈旷野无人〉学术研讨会综述》，见 http://www.chinawriter.com.cn/2009/2009-04-03/30576.html。

市写真”的成功转换，再现了中国城市文化政治功能的深刻变迁。城市化语境中的矛盾和问题、城市生活的经验，由此获得了全新的艺术表现方式。

一

“非虚构文学”闯入中国当代文学界和阅读界视野的过程是颇富戏剧性的，它先是对“报告文学”这只纪实性写作的“恐龙”展开攻击，随后又向小说的“虚构”发起挑战。虽然至今难见其真容，但它开疆拓土的劲头已让中国文学的固有版图显得有些迷离漫漶。作为新世纪文学场上的一颗新星，它的身上不可避免地粘带着商业文化背景下的复杂气息，在它的文学潜能被人们一再高估的同时，纷纷涌现的“非虚构写作”平台背后也晃动着各种来路不明的资本的身影。无论如何，“非虚构写作”的到来已确定无疑，如同它的主要倡导者李敬泽所说，它已打破文坛的宁静，把人们又一次带回文学写作的起点，迫使人们去“重新思考写作的一些基本问题”。[①]早在2003年，“报告文学”作家邓贤的纪实作品《中国知青终结》在《当代》杂志刊发，编者的一则按语牵出了“报告文学”写作中“报告”与“文学”两相冲突的议题，这个话题引起了批评家的注意，并在稍后迅速演化成为一种较为激烈的“报告文学衰亡论”。人们似乎猛然间发现，报告＋文学，这个在中国畅行了半个多世纪的文学样式原来存在致命的缺陷。在一篇题为《报告文学的枯竭和文坛的“青春崇拜”》的短论中，李敬泽直接指出，“报告文学”“在叙事伦理上是不成立的”。因为“任何一种文体都预设着作者、作品、读者之间久经考验的伦理关系”，而“报告文学”则试图兼跨“新闻”和“文学”两个界域，“既承诺客观的‘真实’，又想得到虚构的豁免”。他以邓贤的《中国知青终结》为例，分析了“享有超越伦理的叙事特权”的“报告文学”对事实和人物的“侵害”：

> 当一个写作者无所顾忌地代替曾经活着和正在活着的人们说出“他怎么想”“他怎么感受”时，他对那些有名有姓的人是粗暴的；当他把自己放到作品中去，到处抒情、到处议论、到处进行诗化描写时，他对作品表达的那个世界也是粗暴的，好像仅仅因为他是作者而且“文

① 陈祥蕉：《李敬泽：“非虚构”正向“小说”发起挑战》，《南方日报》2013年8月16日。

学”，他掌握着说话的权力，他就可以随意逾越他和事物之间的天然边界。①

因此，这种“有违叙事伦理”的文学样式诞生于有局限的历史环境，已经不能适应当今的时代和社会变化。

> 与小说、诗不同，报告文学没有深广的传统根基，它是中国现代化进程因缘际会的结果：既“报告”又“文学”，这是一种权宜之计，在大众传媒和公共知识分子缺席、稚弱的情况下，文学家以个人勇气充当“真实”“思想”“正义”的守护者，直接参与确定公众议题。但事到如今，已经水落石出：文学家不是向公众提供事实的记者，也不是向公众提供知识的专家，他们的“报告”不能满足我们，就像他们的“文学”不能满足我们一样。②

李敬泽承认，“报告文学”在20世纪中国文学史上确曾“有过强健的生命”，但在一个“急剧变化的社会和文化生态中”，文学家的“个人勇气”及其所扮演的“守护者”角色都失去了存在的根基。在当今的环境下，“报告文学”已经沦为“歌功颂德的赞助文学和无法查证的匿名隐私文学”，并因此也终将走向最终衰亡之路。在该文末尾，李敬泽顺带引出了一个可以为纪实性写作救焚拯溺的概念——“非虚构写作”。

> 如果邓贤专注于认识、理解而不那么放纵地自我表现，如果他充分意识到认识的难度和限度而不强求小说式的完整，如果他为自己确立严谨的叙事伦理并在此范围内精确施用他的文学才能，那么，它本来会成为一部具有真正价值的作品，它将忠直地保存濒临遗忘的记忆，使中国历史、中国人的经验中某些偏僻的成分进入我们的视野……
>
> 当然，这样的作品不是报告文学，它可能有一个突出强调伦理界限的名称：“非虚构作品”。③

在李敬泽对纪实性写作的想象中，“有真正价值的作品”应该“忠直”地保存记忆，并且让“经验中某些偏僻的成分进入我们的视野”。这个说法提示

①②③ 李敬泽：《报告文学的枯竭和文坛的“青春崇拜”》，《南方周末》2003年10月30日。

了文类论辩背后的文化政治，可以说它直接道出了“报告文学”在当代社会文化语境中“枯竭”的根由。

“报告文学”确实不会关注“经验中某些偏僻的成分”，中国的“报告文学”尤其如此，这既与其诞生时的历史条件有关，也与其在特定历史环境中形成的写作理念相关。但在“历史化”的视域中，“报告文学”显然不是什么“权宜之计”，不是一种勉为其难的写作形式。它脱胎于“近代工业社会”的语境，并从现代性话语的激进政治想象中汲取了无限的写作活力，它从属于以改变普遍“受压迫的境遇”为诉求的“解放的政治”，①追求的是“大写”的真实，即基于特定的政治立场和历史意识所把握到的社会性真实。正如捷克报告文学家基希所言，“报告文学”是一个立誓为社会进步清障的“危险的文学样式”，它的叙事合法性来源于它愿意为之效命的现代政治传统。

“报告文学”的兴起与发展与新兴的无产阶级登上世界历史舞台有密切的关系，或者反过来说，它正是在无产阶级的政治斗争和文化斗争中才找到了充分发展的机遇。在赤潮涌动的1930年代，它带着鲜明的政治倾向勇敢冲杀，揭发社会罪恶，反抗阶级压迫，被国际左翼文学界当成实现其社会政治理想的文学利器。这一过程深刻地塑造了“报告文学”的精神性格以及观察世界的眼光，以基希为代表的左翼报告文学家们的理论和实践，自觉地把写作的目标牢固地与“社会主义”事业联系在一起，突出强调“报告文学”的阶级立场和“战斗”作用，强调用“辩证唯物论的方法”来处理和反映“事实”。正如日本作家川口浩所说，基希本人的作品“充满了强烈的申诉（appeal）的力量，他将读者渐渐地带向了社会主义的方向”。这种具有鲜明政治风格的“报告文学”产生过重大的国际影响，也形塑了中国“报告文学”的观念。

从左翼文学界引入这个文学样式以来，中国的“报告文学”写作一直把自己深深嵌入时代的政治诉求之中，它随着时代和社会情势的变化，“一方面满腔热情地支持着生活中的先进力量，另一方面愤怒地鞭笞那隐蔽在生活的角落里的落后事物”，努力在“新闻性”“文学性”“政论性”之间寻找平衡。在现代中国，它曾在启蒙与革命的现代转换之际为现代性的社会工程呼风唤雨，它以尖锐的对抗性姿态，擿伏发隐，暴露被权力掩盖的社会真相，为“新世界”的创生埋下了伏笔；在当代中国，它讴歌新时代，展现新人、新事、新观念，在询唤社会主义主体的国家使命中履行了文学的职责；同样，在“新时期”的思想解放和改革开

① [英] 安东尼·吉登斯：《现代性与自我认同：现代晚期的自我与社会》，赵旭东、方文译，生活·读书·新知三联书店1998年版，第247—251页。

放的进程中，“报告文学”更曾以其持续的“轰动效应”为中国的现代化实践鸣锣开道。中国“报告文学”的发展道路及其兴衰起落，始终与时代的风云变化相对应，并在不同的历史时期形成了各具特点的主题和风格。曾有研究者根据“报告文学”在20世纪中国的“三次浪潮”，概括出三个主导类型：“救亡型”（1930年代）、“建设型”（1950年代）和“改革型”（1980年代）。①这个概括虽不能曲尽其致，却也大略反映了中国“报告文学”的历史作用及其“叙事伦理”成立的理据。

然而，“报告文学”的“死亡推论”虽不无过激之处，但作为一种话语策略，其间确实包含着批评的睿智，它跳出了长期以来有关“报告文学”的“低迷”“困境”的种种模棱两可的诊断，以敏锐的批评触觉直击当下“报告文学”写作的痛点，拨开纷纭迷雾，揭露出文类兴衰背后的文化政治动因。

自1980年代末以来，“报告文学”这个在中国现代化进程中屡经淬炼的文学样式，确实遭遇了前所未有的挑战，而且在所谓“全景式”“学术化”的多方尝试之后，始终未能重振昔日雄风。面对社会转型过程中日渐分化的社群和种种分裂的社会事象，它无可挽回地失去了往日习以为常的“轰动效应”。高度发达的现代媒体蚕食了它固有的领地，社会民主意识的觉醒更使“报告文学”作家“代言者”身份的合法性受到普遍质疑，曾经赋予“报告文学”“强健生命”的众多因素在新的时代语境里似乎已依稀难辨。在这样的背景之下，一部分“报告文学”作品果然沦为“歌功颂德的赞助文学和无法查证的匿名隐私文学”。

也正是在上述情况之下，“报告文学”的“文体症结”“身份尴尬”迅速蹿升为一个流行的批评主题，在用学术的或准学术的语言编制出来的连篇累牍的讣告里，“报告文学”一次又一次地在“尴尬”中死去。②其实，对于“文体”的指责乃至宣判，只不过是一种迂曲的说法，其表达的真正含义无非是对某种“宣教”化了的“报告文学”的不满。正如评论家雷达在分析倡导“非虚构写作”的意义时所暗示的那样，“报告文学”写作的模式化已经堵塞了“抵达真实”的道路。

事实上，非虚构倡导者和部分写作者对于这一概念本身包孕的内涵已有较为清醒的自觉。他们以较为清晰的口号和栏目标举“见证

① 龚举善：《20世纪中国报告文学的三次浪潮》，《文艺理论与批评》2000年第2期。
② 参见黄浩、黄凡中：《报告文学：文体的时代尴尬——对报告文学“生存艰难”的本体质疑》，《北方论丛》2009年第1期；吴俊：《也说“报告文学”身份的尴尬》，《文汇报》2004年1月18日。

者”“亲历者”“记录者”的身份，以免陷入与其他文类的纠缠，认为与传统文学纯粹“虚构”的区别在于，非虚构也是一种抵达真实的方式；它与以“重大事件”为中心的新闻式的写作和以“时代报告”重大题材为主的“报告文学”之间的差异在于，非虚构以突出的个体眼光，发现、见证、记录那些被时代洪流所遮蔽的暗流涌动。……

总之，渴求真实的诉求反映在文学上，便是当下中国文学非虚构写作勃兴的真实动因。①

在“报告文学”渐失人气的同时，在对于纪实类写作的想象中，“非虚构写作”逐渐成为具有竞争力的选项。自2006年以来，《中国作家》《钟山》《厦门文学》《上海文学》《天涯》《广州文艺》《山花》《延安文学》等期刊先后开设了具有“非虚构写作”含义的作品专栏。但这些期刊都没有正面触碰“非虚构写作”概念的理论内涵，只是为一些文类身份相对含混的作品提供了一个笼统的称谓。2010年2月，《人民文学》也开始设置“非虚构”专栏，并紧接着在同年10月高调推出了“人民大地·行动者”非虚构写作计划。时任《人民文学》主编李敬泽在每期专栏中的“留言”对“非虚构”的写作与批评构成了持续的刺激，把注意力指向“非虚构写作”概念的辨析和建构。李敬泽对“非虚构写作”的最初定位仍然是以“报告文学”和当代的“纪实文学”为参照的。他认为，纪实作品的通病是写作主体的膨胀，纪实作品的作家常常在作品中颐指气使，违规越界。与之相反，“非虚构作品的根本伦理应该是：努力看清事物与人心，对复杂混沌的经验作出精确的表达和命名”。类似的看法也体现于“人民大地·行动者”写作计划所提出的“非虚构写作”“宗旨”中，这些观点基本反映了中国文学界对“非虚构作品”的理解与想象，并在很大程度上塑造了目下“非虚构写作”的主要理念：

以“吾土吾民”的情怀，以各种非虚构的体裁和方式，深度表现社会生活的各个领域和层面，表现中国人在此时代丰富多样的经验。

……要求作者对真实的忠诚，要求作品具有较高的文学品质。

……特别注重作者的“行动”和“在场”，鼓励对特定现象、事件的深入考察和体验。②

---

① 雷达：《漫说“非虚构”》，《文艺报》2015年8月5日。
② 人民文学杂志社：《“人民大地·行动者”非虚构写作计划启事》，《人民文学》2010年第12期。

《人民文学》的“非虚构”专栏和“人民大地·行动者”非虚构写作计划推出之后，“非虚构”概念逐渐趋热，吸引了为数不少的作家、批评家和学者的关注，不但进一步扩大了这个概念的影响，也带动了文学批评和相关的文学研究。《人民文学》刊登的多部作品，如梁鸿的《中国在梁庄》《出梁庄记》、慕容雪村的《中国，少了一味药》、李娟的“羊道”系列等，也获得了比较大的社会反响。与此同时，上海译文出版社“译文纪实”系列引进的彼得·海勒斯（何伟）的《寻路中国》、张彤禾的《打工女孩》等由外国记者撰写的“非虚构作品”，更起到了推动作用，使“非虚构作品”这个概念逐渐成为大众阅读市场上的一个响亮品牌。

就目前来看，大部分“非虚构作品”普遍表现了“关注现实”的高涨热情，也多有一些实地调查（考察和体验）的含量，其中一些比较有影响力的作品从不同角度触及了中国城市化进程或者说是社会转型中的诸多问题，比如农村的衰败和农民的命运（梁鸿《中国在梁庄》《出梁庄记》）、进城务工（萧相风《词典：南方工业生活》、丁燕《工厂女孩》）、传销（慕容雪村《中国，少了一味药》）、拆迁（乔叶《盖楼记》《拆楼记》）、自杀现象与农民的处境（孙惠芬《生死十日谈》），等等。这些作品的共同特点在于，它们都不同程度地突破了中国原有的纪实文学规范，突出了“在场性”和个人视角，显示出写作者“求真”的态度。

纪实性写作本来是与社会变化和时代气候联系最密切的一个写作品种，但它也常常是形式变革压力最小的一个写作样式，因为不加反省的“真实”观常常使之忽略甚至无视文类传统在形式和观念上对于现实呈现过程的遮蔽作用。可是，1990年代以后，尤其是进入21世纪以来，随着中国城市化进程的加速和新的媒介环境的形成，中国社会的生活方式和价值观念都发生了巨大而深刻的变化，文学观念、知识风尚和阅读趣味也随之快速更新，在这一背景下，“真实”越来越成为一个有争议的问题。“报告文学”所提供的“政论化”或整一性的“真实”以及它的“代言”姿态，也由此充分暴露了自身潜在的症结。因此，可以说围绕“报告文学”和“非虚构写作”这两个概念先后展开的论辩，以及与这两个概念相对应的两种写作样式的一衰一兴、一枯一荣，比较典型地体现了当代文学和文化观念的变化特征。就观念波动的幅度以及冲突的性质来说，发生在纪实性写作领域的这场变化，与1980年代上半叶的“第三代诗”和1980年代下半叶的“新写实小说”与“新历史小说”所体现的变化极为相似，它们都动摇了自现代启蒙文学以来逐步确立的写作范式和文学价值观念。

詹明信在《晚期资本主义的文化逻辑》中曾说：“艺术作品（包括大众文

化产品）的形式本身是我们观察和思考社会条件和社会形势的一个场合。有时在这个场合，人们能比在日常生活和历史的偶发事件中更贴切地考察具体的社会语境。”①“报告文学”的形式“危机”以及“非虚构写作”的出现，似乎从一个相反的方向为詹明信的上述观点提供了一个例证。也就是说，中国当代社会的急剧转型以及现代性语境的复杂性使“真实”变成了一个分裂的图像，原有的文学纪实“形式”已经无法呈现这个复杂的“社会语境”，而“非虚构写作”为文学应对这种变化提供了一种形式上的选择，与此同时，当下的“社会条件”与“社会形势”也更为有效和深入地浸入了这种应时而来的新形式之中。

事实上，对于当代的中国读书界来说，“非虚构写作”早已不是一个陌生的名字。董鼎山在1979年第2期《读书》杂志发表的《美国1978年度最佳畅销书》一文中，就介绍了“非虚构”在美国出版物中的地位。1980年，他又在《读书》上发表了《所谓“非虚构小说”》，对美国“非虚构小说”的历史背景和创作情况做了全面的介绍。该文在述及卡波特的《冷血》、梅勒的《刽子手之歌》《夜幕下的大军》等作品之后，还将这一路创作与中国的“报告文学”做了简单的类比，依那一时期的眼光，他在两者之间更多地看到的是写作精神的相似性。1988年，约翰·霍洛韦尔《非虚构小说的写作》一书的中文版问世，译者仲大军在前言里也认为“非虚构”（Nonfiction）接近于中国的“纪实文学”，他还同时指出，“写作现象是与社会生活和时代内容密切相关的”，“非虚构文学作品的激增，标志着人类写作活动的一重大转变，即从传统的艺术虚构写作转向现代的纪实写作。维多利亚时代的小说写作方法已难反映当代这个繁杂快节奏的世界了。真实生活的生动性有时超过了虚构故事的魅力……”这位译者还做了更细致的分析，他认为中国当时的情况与美国1960年代的情况颇为类似，因此，中国的小说家们也应该思索“寻找一个什么样的、更好地反映这个时代的写作方式”。②今天看来，这位译者颇有先见之明，但这类表述的意义也只有在讨论“非虚构”问题的语境中才能得到确认。

“非虚构”是一个具有很大弹性的写作范畴，它侵蚀了文类的边界，以反向定位的方式重新区划了写作的场域，也在很大程度上让文学写作从形式传统的制约中得到了“解放”。这次写作“革命”发生于1960年代美国的“反文化”运动背景之下，并对美国文学格局产生了深远的影响。美国非虚构小说家

① [美]詹明信：《晚期资本主义的文化逻辑：詹明信批评理论文选》，张旭东编，陈清侨等译，生活·读书·新知三联书店、牛津大学出版社1997年版，第13页。
② [美]约翰·霍洛韦尔：《非虚构小说的写作》，仲大军、周友皋译，春风文艺出版社1988年版，第1—3页。

汤姆·沃尔夫曾说："早在1960年代中期，作为新闻作品的《冷血》的问世，就被誉为'美国当代文学的分水岭'，其所引发的非虚构写作热潮经久不衰。"沃尔夫以他所谓的"罗斯之叹"来解释"非虚构写作"的崛起，他说："我们现在生活在这样一个年代里，任何小说家的想象力，在次日早上的报纸面前都备显无力。"①他的意思是说，在世界的变化超出了文学想象力的时候，"非虚构写作"应运走上了文坛。他从小说家的视角解释了"非虚构写作"勃兴的原因，但这显然只是问题的一个方面。

"非虚构写作"在美国的兴起和发展有着更为复杂和深刻的原因，它是在1960年代美国城市化语境中形成的文化态度和文学观念所选择的一种形式寄托，并且一直在随着时代环境的变化进行着不断的调整。在"疯狂的、下流的、喧嚣的、财神面孔的、渗透毒品的、恐怖的、色欲横流的60年代"，越战、太空探索、政治暗杀把美国带入了一个喧嚣混乱的时代，面对社会的动荡多变以及电视媒体的冲击，传统、守旧的新闻模式已经无法呈现复杂的生活事件，"新新闻主义"实践应运而生，它以深入的报道、生动的描绘与新兴的电视新闻抢夺着占有"真实"的权力。"非虚构写作"既是"新新闻主义"观念的衍生品，又是新的文化观念的承载者，它"跨界"使用了新闻、电影和文学的技巧，合成了一种"不似小说，胜似小说"的文学形式。"非虚构作品"之所以能够广受批评界和读者的欢迎，究其实质，是因为它对处于变化中的复杂现实具有回应的能力。在"剧变"发生的年代里，"各种时髦事物来去匆匆，掠过社会的表面，然后销声匿迹……但是变化莫测的时髦事物中却蕴藏着社会情感、道德观念和政治气氛的深刻变革的线索，这些变革将会影响最偏远的社会角落"。②电视新闻取代了报纸、画报和新闻纪录片，成为对"现实"的权威的呈现者和解释者，而与此同时，《纽约时报》等重要的传统媒体还在全神贯注于国内、国际政治，"对在国内将它团团包围的都市世界不屑一顾"。"非虚构作品"，或者说是"新新闻主义"的纪实文学作品，正是在此时成为新闻界和文学界的"时尚"，它以解释性报道、调查性报道、新新闻报道等写作"新品种"参与着对"现实"的记录、塑造和解释。值得注意的是，深度介入"非虚构写作"实践的《村声》（*The Village Voice*）、《滚石》（*Rolling Stone*）、《纽约》（*New York*）和《老爷》（*Esquire*）等杂志，都是以城市生活和城市文化为关注重心的，从某种意义上说，"非虚构写作"与现代城市经验有着重要的关联，

① [美] 汤姆·沃尔夫：《非虚构的情感内核》，《文学报》2016年1月28日。
② [美]MORRIS DICKSTEIN：《伊甸园之门——六十年代美国文化》，方晓光译，上海外语教育出版社1985年版，第129页。

沃尔夫所说的比任何政治事件都更为关键地改变了国家形象的"风俗、道德、生活方式和对世界的态度"，分明是指向以城市为主要背景和载体的现代生活方式。诺曼·梅勒让自己"作为一个中心人物而出现，成为一个对各种事件进行筛选的个人反应器"，也正是因为城市的媒体环境"造就了一片模糊的森林，挡住了历史学家的视线"。[①]他的《夜幕下的大军》以"作为历史的小说，作为小说的历史"为副标题，揭示了"历史与小说，现实与想象，写实与虚构之间有着深层的辩证关系"，该书的书名取自马修·阿诺德的《多佛海滩》(*Dover Beach*) 一诗，暗示了在信仰的海潮退去之后的城市世界里"现实感"与"历史感"的可能性来源与形态。

美国"非虚构写作"与城市经验和城市视野的这种关联拉近了它与城市大众的距离，"非虚构作品"也因此成为美国社会阅读的主要对象，并在大众图书市场占据了最大的份额。在美国国家图书奖和普利策奖这两个最重要的美国文学奖中，"非虚构类"奖项不仅具有重要地位，而且是最受人关注的奖项之一，它们既有文学写作的参照意义，也在一定程度上参与塑造了人们对于"现实"的感知与判断。甚至可以说，获奖作品成了感应时代变化与当下具有普遍性的社会问题的风向标。比如最近数年获奖作品的主题几乎都聚焦于环境与公共健康、城市化进程与贫困等问题，这正是当今世界正在共同面对的难题。在2011年至2015年间，有三部以环境和人类健康为主题的作品先后获得普利策"非虚构类"奖项。2011年的获奖作品《众病之王：癌症传》(*The Emperor of All Maladies: A Biography of Cancer*) 出自印度裔美国医生、科学家悉达多·穆克吉 (Siddhartha Mukherjee) 之手，他以翔实的历史资料、专业文献、媒体报道以及患者专访等众多信息，叙述了癌症的起源与发展，以及人类对抗癌症、预防癌症的斗争史，作品借由医学、文化、社会、政治等视角呈现了这种越来越高发的现代疾病的社会情境；在2014年的获奖作品《汤姆斯河：一个美国"癌症村"的故事》(*Toms River: A Story of Science and Salvation*) 中，美国著名环境记者丹·费金 (Dan Fagin) 讲述了1960年代至1980年代在环境运动进行得如火如荼的美国发生的一个后果悲惨的环境污染事件；2015年普利策的"非虚构类"奖项颁给了《纽约客》记者伊丽莎白·科尔伯特 (Elizabeth Kolbert) 的《大灭绝时代：一部反常的自然史》(*The Sixth Extinction: An Unnatural History*)，该书通过十三个故事显示了在我们这个时代乃至发生在我们身边的物种灭绝现象。

---

① Norman Mailer, The Armies of the Night: History as a Novel, the Novel as History, Penguin, 1968, p.231.

在日益全球化的世界里，不同地区城市化、现代化进程中出现的问题已不再仅仅是地方性的问题，它也日益引起了世界性的关注，这个问题在美国两大“非虚构类”获奖作品中也有明显体现。在获得2012年美国国家图书奖“非虚构类”奖项的作品《地下城：孟买贫民窟的生命、死亡与希望》（*Behind the Beautiful Forevers: Life, Death, and Hope in a Mumbai Undercity*）中，著名的新闻调查记者凯瑟琳·布（Katherine Boo）以细腻的笔触记录了印度城市孟买的一个叫安纳瓦迪（Annawadi）的贫民窟里的生存状况，描述了在城市化进程中印度新旧矛盾的激烈碰撞。作者巧妙地呈现了城市化的严酷现实与现代化的承诺、梦想之间的巨大反差：即使是那些仍在贫穷、饥饿、疾病、肮脏、宗教冲突、腐败、暴乱中提心吊胆地生活的安纳瓦迪贫民，也认为“孟买是一个充满希望和抱负的城市”（Mumbai was a hive of hope and ambition），会带给他们“美好的未来”。获得2017年普利策“非虚构类”奖项的作品是社会学家马修·德斯蒙德（Matthew Desmond）的《被驱逐者：美国城市的贫穷与利益》（*Evicted: Poverty and Profit in the American City*），它表现的是与《地下城》相同的主题，这也是当今美国社会所面临的最迫切的难题之一。德斯蒙德用了差不多十年的时间，深入美国城市中最荒凉的区域，真实记录了威斯康星州密尔沃基（Milwaukee）贫民窟里一群面临被驱逐命运的贫民的生活。

以上这些作品均借助各种不同的知识工具和文学手段，将我们这个时代出现的一些重大问题以可感的“现实”形象呈现出来。作为获奖作品，它们在一定程度上体现了美国“非虚构文学”的走向和精神，这不仅表现在题材的选择上，更表现在它们对于主题的呈现方式和写作态度上。从总体上看，“非虚构写作”的主流已经偏离了1960年代“非虚构小说”的轨道，这些获奖作品“文学价值”的体现方式已不能仅靠传统的文学标准来确认。它们凸显了两个重要特点：一是“知识”和“视野”，二是艰苦卓绝的实地“调查”。就前者而言，“非虚构作品”的写作主体不是“作家”，而是“专家”，因为接近这些作品中所反映的“现实”，需要大量的专门性知识；就后者而言，写作者的职业习惯已与通常意义上作家的写作方式截然不同，这类作者中有的是某一领域的专家学者，有的是具有专业视野的记者，他们田野调查的空间跨度与写作的时间跨度都极为惊人。

这些特征固然昭示了它们与中国目前所想象的“非虚构写作”的重大差别，但从另一个角度来说，也同样具有重要的启发意义，它说明在我们这个“全球化”的时代和急剧变化的社会中，“非虚构写作”所要呈现的“现实”不是通过“在场”或是“贴着大地飞翔”这样的浪漫姿态就可以轻易获取。当然，通过对美国历史上不同时期的“非虚构写作”进行比较，人们也不难发现“非虚构写作”

与不同时代的互动与契合关系，也就是说，“非虚构写作”与具体的时空经验和时代文化视野紧密相连。

彼得·海勒斯曾经说过，“非虚构写作这个领域，在中国大地上有着难以置信的发展潜力”。他触及了“非虚构写作”的另一个重要品质，那就是对变化的亲和与适应。他的意思是说，中国的发展，中国变化中的现实，正是“非虚构写作”最理想的土壤和对象。然而，怎样认知和呈现城市化背景之下的中国现实，怎样讲述变化中的中国故事，依然是一个有待探索的问题。最近十余年来，彼得·海勒斯的“中国三部曲”、张彤禾（Leslie T.Chang）的《打工女孩：从乡村到城市的变动中国》（*Factory Girls：From Village to City in a Changing China*）等许多国外的“非虚构”作者都“成功”地讲述了他们眼中的中国故事。《纽约客》前驻华记者欧逸文（Evan Osnos）更是以讲述中国故事的《野心时代：在新中国追逐财富、真相和信念》（*Age of Ambition: Chasing Fortune, Truth and Faith in the New China*）一书获得2014年美国国家图书奖“非虚构类”作品奖。他们的讲述不能模仿也未必值得模仿，但这些作品的借鉴作用却值得仔细分析。欧逸文利用他从1996年到2013年期间三次来中国学习和工作的机会，接触和采访中国各个阶层的人物，也收集和整理了大量相关的信息和材料，这构成了他整体把握中国当代变化的依据。他用“野心”两个字来概括中国人在过去三十年来的社会发展和转型过程中的心态或者说是情感结构。他并不靠“偏僻”的材料和经验，只是通过学英语、做新闻、办婚恋介绍所这类司空见惯、普普通通的人和事来反映中国环境中的变化和机遇，反映中国人在这段变化的历史中的命运沉浮。他使用人物穿插、时空交错的叙事手段，呈现了中国历史与现实的微妙联系和复杂面相。他的叙述视点并未恪守严格的第三人称，而是同时扮演亲历者和旁观者双重角色，把他的个人经历和感受与受访人的故事交叉在一起。这些构成要素看起来毫不稀奇，却能营造出无可指责的“真实感”。

与作为历史亲历者的中国“非虚构”写作者相比，以上提及的国外写作者几乎毫无优势可言，但他们把“非虚构”的中国变成一个产生了国际影响的“现实”，由此说来，“非虚构写作”本身显然不是文学的救星。在当下的中国语境中，它所能够提供的写作可能性受到各个方面的制约，仅就目前来说，它在文学上的成绩极为有限，反倒是它在文学市场上的“胜绩”也许更值得引起人们的警惕，这在很大程度上要归因于它碰巧迎合了当下阅读大众的“口味”：“那带有猎奇心理的对信息与真实的偏好；可以有点思考，但深刻不要，最好一看即懂。”①

二

1989年底，在深圳西丽湖“创作之家”里，有三个年轻的知识人正在夜以继日地“隐蔽作业”。他们在接受了市委宣传部交付的一项重大任务之后，被“关”在这个幽静处所，全心全意地投入一篇大文章的写作。半年之后，在特区建立十周年之际，一部“传遍了大江南北”的“报告文学”作品横空出世，并掀起了1990年代的“南下潮”。这部作品就是由“中共深圳市委宣传部写作组”写作的《深圳的斯芬克思之谜》，具体执笔者陈秉安、胡戈、梁兆松分别来自深圳特区报社的《深圳风采》等单位，他们为深圳市委宣传部完成了一篇“全面、有深度地介绍深圳的大文章”，潜在地回应了当时引起世界关注的一个重大问题：“中国的道路会不会再走下去？改革开放还会再搞吗？”②

据作者的说法，《深圳的斯芬克思之谜》的“纪实”是沿着以下问题线索组织起来的：特区十年究竟干了些什么？干得怎样？什么叫市场经济？深圳干市场经济是不是变了颜色？它站在“特区”（也是“改革开放”）的立场之上，把“特区”的建立、“特区”的实践过程与国际政治局势、国内政治经济改革的关系逐一予以说明，对上述问题做出了全面的回应。《深圳的斯芬克思之谜》的叙事策略是重新回到深圳诞生的最初情境，在当时国际、国内的情势之下观察特区决策的动机并进而展开“改革开放”的特区实践的效果。书中从全球性的社会主义危机及其面临的“改革的课题”、中国几十年社会主义政治、经济实践的历史与现实问题、内地经济发展状况与香港地区还有国外的对比等各个方面进行了回顾与检讨。在此之后，作品沿着工程改革、供给改革、物价改革、金融改革等特区发展过程逐步解析特区实践的内在逻辑、实践成果及其对内地经济的辐射作用。书中还大胆表达了对当代中国社会主义实践历史的认识和评价，认为当代史上一轮又一轮的政治运动使中国错失了经济发展的良机，为此，它甚至直视一向讳莫如深的“大逃港”这一历史事实：

当河南岸的香港人，忙着夺取世界贸易市场上一个又一个第一，

① 李丹梦：《“非虚构”之“非”》，《小说评论》2013年第3期。
② 陈秉安：《〈深圳的斯芬克思之谜〉的创作经过》，载陈寅主编《征与尘——深圳特区报30年往事记述》，海天出版社2012年版，第342页。

赚取一笔又一笔外汇……河北岸，密密的芦苇丛中，窄窄的田埂路上，却不时传出警犬的嘶叫声和偷渡者被抓获时发出的撕肝裂胆的惨叫声。

有一个简单的数字叫人震惊，1962年从深圳跑了12144人，1978年从深圳跑了17456人！①

特区短短的十年历史实践，已使深圳由“贫困的边陲小镇变成举世瞩目的初具规模的现代化城市”，这个事实已经在很大程度上为揭开特区实践的谜底提供了支持。《深圳的斯芬克思之谜》以更朴素、更“实事求是”的笔法，在对照（东欧以及全球社会主义世界的命运）、对比（深圳河两岸、改革开放前后）、对峙（全球资本主义）的语境中重新建构了特区实践的历史必要性及其重大的现实政治意义。在它看来，尽管社会主义的经济体制与西方当代先进管理方法的结合也产生了许多“怪胎”，这一实践方式既创造出举世震惊的“深圳速度”，又伴生着令人深恶痛绝的痈疽。但是，为了改变社会主义经济实践的被动格局，为了与西方资本主义较量，也为了洗刷历史上的屈辱，拆除“冷战”时代的“柏林墙”，打开国门的特区实践势在必行。而且，特区的十年实践历史也已证明创办经济特区的战略是成功的。

在深圳特区的“报告文学”写作史上，《深圳的斯芬克思之谜》是一部极具典范意义的作品。它昭示了特区“报告文学”在写作主体、语境以及与之相关的视角和功能设定等多方面的特征，展示了一个文学文类的写作实践与社会政治实践之间的密切呼应关系。

2010年，在深圳经济特区建立三十周年之际，《深圳的斯芬克思之谜》的主要执笔者陈秉安又推出了长篇新作《大逃港》，该书通过大量查阅历史档案和漫长的实地调查采访，完整再现了1950年到1979年间发生在深圳河边历时三十年的百万人“大逃港”事件。它把二十年前在《深圳的斯芬克思之谜》中一晃即逝的“逃港”画面，连缀成一段宏大而惨烈的叙事，为深圳补上了一段“特区前史”。作者这样说：“二十二年前，当我发现中国改革开放尤其是创办经济特区的历史，远不是平日书本上看到的那么简单的时候，我就决计补阙它，我相信历史总有被公开的一天！”

《大逃港》彻底突破了“冷战”宣传的视野，大胆地认领了这一段“屈辱”的历史，同时也解释了特区“报告文学”中常有的那种不便言明的情感动力，它通过对中国当代历史的一次创伤化书写，论证了深圳特区的诞生合法性。从

① 中共深圳市委宣传部写作组：《深圳的斯芬克思之谜》，海天出版社1991年版，第12页。

某种意义上说，它也为“特区视角”的“报告文学”画上了一个句号。

在当代文学史上，有关深圳和“大逃港”的最早记录大概可以追溯到张爱玲。1952年7月，张爱玲以续成学业为由，离沪南下，经罗湖桥进入香港，从此开始了她后半生“浮花浪蕊”般的漂泊生涯。张爱玲一去未还，但是，她在罗湖桥边的见闻，以及她拎着两只笨重的皮箱，一磕一碰地走过罗湖桥的一幕，却被她在文字中一再描摹。直到进入1980年代以后，在用中文“重写”的《重访边城》中，她又微调视角，再次回望当年情景。①

> 这时候正是大跃进后大饥荒大逃亡，五月一个月就有六万人冲出香港边界。大都是邻近地带的乡民。向来是农民最苦，也还是农民最苦。十年前我从罗湖出境的时候，看见乡下人挑着担子卖菜的可以自由出入，还羡慕他们。我们火车上下来的一群人过了罗湖桥，把证件交给铁丝网那边的香港警察。拿了去送到个小屋去研究，就此音信杳然。正是大热天，我们站在太阳地里等着。这香港警察是个瘦长的广东靓仔，戴着新款太阳眼镜，在大陆来的土包子眼中看来奇大的墨镜，穿的制服是短袖衬衫，百慕达短袴，烫得摺痕毕挺，看上去又凉爽又倨傲，背着手踱来踱去。中共站岗的兵士就在我们旁边，一个腮颊圆鼓鼓的北方男孩，穿着稀皱的太大的制服。大家在灼热的太阳里站了一个钟头之后，那小兵愤怒地咕噜了一句，第一次开口：“让你们在外头等着，这么热！去到那边站着。”他用下颏略指了指后面一箭之遥，有一小块阴凉的地方。
>
> 我们都不朝他看，只稍带微笑，反而更往前挤近铁丝网，仿佛唯恐遗下我们中间的一个。但是仍旧有这么一刹那，我觉得种族的温暖像潮水冲洗上来，最后一次在身上冲过。②

《重访边城》（*A Return To The Frontier*）原是写于1963年3月的一篇英文游记，曾刊于美国的《记者》（*The Reporter*）杂志。该文记述的是1961年11月至次年3月间张爱玲初访台湾、重游香港的经历，这次“重访”也是张爱玲最后一次接近罗湖桥。在英文游记中，张爱玲把罗湖桥称为“攸关生死之桥”（fateful bridge），并将之比作分割幽明的“奈何桥”，这与写于1950年代的小

---

① 宋以朗：《发掘张爱玲〈重访边城〉的过程》，《皇冠》2008年4月号。
② 张爱玲：《重访边城》，北京十月文艺出版社2012年版，第267—268页。

说《浮花浪蕊》中的看法一脉相承，小说的主人公洛贞把罗湖桥当成是“阴阳界”，她从罗湖桥一出境，就感觉是“走阴间回到了阳间”。与二十几年前的两个文本相比，《重访边城》的这个中文重写本对罗湖桥的描写确实出现了一些微妙的变化，在这里，“阴阳界”“奈何桥”的字样没了，换上了一段关于“大跃进大饥荒大逃亡”的文字，而一丝“悯农”之情的表达，似乎又是在有意化解紧张的情境。我们虽然无从揣测文本背后的心境，但一月之间数万人“冲出香港边界”的场面还是传达了足够的信息，它把“阴阳界”“奈何桥”之类的“冷战”修辞转换成了令人触目惊心的历史实景。

事实上，罗湖桥边的这座边陲小镇几乎没有给张爱玲留下什么印象，真正让张爱玲刻骨铭心的是她走下罗湖桥，迈向“自由世界”的那一步；是“罗湖桥”这个空间意象所标示的一种具有政治意味的人生选择。列斐伏尔曾说，空间从来就不是“剔除了意识形态和政治内容的一个科学对象……空间具有政治性和意识形态性，可以说，它是充溢着各种意识形态的产品”。[①]张爱玲对罗湖桥的书写有着鲜明的政治地理学性质，在这里，“充溢着各种意识形态”的“罗湖桥”早已不再是一座桥、一个地理位置，而是两个世界、两种命运的反差对比，它表征着两个政治世界的羞辱和荣耀。这种潜在的含义不只属于张爱玲个人，在长达几十年的意识形态对垒中，这种“生死攸关”的意义也为罗湖桥两侧对立的双方所共享。正是在这个意义上，张爱玲的这些罗湖桥文本已经超出了其个人情感和经验的囿限，它们不独是一个“逃港者”留下的关乎其个人命运的文学记录，同时也是此后的深圳书写将要不断返回和重临的“记忆之场”。它们是呼唤应答的潜文本，是随时都可能现身的幽灵。

就在张爱玲再度凝眸罗湖桥昔日风景之际，紧锣密鼓的改革开放实践已经在作为经济特区的深圳进行到了第三个年头。经历过“大跃进大饥荒大逃亡”之后，深圳创业的潮水来得更加汹涌，“罗湖桥”这个被意识形态反复书写过的空间也正等待着被注入新的含义。

深圳特区诞生之际，也正是“报告文学”借助“新时期”改革开放的环境重新恢复活力的一个时期，它以其宏大视角、政治敏感以及对重大题材、敏感问题的天然嗜好抢占先机，很快成为特区文学中最先发育的写作门类。在特区建立的前二十年时间里，“报告文学”始终是深圳纪实性书写的最主要的样式。但与同一时期内地的那种以理性反思为基调的“改革型”“报告文学”不同，在“特

① Edward W. Soja, Postmodern Geographies: The Reassertion of Space in Critical Social Theory, Verso, 1989, p. 80.

区”这片率先展开了改革开放“试验”的土地上，“报告文学”始终洋溢着乐观和热情的基调，它积极介入改革与开放的现实，敏锐捕捉特区实践的新动向，自觉地把再现特区新生活、传导特区新观念作为自己的目标。处在改革开放潮头上的风云人物、经济和社会发展中的焦点事件以及关乎特区前程的重大议题，都理所当然地成为它捕捉的对象。在中国改革开放的最初岁月里，“来自特区的报告”既是时代的“最强音”，同时又是政治风向的指针和政策变化的晴雨表。

这些“特区报告”不仅向外界传递出了特区实践的捷报和战报，也不仅为深圳这座“一夜之城”注入了创业与生活的激情，其中更宣示了“后冷战”时代中国政治主体的“改革”与“开放”的立场和姿态。因此，“特区报告”既是特区生活的记录，也是对特区空间的政治建构；既是社会世相的再现，也是意识形态的表征。从一定意义上说，“特区报告”的书写主体并不是具体的作家，而是指引改革开放和现代化实践方向的意识形态主体；它的书写对象，也不是一个纯粹的地域性的存在，而是一个具有特定政治内涵的“特区”空间，一个被意识形态的表征实践注入了意义的空间。

《深圳的斯芬克思之谜》中曾说，中国改革开放的“试验地”之所以选择在深圳河边的这片土地，除了地理条件的便利之外，也因为其最真切地见证了“近代屈辱史”，目击了深圳河南岸香港的快速发展，它是与资本主义世界“对峙”的前沿。这段“屈辱史”首先刺激了特区的书写欲望，特区早期的“报告文学”作品几乎都是充满控制欲望的地理学书写，它们都表现出一种强烈的空间“占有”意识，如《沙头角游目》《踏浪小梅沙》《龙飞蛇舞》《看这里黄土怎样变成金》《深圳湾的驾浪者》等，一个无所不在的意识形态主体驱遣着这些文本中的主人公去“游目”“踏浪”……让他们带着挑战的激情重临这片沉睡已久的土地，让他们克服昔日的恐惧，洗刷历史的耻辱，为这片带着痛苦和屈辱记忆的土地赋予新的政治地理学的内涵。“山河破碎风飘絮，身世浮沉雨打萍。惶恐滩头说惶恐，零丁洋里叹零丁”，虎门销烟、罗湖桥……这些被反复唤醒的历史记忆，都强化了一种对抗意志，深深的历史创伤转化为一种创业的动能，长久以来积郁在胸中的愤懑之气都借着对今日特区建设新蓝图、新气象的书写而一吐为快。

“特区报告”始终以现代化的宏大叙事为蓝本，对“发展”充满了无限渴望，它带着亢奋与焦灼等待并寻找着变化的新迹，它密切地注视着特区出现的新人、新事、新观念，注视着深圳的新速度、新高度……它极力要从这些变化中辨认出历史前进的步伐，并为之赋予崭新的含义：渔村与港商的一次交易（《深圳湾的驾浪者》）、农村的饮食变化（《看这里黄土怎样变成金》）都暗示了美好远景的临近；在“特区报告”的视野里，新出现的交通工具“TAXI”，不但与人的“荣辱、价值连在一起”，而且与民族“自尊心”和现代化连在了一起，成为“一个城市一个地区一个国家文明进步的体现与标志”。[①]

深圳特区的“报告文学”虽然与“改革”和“开放”的实践形成了良性的互动，但从中国“报告文学”发展史的角度来看，它更接近于1950年代“建设型”的“报告文学”，它的功能也相应地朝着社会动员和舆论宣传的方向调整，它要为“特区”、为刚刚兴起的改革开放实践鸣锣开道、呼风唤雨。因此，它的所谓“纪实”与其“特区视角”密切相关，它同时承担着“特区”的观念传播和现实解释的使命。1982年，特区明确亮出“时间就是金钱，效率就是生命”的口号，因而引发巨大反响，批评的声音至今不绝。事实上，抢时间、争效率早已植根于特区意识，“速度”“竞争”等观念给特区的经济实践带来了效率，也给早期的特区创业者们带来了不同的遭遇和命运，他们共同见证了特区经济秩序和创业精神的铸造过程。“特区”的“报告文学”也积极参与了特区性格的塑造，它不无同情地记录了企业转型的痛苦，但更为以竞争、速度和效率为标志的特区经济新秩序而摇旗呐喊。1981年，深圳在全国第一个推出“工程招投标”方案，在作为深圳第一个招标工程的国际商业大厦的建设过程中，冶金基建单位创下了五天一层楼的“深圳速度”，达到了“国际先进水平”，也开启了“深圳速度”的竞赛。[②]与之相反，为了“支援特区建设”而转业到深圳的两万名基建工程兵将士，却在市场经济机制下遭遇了困境，为了适应竞争环境，他们不得不经历一个艰难转型的过程。[③]

1980年代后期，随着特区改革实践的深入，各种更为复杂的问题考验着“特区报告”的立场与修辞。面对改革和开放所要付出的巨大“成本”，“特区报告”虽然逐渐褪去一味乐观的色调，却也未能建立批判反思的维度。陈秉安的《来自女儿国的报告——深圳二十万女临工掠影》是以南下深圳的打工潮为关注对象的特区纪实文本，它从多个角度记述了在“打工潮”初期进入深圳的二十万打工妹（“女临时工”）的处境以及她们所面临的诸多困难。这篇“特区报告”把富于激情的现代化叙事与对现实问题的理性检省相互穿插，比较典型地反映出同一类型文本的症候。从题材的角度来说，这个作品让人联想起夏衍的《包身工》并不奇怪，但作为“特区报告”，它又必须为这批身份暧昧的“女临时工”寻找一个合适的定位。一方面，特区的发展和现代化的建设需要这批劳动者的加入和“奉

① 邱远光、刘树德：《深圳“TAXI”》，《特区文学》1988年第4期。
② 曹阳：《特区第一楼》，《特区文学》1985年第1期。
③ 吴启泰、段亚兵：《深圳·两万人的苦痛与尊严》，《特区文学》1986年第5期。

献”，她们毫无疑问是社会主义经济特区的建设者，她们打工的过程也是自身走向现代化的过程；而另一方面，她们又是“合资”或“外资”工厂的雇佣劳动力，这个身份有着截然不同的政治性质，而且，打工的命运又是难以担保和预测的，它从根本上架空了现代化的承诺。这些“女临时工”在政治上和在经济上分别服务于两个主体，前者需要讲贡献，后者却要被剥削、被压榨。《来自女儿国的报告》只能把这两个故事艰难地拧合在一起，因此也就出现了一时阳光明媚，一时愁云惨淡的暧昧语境。

> 在汕头、梅县，在湖南、新疆……多少女孩子为报上招工的启事而激动，为特区纷纭驳杂的光色所诱惑，附耳传递着“深圳”这个新奇、神秘的名词；一个个少女从农村低矮的房屋中，从枝丫交错的桑林中，从小镇斜歪的石板街中走出来了。她们或提一个包袱，或夹一卷行李，饮泪告别家园，回首辞却父母，踏上了人生旅途的第一程。
>
> …………
>
> 如果你细心，你会从中探测到中华大地上正出现的大潮的脉搏：那本来已经松散了的、毫无组织的人流，又逐渐被一只无形的手聚拢到一起来了……①

作为承担着改革开放和现代化叙事功能的“特区报告”，它有必要看到乐观的前景，做出积极的解释。于是，这些“女临时工”走出家园、奔赴深圳外资工厂流水线的旅程就理所当然地得到了解释：“开放，战胜了闭塞；文明，战胜了蒙昧。”

但是，作者显然明白，这些女工们将要面对的生存环境有多么复杂和严酷：资本的压榨、不良劳动环境的伤害以及婚恋、性、身份和法律与制度等问题，她们前程未卜。“过去中国的工人与工厂的关系，是主人公和家庭的关系”，而当工人不再能作为主人翁时，“对于这批闯深圳的女孩子而言，她们在深圳的命运如何，一般都取决于她们的运气，即取决于她们提着包袱，站在哪家工厂的门口。”在这种情况之下，作者一方面把这批女工姐妹的未来寄托于“运气”和个人发展神话，另一方面只能承认挥之不去的“阴影”的存在。

① 陈秉安：《来自女儿国的报告——深圳二十万女临工掠影》，《特区文学》1988年第6期。

她们是深圳财富的创造者，她们为深圳带来了繁荣。但她们在这赖以生存的环境中有多少欢乐、苦恼，展露过多少笑颜，流下了多少泪水，能有几人了解呢？

…………

在一幢幢厂楼崛起，在成亿美元的工缴费由海外汇入深圳，在一批批的女工成为厂长、技术员、管理员的背后，有着一块又一块这般的阴影！

…………

伤痕，不去触动便不会流血；痛苦，积久了自可变得麻木。柔弱而又宽广的心啊，给一千斤，它承下；给一万斤，它依然承下了！①

这个“女儿国”的故事在“后特区”时代还会再度被人讲述，留在这份“特区报告”中的困惑也会在新的语境中转化为一种新的话语能量。

“特区报告”在深圳特区建立之后的十余年间扮演了重要的角色，它立场鲜明地表达了特区的观念、特区的立场，为改革开放实践的深入保驾护航。但不容否认的是，“特区”功能所内含的观念紧张也在随着特区实践的深入而逐步放大，在特区的语境之下出现的大量新事物、新现象、新问题带有更为复杂的性质，加之特区本身所面临的意识形态压力，都给既要追逐新生事物又要给出意识形态诠释的“特区报告”写作带来了极大的困难。事实上，进入1990年代以后，随着特区的经济试验逐渐向内地全面铺开，特区的经济和政治能量已经得到很大的释放，“特区报告”所担负的功能也在逐渐失去其原有的重要性。在世纪之交的一段时间里，那种牵动城市情绪与社会神经的“特区报告”逐渐淡出人们的视野。

2002年11月16日，一篇题为《深圳，你被谁抛弃？》的网络雄文震撼朝野。该文以“耸动”的言辞、大量的资讯和数据分析，发出了深圳面临衰落的“盛世危言”。它在人民网“强国论坛”贴出之后，立即成为点击率和转贴率双高的网文，并被媒体喻为“引爆了一座城市的集体情绪”的“深水炸弹”。②嗅觉敏锐的《南方都市报》迅即抓住这个热点话题，以《深圳，你被抛弃了吗》为题，在半个月的时间里连续推出精心策划的大型系列报道，并最终促成时任市长与网文作者“我为伊狂”的对话。与此同时，全国众多媒体也及时跟进，

① 陈秉安：《来自女儿国的报告——深圳二十万女临工掠影》，《特区文学》1988年第6期。
② 佚名：《倾听舆情体现了政治文明的进步》，《北京青年报》2003年8月8日。

一时间，“深圳的命运和未来引起了前所未有的关注”。[①]

实际上，《深圳，你被谁抛弃？》要表达的意思只有一个：“经济特区在中国的历史使命已经完结”，深圳的特区时代结束了。随着国际、国内政治经济形势的变化，深圳的发展活力明显受损，而且从趋势上看，已难现昔日的辉煌。这是因为随着中国改革开放的深入，市场经济、对外开放、与国际市场接轨的改革实践，已经从局部性试验的阶段转入全面推进的阶段，经济特区已经失去了其特殊性。尤其是在中国加入WTO（世界贸易组织）的背景下，它就更没有继续存在的理由，因为它是与WTO的精神相悖的。

> 在对外与对内开放的双重压力之下，经济特区的存在已经丧失了重要的政策基础，窗口作用显著下降的深圳难以再享有特殊政策和照顾，来担负改革试验田的重任。此外，深圳需要直接面对来自国内其他城市的竞争。[②]

这个轰动一时的“网文事件”实际上可以被视为深圳身份转换的一个公共仪式。在围绕这一事件所展开的广泛的讨论中，一个“后特区”时代的到来得到了普遍的确认。这也就意味着，从今而后，曾经备受恩宠也备受争议的“特区”，将化身为一个需要寻找自己根基和归宿的“城市”。

“特区”是出于某种特殊的政治目的所做出的制度性安排，它带有明确的意识形态诉求，从某种意义上说，它是一种超地域性的建制。借用列斐伏尔的概念来说，建立特区就是社会主义中国的一种“空间实践”（spatial practice），是以象征的方式构建的一个“政治性的和社会性的空间”，并以此来重构地方与全球的关系。[③]长久以来，深圳的身份是重叠的，有时又是刻意暧昧的。在特区政策的照拂之下，它常常夸耀自己是“中国最具活力的城市”，是“光芒四射的年轻城市”；但在激烈的城市竞争格局中，它又有些留恋“特区的光环”，希望享受政策上的优惠。从寻求区域性发展优势的角度上说，这种做法似乎无可厚非。但是，这种双重身份也常常使城市性格的发展进退失据。

---

① 谭智良：《我们和一座城市同呼吸共命运——〈深圳，你被抛弃了吗〉系列报道揭秘》，《新闻记者》2003年第3期。
② 呙中校：《深圳，你被谁抛弃？——从“候鸟北飞”看深圳的危机意识》，人民网“强国论坛”2002年11月16日。
③ Henri Lefebvre，The Production of Space，Blackwell，1991，pp.288—289.

对于深圳而言，从“特区”到“城市”的身份转换，实质上是一个空间性质的巨大转变。戴维·哈维曾经指出：“空间与空间的政治安排体现了诸种社会关系，但又反过来作用于这些关系……工业化，这个城市化过程的制造者，如今又被城市化所缔造……在我们使用‘城市革命’这类语词时，我们意指的是贯穿于整个当代社会整体的转型过程。这个过程带来了一种变化：从一个以经济增长和工业化为先导的时期，转入了一个以城市问题为权重的时期。”①迈出以经济功能（工业化）为先导的“特区”时代，深圳需要通过城市身份的重构来消化工业化时期所留下的问题。这不仅会影响到这个始终以经济动力为关注焦点的城市的未来发展模式，也改变了其文化乃至文学实践的功能和形态。随着“后特区”时代的来临，深圳也将逐渐从宏大而庄严的政治语境中蝉蜕出来，而获得其现代城市的特性。曾经被掩盖在“特区”话语之下的那些独特而又丰富的深圳经历，那些潜藏在个体生命深处的特区记忆将被释放出来，并成为深圳城市书写的一种独具内涵的丰厚资源。

《深圳，你被谁抛弃？》曾被认为是一篇具有“民间视角”的纪实（＋争论）文本，这无疑是一种严重的误判。其实，这篇网文不但分享了改革开放、现代化的宏大叙事，而且在煞有介事地谈论一个近乎“抽象”的“公众议题”，可以说它是一份从“特区”的十字路口发出的独特的“特区报告”。不过，就在这同一时期，真正具有“民间视角”的深圳书写确实已经开始出现，这当然与外部社会环境的整体变化有关，但从更具体的层面看，它实际上是深圳“打工文学”内在场域变化的结果。一个值得注意的现象是，在“打工文学”看似衰落的同时，一种在形式与精神上完全不同的“打工书写”逐渐通过多种途径进入中国文学界的视野。2001 年，“打工文学”核心阵地《大鹏湾》的编辑安石榴的纪实性散文已经出现于《人民文学》等重要期刊，他的作品在主题与风格上已与“打工文学”判然有别，更为重要的是，一种崭新的主体精神和城市态度在他的写作中出现了。他用“搬迁”和“行走”来描述和界定他与深圳这个城市的关系，并在与城市的“互动”中发现自己、策动自己。

我是深圳这座城市每一个明亮和阴暗之处的游走者，一个身体和灵魂都在不停搬迁和奔突的人！我明白，不管我获得怎样的安顿和快乐，搬迁的念头总有一天又会在我心底泛起，我依然愿意做一个一边

---

① David Harvey， Social Justice and the City，Johns Hopkins University Press ， 1973，p.306.

行走一边塑造自己，并且永远都不会终止思考的人。①

与“打工文学”作者在面对冷冰的城市时所表现出来的那种畏缩和自卑不同，安石榴从不承认留下过他“行走”和“搬迁”足迹的城市是“别人的城市”，即便是流离失所，他也要像“主人”那样尽情“使用”城市：“我并不是孤独的，尽管我寄身异乡，屡屡流离失所，但不管我在哪里安顿下来，也不管是多么短暂，我都会生出一种做主人的感觉……”

安石榴是从“打工文学”写作群落和传统里走出来的作家，从他个人写作的演变踪迹可以发现“打工文学”的演变路径和方向。随着城市性格的成熟以及文化语境的变化，“打工书写”已不再局限于流水线上的经验和视野，而是越来越显现了它的城市特点。尤其是在《大鹏湾》等主要阵地消失和转型之后，这些写作者开始与外界发生了更广泛的联系。塞壬、郑小琼等人的作品相继进入主流文学视野，与此同时，“打工诗歌”也在民间的倡导下突破了地域性的局限。这支异军突起的写作队伍构成了21世纪初以来深圳纪实性书写的主体，随着他们的出现，深圳纪实形态的文学面貌发生了根本性的改变，以广义的“非虚构”形式为依附的“城市写真”在此时出现了，“特区报告”中整体化、单一化的社会书写和历史书写变成了多元、多态的生命经验和个体记忆的呈现，以社会定位为依据的身份书写转化为个人化的境遇书写。

从此时开始，个人视角的呈现、个体经验的书写逐渐成为城市纪实文本繁衍的稠密地带。访谈、对话、回忆、口述史、人物传记、信件、日记、笔记、历史散文，甚至是具有新时代特点的博客文章等众多纪实性写作样式在此时纷纷涌现，它们都在以不同的声音讲述着曾经发生在深圳特区或南方工业区的故事，从不同的角度记录了那些与特区“一同走过”的青春以及他们的深圳遭遇。这些文本是一个南方新兴城市的民间历史档案，是城市世相人生的写真，是漂泊的身体与城市空间相遇和摩擦的记录，是凌乱的目光在“行走”的过程中抓拍下来的城市剪影。它们也是个体认知城市、使用城市和记忆城市的文学和文化实践方式，是生活在这座城市里的人对于深圳这个城市“文本”的解读。这些可以被笼统地归至“非虚构”名下的作品，成为继“特区报告”之后深圳城市纪实文本的主要类型。

“城市写真”不再是一种单一、完整的观念性建构，它的叙事是零散的、破碎的、即时的。因此，它在写作形式、书写动机和诉求上也是多样的。“城

① 安石榴：《在一座城市之中搬迁自己》，《源流》2010年第5期。

市写真”的典型特征就在于它是以身体性的在场去见证城市的历史与现实的书写文本。郑小琼说：“我告诉自己，我们是这个珠三角城市所发生的事情的见证者，应该把见到的想到的记下来。”安石榴则把自己的深圳生活定义为一个外省青年生命中的“外遇”。他说：“是什么使我愿意生活在外省？是什么把我不可抗拒地安置在边缘？是什么促成了我生命中的‘外遇’？是什么指使我一再发现和认定？我的回答，必然始于生活境遇的发言，依附于生活之上，又不断剔除生活中枯萎无用的败质。”这些写作者以带着自己体温的文字为深圳写照，以自己的亲历经验（lived experience）补充和丰富着深圳的城市记忆。

在深圳的城市化进程中，“打工族”扮演了重要的角色，他们不仅是这个城市的建设者，也一直是这个城市的书写者。“后特区”时代的打工书写从特区的国家记忆、集体记忆逃逸出来，它们是对城市化进程的见证和反思。郑小琼对于“打工”经历的书写显示了工业化进程对于人的身体和精神的深刻“塑造”。“钢铁”“塑料”等这些打工环境中的物质性元素一再地进入她的记忆，不是作为“背景”，而是作为身体与精神的境遇。

伤口在我的手指上结痂，指甲盖再也没有原来那样光滑与明亮，与其他九个相比，虬起而斑驳，过程就像一次生硬的焊接。平静的时候，我看着这个在伤痛之上长出来的指甲盖，犹如深渊生长出来的一个异物，如此突兀地耸立在内心深处。我知道，它是那些尖锐的疼痛积聚起来的，在斑驳凹凸的纹路上，还停留着疼痛消失之后的余悸。……“嘶——嘶——”那钢铁的断裂声逶迤而来。我听到的只是声音的一部分，更多的声音已经埋藏在肉体之中，埋藏在结痂的疼痛里，甚至更深处。在那里，已经消失了的，以思想的反光昭示着它们的存在，在我的手指与我的诗歌上凝聚，变得更加坚硬。

…………

在叙述中我的内心有一种微微的颤动，我体内原来有着的某种力量因为指甲受伤的疼痛在渐渐地苏醒过来。它们像一辆在我身体里停靠了很久的火车一样，在疼痛与思考筑成的轨道上开始奔跑了，它拖着它钢铁的身体，不断地移动。①

在身体与金属的联想中，工业生活被深深地镌入了身体的记忆。而且，从

① 郑小琼：《铁》，《人民文学》2007年第5期。

金属的物质境遇还可以联想到打工者的命运，他们也曾如同废铁一般被丢弃。

> 但是在铁质的火焰中，我觉得我周围的工友们的表情总是那样模糊，一种说不出的力量将我们本来清晰的面孔扭曲了……我们的脸上，呈现的不过是一些碎片的光，只在短暂的时刻被它照亮，更多的剩下灰烬，苍老，迷茫，像堆在露天废物场的铁屑碎料一样，被扔下了。①

深圳的纪实性写作发生变化的这个时期，正与中国文学界发生“报告文学”与“非虚构写作”争论的时间大致吻合，但对于大多数的深圳写作者来说，他们不但不会去考虑文体兴替的重大时代意义，甚至也未必具有写作形式上的自觉。因此，在这两者之间既没有相互呼应的关系，也未必有共同的诉求，从一定意义上说，是变化了的社会语境影响并重新塑造了深圳纪实性写作的观念。在特区前二十年的发展历史上，深圳纪实性文本一直被包裹在一种强硬、坚固的社会性视角之下，它们投射出来的是一个“抽象的空间”，那是国家意识形态强大实践的空间表征和历史记录，其间不可能有个人主体和城市日常生活容身的位置。随着“后特区”时代的到来，深圳逐渐展开了其“城市”的复杂面相，深圳的城市书写也渐趋自由和多样。

2009年11月，第三届深圳原创网络文学拉力赛正式拉开帷幕，这次大赛“别出新意”，在原有的长篇小说类奖项之外增设了一个“具有开放性的实验性奖项”——“非虚构文学”奖。征文要求称，这个新增的类别不仅涵盖“‘五四’新文学建构的传统意义上的叙事、抒情散文”，而且包括“报告文学、口述历史、历史散文、人物传记、信件、对话、日记、笔记，甚至具有时代特点的博客文章等”。这个举措显然是对正在演变中的文学风尚的呼应，它以官方的力量使深圳的纪实类写作向着“非虚构”的方向加速行进。

2010年8月13日，第三届深圳原创网络文学拉力赛获奖作品揭晓，萧相风的《词典：南方工业生活》获“非虚构类”金奖。这部获奖作品以“词典编纂”的方式，通过边防证、出租屋、打卡、倒班、加班、企业文化、暂住证、流水拉等四十余个词条组织起作者“南方工业生活”的经验片段。拉力赛评委会在给《词典：南方工业生活》的“授奖辞”中这样写道：

> 这部作品是罕见的、以个人经验为依据对这个时代工业生活的大

① 郑小琼：《铁》，《人民文学》2007年第5期。

规模表现和思考。它是粗粝的，有时甚至是简陋的，但是，它雄辩有力地证明了，这种生活与每个人密切相关，当它把工业在生活和感性的水平上带到我们面前时，每个读者都会痛切地意识到，一种尊严、公平的工业生活是普通幸福的前提和基础。①

在“后打工文学”时代，打工经历的书写出现了一些崭新的维度，这些作品既反映了打工人群城市态度的变化，也折射出城市经验的复杂性。在萧相风那里，打工的历程是“朝圣”，又近乎是渎圣：

深圳特区在打工者词典里早已成了另一个打工圣地。我要去那里朝圣。从樟木头转车，第一次去布吉，又是工厂、广告牌、立交桥、路碑、行李、易拉罐构成的一条条路，太阳底下的南方，路似乎永远向南延伸，炙热的太阳当头照着路上的灰尘和正在施工的天桥，我看到了热火朝天的深圳。像诗人陈傻子所说的，那太阳就是睾丸，已是下午，鲜红的太阳不是某一个人的，是上帝的睾丸垂在天空，无边的工厂挤着工厂，忙忙乱乱的行人和车辆像满地飞窜的蝗虫，这里生机勃勃，被阳光涂上了神圣的光泽。②

“打工家族”出身的乡村少年程鹏，十四岁就响应“远方”的召唤，走上了外出打工的人生之旅，他的足迹曾遍及新疆、湖北、广西、北京等地。这是一个天生忧郁的少年，他“迷恋牛仔裤的破烂味道”，喜欢牛仔裤的“流浪色”，把自己想象为一个“爱流浪的贵族”。他的外出打工包含着青春时代浪漫的想象和对自由的追寻，流浪的生活使他再也“不用到稻草垛躲过母亲的纠缠，去看一本诗集和一部小说了”。程鹏的故事中氤氲着忧郁的气质和浪漫的想象，他的打工生涯也搅拌着玫瑰色的梦想和一个少年心中无法承载的苦痛，他的打工书写“随性发挥”着南方想象。③

打工对于“90后”一代的农村青年来说，已经越来越不具有特别的意义，因为此起彼伏的城市化进程已经使之成为一种几乎无法逃脱的命运。这一代年轻人早已没有了确定的归宿，他们游荡在城乡以及不同的城市之间，如同觅食的鸟儿迷失在不知所终的旅程。或者换一个比喻来说，新一代外出打工的乡村

① 萧相风：《词典：南方工业生活》，花城出版社2011年版，封底语。
② 萧相风：《词典：南方工业生活》，花城出版社2011年版，第77—78页。
③ 程鹏：《大地上居无定所》，《作品》2010年第6期。

青年已经成为在城市上空盘旋飞翔的不知畏惧的一个雁群，他们虽然依旧孤苦无依、前程未卜，却似乎天然地适应了城市中的流浪。①

应当指出的是，在21世纪初的这段时间里，深圳的“城市写真”无论在视域还是在写作的深度以及形式的完整性方面，都存在很大的局限性。城市化过程塑造了许多城市寻梦者的人生，也带来了复杂的社会问题。诸如环境破坏、食品安全、医患纠纷、城管、传销、网络诈骗等，这些问题比比皆是，为“非虚构”的“城市写真”提供了开阔的书写空间。但在深圳的城市纪实作品中少有反映。即便是“以个人经验为依据”的打工书写，也尚未脱尽“打工文学”的自传化的痕迹。社会学家米尔斯曾说，当代人的种种经历和感受，均来自世界上各个社会结构中出现的非个人性变化，这个巨大的社会变化改变了所有人的人生轨迹，“人们只有将个人的生活与社会的历史这两者放在一起认识，才能真正地理解它们”。“个人只有通过置身于所处的时代之中，才能理解他自己的经历并把握自身的命运，他只有变得知晓他所身处的环境中所有个人的生活机遇，才能明了他自己的生活机遇。”而要做到这一点，必须具有“社会学的想象力”。②对于以“城市写真”为诉求的“非虚构写作”而言，这无疑是极为重要的，因为个人经历的意义只有被放到历史和社会语境中才能得到充分的辨识。

三

2008年6月29日，深圳市民文化大讲堂“养生保健系列知识讲座”迎来了一位特殊的主讲嘉宾：身受癌症和抑郁症交相折磨的深圳作家李兰妮，她以抑郁症患者的身份“现身说法”，为深圳市民做精神健康的“启蒙”。台下，仅有三百多个座位的报告厅座无虚席，过道上、台阶上也都挤满了听众。讲台上，李兰妮镇静平和，没有一丝倦态和病容，她娓娓道来，讲述着自己与抑郁症遭遇、抗争、相处的故事。

就在演讲进行的同时，一部讲述同一故事的“旷世奇书”在人民文学出版社紧锣密鼓、夜以继日地完成编辑程序之后，正在准备出版。这部“奇书”就是李兰妮在“几度写作、几度停顿、几度复发”的情况下完成的《旷野无人：一个抑郁症患者的精神档案》。该书由“认知日记”“随笔”“链接”和“补白”

① 吴晓雅：《西潘庄札记》，《中国作家》纪实版2012年第12期。
② [美]C·赖特·米尔斯：《社会学的想像力》，陈强、张永强译，生活·读书·新知三联书店2005年版，第1—4页。

四部分构成，分别从抑郁症患者、文学作者、旁观者与读者等多个视角全面地复现了抑郁症的病状和治疗全过程，并且溯及抑郁症患者的成长历程、家族历史以及相关的社会历史和文化背景。这是第一份由中国抑郁症患者提供的病状记录，也是罕见的真实呈现抑郁症患者精神历程的纪实性作品。

《旷野无人》从2008年1月份开始在《上海文学》连载后，就曾引起了很大反响。人民文学出版社版的图书甫一面世，“立即轰动了新闻界，各路媒体都不惜大幅版面予以报道，评论界也是好评如潮”。《光明日报》记者韩小蕙所概括的五个评价，大致可以显示人们最初接受这部作品的角度：

> 1. 这是身为抑郁症和癌症患者又幸好是作家的李兰妮，用自己的鲜血和生命“换来”的一部大书。
>
> 2. 这是一部记述作者与抑郁症对抗的亲身经历的奇书。
>
> 3. 这是一部把抑郁症危机亮相到大庭广众面前，大声疾呼严重关注的佳作。
>
> 4. 这是一部世界性的书，代表了中国在对抗抑郁症方面上升的水平。
>
> 5. 这是一部能为推动人类文明进程作出贡献的价值之书。[①]

这五个评价无一不是从“抑郁症”的角度来肯定作品的价值的，这本书在某种意义上被看成是出于作家的社会责任感而竭力完成的一部普及抑郁症知识、呼吁社会关注精神健康的作品。李兰妮本人在《旷野无人》中的有关说法，似乎也为上述接受角度提供了支持。

> 它是劫后余生幸存者的肺腑之言，不是纯粹的文学作品。它是一本病历，可供心理学家、精神病学家参考。它是一本民间纪实资料，可供社会学家翻阅。它在某种程度上是代言书，它想为那些因精神疾患而默默自杀的人说几句心里话。但愿它还具备报警器的功能，催促正被莫名抑郁愤怒焦虑所困的病人呼救。
>
> 这里记录的，不是我一个人的抑郁，是我们这代人所共有的抑郁。[②]

---

① 韩小蕙：《李兰妮：无人旷野的生命之音》，《光明日报》2008年9月3日。

② 李兰妮：《旷野无人：一个抑郁症患者的精神档案》，人民文学出版社2008年版，第42页。

那么，《旷野无人》的巨大反响究竟是文学的成功还是作家道德姿态的胜利？我们如何才能理解通过"患病之躯"所讲述的故事之意义？社会学家亚瑟·弗兰克在《受伤的讲故事人：身体、疾病与伦理》一书中细致地探讨了这个问题，他认为："在故事中，患病之躯的表达虽然是一项个人的任务，但是被疾病讲述的故事也是社会性的。这些故事的明显社会面向在于它们是向某人讲述的，无论他人是否直接在场。"①他的意思是说，疾病叙事虽由患者个人完成，但它的意义却需要社会共同体来确认和建构。因此，任何把"疾病叙事"视为"受伤的讲故事人"个人美德的行为，都无异于推卸个人应负的责任。从这个意义上说，李兰妮的"抑郁症叙事"既是"患病之躯"的自我"表达"，也是对这个时代在场和不在场的听众与读者的拷问。

在2009年3月17日深圳举办的《旷野无人》研讨会上，许多文学专家们对《旷野无人》进行了全面的解读和阐释，他们从以下几个方面肯定了这部作品的价值：一、它对"生命尊严"的关注、对中国当代文学的"开拓"，使之成为"主旋律作品"；二、它是"改革开放文学工程的重要成果"，是"对深圳精神乃至人的精神领域的进一步探索，是深圳的又一个率先之举"；三、它是"超出了文学本身"的一部心灵著作；四、它以一种"独特的文本表达"，"给当下散文创作带来了新的突破，对我国非虚构文学创作水平的提升有着更多的启示"。

《旷野无人》的文本性质在这次研讨会上并没有得到一致的确认，潘凯雄最初称之为"超文本"，大概是因为有多重的"链接"迹象。作家陈建功把这部作品放在了"非虚构"的名下，他认为，《旷野无人》"对我国非虚构文学创作水平的提升，对作家本人思想和艺术修养的提高，都会有很大的助益"，它刷新了对"非虚构作品"的认识，为"非虚构写作"确立了一个"新的标杆"。而谢有顺等人基本还把它视为"散文"写作的探索性实践；陈思和更强调它的文学性和虚构特质，他更看重《旷野无人》作为文学作品所蕴含的思想能量和批判性格，认为它"假托了忧郁症的症状来曲折"地表达了一个知识分子、作家的良知及其与今天现实的碰撞，因而它在结构上完全是"后现代的文本"。

文类定性的困难在于，"非虚构写作"在此时不过是尚在想象中飘摇的一种有些渺茫的写作可能性。因此，它虽然也隐隐约约地反复出现，却始终没有被坐实。事实上，出现在中国当代语境中的"非虚构"想象显然不是以在国外已相当发达的任何一种写作范式为依归的，它是出于今天的文学需要对现有纪

① Arthur W. Frank，The Wounded Storyteller: Body，Illness，and Ethics，The University of Chicago Press，1997，p.3.

实性写作概念的重构。从这个意义上说，李兰妮的“抑郁症叙事”文本最恰当地诠释了“非虚构写作”的精神，它以个人的身体与精神的双重在场见证和发现了隐藏在疾病背后的社会的真相。“抑郁症”在这里成为一种切入社会和现实的修辞，它建构了一种个人观照时代与社会的无可替代的位置。李敬泽曾经严厉地指斥“报告文学”的写作症结，他认为，纪实文学的写作者并无逾越事实边界的特权，当他毫无顾忌地代替他人说出他们的所思所感，当他以主人的姿态在文中抒情、议论或进行诗化描写时，他对自己所记录的对象和所呈现的世界都是“粗暴的”。李兰妮的纪实文本显然超越了纪实写作的固有障碍，以一种极具独创性的形式暗示了“非虚构”写作的真谛。

作家陈建功在《旷野无人》研讨会上的发言，通过对李兰妮作品的解读，概括了“非虚构写作”出现的时代背景。他认为，从“五四”新时期的思想解放运动开始，文学写作逐步“从单一的社会抗议和呼唤功能转化为对世道人心的陶冶”，“从比较单一的社会书写，走向了对内心体验和人性局限的探究”。在他看来，李兰妮的《旷野无人》“穿越了社会生活的层面，又穿越了人的一般心理层面，面对了蛰伏于人类心灵更深处的危机”。可以说这是到目前为止对于中国当代语境下“非虚构写作”可能性和必要性的最通透的阐释。因此，《旷野无人》的出现也被人称为“深圳的又一个率先之举”。

时任深圳市委宣传部副部长段亚兵在《旷野无人》研讨会的发言中说，《旷野无人》“对深圳整个社会的发展确实是很重要的记录和让我们可以思考的题目”，它“是对深圳精神内涵的丰富”。他认为深圳人精神疾患的高发是一种“必然的现象”，是“深圳在进行工业化、城市化和现代化发展过程中的一种代价、一种阵痛”。因此，“李兰妮把现代化过程当中必然要经历的阶段、代价用文学的形式记录下来、反映出来，我相信对中国整个的现代化和社会转型会有很重要的社会现实意义，也有历史的意义……它是我们深圳文学发展到新水平的标志性作品。它是反映了深圳城市精神发展的一个重要代表作品”。①

从以上讨论中可以发现，一些思路沿着《旷野无人》所提供的线索逐渐开始汇合：抑郁症——“工业化、城市化和现代化发展过程”——“非虚构写作”。这三者的连接，不仅可以显示《旷野无人》的时代意义和社会价值，为文学阐释提供一条合适的路径，同时也对理解和确立中国“非虚构写作”精神具有启示意义。《旷野无人》以一个近乎极端的实例，向我们显示了当代写作如何重

① 《〈旷野无人〉对当代文学的开拓性贡献——李兰妮长篇自传体散文〈旷野无人〉学术研讨会综述》，见 http://www.chinawriter.com.cn/2009/2009-04-03/30576.html。

构与“现实”的关系问题。从某种意义上说，它的“抑郁症叙事”把一个早已存在于我们的身边却又始终为我们视而不见的“现实”强行带入了我们的视野。据世界卫生组织2017年2月23日发布的关于全球抑郁症与其他常见精神障碍的最新数据显示，2015年全球超过三亿人受抑郁症困扰，约占全球人口的4.3%，预计到2020年它可能将成为仅次于冠心病的人类第二大疾病隐患。中国的抑郁症数据更令人触目惊心：根据加拿大学者费立鹏在2001—2005年间的调研，中国抑郁症的患病率为6.1%。费立鹏的这项研究在2009年发表于国际著名医学杂志《柳叶刀》。根据这个发病率的数据推算，中国的抑郁症患者已经达到九千万。

事实上，这个严峻的“现实”早已无数次向人们发出了警告，这既包括《旷野无人》中提到的那些文人自杀现象，也包括在2010年至2012年间曾连续引起媒体震动的“富士康二十跳”。中国城市化进程的加快带来了巨大的心理冲击，价值观的变化，城市环境的恶化，社会竞争的加剧，生活压力的增大，使城市生存失去安全感，导致了普遍性的社会焦虑，这一切都使抑郁症的高发有了现实的土壤。因此，《旷野无人》的出现在多个层面上都具有“事件性”的意义，它以极具个性化的表达呈现了疾病与时代和社会语境的关系这个复杂命题。

社会学家特纳曾说：“所有的疾病都是社会的疾病，从通俗的角度来看，紧张是慢性疾病的一个非常重要的病原因素，紧张是现代社会时间节奏的产物……从更根本的角度看，社会进程造成了疾病……疾病的意义反映了对于社会行为模式的焦虑，这些行为模式被视为是可以接受的，或者是根据主流社会群体的观点来确定的。”他指出，歇斯底里、抑郁症、忧郁、恐旷症、厌食症等，这些现代城市疾患虽然不无包含心理和生理的因素，但它们还有更为复杂的社会病原。[①]李兰妮借助抑郁症“病患之躯”所提供的视角，探究的正是这种复杂的“社会病原”。

1980年代初就已成为深圳特区“移民”的李兰妮，算得上是最早一批踏入深圳特区的文化人。早在发表于1986年的题为《他们要干什么？》的中篇小说中，李兰妮描写了她与深圳这个新兴城市在精神气质与文化态度上的微妙关系，尽管在抵制与顺应之间，主人公的选择最终无奈地滑向了后者，但是，李兰妮本人似乎一直未能摆脱“他们要干什么”这个疑问。她写道：“从1987年到1997年，作为一个深圳的‘文化人’，是我深感无助无望的时期。我害怕深圳，拒

① Bryan S. Turner，The Body&Society: Explorations in Social Theory，SAGE Publications Ltd，2008，pp.88—89.

绝承认我是一个深圳人。我的魂魄四处流浪，蜷缩在一个又一个大学校园的角落里歇息。经济商潮在深圳越来越热，我对这座城市的感觉越来越冷。”①李兰妮1988年被诊断出患有淋巴癌，历经三次手术和五次化疗，2003年被确诊出抑郁症。据说，早在《他们要干什么？》发表的那个年头，抑郁症的征兆就已经出现。

李兰妮的《旷野无人》一书把“认知日记”“随笔”“链接”和“补白”共四种类型的文本组接在一起，建构了一个由病状叙述、医学诊治、疾病知识以及与疾病不无关联的个人生活史、心态史和家族史回忆合成的“抑郁症叙事”。李兰妮在书中说：

> 注定了，我就必须坚守阵地。我的使命就是做这个城市文学写作这块地的底肥。我的使命就是，得癌症，得抑郁症，不死，老老实实把心得写出来。就像我颈部那块长长的伤疤，头颈科专家用相机把它拍下来，作为手术失败的例子，将在课堂上向未来的医生们展示。目的是，让后来的人活得更健康，更平安。②

苏珊·桑塔格说过：“疾病是生命的阴面，是一重更麻烦的公民身份。每个降临世间的人都有双重公民身份，其一属于健康王国，另一则属于疾病王国。”③毫无疑问，“移民疾病王国”，是个体生命的灾难，不只要经受疾病的痛苦折磨，还要蒙受“阴森恐怖”的隐喻之偏见。苏珊·桑塔格写作《疾病的隐喻》，目的就是让疾病王国的公民摆脱疾病的“阴森恐怖”的意义生产。但是，当李兰妮把“得癌症”“得抑郁症”视为一种“使命”的时候，它也就同时成了一种抵抗与警告的修辞。

陈思和在评论中分析说：“作家还是一个癌症患者，她的抑郁症的发作与癌症手术带来的恐惧不无关系，但是作家不写癌症的心理疗救却写抑郁症，正是因为抑郁症更加靠近社会的、心理的、精神的因素。写一个抑郁症患者的精神档案，也就是提供一份形象生动的当代中国社会的现代化进程的人文档案，记录了经济发展（以深圳为样板）给人的心理和精神上带来的巨大影响。”“她要解释的是疾病背后的巨大的时代隐喻，以及探讨当代人身处的困境及其拯救

---

① 李兰妮：《旷野无人：一个抑郁症患者的精神档案》，人民文学出版社2008年版，第222—223页。
② 李兰妮：《旷野无人：一个抑郁症患者的精神档案》，人民文学出版社2008年版，第368—369页。
③ [美] 苏珊·桑塔格：《疾病的隐喻》，程巍译，上海译文出版社2003年版，第5页。

的故事。”[①]作家在该书随笔部分中的家族生活叙述，从一个特定的角度显示了中国现当代的历史变化，作者的个人成长和生活经历，更显示了疾病与当代历史的隐微关联。

爱德华·索亚曾说，人的身体是被书写过、表征过的中介，“身体并不是一个自然的、去历史的、中性的客体，它是一个穿越历史、地理、文化经验，并且与感官所构成的经验互相交织而成的实体的界面”。[②]在《旷野无人》的叙述中，作者通过片段的记录连缀起自己与深圳的接触史，与此同时，“城”和“世代”的主体也反复出现。陈思和认为，这显然是有所指的，作家生活在这样的环境里，她能够清醒地看到社会经济高度发展中人文因素的严重缺失，精神生活的极端贫乏，并且直截了当地把这些具有尖锐挑战性的问题指出来：“它是一部漫游于精神领域的奇书，以一个抑郁症病人的眼睛和心灵来观察、感受世界，指出了正常的人们感受不到的生活真相。”李兰妮用心血、病体、经验、审美、知识集中来构筑起“抑郁症”这一时代隐喻，抑郁症既是个人的疾病也是时代的疾病。[③]谢有顺也认为：“作为一种隐喻，李兰妮借疾病以省察社会历史的精神病症，因为‘所有的病痛都是社会的病痛’。作为社会中人，身体是人对社会情状的直接承载，身体的不良症状也正是社会危机的隐形呈现。”[④]从“疾病叙事”的深层来看，《旷野无人》确实可以被当作一部关于当代社会和城市的寓言来读。

李兰妮在书中引用卡伦·霍妮《我们内心的冲突》中的话说：“在一个充满虚伪、狡诈、嫉妒、残忍和贪婪的社会里，弱者很容易因为自己的诚实而遭殃……只有一种应付危险的办法——逃跑和躲藏……它直接表现了一种对人格被分裂的畏惧……”作者之所以被“反复不断地置于不愉快而且又无法控制的境况中”，也许正是出于“对人格被分裂的畏惧”，但这也使她得以在疾病中“躲藏”起来。“躲藏”未必是害怕“遭殃”，却可以自己的“诚实”得到保护。从某种意义上说，《旷野无人》是一个“躲藏”在疾病中的城市人对她的同样患病的城市的回忆、倾诉和忠告。

带有基督教背景的“城”与“人”的主题在全书中反复回旋，第五篇即以《创世记》中的所多玛和蛾摩拉引出城的命运问题，之后，《旧约·创世记》《旧约·西番雅书》《旧约·约拿书》中尼尼微城的故事，以及《新约·马太福音》

---

①③ 陈思和：《约拿与尼尼微城的故事——读李兰妮的〈旷野无人〉》，《文艺争鸣》2009年第12期。

② [美]Edward W. Soja：《后大都市：城市和区域的批判性研究》，李钧等译，上海教育出版社2006年版，第7页。

④ 谢有顺：《爱心的苏醒——评〈我因思爱成病〉》，《光明日报》2013年12月10日。

中“七个污鬼”的故事，相继出现在有关深圳城市化进程的叙事中，作者据此展开对于城市命运的思考。《圣经》中说，所多玛城里人们罪恶深重，上帝要毁灭这城，亚伯拉罕请求说，如果那里有十个“义人”，能否宽恕城里的众人。上帝答应了。作家补充说：“听这故事的人多，警醒、反思的人少。有人嗤之以鼻，从不跟孩子讲这样的故事。这样下去，城里的义人会不会越来越少？我担心。”在“七个污鬼”的寓言里，耶稣以人体中的“污鬼”作比喻，说明世界上邪恶的东西不会一次性地被驱除，它会变本加厉卷土重来。陈思和认为，作家起先用这个比喻来解说自己的抑郁症负面思维为什么会反复出现，最后又引申到当代人缺乏信仰的现象：“他们什么都不信，心中大大空虚，这样的‘空屋子’，不招污鬼才怪呢。污鬼必带七个更恶的鬼来住在他的心里。这样的人怎能不邪恶？这样邪恶的人多了，这世代怎能不邪恶？”

在李兰妮的笔下，“疾病”是叙事的空间，也是社会与城市的“空间”，她的“抑郁症叙事”是一个表征的空间。爱德华·索亚认为，反抗的空间只能产生于从属的、外围的和边缘化了的处境。[①]李兰妮使疾病的“天谴”成为悬示在当代城市化进程之上的一柄利剑。在中国现当代文学叙事中，社会卫生学（social hygiene）话语始终指向个体的观念世界，构成了外部世界强大权力对个人精神空间的挤压，李兰妮反向而用之，以“疾病王国”移民的身份，向当代的整个外部环境、城市提出了警示和抗议。从表现策略上说，“疾病叙事”成为作者所构筑的一个空间，“疾病”成为观照时代与城市病相的一个最佳视角，它把叙述者与时代的迷狂隔离起来，并以一个“抑郁症病人的眼睛和心灵”对时代与城市展开病理学的勘察，从这个意义上说，李兰妮的“抑郁症叙事”也可以被称为当代城市与社会的一部疾病地理学著作。

郑小琼曾说：“我们需要用文学来建立起一个内在的智慧与感情的独立城市，修正着现实压力下的内心，让它免受外部暴力的损害，用它建立内心的秩序，保持着人性的善良与正义。用文学来慰藉权力与资本世界带来损伤的内心，保留着人类的理想与尊严，更加热爱我们本身和生活的城市。”[②]可以说，李兰妮的《旷野无人》正是“内在的智慧与感情”的结晶，疾病的淬炼使她得以更彻底地清除了内心的“污鬼”，她没有陷入绝望，她把《旧约·诗篇》中的诗句作为全书的“题记”，也是她对城与人的祝福：

---

① Edward W. Soja , Thirdspace: Journeys to Los Angeles and Other Real-and-Imagined Places, Wiley-Blackwell，1996，pp.53—82.

② 郑小琼：《用文学构筑内心的城市》，见 http://www.chinawriter.com.cn/2008/2008-12-14/36985.html。

我们经过水火，你却使我们到丰富之地。

城市化进程给当今世界带来的环境污染、城市迁徙、贫困和公共健康等复杂的社会问题，也是当下所面临的同样严峻的“现实”问题，这些问题为“非虚构写作”提供了突入时代“真实”、捕捉社会“真相”的切点。前文提到的获得2012年美国国家图书奖“非虚构类”奖项的《地下城：孟买贫民窟的生命、死亡与希望》和获得2017年普利策“非虚构类”奖项的《被驱逐者：美国城市的贫穷与利益》，都细致地呈现了城市化进程中所出现的极其尖锐的问题。这两本书涉及两个差异巨大的世界，一个是属于发展中国家的印度，一个是高度发达的美国，两者的城市境遇竟然如此相似，这证明了这个写作主题的普遍意义。加拿大记者道格·桑德斯（Doug Saunders）在2011年出版的《落脚城市：最后的人类大迁徙与我们的未来》（*Arrival City: The Final Migration and Our Next World*）也是一部引起巨大反响的同类作品，桑德斯的足迹遍及五大洲数十个国家和地区，从中国重庆的六公里到孟买和德黑兰的边缘；从圣保罗与墨西哥城的山坡地到巴黎、阿姆斯特丹与洛杉矶，他的这部作品全面地考察了从农村到城市的人口迁徙，书中把由乡村移民构成的城市飞地称为“落脚城市”，大概近于中国的“城中村”。桑德斯指出，这些落脚城市虽然位于人们的视线和旅游地图之外，饱受暴力和死亡、漠视与误解，却又充满了希望与活力。“解决好农村人口进城的问题，提供携带家人进城的渠道，让落脚城市充分发展”是城市化进程中的关键一环，因为这个时代的历史，其实有一大部分是由这些漂泊无根的人造就而成的。桑德斯在书中也提到了在深圳“落脚”的困难。

城市化的进程联通了农村和城市，改变了传统的题材分域，尤其是对于“非虚构写作”而言，几乎所有的主题呈现都离不开城市语境。王小妮的《上课记》在对大学课堂的片段记录中也展示了大学、城市和农村之间的联系，出身底层和农村的学生是这部作品的重点描写对象。打工题材也与上述城市问题密切相关，深圳作者对于打工经验的呈现已经渐趋复杂和多样，但在呈现的形式上大多仍缺乏结构性的组织框架，比如萧相风的《词典：南方工业生活》和程鹏的《在大地上居无定所》等都是如此。郑小琼的《女工记》用一百首诗和“手记”相组合的形式，较大规模地呈现“女工”在工业化和城市化过程中的遭遇和命运，她更多地关注底层状态和底层痛苦经验，关心那些“依旧用肉体直搏生活”的女工们的生存状态，关注底层与底层的碾轧中的那种“暴力、血腥、野蛮、赤裸”，也在一定程度上展现了从农业社会向工业时代转型的主题。但作为一种独特的“非虚构”形式，她的个人态度和立场过多地渗进了事实的呈现过程。

深圳的“打工族”也是外国记者“非虚构作品”的重要主题之一，张彤禾的《打工女孩：从乡村到城市的变动中国》以比较乐观的眼光看待新一代的打工问题，它写出了打工女孩的积极和励志的一面，把城市化看成一条走向未来的必由之路。她甚至认为，女工们所遭遇的那些苛刻甚至有时带有性别或地域歧视的招聘要求，也正在中国新生代打工者的个人成长中起到一定的积极作用，这当然是一个存在争议的观点。

城市环境与城市生活方式是人类健康危机的根源，这个问题也是国外“非虚构写作”越来越关注的主题之一。1995 年，美国非虚构作家理查德·普莱斯顿（Richard M. Preston）的《高危地带》*(The Hot Zone)* 追踪记录了埃博拉病毒缘起，再现了现代城市环境下病毒灾难来袭的真实场景。作者认为，埃博拉病毒和其他雨林病原体在城市世界的显现，无疑与热带生物圈遭到破坏有密切关系，病毒的传播与人类的无知、贪婪有关。随着人类生态足迹的扩展，来自热带雨林的危险病毒可在二十四小时之内乘飞机抵达地球上的任何城市。人类文明与 SARS、埃博拉、寨卡这类病毒之间的距离越来越近。在列举了一大批新的病毒之后，普莱斯顿提出了警告：“地球正在启动对人类的免疫反应。它开始对人类这种寄生生物做出回应，人类的泛滥就如同感染，混凝土的坏死点已经遍布全球。人类群落无限扩张和蔓延，很可能会给生物圈带来大灭绝。”

城市就是那些“混凝土的坏死点”集中的区域，人类群落的无限扩张和城市进程的加速逐渐吞噬了其他生命形式的领地。英国环境史专家伊恩·道格拉斯也曾说过：“城市如今已成为世界上大部分人口的安家之所和生息之地。许多国家都已进入城市化社会，其中，大部分人的时间主要是在一个建成环境（built environment）中度过的，这种环境通常似乎远离大自然。然而，没有城市能够逃得出大自然的极端状况的影响，不管是迪拜的尘暴、纽约的雪灾，还是巴黎的水患。”[①]事实上，城市化进程的加速，在证明人类征服与改造大自然的威力的同时，也为大自然的报复准备了足够的条件。

十余年来，南兆旭和他的同伴的足迹踏遍了深圳的山岭、田野、溪谷、海岸线、岛屿、湖泊、老村和古道，见证了深圳城市化进程所付出的巨大“代价”：

> 1979 年，宝安县变身为深圳市。短短 30 多年里，深圳填埋了三分之一的原生态天然海岸线，在超过 40% 的土地上铺上了水泥和柏油，

---

① [英] 伊恩·道格拉斯：《城市环境史》，孙民乐译，江苏凤凰教育出版社 2016 年版，引言第 1 页。

> 50%数千年里都会经过的候鸟如今已不再飞来，30%深圳近海的野生动物种群已彻底绝迹，最大的5条河流全部深度污染，空气浑浊的市中心已完全看不到星空……这片不到2000平方公里的土地，1000平方公里的海域，30多年里，为人口增长40多倍、GDP增长5000多倍付出了巨大的环境代价。[①]

南兆旭提醒人们，在尽情享受现代文明成果的时候不要忘记，在“家”与“国”之间，我们还有一个家园——大自然——正在惨遭荼毒。

> 一个城市的历史不仅仅蕴含在年代久远的建筑、博物馆的展品、档案馆的文件、史学家的著作中，同时还蕴含在河流、海岸、田野、岩石、动物与植物当中。大自然给我们讲述的深圳历史，更生动，更接近真相。[②]

南兆旭的自然书写为城市与城市居住者提供了一面镜子，它照见了城市也照见了城中之人，更照见了患病的现代文明。从某种意义上说，城市的漫步者瞥见“自然”的刹那，或许预示着救赎的可能。

> 走累了的时候，找一个没有人工光、没有噪音的地方，在一片黑暗里坐下来，听鸣虫的低吟浅唱，听鸟儿半睡半醒的啼叫，听不知名的小动物穿过草丛时的窸窣声，抬头看看天空，会发现几颗平时根本没有注意到的星星，那一刻，会明白，不管我们觉得自己多么伟大，大自然其实已经给我们安排好了一切——日月交辉，明暗更替，生离死别。[③]

① 南兆旭：《深圳自然笔记》，深圳报业集团出版社2013年版，自序第4页。
② 尹维颖：《〈深圳自然笔记〉昨首发》，《晶报》2013年12月9日。
③ 南兆旭：《深圳自然笔记》，深圳报业集团出版社2013年版，第120页。

作品

深圳·两万人的苦痛与尊严

吴启泰　段亚兵

引子

1982年隆冬。京广线南端，陆续驶过一百列军车、两千多节车皮，满载来自全国各地的两万名基建工程兵干部、战士，连同各种机械设备，奉国务院、中央军委命令，直驰南国边陲的深圳特区。全体人员从1983年下半年起，集体转业改编为深圳市建设公司下属建筑企业的员工。三年过去了，这支建筑大军在特区土地上留下了艰辛的业绩。然而——

黑暗中的骚动

突然，眼前一片漆黑……

1985年11月某天夜晚，地处红荔路西端的华新小区因临时停电而陷入一片混乱。

这片深圳唯一没有绿化的宿舍区，光秃秃的红土上兀立着八九幢七层宿舍楼。楼房之间挤满了铁皮仓库、工棚和自行车车棚等各种临时建筑物，与这些低矮、丑陋、杂乱无章的怪物为伍的高楼，对比之下更显堂皇。这些三五口之家居住的舒适套房里却挤满了十几个甚至二十几个居民。客厅被木板隔成住房，厨房水池上架上床板，狭长的过道也被特制的双层铁架床充分利用。就在这些鸽子笼似的宿舍里，聚集着市建设（集团）公司六千多名单身职工。

黑暗中，不知谁首先怪叫一声，或是几个人同时叫的。他们聚在一起甩扑克赌香烟，或为自己抓到一手绝好的牌却无用武之地而愤怒，或因为突然停电而失手打破锅盆瓢勺，或不当心在拥挤的过道里撞上什么，或抱着脸盆摔倒在卫生间……总之，谁也不知道发生了什么，就在那声粗野的嚎叫之后，人们涌向阳台、窗口，爬上楼顶，几乎不约而同爆发一片狂叫，从上面扔下酒瓶、砖块、罐头盒、垃圾等各种杂物。匍匐在高楼脚下的各种建筑物铁皮顶棚，在雨点般密集的撞击下，顶裂棚塌，发出叮当震耳的巨响。这片巨响和上千人歇斯底里的疯吼，夹着令人心颤的怪笑、尖冽的口哨声和沉重的撞击声，在漆黑的楼群中汇成一片惊天动地的喧嚣……他们在等待着任何一点微不足道的由头来宣泄。

原基建工程兵战士，现为市建公司某下属单位木工，二十三岁的彝族青年王风荣的床正对阳台。他跳下床，与同房几个人奔向阳台。起初他不知发生了什么事，被黑暗中摇天撼地的气势镇住。血以前所未有的速度奔涌，肩膀、胸口与小腹处分明的肌肉剧烈地张缩，他不由自主地想喊，想叫。成天没活干，无所事事，除了甩扑克就是压床板，也算人的生活？强健的肌体积聚着的使不完的力将心挤扁了，像块干抹布塞在肋骨与肺叶间，而大脑却一片空白。气流顶到喉头，发不出声，气得他挥着双拳，轮番敲着运足气的小腹，像湿透了的沉闷的鼓皮。

酒瓶、罐头盒砸完了。一个小个子云南兵钻进房间，抱出一箱空啤酒瓶。一个大个子东北兵急了，从对方怀中夺下木箱，骂骂咧咧道："妈的，你瞎眼了！"几只手伸到木箱边又缩回。他们知道这些啤酒瓶能退钱，两角一个，十几个足可以对付两三天饭钱。就在这时，小个子云南兵又钻出房间，不知从哪儿抱来一筐蜂窝煤，于是人们又有了宣泄的弹药。一片嚎叫声中，五楼阳台飞下一片黑色炸弹。

王风荣也抓起一块煤饼，他没扔，干透的煤饼十分坚硬，却在他两手的掌心压力下碎成粉屑……

在这场疯狂的骚动中，与王风荣等同住一幢楼，而且同在一个施工队的沈致虎，在黑暗中紧紧抱住一本厚厚的册子，凝神屏气站在二楼宿舍窗口。

停电之前，他正坐在床沿，趴在没刷漆的条桌上，翻阅着他从报刊上剪下的有关长跑运动的报道和照片。这位皮肤黝黑的甘肃人有一张典型的南方人瘦脸，两只大眼睛里闪着执拗，甚至有点儿稚气的热情。他是业余长跑爱好者，在 1984 年深圳市春节十公里长跑中曾获第一名。同伴称他为"业余冠军"。为了参加下个月的深圳马拉松（国际）邀请赛，他正专心地按自己的身体条件拟定训练计划。

狭长的小屋里放着三张双层床。"业余冠军"的床在最外边，床与茶桌之间是同屋人进出的通道。沈致虎不得不多次将上身抬离桌面，收拢双腿，挺胸收腹，等同伴走过去之后再继续趴在桌面写训练计划。终于，同屋的小伙子洗擦完毕，各自出门去看电视，上别的房间闲唠嗑或甩扑克。他独自面对心爱的剪贴册，每篇文章、每张照片，尤其是自己参加比赛的有关报道，使他兴奋不已。1985年，他在市运会五千米和一万米竞赛中分别获得银牌与铜牌，他渴望攀上更高一层，和剪贴册上的那些长跑健将们一样，逾越一个又一个障碍。

目前最大的障碍是肚皮。他羡慕甚至嫉妒专业运动员。他们有充足的时间、良好的营养和经验丰富的指导教练。他什么都没有，每天十多个小时玩命地干活，还要坚持大运动量训练，跑完十几二十公里路程。他的教练就是这本贴满各种资料的大册子，加上他积攒零用钱订阅的一摞摞体育杂志和专业理论书。最近，队里活很少，经常整个月拿不到一分钱工资（这儿不比内地，确实多劳多得，不劳不得）。没活干，训练时间多了，几乎二十四小时都由自己支配，但是却缺少卡路里。他在一则报道中看到，海洋水产品，尤其是虾，对长跑运动员的肌肉耐力有促进作用。对虾，他在北戴河当兵时偶尔吃过，此刻却成了《天方夜谭》里的神话。公司再这样继续长时间停工，他这个四级抹灰工，不用说维持训练所需的营养，就连维持生命的热能也够呛。

生命的张力，渴求征服速度与距离的梦；生命的现实，勉强维持廉价的生存。他本以为在特区，较高的收入会为他坚持十多年的长跑运动，实现自己雄心勃勃的追求提供一定的物质基础，没想到……

突然的停电打断了他的思绪和草拟中的计划。他十分惶惑，窗外人们狂暴的发泄，令整个楼层都在这疯狂的声浪中震动。过去停电也时有发生，也有人摔瓶扔罐，狂呼怪叫，但从未像今晚这般，似乎人人都发了疯。他的心揪得紧紧的，双臂神经质地抱住剪贴册，唯恐它从手里莫名其妙地消失。似乎贴在胸前的不是一本剪贴册，而是某种珍贵的信念。

窗外愈演愈烈的骚动，无数年轻生命的愤懑和积怨，尤其是对面市建五公司楼层传来的最尖最响的叫声，令他非常不安。他认识其中几个战友，他们的情况比其他公司的更糟。小张同屋的一位老志愿兵昏倒在床上。他们把他送到华强医院急诊室抢救，当针管扎进瘪塌的血管，注入葡萄糖后，他慢慢醒过来，对医生们说："我没病，没病，只要给我吃点饭就行了……"

他后来告诉医生，自己三天没沾一粒米。同屋的小张悄悄告诉医生，"病人"在床上躺了整整六天，别人问他为什么不起来吃饭，他说："病了，不想吃。"

他连续五个月没活干，每月借支五十元生活费，一大半寄回老家，接济妻儿父母，剩下的钱在一张舞票二十元的高消费特区，根本无法维持生命的最低需求。

沈致虎似乎明白了眼前发生的一切，人的希望、信念与尊严，究竟斗不过肚皮。这个生长在贫瘠的黄土高原上的农民的儿子，虽然具有惊人的毅力与韧劲，但仍然少不了每天早晨两个鸡蛋，否则会在大运动量训练中彻底垮掉。听人说，营养跟不上，肌肉过度运动会拉伤变酸。这半个月来鸡蛋吃不上一口，而训练却未停止。莫名的恐惧令他冒出疯狂的念头，他恨不得咬一口腿上紧绷绷的肉腱，证明是否真的有酸味。

“啪”的一声，一块蜂窝煤砸在钢窗的框架上，碎屑溅在他脸上、胸口上。他急忙缩回身体，双手本能地捂住脑袋。心爱的剪贴册，连同那张长跑训练计划落在脚下。他没有立即捡起心爱之物，于茫然中瞪着两只大得出奇的眼睛，盯着窗外。

附近的居民吓坏了，不知这儿出了什么事。公安人员匆匆赶到现场，却无从下手以阻止这莫名其妙的疯狂行为。直到重新来电，幢幢楼房在一片欢呼声中同时亮起灯，骚动才趋于平息。

人们纷纷回到宿舍。

王风荣与同屋的战友，包括那些观战的人，挤在一块儿，头碰头地你瞅我，我瞅你，笑不出，哭不出，说不出。人人筋疲力竭，同时又在这筋疲力竭中体验到某种莫名其妙的快感，某种疲软后的轻松。

短短三十分钟，一场似乎难以解释的灾难，留下了倒塌的顶棚，裂开的瓦楞板，缺胳膊少腿的自行车，满地的瓶、罐、砖块及花盆、木箱等各种杂物。

可计损失达三万元以上。

市建五公司的一位工程师对一位市总工会的干部忧虑重重地说，这儿是个火药桶，潜伏着危机，任何偶然因素都可能诱发一场更大的灾难！

恶作剧者

巨大的经济压力动摇了这支队伍的军心。

市建五公司党委书记、四十八岁的姚瑞兴，最近一直住在华新小区值班。为了防止大面积停工造成职工的思想混乱，他和几位公司领导白天在外拼命跑任务，晚上轮流在这儿值守，刚和三队一位书记走到市建五公司职工楼下，冷不防从楼上倒下一盆脏水，淋得他满头满身都是水，和他一起的施工队书记也被溅湿了半边身。

姚瑞兴一向脾气好，而且善于和战士们打交道，战士们有什么事也宁可绕过威严的老团长，和他说悄悄话，他不敢相信会有人存心恶作剧。他一口气爬上七楼，发誓要抓住这个“恶作剧者”。

七楼没查到，六楼也没查到，当他走到五楼过道，听见左边套房内传来一片喧哗嬉闹声，他立即推开门，贴着狭长的过道走进那间连着阳台的宿舍。屋里的单身职工们正围在一块儿甩扑克，脸上贴满纸条儿，互相嘲弄笑骂。谁也没注意到他的出现。突然有人发现——

姚瑞兴站在门口，手里捏着湿漉漉的军帽，裤脚还在往下滴水。这位书生型“政委”一向心地宽厚。此刻，“政委”却脸色铁青，微微下撇的浓眉下，严厉的目光从每个人脸上扫过。年轻的职工们纷纷放下牌，慌里慌张地撕下脸上的纸条儿，陆续从条桌边拥挤的空间站起。几年来，他们从未见过姚书记提高嗓门发脾气，也没见过他的表情如此吓人，而且全身湿透，不知出了什么事。

“谁？你们说，到底谁干的？！”姚瑞兴感觉血气直往脑门上涌。他克制住过分激动的情绪，但从牙缝里挤出的低沉的声音仍然使战士们发怵。人们很快省悟，一定是刚才楼上有人顺手倒水，浇在了书记头上。很多人都听到泼水声，但谁也不愿吭声，他们局促不安地躲避着书记的目光。

“说，你们说话呀。”姚瑞兴愤怒的声音中透出伤心。

职工们继续沉默。他们心里明白，楼上那个泼水的家伙绝不是冲着姚书记去的，且不说他毕竟是“首长”，军人对这点很讲究，何况“首长”一向待人宽厚，这些日子为了大面积停工也没少操心。他值班时，走进哪个房间都会被人团团围住，听由大家七嘴八舌地发牢骚，吐心里话。

姚瑞兴被沉默所激怒。

“你们都是老兵，跟你们说了多少次，不要从楼上倒水。如果浇在别人头上，少不了又要干架，这是起码的修养……问你们还不吭声，难道就不害臊？”

不害臊。躲在屋里玩牌是一回事，堂堂正正站出来又是另一回事。这句话惹恼了工人们，何况脏水根本不是他们泼的。屋里屋外，跟着看热闹的，说不定那恶作剧的家伙也夹在人群里，团团围住这位公司一把手。犀利的目光，刻薄的话语，愤懑的情绪迎头砸过去，他反倒成了被审对象。要活没活干，要饭没饭吃，浑身力气白长了，成天躺在床板上，他们当年随大军来特区，不是为了压床板的。来这儿就是为了把青春、力量付与一幢幢拔地而起的高楼大厦。为这他们愿耗尽自己的一切，包括年轻的生命！如今落到这般田地，成了掉在井底的老牛，有劲没处使啊！正所谓“看看现实不理想，想想理想不现实”，人们想不通。一位七三年老兵拍着胸膛，逼问这位团首长：“咱都是一条条硬汉，当年跟着首长走南闯北，指哪儿打哪儿，什么样的硬工程没啃过，哪会儿给部队丢过脸？可现在，眼看别人竖起一幢幢楼，连天带夜地干，我们却成天躲在家里压床板，既然这样，当初为什么把我们要到特区来？”

人们积蓄多时的愤怒爆发了。有的说领导窝囊，骂他们这些人胆小怕事。更多的人骂基建办，骂施工部，要把那儿砸了，揪出那些个专管招标开标的头头们，问问他们姓资还是姓共！宪法保障劳动者的权利，我们的权利在哪儿？！

“首长！”职工们仍改不了部队习惯，仍称书记为首长，“你敢带兵打仗，为什么不敢带我们去上面论理！只要你一句话，我们现在就跟你走，谁敢碰你一个指头，咱全跟他拼了！”

“住口！”姚瑞兴拍着桌面，声音发颤，“你们想闹事？！只要我在，李团长在，你们敢……”

“行，我们不闹，你给活干，给饭吃吧？”战士们并没被“政委”吓住，依旧缠着姚瑞兴。姚瑞兴压下火，耐心地解释着，并告诉职工，老团长李全忠已经去贵州、海南岛联系任务，市委、市建设（集团）公司也很重视，正在设法解决，你们无论如何都要相信组织……

姚瑞兴说破了嘴，总算压下战士们一触即发的怒气，而他却筋疲力竭，一屁股坐在帆布马扎上，向那个领头发牢骚的七三年老兵伸手要了一支不带嘴的廉价烟，恶狠狠地抽了几大口。湿透的衣服粘在皮肉上，一股股凉气钻进肌肤，油盐酱醋全打翻在心窝窝，说不出道不明的滋味。战士们的愤怒和委屈，他不但理解，而且自己也有，只不过角度不同而已。

三〇四团转业改编为地方企业前，是基建工程兵中响当当的一面红旗，是全军十八个行政管理先进集体标兵之一。在贵州，他们创下同行业产值、质量、建筑面积的最好成绩。1982 年准备让他们上约旦王国搞工程，后因基建工程兵解散才撤销这一计划。接到开进特区的命令后，兵马未动，粮草先行，老团长李全忠亲自押着车队，满载粮油和煤，翻山越岭一路赶来，在黔桂交界山区公路上，吉普车翻了，差点摔下万丈深渊。命大！李全忠钻出吉普车，拍拍身上的土，又领着车队日夜兼程。由于解决了“吃喝”之忧，这个团扎进深圳的第一年，边搬迁、边安家、边施工，全年拿下一千七百万元任务，超过本团历史最高纪录。1984 年任务饱和，干部、工人情绪特别高涨，全年完成总产值两千八百万元任务。

记得 1983 年初，全团刚到两个连，为了赚点外汇，毅然和港方投资者签订了七天拿下雅园宾馆地基土方的工程合同。时值雨季，干部领头带着战士们在雨中日夜施工。港方经理十分感动，晚上派人送来饮料和面包，战士们谁也不敢碰，后经对方再三说明，大伙儿才填下肚子继续干。结果四天半完成土方任务，净得四万五千元港币。港方经理伸出大拇指，感叹不已，这么大的工程量，这么艰苦的施工条件，就算是香港机械设备最强的施工队，没五天也拿不下。

能说这样的队伍不能干？这样的兵不肯干？为了扎根特区，打开局面，他们在竹子林建基地，同时投资建了一万三千平方米的沙河工业区厂房，在横岗与内蒙古联营办起了奶牛场，挖了两口鱼塘，租下二十亩水面搞水产业。他们雄心勃勃，宏图待展……然而 1984 年底 1985 年初的形势急转直下。任务吃不饱，投标投不上，建设单位拖欠工程款追不回，眼看这支硬邦邦的队伍因没活干被拖垮，姚瑞兴能不心疼？他心里很清楚，这种情况非但一时不能解决，而且将继续恶化。但是在职工面前，在这充满酸臭汗水味与劣等烟草味的宿舍里，他必须扮演一位信心十足的角色。俗话说，三军可夺帅也，匹夫不可夺志也。

姚瑞兴向上面保证，部队出问题他负责。但长期没活干，按上面提出的“上不封顶，下不保底”精神，不干活拿不到钱，填不了肚皮，再这样下去，他也保不准不出事。为了摆脱公司面临的困境，他和经理、副经理等人向上级和市总工会同志如实反映了情况，特别对工程招标、投标中的一些不正常情况提出不同看法。上级机关对此大为不满，认为他们公司的状况不能代表市建战线。有位负责人干脆说，我们特区就是要搞竞争，不能保护落后。“自我游泳，游过去的上岸，游不过去的淹死活该！”姚瑞兴无法理解这种“自我游泳”。竞争是有条件的，应是一定水平上的社会主义式的竞争。例如游泳，起码有几个教练，起码让这些不熟习“水性”的人有个学习过程，否则不用说竞争，扔进水里就淹死了。

姚瑞兴和老团长李全忠就要调离公司，领导已经找他们谈了话。姚瑞兴作为公司党委书记最后一次与职工在一起谈心，他想起了文艺复兴时期伟大的艺术巨匠达·芬奇那幅名画《最后的晚餐》。耶稣被人出卖，临刑前与十二位门徒聚宴于长条桌前。此刻，他觉得自己对不起这两千多名战士。从二十七支队调入三〇四团时，他曾和李全忠同志发誓要把这支队伍带上去，然而在他们最艰难的时刻，作为战友和对他们负有责任的领导却要离开他们。一种极为复杂、微妙、难以启齿的感情纠结于心。

人群一片肃静。

在团团烟雾中，战士们看到“政委”两只湿润的眸子在闪光……

苦痛与尊严

这些天，市总工会产业部部长李钦文，与何绍森等两三位同志，成天泡在市建设（集团）公司下属单位。基层工会办公室、职工食堂、工地、带家属的宿舍、单身职工聚集的华新小区、职工医院、总公司以及市基建办、基础工作组、市基建办下属施工部，甚至中国建设银行……一切与市建这支队伍有关的单位、角落都成为他们关心与调查的对象。他和总公司领导、下属公司头头、工会干部、施工队队长、工段长、司机、木瓦工、抹灰工、炊事员、医务室医生等所有人交谈，调查了解每个人的情况及其想法。李钦文与总工会其他干部一起召开座谈会，在下属工会的支持下搞民意测验，抱回市建各单位成捆的报表、统计表、总结等各种材料。

在生活的真实中，在目睹的事实面前，他觉得文字，尤其是那些写在拘泥于格式、照顾各种影响、再三斟酌后的刻板报告中的文字，像飘在空中的羽毛，飘忽而轻佻。如他们在给市委、市政府的报告中提到“他们生活困难，经济拮据……”，而现实铺开的一幅幅画面，将这些平淡的字眼砸得粉碎，令他这个五尺男儿流下酸楚的泪水。

李钦文、何绍森等人在市建五公司工会干部的陪同下，跨进低矮的铁皮顶小屋，跳进眼帘的是一片喑哑的悲怆。不是卧病不起的男主人脸上迸裂出歉意而感激的笑；不是他妻子理着蓬乱的头发，像犯人见到提审员时流露出的仓皇与不安；不是那小女孩翘起瘦黄的尖下巴时，目光中掠过的乞丐们常有的讨好与可怜的期待；不是那年纪较大的男孩站在远远的角落里，那阴鸷而近乎呆痴的目光；不是那没有刷漆的已经沤烂发黑的床脚，结着蛛丝的墙角；不是男主人、妻子及四个孩子的破衣烂衫所表现出的贫困……统统不是。不是某个具体说明其艰难的细节，而是整体的深沉的苍凉。人在捍卫自身的尊严中挣扎。这一切深深地震撼着这位三十七岁的工会干部的中枢神经。

李仁苟，六三年老兵，四级机械工，在 1985 年 9 月的一次施工中因公负伤。他双手撑着床板，拼命想挺起那已经无法挺直的腰椎，脸上挤出原不属于他的笑。他笑得无忧无虑，近乎稚童。女主人谭满玉扯着粗大的嗓门，说起他们一家六口不幸的生活，唇边始终挂着奇怪不安令人尴尬的笑容，仿佛她与李仁苟不是这个悲惨故事的男女主角，而是发生在其他人身上的事。

一家六口，在受伤后的两个月内没领到一分钱。后经公司领导及工会相关同志干预，队里每月发给他九十五元工资。内地人也许不了解深圳，米要四毛多钱一斤。李仁苟一家每月仅米钱就要花去六十元左右。吃菜呢？辣子拌盐，咸水煮土豆，从菜场捡回烂菜叶。穿衣服，孩子上学的学费、书籍费，房租水电费，把生米熬熟的燃料费，牙膏、肥皂费，等等，这些生存的必需品总不能不买吧。九十五元，仅扣去米一项所花的钱，剩下三十元能干什么？大概只够五十三层国贸大厦旋转餐厅里的三支可口可乐。

李仁荀苦笑着，原指望到特区能过上好日子，没想到两年多没替妻儿置一件新衣。怨什么，不能怨公司，队里几个月没出工，工人们每月只能借支五十元生活费，组织对他已经够照顾，只能怨命，命苦！这对湖南籍的患难夫妻终于哭了起来。

实在熬不下去，妻子背着六岁的小女儿上火车站要饭。说来也巧，总工会的司机认出她，市建五公司的几位同志也在车站撞见她。李钦文问起这件事，谭满玉怎么也不开口，眼泪未干的尖脸上咧开大嘴，羞愧地笑着。“说吧，说给总工会同志听听，没关系。”市建五公司工会副主席在一旁开导她。她连连摇头，最后突然捂住脸，泪水从指缝中流出。

“不，我没有，没有给工程兵丢脸！没有，我没有……”

李仁荀二儿子所在学校的班主任老师，得知李仁荀家的困境，勉励孩子好好学习，同时发动全班同学，捐了十套旧衣服和六元钱送到李仁荀家里。李仁荀含着热泪收下旧衣服，但坚决拒绝收钱，哪怕是六块钱，请老师一定要退还给好心的学生们。

桌上放着一大瓶泡着党参、枸杞子的药酒。这些酒与药要花不少钱，远远超过那盘咸水煮的土豆。谭满玉宁可省下口中食，也要起不了床的丈夫喝药酒，要他尽快康复，尽快站起来，重新赢得在大地上站立的权利，劳动与养家活口的权利。这只是一个美好的愿望。谭满玉也心如明镜。然而除此之外，她没有第二种选择。人们靠希望支撑未来，失去希望便失去一切。而这种希望建立在人自身的尊严上，便会创造奇迹！苦难压弯了脊梁，头颅却不肯低下。

橙红色药酒和破盘子里没去皮的咸水土豆在李钦文眼前晃动，一种更为沉重的酸涩的力量在他心里翻卷，他想流泪，却流不出。

他想起有次在竹子林附近的菜地，碰到几位妇女在地边捡菜农打下的菜帮子。他停下自行车，上前和她们攀谈。妇女们疑虑重重地打量着他，不说话。他说出自己是市总工会的，几位妇女立即围住他，说起各自家的困窘。

“来了两年多，工作没着落，男人又没活干。家里人羡慕死我们，我们却后悔不该离开家，又没脸再回去……”

“要是能划几块地，让我们种点菜，也不会到这个地步。”

“李同志，请你向上头反映反映！”

"……"

李钦文劝她们不要捡菜叶。市建二公司周志仁一家四口，因为吃了喷有农药的菜叶，全家中毒住院抢救，花了两百多元医药费，差点搭上命。

"那是菜农存心干的，他怕周志仁老婆偷地里的好菜，在菜叶上喷上农药。"

"真的？"李钦文心里一惊，"那你们还敢捡？"

"这家人心好，可怜我们。每次起菜上集市卖，还让孩子通知我们来捡呢。"

看来，世界上好心人还是很多的。

面对严酷的现实，面对在艰难中挣扎的特区战士及其家属，李钦文百思不得其解。

去年，即1985年11月29日，市委书记梁湘同志就市总工会反映市建四公司、五公司职工工作、生活困难的调查报告，连夜在常委会议室召集会议。梁湘对此情况感到非常气愤，明确提出四项措施，要解决市建四公司、五公司面临的困境。市劳动局、园林公司、基建办、公安局等单位为了落实这些措施做了很大努力，分管基建战线的副市长亲自干预，给他们一些"照顾性"工程。几个月过去，为什么情况没有根本好转，有些局部情况甚至更加恶化，究竟症结何在？

李钦文——这位毕业于中山大学哲学系、1984年由茂名市调入特区、长期从事工会工作的干部，从社会学角度入手，和产业部副部长何绍森同志等人认真分析了这支队伍的历史、现状，分析了深圳建筑商品市场的复杂情况，他们充分意识到，必须跳出市建圈子，站在更高层面上认识这个既正常又不正常的现象，找到问题的根本。他们的这种想法，得到市总工会党组及市总工会主席张汉明同志的明确支持。

李钦文与何绍森同志爬上华新小区七楼，心里真有点儿打鼓，他们听说过有关去年停电骚动的事。当他们跨进拥挤不堪的集体宿舍，没想到立即被单身职工团团围住。年轻人拿出汽水，临时跑到楼下买来天府花生、可乐，逼着他们一定要吃、喝。面对这些困境中的职工，一张张营养不良或过度劳累（出去打临时工）的年轻人的脸，李钦文、何绍森实在伸不出手。

"你们来看我们，就是看得起我们！"在那间人挤人、头碰头的集体宿舍里，李钦文再一次感到肩上的压力。特区有蓬勃发展的建筑行业，这些精力充沛的小伙子们竟无所事事，他们对工会干部寄予莫大的期望。这些淳朴的战士们没提任何苛刻的要求，仅仅洒着笑声，含着热泪，捧出一颗颗滚烫的心：我们只求有活干，有饭吃。

三级跳远

南洋公司副经理张敬东咽不下这口气。这位从不服输，甚至有点傲气的关西大汉，铁下心来要在这个群雄逐鹿的深圳建筑市场上立足扎根。

早在 1985 年 3 月 14 日，市建设（集团）公司考虑到市建四公司因园岭二期宿舍楼施工砸了锅，信誉受到影响，为改变这种局面，对该公司“分而治之”，一劈为四，从四公司抽调人马，分别组建成南洋、黎明、曙光另三个工程公司。四百多人的南洋公司开始属市建设（集团）公司领导，后成为市基建办直属公司，市委常委会扩大会议后，被转调入市航运总公司。市航运总公司原拟让这支队伍修建航运码头。后因资金搁浅，任务无法落实，背不起这个包袱，他们宁可将在海湾公司拥有的 47%的股份连同“南洋”一起送给海湾公司。1986 年 3 月 15 日，这支历经坎坷、无人收容的队伍于一年时间内，走马灯似的过了五道门坎，终于又回到了当初的起点。工人们苦笑着说——

南洋，难养，无人肯养。

张敬东碰上了一块硬骨头。到南洋公司两个月，这位什么样的队伍都带过，再差的队伍都有信心抓起来的铁腕人物，竟然束手无策。这支队伍原来底子就差，技术力量薄弱，由部队转地方，并且一下子落在全国唯一全面敞开建筑商品市场的特区，这对他们来说无疑是一次从未经历过的“三级跳”。部队南下时，许多有技术的“蓝棉袄”（即部队里的随军职工），拿得起活的老志愿兵纷纷留下或转业。又在一年时间内换了四五个单位，每过一道坎，都有些工程技术人员外流。当他应经理鲁立平的多次邀请和老首长、市基建办负责人王炬同志的说服动员，接了这个“无人肯养”的烂摊子时，他心里直发毛。规章制度不全，管理混乱，无固定资产，无机械设备，无地盘，无房产，无资金，远不如一个像样的三类民工建筑队。有的干部、职工将工地上成堆的钢筋当废品卖出去，材料失窃现象十分严重。更令他惊讶的是工人素质低，许多瓦工砌不直墙，木工不会打门窗，砼工不懂得混凝土配合比。难怪这支队伍干一个工程砸一个……

张敬东首闯“南洋”，给他的第一个下马威就是连续两个月没领到一分钱工资，而他属下的战士，有的已经四五个月没拿到工资。他顶着刺骨的风，跨上摩托车没命地跑。有人说他“兜风”。寒风透过厚厚的棉袄，撞进他的怀里。他本来就有的胃疼成了胃痉挛，但也只有顶着风“兜”。眼看年关快到，总经理不在家，几百张口等钱吃饭，总不能家家吃团圆饭时让工人们勒裤腰带吧！他不是兜风，是“兜钱”，兜救命钱！

11 月，12 月，他厚着脸找到李传芳副市长，两次各批了五万元，总算给职工发了点生活补助费。他没脸再见李副市长，在跑遍了兄弟单位而求援无门的情况下，他只有去找老首长、市基建办主任王炬同志。

“老首长，对自己的战士总不能见死不救啊！”铁铮铮的汉子几乎要哭了。

王炬锁紧双眉，心疼得厉害。市建下属单位数南洋公司最困难，管理、技术及信誉也最差。原先，他同意南洋公司经理的多次请求，亲自说服张敬东这员既懂工程管理，又有带兵经验的干将协助鲁立平抓起这个烂摊子。他对这个关西大汉寄予厚望。他知道地方管理公司一直想留下张敬东，那里每月两百多元工资，单位离他家不过一百米，而张敬东却毅然听命，直奔南洋公司。如今陷入如此恶劣的困境，他不能不管。

王炬拿起电话，接通了工业发展服务公司，请他们务必于年前还一笔拖欠的工程款给南洋公司。对方支吾，王炬火了。天下哪有这种理，欠债的腆着填饱的肚子，要债的反倒要饿死。“无论如何，你们先还‘南洋’一点钱，哪怕给三五万让他们过年！”王炬同志的语气近乎哀求，从绷紧的喉头艰难地挤出一串短促的气流，为了四百多人的嘴巴，他不能不克制住内心极度的愤懑。总算老首长有面子，对方给了三万元，对付着过一个穷年吧。

一月挨过了挨二月，二月熬过了等三月，张敬东依旧不停地跑。跑钱，跑工程，跑关系户，设法和民工队联营。他不肯咽下这口气，一定要趴在“南洋”上翻过身。然而偏在这节骨眼上，又发生了一件他意料不到的事。

1986 年 3 月 11 日中午，十几名职工开始冲进食堂，后来更多的人，连同许多看热闹的，用筷子、勺子敲击碗盆，连嚷带叫地拥进厨房，拿起铁勺就盛饭打菜。炊事班班长和炊事员们急忙上前阻止。领头的一个北京郊区的小伙子推开炊事班班长，大声恶气地叫骂：“不给老子活干，还不给饭吃？！”其他炊事员火冒三丈。没活干的又不是你们几个，都这么干，食堂还办不办？吃白食还要逞凶打人。炊事员们摩拳擦掌迎上去，双方争执开。拥进食堂的工人越来越多，敲着碗盆疯叫，眼看要发生一场可怕的械斗。炊事班班长见到战友们一张张黄瘦的面孔，心里说不出啥滋味。他深知公司几百号人，有些人长达半年没领到一个钱儿，憋足了一肚子怨气，抢饭不过是填嘴的由头，背后潜伏着更大的危机。他拦住炊事员们，让他们离开厨房。没等他们离开，人们便一拥而入；有的干脆抱着饭菜盆跑出厨房，在一片哄叫声中狼吞虎咽。这群饿极的饥汉填满辘辘饥肠后，挺胸甩胳膊走了。

下午，张敬东赶到公司，听说这事儿后肺都气炸了。他带了十多年兵，从没听过这种事。性情刚直，甚至有点儿暴烈的张敬东，这位在市建二公司就被称为五队“独裁者”的关西大汉却出乎意料地克制住自己的愤怒。能怨这些

“兵”？他自己也连续两个月靠老婆养着，他们比自己停工资的时间更长，谁养他们？

张敬东决定找几个领头抢饭的职工严肃批评一通，无论怎样也不能这么干。他到宿舍去没找到这些人。原来他们抢饭之后，觉得这事不大对头，成群结队跑到市检察院“自首”去了。他们问检察院同志，他们几个月没任务，没钱买饭票，抢饭算不算犯罪？检察院同志听他们说完情况，望着一张张营养不良的面孔，既严肃批评他们，又亲切劝导大家，这种行为虽构不成犯罪，但也为纪律所不容。回去后向领导承认错误，再不能继续闹事。职工们回来后，主动向张敬东等公司领导认了错。

如果换一批年轻人，不是长期在部队中当过兵的战士，恐怕不会在抢饭之后反省和认错，说不定会捅出什么大娄子。张敬东独自在办公室里徘徊，觉得发生抢饭事件，他们这些当领导的要负主要责任，尤其是主管工程的自己。于是他钻出办公室，跨上摩托车，又要去“兜风”了。几百张嘴要吃、要喝，无论如何也要找到任务，这是关键中的关键！

摩托车在大道上高速行驰。

往事犹如大道两旁的楼群迎面扑来。当年，他身为十六团主力营副营长、毕业于长春冶金建筑学校的助理工程师，领着一个军列、二十节车皮，带着全营干部、战士和妻子、孩子直奔深圳特区。

晚上，他们一家挤在闷罐车车厢的地铺上。他怎么也睡不稳，点亮马灯，趴在枕头上翻看深圳地图，感觉既新奇又恍惚，心里品不出啥滋味。他曾经很犹豫，为了留在北方，或回到老家西安，他不止一次打报告请求转业，领导硬不批。军人以服从命令为第一天职。他横下一条心，携家带口，钻进闷罐车车厢，和两万名基建工程兵干部、战士一起踏上命运的征途。

手中的地图，二维空间的平面，在建筑师手里立即放大几百万倍，成为三维空间，具体的山形、河流、大海全出现在眼前。但他对那儿的气候、风土人情却一无所知。在他们安身立命的边陲究竟会遇到什么困难，他心中毫无把握。但他相信，自己才三十四岁，人活着不就是干吗，怕啥？

1983 年 9 月，一场北方人从未经历过的台风席卷深圳。天地间仿佛全疯了。狂风卷着大暴雨，摧垮了竹墙，掀去了顶棚。他把妻子与两个孩子用背包带紧紧捆在床上，自己冲进漆黑的暴风雨中指挥战士们加固营房。一夜之内，80%的临时工棚被摧毁，损失达几百万元以上。他事前再三加固的工棚却奇迹般地顶住了大自然的淫威。

暴风雨的狂虐曾令张敬东感受到大自然吓人的力量，同时又隐隐冒出某种自信，还是他喊过的那句话，怕啥！经过三年多来对严峻现实的思索，他更加确信：自然的力固然强大，生活中却有比这更强大的力。真正可怕的不是来自客体的巨大压力，而是作为主体的人对此丧失斗志。

真正的敌人是自己。无论如何不能在困难前趴下。

阴沟里翻船

我国建筑商品市场正由封闭型向开放型、竞争型发展，部门分割、地区封锁的局面正在被打破，招标承包得到进一步推广。深圳作为全国城市改革前沿与试验场，率先打开建筑商品市场，吸引来了全国各地及中央直属的许多实力雄厚的施工企业。与此同时，各地县及县级以下的民工、包工队也蜂拥而至，给深圳建筑业带来空前活力，也给有关部门宏观控制上带来一些困难。制度、法律和改革配套跟不上形势发展。

基建工程兵于1983年9月正式改编为地方企业，大多数工程项目都是采取“议标”方式，由上级适当照顾得到的。1984年底，市委有关领导决定放开手脚，让这支队伍“自我游泳”参加激烈的市场竞争，并在竞争中不断提高队伍素质。面对来自全国建筑行业的强大对手，如中建三局一公司、二公司，第一冶金建筑公司，广东省二建，江苏省四建、华西等技术力量强、资金雄厚、管理经验丰富的一流建筑队伍，市建队伍难以抗衡，无法在竞争中取胜原是意料中的事情。但是，他们栽在特区多如牛毛的民工建筑队手里，阴沟里翻船，别说他们自己不服气，就连局外人也难以相信。

市建行建筑经济咨询部副经理、稳重干练的刘美芳面对桌上的报表，不安地推推鼻梁上的深色眼镜框架，心里挺纳闷。市城建（集团）开发公司下属住宅工程开发公司负责开发的翠苑小区——总投资达四千万的十八幢住宅楼的工程将于9月24日公开招标。市建行作为主持开标工作的单位之一。她在审核投标单位时，发现市建设（集团）公司没有参加，也没有其他国营企业，全是来自福建、汕头、潮阳等地的三类企业的民工队。

为什么不通知市建参加投标？刘美芳对市建情况很了解，工作上经常打交道。据她所知，今年一季度市建队伍中20%的施工队处于停工状态，三季度停工单位比例猛增到60%以上。基建办施工部按说是市建业务上的领导部门，住宅公司也是市内兄弟单位，为什么不拉他们一把？她取下眼镜，揉揉发涩的眼睛，又重新看了一遍住宅公司送来的投标单位名单。令她觉得奇怪的是，七个民工队分别投标二十栋楼房工程，也就是说，每个分项工程只有一家投标，非他莫属，这完全不符合每个工程项目必须有两家以上投标单位的规定。

刘美芳当即到城建开发公司找到那位身材矮小结实、成天忙得不可开交的负责人。

“为什么不让市建公司参加投标？”刘美芳双手比画着问，“他们情况很严重，工资都发不出……”

那位负责人脸皱成一团，摊开双手，“这我知道，他们确实日子不好过。有什么办法，他们保证不了工期、质量。报上点名的园岭二期工程就是我‘照顾’给的，结果你知道，到处遭人骂……”

“市建下属那么多单位，不能一概而论。电子大厦、微波大楼、政法大厦还有市政府大楼都是他们建的，有的质量全优，怎么能因为几栋住宅楼质量不好，就不通知他们参加投标？”

“翠苑小区是专给招聘来的高级知识分子、专家住的，必须保证工期。市领导特地打招呼，一定要保证质量……”那位负责人尽管精力充沛，但毕竟太忙，身兼施工部、市基础工作组和城建开发公司负责人等数职，他有他的难处。他没时间和这位女经理较真，在他们交谈的短短时间里，两处有人找他，一个电话等他接。“就此一次，下不为例。”

刘美芳拒绝开标，并拿出投标名单，问他为什么每个项目只有一个投标单位。对方接过名单，立时沉下脸，因为这些具体事情都是下面干的。“恐怕忙中出错，我让他们重新核对一下再送给你们审查。”

刘美芳走了。临走时仍坚持要求市建队伍参加投标。回到市建行，她将这个情况告诉经理张士高同志。张士高对此深为不满，第二天亲自去找那位负责人。

“再商量商量吧……”

这位负责人客气地回答。后来，他们重新送上一份名单，仍旧是原来七个三类企业的民工队，以互相交叉的方式对二十栋住宅楼投标，这样每个项目都有两个以上投标单位，而市建公司依旧榜上无名。按招标、开标制度，建设单位即住宅开发公司、市基建办施工部、市建设银行三家负责招标、开标工作。三票中有两票捏在对方手里，所以这项工程最终在市建没有参加投标的情况下被七个三类企业的民工队拿走。市建行同志对这支特区“大军”爱莫能助，而类似这种一开始就把他们划在圈外的招标也远不止这一次。

市有关领导为了给“自我游泳”的战士们抛救生圈，直接干预，将黄木岗工程给了市建公司。结果有工无款，无法开工。市建行已经为这项工程拨款两千万元，经查问，这笔钱早被有关单位挪用到别处。工人、干部气得发牢骚：领导关心我们，扔给我们救生圈，有人专门拔气嘴，存心想叫我们喝生水。

某电站水库土方任务投标时，市基建办主任王炬同志出自于对市建单位的关心，亲自领着工程技术人员参与争标。乘兴而去，败兴而归，原来这项任务已经内定给吉林某施工单位。标底早透给那个单位，所以招标不过虚晃一枪，装点门面而已。

“中间人”

公开招标上不了，私下里各种“介绍人”“中间人”却踏破门槛。他们气派地抖出镀金的高级打火机，叼着“三五”牌香烟，熟练而潇洒地推开高级手提箱上的数码锁，抽出一份份盖满各种红圈圈的工程合同书。几百万、上千万的工程印在那挺括光洁的铜版纸上，真叫这些长期没活干的人眼馋。只要你给回扣，那就“OK”！吊塔立即竖起，马达飞转，你手下的工人就会乐呵呵爬高下低，哗哗的钱流到手上，职工工资表上每个人名字后面立即出现三位数。

市建五公司经理李全忠盯住手里总投资一千五百万的十五层大厦工程合同协议书，手和心同时哆嗦。这些天，为了找任务，他两条患关节炎的腿差点没跑断。白天黑夜，从办公室到那些管基建任务的人的家，从城东颠到城西。有次听说某单位有个一千多万的小工程，他急忙驱车赶到对方单位办公室。一直等到晚上下班，那人仍没回来。咋办？厚着脸皮上管工程的人的家吧。他寻思和那个人见过几面，总不至于不让进门。他敲开门，男主人不在家。女主人一脸冷霜，把他拦在门口。“急事，我有急事找他……”李全忠挥着手里的拎包，黑红的额头直冒汗。不知是他焦急的表情，还是胀鼓鼓的拎包感动了主妇，终于让他进了门。

身壮如塔的魁伟大汉没敢压沙发，就着墙边一张木椅坐等，屁股像磨盘在椅面上转来转去。一包烟吸完了，男主人还没回来。女主人不耐烦地拖着桌椅板凳扫地，他只得起身告辞。他伸手掏出两条进口烟时，那位满脸油光的男主人推门回来了。李全忠兴奋地迎上去。男主人看都不看一眼香烟，勉强应付他。李全忠硬着头皮开始磨嘴皮，套近乎，下保证，好话说尽，而且始终以饱满的热情迫使面部肌肉处于松弛的笑状。这位当年叱咤风云的全优团老团长、铁骨铮铮的中州大汉，就差没给人跪下磕头……

今天，这份一千五百万的协议书捏在手中，李全忠能不激动？这位“中间人”不像那些气度吓人的家伙，也不像缩头缩脑将蹭破漆面的人造皮革包闪开一条缝，让你瞅一眼包里的合同书，立即合上包先谈条件的人物。这位林X很朴实，但又不猥琐，没提什么条件。因为他原先在民工队干过，和部队几位干部都比较熟，所以主动送上这块“大肥肉”。李全忠在这份合同协议上看了又看，终于相信自己的眼睛没看错，他恨不得当场给林X磕头。他大腿一拍，立即派车请水产公司和裕兴贸易公司管工程的头头们来猛吃一顿，在宴会上当即拍板。

市建五公司的人高兴坏了。拿到施工图纸后，机关、技术人员通宵达旦地干，审图纸、看现场、造预算、备材料，忙得不亦乐乎。眼看万事俱备……

林X深谙生活节奏和感情旋律，笑眯眯地出现在市建五公司经理办公室。在这至关紧要的当口，以极随便的口气说出极认真的话：“李经理，是不是给点‘茶水费’？”

“茶水费”是行话，说白了就是回扣。按不成文的行规，以总投资额3%到8%比例给“中间人”以及“中间人”背后的那些人好处费。林X手不黑，按流行比例最低率开价。

李全忠咬紧的牙龈终于松开，舌尖在口腔里扑腾半天说不出话，被极度的愤怒烧得滚烫滚烫的血，直往眼眶、耳膜、头顶心上蹿。性情刚直、脾气暴烈的老团长非但没发火，竟冲着那个也算是“人”的玩意儿莫名其妙地笑起来。在这之前，林X有关回扣的事没提半个字，这种突然袭击一下子把李全忠打懵了。他见对方咧着嘴，舌头、嘴唇血红血红，连两只凸出的眼球也像兔子眼，红得透亮。

其貌不扬的林X确实厉害，节奏卡得死准，一刀插在节骨眼上。李全忠两只大手终于恢复知觉，十个指头紧绞在一起。公司80%以上的施工队停工，上千张嘴张得大大的，像无数黑洞，随时会将他吞下去。此刻，对李全忠来说几乎没有任何选择。他咽下一口唾液，心想，天塌下来砸死我一个人！

“好吧，回扣我给……”

林X笑了，递给李全忠一支万宝路。李全忠戒烟三年，竟忍不住放在鼻子底下嗅了很久，毅然在对方伸来的打火机上点着烟。

“回扣一分不少，但必须加在工程造价内。”李全忠从牙缝里挤出低沉沙哑的声音。

“造价问题好商量。”林X急忙回答。

“另外……一次付四十五万现金有困难。”李全忠将抽剩下的半截烟头放在掌心揉灭了，手掌心烫出个泡。

“这个我有办法。”

“那行。你出个收据。”

“有冇搞错？！”林X触电般地由沙发里跳起来。

“我不是存心难为你，我们财务制度不比民工队。给回扣已属错误，没收据等于签发人贪污这笔巨款。这样干是绝不可能的。”为了保住一千五百万的工程，李全忠反倒劝起林X。

“‘茶水费’不留条、不留字，更不用说收据！”

“那我们没法做账呀！”

李全忠急，林X更急。他挠头搔耳，旁敲侧击启发这位正统的共产党军人出身的经理，说只要诚心办，天下没办不成的事。林X甚至暗示李全忠，办成了也有他一份。林X的启发教育没有使老李在收据问题上让步，他只得无可奈何地摊开两只手掌。

“那好吧，我回去再和甲方商量一下。”林X悻悻地离开了办公室。没过几天，甲方收回图纸，撤回工程，理由十分堂正：经研究，贵公司高层建筑施工经验不足，质量无法保证……

面对预料中的结果，李全忠血压急骤上升，戒了三年的烟又死灰复燃。

吸盘与附体

林X作为“中间人”绝对是低能儿。另一些人则比他高明精深得多。

他们像游水无声的水蛭，利用构造特殊的“权力吸盘”，悄悄附着于人类躯体，不动声色、不留痕迹地吸吮着黏稠的血浆。按照他们收取巨额佣金、回扣的法则，林X至少犯了秘密行规的头两条：坐地户（即本市施工单位）不收，国营企业不收。其余行规还有：第三者在场不收，非现金不收，数量少于一定限额不收，等等。不留收据属于法则之外的常识。林X只能算刚入门的学徒。

对于这些吸血的水蛭而言，三类企业的民工建筑队，尤其是包工头临时聚集的施工队，是他们最理想的对象。

有次市建下属市政公司承担的卷烟厂平场任务，突然因甲方变卦，转而承包给“中国重型机械公司”。市政公司头头对这种毫无理由改变工程承包合同的做法很恼火，但又不敢得罪卷烟厂。在深圳这个建筑市场，乙方对甲方犹如老鼠见到猫。他们直接找“中国重型机械公司”，想弄清其中缘故。这个名称大得吓人的重型机械公司的经理是个身高体胖的“重型”人，虽说他不过是宝安县的民工头，但那气派却令市政公司同志瞠目结舌。

“你想和我们竞争？！莫搞错，你们连上万块现金都提不出，有钱也只能放在账上干瞪眼。没这东西还说什么？”那位“重型”人拍着挂满兜兜的夹克衫，指着膝盖下也扎着口袋的紧身裤，对来人说：“实话讲你听，我前面、后面、左面、右面，哪儿都能掏出大把大把港纸、人民币！”

市政公司领导嘴鼻都气歪了。那家伙说的是大实话。有次市建下属某个单位也考虑过蹚蹚这条路子，一位明白底细的好心人告诉他们：“你们是国营企业，又是坐地户，谁敢收你们钱？民工队不同，都是外地来的。有的队除了包工头，底下人手忽聚忽散，工程干完人就散了，别说查账，连个人影都找不到。”

一语道破天机。某些民工队需要某些“人物”支持，某些“人物”也需要某些民工队，他们互相倚仗，相益互利。

针对特区近年基建规模压缩，市政府曾做出决定，要整顿、清退一批施工队伍，特别是小民工队，一律清退出特区。可能由于上述原因，这些队伍怎么也退不走，清不了。这个区退了，又以新名目在另一个区出现。名义上清了，实质上又躲在另一个较大企业的保护伞下。

汕头郊区达豪建筑公司，来深圳后，干一个工程砸一个，1985年因工程质量事故，曾被市基建办明令驱逐出特区。然而它非但没走，而且从不缺活干。今年他们又通过投标，拿到园岭小区邮电所施工任务。结果这个“公司”偷工减料，施工质量低劣，无法通过验收。市基建办在那儿召开了质量事故现场会，甲方才叫苦不迭，如梦初醒。最后他们坚决要求市建下属单位为楼层搞加固工程。

不能否认，民工队伍中有不少信誉好、管理负担轻、效益较高的单位，为特区建筑业做出了应有的贡献，以价廉质优的工程在激烈竞争中站住脚跟。

几年来，全国唯一不对本市建筑市场采取保护主义的特区，由当年的五百多人的建筑队伍，一下子变成十三万多人的庞大建设大军，供求比例发生变化。不少类似许建辉这种包工头、周瑞松这种管基建工程的吸血鬼，便乘机互相勾结，织成一张无形的潜网，伸出贪婪的黑手。

那些包工头手下的民工，住铁皮棚，喝生水，爬高下低，日晒雨淋，一天干十几个小时，劳动强度之大、生活之艰难是常人难以想象的。一支小小的建筑队，负担着名目繁多的上缴费用，而负担最重的莫过于那些“红包”“茶水费”。几百人一年的收入，抵不上一个大工程所付出的一次回扣。提起这些，民工们敢怒不敢言。某工地的厕所内，愤怒的民工写下“打倒最大的吸血鬼XXX”。

命属麒麟的小伙子

二十平方米，五张双层铁架床、木箱、包装箱、自制的茶桌占去大部分空间，八九个小伙子懒洋洋地坐在或躺在床上，在属于每个人自己的二点五平方米的自由面积内，各人想各人的心事。两个月没出工，成天大眼瞪小眼，肚子里苦水、酸水、辣水全倒完了，即使不为节约生命耗能，也懒得开口。

一个年近三十的陕西兵跷着脚丫，笨拙地勾着脑袋剪趾甲。他耐心地将剪下的趾甲放在枕头上，排成圆圈。他发现只有九个趾甲盖，于是趴在床上仔细搜索，终于兴奋地“噢”了一声，找到那残月状半透明的角质物。他粗糙的指头捏住那臭烘烘的玩意儿，其激动程度不亚于居里夫人发现镭。他的情绪及短促的叫声没有感动任何人。相反，躺在他下面的瘦高个用脚掌抵着上层床板，意思让他动作轻点。这位下铺的瘦子双手正枕在脑袋下，专心地数着上层床板大小不一的孔洞。他纳闷，这些蜂窝般的孔洞打哪儿来的。他数了一遍又一遍，总也数不清。于是他用脚掌抵住床板，边数边移动，正当他快要点清最后一批孔洞时，上面猛地摇晃一下，脚掌一滑，前功尽弃。他沮丧地闭上眼，发誓不再去完成他连续几天都未能完成的艰难任务。

王风荣钻在蚊帐里拍蚊子，手上沾满污血。他望着用了十年的旧蚊帐上的几十个洞眼，终于下决心从枕头下摸出伤湿止痛膏，用剪刀按洞眼大小剪下，然后贴在蚊帐上。洞眼太多，补得他头昏眼花，似乎比他练气打拳还累。他咬牙坚持着，剪一块，贴一块，再剪一块，再贴一块……他忍受不了这种单调、烦心的活计，仰头栽在枕头上。刚到深圳时，许多民工到部队工地找活干，而前些日子他却和一些职工通过关系在民工队工地上打临时工。民工的活比他们的重，时间长，工资反而少得多。这些农村来的壮劳力为了到特区淘金，省吃俭用，攒下大把钞票往家里寄，买一两部电器大件，电视机或录音机，探家时亲自背回去。有个福建民工，大腿上长了个疽瘤，疼得直咬牙，硬是不去医院，工头见他下不了死力，不让他出工。那民工急得哭鼻子。王风荣捋起他的裤管，见疽头发白，已经化脓，自告奋勇要替他治。他欣然同意，因为在深圳看这种病，没有二三十元下不来。

放工回到工棚，王风荣口含生水，在那人的疽瘤上连喷三大口，用菜刀背蘸着蒜汁挤出脓水，接着口中念念有词，在疽瘤上一顿乱砍，疼得那人抱着脑袋又哭又叫。三天后，那人奇迹般地好了，上工时特意送他一条烟。王风荣怎么也不肯收。王风荣出生在云南景东彝族自治县的彝家山寨，自幼受叔父影响，习拳练气，还学了点彝族土医知识。叔父替人治病从不收钱收礼，所以他也坚决不收礼。

王风荣心里很快活，因为替人治好了疽瘤。放工后，他便独自沿着大街闲逛，狠狠心走到一家冷饮店，花了一块八毛钱，买了支香港产的甜筒。他望着街头闪烁的霓虹灯，舐吮着包装精美、按美国配方制成的奶油甜筒。一辆接一辆的汽车从街心流过。摩托车上，女的紧紧搂住男的，那劲头直叫人心痒。像他这样穿着肥军裤，敞着旧工装独自逛街的年轻人不多，因而常有路人投来好奇的目光。每当迎面走来年轻的女工，他总是没来得及看清对方的娇容，却真切地闻到那浓烈刺鼻的香水味。此时他真后悔，应该回宿舍冲个凉，换上那条牛仔裤，还有那件米灰色短袖双排扣衬衫。我才二十三岁！每逢掠过这个念头，随之而起的便是说不出的惆怅，一种模糊不清的失落感。

自小叔父就说过，风荣这娃命属麒麟，穷山沟留不住他。果然被叔父一口说中，他走南闯北，最后落在这片面对香港的繁华特区。叔父是个奇人，他有本“天书”，上面画着井田式方格，两边描着螺旋形长条纹，标着东南西北中、天地日月星等各种古老的彝族文字，谁也看不懂。据说上面都是请各方神仙的秘咒，既能逢凶化吉，又能预卜未来。山寨里的人对王风荣羡慕得不行，他刚来特区之前也激动得不行，在火车上兴奋得两夜没合眼。高速度、高效益、高工资、高消费，一切都向高看齐。

他眨巴着眼，觉得这儿一切都显得那么陌生，比他刚来时更加陌生。眼前的高楼大厦，咖啡厅前的霓虹灯广告，青春劲舞厅里疯狂的音乐节奏，这一切对于像他这样的年轻人确实充满诱惑力，可是心里总有个声音提醒他：这儿并不属于你。有时，他会莫名其妙地怀念古老静谧的山寨、椰风蕉雨的热带雨林，渴望听见彝族姑娘热情放纵的笑声。他是宿命论者。既然叔父说过他命属麒麟，那他就应该在这儿留下。毕竟大多数情况下，他认为深圳是块宝地，而且很多人急红了眼还进不来呢！

要是有活干，有钱花多来劲！王风荣躺在床上想。

男人欲望的沙漠

市建一名职工在重庆卧轨自杀。原因既陈旧又简单，因无钱付彩礼，女方撕毁婚约，导致他走上绝路。

五〇二宿舍和其他房间的职工聚在一起，由这个话题谈起，有的惋惜，有的不平，更多的人骂那个家伙没出息。最后终于围绕着女人，开始了粗野而又激动人心的讨论。主讲者是个江苏兵，刚和女性有那么一两次“接触”。听得最带劲的大多是从未与女性打过交道的小伙子。成了家的老兵反倒保持缄默，脸上挂着讳莫如深的表情。

王风荣对女人有自己的观念。他叔父传授他彝族古老的信念与奇怪的宗教观念，把男女结合作为神圣的条文灌输给他。叔叔在他眼里是神奇的，能治病，能看相占卦，能念谁也不懂的咒语。他能用牙齿咬起烧红的铁块，用双手托着冒火苗的木炭。和他叔父一样，他把女人看作具体的东西，而不是天马行空的精神幻象：山寨里的彝族姑娘，县城上出名的美女，还未出嫁的小学女教师。不过他无法接受叔父神圣条文中的某个观念：娶女人就是为了传宗接代。尤其他来到特区后，具体的女人形象突然多了起来，甚至这个人的眼睛长到另一个人的脸上，而另一个人的身材又和别的面孔合二为一。只有一点没变，女人是和自己相反的肉体，永远散发出一种香味（不是香水），哪怕身上的汗，也有种特殊的、他喜欢的气味。

他脑海中浮现的女人都十分遥远，相反，离自己最近的特区姑娘，他却连想也不敢想，想象力所创造的美女没有任何特区姑娘的特征。许多年轻战士和他一样，做梦都不敢和这儿的姑娘谈恋爱。他的一位战友小刘，堪称市建公司的美男子，一连谈了三个对象，都是女的主动找上门的，结果全吹了。原因很简单，嫌他单位不好。第四位姑娘实在舍不得他，劝他无论如何都要调出建筑行业，哪怕等他两三年。

建筑工人不是人！他愤愤不平，替小刘抱不平。但话又说回来，基本工资都没法保证，更不用说房子、结婚的花销、生儿育女，等等。女人对这些比男人考虑得具体得多。

去他妈的！

王风荣盯着脚趾上方，心里恶狠狠地诅咒。他宁可接受叔父的观点，不再为这飘忽不定、难以捉摸的女人烦恼。他受过训练的小臂肌肉绷得像块铁，敲着挂蚊帐的铁架，一下又一下，不断加重力道。黧黑的手臂像根有弹性的橡木棒，撞击着摇摇晃晃的铁架，床板、铁架有节奏地发出呻吟。

“小王！”有人制止他，那边的演讲者正说到节骨眼上。

“我心里慌得厉害，搂住她。结果……她，她猛地推开我，两眼直勾勾地盯住我……”

“完了？”有人无比惋惜。

“你他妈笨蛋，应该再上去！”一向城府颇深、结婚刚一年的王云忍不住骂那个江苏兵。

“对，说得对。”江苏兵眉飞色舞，猛地由椅子上站起，拍响大腿：“有人早跟我说过，女人都这样，想给也装出不给的样子。我不知哪儿来的勇气，一把抱起她，死也不放手，任由她小拳头捶我肩膀，揍我脸，其实一点儿不疼……”

“后来呢？”人们追问。

“那还用得着说……”

江苏兵尖溜溜的笑声像针扎在那些大小伙子心尖上。有的舌头在嘴里打转，发出唏嘘的感叹；有的手托下巴，两眼发直；还有些人一个劲儿傻追问，逼对方说具体点。不声不响的王云突然又冒出一句：“别听他吹牛！他压根儿没干上！”江苏兵脸涨得像煮熟的大虾，磕磕巴巴地解释，大伙儿笑得喘不过气。一片吵闹笑喊声中，平时很少说话的大个头云南兵悄悄问王云，听说香港那儿有塑料海绵女人卖，做得和真人一模一样。山东兵拍着大个子的肩膀，“赶明儿你买一个，又不吃不喝，还能陪你睡觉，多省心！”“真的，人家说就是有！”大个子猛地推开对方，在人们嘲弄的笑声中猛地摔下茶杯……喧嚣的声浪震得人头疼。王风荣不知哪儿来的火，猛然挥出手臂，咔嚓一声，铁架连同蚊帐塌下。人们回过头，见小王像条鱼在网中挣扎，个个捧腹大笑。

窗外一片口哨声和怪叫声……

王风荣和大伙儿跑到阳台，见出租车钻出一男一女。女的花枝招展，娇滴滴地挽着男的胳膊。这儿全是“和尚”，视野里偶尔出现一两个异性，各处窗口、阳台立即飞出这种发泄的声音。一位小伙子吹了声响亮的口哨，盖过一片叫声。从出租车里钻出的男人抬起头，王风荣激动地大叫：“小刘！”

王风荣的好朋友小刘带着未婚妻来看他们。小刘从家里、朋友、战友手中凑了两千多元作为关系费，在女朋友的帮助下调进一家贸易公司营业部工作。当小刘与未婚妻走进宿舍时，除王风荣外，其他人都十分礼貌而冷漠地向他和他未婚妻点头，有的欠欠身，刚才那位主讲的江苏兵缩在角落里，头也没抬，专心地剥着烟缸里的烟屁股。小刘的心情实在太好，急于诉说自己的变化，顾不上别人的情绪，一边得意地介绍未婚妻，一边掏出整条进口的“三五”牌香烟，一人一包扔过去。人们接到三块钱一包的烟，情绪立即变了。小刘的情况他们也时有风闻。人家命好，跳出泥沼，入了龙门。上班有空调，每月工资、奖金三四百元，又找了一位舅舅在香港的广东靓女。有啥可说的？人比人，气死人。

“啪”，一包烟扔回来，砸在小刘下巴上。小刘火了，瞪着江苏兵问：“小陈，这是干啥？”

“我抽不来洋烟。”江苏兵用纸条儿卷着烟丝叼在嘴上。原先在一起时，他就瞧不起小刘这种花花公子，就一张白净漂亮脸，除此还有什么？同是四级抹灰工，他一人顶两个小刘。

“不抽就不抽，也用不着往我脸上砸！”小刘火冒三丈，拍着皮包，“嫌少，老子这儿还有！”

“不就多几个臭钱，烧什么包！”

“你他妈嘴干净点！老子哪儿惹你了？”

“放狗屁！做你爸老子去！”江苏兵由床上跳下，蹿到小刘面前。

“怎么，想干架？”小刘迎上去。

“小刘，小刘……”未婚妻扯着他胳膊往外拉。

大伙儿喊着、劝着，拼命拉住双方。小刘和江苏兵对骂着，挣脱出战友的怀抱，两人撕扭成一团，小刘的未婚妻吓哭了。王风荣顺手拿起张报纸裹住支酒瓶冲上去，黑塔似的身躯横在两人之间。“谁想干架跟我干！”说完将酒瓶狠狠往额头砸去，裹在纸里的酒瓶磕得粉碎。

聚会不欢而散。王风荣送走小刘及其未婚妻，呆呆地站在马路边。他既羡慕小刘，又感到某种缺憾，觉得像小刘这样帅的小伙子，似乎应该找个更漂亮的姑娘。小刘的未婚妻似乎长得不怎么样，尖脸凸腮，与他想象中的差距很大。不过话又说回来，没有她的关系，小刘能有今天？王风荣觉着自己似乎找到了答案，有力的拳头砸在水泥电线杆上，傻笑起来。

小刘及其未婚妻乘坐的红色轿车消失在马路拐弯处。望着那片车流汇成旋涡的远方，他想起同队的沈致虎，瘦精精的，市业余长跑“冠军”。过去，当王风荣出工干活，能填饱肚子时，每天早晨都在这片空地上挥拳踢腿，练几套功夫，几乎总能看得到沈致虎的红背心出现在大路上。这几天，因为“能源危机”，他停止早锻炼，但沈致虎似乎仍然在坚持。他奇怪对方怎么能坚持住？人和人还是不比的好，各有其命。他既羡慕小刘，又佩服老沈，也不埋怨自己。

第二份报告

灯下，市总工会产业部部长李钦文在办公桌前，心情烦躁地站起又坐下，坐下又站起。他手里紧捏着钢笔，几小时过去，公文笺上依旧白纸一张，地上却扔满撕下的废纸。他摆弄着钢笔，弄得满手都是墨水，好像出于笔的缘故，阻滞了奔涌的思绪，他拔下笔尖，清理着墨垢。

自去年市委召集会议以后，近一百天时间，他和何绍森等人走访了市建下属及有关大小单位近百个，召开各种座谈会、调查会近三百次，带回十多公斤的调查记录、统计表、报表、民意测验汇总等各种材料。对各单位领导、技术干部、业务管理人员、队长、书记、职工及市建行、市基建办等各阶层进行了两千人次的访问调查。调查结果令他震惊。这支队伍自去年 11 月底市委常委会扩大会议直至今天，除了在劳动部门的协助下调走一些人，追回少量欠款外，许多问题都未落实解决，没活干的情况仍在恶化，个别单位濒临绝境。

前些天，他把草拟的调查报告提纲给一位关系甚好的朋友看了，其实他存心让那位朋友参谋参谋。好朋友看了一遍又一遍，拉长了脸，指点着第三条："知情人一看就明白，你矛头直指市基建办施工部和基础工作组。"

"特区自己的建筑队伍没活干，外来的包括那些县级以下的民工队活干不完，这叫人怎么理解？这两个部门都是市政府下属单位，在招标、投标中有一定干预权和决定权，为什么不帮市建一把？"

"据我所知，不能说没帮，至于帮得够不够，那是另一回事……总之，这个问题涉及面广，关系到对建筑市场改革的全局。这方面，我们一直走在全国最前面……"

"改革也有个自我完善的过程，也会出现各种问题。"李钦文反问，"例如健全投标承包制度、保证开标质量、堵塞不正之风要不要提？"

"不正之风当然可以提！"好朋友毅然回答。

"我想碰碰这个问题，碰碰某些单位的个别人。我们围绕市建队伍的困难拼命叫，为什么不就造成困难的原因、症结大声疾呼，引起上级和社会各方面的注意……"

"问题很复杂……"好朋友拉过椅子，凑到李钦文身边，压低声音告诉他，检察院有同志私下议论，XX 单位不查出 XXX 问题，那个单位整党就算白整了。

"这么说我更该写透点，甚至点一下某单位的名。"李钦文兴奋地拍着提纲。

"不不，你完全误会我的意思。"对方急了，一再劝他，这种问题最好不碰，"你初到这儿，不了解情况，弄不好自找苦吃！"

李钦文对朋友的劝告不以为然。但他终于修好钢笔，笔尖在稿笺上划过一道道流畅的直线、弧线和圈圈时，心里却在掂量这些材料的分量。当他写下调查汇报的标题后，竟无从下笔，那支钢笔倏然变得又重又粗。他在办公室里来回走，手里揉着废纸团，嘴里嘀嘀咕咕，不知念叨着什么。

市建下属某些单位确实由于管理、技术上的问题，在正常竞争中无法与一些强手抗衡，拿不到一些高标准工程（也非绝对）。但他们与大量民工施工队相比，无论人力、物力还是技术设备都远在他们之上，结果反倒竞争不过对方，这种不正常现象难道与当前建筑行业中存在的不正之风没有联系？

市福田路某截路段土方任务，以三十万元承包给江苏一建。一建任务紧，顾不上，转手给某民工队，民工队又转给包工队干，包工队却将这截路段土方任务转让给市建二公司。三十万元造价的土方任务，最后成了十七万元，惊人的层层盘剥。饥不择食的市建二公司硬着头皮干。这个工程属市内基础工程，为什么兜了个大圈圈，被市外单位层层扒了皮，难道不令人深思？

李钦文越琢磨越觉得不是滋味。

他想起不久前报上的一则消息：西丽湖度假村原副经理周松瑞，利用管理基建工程的权力，先后受贿一百二十一次，合计人民币十二万五千多元，港币十三万五千多元，被依法逮捕。

堵在心口的闷气顿时消失，他信心十足地拉开椅子，在办公桌前坐下，决心在调查汇报中碰碰这根硬骨头。起初他写得飞快，后来越写越慢，最后钢笔尖反复舐着墨水瓶口，半天落不下笔。建设特区举世瞩目，尤其是建筑市场改革，是中央承认的经验……他颓丧地推开稿纸，苦苦冥想，最终想起他曾经在一份文件中看到胡耀邦总书记有关“两手抓”的指示。他连忙拉开抽屉，从第一格找到最下面一格，终于抖出那份文件。“……一手是坚持对外开放、对内搞活经济的政策，另一手是坚决打击经济领域和政治文化领域中危害社会主义的严重犯罪活动。只注意后一手而怀疑前一手是错误的，只强调前一手而忽视后一手是危险的。”

一连几天，李钦文埋头在稿笺上，改了又修，删掉一些过分刺激的字眼，斟酌一些不够确切的提法，摆出职工的现状、思想状况。终于完成了调查汇报，上下过目，圈掉一些文字，加上几段文字，终于打印成文。白纸上方方正正的铅字规矩地排成一行行，像士兵望着他这位统帅。李钦文却发现“士兵”们的一张张脸如此陌生，简直如同看另一个人的报告。这时他才深切感到自己嘴上硬，甚至心里也够硬，但骨子里十分懦弱，即便是较为尖锐的第三条，他不但没点名，而且还来了个迂回战术，以职工们疑问的句式，隐晦地表达了对市基建战线个别单位和领导的不满。油印的材料看了一遍又一遍，李钦文起初觉得不行，后来觉得尚可，最后觉得有些地方也够尖锐的。汇报材料中有一处这样写道——

我们在一次公司党委书记、工会主席联席会议上，发现大家都有一个共同意见：我们特区工程为什么不让特区本身的企业进行竞争呢？还有的干部反映，我们特区的企业连参加投标的资格都没有，怎么能提高竞争能力？如果每年在我市基建投资的工程中拿出一小部分让市内建筑队伍投标，这有什么不可？……

这样既可解决我市企业的生存问题，又能参与竞争，并在竞争中提高……

还有更尖锐的——

调查报告引用黎明公司一个职工的话，呼吁人们对这支因没活干而被拖垮的队伍中出现的思想危机充分警惕。

……从现在深圳的情况看，资本主义比我们好。他们工人在这家失业了，可以到另一家找活干。我们现在没活干，但又无法出去找活干，只能在这里坐着受饿。社会主义国家工人没活干，没饭吃，饿肚子，难道这样也比资本主义好吗？

宪法规定每个公民有劳动的权利。可现在，劳动的权利也难以保证，怎么能体现社会主义的优越性呢？

1986年4月10日，市总工会主席张汉明及其他党组成员明确支持这份“为民请命”式的调查汇报。于是，这份由李钦文执笔，何绍森等人参加调查的有关市建系统的材料，再一次送交市委及市政府。

市委书记、市长李灏同志对此份材料十分重视，认为是份好材料，并亲自作了批示。后来，李灏同志在“深圳新闻工作座谈会”上再次强调，新闻工作者既要报喜，也要报忧，报纸不开展批评是没有生气的。他让大家不必感到有压力，即使是对他本人或市政府的某项具体工作，如确实做得不好，批评一下对改进工作有好处，应该欢迎。

时间最公正

他像一位饱经风霜的老船工，高大敦厚的身躯与微微躬收的双肩，经受着千头万绪与来自上下左右各个层面的复杂而又沉重的压力。他在匆忙中接见来访记者。

王世伦，这位市建设（集团）公司总经理，1948年随军南下的老战士，慈祥的愁容既令人同情，又叫人宽心。1982年，他作为深圳市建设公司负责人，跑遍大江南北，关内关外，作为特区代表接来了这支两万人的建设大军。如今，奇妙的命运使他成了这两万人的总头头、总代表。

这种地位的变化，极富戏剧性。

当记者就这个戏剧性的变化，谈到市建队伍出现的困难时，他既未诉苦，也未抱屈，以沉缓的河北口音，从总体构架谈起，直到某些具体单位，为我们勾画了一幅市建队伍的立体俯瞰模型图。就整个特区建筑行业来看，建设固定资产投资过猛（或曰失控，他不肯用这个词）、消费基金增长过快的反作用力是造成当前困难的两大要素。就这支队伍而言，由于绝大多数人员来自农村，目光狭隘，加上技术力量、经营管理跟不上，在兵转工、内地转特区的三级跳远中没有自我改造、完善之前，便投入特区激烈的竞争中，所以处境比较艰难。

相反，由领导、管理、技术与设备力量较强的八〇二团改编的机电设备安装公司，在这场竞争中却稳稳站住脚跟。仅 1984 年就盈利近三百万元。他们引进外资办起了玩具厂、可乐厂。去年深圳基建规模压缩，他们立即挥师北上，打入广州建筑市场。继而他又分析了中游和下游单位，作为这支队伍的领导，他把困难的主要原因归咎于队伍自身的素质和先天性的不足。

“招标、投标的不正之风也是一个重要原因吧？”我们问。

他点点头。

当记者谈到某个具体单位，甚至点到一些具体的人时，他没有正面回答，淡淡一笑说：“我相信时间！时间最公正。”

市建设（集团）公司党委书记王哲和王世伦几乎看法一致。这位书生型、精力充沛的“政委”是位实干家。他认为写材料、写报告“替我们市建队伍叫苦，我领情，但并不赞成。如果你们能给我个十万元的小工程，我作揖”。他承认这支队伍很困难，但叫苦的干部绝不是好干部。无论怎么说，这条船经受住一次次风浪，没有沉下去。

“自尊、自信、自立、自强，这是我与所有市建工人最珍贵的财富。无论多困难，也要咬住牙，默默地、扎扎实实地干，挺住。”他不愧为一名“政委”式的书记。分手前，他对记者说：“最困难的时刻已经过去！你们不信，时间将会证明……”

天大亮，南洋公司副经理张敬东骑着摩托奔驰在笋岗大道。

自从到了这个市建战线最窝囊的单位，十个月来，他的心情从未如此畅快。两个月没拿工资，其余发 70％工资，总共只拿过三个月全工资。去年 9 月，他刚到不久，到八卦岭四十二区七号楼检查工地，他简直不敢相信自己的眼睛。3 月 20 日开的工，到 9 月 28 日刚完成底层。他气得直哆嗦，拿出所谓的“独裁劲”，重新组织队伍，扑进工地，10 月底就上到第四层，一个月干了三层。结果闲话跟着来了，“军阀作风”呀，树自己的威信啦，等等。后来干脆没活干了，想要“军阀作风”也要不成。2、3 月一点活都没有，发不出工资，三分之一的人放假回家，留下的“自我游泳”，打临时工的、修鞋的、上火葬场伺候死人的，什么都有。底下几个干部顶不住，将一卡车钢筋当废钢筋头拉出去卖。职工们发现了，拦住汽车大叫。他们含着泪向张敬东等人告状：“跟着这种干部有啥希望？总有一天连我们都被他们卖掉。”张敬东当时听了，心里冰凉，嘴巴像离水的鱼，张合了好几下，竟吐不出声音。

4 月，在上级的干预下给了“照顾性”的五十二万元的仓库任务，只能上六十人。当时他抓得紧，眼看按期交工。没想到顶层钢筋在位检查不仔细，被工人踩脱了钩，一面山墙上的天沟没等水泥干透便塌下来，二期工程甲方说什么也不让他们干了。

李副市长亲自安排了黄木岗工程，但甲方没钱。就在这时，洪湖拆迁。张敬东成天没命地跑，总算揽下了拆迁工程。又和声誉较好的潮阳民工们挂上钩，合干财贸系统住宅楼。由“南洋”干主体工程，民工干内装修。平心而论，内装修人家就是有办法，他们远远比不上，所以发挥各自所长的横向联合终于带来了“南洋”的转折。甲方知道“南洋”干主体工程，急坏了，派人找上门不同意他们干。张敬东也急坏了，这是“南洋”最后的希望，他耐着性子解释，拍着胸口打包票。最后对方总算勉强同意他们先平场、打基础，质量好再让他们继续干主体，质量不行就撤。

甲方代表临走前仍然提心吊胆，并提出个十分荒唐的要求。“私下里我同意了，但对外要说我坚决反对。”张敬东无可奈何地叹口气，心想“南洋”的名声真的这么臭？！甲方一走，张敬东立即召集会议，把工程科有限的几位技术干部全调上一线，组成最强的施工队。无论如何必须打好翻身仗，这是最后的机会！

今儿他之所以起这么早，就是为了亲临施工现场，同时通知潮阳队的民工兄弟：甲方同意了！

路在他脚下延伸

有人说，太阳每天都是新的。我也说，路每天都是新的——对沈致虎来说尤为如此。

少则十几公里，多则二十甚至三十多公里，除了探亲归家，他从未间断过用两条腿丈量脚下的路。仅就来特区的短短三年，他跑过的路，超过从南极到北极的距离。作为一名抹灰工，业余长跑和他的生命融为一体。十多年来，无论部队迁到哪里，他奔跑的脚印就留在哪里。无论北国严冬、南疆酷夏，只要乌云没遮住太阳，他总在奔跑中执着地将那轮神奇的大火球搂进怀抱。

笋岗大道是深圳的大动脉，天未亮就有车来回跑，直至深夜。往常，各种汽车汇成的河流早已喧嚣不停地从身边流过，还有踩着单车或三轮车赶早市的菜农……今天什么也没有，异常的静寂笼罩着城市。道旁的宿舍楼紧闭窗户，路灯灭了，偶尔一两部面包车或轿车像小甲虫，龟缩在栏杆内的自行车道上。平时热衷于长跑运动的“跑友”消失了，一种从未经历过的孤独折磨着他，仿佛整个世界只剩下他一个人。

他脚步乱了，心慌，气息失调，鼻腔、眼眶发热，像有无数细针扎着这些部位。只要有某根神经一松弛，他便会立即趴在路边，任眼泪痛快地流出。十多年来，他从未遇到眼前这种长跑运动员最坏的状态。他本想停下，惯性支配着两条仿佛不再属于他的腿，本能地交替迈向前方……

远处传来一阵密集的爆竹声。他的心骤然收紧，他似乎刚刚省悟，今天是春节大年初一。他想起家乡的妻儿、父母，想起一家人坐在热炕上欢欢喜喜地吃团圆饭。这位四级抹灰工，这个喜欢古诗并经常抄在日记本上的业余长跑运动员，在渐渐苏醒的城市此起彼伏的爆竹声中，抓住路边的栏杆停下。

为了补上这未完成的训练，他拒绝了许多喜爱、尊敬他的“跑友”们的邀请，没上人家里做客。他因为没钱，又因为要参加 1986 年 3 月的一次比赛，不得不放弃探家机会。他知道，人生难得几回搏，三十三岁，对于长跑运动员而言，正是出成绩的时候。

1985 年初，沈致虎两个月没活干，每月预支五十元生活费。他成天煮青菜，熬冬瓜汤拌饭，因为营养不良，经常在训练中头晕、恶心。同伴们劝他停一段时间，他不干，仍坚持训练。有次他在训练途中实在顶不住，头昏心慌，前胸后背直冒虚汗。他经过一片草地，绿叶丛中紫红的茄子向他眨巴着眼。他愣了片刻，猛然蹿到菜地边，掀下几颗茄子，双手搓着光洁的紫皮送进口中，三两口嚼碎了咽下去。生茄子居然能充饥，居然不那么难吃，这是他从未想到的。好几次，他靠着路边这种紫红色“香蕉”支撑着跑到底。他意识到这似乎和“偷”有联系，但肚皮和尊严经过这片菜地时总打架。有次他又受不了那玩意儿的诱惑，又想去“偷”。他跑到那片菜地，发现“紫香蕉”全没了，变成一片绿生生的青菜苗。他失望地在地沟边徘徊，见地上残留着几个营养不良、七歪八扭的瘪家伙。他咽下唾液，终于捡起被人遗弃的比拇指粗不了多少的茄子……

7 月某天晚上，记者采访了这位“业余冠军”，问起他在公司停工的困境中如何坚持训练，有什么想法时，他低下脑袋，沉吟了半天，笑着摇摇头说：“我想只要公司在，总会有办法，总会慢慢好起来……”记者又问他当时有什么埋怨情绪，每天干十多个小时活，营养又差，加上这样大运动量的训练，会不会把身体拖垮，等等。他那黑中透红的脸腼腆地笑着，笑得像个小孩。他拿出一抱体育杂志、有关长跑训练和自己参加比赛的报道文章的剪贴册，小心翼翼地捧出奖章、奖状，指着墙上的训练计划，谈起他的教练和即将到来的省运会。

临走前，记者问他有什么苦恼？他想了一会儿，毅然回答——

“在竞赛中被对手击败！”

张敬东离开现场，拐上大道，立即看到他在二〇五队时的四级抹灰工沈致虎，于是情不自禁地收小油门，缓缓跟在他身后。虽然他只和沈致虎一起呆了不到一年时间，但这个工作认真、热爱长跑的业余冠军给他留下了深刻的印象。他听说小沈被挑选到市体委集训，准备参加省运动会比赛。

沈致虎专心地跑着，根本没发现这位脾气很暴、善于管理工程的“独裁”队长。腿部动作、步幅、双手摆动幅度、调整呼吸……他什么都忘了，忘了周围的一切，甚至忘了金奖、银牌。他只记得教练严峻的脸，纠正他某些动作的训斥，尽可能使自己的动作符合要求并更加完善……长跑犹如人生，人永远渴望完美，但永远不可能达到完美。因此人生和长跑同样永无止境，直至生命终止。

张敬东几次想赶上去，陪他的部下聊几句，鼓励他再捧个奖杯回来让人们看看。他不仅代表深圳，同时也代表两万人的“基建工程兵”啊！张敬东瞅着他匀称的步伐，十分轻灵、富有弹性地踏过路面，像只矫健的鹿。张敬东从没见过人跑步会这么美，甚至没想过龇牙咧嘴的运动员会和美这个词联系在一起。

他不忍心打断沈致虎专注的训练，同时也想起自己有许多事要办，一个终于抓住的机会等待着他和南洋公司去拼搏。他刹住摩托，站在路边，欣赏着沈致虎起落均匀的背影，心里说不出的激动。仿佛那远远而去的红背心代表着某种希望，代表着……他觉得说不清究竟代表什么。反正他被那红背心感动了，实心实意地祝愿沈致虎能拿回一个金灿灿的奖杯。他知道，这个倔强、沉默的人为此付出了多大的代价啊！

张敬东调转摩托，最后看一眼远方。他看到——

小小的红背心像一团火，迎着天边渐渐远去，远去，终于熔化在那轮冉冉升起的硕大的火球之中……

1986 年 7 月于深圳

原载《特区文学》1986 年第 5 期

来自女儿国的报告
——深圳二十万女临工掠影

陈秉安

南下深圳的女工潮

一个幽灵在西太平洋上空游弋。

最先把这个讯息告诉深圳人的，是他们的日本朋友大来佐武郎。

1984 年，中日经济知识交流会在深圳举行，中国经济界南北群英荟萃，而日本与会者，除了能源政策论坛议长向坂正男，兴业银行调查部长小林实等一批蜚声国际经济界的名家外，还有一位极受国际经坛尊崇的日本前外相、现全日本政策研究会会长大来佐武郎。

其时，深圳雅园宾馆富丽豪华的大厅内灯火辉煌，大来佐武郎举杯来到市长身边，把一个讯息告诉他的深圳朋友："深圳起飞的时代即将到来了。自今算起，大约三至五年后，将有总数约为四千亿至五千亿美元的游资，从欧美大陆，从日本、韩国等地溢出。而这笔游资最可能，也是最理想的投放地点，将是以深圳、香港为中心的华南工业区。"

简直是神话中的阿里巴巴的宝库！

而钥匙将交到中国人手里。

深圳，不，整个中国经济腾飞的时机将要来临了！

由于经济结构的调整而形成世界性经济布局的转移，在历史上已有先例：

1950—1960 年代，欧美一些国家把原由本国生产的劳动密集型产品转向大量进口，向劳力低廉、技术不发达的日本、韩国、台湾等国家和地区大量输出资金、技术和设备。

经济循环，周而复始。日元升值，出口受阻，亚洲"四小龙"近年又出现了当年欧美的情状。

天，将降大任于斯人了！

深圳人，在悄悄地进行着一系列大潮来临前的准备，一个创建投资环境的计划在紧张进行，到 1987 年为止，深圳完成数十亿元基建投资，竣工城市道路达两百零八公里，兴建赤湾港口，营建国际机场，矗起南海酒店、国贸大厦……仅宝安县一年之内便从国家银行贷款建成一百八十万平方米厂房，而世界闻名的韩国马山加工区，经营十二年，厂房才不过八万平方米！

但是，它会来吗？那太平洋上的大潮！

来了！大来佐武郎的预测应验了！1985 年夏末，太平洋上开始潮动，先是小批客商，然后是大批，从香港，从日本，从欧美各国而来。一张张恳请合作的信笺、订单纷纷飞来，成百成千的小汽车，日夜穿梭不息于横岗、龙岗、布吉的公路，一位位衣冠楚楚、黄发碧眼的大贾走下车来，拜会刚从农田中拔出泥脚来的镇长、村长、村民！

三年工夫，沿着从深圳到广州，从深圳到惠阳的两条大动脉所展开的几百公里扇面上，冒出了几千家高擎着日本“三洋”、美国“百事可乐”、香港“信达”等招牌的电子、饮食、玩具、塑料等来料加工厂。截至 1987 年，深圳的工业总产值比八年前暴涨了一百倍，一个实际上是全世界最大的出口加工基地，已经在珠江口崛起！

随着南太平洋上振荡波的登陆，另一股浪潮又自中国北边广袤大地向珠江口席卷而来，这是发生于 1980 年代初由几十万十八至二十二岁少女组成的女工南下大潮。

在汕头、梅县，在湖南、新疆……多少女孩子为报上招工的启事而激动，为特区纷纭驳杂的光色所诱惑，附耳传递着“深圳”这个新奇、神秘的名词；一个个少女从农村低矮的房屋中，从枝丫交错的桑林中，从小镇斜歪的石板街中走出来了。她们或提一个包袱，或夹一卷行李，饮泪告别家园，回首辞却父母，踏上了人生旅途的第一程。

于是，深圳涨潮了。深圳的街头、车站，高墙的大红招工榜下，随处可见一群群皮肤黝黑、窄衣紧裤、短发齐颈、操着各种不同口音的“闯深圳”的少女。

据最保守估计，在深圳做工的女临工，人数已超过二十八万！

有一个最简单的数字可以说明女工在深圳，尤其是深圳周围的镇区“泛滥”的程度：横岗镇，原有居民仅九千多人，而外来女工人数却达一万五千人。这是一个当地人被外来人“淹没”的世界，男人们被少女们淹没的世界！

然而，这如潮如涌南下而来的少女们，都有一个特点——她们受雇于外国的、中国的尤其是港澳地区的厂主，干一天活，拿一天的钱；今天在这个厂做玩具，明天就可能到那个厂织衣；今天这个厂主请她，明天就可能被辞掉，几乎不经过任何手续。

当你步入深圳北面那几千家加工厂群落时，一个明显的印象是：这是一片

“女儿国”——加工企业的性质决定了它的工人性别比例，从以下一个较为保守的男女比例数便可见一斑：

蛇口工业区为1 ∶ 3

龙岗工业区为1 ∶ 5

布吉工业区为1 ∶ 7

在许多工厂中，不仅工人是女的，技术人员是女的，厂长经理是女的，连保卫人员也是女的。为了“安全”起见，有些厂甚至不收任何一个男人，成了地地道道的“女儿国”。

由于女性过度的集中，春怨、插足，甚至卖淫，以及由于性取向所引起的种种问题，在这二十多万女临工中——深圳人给予的最合适的称呼——便时有发生。

我记得当男士们经过那正在制衣或者装配录音机的上千名女工的身边时，从座位上投过来的焦渴的目光。

我记得那位把收集的报刊上的征婚男性的名字剪下来，然后用剪刀一点点剪成碎片的姑娘。

我记得每当夜幕降临时，在深圳XX桥边坐着的一群群女工，嬉笑着指着过往的男士，用最地道的家乡土语互谑：“这个是你的——”“这个是我的——”

深圳一位心理专家说：“谁也阻止不了她们去想性问题，她们心中像堆着干柴，若遇情爱之火，很快就会熊熊燃烧。”

她们是深圳财富的创造者，她们为深圳带来了繁荣。但她们在这赖以生存的环境中有多少欢乐、苦恼，展露过多少笑颜，流下了多少泪水，能有几人了解呢？

女儿国的呼吸声

1987年除夕夜晚，有人向XX派出所报案说，寄住在深圳市福田村XX号的一些电子厂女工正在聚众赌博。

在深南中路的西北面，有一大片鳞次栉比的厂房，高擎着醒目的红黄字号：“华强三洋”“科导”“深达”……这片工业区大约有女工六千二百人，一般来说，工厂不予解决住房问题。从外地来深做工的女孩子，于是需忍痛每月出十至三十元不等的租金，在福田村一带农民家中租房居住。

时值年关，一些女工因故不能回家，聚集在一起，赌博是很有可能的。

接到报案的四名民警立即出动，接近了一幢破旧的平房，破门而入，但最后查到的唯一赌证是五个扔在床上的纸团，上面写着：“炒鱿鱼”“赚大把钱”“睡个饱觉”“找到靓仔”和“上当受骗”。

这儿是蛇口四海宿舍区，聚居着总数在七千以上的女性工人，也许是当今全国乃至全世界单身女性最集中的地方了。

某报有一段报道她们生活的文字：

假如你能在任何一天的清晨六点，走进四海的任何一幢宿舍，你会看到，八张铁架床，密密麻麻躺着以各种姿势睡着的八个打工妹。俄尔，其中一个翻了个身：“起床罢——上工了。”没人理，虽然大家都醒了，却都睁大眼，望着天花板出神。于是又有人喊：“要打卡哟——”一想到那六亲不认的打卡机，打卡迟到要罚钱，忽然一下，八个人全都下床，手脚快的先抢了宿舍唯一的洗脸池，动作慢的一脚跨进厕所，把牙缸伸向只有一尺八高的水龙头……半小时后，最后一口早点还在口中，人却已在机器边操作了……

九年来，蛇口工业区经济效益持续上升，楼房越盖越漂亮……这与打工仔长年累月的加班、按时打卡，是不是有关系呢？

“我真困，我最大的愿望是明早不要叫醒我，让我睡到中午、下午、一整天……”一位小姑娘美滋滋地想着。

“上厕所都不能呆得太久。”谈起劳动的紧张程度，一位正站在街口，手端盒饭往口中扒的电子厂女工对我说——她们大多这样，逢上加班紧时，中途吃饭限半小时，于是，摸到门径的小贩常在此时把盒饭车推到厂前，以两倍于平常的价钱出售给她们。

“老板接不到订单就辞退我们，订单一接得多就逼我们加班，我们每天工作十几个小时，甚至二十个小时，有时真想在座位上闭眼五秒钟，但流水线上的产品马上传过来了……”

深圳许多电子厂的环境都不错，门外是绿草坪、蓝天、大海，但是，有多少人有闲暇去走一走？

一位参加深大夜大学习的女工对工会干部说：“面对旷工和旷课，为了生活，为了眼前的利益，我只得选择旷课。”

“不可以不加班吗？”“不行的——”一位女工说，“除非你不想干了，老板只要钱，谁管你累不累？”

“但是加班有加班费啊，据说你们最多的每月拿到四百元。”“是的——如果每月三十天都加班的话。”她说，“加少量班，可以；加多了，谁愿为钱拼命？对不起，我要睡了——”她竟然毫不礼貌地下“逐客令”，然后侧身瘫倒在床上……

“我怕加班，更怕下班——”一位女工说，“业余的几个小时最难度过。”

我环顾四下——这是在福田区一间约四平方米的房子里，上铺叠下铺，密密麻麻竟搭了六张床，连张桌子都放不下：“你看，我给家里写封信，都要坐在床上，把木板垫在腿上才成。”

“厂里只管叫我们做工，我们住得离厂又远，业余时间几乎没人管。”

“业余时间为什么不去游乐场所娱乐一下生活呢？”

“上游乐场、舞厅，好贵呀，谁出得起？”她说，“不过，我还是想到三洋厂去借书，或者打球，但上别人厂里玩，总觉得不好意思，上马路溜达又怕遇上男人……这样，一下班，我就只好对着这床铺、被褥，还有小灶用的炊具了。”

在蛇口，有人做过考察，蛇口的夜晚，那大约一万名女工，去了哪里呢？

下午五点左右，蛇口下班、倒班的人流开始从各条马路涌向通往四海宿舍的大道。单车的后架上，或夹着几根大葱，或夹着一把青菜，大道上出现了景象壮观、数以千计的单车流——据说，蛇口许多工厂都给进厂的工人发一部单车，以后分期扣款。

大约一小时后，大道上的单车流消失了，化整为零，进入宿舍的各个格子间。有的用汤匙敲搪瓷盆，急急下楼去食堂排队买饭；有的把门掩上，偷偷插上电炉，以剪刀当菜刀，剪着一小束青菜，一小段腊肠……搪瓷盆在电炉上“吱吱”冒着油泡，“凯达姐”和“三洋妹”们，各自把汤匙伸向搪瓷盆，分享着“公用晚餐”。

“往下的时间——大约从七点开始吧，就谁也不知道谁干什么了。”

据了解，此时，百分之五的女工们仍在宿舍紧张地排队，等用冲凉房；刷鞋；把脸盆端到阳台上，搓着衣服，与楼下被污水滴到头上的女工对骂。

百分之一的人已经干完了“清理自己”的工作，或者把“清理”工作留到别人之后，先到各种学习班、讲座中去听课，千方百计跻身更高的层次。

百分之五的人到仅有的两个俱乐部里看图书，打乒乓球，花一元钱进舞厅，希望在昏暗的红绿灯照映下，寻找业余时间的刺激。

另有百分之一的女工穿上自认为最时髦的衣服，描上眉，在宿舍周围、商店周围兜圈子，一遍又一遍，一回又一回……不买东西，也不知为什么。终于烦了，于是手拉手倒在草地上，数天上的星星，从一数到一千……看过路的人：骑单车的、步行的各有多少。有人说了句毫不好笑的笑话，于是众人拼命地大笑……

对于不了解深圳内情的人来说，一定以为这儿是块最理想的竞争土地，强悍者必能够出人头地，其实并不尽然。

对于这批闯深圳的女孩子而言，她们在深圳的命运如何，一般都取决于她们的运气，即取决于她们提着包袱，站在哪家工厂的门口。

她运气不错。

“业余时间吗？”一位正在打羽毛球的姑娘停止了运动，“我们打球、上工厂俱乐部、跳舞，厂里还办了美容学习班，我们的业余生活，得向高层次前进啦……”这是在深圳市的华强三洋厂——一个日本人同广东省企业合办的工厂的宿舍区，这厂的班底是从粤北迁来的，还保留着一套较完整的工人福利管理办法。四周绿树丛丛，宿舍排排，俱乐部、商店、球场等都安排在一个大院内，生活环境舒适，业余生活也安排得很有条理。

“临时工也能同正式工享受一样的待遇吗？”

“当然，厂里基本上怎样对待正式工，也怎样对待我们临时工，三八妇女节她们每人发一个保温杯，我们临时工也发一个。厂里还搞技术定期培训，临时工、合同工都要参加。”

“你们愿意去学吗？”

“愿意，不去不行，在我们这里，技术考核跟不上，就有被‘炒鱿鱼’的危险。”

去年，在全国举行的质量管理统一测验中，华强三洋厂的工人在深圳名列前茅。

深圳东联电子厂的一位女工不幸害上肺病，怕被知道后遭辞退，悄悄躲回老家。厂领导把工人一一找来询问，查明原因后急忙派专车把女工接回深圳来治疗，一切费用全由工厂负担。

这位叫翟日群的女工，含着泪在给工厂的感谢信中写道：“我想到领导来回二十多公里看望我，我就想，就是天塌下来我也不离开东联厂。”

“我真幸运，我进了柏丽工艺厂。”一位从韶关来的十八岁女工说。这是一家由新加坡企业家开办的工厂，经理林干成，原是一位马来西亚共产党员。他的足迹踏遍欧亚美洲，谙悉西方最新的管理理论。

一位共产党员，同时又是一位资本家，得到剩余价值，这两者是怎样集合于一身的呢？

“我在以我的经历做一个试验。列宁告诉我们，工人和资本家是对立的，我却在试图尽可能使两个对立者共存于一体——也许，我会是失败者，但我是个尝梨者。”——他用了中国的一个比喻做了结尾。

柏丽工艺厂经理林干成总是尽可能地提高工人的工资，改善他们的福利，实行八小时工作制，当其他老板在订单纷沓而至的生产旺季拼命叫工人加班时，他却在下班后同工人下象棋。女工们的宿舍里干净、整洁，每周都有卫生评比检查，检查结果输入电脑，作为年终颁发奖金的条件记录在案。

一次，林干成在巡视厂中的流水线时，发现一位女工有些走神，他连忙让她停下手，把她叫到一边：“你叫吴小英吧，你有半年多没有回家了，对吗？”吴小英对经理如此了解自己甚感吃惊，“我想把你妈妈接来厂里小住一个星期，食宿路费全由厂里负担，你能给我你妈妈现在的住址吗？”

一个星期后，吴小英的母亲来了，看见站在厂门口迎接的林经理，这位农村妇女感动得半晌说不出话来。

“她们真好命——”XX厂的女工王丽英却说，“同我们比，真是天上地下。”

这个仅七十多人的小厂，厂长是1974年偷渡到香港的两兄弟，在香港摆书摊赚了十几万，于1986年衣锦还乡，投资办厂，请了二十桌客，特别请了当年追捕过他们的治安主任。

“你们每月工资多少？”“三十五元——”不可想象！“他们生意好时，或者高兴时，就多给点。一切都是随意的。”“这么低的工资，会有人干？”“你看我们厂门口这条大路，每天来来往往，有多少提着包袱的湖南妹、江西妹？今天有人走，明天就会有人来。”

“我们这是彻底的厂长负责制，嘿嘿——”厂长香港人钟XX对我说，“你们不是也在搞负责制吗？做得好的，奖励，我让她当班长、管理员，每月三百元；竞争失败的，我辞掉她们——”

“缺德鬼——”一个从这个厂转到石岩手袋厂做工的姑娘诅咒道——我听说她是因为长得美貌才被“炒”走的。“他弟弟简直就是个色魔，进厂招工，得看长得漂亮不漂亮，由他定工资，四十元，一百元，三百元……谁听话，谁陪他游水，逛深圳，就提谁当班长——真缺德，还搞了一次班长招聘考试呢，其中有项是穿泳装，看身材——”“真有这样的事？”我很惊讶。“——反正全厂就他们两个男的！他们想怎么弄便怎么弄。他说他的厂要扩大，管理人员要接待外宾，没有好的长相不行——你说他不合法？”

“你是怎么被‘炒’的呢？”我终于问起了这个问题。她露出不很高兴的神情。“别问了，反正，很简单——”

1988年8月27日上午九点，深圳去往广州的列车。

六个衣服破旧的女孩子，偷偷从布吉车站爬上了北去的火车。

这是六个从布吉XX厂爬墙逃出的女工。她们分别来自湖南郴州地区的嘉禾、蓝山两县。

一个月前，有人以“深圳XX合资厂，高薪聘请，食宿一流”的许诺，在湘南农村那破旧的泥屋场中游说，招收女工。

四十二名无知的农村少女来到了深圳布吉。

“进了那个厂，就像进了监狱——”几个女孩向列车上的人哭诉，“一天工作十二个小时，一上班，大门一关，就没有了自由，上厕所都要工头点头。一天只给我们吃两顿饭，菜是萝卜、干白菜。谁做错了事，或谁生了病，就罚不让吃饭。有的人饿得不行，就偷偷上伙房偷菜吃。”

“我们之中有十几个人写信回家，要家里寄钱来，但是一个人也没收到信，更没收到钱，因为全要先交到厂部手里。”

“我们再也不愿干了，我们要回去，但是厂里不让走，还威胁说，走一个，全部人都不给饭吃。”

“我们是再也无法忍受了，大家在宿舍中商量，把身上的钱都凑齐了，交给我们六个人，让我们回湖南老家报信，好来人接我们回去。”

“我们六个人是昨晚在工友们的掩护下爬墙逃出来的，大叔阿姨你们行行好吧，列车员来了你们别做声，让我们回去，我们今生今世也不会忘记你们——”

“在社会主义的中国竟会有这等事！”整个车厢的旅客都惊讶了！

不管你相信不相信，也不管你承认不承认，反正，它是出现了。

在一幢幢厂楼崛起，在成亿美元的工缴费由海外汇入深圳，在一批批的女工成为厂长、技术员、管理员的背后，有着一块又一块这般的阴影！

这便是新中国成立后，第一批同日、美、港澳等国家和地区合资的工厂中，中国女工所遇到的现实！

女儿国“国王”

在这复杂、艰险、喜忧参半的环境中，她却“站”起来了，排开种种干扰，骄傲地站起来。她从一个农家娃变成了女儿国“国王”，跻身企业家的行列。

改革的大潮造就了她！

两个女孩提着行李，站在深圳国贸大厦前面，显然愣住了。摩天大厦直插云端，到处车水马龙，红绿霓虹灯招牌叫人眼花缭乱……

这是个她们从来没有见过的世界，喧嚷、嘈杂，全然不同于那个河里漂着帆船的宁静的小镇。

陌生，可以使人惶惑，甚至恐惧。

“我……好怕，我们，还是……回去吧。”其中瘦小点的叶丽英小声咕哝说。

“回去？我不回。”另一个皮肤有些黧黑，面目中显出一股英气的高个儿姑娘说，“来了就不回！”她用鄙夷的眼光看着满街的人流，看着那些穿着阔绰、高挺着胸脯从她们身边神气走过的“太太”“小姐”们，“她们能在这里生活，为什么我不能？”

她，就是几年后深圳鼎鼎有名的女厂长赵露珍，似乎命运早已决定了，有一天，她要被推上女儿国“国王”的宝座。

“收下我们吧，我们什么都会干。”十个小时之后，两个女孩站在布吉镇一位砖厂老板面前，“干不好，你打发我们走好了，三天也行，一个月也行，一辈子跟着你也行！”

老板把她们从头到脚打量了一番，短发、长衣裤、凉鞋，皮肤黧黑，身体结实——显然是干过不少活的农村姑娘——这正是他所需要的。

“工资，每天三元；住房，自己找；说什么时候加班，加多久，由我定。愿意干，就在这上头按手印。”

老板抽出嘴里的烟，把一张写满字的纸递到她俩面前。

第一夜，她们宿在一爿破旧的板棚里。

这地方距离闹市中心好几十里地，全厂四五十人，白天打砖，夕阳西下时，老板站在栅栏边，往每个汗漉漉的打工仔的手心上放三张红色小票——这就是工厂与工人的关系。至于晚上你在哪儿吃饭，睡在哪儿，有没有毒蛇来光顾板棚，一概是你自己的事。

“赵露珍——”门外有人在叫。来人是砖厂的管工吴八。吴八将赵露珍从头到脚打量一番，“你倒好运——明天不要打砖了，老板叫你当采买，买菜——住厂楼了！”

赵露珍愣了一下，“那丽英呢？”她指着从板棚中探出的脑袋。

吴八说：“包你一人还包你七老八十代？”

“我不去——”赵露珍一扭头，“我们一起来的。”

吴八吞了几口口水，他还未见过这么死心眼的女仔，“我叫你打砖就得打砖，我让你买菜就得买菜，这是什么地方，知道吗？深圳，香港人的厂子。”

“要是我不干呢？”

“不干？”像是石头碰出了火，“你就给我滚——”

赵露珍第一次懂得了什么叫“炒鱿鱼”。

两天后。在深圳通往广州的公路边，有一片不大的玩具织衣厂，两个夹着行李的女仔站在厂门口的一块启事牌前，牌上写着：“招收熟练女车工”。

谁知赵露珍发达的起点，就从这儿开始。

她在玩具织衣厂仅干了三个月就被一双慧眼盯住了。

三八妇女节，玩具织衣厂召开颁奖大会，照例有上级领导人主持颁奖，镇里派来玩具织衣厂的是镇经济发展公司总经理，后来的布吉镇镇长欧官成。

“包装车间——”厂长公布受奖名字，台下数百女工一片掌声，然而，台下无人上台领奖。“包装车间上台领奖——”欧官成手拿奖旗和一沓奖金，显得有些尴尬。厂长生气了，“赵露珍上台领奖——”那时，由于车间主任不在，她被派作代理车间负责人。

“她——没有来。”台下五个包装车间年轻的女工怯怯地说，“她正领着全车间加班，叫我们当代表。”

“乱弹琴——”厂长大骂了起来。

欧官成却笑了。

两个月以后厂里举行拔河比赛：“包装车间”对“后勤组”。

后勤组的早已手抓粗绳，严阵以待，包装车间出场的十几个姑娘却忸忸怩怩，哧哧笑着，你推我推，不敢上阵。

厂长十分抱歉，对着来观赛的总经理欧官成摊摊手，“没办法，又是那个赵露珍没来。她们就是泥巴人啦——”厂长又对十几个姑娘嚷起来，“没有赵露珍就不会动啦！”

姑娘们益发哧哧笑了，你推我推。

“赵露珍来了——”“赵露珍！”包装车间的女工中爆发出一阵欢呼声。

一个高挑个儿、面目俊秀、轮廓分明的姑娘擦着手，朝赛场跑来了。

奇怪，十几个姑娘“唰”地一齐拿起了绳，赵露珍上前站在第一位。

“一、二、三……”厂长挥动了红旗。

包装车间赢了。厂长笑了，把别人递给他的一盒菊花茶递给赵露珍，赵露珍却把它递给了抓绳尾的姐妹，自己用搪瓷缸从茶桶里匀了一缸茶水。

这一切，都落在思才若渴的欧官成眼中。

半年多来，布吉镇的来料加工厂如雨后春笋，猛增了一两百家，欧官成把手下原只会赶牛耕田的几乎所有的生产队长、会计、民兵排长……全都推上了阵。来往不绝的港商、美商、日商……一封封要求加派领导骨干的报告，随着一份份合资办厂合同雪片似的飞到他案上来告急。

这是个需才如渴的时刻！时势造英雄！

“如果叫你当厂长，你干不干？”

“厂长？”听见县团委书记纪志龙的问话，赵露珍愣了——显然团委是在培养自己。

“管一千二百人，每月工资七百元，调你到布吉织造厂去。”

“一千二百人——”有点吓人！她记起高小毕业时，班上曾推选她去一千人的大会上发言，当她一看到那黑麻麻的一片人头，心都紧张得要跳出来了，而今天，是叫自己去管理一千二百人，当她们的头儿！

“当就当！”谁知她响当当地蹦出了这么一句。

——正如她闯深圳一样，她要试一试“闯厂长”又是个什么味。

谁知她一发不可收了。

女儿国“国王”赵露珍第一天上班便觉察到为什么要调她来了：八点上班，大部分女工要到八点三十分才懒洋洋地拖着鞋进厂。上午还在工厂干着，下午就突然走亲戚去了，谁要批评她们，干脆不来了，“拜拜”，上别的厂打工去了。

原因很简单，临时工，我想怎样便怎样，绝对的自由！

赵露珍每天最早来到厂门口，叫每个上班的女工进厂前，在自己的工卡上“打卡”，迟到、旷工的工人她都一一记录下来，然后按天公布在工厂门口：该罚款的罚款，该辞退的辞退！

这下惹恼了一群潮汕来的打工妹，“干吗扣我的工资？”“原先的厂长谁也没这么干过！”“你要辞一个，咱们全都不干了。”

——显然，她们要看这位年轻的，同她们一样的打工仔“厂长”到底有啥本事。

“你们不干我就没法留——”夜里，赵露珍来到这群潮汕妹的宿舍，坐在她们的床沿上，“正因为我是同你们一样的打工仔，我的这顶乌纱帽是攥在手里的，所以我也不怕丢掉它。只是既然今天让我干了，就还得要大家给我撑这个台。”她掰着手指同女工们算账，“如果我允许你们每人迟到五分钟，全厂每天就要损失七十多个小时，全年累计就是两万多个小时——相当于几十万元港币的损失啊！工人纪律涣散、效率不高，分到我们自己手上的钱自然会少。香港老板赚不到钱，工厂不办了，到头来砸的是我们一千多个姐妹的饭碗，如果把厂长让给你们当，你们不会也像我一样做吗？”

除了三个实在“想不通”的女工，其他迟到旷工的潮汕妹全都留下来了。谁也不敢再小瞧这位“打工仔厂长”。

她已经记不起多少次，当她的工人患病时，她亲自把姐妹背上救护车。

她已经记不起多少次，有多少姐妹坐在她的床沿，同她聊起终身大事，把小伙子的第一封满溢炽情的信拿给她看，请厂长出谋划策。

这同乘的一条船啊，有时顺风而行，有时也会顶风逆浪，在颠簸中考验姐妹们的血肉情谊！

1986 年 11 月，欧洲市场织衣销量吃紧，几个原来的最佳搭档都扬手而去，订单大幅度减少，织造厂没有多少任务可做，严峻的现实摆在赵露珍面前：要么大幅度裁员，要么大幅度减工资。

把一千二百名姐妹裁去一半，这像割却赵露珍的心头肉，这一千二百名“子弟兵”，是她苦心经营几年培养起来的技术力量啊，但是不裁员，每人每月降到五十元工资，她们还要吃饭吗？

“怎么办？两条路，”赵露珍说，“如果大家不愿离开，就得忍，同我赵露珍一道，挺到难关过去，订单到来。”

“行！减吧，减工资吧，我们不离开厂！”

喧嚣的机声收敛了，只有一半的机器被允许开工，听惯了机器欢叫声的赵露珍，忽然感到一种从未有过的空虚。她一早就来到工厂，昨天，她已安排一大部分工人休息了，现在，厂房很寂静，一排排的机器像受了伤的野兽一般躺在那儿。她感到内心一阵阵疼痛。她记起那个从曲江来的曾敏英，家中害病的父亲、残废的爷爷，每月还等着她寄的钱生活；还有那位从广西玉林来的卞玲玲，秋天的一场大水，冲垮了她家的房屋，家中的五口人至今尚在树下搭棚，还等她的钱回去买砖修房……她愈想愈感到自己责任的沉重，愈想愈感到自己对不起这批死心塌地要跟着自己的姐妹。“不……”赵露珍忽然觉得，应该劝她们走，劝她们转厂，布吉镇还有的是厂，她们可以挣到钱去养家，去糊口——只有她，能够劝说姐妹们离开她。

她平静地锁上车间的门，向厂门口走去。但是还未到厂门口，就听见一声声吵嚷声：“撕下来！”“撕下来！”

一大群女工正围着厂门口的一张张招工启事。原来，谁都知道赵露珍手下有一批精兵良将，得到赵露珍工资都发不出的消息后，不少厂家把招工启事贴到赵露珍的厂门口来了。

“诚聘女车工五十名，每月工资三百元。”“诚聘女工一百名，食宿全包，愿者从速……”

“我们不能走！”“走了对不起赵露珍！”——工人们直呼着赵露珍的名字。

她远远地站着，真不知该退回去还是走上前。

一千二百名“子弟兵”啊，什么横笛楚歌也不能吹散的“子弟兵”啊！她的眼睛湿润了：没有这群姑娘，哪有我赵露珍！

在那次低潮中，在每月仅领五十元工资的重压之下，在周围上百个厂家高薪的诱惑下，她的人几乎没有流动！

织造厂的产值一翻再翻，1987 年达一千二百万元，成了全镇有名的千万元大户，工人的平均工资也达到二百三十元一个月，还先后增加了五间分厂，工人总数达五千多人。

香港老板笑得合不拢嘴：香港人的收入是保密的，当成百上千辆汽车的织衣运到欧美时，当女孩子每增加十元工资时，香港老板的收入又增加了多少呢？

“真不简单，赵小姐，”港方经理佩服地说，“你读了很多书——你这是采用了日本最新的管理理论，大敏毅先生说过：要设法使每个工人都感到自己是工厂大家庭中的一员，厂长不过是他们的兄长，他们便会自觉地为家庭拼命工作了。”

的确，赵露珍似乎是照大敏毅先生在无数次管理试验下获得的一条铁的规律去做的，其实，她绝不知日本有什么大敏毅，也绝不会有什么先验感应于她。殊途同归，源流合一，天才的经验，源于人类最基本、最原始的生活准则：她来自打工仔，她了解底层，她是把她的工人当成“人”来对待的！

这便是大敏毅教授的先进学术理论和出自农家的女孩赵露珍的原始的实践经验碰撞到一起的缘由！

“目前，你最大的心愿是什么？”她终于甩开了纷纷而至的记者们，接受了我的采访。她长长地吁出一口气，给了我一个意外的答复：“想休息——两年来，我从未有过一个属于自己的舒舒坦坦的星期天。”

通向女儿国的道路

龙岗镇经济发展公司总经理刘其昌气得叉着手站在公路边无可奈何。

这群井冈山妹子，简直就像一窝蝗虫般往汽车上爬，把一床床草席、印花被扔进车厢，高呼着“玉莲”“山花”……伸出一只只结实的胳膊，车上车下，你拉我扯……

她们不是来龙岗做工，她们是要从深圳回江西井冈山去。

1987 年下半年，宝安县委带来了江西宁冈县委的同志，“咱们一个县就有两万多名待业青年，老区穷，就不了业，整天在街头打架闹事，龙岗正在发展工业，要能给我们解决几千人的就业问题，那真是帮我们老区的大忙哇！”

一封招工的电报立刻从深圳龙岗发往江西宁冈，井冈山的山沟山坳沸腾起来了：

“干吗全要女的——该不会是送到香港的勾栏院去吧？”

“深圳那地方她爷爷早年去过的，刮起风来连屋顶都吹着跑，现在都兴水泥瓦了，打下来怎么办？”

“那地方听说同香港只隔了一条河，特务卷了裤脚就可以过来。”

但是，老一辈人的议论依然顶不住未经世事的少女们的厮磨纠缠。

“我们去试试看看嘛，伯劳子（杜鹃鸟）长大了还往山外飞哩。”

“那儿也是共产党领导，有政府的人带着，不怕的。”

1987 年 7 月，第一批井冈山妹子共二百五十八人，分别乘七辆大客车，浩浩荡荡，跋涉千里之程，从井冈山到达龙岗。

龙岗简直像迎接贵客般接待这批妹子，刘其昌在酒家包了十二围台，请领队的和这些姑娘首先开了一顿洋荤，又安排全镇所有的招待所敞开大门，“井冈山来的人愿住哪儿就住哪儿，今晚一律不能收费！”

刘其昌已对这批宝贝做好了安排，准备第二天就叫十几家工厂来镇政府门口领人。谁知到夜间就有人悄悄告诉他：“那些妹仔，关着门在房里哭呢。”“谁欺负她们啦？”“谁敢啊，山沟里蹲惯了，想家。”

第二天，宁冈县委的同志和厂部大客车要往回开了，送行的姑娘中一片嚷声：

“刘伯伯，你们还来吗？”

“李书记，你们扔下我们不管了吗！”

马达轰响，汽车就要开动，一位莲花乡的姑娘哭着尖叫了一句：“我要回去！”接着，好些姑娘都嚷起来：“我也走——”“还有我——”爬车的，递行李的，叫喊的，乱糟糟演出了前面所述的一幕。

宁冈县的同志苦笑着走近刘其昌，递过来一支“三五”牌香烟：“真……不好意思，以前我们答应过，来去自由，嘿嘿……”

“走，想走的都可以走。”刘其昌耐着性子挥挥手，心中暗忖：“我不信南瓜汤会比我龙岗的肉末粥好吃。”

从封建闭塞的山沟到现代化开放的深圳龙岗工业区，观念的适应需要时间。

第一批来的二百五十八人，一下子跑了将近一半！

事情并没有结束，回去的一半人，就像一把芝麻撒在火堆上，对深圳的议论“噼噼叭叭”在井冈山中响开了。

“干活还坐着不能动，谁受得了？”

“吃了三餐饭，竟然没有一餐辣椒！”

“广东人说话就像冲着人喷口水，说个‘请’字都凶煞人。”

“听说干两年后就要卖到香港去钓金龟，那金龟专吃女的！”

从一山传过了一山，从一村传过了一村，惊动了未回的一百多名姑娘的父母兄姐。于是，一包干粮，两件行李，跋山涉水，汽车火车，沿着崎岖的山中路，纷纷赶来深圳龙岗，要接女儿、妹妹回家。

“我不想多讲——”刘其昌还在开会，他对那一个个挤在办公室门口，站在球坪里，或夹着一把雨伞，或卷着半截裤脚，露出黑得发亮的腿肚子的山里人说：“你们自己去看看，你们的人在龙岗是怎么过的，她们变了个什么样。”

她当过民办教师——一个人教三个年级，十四个学生。但半年后，她就同那群天真可爱的孩子分手了。

后来，乡里缺少一名农技推广员，于是她的案上又多了《育种十谈》《优选法》……但是半年后她就发觉，她的心根本不在种子、秧苗等上面。

终于有一天，区农科站的胡技术员再一次把她叫去，带点责备的口吻批评她：“你是怎么搞的，你住的那个村，晚稻起那么多虫子都没发觉？”最后，胡技术员嘟哝着：“——或者，你的心眼儿根本不在这儿，今天县里来人招工，上深圳去，你还是去闯大地方吧！”

“爷爷——明天我要出远门。”夜晚，在油灯下，她悄悄试探爷爷。“干什么？”“农科站出差。”“上哪？”“远——深圳。”“什么？”爷爷把烟袋重重地往墙上磕磕：“别去——那地方搞资本主义。”

“妈，区里要我去深圳学习。”她捻小了油灯，对隔壁板床上的母亲说。“什么？”母亲紧张起来，“那地方离香港近，特务多，女孩子不能去。”

距离太远，思想代沟的间隔是如此之大！

但是，路是自己的，她得走出自己的路！

翌日。太阳已经悄悄隐在山后了，隔舍的公鸡开始长啼，浓浓的山雾在雄鸡的啼声中渐渐退去。她贴着门听，爷爷父母的房中都很安静，只有邻居家的瘸老爷爷打开栅门放牛的声音。

她把一张纸条压在梳妆台下，然后拿了行李，打开后门。

纸条上写的是：

爷爷爸爸妈妈：

为了追求我的理想，我到深圳去了。到我有了本事，我再回来。

你们的小菊

我有幸在横岗的一家塑胶厂，见到了这位“离家出走”的少女，她叫陈小菊，是老苏区宁冈茨坪一位老红军的孙女，其时她正在安排几百名女工的生产进度。“你出走来龙岗不后悔吗？”“你看呢？”她笑嘻嘻地对我说，“我因为有点文化，一来就被老板看中了，一个月后就被选作厂里的管理人员，几百人的生产任务安排全交给我了，我能不好好干吗？”

“听说你们来的第一批人，一下车就跑了一半，当时你为什么没跑？”

“我还没弄清深圳是怎么个样，怎么能跑呢？到我弄清了，我更不想跑了。”她笑着，露出一口雪白的牙齿。

“后来你是怎样对你的父母、爷爷解释的呢？”

“他们不久就追来了，跑回去的姑娘们添油加醋说了一番。”

“刘经理派了一辆车把他们送到厂里，一见我，他们便不吭声了。”“为什么？”“我带他们到工厂参观，指给他们看来自湖南、广西、河南甚至还有黑龙江的姐妹，怎样集合在一起劳动；我告诉他们，每月除去伙食，还有近百元的收入，比在山里干一年还多；我告诉他们，我们厂的香港老板来深圳办厂，是按内地的规矩办事的。我领他们到深圳的大街上看，他们第一次看到进口小汽车、黄头发的外国人、摩天大楼、霓虹灯……他们赞叹说：‘简直比南昌府还阔气！’”“后来呢？”“他们回去了，回去后马上给我来了一封信。”“是爷爷写的？”“是的，他在红军里学过一年文化，比父亲行。”陈小菊从枕头下拿出一封皱巴巴的信：“小菊：……你们那儿吃的、穿的、用的，什么都比山里好，只要不是搞资本主义，你就在那儿干吧！”我们都笑了。

我是因为好奇才发现这个景象的。这是个星期日的上午，横岗邮局门口排着长龙似的队伍，从她们的衣着打扮、轮廓柔和的面孔中可以看出，这些人是在深圳做工的内地少女。

“请问这是干什么？”“寄钱回家——我们每月的钱，除去吃用，都尽量存下来，给家里寄去。”

据说，这个仅两万人的小镇，每逢星期天，汇款者都在邮局门口排长龙，每月从镇邮局汇出的款额达两百万元，井冈山人对此有句话叫“劳务扶贫”。

当时，她站在神色飞扬的一长串少女中，神情格外黯然，也许正是由于这一点才引起我的职业兴趣，我走向了她。

她叫胡金芳，江西万安县窑头乡人，香港鞋业公司横岗联美鞋厂工人。

“我没想到……”她啜泣着，“真没想到，父亲会这么快逝世，他支持我来，他说，我守在家中，也是挨饿——我们那儿干一天活，还买不上深圳小孩吃的一个雪筒哩。”

“那天，他挑了一担谷，想到圩上去卖，卖了好寄点钱给我，他是想让我身边有点钱，万一在这儿有人欺负我，好坐车回去。后来，一辆装着红砖的拖拉机过来了，他就爬上去了，司机开得快，开到一个拐弯口，他就掉到山沟里了……”她“呜呜”地哭出声来。我们在区委找了一间僻静的房间，有人在我们面前各斟了一杯茶，她继续说：“我拿了电报，去找老板，谁知老板不在，老板的妹妹高小姐是个好人，当时人手正急，她却说，你回去看看吧。临走，她又拿出一百块钱，叫我好好安慰妈妈；做工的事，不用担心，工厂不会辞退我，什么时候把家里的事办好，什么时候再来。”

“回到家里，我把第一个月的工资拿出去，安葬了父亲，全村的人都劝我，金妹子，你弟弟小，母亲又有病，干不了田中的活，全家就靠你了，你就留在山里吧，我思念那些女伴，那小集体，那嘈杂的机声……”

“我，回来了，我告诉小弟弟，要好生读书，将来的学费，我会在深圳做工替他交。我告诉母亲，咱们就种好这门前的两亩田好了，远处的，送人种罢。农忙的时候，你不要下田，我们请人帮工吧，我会按月寄钱回家……我回来了，我感到自己离不开横岗，也离不开工厂，只要老板需要，我愿在这里干一辈子的。”

她从怀中掏出面巾纸来，擦干净挂在颊边的泪水：“我这辈子，算是做了件顺心的事，用我在深圳的第一个月的工资，给我苦命的父亲买了合意的棺木——”她说着又哽咽了。

我仿佛又听见了邮局门口，那一个个少女的回答：

“给我弟弟上中学——”

“给家里砌房子——”

“嫂嫂生孩子了——”

我的眼前，立刻出现了赣南穷苦的山洼、山西干裂的黄土地、河南贫瘠的盐碱土……对于温饱尚待力争的许多内地地方，这一位位出外谋生的少女，用劳动的汗水换来的钱，是怎样化作了金贵的春雨，滋润着那片片干涸的土地。

本来，她的理想是当个演员，在那个偏僻的山庄中，她被认为是最漂亮的小凤凰鸟。

但她最终没能当上演员。

如果不是深圳招工的讯息传到她的家门口，活泼、美丽的丽丽的命运，一定不会超出她的母亲、奶奶、外祖母等人的，代代如发着红萼的木芙蓉，自开自落于大山之中……

我见到她，是在龙岗表带厂举行的大家乐晚会上，当宣布集体跳“迪斯科”时，整个场中的数百名少女全都随着音乐扭起来。其中一位姑娘跳得特别“疯”——她的头发披散，她的全身像喝醉酒似的颤抖，她入神了！

“完全不同——”她把舞到额前的头发挪到脑后，“这儿是一种全新观念的生活，全然不同半年前农村的那一套。刚开始真不适应，早晨得按时起来，上班时香港老板在门口看我们打卡，迟到几分钟就有可能被‘炒鱿鱼’，一上了班就没有‘自由’，一停下手，流水线上的产品就会成堆传过来，逼着你一刻不停地工作。人与人之间的差距大得很，什么都不平等了，有一个月拿到五百元工资的，也有一个月只拿几十元的，管理员绝对听老板的，当工人的就得绝对听管理员的，不听就请你滚蛋！”

我看她穿着红色T恤，上面印着某英文品牌名称，表明它的价格在百元之上，下身是紧身牛仔裤，把身体的轮廓衬托分明——典型的港式打扮。

“你想知我以前是什么样子吗？”她把我请到宿舍，指着小桌上木柜中的照片说，“我刚来龙岗的第二天照的。”照片中是个穿着黄军装的小姑娘，翘着两条小辫子，要是加上个红袖章，便成红卫兵了。

“现在——我学张曼玉，”她把头发甩过来给我看，“好看吗？”——我回答不上，她们比我更熟悉港台明星。

“喜欢化妆？”我在“梳妆台”上发现了口红、美容霜之类的东西。她点点头，“不过，我也是刚刚学，我们同来的女伴都在学，初时我们躲在宿舍中化，互相看，等都满意了，才一同出去。”她忽然哧哧地笑起来：“我就是因为化了妆出去，才让我那刚从井冈山赶来的父亲抓住的。”

文章要回到前面所述的那一段了。

其时已是黄昏时刻，丽丽化了妆，与女伴勾着胳膊在影院旁溜达。夹着包袱来寻女儿，急匆匆走着的父亲横了这个“妖精”一眼，刚想吐一口口水，忽然发现是自家的丽丽。

“后来呢？”“他在我们厂住了两天以后，观念就全变了，临走时，他悄悄问我：‘英英也要来’——英英是我姐——‘你们厂长收不收？’”

开放，战胜了闭塞；文明，战胜了蒙昧。

两个月后，随着一批批探亲家长的返回，近一百名“临阵逃脱”的井冈山姑娘相继回来了，接着，井冈山地区的宁冈县、莲花县、万安县……成百成百的女青年纷纷争着要来龙岗！

如果你细心，你会从中探测到中华大地上正出现的大潮的脉搏：那本来已经松散了的、毫无组织的人流，又逐渐被一只无形的手聚拢到一起来了……

女儿国臣民的问号

一株在黑暗中长出的小树，小树的树干上，向左右开着两股枝杈——当你仔细看照片上的这个画面时，你才会发现，这不是小树，是一只被机器压断了三只手指的工人的手。

这是发生在XX厂的事。

1987年11月19日，工人黄XX，在厂塑胶部上班时，被失灵的啤机压断了三个半手指头，尖啸的救护车把伤者送进了医院。三个月后，伤者出院了，一只手致残，再也无法工作。1988年3月7日，厂方正式通知：不用来上班了——“炒鱿鱼”！

当记者找到XX厂的港方经理询问此事时，对方的回答振振有词：“我来内地投资办厂，当然是要赚钱，我的工人当然要能干活，不能干活，我怎么养着呢？”

“但——他是为了你们工厂而被压断了手指致残的啊！”

“是的，但合同上并没有叫我负责的条款。我有事，请离开吧——”

咽下这口气罢！我们对国际投资的问题太陌生，也太幼稚了。当我们忙于引进，急于要那些富商大贾从荷包中掏钱投资时，我们竟然还不懂得需要有一个详尽的劳动法来保护自己。当我们的工人被他们随意招雇时，我们也来不及提醒我们的工人，在按下你们的指印前，要看清合同上写的是些什么。

不然，终有一天，会有更尖锐的事件发生！

1988年元月的一个凌晨，一辆救护车风驰电掣穿过浓雾，驶进了XX医院大门，从车上抬下一个血糊糊的妙龄少女。

跳楼自杀。

手术台上，五六个医生围着会诊；门外，几位干部模样的人急得团团转。一瓶瓶鲜血缓缓流入伤者的血管。

医生们用针线，用金属丝，像拼补破布一般，为伤者把摔得粉碎的骨头、肌肉缝合。

主刀医师摘下口罩，对单位领导摇摇头：“只有奇迹才能使这个生命活过来！”

然而，她竟然活过来了，在她躺在病榻上一个星期以后。我来看她时，她已能睁开双眼，只是不能说话。那忧郁的眼光仿佛在询问周围的人：你们把我救活，你们能对我的“活”负责到底吗？

她叫杜英英，家住惠东县。

父亲守着山中几亩薄田，养不活张开嘴等吃的五口人。十六岁那年，父亲把她叫到身边，把一小卷行李夹到她胳膊下，“你自己去谋生活吧，现在深圳、惠阳，哪儿都要女打工仔，见人年龄说大点，问你什么文化，就说初中——”

她果然在惠阳的一间塑胶厂找到了一份工作——童工不童工不打紧，只要你能像成年人一样地干活。

她竟然在这间厂混了三年，“本来，我是打算这样干下去的——”谁知，一天早晨上班时，一百多名女工茫然不知所措地站在厂门口的“启事”下：“敝厂从即日起宣布停业，所有员工，请另谋高就。”

不知是经营不善还是香港老板钱赚得差不多了，卷席而去。

反正她和一百多名工人，就这样站在惠阳通往深圳的公路上了。

她选择了“闯”深圳的道路。

一个星期后，她住进了深圳一位朋友家，不久便进了一家手袋厂工作。她的运气不错，才两个月，就让她当了质检员，工资也高了，做满一个月，除去吃用，还能寄三四十元回家。她太满足了。

可是，半年后的一天，老板把一位姑娘带到她的面前：“你这份工让出来，明天这位小姐来接你的班。”来人脸蛋、身材都长得比她好。

“我——干什么呢？”

老板回答：“厂里的人都满了，你到外头去找吧。”

她再一次被“扫”出厂门。

真是天无绝人之路，她遇到了来深圳工作的一位亲戚，“XX 分局正缺个炊事员，不知你愿不愿干。”

“干，愿干。”杜英英说，“只要有碗饭吃就行——”

她表现得还不坏，几个月后就被领导提为收税员。

这时，她犯了一个错误，在开税票时跳号使用，有人说她是因业务疏忽，更有人说她是蓄意舞弊。

杜英英真感到自己罪该万死，她向单位领导写了检讨，但愿上级能宽恕自己。

一个月过去了，两个月过去了，相安无事，杜英英暗自祈祷，一切平安过去，她不会再被“扫”出大门了。

1988年春节前夕，杜英英已经在盘算买点什么礼品回家了，上级有人来通知她：“你被辞退了。从明天起，自己找工作。”

她感到天旋地转，但她强自镇静下来。

“怎么样？有什么意见吗？”

“没……没有。”一位农村姑娘，对这突如其来的事不知所措了。

“你很年轻……前途，到处都有的。”

“是……是……到处，到处……”她应答着。

“那我们走了——”他们走时她竟然连起身也不会了。

“……春节快到了，一家人正等着我的钱过年，我还答应过我的弟弟，明年的学费全由我来交……他们把希望都寄托在我的身上，可是现在，我的工作没了，我给他们带回去的是什么呢……”她哽咽失声，“命运一次次地捉弄了我，我这一辈子真惨啊……”

“元月21号清晨，大约五点钟光景，我似乎把一切都想好了，穿着睡衣，开了门，来到阳台上，四周很静，阳台上弥漫着淡淡的雾，看不清阳台下有多深。我慢慢爬上了台阶……”“你最后想到的是什么？”“没有，我什么都没有想，人要去死之前，头脑中像是一片空白。”“你没听见在你不远处有人漱口的声音吗？”“没有。”“你跳下去后，感到了什么？剧烈的疼痛吗？”“我不知道——”

她的确是从另一个世界转回来的。

“现在——你有什么要求提出？”

“要求？”她苦笑了，“我有什么条件提要求呢？我是临时工哇！”

但是，杜英英的父亲和几位亲戚却提出，临时工也是人，现在她终身致残，单位不能不管……他们扬言要上告劳动局、市委甚至法院，一时惊动了市委有关部门。《深圳特区报》《深圳法制报》的记者纷沓而至，来到杜英英床头。

XX分局的领导回答：“本来，她离开了我们单位，之后发生的事情，都不应由我们来负责了，但我们仍做了许多工作，我们三位领导都当即赶往医院，指示不论花多少钱也一定要把人抢救回来；我们派专车到两百公里外接来了她的父母；我们负担她一切医药、护理、营养费用；正值春节，我们把分给每个正式职工的一份春节物资也给了她。我们已做了所应做的一切工作，他们家中提出要像正式工一样对待临时工，这怎么行呢？”

双方的争执实际上触及一个问题，一个当XX玩具厂临时工左手致残而被辞退时我们就应当想到的问题；当罗湖 XX 厂老板辞退工人而导致罢工时我们就应当想到的问题；当罗湖区另一间工厂因为辞退工人，导致工人抱炸药要去炸工厂时我们就应当想到的问题："劳动法"！

如果有明文的规章，通告深圳的二十万女工和几千家厂主：在什么条件下，企业应对工人的人身保障负责，负责到哪一步；什么条件下，工人可以被解雇，在什么条件下解雇工人则属非法，那么由此而引起的种种矛盾不是可以缓解甚至避免吗？

如果我们认为，过去中国的工人与工厂的关系，是主人翁与家庭的关系，那么，随着改革开放，合资、外资企业的出现，中国的工人是否还是工厂的主人翁？当一些工人已经不是其主人翁时，当交给工人的已不是"铁饭碗"而是"泥饭碗"时，当他们手中的"泥饭碗"随时可能被他们的雇主而不是他们自己所摔碎时，那么，我们用什么来保护我们的工人呢？

只有法律。

"如果法律要惩罚我，那该不该惩罚老板？"

这是在深圳市中心附近一个警卫森严的地方，她坐在我的对面，全然没有任何畏惧之色，她头发蓬乱，脸色苍白，但在憔悴之中，你分明可以看出，她原本姿色不俗。

"是的——是我偷的。"她把头发往后一甩，回答响亮、坚决："数量还不小，十万元港币！"

她叫徐小燕，深圳 XX 厂临时工。

1987 年，十九岁的徐小燕由汕头来深圳找工做，进了 XX 厂，很快被她的老板——一个五十几岁的老头看中了。

首先，她无缘无故地收到了老板放在她工作案上的红包，她迟疑过，但老板和善地对她笑着："收下吧，我对做得好的工人都这样的，额外奖金。"

接着，老板邀请她到小梅沙游水，她犹豫过，但发现一同被请去的还有两个姑娘，而且是被公认为厂里最漂亮的女孩时，她忽然感到一种满足感，打开了的士车门。

自那以后，老板请她上新都酒店、旋转餐厅。"每花一次钱，我就感到拴在手上的线被他拉紧一分。"她陪老板上过银湖，游过珠海……当他们相偎依在一起时，别人看上去，恰似一对香港新潮父女，陶醉在四周的山光水色之中。

终于，有一天夜里，她被请到一幢小洋楼里。当叶老板在她手上套上一枚纯金戒指时，当他说将来国内的资产全部交给她，她就是这个工厂和这幢洋楼的主人时，她感到那灰白的胡须在一寸寸逼近自己，她闭上眼睛，缓缓瘫软在席梦思床上……

“从那以后，我就做了他的情妇。”她毫不遮掩，悻悻说道，“时间不短，同居一年多。”

“一切都是你自愿的？”

“可以这么说吧。”

“后来，你为什么同他决裂？”

“自他占有了我后，他又开始追逐其他女孩子，而且带到楼中来。”徐小燕愤愤地说，“我不能忍受，我终于明白，姓叶的占有了我，我应当用相等的价钱换回来。”

那是一个炎热的夏夜。

秋虫在洋楼外的草丛中细声叫着，徐小燕悄悄挪开了缠在自己脖子上的手臂——老头已经烂睡如泥，然后她轻轻从叶XX的衣服中找到钥匙，打开了钱屉，盗走了十万元港币。

第二天，在她离开洋楼几小时后，叶XX报了案，她被捕了。

证据确凿，徐小燕本人更毫不否认钱是她拿的，“这是我应得的，作为他对我的青春的赔偿——钱都在，我一个子儿都没动。”

“你不懂得盗窃十万元港币已经构成了犯罪，可以判刑了吗？”

“我说过，我不是偷，他们要怎么看，我没有办法，但你们——”她提高了声音，“难道也同他们一样看我？”当她知道我的身份后，便以咄咄逼人的语言向我发起了攻势，“你们评评理，真正的罪犯是谁？如果法律要惩罚我，法律该不该惩罚他呢？”

据说在深圳的执法机关里，对于给徐XX的定罪，存在两种不同的意见。

是的，在他们之间的确没有任何强制的情况出现，徐小燕确实是心甘情愿地投入叶XX的怀抱的。

但是，我们是否应该想想导致徐小燕犯罪的一个重要原因——那个失去十万元港币的老板的诱惑？

当我们敞开大门，鼓励投资时，我们是否考虑更多的是如何吸引他们来，却没有考虑到我们好心提供的种种便利，会为一些不法之徒敞开胡作非为的大门？

而这批年仅二十岁左右，未谙世事，被特区炫目的灯光和金钱搅得眼花缭乱的女孩子们，却要最先去面对大门口这些难以分辨的坦途和陷阱！

现在，她落下陷阱了，将要受到惩罚！

我只有合上笔记站起身，我不敢面对徐小燕投来的灼灼挑战的目光！

寻找女儿国的呼救者

如果她想要我知道，她就不该匿名；如果不想要我知道，又何必写这封信呢？

站在蛇口工业区四海宿舍前，面对这成千成万或步行或骑车如潮涌来的下班女工，我益发困惑不解了。

有人给我写了这么一封信：

我是在去做人工流产手术前写这封信的，我爱他，他也说爱我。就因为我是临时工，没有正式户口，我不愿同他结婚。我来蛇口四年了，盼户口盼了四年，我已二十五岁，我把我的青春献给了蛇口，蛇口应不应该给我解决户口问题呢？

像我这种命运的女工，四海宿舍不止我一人……

蛇口四海一女工

她是谁？她还在蛇口吗？我决心要找到她。

但是现在，面对这如潮似涌的下班人流，我知道，也许我的一切努力都是白搭。蛇口四海宿舍有七八千名单身女临时工，要寻找这么一位匿名的呼救者，无异于在大海中寻找一枚针。

由全国二十几个省市潮涌而来的二十万少女，是不能成为深圳的长期居民的，而她们一旦接触到深圳的现代物质文明，绝大多数又再也不愿回内地的农村去。随着深圳加工业的一步步发展，女性临时工只会越聚越多，她们的年龄一年年增大，谁能阻止她们去思考恋爱、结婚等问题呢？

深圳妇联一位同志不无忧虑地说："我们反复在女工中提倡自爱自重自强，可有些女孩子就是不能克制自己，道德败坏，真是恨铁不成钢！"

"我为什么不应当在可以享受时享受属于我的那一份呢？"一位女工在接受某位团干部调查时毫不掩饰地说。

蛇口一位精明的老板告诉记者，他常在星期一时向女工们宣布：周末将有XX厂的一批漂亮小伙子来参加舞会，于是，他的几百名女工一个星期干起活来都精神振奋、干劲倍增。

有朋友曾经遇过一件耐人思考的事：那是去年夏天的一个早晨，他给XX旅游地的朋友打电话，电话中是个女声。"请问小姐，能告诉我田先生什么时候回来吗？""不知道。"电话中传来莫名烦躁的声音，"我们是打工仔，不管——""请问小姐贵姓——""我哇——同你的朋友相反，姓苦。唉——"

“叭！”电话挂了。

我记起鲁迅先生文章中写过的一桩事，说的是少年时看过和尚做道场，有一道法事叫作“解结”，是要请和尚把一个个绳结解开——为死者解开冤结的意思。那绳结大抵都由深闺中的小姐、太太们结好，交人送来，奇怪的是，那绳结总是被她们结得死死的，有些还用剪刀柄砸得紧紧的——似乎要千方百计不让人解开。

成年以后，鲁迅曾经反复思考深闺中人为何如此“刻薄”，终于明了，那深深的春怨，不是在通过这绳结宣导着的吗？

世易时移，那百年前的绳结，与现代旅游地中姓“苦”的姑娘的一声喟叹，难道不有着相通的意义吗？

大凡世间，男女的比例总是大致相等的，千古依然，这一直被宗教界看作上帝存在的根据之一。

事情很清楚，一个地区少女的高度集中，难道不是同另一个地区男性的无法择偶共在的吗？实质上的一夫多妻制难道不是与实质上的一妻多夫制相对存在的吗？一个地区少女的思春焦渴，不是与另一些地区男性青年的失望、彷徨甚至犯罪共在的吗？只是我们已无法推论得更宽更远！

据某大报提到的深圳蛇口区女工人工流产的人数：1984 年，两百人；1985 年，三百人；1987 年，上升到八百人。

一位干部叹了口气说：“我们只好多发些避孕工具，但愿她们不要为疯狂的恋爱损伤了身体。”

不必回避，也难以回避深圳经济发展遇到的问题。当年，当韩国、菲律宾、台湾等国家和地区开办出口加工区，集中大量女性工人时，此类问题也不知伤透了社会学家们多少脑筋。

今天，这位匿名来信者，正是陷于此种困惑中的一位。

我终于在一位朋友的帮助下找到了她，当然，采访是全凭这位异性朋友代我完成的。

她选择了春末一个最美好的日子，穿上自己认为最漂亮的衣裳，遍身都洒上了香水，然后来到码头边，坐在绿树成丛的石凳上。她对自己说，第一个大胆走向自己，并坐在这条石凳上的那位，就是他……

那个美丽而温馨的夜晚，海水在不远处轻轻地吻着沙滩，发出哗哗的痛快的喘息声。

她的眼中慢慢泛起了泪水，不知是因为即将到来的幸福，还是即将到来的悲哀。

浅浅的星河，湿润且散发着泥土清香的草地，这，就是属于我的那一夜吗……

缘分，她相信它，等待着它……

果然，她听到有人拂动树枝的声音，她的身体开始紧张地颤抖。

啊，她暗自庆幸，那是一对情侣，现在他们互搂着腰肢，走过去了……

接着，石级路上，又有一个急匆匆的男子的身影，他显然是赶着去办事的——连眼光都没朝这边打量一下——她叹了口气。

她忽然感到，她应该主动抓住现在任何一个从她身边闪过的机会，她忽然领悟：缘分，是有条件的。

终于，她听到树枝被一只手拂开的声音。这是一个健壮的男子，不知是因为孤寂，还是无意的散步，使他来到这儿，显然，他没有想到这儿会坐着个艳妆丽质的孤身少女。他显然稍稍踟蹰了一下，便准备朝侧边的小路走去……

她的心口揪紧了，像有铅灌在里面，沉甸甸的……“咳——”她不知从哪儿来的勇气，干咳了一声。

“啊，是谁在那儿呢？”她听见一个年轻的声音……

问：“自那以后，你们就相爱了。”

答：“是的，如果那可以说是相爱的话。”

（当时她刚下班回来，面色中显出憔悴。）

问：“你怎能刚做完手术又上班呢？”

答：“如果我休息，我不仅没有了工资，而且可能被老板开除。”

问（语中怀着埋怨）：“你这是在折磨自己，对吗？”

（半晌的沉默，女性共有的情感，此刻在发生碰撞、融合。）

问：“你们打算怎样安排以后的生活呢？”

答：“我们分手了。”（停顿，接着是哽咽声）“他说他很爱我，但是不能面对严峻的现实——娶一个临时工做妻子，一辈子进不了户口——我不知他是否在摆脱我。我说，你不要爱我了。我把他所有的东西都退给了他，包括他后来给我写的所有的信件。”

问：“你——不怨他？”

答（摇摇头）：“不怨。是我主动的，那是个多么美好的春夜啊（她美丽而凄切的眼里迸发出闪亮的火花）……他英俊、博学……比起其他的女临工，我总算得到了我所希望得到的。”

问（微微的一声叹息）：“今后，你准备怎么办？”

答：“回去，回我的故乡韶关去——再过两个月，我就要离开蛇口了，在这儿，我已经失去了生活的意义。现在，我特别想我的父母，也许，我要同他们过一辈子了。可是——蛇口（失声的痛哭声），我还是很留恋它的，我在这儿劳动了四年，我把我最宝贵的一切都献给了它……（更大的哽咽声）蛇……口，我把你永远记在心上了……”

几天之后，四海女工宿舍有一位少女在收拾行李，她要离蛇口远去了……

她从蛇口的人流中消失了，如同大潮淘去的一颗砂粒……杳无痕迹。

时光依旧流逝，街市依旧太平。深圳的罗湖站口，依然的士如流；蛇口的海湾边，依然幢幢洋楼矗起，她，大约要被我们忘却了……

我是绝没有想到，那样含悲饮泪告别深圳的她，竟然还会再回来。

告诉我这个消息的，依然是我的那位朋友。

那是在蔡屋围“招工启事”下的偶遇，仅仅五个月的工夫，从韶关回来的她似乎成熟了许多。

“……过去的反正过去了，不管怎样，这儿挣的钱还是多些啊。”她说。

伤痕，不去触动便不会流血；痛苦，积久了自可变得麻木。柔弱而又宽广的心啊，给一千斤，它承下；给一万斤，它依然承下了！

她们就这样为了生活，日夜如源源流水，向深圳流来，流去，流来……

原载《特区文学》1988 年第 6 期

深圳的斯芬克思之谜

中共深圳市委宣传部写作组

第一章 冲向大海的起跑线

第一节 深圳，在十字路口焦思

当历史刚刚告别了 1985 年，圣诞老人的雪橇滑入 1986 年的轨道时，地球上的人们在早晨打开窗户，突然发现，他们已经进入了一个难以捉摸的时代。

大地急速旋转……

世界瞬息万变……

2 月 3 日，暴风雪猛烈袭击了西欧，奥地利多个城市被雪围困，当局出动直升机进行紧急空中救灾。而大海巨浪滔天，直扑城市，在法国的尼斯，有人被巨浪卷走。

其时，几乎所有的西方大报又都在以悲观的调子叹息着空中惨剧。不知为什么，1985 年是近二十年来客机失事罹难人数最多的一年，共有两千多人尸骨无存。

与此同时，世界能源组织已一次次预警世人：1986 年全球石油需求量将有大的波动。一些产油国立刻合力阻遏油价下跌。法国政府呼吁尽快召开全球会议，避免油价混乱！

在东欧和苏联，局势变得更加变幻莫测。踌躇满志的戈尔巴乔夫刚刚接过契尔年科的摊子，就发现偌大的苏维埃社会主义共和国联盟经济上危机四伏，思想上混乱不堪。2 月 25 日，他在苏共二十七大上要求人们勇敢面对“经济和精神领域的不利趋势”。

另外一些东欧国家如南斯拉夫、波兰、匈牙利等却不理会邻国的声音。1986 年初，他们的理论界已在忧心忡忡地讨论：“社会主义经济的出路何在？”“传统体制的社会主义是否有可能失败？”一些大胆者更预言：“东欧的大动荡只是十年之内的事。”

只有中国还是另一个样子。

宛若一条巨龙的长城，静静地躺在燕山的雪花里……

曾经一度在东欧国家的经济界中引起强烈反响的深圳，此刻也不言不语，似乎已被世人遗忘。

前些年报刊上关于深圳的狂热字眼——“速度的奇迹”“震惊世界”……看不见了。

深圳怎么了？这个社会主义前沿经济改革的探索者，为什么也屏住了声息？

1985 年一个细雨霏霏的夜晚，一位经济师和一位编辑站在深圳振华宾馆的台阶下。霏霏细雨打湿了他们的衣裳。

编辑：他会来吗？

经济师：他答应过的，会来。

编辑：但是你说的……都是一些泼凉水的话。弄不好，将来把我们打成个“右派”呀。

经济师：打就打吧。反正，我得凭良心说话。

他叫林振华，工程设计咨询顾问公司的经济师。他敏锐的头脑时时在关注着深圳建设的发展，及早地发现了深圳基建过热、宾馆酒楼比例失衡的问题，写成了《深圳综合楼宇调查报告》，多次呈递上级，呼吁“速压基建”，但都没有引起足够重视。这时，他获悉一位全国人大的领导人来到深圳视察，便壮着胆子拨通了电话……

现在，他约了一位朋友，一同在振华宾馆等候那位全国人大领导人的接见。

林振华的报告指出：深圳宾馆、酒店的在建量，将大大超过需求量。即使乐观地以每年旅客量递增 10%（香港地区平均年递增 7.4%，泰国、日本、韩国平均年递增 7%—8%）的速度来计算，目前所批准的高层楼宇项目共二百九十七项，可建十五万多张床位，仍然比实际需求量多八至十倍，要花去七十五亿元投资！

他们终于见到了那位领导人，呈递了报告。

随后，一场激烈的争论在深圳展开了。

1985 年底，有关深圳建设前途的大计，在市政府大楼，在各公司办公室，在工地铁皮棚，在学校，在医院……几乎在深圳所有的地方被人们广泛议论着。

——听说要搞调整了，是不是特区不搞了？

——为什么要压基建呢？建设一座新城难道有什么不应该？

有人找到已改任市委书记的梁湘提意见。但是这位前任市长却诚恳地回答："我可以告诉大家，特区改革开放的大方向是正确的，没有错。我深深理解同志们的心情，但深圳的小局要服从全国的大局。"

当时全国的大局是怎样的呢？

1985年全国性信贷压缩、基建压缩……作为全国棋盘中的一枚棋子，国家给予深圳的信贷一下子压缩了。

火车的燃料减少了，火车必然需要减速了。

但是，火车还得继续前进，深圳的建设不能停下来。怎么办呢？"丢卒保车"——压基建：压楼堂馆所建设，压非生产性投资，以便把有限的资金用到刀刃上去，保证水、电、路和重要的工业设施的建设。

然而，又有人说了：我们深圳同全国其他地方不同，我们搞建设的钱不是中央拨款，借了中央的钱是要还的。还有，我们建大楼的钱许多是从外商口袋里掏的，他们愿意花，与我们何干？何况我们是好不容易才把他们请来投资的。现在要说，对不起，XX酒店不能建了，请把钱拿回去吧。这关系到信誉……想不通。

市领导向人们解释，城市的建设必须有它适当的比例，基建的比例过高或过低都是不行的。一方面是全国的形势要求我们"压"，另一方面，我们内部的产业结构也的确存在问题，自己需要"压"。比如，基建投资比重过大，头重了，脚轻了，能保证今后在发展中不栽跟头吗？同时，基建投资内部结构也不尽合理。外商无休止地把大把的钱投入到建高档宾馆、酒楼，是因为这些投资来钱快，但造成第三产业基建投资过大。而相应的城市基础设施如水、电、通信、道路、码头等，他们是很难掏出钱来干的。虽然我们花了大力气，投入大量的钱，还是远远跟不上要求。

市领导拿出那位经济师林振华的"调查报告"告诉人们：如果深圳照原来的速度建设下去，二百九十七项高层楼宇项目建成后，将增加电力设备安装容量六十九万千瓦，相当于2000年计划的1.7倍；新增加日用水量二十六万吨，为当时深圳特区全日供水量的2.67倍。

更有人预测，如果第三产业以前几年的速度发展下去，不出五年，将有五分之一的酒楼宾馆电梯不能动，电灯不能亮，空调机不能转。因为——无电可供。

市长李灏提醒人们："在危险来临之前，我们要有紧迫感，千万不可掉以轻心。"

主管特区工作的国务委员谷牧深知压基建的滋味，他说："我是搞基建出身的，我深知上项目不易，下项目更难。但是，这是规律，经济规律是不可违背的。""深圳要为全国的改革开路，首先还得调整好自己，选好一条路。"

是的，深圳必须选择好自己的产业方向。

有关“战略目标”的讨论，有关“路向”的争论，在深圳，在广东，在北京，陆续激烈地展开了。

一种观点认为——“深圳应该以农为主。”“中央最初就是要求把宝安、珠海办成农副产品出口加工基地的。香港土地有限，无法大力发展农副产品生产。毗邻香港的深圳，具有得天独厚的地理优势。只要我们依靠以宝安县为基础的土地资源，大规模发展种植、养殖、捕捞等产业，将产品供应香港市场，再加上香港用水的供给，最后就会形成我靠香港，香港靠我；我不可无香港，香港亦不可无我的唇齿关系。出口的大量创汇可以带动内部的贸易、轻型工业发展。不用太久，深圳便可以富甲一方。”

这种观点很快被否定了。

深圳的历史使命不仅是追求自己物质生活的殷实，而是要成为一块社会主义经济改革的试验田。“以农为主”显然无法胸怀天下，承担四个“窗口”的重任。

更多的人提出——“以贸为主。”

第三产业在现代经济中已占有越来越重要的位置。香港是国际贸易中心、金融中心。处在香港与内地之间的深圳，是两地经济交往的中转枢纽，十分有利于发展进出口和转口贸易，成为万商云集的贸易大商埠。更重要的是，大力发展进出口贸易，赚钱快，利润高。有了雄厚的资本，经济上有了更多的自主权，就不会陷入目前这样的资金短缺的困境。

当年的香港，不正是这样以贸为主发展起来的吗？

人们反驳说：“以贸为主”实质上把深圳的地位降低为类似国外的自由港或自由贸易区来看待了，忘记了自己是探索社会主义道路的排头兵，同时，“以贸为主”是无法经受国内外的经济地震的。香港在二十世纪五六十年代就有过教训，由于中国以及世界政治、经济气候的变化，香港赖以生存的转口贸易一夜之间一落千丈，正因为栽了跟头，香港才在六十年代后拼命发展制造业，终于实现经济起飞。现在，工业产品在香港的出口贸易总额中占60%以上。准确地说，香港虽然是国际贸易中心，但它的经济模式并非“以贸为主”。

那么，留给深圳的那条路是什么呢？所谓自古华山一条路，这条路又在哪里呢？

几经论争，决策层、理论界和实业界终于达成了共识。

只有建立起牢固的工业基础，深圳的经济才有一个坚强的堡垒。手中握着自己的优势出口产品，北可借势于内地丰富的原材料、半成品和取之不竭的劳力技术资源，南可连接香港通向国际市场的通道，可谓占尽天时、地利，囊括物宝人灵。同时，沿着这条路子，可以充分引进国外的先进技术和管理经验，在深圳这块试验田里首先做试验。好的，推广到内地；不好的，摒弃在门外，这是真正的“窗口”。

现代都市的发展，几乎都有意无意地走过了从“以贸为主”到“以工为主”的路子，香港如此，上海如此，东京也如此。

这绝不是“偶然”，而是经济规律使然。

香港人懂得这个规律，用了一百年；深圳呢，很幸运，只用了五年。是那个寒冷的冬天，是那段艰难的岁月，促使深圳早熟了！

第二章 为有源头活水来

第一节 劳务大循环

一

1987 年的夏天来得特别早，几场暴雨之后，气温节节爬升。

深圳经济也像气温一样，在加速爬升。一入夏，工业生产产值、投资……种种迹象表明：深圳经济增长已经结束了它的短期衰退，进入一个新的高涨时期。

敏感的香港记者宣称：深圳经济滑了一下，还没有跌倒，又跑了起来，而且瞄准了以产品出口为主攻方向。

国内经济评论家用经济短波理论预测：在松动银根之后，深圳至少可以获得三四年的高速增长，其时国际经济一般不会出现衰退现象，这是深圳走向海外的最佳时机。

1987 年，深圳出口贸易总额比上一年增长 95%，达到十四亿美元。深圳工业产品的出口率达到 53%。外商投资企业当年增加三百二十二家，比上一年增长 80%。各省、市瞄准海外市场，纷纷来深圳投资设厂。

建立外向型经济体系，产生出神奇的牵引力。一方面，深圳的产品一批批走向海外。另一方面，随着内联、合资工厂如春笋般纷纷矗起，一股巨大的潮流——劳动力的潮流，又涌入了深圳，形成了特区—内地劳务大循环。

1986 年，大约十万建筑工人刚完成使命，离开了特区；1987 年，一些报刊又在惊呼：二十万临时工下深圳了！

国内劳务大循环与国际商品大循环成为紧密咬合的两大齿轮，旋转着推动深圳经济起飞！

然而，事情并非那么简单。

让劳动力根据商品流动的需要而流动，国家计划还要不要？传统的社会主义城市用工制度还坚持不坚持？国家关于城市全民企业、集体企业的用工秩序怎么维持？

在深圳的劳务大循环面前，一切全乱了套！

“深圳用了几十万临时工！”

对于劳动部——这个控制全国城市用工的首脑机关来说，这一消息比深圳“三天一层楼”的消息更具有爆炸性。何况，它发生在劳动部正三令五申向全国各城市打招呼要限制使用临时工之时。

李重民，劳动部的一位女局长匆匆赶到深圳看个究竟，深圳市劳动局一下子紧张起来，接连几天的汇报、赶材料、陪同实地考察……

市劳动局女处长孔庆萍，承担了释疑的主角：

“是特区经济形势的发展逼着我们这样做的。深圳产业的外向化，使生产只能服从市场，用工也只能服从市场。”

从 1983 年到 1987 年四年间，深圳市工业总产值由 7.2 亿元上升到 57.6 亿元，增长七倍，外商投资企业由二百四十家发展到一千一百多家。如此迅速的增长无可避免地要求成正比的劳力供给的增长。工业的增长平均每年要求供给五万新劳力，而特区常住人口中能供给的新增劳动力只够其十分之一。

在一个人口众多、有上亿闲置劳动力的国度里，每年要供给区区数十万劳力理应是一件轻而易举的事情。但事实上却存在着巨大的障碍：

中国的传统体制实行的是有计划的“铁饭碗”制度，一朝录用，终生受用。外商投资者要求的是随市场变化而变化的自主用工制度，不包终身。两种规则之差正如旱地与水田之间的渠道不相衔接一样。必须找到一个接合口，才能启用水源。

这个接合口便是临时工制度。

“你们的用工制度是适应经济发展形势而产生的。”女局长崇尚实事求是，终于表态说，“可以干！”

二

“可以干！”深圳等的就是这三个字。

当内地的理论界还在为劳动者就业的“双向选择”“劳动力的商品化与社会主义相容与否”而唇枪舌剑之时，深圳已经向旧体制提出了现实的挑战：

特区首届劳务交流服务大会开幕了，这里没有广交会的豪华，但其轰动效应却要超过任何一次交易会，因为它开辟了社会主义用工史上的新纪元！

二百三十七个“买主”在会场上找到了自己的位置，逾万“卖主”在“买主”条件的比较中自由权衡抉择。

有三家最受欢迎的“买主”——深圳市邮电局、市免税公司、深大电话公司，求职者在清晨五点就排队轮候了。到交易会开张时，“买方”傻眼了：眼前是一支九十米长的队伍……

交流会八天后顺利结束，开市大吉，成绩骄人：

市内调剂成交待业人员、技工、技术员、家庭教师、保姆四百余人；

与市外单位成交临时工三千余人。

不过，与它的宣传效应相比较，这一点点成交量就显得微不足道了。

交流大会更重要的意义是公开宣称：在深圳，新的用工制已经合法化。

同年，市组织人事系统向全国大城市发出征聘人才的信息，派出专人到北京、上海等大城市招聘大批人才。市人才服务公司又出奇招，从内地招来许多退休专业人员……

劳力市场、人才市场两张牌都打出去了，结果会如何呢？

三

其时，中国继续在人口问题的困境中受煎熬。

农村实行家庭联产承包责任制，农民的生产积极性像涌泉一样喷发出来，解放了生产力，也挤出了过剩劳动力——耕地有限，人均耕地面积不足1.5亩。幸亏没有普遍实行机械化，因为用犁、用脚、用手，尚可容下两亿农村劳动力。有人估计，闲置的劳动力，仍超过一亿人。镇办企业、乡办企业、村办企业虽在兴起和发展，却仍无法吸纳成万成亿的农村剩余劳动力。

在城市，全国每年有一千五百万青年迈入待业行列。国际上曾有人许诺：谁能找到根治癌症的方法，将为他用金子塑一座塑像。我们想，谁能解决中国的劳动力就业难题，值得在中国每一个大城市为他塑一座金像。

一线希望的曙光首先在临海的一片黄土地——广东显露出来。商品经济在改革开放的推动下迅速发展，创造出越来越多的就业机会。

如果眼光仅局限于中国本身，那么，中国的人口、就业、能源等一连串彼此缠绕的“死结”，似乎已很难找到解决的办法了。但是，一旦把中国同世界联系在一起，那就是个无限大的空间。唯有经济走向世界，才可以把中国带出种种棘手问题的丛林。以待业问题为首的种种难题，恰好做了中国不搞改革开放便必将自困无路的证明。

正因为如此，“下深圳”一时成了成千上万人心头躁动的热望。“能行吗？我是农村户口。”——内地青年农民问。

到过深圳或在深圳打过工的人说：行！那边政策大不同，不认城里乡里户口，只认身强力壮、手快眼快，机会多得很。

“别听人瞎吹。这边单位不放人，那边能接收吗？”“吃政府粮的，人是形，档案行政关系是魂，人随魂走。一个无魂鬼能被人接收？”——国家职工更为老成。

消息也反馈回来了：那边认“形”不认“魂”，关键看你有没有本事，有本事就有人开工资。干上一年半载，再把“魂”飘过去也不迟。

“深圳热”，终于形成了。

到1989年，人们已惊呼：“百万劳工下深圳”了。

这是一支多么伟大的南征生力军呵！

只要各就各位，就足以组成一个生气勃勃的社会。农民、工人、技术员、工程师、厂长、教师、大学生、硕士、博士……甚至县长、省里的部长，从五湖四海，浩浩荡荡奔向广东，奔向深圳……

失业的、半失业的、待业的、隐性失业的、不满意原有工作的……纷纷奔往深圳寻求新的机会。

他们的数量究竟有多少，没有人能统计清楚，也无法统计清楚。

有人说，1987年每天有十二万人左右从内地进入深圳特区，其中至少有十分之一是怀有求职目的的。照此算来，当年深圳的求职者人数要超过四百万。

“海南热”在经历了两个春秋之后渐渐冷却了，“深圳热”却依旧不衰。保守地估计一下，从1987年到1990年，不下一千五百万人次曾到深圳寻找过自己的机会！

在这千千万万的求职人里，包含了特区所需要的从低级到高级的所有门类、所有层次的劳动力。

国内奇缺的翻译人才，在深圳一个广告就可招揽一大批。目前，单懂翻译的外语人才已趋于饱和，更需要的是既精通外语又精通技术或管理的双料人才。

大学生、硕士已难以像建特区初期那样得到青睐。深圳对博士才有特殊优待。近三年，深圳已经吸收了全国三十分之一的博士毕业生，还有更多的博士生正在敲击深圳的大门。一位花了半年时间，最后通过关系才定居下来的博士生谈起他进深圳的周折，心情激动："我还算是幸运的。我的两位同学至今还在街上游荡……"

最幸运的是特区的投资者们。对于他们来说，这是一片名副其实的乐土。台湾劳工紧缺程度近年有增无减，招工人有如请神。一位台湾老板曾对笔者说："我们在台湾请劳工不是请'工'，是请'公'。"香港工会强硬对抗港英政府的输入外地劳工政策，劳动力供求矛盾一直得不到缓和……此时，在太平洋西岸的这片327.5平方公里的社会主义特区，却有一个永远供过于求的劳动力自选市场，难怪外商投资者要"乐不思蜀"了。

这是一个充满活力的大循环流：从内地，到深圳；又从深圳，回到内地，不分春夏秋冬地流着。特区长久需要的会沉淀下来，但永久沉淀的只占少数；多数处于半沉淀的悬浮状况——或者一个月，或者半年一年，或者两三年……当他们从用工调整中被抛浮出来时，又会随着循环离开特区。而特区急需的劳力又会跟随循环流注入深圳。内地是一个永远也不会枯竭的活水源头！

有多少人在深圳特区沉淀或半沉淀下来呢？

据1990年末相关数据统计：永久沉淀的劳动力约为十四万人，其中包括干部六万人，工人八万人。

半沉淀的劳动力约为五十九万人，其中包括内地借聘干部四万人，内地临时工五十五万人。

此外，事实上已经半沉淀但因未取得特区临时户口而不被承认的工人和各类人才估计约有二十五万人。

永久沉淀和半沉淀人员合计约九十八万人，永久沉淀与半沉淀劳动力之比为1 ∶ 6，构成独一无二的特区劳动力结构。

与此同时，特区对固定工的合同化改造也正在进行。

深圳一下子成了"泥饭碗"的世界。

一个与国际惯例相通的、以内地劳动力后备军为依托的劳动用工新体制基本形成了，这是深圳参与国际竞争的又一优势。

但是，在传统体制下生长的中国公民，能够接受这一新变革带来的心理压力吗？

第二节 深圳，没有安乐窝

一

曾经有人说，中国人的心理承受能力远比欧美人脆弱。中国人的形象是永远小心翼翼、战战兢兢、如履薄冰、如临深渊：怕进不了国营企业、怕孩子考不上大学被人讥笑、怕与众不同、怕物价上涨……

奇怪，深圳把“铁饭碗”砸了，不但没有翻天，连大乱子也没有。

于是有人说，深圳人具有特殊的素质，心理承受能力特别强。

非也！

十九岁的小陈从茂名到深圳打工。行前多少人劝阻，他不听；国家特大型全民所有制企业茂名石化公司要招国家编内合同工，他不去。“铁饭碗”算什么？“外面的世界很精彩”，他哼着歌来到深圳，第四天就“见识”了老板的威风——一个同乡被“炒鱿鱼”了。在内地常听人吹捧的外资企业的快节奏、高效率，他也亲自领教了，就是忙得透不过气来。自己活像电影《摩登时代》里拧螺丝钉的卓别林。还不能出错，不能发怨气，“炒鱿鱼”的铲子整天悬在头顶上。这个十九岁的小男子汉在蚊帐中不知偷偷淌了多少后悔的眼泪，对茂名石化公司那个安稳、轻松的“铁饭碗”寄予无限思念……

一位在内地曾任过厂长的中年工程师感触更深：

“我到的是深圳的一家国营企业，打的却是一份临时工。前半年说是试用，不合用就得自己上路。合用了才签个一年借聘合同，还是临时打工。吃国家饭十多年，从不晓得什么叫风险，生老病死这一辈子都有着落。在内地我是厂长，好孬指挥百来人。安全得发闷才来深圳。在这儿，所有的安全感全消失了。反差太强烈。整整半年，每天早上醒来都要望着天花板发愣十分钟，感觉自己吃错了药，鬼迷了心窍……你说我特别坚强，笑话！一件东西，往往只有失去了以后才能懂得它的价值。现在我才知道‘铁饭碗’的珍贵。

“为什么不回去？这个问题真有点难回答。人真有点怪，后悔也罢，老婆来信诉苦也罢，对‘铁饭碗’留恋也罢，就是生不出打道回府的念头。除了回去丢面子外，想来想去，只有一个理由，那就是深圳机会多——重新就业的机会，凭本事晋升的机会，自修提高的机会，生活提高的机会，出国或赴港的机会，成为独立企业家的机会，等等，都多。成功与否就在于各人本领了。”

深圳用工制度的深刻变革，冲破了“铁饭碗”制度下国家包终身的安全感。深圳没有安乐窝，但却为每一个人打开了机会的大门，使每个人都可以而且必须去搏击风浪。有了机会和希望，人就能承受风险和压力。

一种能为社会和公民创造机会的改革，最终总是受欢迎的。在有机会的体制下，就会创造出勇于捕捉机会的人。

二

未曾身历其境的人很难想象市场化以后引起的深圳企业与企业之间、人与人之间的那种竞争，以及由这种竞争引发的新的社会观念和新的社会行为。

百万临时工在深圳付出了巨大的劳动。可以说，深圳每一座大厦的矗起，每一个经济指标的突破，都饱含着打工仔、打工妹的汗水甚至辛酸。他们为住房、为婚姻、为户口不能进入深圳、为最后归宿不知为何处而苦恼、徘徊……

那些外国老板、香港老板、深圳老板办的工厂门前，每天上下班时，永远也流不尽的工人人流中，有多少男女孩子在经受着去向难定的苦闷啊。

一个叫作碧川的女工写过一首未发表的诗，题目叫《深圳街头》，诗中说：

是车载着我
还是我引着车
在这人与人之间
楼与楼之间
兜圈子……

但是，更多的打工仔、打工妹却逐渐从苦闷中觉醒过来。他们开始懂得：在深圳这个地方，除了要刻苦打工之外，还必须努力学文化、学技术，认认真真学现代文明，只有不断提高自己，充实自己，才是适应这种竞争环境的唯一出路。

与之相配合的是深圳的各种夜校、业余大学、培训班等如雨后春笋般涌现。

深圳存在两种典型的“夜生活”：一种是灯红酒绿的舞场、卡拉OK，另一种是成千上万人聚集在各种职业培训班苦苦夜读。有人说，夜读才是深圳人真正的夜生活。

江西省铅山县的青年农民廖兴富，自1986年到深圳市煤气公司做送气临时工到现在，无论是刮风还是下雨，无论是正常工作日还是节假日，只要客户一个电话招约，他就扛着煤气瓶送上门。闲下来呢，他就捧起书本学习，上业余文化学校，甚至上政治夜校，学政治时事。1989年全市有四万多名市民投票，选廖兴富为深圳文明市民。深圳市政府有关单位按规定批准他把江西农村户口转为深圳特区户口，由临时工转为正式合同工，工资晋升一级。

春梅在一家酒楼打工一年后，从自己的储蓄中拿出三百元到培训班学习电脑操作。这位只有初中文化的姑娘第一次上夜校时，看到从没有触摸过的神秘的电脑时，自信心一下子动摇了，差点没吓得回头跑掉。但想到交了钱不学太冤枉，才硬着头皮在电脑前坐下来。两个月以后，当她终于和邻座的大学生们同时领到结业证书时，她感到自己成了命运的主人。

据特区十年来的粗略统计显示：像春梅一样自觉接受过就业培训的有一百万人次。

这也是深圳的经济发展蓬勃，充满青春活力的原因之一。

打破了传统体制下的“铁饭碗”以后，深圳还培育了一群建国四十余年来未曾有过的奇特的高级打工仔。

三

这是一批早已不再年轻的专门人才，他们夹杂在千千万万的青年打工仔中间涌进了特区。

其中有个怪才，英语教授周叔余。

这个抗美援朝战争时期在战俘营里当翻译出身的英语教授没有大学文凭，却独创了一套“周氏快速英语口练法”。与世界上几十个国家公布的数据比较，他的教学法效果较其他的提高一倍以上。

这个人有点“狂”，1988 年写信给已在深圳定居的英语权威张道真教授说：“我的教学法比你的效果好……”张教授立即回信，请周叔余来深圳开班。就这样，1989 年他提着一个皮箱，抛弃了华南热带作物学院的“铁饭碗”到深圳特区闯荡。这一年他已五十六岁。

果如其所言，他在特区开班炮炮打响，两年培训了两千余人次。各家报纸、电台纷纷采访报道，周叔余成了英语教学界的知名人士。但笔者第一次采访他时，他仍然是一个没有接收单位的“高级打工仔”。他敲敲板壁说：“隔壁住的是一个教气功、武打的，同我一样，没有户口。”

他第二次接受我们采访时刚解决了户口调入问题。他说，这是市领导给予特殊关照的结果。当我们问他对两年来的高级打工仔的生活有何感想时，他说：“深圳特区的改革创造了一种能发挥人的才能的环境。我喜欢这种环境，因此不怕冒丢饭碗的风险。因为我自信能得到社会承认。”

四

深圳作为一个城市，暂住人口大大超过常住人口。这在中国的城市史上，除战争、灾荒年代外，还是第一次！

商品经济在深圳这块土地上，首次向“画地为牢”的户口制度提出了挑战。

1979 年，当深圳市（含宝安县）的常住人口是三十一万人时，它的暂住人口还只有两千人。此后在常住人口逐步增加的同时，暂住人口急剧增长。到1990年，常住人口达到六十九万人，而暂住人口已激增到一百三十三万人，接近于常住人口的两倍。

传统观念中的农村与城市、农民与市民、工人与干部之间的界线，在深圳正在变得模糊起来。

秦代以来，中国的户籍制度对维护封闭式的自然经济创下了不可埋没的功劳。正是这种把一家一户困死在方圆数里的土地上的绝妙设计，保证了大一统的封建宗法社会得以延续。可以预言，它必将为商品经济的大潮所彻底冲破。虽然这在我们这个拥有太多人口而且社会生产力低下的国度中可能会姗姗来迟，但我们从商品经济较快发展起来的珠江三角洲、长江三角洲，特别是深圳，已可以听到大潮躁动的先声！

我们将以何种态度和对策来解开伴随现代化进程而来的人口大规模流动之谜呢？

原载《深圳的斯芬克思之谜》，海天出版社1991年版

深圳，你被谁抛弃？
——从“候鸟北飞”看深圳的危机意识

呙中校

深圳命中注定要成为一个开创中国新时代的幸运儿。

2002 年 10 月 12 日，深圳，阳光明媚。

莲花山上，小平同志目光深邃，步履矫健……

莲花山下，第四届中国国际高新技术成果交易会隆重开幕。这一年一度的高交会不但是深圳市全力以赴的重要经济活动，同时也成了深圳市的一大节日和胜景。每届高交会都有成千上万的观众涌入会场，不少人就是为了看一个新奇。不过，与往届相比，今年的高交会多少让深圳人有一点沉重，因为不久前传出消息，在深圳本土发展起来的两大高科技企业——中兴和华为拟把总部迁往上海！在中国四大通信设备商“巨大中华”（巨龙、大唐、中兴、华为）之中，中兴和华为在这个称呼中虽然靠后，但这两大企业的实力却居于前列。作为深圳的两大骨干企业，中兴和华为对有志于发展高新技术产业的深圳可谓意义重大，因此，无论中兴和华为要“弃”深圳而去的消息是真是假，都足以震撼直插云霄的赛格广场。

对于深圳来说，这样的事情已经不是第一次了。2002 年 9 月 16 日平安保险于上海宣布，将在陆家嘴金融贸易区投资二十亿元建造平安金融大厦，据称这座大厦“约有交通银行大厦和中银大厦合起来大小”。这听起来好像是深圳企业北上扩张，但据业内人士称，平安保险的核心业务部门已基本迁往上海，包括不久前迁出的集团投资管理中心，平安保险已经“金蝉脱壳”——公司实际上已迁往上海，但名义上的总部还留在深圳。2000 年以来，关于平安保险欲迁上海的传闻一直不断，平安保险也似乎特意避开这个话题，在“迁都”问题上采取了低调的逐步转移策略，因而没有引起太多关注。

一波未平，一波又起，更令人震撼的消息接踵而至。有媒体披露，招商银行迁址上海一事正在全面论证之中。尽管“迁都”消息马上被招行高层否认，但招商银行似乎也在实施和平安保险相同的策略，逐步脱“壳”。早在去年，招商银行已经把信用卡中心迁至上海，经过一年的良性运作，招行信用卡中心将于2002年12月1日正式向全国发行贷记卡。招商银行同平安保险一样，都是在深圳本土发展起来的金融企业，经过十几年的发展之后都成为在国内有影响力有竞争力的大型金融企业，而且招商银行还是深圳市排名第一的纳税大户，因此招商银行总部如果迁往上海的话，对深圳的打击可想而知。

金融产业和高新技术产业，如同地王大厦和赛格广场一样，支撑起特区经济的绚丽天空。招行和平安保险，是深圳金融产业的龙头；中兴和华为，是深圳高新技术产业的骨干。如果这四大金刚脱“壳”而去，深圳的金融产业和高新技术产业无疑会备受打击，深圳还能有未来吗？纵览风云的地王大厦和赛格广场还能风光依旧吗？

除了这四大金刚的“迁都”传闻外，还有一些已经是事实但似乎不重要的消息——中信证券总部拟回迁北京，去年才在深圳成立的汉唐证券总部已迁往上海，另外，“世界500强”之首的沃尔玛在未来一段时间内将会把采购总部由深圳北迁到上海。沃尔玛“迁都”不但严重打击了深圳建设国际物流中心的信心，而且给深圳吸引外资的努力泼上一瓢冷水。众所周知，跨国大公司在深圳设立分公司的本来就很少(一般都会选择上海、北京、广州以及西部的成都)，更不用说地区总部了。因此，如沃尔玛真的再将采购部迁往上海，那将对深圳构成巨大压力。实际上，近年来深圳引进的外资虽在增长，但主要还是来自香港的资金，据统计显示，日本、韩国以及新加坡对深圳的投资呈递减趋势。

一江春水向东流，各路人才也随潮流而动，把目光投向长三角地区。20世纪90年代以前，深圳及其周围的珠江三角洲地区曾是各路人才争相涌入的热土，导致中西部省市一度有“孔雀东南飞”之怨。目前深圳虽然仍是就业热点城市，宝安北路的人才大市场虽然依旧是人头攒动，但深圳对人才的吸引力却已今非昔比了。最近的一份大学生就业意向调查结果表明，上海与北京是大学生心中最具有吸引力的城市，32.37%的大学生将上海作为第一就业目标地区，北京以27.67%居第二位，深圳以12.13%位居第三。当然，深圳现在的人才引进目标趋向高级。20世纪80年代，深圳依靠从各省市调进人才，成就了一个现代化的特区；90年代深圳着力引进重点大学人才，迅速发展了金融业和高新技术等产业；21世纪深圳将重点引进海外留学人员以推动深圳的二次创业和发展。为此，深圳推出了引进海外人才七大举措，着力打造国际人才“自由港”，到2002年9月30日为止，深圳市共引进了七百五十一名海外留学人员，这个数字在去年全年引进海外人才总量二百八十三人的基础上已经翻了一番，显得形势很好。但上海、北京、广州似乎对“海归派”更有吸引力。正在建设人才高地的上海，是“海归派”首选的城市。2001年，上海吸引的海外留学人员数量比上年增长了95%。在此落户的近两千家“海归派”企业，几乎占据了全国“海归派”企业的半壁江山。截至今年9月，上海就已吸引海外留学人员三万多人，同时期的北京和广州吸引人才的势头也很猛。对于这种情况，业内人士认为，深圳高新技术产业的吸引力不如北京、上海，是由于这两个地方的跨国公司更多，导致人才聚集效应。

更能说明问题的是，深圳对面的香港人普遍希望北上上海、北京工作。据香港特区政府最近对香港市民的一项调查表明：70%的香港人愿意降低10%左右的薪水到内地工作，44%的香港人选择上海，9%的人愿去北京，选择广东的占22%，上海成为港人首选的城市。据说，在香港有一句流行的话——你多久没去上海了？

显然，越来越多的优秀企业和人才正把目光抛向上海、北京、广州等地。在这场关于21世纪经济话语权的竞争与高级人才的争夺之中，深圳显然已经落于下风。没有了政策优势，又受制于经济地理条件，深圳的这种劣势在竞争中越来越明显。

深圳，曾经是中国改革开放的前沿阵地，曾经是中国最具活力的城市，曾经是创造了诸多奇迹的经济特区，曾经是光芒四射的年轻城市，但现在似乎已黯然失色。

历史的选择

为什么要抛弃深圳？

回答这个问题之前，我们首先要问，当初为什么会选择深圳？

1979年，共和国百废待兴，但春寒犹料峭。在那个百废待兴的激昂时代，只有改革，共和国才能看到希望的田野；只有开放，共和国才能展开春天的故事，而改革开放的突破口在哪里呢？邓小平注意到南海边的这个小渔村，就在这里画了一个圈。这个圈的分量和意义不必多说，但在当时却引起了争议。创办深圳等四个经济特区，是中国对外开放的重大决策和突破。然而，国内对办特区一开始就有不同意见，担心是搞资本主义。争论的结果是经济特区还是要搞，但要与作为社会主义主体的内地隔绝开，于是在深圳特区边上竖立了一道水泥墙，以此隔开经济特区和内地。这道水泥墙就是香港人和深圳人所说的二线关（深圳与香港之间为一线关），深圳人对这道关有爱有恨，下面我们再详细来谈它。

时代选择了深圳，但也只有深圳才能担当时代赋予的重任。深圳，毗邻香港，以这个地理优势作为中国改革开放的窗口的确是独一无二的。中国只有两个资本主义经济的发达地区（澳门太小，经济也不发达），那就是香港和台湾。厦门具有面向台湾的地理优势，在 1979 年 7 月，与深圳、珠海、汕头同时被国务院确定试办出口特区（后改称“经济特区”），但厦门与台湾之间大海相隔太远，交通不便，地理优势显然不如水陆相连的深圳和香港，而且厦门当时还是军事前沿阵地，不像深圳口岸一直和香港保持着紧密来往。可以说，深圳命中注定要成为一个开创中国新时代的幸运儿。事实上也是这样。到 20 世纪末，人们回首中国经济特区二十年的发展历程时，发现中国五大经济特区（1988 年 4 月 13 日第七届全国人大一次会议通过了建立海南经济特区的决议）中只有深圳特区发展得最好，深圳的成功不是偶然的。厦门和汕头因走私而元气大伤，珠海至今仍在吞咽当年重复建设的苦果，海南则饱尝了房地产泡沫破裂之后带来的痛苦。

但是，深圳特区的发展并不是一帆风顺的。深圳特区的建设是从蛇口开始的，从荒山野岭的“蛇口”起步，其中之艰辛可想而知。在“招商局蛇口工业区”建立之初，建设者们喊出了一个“时间就是金钱，效率就是生命”的口号，但就是这个在现在深入人心的口号却在当时招来全国一片抗议之声。现在中央电视台正在播出的《激情年代》就反映了这段真实的历史。现在，“时间就是金钱，效率就是生命”的标语牌依然屹立在蛇口工业区，依然成为特区精神的标志之一。到了 1984 年，深圳特区已经初具规模，但海外媒体这时候却说中国经济特区就是建高楼大厦，同时国内对特区是否成功的疑问不断，对于中国是否需要办特区仍不能理解。1984 年 1 月 24 日至 2 月 17 日，邓小平去南方，特地视察了深圳、珠海、厦门三个特区。经过考察，他对特区的成就表示满意，并分别为三个特区题词，他给深圳的题词是：“深圳的发展和经验证明，我们建立经济特区的政策是正确的。”此后，关于深圳发展道路的争论才逐渐淡化下来，深圳也打破了从前依靠外贸出口的产业格局，在继续发展以轻工、服装、手表等劳动密集型产业为主体的“三来一补”企业外，开始和中国科学院合作发展技术密集型产业，从此开始了崭新的发展，于是有了现在的康佳、赛格、华强、飞亚达和华为等。1987 年 6 月 12 日，邓小平再次就特区建设发表讲话：“现在我可以放胆地说，我们建立经济特区的决定不仅是正确的，而且是成功的。所有的怀疑都可以消除了。”

深圳经济特区是成功的。多年来，深圳不但为香港顺利回归祖国、尽早实现深港衔接做出了巨大贡献，发挥了任何其他地区所无法替代的作用，而且在中国的改革开放中成功地担负了窗口和试验田的作用。1992 年邓小平再次到深圳后，深圳又开始了新的腾飞。20 世纪 80 年代，一百六十米高的国贸大厦以“三天一层楼”的速度创造了“深圳奇迹”；90 年代，三百八十三米高的地王大厦又以“九天四层楼”的速度创造了新的“深圳速度”。现在，深圳为完成深港衔接的历史任务，正在继续快速运转。80 年代深圳建立了第一家中科院与地市合办的深圳科技工业园，科技园在建设早期一时间成为国内各地建设高新技术园区的蓝本；90 年代深圳成功举办了中国国际高新技术成果交易会……

时代的变迁

但是，1998 年以来深圳经济增长速度开始放缓，发展活力逐步下降。其原因首先来自河对岸、海那边的香港。

香港，自中国改革开放以来成功地从制造业主导经济体系转型至服务业主导。在这个过程中，香港不仅是深圳出口的主要对象，也是深圳最重要的海外投资来源，而且香港人也是深圳消费的主力军。香港对深圳的投资比重一直保持在 60%以上，而且由于近年来日本、韩国以及新加坡对深圳的投资呈递减趋势，香港对深投资更显重要。在消费方面，香港人纷纷北上置业、娱乐，极大地促进了深圳消费。在深圳有个笑话，说深圳对港人消费颇有微辞，认为港人不仅抬高了深圳的房地产价格，而且提升了深圳“小姐”的身价，对深圳人消费不利。另外，近年深圳方面一直竭力促进深港之间二十四小时通关，以更方便港人北上消费，但香港方面反应冷淡，二者矛盾隐约可见，但也显示了港人北上消费对深圳的影响。出口、消费以及投资是国民经济增长的三套马车，而在深圳经济的三套马车中，香港都显得举足轻重。

自 1997 年亚洲金融风暴后，香港经济一蹶不振，其中香港四大行业表现尤甚。过去十多年来的房地产泡沫不但令香港经济急速增长，同时也导致租金及薪酬上升，削弱了香港作为金融及服务中心的竞争力，尤其在金融风暴后表现得更为突出。回顾香港的经济状况，自 1974 年至 1997 年间，二十多年来香港从未出现过通缩，但自金融风暴后，消费物价便一直持续下调，增长比率由正变负，于 1999 年 8 月更出现负 6.1%的新低，目前香港业界陷入近四十年来的最低潮。尽管深圳依托国内良好的经济形势，经济还能继续保持稳定增长，但香港经济的持续低迷带来的负面影响却在逐步扩大。

随着改革开放的深入，中国大陆的经济发展从局部试验性的阶段开始向普遍改革推进。搞市场经济、对外开放、与国际市场接轨，已经成为全中国的要求，不能再把优惠局限于几个特殊的区域。而这也意味着，在中国加入WTO（世界贸易组织）的背景下，经济特区正在越来越失去其特殊性。尽管每一个经济特区都不愿意放弃其特殊性，但它们仍然不能不接受一个越来越明显的现实：经济特区在中国的历史使命已经完结。加入WTO后，“经济特区”似乎更没有存在的理由，因为经济特区是与WTO的精神相违背的。可见，在对外与对内开放的双重压力之下，经济特区的存在已经丧失了重要的政策基础，窗口作用显著下降的深圳难以再享有特殊政策和照顾，来担负改革试验田的重任。此外，深圳需要直接面对来自国内其他城市的竞争。然而，对深圳经济打击最大的还是2000年深圳证券交易所停止发行新股，导致深圳的资金流量减少，直接影响了深圳金融业以至整体经济的发展。

资本的兴衰

“深圳经济特区二十多年的发展历史，也是金融业大发展的历史。”

这是广东省委副书记、深圳市委书记黄丽满同志在2002年9月26日的讲话。这个评价很到位，而且可以进一步说，深圳经济特区这十二年（1990—2002）的发展历史，就是金融业大发展的历史。金融业已经成为深圳经济的一根台柱。

说到深圳的金融业，首先要提到的就是招商银行和深圳发展银行。

作为中国股份制商业银行的先行者，招商银行在1986年11月经中国人民银行总行批准成立。招商银行由招商局出资人民币一亿元，于1987年4月8日在深圳蛇口正式挂牌成立。经过短短十几年的发展，截至2001年12月底，招行总资产已逾三千亿元，累计实现税利逾二百三十一亿元。在英国《银行家》杂志“世界1000家大银行”2002年年度排名中，招商银行位居第二百七十三位，已经超过“世界1000家大银行”的中等规模水平；在《欧洲货币》1999年年度“亚洲最大100家银行”排名中，招商银行的“股本回报率”居亚洲银行业首位。招商银行以不足国内银行4‰的从业人员、2‰的机构网点支撑了约1.6%的资产规模、约6%的效益，以“科技兴行”的发展战略在中国银行业确立了自己坚实的地位。如果连招行都“迁都”了，深圳人的失落和伤感可想而知，因为不知道深圳的奋斗目标在哪里。

深圳发展银行成立于1987年12月28日，是新中国成立以来历史上第一家向社会公众公开发售股票的商业银行。作为中国金融体制改革的一个重大举措，深发展的成立在深圳金融业发展中的地位在这里不再多说，值得一提的是深发展的成立也是深圳股市发育的重要开端。老一代的深圳股民几乎都是从炒深发展股票走进股市的，也从深发展上赚到第一桶金，当然，那时深圳证券交易所挂牌的也没有几只股票。

然而，作为中国大陆两家证券交易所之一的深圳证券交易所的成立时间却一直裹杂不清，让许多研究中国证券发展史的人一头雾水，各种正式资料都基本上是这种说法：深圳证券交易所于1989年11月15日筹建，1990年12月1日开始集中交易（试营业），1991年4月11日经中国人民银行总行批准成立，并于同年7月3日正式成立——一共四个时间，到底是哪一个？反观上海证券交易所，其成立时间却是相当明确的：1990年11月26日经中国人民银行总行批准成立，同年12月19日正式开业。为此，到底谁是新中国第一家证券交易所，各界一直争执不清。为什么会出现这种情况呢？

由于中央发展证券市场的态度已经明确，深沪两地基本上是同时分别开始筹建交易所的。由于深圳毗邻香港，深圳证券交易所在国贸大厦筹建时完整借鉴了香港联交所的一套做法，在时间仓促且没有经验的情况下，也不可能做出大的修改，因此深交所受香港联交所影响的痕迹很深，比如上市挂牌、交易规则等，甚至连深交所使用的四位股票代码也与香港联交所一脉相承，直到现在才改为六位，与上交所一致。而同期上交所筹建工作非常艰难，不得已只好前往深圳，从国贸大厦把深交所的一套搬过去了，现在我们看到的上交所规则与深交所的基本一样，也就不足为怪了，不过上交所还是把股票代码改成了六位的。虽然深交所的筹建工作走在了上交所的前面，但中国人民银行总行却在11月26日批准成立上海证券交易所，而深圳暂被搁置，并且上交所宣布在12月19日正式开业。这个消息对夜以继日筹建深交所的工作人员可谓一个沉重打击。为此，当时的中共深圳市委书记李灏在国贸大厦的筹建现场决定，不管怎样，深交所一定要在12月1日开始营业。就这样，深交所领先上交所十八天开始营业。草创之初，两个交易所就为争第一而争得不可开交，更让人想不到的是，这次开业之争就此拉开了两个交易所在其后长达十年的竞争序幕。

此后十年，深、沪交易所在大盘走势、上市公司服务以及市场成交额上全面竞争，两地券商、机构以及政府部门等各为其主，最后甚至连两个交易所都不惜违规介入，结果加剧了两地市场的波动，加大了市场风险。1995年3月，上交所成交额开始大幅超过深交所，风光一时。此时深交所开始在硬件上加大技术创新力度，使交易系统更加完善安全，同时提高“软件”质量，为上市公司提供周到的优质服务，结果吸引各地新上市公司选择深交所作为上市地。就这样，自1996年8月开始，深交所成交额开始全面超过上交所，此外，据美国彭博资讯的统计，1996年深圳股市以174.92%的涨幅登上全球股市排行榜的冠军宝座……至此深交所不但称雄国内股市，而且以最大成长幅度笑傲全球！这个时期不但是深圳证券业历史上最辉煌的时期，也是深圳最得意最风光的时期。这个时期，也使“老大”上海英雄气短，耿耿于怀。深交所成交额超过上交所的状况一直持续到1998年1月，由于1997年后中国证监会不再让企业自主选择上市地点，而是定下了“上海先上一家，深圳再上一家”的不成文规定，这样上交所在1998年才开始缓过气来，赶超深交所。

成交额之争尚未见平息，深沪两地关于“创业板”的争夺又开始了。1999年，风险投资概念火爆全球，纳斯达克市场疯狂上涨，开始创造“一夜暴富”的资本神话，为此上海和深圳这两个科技产业发达的城市开始争夺设立中国的“二板市场”：两个城市不断举办研讨会，请专家宣传风险投资——更重要的是论证自己更有资格设置“二板市场”。当时的候选城市还有武汉、北京等。到2000年上半年，形势明朗，深圳在角逐中胜出。但这个胜利未必是好事，业内人士普遍担心，深圳取得创业板资格，很可能是对未来把深圳主板并入上海的一个补偿。果不其然，2000年世纪之交，证券市场关于深交所即将并入上交所的传闻一时甚嚣尘上。自1997年以来这种传闻一直都有，但这次似乎是真的：统一的结算中心在上海成立，上海市市长徐匡迪在接受路透社记者采访时也有这种表示……看来人们的担心要成为现实。

经过十年的发展，金融业已经成为深圳的支柱产业，其产值占全市生产总值15%左右，而金融产业对其他产业的支撑作用也不可等闲视之。另外，深圳金融业的利润占全国的四分之一（弱），而上海则占全国的四分之一（强），其他地区共占一半。有统计显示，2000年以前坐飞机进出深圳的人员中，就有30%的人是从事证券业的！如果深圳的主板市场迁往上海，那不仅意味着大量资金的流失，直接动摇深圳的区域金融中心地位，而且将影响到特区二十年来的经济成就，即使有创业板，但因在初创之时也难有规模和作用，因此深圳经济可能就此一蹶不振！

2000年的夏天是深圳市最难熬的一个夏天。据说，深圳市主要领导都在北京“陈情”，力陈撤销主板对深圳经济的利害关系。最终，深圳艰难地取得了主板暂时不并往上海的承诺，但也付出了代价，即深圳证券交易所从2000年9月开始不再发行新股。目前看来，这个代价是值得的，而且深圳当年力保主板的努力也是非常有远见的，因为直到现在，创业板也未能开设。不过开设了也未必能成功，除了美国纳斯达克创业板取得成功外，其他国家的都不成功……中国是否需要开设创业板，直到今天仍有争议。

由于深圳不发行新股，深、沪两个交易所不再有成交额上的竞争，也因为两个交易所最终要合并，其竞争也就不再有意义，两个交易所谁先谁后（成立）的问题也就烟消云散，正所谓“相逢一笑泯恩仇”。回想起来，当年深圳在金融业上展开如此激烈的争夺不是没有原因的。20世纪深圳在金融领域的争夺不仅仅是“面子”之争，而应看作金融话语权之争、经济主导权之争。有学者指出，20世纪下半叶以来，全球经济危机并没有突出表现，而大大小小的金融危机则不断发生，这种情况说明金融产业已经在全球经济体系中居于核心地位，经济危机更多地以金融危机的形式表现出来。谁掌握了金融资本，谁就能在经济竞争中占有优势。因此，作为一个没有传统工业基础、资源相对缺乏的新兴城市，深圳希望从金融服务业来把握经济制高点。当然，意图发展成为国际金融中心的上海自然也要抢占国内金融业的主导权。两个城市在20世纪的竞争自然不可避免。

不过，主板停发新股还是对深圳经济产生了不利影响，2000年以后深圳金融业的地位日呈下降趋势。事实上，此前深圳就已呈现兆头。1998年中国人民银行机构改革，设立九大分行，作为金融重镇的深圳却未能占得一席，深圳市人民银行被划为广州分行之下的一个中心支行。在这个趋势下，人们不禁要问，深圳的金融业到底应向何方发展？不管答案如何，有志于全球化发展的招行、平保等金融企业开始把目光瞄向上海。

经过数十年的发展积累，上海已经为金融机构提供了良好的土壤环境，上海在人才、市场和资金上的优势日益显现，而且在中国已经加入世界贸易组织的背景下，上海还将是中国金融企业走向全球金融舞台的平台。目前金融机构扎堆的现象在陆家嘴已成气候：原三峡证券改名为亚洲证券后，正式将注册地由宜昌迁至上海，并在浦东高档商务区租下了一栋物业大楼，作为公司新的栖息地；天一证券已将公司下属资产管理部等业务总部全部移师上海；原先在开封安营的富友证券也选择了上海作为注册地；去年年底在深圳成立的汉唐证券，也于今年三月将国债业务管理总部、资产管理总部、投资管理总部等三大业务部门移至上海……自2001年以来，共有数十家券商、保险公司、基金管理公司等金融机构或变更注册地，或以大规模迁移核心业务部门的方式，在上海“安营扎寨”，估计未来会有更多金融机构进入陆家嘴。上海正成为各类金融机构争相进驻的热土。

因此，对于招商银行、平安保险这些准备走向国际舞台的金融企业来说，上海是必争之地。当然，在搬迁问题上，在深圳发展起来的招行、平保似乎颇多顾忌，不能像外资企业那样走得直截了当。实际上，真正关系到企业发展壮大的问题，谁还有那么多所谓的“深圳情结”？对于沃尔玛来说，上海在地理、商业地位等方面均居主导，对其长远发展来说至关重要，因此一定要攻克上海市场。外资撤出的事例并非个别现象，一些深圳的外资金融机构，在重新评估中国市场之后，也在逐渐从深圳撤出，如德国德累斯顿银行较早前就从深圳撤出，迁往他们认为更有希望的上海。作为国内企业的佼佼者，招行、平保以及中兴、华为难道会不明白这一点？

此外，上海市政府在加快国际金融中心建设的战略中也展开了主动攻势，有意让一些商业银行总行逐步聚集上海，并出面与一些银行高层进行过实质性商谈。其中，招商银行即是上海市政府的力邀对象之一。郎有情，妾有意，在这个崇尚自由恋爱的时代，谁能阻止有情人终成眷属呢？

也许在金融业的发展上，深圳不会再向上海叫板了，但现在问题在于，深圳是否有必要成为一个区域性金融中心？在这个问题上，国内金融界有人认为，深圳的资源有限，长远来说不可能靠房地产和制造业去跟其他城市竞争，深圳的未来必须走服务业，与香港携手构建服务华南和南亚地区的区域金融中心是最佳选择之一（深圳市商业银行行长王骥就持这种观点），但是作为国内的区域金融中心，深圳的条件显然不如广州，如果与香港携手，似乎没有必要。如果我们从更广阔的视角来看，深圳金融业实际上折射出了深圳经济的尴尬，即地缘经济的局限性——夹在香港和广州之间，香港是中国面向世界的窗口，广州则是华南的门户、珠三角的枢纽，而深圳呢？因此，尽管特区光环笼罩下的深圳踌躇满志，但拔剑四顾却一脸茫然：何去何从？

时空的轮回

谁抛弃了深圳？深圳人可能会有满腹的牢骚，认为是中央抛弃了深圳。自20世纪90年代中央决定开发浦东以来，人们似乎觉得上海在发展上总能得到政策上的“照顾”和“扶持”，而作为特区的深圳却被“忽视”甚至被“限制”。的确，上海这些年经济的快速发展，离不开中央的大力支持。在“九五”期间（1996—2000年），上海市的基建资金达到两千二百七十四亿元，超过前四十年总和的两倍。这是极惊人的数字，钱从哪儿来呢？上海市政府2001

年全年收入只有一千三百亿元，若仅靠市政府的资金，没有中央政府拨款及其他优惠政策，根本不可能连年进行如此大规模的城市建设，以吸引外商投资。但是，深圳特区在已经享受了十几年的特殊政策后，经济已经有了相当的基础和规模，继续享有特殊政策是不合理的。因此深圳人自己也明白，给予特区的优惠政策是不可能长期存在的。

谁抛弃了深圳？从地缘条件和时代背景来看，深圳近年来竞争力下降是因为在时间和空间上处于不利地位，但这是深圳被“抛弃”的表面原因所在，因为时空因素的限制，是一个经济系统发展到一定规模后无法回避的问题，而深圳特区在这个转型过程中表现出来的茫然和不知所措却是有更深层次原因的，那就是深圳过去二十二年的发展更多的是得益于政策倾斜和优惠，没有建立起一个完善的市场经济体系，也没有确定一个可持续发展的城市发展战略。具体原因如下：

1. 国有经济改革迟缓。据有关统计，截至去年底，深圳市仍有半数以上的国有企业没有真正放活。值得注意的是，造成这种状况的原因，一方面是存在政策障碍，一些政府部门一遇到政策障碍就束手无策；另一方面，更重要的原因是国有企业和政府不敢冒改革的风险，或者担心改革成本太高，有的政府官员甚至顾及自己的“位子”而不愿“惹麻烦”。在以改革著称的深圳特区，政府和企业阶层出现改革迟缓、改革心态减弱的现状，这是深圳市的改革出现弱化的明显迹象。

2. 政府部门效率低下。无论是投资方还是普通市民都对目前政府部门的办事效率颇有埋怨。各部门间的配合衔接也经常出问题，增加了投资的成本。相比之下，内地城市为吸引投资而进行的政府职能改革却卓有成效。比如上海，外高桥保税区将贸易企业办理进区手续的时间由一个多月缩短到一天，把空运货物通关速度由七天缩短到十小时以内；到漕河泾开发区投资的企业，只要对有关部门的告知作出承诺，即可获前置审批许可证，三个工作日内就能拿到工商执照。深圳市政府部门改革难以推动的原因有很多，比如说许多政府部门官员都是当年特区建设的功臣，这是不能不考虑的感情问题。但一个更主要的原因在于不少部门和人员因为特区特权而养成的“特性”——对于有些部门来说，因为特权而获得额外利益，比如前不久的暂住证问题，尽管中央已经规定取消暂住证收费，但深圳有关部门却要挖空心思来弥补这个利益黑洞。2001年10月30日，国家计委、财政部联合发出《关于全面清理整顿外出或外来务工人员收费的通知》，主要内容是：除最高不超过五元的证书工本费外，各地对外来人口所征收的暂住费、暂住人口管理费等七种收费一律取消。今年6月3

日深圳开始恢复办理暂住证，但人们发现暂住证比以前难办了。办证难的一个原因在于手续繁琐，“门槛”太高。按照规定，办理暂住证时必须提交劳动合同、社会保险、计划生育、就业证、人事手册等有关证明材料，手续极为繁琐。有人统计，办一个暂住证要盖十一个公章：签订流动人口合同要盖两个章，查验流动人口生育证明盖两个章，就业证盖两个章，深圳特区劳务工指标登记本盖两个章，暂住户口登记盖一个章，深圳市暂住人口登记表盖两个章，少一个都不行。到后来，办证手续终于简化了，但 2002 年 7 月 9 日，深圳市人口管理工作会议做出一项决定：将对出租屋开征综合治安管理费。深圳市公安局负责人在会上坦承，开征治安管理费，就是为了弥补今年深圳暂住证收费大幅下降后的亏空（《南方周末》2002 年 7 月 25 日）。另外，企业前往劳动局办理暂住证事宜，劳动局提出要收取培训费五百元，急于办证的人员可以先交费，凭发票可以先办证……总之，围绕暂住证的故事没完没了。对于一个财政收入在全国位于前列的经济发达城市，却一直斤斤计较暂住证费用，难怪网上有人为深圳感到“脸红”。在深圳，暂住证收费不但关系到深圳市公安、劳动、财政、人事、计生、物价、社保等七个部门，而且围绕暂住证和边境证形成了一个庞大的地下产业，比如代办证件、出入关口的“带路”、派出所“查证”、收容所“收留”以及从收容所“赎人”等。所以人们说，这两年内地正在补改革开放的“课”，而深圳的政府和企业却在补内地过去的“课”。所有这些，不但已经严重损害了深圳的城市形象，同时使其投资环境趋于低劣。

3. 治安环境日趋恶劣。离开深圳到外地工作的人，每每说到深圳的治安都会带着一份恐惧。只要去东门步行街走走，或去深南中路天虹商场的天桥看看，准叫你大吃一惊。在深圳有一个非常有趣的现象：一方面路上不断有查暂住证或边境证的，不断有“三无”人员被车押走；另一方面却是小偷横行，砖头党、摩托党肆虐。2002 年 7 月 19 日上午 9 时，在国贸大厦对面的深房广场发生持枪抢劫血案（《南方都市报》），这时深圳打“两抢”战役刚受到表彰和嘉奖不久。没有良好的治安环境，如何能吸引投资和人才呢？

4. 城市环境捉襟见肘。近年来深圳先后获得了“国家园林城市”“国家环保模范城市”“联合国人居奖”等多项荣誉。尤为值得一提的是，深圳城市总体规划获得了国际建协“艾伯克隆比爵士荣誉奖”，这是一个含金量颇高的奖项，它不是对某一单项的奖励，而是对深圳二十年城市建设成就的一个充分的肯定。但是，对深圳比较了解的人却会感到迷惑：人民河及深圳河位于深圳市中心，但多年来一直臭气熏天；作为一个新兴城市，深圳交通却非常拥挤，“未老先衰”（不能说这个新兴城市没有规划好。深圳城市规划与道路设计从一开始就从行车角度考虑，因此各大宾馆、会议场所以及写字楼等开车进出都很方便，但要步行过去却是难以摸着门的，所以深圳适合有车一族而不适合步行一族，但没有想到的是深圳现在车满为患。据说现在有人提出解决方案，即把深南大道上的公交大巴数量减少，与其他城市优先发展公交相比，深圳此举让人大跌眼镜，这已经不是“头疼医头，脚痛治脚”了，而是“头疼医脚”）；深圳文化休闲场所有限，无论是周末还是平时，深圳书城人满为患，但书城居然因此被评入深圳十景之一，这只能更被外人哂笑了；名为濒海城市，但全市只有一个免费的开放型海滩大梅沙，而且距离市区遥远……最让人难以想象的是，违章建筑在这个国际化花园城市几乎无所不在！

迟到的觉醒

“如果说，前二十年深圳在建设和发展方面处于领跑者的位置，那么，今天深圳面临的是群雄环伺、你追我赶的激烈竞争局面。如省委副书记、市委书记黄丽满所指出的，深圳不可能再有政策优势，地缘优势也有很大的弱化，生活指数、商务成本都比较高，因此必须进一步增强忧患意识和危机感。”

“放眼国内外，且不说远处的京津唐和长江三角洲，就在周边，新一轮城市竞争已经打响。与深圳毗邻的东莞飞速发展，由一个二十万人口的小城市迅速发展成为加上外来人口几近数百万人的大城市。更不用说广州。有人预测，要不了多久，东莞就有可能与深圳并驾齐驱。”

上面两段文字出自 2002 年 11 月 1 日《深圳特区报》《学习贯彻市委市政府工作会议精神系列述评之五》，显示深圳现在已经认识到自身所存在的问题与危机。二十年来深圳一直笼罩在特区的光环下，一直认为自己扛着“特区”的大旗走在全国改革开放的前列，但到现在危机来临时才发现周围已是“群雄环伺”。深圳现在已经不再向上海、北京、广州等城市看齐了，而开始与苏州、青岛、大连等城市相比较。显然，与前几年好高骛远的目标和口号相比，现在的定位要实际得多。最近，深圳市领导考察江苏、上海等地之后，开始借鉴上海、苏州的发展经验，但深圳市在宣传上显得比较低调，这是深圳新一届领导班子的特色。

苏州，江南历史名城，改革开放以来在经济建设上一直乏善可陈，但近几年却发展迅猛，地区生产总值已经超过重庆，位居全国前十，城市竞争力也排在全国前列，引进外资的数量还一度超过深圳……而这一切都是在默默无闻中实现的，到现在我们都很少看到有关苏州经济建设的宣传报道。从地缘经济的角度来看，深圳和苏州非常相似：面向国外时，它们都被一个超级大都市阻碍，分别为香港和上海；面向国内时，它们邻近还有一个区域中心城市，分别为广州和南京……与此相似的还有杭州。现在苏州的工业园搞得有声有色，杭州也在逐步发展成为上海的后花园，它们没有被上海的光芒刺伤，反而显出异样的光彩。深圳，是成为香港的后花园，还是又一个“苏州”？也许两者结合起来，才是深圳的未来。

遗憾的是，神女有情，襄王无意，长期以来香港一直对深圳警惕心有余，而合作力不足。例如当年香港要搞创业板，深圳方面提出可以把香港的创业板设在深圳，以节约资源，合作发展，但是香港方面不置可否。其他如二十四小时通关、深港西部通道等问题也是如此。不过，现在情况好一点，因为香港的竞争力也在下降，经济持续不振，如果不与深圳扩大合作，其优势将丧失殆尽。

总之，香港与深圳，交则泰，不交则否。

深圳，今夜我把你抛弃

2002 年 11 月 10 日下午，深圳体育馆。中国足球甲 A 联赛深圳主场，深圳平安队在这里迎接天津泰达队的挑战。

我向来认为中国足球没什么看头，但那天还是去看了比赛，主要是为了在球场放松一下，适当发泄一下。在深圳去看球赛的人多数也抱有这种目的，毕竟生活节奏太快，工作太紧张。

然而，那天的比赛比较沉闷。深圳平安队虽然占据主动，但几次射门都无功而返。对于我来说，哪边进球都可以，尽管我一开始为看球赛选了一个立场，站在深圳平安队一边。不少人看球也是这样的做法，但也有为难的时候，比如来自天津的深圳人看这场比赛，就可能不知道自己该为哪一方加油。深圳是个年轻的移民城市，这些移民远未形成对深圳的认同感。在日常生活中，深圳人的失落和迷茫更是显而易见的，大家更愿意以原籍来表明自己是哪里人。对于那些没有深圳户籍的人群来说，对深圳更没有归属感，在球场上的茫然就很自然了。在生活与工作中，人与人之间的人情味之缺乏使初来乍到的人无法忍受。写字楼里大家各忙各的，下班后各顾各的，正所谓“我的生活与你无关”。《我的生活与你无关》是“深圳人写，写深圳人”的小说，上市时在深圳卖得很火爆。深圳人在宣布“我的生活与你无关”时，同时也承认“你的生活与我无关”，这种现代意识显然很符合商业社会的需要，但在深圳表现出的这种极端却让人感受到这个城市的残酷与冷漠，比如你到一家公司给他们装机，忙一天也不会有人管你是否喝水吃饭了，同事之间若不是公司组织活动，极少可能一起出去培养感情。大概是可以经常公费消费的原因，大公司大企业的集体活动会多一点，但人情关系也不会好到哪里去。在这个社会里，孤独与落寞随时会向你袭来，浅则如浮萍流水，不知何所踪；深则如孤魂梦游，游荡在一个欲望的空间……这就是深圳人对深圳的距离感，从上到下几乎都存在。这种感觉有如深圳市政府门前的那头老牛，拼命向前拉，拉的却是一个没有根基的大树墩——恐怕雕塑者没有想到，这座暗含深圳精神的“孺子牛”雕塑竟然成了今日深圳人心态的真实写照。

深圳平安队终于在伤停补时阶段获得一个点球，平安队在最后一分钟灌进对方一个球，全场欢呼雷动。深圳平安队今年表现神勇，竞技状态处于巅峰，有望问鼎冠军宝座，然而随着平安保险的战略转移，深圳平安队也即将易主……为此，球场那头打出了“胜也爱你，败也爱你，离开深圳不爱你”的巨型横幅，是失落？是伤感？据说，健力宝可能入主深圳队，但主场还会在深圳吗？对此，深圳球迷一脸茫然。因此，即使深圳队夺冠，对于一个深圳球迷来说，其兴奋会达到极点，但其痛苦也将如坠深渊——如果平安队抛弃深圳！

与球迷比起来，一般深圳人的失落与迷茫虽然没有那么强烈，但却随时溢于言表，在上下班拥塞的路上他们会这么想，在密匝匝的楼群里他们会这么想，在繁忙的工作里他们会这么想，在视野开阔的莲花山上他们更会这么想……当去上海的朋友打电话过来描述浦东时，我在这么想；当有朋友要去西安发展时，我在这么想；当在深圳的同学朋友聚会，热烈谈论上海、北京、广州、苏州时，我不再这么想。深圳，难道今夜我要把你抛弃？

莲花山下，依旧的车水马龙，流光溢彩。

莲花山上，小平同志目光如炬，健步如飞。

原载人民网“强国论坛”2002年11月16日

瘟疫，人类的影子
——“非典”溯源

杨黎光

第十二章
深圳，在“零感染”的背后

疾病，早在人类还没有在地球上出现的时候，就已经存在了。如今我们从考古中发现，中生代时的恐龙身上就已经有了骨膜炎、关节炎等疾病。自地球上有了人类的那一天开始，在北京周口店龙骨山的考古挖掘中，除了那个著名的“北京猿人”头盖骨，还从山洞里挖出二十二个猿人的残破遗骨。专家经过研究后认定：这二十二个猿人中，有十五人死于十四岁以下；三个人死于三十岁左右；三个人死于四十岁左右；死于五十至六十岁间的，只有一人。这个研究说明猿人的寿命很短，而短命的原因，一是与恶劣自然条件有关，二是与疾病密切相关。

人类的疾病，从生物的角度来看，与动物也没有什么不同。所不同的只是，人类是所有生物中，最为主动的“治病一族”。

病，作为人体失衡的一个大概念，随着人类不断地进化而越来越复杂。

疾病分为两大类，一类传染，一类不传染。人类经过千百年与传染性疾病的搏斗已经弄明白，疾病的传染，一般具有三个环节：传染源—传播途径—易感人群。防止传染，切断其中一点即可。这看起来很简单，但做起来非常难。比如说切断传播途径，病菌是人们肉眼看不到的，病毒更小，它们广泛地存在于自然界，很难切断人与它们的联系。很多情况下，我们还不知道它们是如何感染人类的，要切断它们与人的联系还不知从何下手。

就算到了今天，人们对夹在广州、香港这两个“非典”高发区中间的深圳，竟能保持着如此的低发病率、低感染率、低病死率，尤其是对一线抗击“非典”的医务人员的“零感染”仍然充满惊讶。

深圳是一个充满着传奇的城市，在抗击“非典”的战役中，她同样也充满了传奇。

深圳应该是最早发现“非典”的城市，因为中国第一例“非典”报告病人黄杏初，就是在深圳工作，在深圳发病，最初也是在深圳治疗的。他在深圳逗留看病大约有五六天时间，接触的同事、医生、朋友也不少，可是却没有一个人被他传染。黄杏初痊愈后做过血清检验，其血液中已经有“非典”抗体，因此他是一个“非典”病人是确实无疑的。

不少流行病学专家对这种奇怪的现象做过诸多分析，但结论莫衷一是。

这显然不是“非典”初期发生在深圳的唯一未解之谜。

其实，真正在深圳治疗的首位“非典”患者是在2003年1月26日到深圳市第一人民医院求诊的。患者姓李，男性，四十六岁，当时的主要症状是“发热，咳嗽，胸片有浸润性阴影，重症肺炎，呼吸衰竭”。他于1月15日发病，先在深圳市福田区人民医院就诊，病情恶化后转入深圳市第一人民医院。（黄杏初也曾在深圳市福田区人民医院就诊，两人都是重症“非典”病人，可福田区人民医院却没有一个医护人员被感染。）

深圳市第一人民医院将李姓病人收进重症监护室救护。据李姓患者的主治医生说，他的病恶化得很快，经过十多天的治疗，病情反而越来越重，患者本人也十分恐惧。由于呼吸困难，医院给他上了无创呼吸机，可他时常狂躁不安地将呼吸机的面罩推开，造成呼吸机报警，气氛十分紧张。夜里他更是烦躁不安，医生护士一离开，他就不停地叫，值班医生护士只好守在他的身边。

两天后，病人出现呼吸衰竭。1月28日晚上，医生紧急给他进行气管插管机械通气。

护士长张小娟对这个病人印象最为深刻。她说，对他的护理比护理一般病人的工作量要大好多倍：一是给病人插管通气，因咳嗽飞沫喷溅，分泌物暴露在空气中。二是病人因恐惧而引起的各种狂躁症，给医生护士带来很大的压力。三是病人严重腹泻，严重到无法控制，有时护士正在喂饭，下面他就拉出来了，而且呈喷射状，隔着口罩也能感到奇臭无比。偏偏病人对自己这种状态毫无思想准备，觉得一个成年男人变成这样，羞愧得不愿配合护士和护工换洗衣服和床单。我在采访中了解到，好多严重的“非典”病人都伴有腹泻，而伴有腹泻的病人几乎都有生命危险。我不知道这是不是“非典”的一个典型症状，还是由另外一种冠状病毒——呼肠病毒感染所致。张小娟经常与病人沟通，轻言细语地鼓励他耐心治疗。同时，她和护士们忍着恶臭为病人清理粪便，增加擦浴次数，担心病人腹泻造成肛门红肿，帮他洗干净后还扑上爽身粉，抹上药用甘油。

大年三十那天，病人的状况一度明显改善，可是第二天又突然恶化，抢救无效去世了。

张小娟富有情感地回忆了大年三十晚上发生的事。

张小娟说："应该说，刚开始时对他也没有什么特别深的印象，因为当时科室里有着太多的重症病人，忙得人整天都是头晕晕的，哪还记得病人的样子？另外，凡在重症监护室的病人都是病得很重的，病重的病人没有几个和平时的相貌是一样的。但在大年三十那晚他却给我留下了深刻的印象。

"那个晚上是我值班，我巡查的时候走过他的床边，他突然从枕头底下拿出了一串长长的幸运星，对我说，这是他女儿给他折的，是女儿送给他的新年礼物，然后就憨憨地冲着我直乐。这时，刚好他姐姐来看他，送了一篮水果，他一个也没动，却硬要姐姐将水果送给我们这群大年三十坚守岗位为病人服务的护士。他说，护士小姐很辛苦，姐姐你就替我谢谢她们吧！

"当时我也不知道他为什么会把女儿给他折的幸运星拿给我看，我只是觉得他有一个懂事的女儿。现在想想，人也许真的有某种预感吧，在某些特别的时刻，人总是喜欢有更多的人与他分享那份由衷的幸福与温馨。

"后来我就宽慰他说，有这样的好女儿，真是好福气，也趁机鼓励他好好养病，争取早日康复，与女儿家人团聚，他强忍着咳嗽，冲着我直点头，说是啊是啊，我就是这么想的。

"晚上下了班，我就回家了。第二天，也是大年初一清早，我又来到病区上班，却看见他的病床是空的。邻床的病人告诉我，他昨晚咳得太厉害，今天一早就被送到急救室去了。

"我赶到急救室才知道，他出现了并发症，病情急转直下，医生们正在全力抢救。可惜，经过艰难的抢救，还是无力回天。李姓患者因病毒侵蚀心脏引发心肌炎，心律失常而停止了心跳。

"整个重症监护室布下一层阴影。毕竟，那天是大年初一，合家欢聚团圆的日子，而他们，却在惨白的病房里送走一个正值壮年、平时身壮力健的人。

"在急救室门口，我看到他女儿，很娴静的样子，只是眼泪顺着脸庞一直在流，旁边还有他家的亲戚和许多闻讯后自发赶到医院的同事、朋友。"

张小娟接着说："当时也就只觉得这个人感情特别丰富，应该是个好丈夫、好爸爸，后来媒体披露，广州很多医护人员就是在护理抢救'非典'病人时感染上'非典'的。我现在想起来很后怕。你说，怪不怪，他住院的十多天里，我在护理他的时候，他因为剧烈咳嗽，多少次将嘴里的饭喷到了我的脸上，但他硬是没把病传染给我。我就想啊，真的是个奇迹，不但我没有被感染，与他同房的其他病友也没有被感染，他深爱的女儿，他的亲戚朋友，都没有，一个也没有，你说这到底是咋回事儿？”

事实上，2月8日之前，深圳已经收治了六位“非典”病人（那时还没有疑似和确诊之说），其中绝大部分病人在救治过程中并没有受到特别的隔离，但没有医护人员被感染。

以往，这样的首批感染者带来的多是灾难性的暴发性感染，为什么深圳是个例外呢？

这正是需要我们查找探究的事情，也许能从流行病学方面找它的根据。但在科学做出充分解释之前，我们宁愿相信，冥冥之中，也许上帝真的给予了这座传奇之城更多关爱。

今天回顾当时的情景，我们发现当时采取的一些隔离通风措施，也许是有效的。

在抢救李姓患者期间，深圳市第一人民医院周汉新院长和呼吸科专家陈升汶副院长，在听取了呼吸科主任和主管医生关于这个病人表现出来的呼吸衰竭、上了呼吸机很长时间但血氧饱和度都上不来的奇怪病情后，立即想到当时在广州和周边城市都出现的“不明原因肺炎”疫情，呼吸科的陈升汶副院长凭着多年的临床经验和职业敏感，意识到患者可能具有传染性，当即提醒重症监护室和呼吸科的医护人员做好防感染的措施，保持室内通风，并要求注意采样及有关病理分析，尽快找出病因。

无论从哪个角度来看，2月8日前后几天里发生的一切，对于深圳抗击“非典”全局来说都是关键性的。虽然静卧在档案柜里的会议记录已经不可能为我们重现当时那种紧张的气氛了，但从字里行间所弥漫出来的“硝烟”，使我们仿佛仍然听到当时与“非典”搏斗的厮杀声。

2月8日是春节后上班的第一天，深圳市疾控中心分管疫情报告工作的副主任张顺祈，凭其专业权威启动了深圳市疫情主动搜索系统。经向各区、各大医院搜索，发现六例可疑“非典”病例。

市疾控中心主任庄志雄立即召开紧急会议，决定马上组成流行病学科、微生物检验科和消杀科联合调查小组，迅即展开调查，并火速将调查结果报告市卫生局。遍布全市八十个医疗单位联网的疾病预防控制监测系统当即启动。

深圳市卫生局局长周俊安，接到报告后连续召集有关部门，开了一系列的紧急会议，仔细分析广东省的疫情，并对“不明原因肺炎”做出初步判断：一、病原应是病毒；二、病毒是出现变异的病毒或是新病毒；三、传播途径为近距离接触；四、由于病毒变异，人体缺乏免疫力，再加上近距离接触传播，因此，医务人员被感染机会大；五、病因不明，有失控的可能，极易造成严重影响。

在这种认识的基础上，周俊安提出了“更新观念、开拓思路、打破常规、防治并重”的原则，沉着应对，迅速拿出指导性方案，研究和部署预防控制措施，并及时将情况上报了市委、市政府。

当时，我正因一项工作和周俊安局长商谈。我问周局长，这到底是一种什么病？周局长说，我看还是一种病毒。他还建议我服一些抗病毒的药。

深圳市委、市政府接到报告以后，第二天即成立了由副市长梁道行任组长的深圳市非典型肺炎协调小组，下设医疗救护专家指导小组、病原学检测技术小组、流行病学调查技术指导小组、消杀技术指导小组等五个协调工作机构，深圳市抗击“非典”战役拉开了序幕。

自发现第一例病人，市卫生系统即建立了疫情快速上报制度，所有的医疗单位实行一日三报制度，严禁瞒报、缓报、漏报。政府及时掌握疫情动态，有了科学决策的依据。

广东省委副书记、深圳市委书记黄丽满等领导做出指示，要求全市各级卫生行政部门和医疗卫生单位全力以赴，组织调集最好的卫生技术力量进行救治，查清病因和病源，确保不让病情继续扩散。市委、市政府根据卫生部门所做的初步病原学预测，制定了救治和预防工作并重的方针：

一、集中收治病人，有效隔离病人。将东湖医院作为唯一的隔离治疗定点医院，按确诊病例、疑似病例和医学观察三种情况分类治疗管理。

二、集中全市专家制定确诊、治疗和康复的标准，并保证严格执行。

三、发挥各基层卫生组织的作用，做到及早发现可疑病例，全面控制与患者近距离接触人员。

四、在全市范围内普及预防知识，采取中西医结合的防治措施，尽最大努力、最大限度将新发病例控制在最低程度。

针对社会上因各种传言引起的抢购食品、药物的风潮，市委、市政府迅速做出反应。在2月10日当即组织医学专家通过媒体进行科学解释，开通热线接受市民咨询。与此同时，市经贸局等部门积极组织药品货源，工商局、物价局、药监局等部门及时出动制止哄抬物价的行为。在政府的有序指引下，市民情绪回复理性，市场货源充足，物价平稳，社会稳定。

很快，学校预防“非典”协调领导小组也成立了，教育部门向学校发出了十二条指引，规定学校必须做到时时通风，天天消毒。

交通部门也建立了每日疫情报告制度，严防“非典”通过交通工具传播扩散。

4月，市委、市政府又成立了以黄丽满书记任组长，各区及市直各有关部门一把手亲自参加的深圳市防治非典型肺炎工作领导小组，形成了一把手亲自抓，分管领导具体抓，市、区、镇（街道）、村（居委会）及各部门层层落实的防治工作机制。市委、市政府的态度十分坚决，明确提出，对因预防工作不力、措施不到位而造成疫情扩散、问题严重的，追究主要领导的责任。

正在这时，张德江书记再次来到深圳调研，他先后去了深圳市园岭社区健康服务中心、园岭小学、北京大学深圳医院、康佳集团、市卫生监督所和市疾病预防控制中心。

经过几次调研，并听取了关于深圳市近期“非典”防治工作的情况汇报后，张德江发表了自己的看法。

张德江说，在这场抗击“非典”的斗争中，深圳始终拼杀在最前线。深圳口岸多，流动人口多，客观上控制疫情的难度很大；但从实际情况来看，可以说，深圳有效地控制了疫情的蔓延和发展，取得了抗击“非典”斗争的明显成果，在治疗、预防、科研方面都取得显著成绩，积累了很多宝贵的经验，应当充分肯定、认真总结。深圳的卫生医疗战线是有战斗力的，广大卫生医务人员是一支过硬的队伍。他希望深圳一定要继续做好工作，再接再厉，毫不松懈，巩固成果，防止反弹，夺取最后胜利。

从深圳回到广州，张德江书记又到广州社区调研。他把广州和深圳两个城市的疫情进行分析比较：深圳的人口是广州的三分之二，可广州的“非典”病例是深圳的近二十倍，4 月份以来的新发病例绝大部分在广州。这里面当然有很多客观上的原因，但其中有一点是应该引起足够重视的，那就是深圳是一座新城市，而广州是一座老城市，特别是老城区，人口稠密，城市基础设施和卫生状况差。

张德江书记的调研和分析，使我想起在人类与瘟疫作斗争的历史上，著名的“伦敦水井”的故事。

19 世纪 30 年代至 50 年代，英国连续爆发了四次大霍乱，伦教的一位年轻的医生约翰 · 斯诺锲而不舍地追寻病源，他到伦敦死亡登记中心，要来了所有因患霍乱而死亡的患者详细地址，然后在一张伦敦地图上，把每个死者的家用一个小黑点标上。接着他整天整天地盯着这张地图发呆，突然发现一个现象，所有的小黑点构成了一个中心，这个中心就在伦敦市的布罗德大街和牛津大街的交汇处。他来到这两条街的交汇处，发现这里有一口水井，人们在这口水井里打水吃。他高度怀疑这口水井被污染了，成了霍乱的传染源。于是，他建议市政当局把这口水井封起来，结果伦敦霍乱就渐渐地消退了。

后来，“伦敦水井”成为寻找传染源的一个经典个案，因而流传后世。

经过几天的调研，张德江书记召开省委常委会会议，分析疫情，决定以广州为主战场，发起防治“非典”攻坚战；提出的口号是“为人民健康而战，切断‘非典’传染途径”；措施是开展全民爱国卫生运动；决定由省委副书记任组长，到广州督战。广州市委书记林树森对全市进行了总动员，全民动手，大搞卫生。

于是，张德江和省、市领导穿着大胶靴，扛着大扫把，带领着机关干部走上街头，参加全民爱国卫生运动。

也许是巧合，经过几次卫生大扫除后，广州出现了零病例。

在深圳市防治“非典”的亮点中，收治“非典”病人的定点医院——东湖医院是最耀眼的亮点。

深圳市东湖医院和广州市第八人民医院一样，是市属传染病专科医院，于1985年建成开院。东湖医院有床位两百张，正式职工二百三十六人，他们创造了一个奇迹，即没有一例“非典”病人在东湖医院死亡，没有一位医护人员被感染。

2月8日一早，东湖医院的职工们开始新年后的第一天上班，按照广东人的习惯，新年的第一天老板要给职工发“开门利市”，即老板会到一线看望每一位员工，然后要给每一位员工一个红包，钱不多，只表示一个祝愿。东湖医院也有这个传统，可是这一天，大家上班很久了，却没有见到院长周伯平的影子。有小护士调皮地说，院长躲在哪儿了，不给我们发“利市”？

此时，院长周伯平正在市卫生局开紧急会议。

上午十点，办公室主任江福生接到周伯平从会议上打来的电话，要他马上通知医院临床科室主任及中层干部，下午要召开一个紧急会议。周伯平还在电话里特别强调，任何人不得请假。

以周伯平为院长的院领导班子，在突如其来的疫情面前没有手忙脚乱。他们以治疗传染性疾病的丰富经验，在东湖医院推出了军事化管理的应急措施：

一、严格消毒和隔离；二、医务人员坚持服用预防药物；三、每天对医务人员进行健康检查，适当缩短一线医务人员上班时间，保证充足的睡眠，提高他们抵御疾病的免疫力。

东湖医院对每一例已发现的病例，由专人为之建立数据详尽的“非典型肺炎病例个案调查表”。由疾病防控部门根据该表中的信息，在一日内即派专人上门对患者家庭，和患者接触的家人、朋友进行消毒、检查。

深圳市中医院则专门组成专家小组，结合气候变化、发病情况以及现代药理研究，拟定了“防感汤1号”“防感汤2号”“防感汤3号”系列处方，并且将它熬制成汤药装袋，向社会推介，收到了良好效果。

市卫生局为了保护好“非典”防治一线的医务人员，根据市委、市政府领导指示，在市属四家大医院和六个区属医院组织了十支医疗递补队，轮换东湖医院一线的医务人员。

我这里特别想说一说，东湖医院是如何处理医院每天产生的大量“非典”垃圾的。因为处理这些“非典”垃圾的过程，不但牵涉到本院人员的防感染问题，还牵涉到垃圾在运输过程中对别人的感染问题，所以深圳市有关方面和东湖医院对此都特别重视。从医疗垃圾的处理过程，我们也看到“零感染”背后的细心之处。

我曾跟踪观察过一次，看看东湖医院是怎样处理医疗垃圾的。首先是预处理，即将针头变形，将输液管剪断，以免别人会捡去再用（这里主要是防止拾荒者和那些注射吸毒的瘾君子，由于他们有时弄不到注射器，毒瘾发作的时候会捡医院里丢弃的注射器）。然后是再包装。从病区里运出的医疗垃圾，虽然都由两层塑料袋包着，但仍然要经过一次再包装，东湖医院的清洁人员把包装好的垃圾先送到医院专用的环保屋，再由专职人员小心将垃圾打包封闭，以防在运输途中散落。然后放进专用的垃圾桶里，在运送垃圾之前，身着全副防护服的工作人员先要检查垃圾桶密封质量，确认无误后，才能装上由环保局派来的专车。封车起运前，还要喷洒消毒剂。专用的医疗垃圾清运车车厢要密封、上锁。这一切都办好后，环保局派来的医疗垃圾密封车才将医疗垃圾运往专门的焚烧处。深圳市危险垃圾处理站处理垃圾的工作人员一共有十一名。处理站除了为他们专门定制了防护装备，包括一次性的口罩和橡胶手套外，还在工作人员每天下班后将防护装备放在消毒液中浸泡三十分钟，再用专用的洗衣机清洗烘干。这些严密的防感染措施，在抗击“非典”期间，使得十一名专门处理“非典”医疗垃圾的队员，没有一个被感染。

仅从医疗垃圾收集处理，我们就知道“零感染”的成绩，是经过许许多多精细的过程才取得的。

4 月 17 日，深圳市卫生局局长周俊安和深圳市第一人民医院院长周汉新出现在中央电视台晚间《新闻联播》节目中，周俊安面对镜头，不无自豪地介绍了深圳市在抗击“非典”中无一例医护人员感染的经验，还简短地介绍了总结出来的具体做法：通风、洗手、消杀、锻炼。这防止“非典”感染的八字诀在全国不胫而走。

4 月 28 日，深圳的“非典”疫情已经在逐步缓解，一位已经被确诊患上“非典”的女病人郑小姐被家人送到了东湖医院。她高烧不退，病情很重。最让人焦心的是，她已经怀了三个月的身孕，接诊的医生都紧张起来。

收治了一位孕妇，抢救她就是抢救两条生命，医务人员感到了更大的责任，立即向有关方面做了汇报。郑小姐是深圳的第一位“非典”孕妇，立即引起市有关部门和市卫生局的高度重视，并指示一定要做好救治工作，不仅要保住母亲，还要尽可能保住孕妇腹中的胎儿。

郑小姐早已康复出院，听说她在北京工作。现在郑小姐恐怕又回到北京去上班了。我多方打听也没有找到郑小姐的联系电话，正在我感到遗憾之时，有人告诉我，深圳市文联的女作家燕子曾经采访过郑小姐。燕子是我熟识的作家，因为她也采访过我，我对她抓住人物瞬间的感觉，准确地把它描述出来的能力很欣赏。因此，一个念头在我脑子里一闪而过，我何不“曲线”采访一下燕子，从而了解郑小姐救治的情况。

由于记在我通信录中的燕子的家庭电话已经停机了，虽同在一个城市，我竟也费了一番功夫才找到她家的电话。

2003 年 12 月 20 日上午，我在电话里与燕子整整交谈了一个小时。

燕子对我说，她不但采访过郑小姐，而且是在郑小姐还没有出院的时候，进入“非典”隔离病房里采访她的，因此对郑小姐的印象很深刻。燕子毕竟是作家，她很会说故事，叙述中带有很强的感情色彩，听起来如同身入其境。

燕子首先谈了她第一次进入东湖医院“非典”隔离病区的情景：“那一天我经过批准进入东湖医院采访。去隔离病区前，我到院办去找江主任联系，江主任在劝阻不了我的情况下，就给隔离病区的护士长打了一个电话。我听见护士长在电话里说，来吧，你放心，我们把她‘打包’送进去。我一听，心里就‘咯噔’跳了一下，只有死人才打包呀，总觉得这句话不吉利。本来来东湖医院前，就受到家人的反对，特别是儿子反对的声音最强烈。现在对这句话，特别的敏感。

“‘非典’隔离病区的护士长领着我进入隔离病区，然后和另一位年轻护士帮我‘打包’，就是穿隔离服。先穿一件医生工作服，外面再套一件轻薄但不透风的天蓝色一次性防护服。脚底套上常见的塑料薄膜鞋套，是双层的。接着再戴口罩，先是一层手术用口罩，把鼻翼两边透风的地方按紧，然后再加一只厚厚的白色夹棉口罩。最后，再戴上一次性手套。尽管已经包得这样严密，我仍然心里没有底地问陪同我的护士长：‘这样行吗？’护士长说：‘行了。’”

燕子继续说：“我仍然不放心，因为看着自己，怎么也不像从报纸上看到的进入‘非典’隔离病区的医务人员，他们都至少穿两层厚重的隔离服，戴两个十六层口罩，还有护目镜、帽子，整个儿像一个太空人。”

我非常理解燕子当时的心情，因为我也有这样的体会，所有参加采访“非典”医护人员或病患的记者和作家，作为亲身体验，当时都想进入那神秘的充满危险的隔离病区。可真正走到隔离病区门口的时候，虽然每一个人事前都做好了心理准备，但在危险面前总是下意识地对一切都不太放心，当然最不放心的就是对自己的防护措施做得够不够。我在广州市一家医院进入隔离病区时，尽管当时护士长不让我进到病房里边，陪同我的广东作家协会的小严，也非常严肃地对我说，作协党组为了绝对保证参与采访“非典”医护人员或病患的作家的安全，曾定出一条纪律，参与采访的作家不得进入“非典”隔离病区。但我仍然坚持进入了隔离病区，当时的心情也和燕子差不多，首先就觉得隔离病区特别静，护士在操作室里放医疗器械的声音显得特别的响，而医务人员由于穿了隔离服和隔离鞋，走路反而没有了声音，再加上他们都穿着一种颜色的隔离服，所有的人进出都仿佛飘来飘去。大家都戴着口罩，而且是至少两层，隔着口罩讲话的时候，那声音也仿佛在云里雾里。这时，人就有一种感觉，这一切是不是真实的？

我在江门市人民医院采访呼吸科主任时，当时虽然是在院会议室里，可呼吸科主任却刚刚从隔离病区出来，穿着一身隔离服没有换，就和我隔着桌子而坐。当时，他采取的唯一防护措施就是始终戴着口罩，再就是和我相隔大约一米而坐。而我没有戴口罩，虽然包里就放有口罩，但当时在他进来前，我采访其他人时没有戴口罩，也就不好再戴了。后来我在采访中，尽管这位呼吸科主任有些地方讲得很精彩，比如他的妻子好像刚生产不久，为了防止妻子和孩子感染，就让妻子带着孩子回到丈母娘家去住，自己一个人住在家里，可妻子总惦记着丈夫，给他煲汤。煲好汤后，妻子亲自送给他。但为了防止感染妻子，他让妻子把汤放在楼下院子的石凳上，然后让妻子离得远远的，自己再去取，取完后就坐在石凳上喝给妻子看。这种情景是很感人的，可是我在听的时候总分神。有时候耳朵里没有了他的声音，只是眼睛盯着隔着口罩而动的嘴巴。我那时的分神和燕子进入隔离病区的总不放心，心情是一样的。

燕子继续对我说：“我仍不放心，看看陪同自己的护士，穿得和自己一样，就追问她们，你们平时工作就这样防护的吗？”

护士说：“是呀，就是这样。”

说着，护士又笑了笑。燕子就脸红了，因为她知道护士看出了她内心的紧张。

燕子说：“今天我无论如何也想不起这位有着一双大眼睛的护士，因为当时她也戴着大口罩。戴口罩的护士，在我的感觉里都差不多。当时，我为了想记住她，特意多看了几眼她挂在胸前的工作牌，但最后我从隔离病区出来，就怎么也想不起她的名字了。她们的容貌、发型全都覆盖在帽子和口罩里，她们的身姿也全都裹在一模一样的防护服中。我现在能想起的，就是她那双明灯似的眼睛。”

就是这双大眼睛，引领着燕子进了“非典”隔离病区。

燕子说：“当我第一次近距离地看到‘非典’病人时，心里竟然‘咚’地响了一下。这些人怎么看也不像我印象中的‘非典’病人，除了有一个上了呼吸机外，其他的人都神情安详，在各自的病房里，有人在看书，有人正在用手机与外界通话，还有人甚至坐在靠外墙的环廊阳台上，迎着微风，眯眼瞅着外面的天空发呆。

“他们也瞅瞅我，可能把我当作了医生或护士——因为我包在严密的防护服里。

“他们的神态毫无迷惘，也毫无胆怯，而且令我迷惑不解的是，他们整个儿挺轻松的，完全改变了我对‘非典’病房已有的主观印象。我就是在这个时候，看到了郑小姐……”

燕子看到郑小姐时，当时她坐在床上，没有戴口罩，这是当时隔离病区里的少数几个没有戴口罩的病人之一。正因为她没有戴口罩，燕子看见她除了脸色有点苍白，看上去已经是个健康人了。唇色红润，脸庞饱满，讲话中气挺足，不气喘，不咳嗽。燕子发现这个姑娘太年轻，虽然脸色苍白，但仔细一看还是一个漂亮的姑娘。于是燕子走进了郑小姐的病房。郑小姐的病房里有两张病床，但当时只有郑小姐一人。郑小姐一开始可能把包得和医生护士一样的燕子当作医护人员了，燕子就在郑小姐的对面床边坐了下来，做了自我介绍。郑小姐显得神情很平静。燕子关心地问了问她的病情，她告诉燕子只是体温还是不时有点上升，其他一切都很正常了。

也许是防护服太厚，更可能是紧张，因为燕子告诉我那天好像不太热，另外病房里开着空调，可燕子一坐下来，就感到汗在背脊上小蛇一般蜿蜒而下。用燕子形象的话来说：“这汗仿佛一直流到脚跟下。”

对于郑小姐来说，这一个多月的经历仿佛是一场噩梦。

郑小姐很平静地向燕子叙述了她是怎么成为“非典”病人的，也许是在隔离病房里呆得太久，郑小姐需要倾诉，所以说得很细致。也许是经过一场生与死的体验，郑小姐对人生有了更多的感悟。

郑小姐是在 4 月 20 日从北京乘飞机到深圳看望父母的。

恰逢周末，一家人在莲花山痛快地玩了一整天，晚上回到家里，郑小姐就觉得自己感冒了。由于怀孕，不敢乱服药，只吃了几片维 C 银翘片便早早睡了。

第二天一早醒来，感冒加重了，又是咳嗽，又是低烧，没过两天又开始发高烧。爸爸妈妈赶紧把她送到了北京大学深圳医院就诊。

郑小姐打电话回北京公司请病假的时候，得到一个消息，和她一个办公室里的两位同事，一位被证实得了“非典”，另一位也有发烧、咳嗽症状，正在隔离观察。

郑小姐心里升起一股不祥之感：我可能也撞上“非典”了。

4月28日，郑小姐到深圳收治“非典”病人的定点医院东湖医院就诊。经过多项检查，证实她真的患了“非典”。

住院后的几天，她的病情逐渐加重。肺部阴影面积越来越大，血氧饱和度不断下降，呼吸困难，喉咙里不断发出“吼吼”的声音。

燕子对郑小姐叙述的这一段记忆犹新，也许对她的打动最深。

郑小姐说：“大约是在5月2日，我失去了对外界的意识。但我没有失去感觉，只觉得自己像坠入一片好黑好黑好黑的浮云之中，无边无际，我就那样飘呀浮啊，找不到出路。迷糊中，我感到妈妈的手一直抚在我的额头上，不停地叫着我，我想答应她，但我说不出话。这时，只感觉到妈妈不断给我拨开迷雾，引领着我往外走……而现实中的此时此刻，我妈妈在接到医院打出的病危通知电话后，正在被隔离的宾馆里，一直不停地叫着我的名字，一天一夜没有停……”

说到这里，在整个交谈中都显得很平静的郑小姐，眼中泛起了泪光。她接着说：“后来我脱离危险后，妈妈在电话里对我讲，这是母女连心啊！真的，我当时真真切切地听到妈妈在叫。”

郑小姐低下头想了想，又抬头说：“我这次没有走，也许就是妈妈把我呼唤回来了。”

在电话里燕子告诉我：“我相信，那只幻觉中搁在郑小姐额头上的手，是一颗母亲的心。”

这句话说得非常感性。

四天后，郑小姐终于睁开了眼睛。她听到的第一句话，就是身边有人对她说：生日快乐！她想，哦，原来今天是5月6日，我二十八岁了。她看到一束鲜花送到了自己的面前，虽然隔着氧气罩，但她似乎闻到了花的清香，透过那浓重的消毒水味，直接进入了她的脑海，那种感觉是那样的清晰和珍贵。她知道自己真的活过来了，也知道站在床前的不是家人，也不是朋友，因为这是隔离病区，他们都不可能进来，那穿着厚厚的隔离服，戴着大大的口罩的是看不见容貌的医生护士们！是把自己从死亡关口硬抢回来的白衣天使！

那时，郑小姐因为还不能说话，为了表达自己的感激之情，她双手合十，深深地向救命恩人致谢，也向家人致谢。因为今天的生日，肯定也是家人提醒的。

燕子问她：“你知道医生护士是怎样救你的吗？”

郑小姐笑笑说：“我知道他们为我所付出的一切。我深深感激他们！”为了加强自己的语气，郑小姐又重复了一遍，“除了感激，还是感激！”

她的眼里又漾起了泪光。

郑小姐出现呼吸窘迫综合征和严重呼吸衰竭的危急情况的同时，还伴随着另一个极度凶险的情况：由于孕妇缺氧，极易使胎儿因缺氧而死亡，而死在孕妇腹中的胎儿极易引起母体发生弥漫性血管内凝血。如果这样，郑小姐就真正是命悬一线了。

调整吸氧模式，采用无创呼吸机，所有已知的有效手段都动用了，可效果并不明显。

医生护士们面对着陷入昏迷的郑小姐，心急如焚。因为昏迷的时间越久，康复的可能性就越小，胎儿也就越危险。

这也是这次抗击“非典”的一种特殊情况。其他的一些疾病，在病人病危的时候，一般都会有家人在身边。可是，由于“非典”是烈性传染病，家人不能进入隔离病区，而危重病人也是传染性最强的时候，所以，一般情况下，垂危的“非典”病人身边都没有家人。

这就需要医院对病人进行二十四小时特别护理。对郑小姐“特护”的有东湖医院一病区的护士，也有来自北大深圳医院的护士“支援队”。她们当中有人很年轻，自然有人害怕，因为郑小姐属于危重病人，而大家都知道危重病人传染性最强，而对一个失去知觉的危重病人的护理，更是需要近距离接触的，包括吸痰，调试呼吸机，给病人换失禁的床单，帮病人擦身，等等，甚至遇上女病人来了例假，你还要帮她换卫生用品。护士这个“白衣天使”真是不好当。可是，她们之中的任何一个人在危险面前都没有退缩。

通过种种救治办法，仍然没效，郑小姐的病情继续恶化，血氧饱和度和血压仍在下降，心律不齐，离气管插管只有一步之遥了！

我在这次采访中得知，气管插管一般不到万不得已抢救病人性命的地步，医生都不会轻易采用。

皮质激素、抗病毒药都未能阻止病毒的肆虐，还有什么办法可以把病人从死亡线上拉回来呢？

对危重“非典”病人，北京用康复的“非典”病人的血清治疗，已有成功的病例，最广为人知的就是老军医姜素椿的例子。

在5月4日对郑小姐的专家会诊中，经过冷静的分析之后，周伯平教授提出，是否可以考虑用康复者的血清进行综合治疗。

面对着一个随时都有生命危险的病人，只要有一丝希望，医生都不会放弃。专家组组长陈升汶和其他成员都同意周教授的意见。

用康复“非典”病人的血清治疗，是因为康复的病人的血液中含有“非典”抗体。抗体，就是人的免疫系统产生的一种专门对付外来感染原，保护人体的蛋白质。既然它和细胞的一部分成分一样，都是蛋白质，那么它又怎么可以杀死细菌和病毒呢？

人体的免疫系统，就如同一个国家的军事防御系统一样，它是抵御外来病菌、保护人体健康的重要防线。

这种防御系统，就是物种在亿万年的进化中，为了生存而产生的自我保护机制。医学上把这种防御方式称为“非特异性免疫反应”，它所攻击的对象是所有的外来入侵者和内部叛徒。

可这种方式并不仅仅存在于人类，它广泛地存在于无脊椎动物之中，而且是它们唯一的防御方式。

人，作为高级动物，还有一个重要的防御方式，我形象地把它称为“高级防御方式”，医学上称为“特异性免疫”。

我们都知道，人体内有一种细胞叫淋巴细胞。淋巴细胞广泛存在于人的血管和淋巴管中。淋巴细胞又可分为两类：B 细胞和 T 细胞。B 细胞就是专门产生抗体的。

但是，人体的免疫系统对付病毒要麻烦一些，为什么？因为病毒没有一个完整的细胞膜，只是一小段核酸。它一旦躲进了人体内的细胞里，抗体就奈何不了它。

我们已经知道，细菌的出现远远早于人类，我想病毒的出现也不会比人类出现得晚，也就是说，人类在进化中，也早已产生了对付病毒的功能。

这种对付病毒的细胞就是 T 细胞。

T 细胞也分为两类：一类叫杀伤性 T 细胞，也称 T8 细胞；一类叫辅助性 T 细胞，也称 T4 细胞。杀伤性 T 细胞有点像公安部队，一般它不管外来入侵者，因为它不能识别入侵的细菌和病毒。可是，杀伤性 T 细胞有一个特别能干的功能，就是它能识别已经遭受病毒感染的细胞，即已有病毒钻进去的细胞，并且攻击它，使遭受病毒感染的细胞和病毒同归于尽。

辅助性 T 细胞不参加战斗，但它是人体免疫系统的“调度”，一旦有入侵者，它特有的分泌物能激活其他免疫细胞去投入战斗。它还有一个功能，战斗胜利结束时，也是由它分泌一种物质，发出停止作战的命令。如果人体的细胞一直无休止地战斗下去，其结果恐怕会要了人自身的性命。

我们看到人体内的免疫系统如此精密强大，但我们千万不要产生错误的认识，以为只要人的免疫力强，就可以万事大吉了。因为，自然界的细菌和病毒，为了自身的生存，也在适应变异，尤其是病毒，它要生存和繁殖，就必须要钻到别的细胞里去，因此，它们在生存中也不断地在变异。

虽然这种变异对整体的病菌和病毒而言，绝对值是很小的。可自然界中存在着近百万种微生物，有些种类不到一小时便可以繁殖。这意味着近百万个的细菌进入人体后将迅速产生两百万个第二代，以及四百万个第三代和八百万个第四代，如此之快的增殖速度，不可避免地使一些后代与其“父母”并不完全一样，这就是我们所说的变异。虽然它们在整个菌群中只占很小很小的一部分，但由于其基数太大，这样的变种仍然会大量存在。法国著名的病毒学家贾斯科·莫诺德曾经这样解释，在几毫升的水中可以产生几十亿个细菌。在那样多的细菌中，每种可能会有十个、百个或千个细菌发生变异，那就会有十万或一百万种细菌发生变异。在如此巨大的群体中，变异绝对不是例外，而是规律。在有些情况下，细菌会获得抗性，抵抗任何杀灭它们的抗生素，这就会产生一种“超级病毒”。

这种“超级病毒”，已经在一些西方医院里被发现。这就是医学家们最担心的“瘟疫复活”的一种致病原，因为这种获得抗性的“超级病毒”，抗生素对它无可奈何，也就是说，如果人被这种“超级病毒”所感染，将无药可治。

因变异而产生的新病毒，人体的免疫系统仍能对付它，只是要重新识别它一次。这就是为什么人在一生中总会反复感冒。因为每一次感冒，虽然都是感冒病毒入侵，但它已经变异了。还有最令人担忧的一点，有的病毒在变异中，产生了攻击人体辅助性 T 细胞的能力，让人体免疫系统丧失了“调度”的能力，从而使整个免疫系统“瘫痪”，这就是艾滋病病毒。它正是通过摧毁辅助性 T 细胞从而使人体受到毁灭性打击。

所以说，艾滋病才是本世纪最大的瘟疫。所以我以沉重的笔调写到，人类战胜瘟疫的前景并不乐观。

用康复“非典”病人的血清来救郑小姐，是因为康复者血清中带有大量专门对付“非典”病毒的抗体，把它注射到郑小姐身上，就如同派来增援部队，加强了她自身的抗体的力量，更有效地对付复制得太多太快的病毒。

决定用康复病人的血清治疗郑小姐后，并不一帆风顺，医学的道路上还有好多我们常人并不了解的知识。用血清，首先就要找到和郑小姐相匹配的血型。这一点并不是很容易，因为深圳市总共只有几十个“非典”病人，有些仍在住院期间，有的出于年龄等原因并不一定能抽血，有的能抽血但不一定血型符合。

就算是找到了与郑小姐血型相配的人，他们的身体状况行不行？还有他们刚刚大病一场，身体一定很虚弱，现在愿意抽血献给别人吗？

一切都是未知数。寻找“未知数”的时间简直要用分钟来计算了。

郑小姐是A型血，东湖医院迅速查找已经康复的病人的血型，很快查到一位三十四岁的张先生也是A型血。

医院紧急联络张先生，张先生得知原因后，二话没说，迅即赶往深圳市血液中心，一下子捐出了五百毫升血浆。

曾为“非典”患者，张先生饱受折磨，非常了解病人的痛苦和情势的紧急。作为“非典”康复者，张先生最大的心愿就是能够以自己的力量回报社会，帮助人类早日战胜“非典”。

他说：“如果捐血能救人性命，这将是我最大的快乐！”

深圳市血液中心一路绿灯，为了救人，尽管已是下班时间，但参与采血、质控、检测一系列工作的十多名工作人员全部坚守岗位。午夜，合格的血清出库了，党支部书记周一炎亲自飞车将血清送到东湖医院。医护人员立即在专家的指导下，为昏迷中的郑小姐输入经过处理的血清。

夜更深了，医护人员目不转睛地注视着监护仪上各项生命体征的参数，随时准备应对突发情况。甚至连麻醉科的医生也守在旁边，做好了气管插管的准备，一旦出现不测，立即插管抢救。

5月5日清晨五点，病历记录上清楚地记下了这个时间，郑小姐的血氧饱和度缓缓地上来了，心率稳定了，康复病人张先生血液中的抗体，对郑小姐体内的病毒起到了中和与抑制的作用。

眼睛充满血丝的医护人员会心相视，流露出欢欣，这一步走对了。接下来的一天一夜，是最关键的时刻，任何一点细小的变化没有及时处理都可能导致前功尽弃。任何细致的描述都比不上结果——结果是，一只脚已经踏进鬼门关的郑小姐终于被抢救回来了。就在她醒过来的那天，一位护士为她拨通了妈妈的电话，并把话机移到她的床头，将话筒递到她的耳边，当郑小姐听到妈妈关切的声音时，自发病以来一直没有掉过眼泪的她再也抑制不住了，虽然由于仍然戴着氧气面罩哭不出声，但泪水像断了线的珍珠，一串一串地顺着面颊而下。

郑小姐康复后最想做的一件事，就是献血，献给需要康复病人血清救命的病人。

经过生与死的考验，人的精神应该会有一个升华。

6月10日，深圳市最后一位“非典”患者康复，走出东湖医院。从1月26日收治第一位“非典”患者至今，这座有着五百万常住人口、两百多万流动人口的城市，累计发现“非典”病例五十三例，死亡一例，除四例转院，其他全部治愈。

深圳的“非典”疫情有三个特点：一、病例为散发性，没有出现群发现象和集体发病高峰；二、治愈率高，病死率低；三、无一例医务人员感染发病。

对于最后这一点，有人认为是深圳的幸运，因为在深圳发现的五十三例“非典”病例中，没有出现“超级传播者”，即“毒王”。

如何产生“毒王”，这仍然是一个未解之谜。检索一下这次全世界发生的“非典”疫情，我们就会发现，哪一个地方出现“超级传播者”，哪个地方就会受到重创。

从这一点上来说，如果我们能找到检验出“超级传播者”的方法，那么我们今后对“非典”疫情的防控恐怕就会容易得多。

原载《瘟疫，人类的影子——“非典”溯源》，

人民文学出版社2003年版

旷野无人：一个抑郁症患者的精神档案

李兰妮

第 1 篇

认知日记

2003 年 6 月 6 日星期五上午 12 点 15 分

今天我列出了治疗抑郁症的日程表，并开始记日记。我相信这对我的康复有帮助。

英国、德国心理学家的著作都认为，记日记能帮助患者清理思绪，将负面思维方式扭转为正面的、积极的思维方式。

美国一位牧师、教育家、作家在书中引用《圣经》："我借着那加给我力量的，凡事都能做。"他认为积极思考就是力量。

下午我要去精神卫生科、中医科看病。我已做了祷告，相信一切都会顺利的。我还写了提问备忘录，这样就不会紧张了。

今天以前，我很怕写日记治病。我怕想到"写"字，想想就很焦虑。我认为自己做不到。现在看来，就像《圣经》所说："软弱的，他加力量。"到目前为止，我对自己今天所做的比较满意。我要坚持下去。

第一天， 不要勉强写太多。写了就是胜利。

我要表扬李兰妮。加油。

随笔

这个夏天我晒得很黑。几乎每天中午十二点半我都出门晒太阳。每次四十五分钟左右。我把这当作抑郁症光照疗法。

以往多年，我极少晒太阳。我所看过的美容书刊都强调：避免衰老、美白护肤的要素是严防紫外线侵袭。有美人警告女人：要杜绝日晒；上午十点至下午四点切不可出门；一趟旅游晒黑，五年才能美白回来。

中国人喜欢一白遮百丑。当今都市人更是有意无意远离阳光，远离自然。这种状况不警惕，抑郁症的幽灵迟早要杀人。据世界卫生组织统计：目前全球抑郁症发病率是10.4%，即每十人中就有一人受影响。

抑郁症最可怕的负面后果就是自杀。

英国剑桥大学博士苏珊·阿尔德里奇指出：15%患严重抑郁症的人死于自杀。

患抑郁症是不分年龄的。德国心理学家乌尔苏拉·努贝尔举例：美国曾在全国范围内对八至十年级的学生进行调查，34%的人曾经考虑过自杀的问题。

在北欧、英国、纽约的所有成年人中，15%至30%的人曾在生活中患过一次重度抑郁症。

由于抑郁症的比例较高，亚洲的高自杀率令人痛心。中国的自杀人数占世界自杀人数的将近一半。

社会心理学家发出警告：我们现在正处于一场抑郁症传染期当中。

2002年12月23日以前，我不知道什么叫抑郁症，也从不关心这个词。

2002年的暮春，我和区区坐火车去井冈山，途中区区接了一个电话，表情非常吃惊。她告诉我：杨干华自杀了！

杨干华是广东著名作家，省作协副主席，平时人缘很好。据说他自杀前一天还在开党组会，讨论作协工作，没有任何异常言行。他走得很冷静，留下了百余字的遗言，声明他的离去跟任何人无关，并从容地交代了家事后事。

区区说：“我前不久还见过他，他说他有病，我随口说你能有什么病？他没往下说，我也就没当一回事。”

特快列车软卧下铺的朋友们在玩扑克牌，打“拖拉机”。

上铺的区区和我睁大眼睛互相呆看，在困惑、惋惜中我头皮发麻，汗毛直立，周围有阴冷的气息游动。

我说：“有病可以治啊，为什么要走这一步呢？！有病怕什么。我淋巴转移癌做了清扫术，还做了化疗，不是也挨过来了吗？”

2003年4月，我常会回忆起这句话。惭愧。熬过了癌症手术及化疗之后，我以为曾经沧海，却不知只是蹚过了一条小河。

从井冈山回到广州后，陆续听到人们谈论杨干华的离去。大家说不清楚他得的究竟叫什么病，传说那是一种跟忧郁有关的怪病。可他家里好好的，单位里上上下下都处得很好，啥事没有，怎么就忧郁到非走不可呢？人们叹息着无法理解。

2002年12月23日那天上午，我头一回从医生嘴里听到“抑郁症”这个词。医生诊台上立着一个医学博士的牌子。

这位李博士说：“我认为你有抑郁症。”

我有抑郁症？我怎么可能有抑郁症！我没什么可抑郁的。所有认识我的人都说我非常乐观。我这种人要是有抑郁症，那——全省人民大概都有这个病。

博士给我扫盲，解释着什么叫作抑郁症。

不想听。我只想他赶快给我开一些安眠药。走进北大深圳医院这间精神卫生科诊室很偶然。特诊部分诊台一个小嘴小脸的小护士说，医院最近有规定，开安眠药必须找精神卫生科的医生写处方。

真麻烦。我心想，如果要排队，就立刻走。

但是，冥冥中早就注定了，此时，没有一个人来看病，医生正拥有富足的时间和悬壶济世的好心情。

2005年9月26—28日

链接

精神卫生科专家门诊病历摘录

日期：2002年12月23日

主诉：睡眠不好。

现病史：自1996年开始，由于工作紧张，开始出现睡眠不好，难以入睡，梦多，睡眠浅，总感觉到整晚未睡等症状。同时心烦、担心、提心吊胆，经常疲乏无力，胸闷，心跳减慢，口干，手脚发凉，头晕头痛，恶心。1998年8、9月份间突发性出现胸闷，呼吸困难，全身发凉，送医院急救，查心电图大致正常。上述表现历时约半小时自愈。后动态心电图示正常。近一两年来入睡尚可，但临（凌）晨四时就醒转，醒后难以再入睡。梦多，有恶（噩）梦。否认心情不好，但承认焦虑心态。

补白

写“认知日记”时，我是一个抑郁症病人。

写“随笔”时我是一个文学作者。

“随笔”部分多是我的自况性散文，有些部分不曾与读者见过面，我想把它们当作背景资料，既是社会、时代、历史的个性化资料，又可间接地从中找出个体抑郁症形成的脉络。

在“链接”里，我尽可能地摘录一些对我的康复有过帮助的书籍段落，供特别有心的读者参考。“链接”里也有我患癌症、抑郁症诊疗时的病历、检验单摘录，目的是想告诉有病的人们：我们可以与病共存，生命和死亡之灵可以共舞。

“补白”想对“链接”部分加以补充。

第48篇

认知日记

2003年11月22日星期六上午10点40分

昨天上午电脑出问题，怎么摆弄都处于死机状态，越修越头痛，喉咙又肿了，恶心，胃疼，只好停止。

没想到我这么不中用，一点小问题就会引发身体不适，而且无法工作。

有些沮丧，有些彷徨，开始自责。后一想，要振作，要往宽处想。既然电脑有问题，那就休息嘛。

广东深秋的阳光难得如此绚烂而温柔。报上说冷空气要来，可能是前锋才到广州吧，只是有点凉，不至于寒得难受。

我到教工食堂从容吃午饭，买了一个塘鲺鱼煲仔饭，味道还算鲜，可惜太咸。

随笔

今年5月，我作为工作人员，参加了深圳第二届文博会。开幕式当天，深圳大剧院有晚会。晚会上，我第一次听到了深圳少年合唱团的歌声。

清一色的女孩子。看起来，小的八九岁，大的十二三岁，化了妆的小脸显得很有趣，现出与年龄不符的老成。

在清纯的歌声中，我在想：她们的父母是做什么工作的？她们的父母来深圳多少年了？她们是在深圳出生的孩子吗？她们的家庭和美吗？为了她们今天能在舞台上歌唱，她们的父母付出过高于常人的代价吧？她们了解自己是从哪里来的吗？她们感激自己的父母吗？她们为这座城市骄傲自豪吗？

深圳大剧院是深圳第一批文化建筑。它也是深圳文化的一个标志性建筑。我曾眼见它从无到有。我曾看过深圳第一届艺术节的彩旗在它门前飘扬，也曾见过它门可罗雀的寂寞，我还听说过要不要拆掉它另起商厦的议论。幸好，它被列入深圳特区文物保护建筑名单，经过承前继后的修整，它成为这座城市的文化见证。

我曾拒绝承认自己是一个深圳人。我曾逃避这座城市。我曾找不到写深圳的感觉。而这天，坐在深圳大剧院的音乐厅里，我清晰地感受到，我是一个深圳人。

不能自控地，我时而喜乐时而忧伤。

喜乐的是，我是第一代深圳市民、深圳青年，我正看着深圳第二代少年的笑脸，我看到了这座城市美好的未来。

时隔几年，当我胆战心惊地再到社保局打听医药费报销规定时，发现不知从什么时候起，那里改成开放式办公了。那个当铺似的窗口废除了。我可以坐在办事员对面咨询有关规定。我不知道别的病人感受如何，当我面对这样的改变这样的平等，由衷地欢喜。

如今我每次去社保局报销医药费，坐在凳子上安心等待时，都会感慨感激。我到市民中心西大厅办事处坐着等待办理有关手续时，心里也在想：我喜欢这样的城市。

而我忧伤的是：有多少人没有熬到这一天！有多少人曾对这座城市充满美好的梦想，但是，他们严重受挫，煎熬成伤，他们渴望尊严和爱，渴望理解和扶助，渴望在这个城市不遭白眼和轻蔑……他们没有坚持等下去，或者没有时间让他们等下去。他们带着冰冷受伤害的心离开深圳，他们会在噩梦中看见往日这座城市。还有更不幸的人，他们在病痛中、灾难中、抑郁中、疯狂中死于这座城市。在这座城市的土地下，有着多少被精神的巨磨碾碎的灵魂？在黑夜苍茫的天空里，有没有哭泣的幽灵在游荡？

2006 年 10 月 14 日

链接

《投奔深圳》摘录

1983年的初夏，我在省广播学校进修，学的是电台编辑业务。一天，我应邀去见深圳一家报社的头儿。此人正在广州招兵买马，他看过我写的小说，想聊聊，看我是不是一个合适人选。

那时候，深圳还没有热起来，深圳的发展前景尚有些模糊。这位头儿在演说：特区的窗口作用，“开荒牛”的奉献精神，报纸的版面设想……我很想找个机会插话，告诉他，我从来没有办过报。

“你能吃苦吗？”他突然话题一转。

我愣了一下，说：“能啊，吃苦是我的强项。”

“你想不想干一番事业？”他用审视的目光盯住我。

那还用问吗？二十多岁正是一个渴望燃烧的年龄，有事业可干无疑是最大的快乐。

这位头儿瘦黑的长脸上绽开了晴朗的笑纹，他伸出手来握握我的手说：“我希望你来主持文艺版，欢迎你成为深圳人。”

这么快就拍板了？我被这种深圳速度吓了一大跳。这报社算上我才八个人，平均年龄二十多岁。头儿说：“我们的美编、摄影记者都是自学成才的，其他人刚从新闻系毕业，没有一个人正式办过报。”我说：“哇——都不懂办报，还想三个月之内出周报，深圳人胆儿真大。”头儿很自豪，说：“深圳正流行一句话：想做就去做！”

没等结业，我提前离开了广播学校。

到达深圳火车站时，刚过正午。一下车就发现，深圳的太阳一个顶俩，一仰脸便晒黑一层皮，汗珠还没有冒出来，就被晒焦在毛孔里。街上看不到树，整个城市正在铺新路，盖新楼。我不由得想起“前人种树，后人乘凉”这句话，心里暗想：呀——这回竟捞了个前人当当。

报社的人一见我就说：“你真有福气，昨天我们还在住草房呢，今天刚刚搬进瓦房。”

其实，也福不到哪儿去。我一到报社就要跟着去偷电。

报社分到了两套房，一套做办公室，一套做集体宿舍。这片叫园岭的住宅区还没有盖完，两三个月之后才能通水通电。建筑工地上倒是有电，但是好说歹说，人家硬是不让“借光”。

只能动手偷电。这叫逼上梁山。革命不是请客吃饭，不是做文章，不能那样温良恭俭让。我们倾巢出动，偷偷摸摸去捡人家工地上扔的旧电线和黑胶布，把线一节一段接起来。然后反复侦察、分析人家线路的走向，找一个不显眼的地方下手，把电引了过来。

报社穷，启动资金没到位，除了一辆人货车、三部自行车、几张桌椅外，没别的财产。我们常去工地上捡点小破烂。捡竹竿晾衣服，捡木板钉板凳，捡破布扎拖把，工地上的人直把我们看作小股丐帮。有时候，我们会到工地伙房讨一壶开水喝。多数时候，我们喝的是生井水。

在另一个叫通心岭的住宅区，头儿与人合用一套暂住房。屋里几乎没有家具，但是浴室里有宝贵的自来水。每天晚饭后，报社全体人员在这里排排坐，等候洗澡，一边做当天的小结，一边敲着浴室的门起哄，扬言要破门而入。

洗完澡，散步走回报社。深圳夜晚的空气极新鲜，宝蓝色的天空像一块被海水刚洗过的美玉，沉静地发出温婉的光。深圳的昼与夜，就像一对配合默契的恩爱夫妻，昼越是急躁、狂放、热烈，夜越显得恬淡、含蓄、清幽。一路不见闲人，路边有小块的稻田和菜地，我们身上的香皂味在微甜的空气中飘散，月朦胧，路朦胧，有暗香浮动。

报纸要拿去付印。周报，对开，四版。文艺版刊头有一幅美丽的照片：小荷才露尖尖角。

我们的报纸要委托特区报印刷厂代印。出报那晚，我们守在排字车间里，调版补漏，校对打杂。那些工人是新手，我们也是新手，出活儿自然慢。

午夜时分，特区报的食堂里熬好了腊鸭粥。编辑室里，排字车间里，楼上楼下，人们伸着懒腰，夹起碗，一溜小跑去排队打饭。只有我们这支小部队按兵不动，装聋作哑，木着脸，眼观鼻，学老僧入定，我们没夜餐可吃。

腊鸭粥的香味从一楼一层层绵绵香到楼顶，香遍了每一个角落。鸭香味与米香味一混合，魅力势不可挡，搅得人五脏六腑无一处安宁。我们实在坐不稳了，几个人咽着口水嘀咕了一阵，不就是讨碗粥喝吗？有什么敢不敢的？就当穷人去吃大户嘛，不给就抢。走，喝粥去！

拖着饿得有点哆嗦的腿走到食堂门口，一见售饭窗前还有十几个人在排队，忙往墙根暗处溜。嘴里还硬：不忙，等等再说。直到人家在喊：“还有人要吃饭吗？没人就关窗了啊。”赶紧一个箭步蹿进食堂，手插在衣兜里，眼睛到处看，心虚呢。人家又在喊：“喂——你们几位是不是要吃饭？你们的夜餐票呢？”

软手软脚，爬进那辆人货车。肚子是扇磨，躺倒就不饿。打个盹吧，省得上楼眼巴巴看排字工喝腊鸭粥。

不知是谁的手指触到了车上的音响键，突然，迪斯科乐声汹涌而出，席卷寂暗，撼天震地，淹没了饥饿，淹没了软弱，淹没了沮丧和惆怅。很快，人心振奋，士气高昂，我们抢着跳下车，踩着强劲、奔放的迪斯科节奏手舞足蹈，大呼大笑。我们的第一张报纸就在迪斯科乐声中飘落在地，又像蝴蝶一样飞进我们的怀中。

午夜，星光点点，虚空澄蓝。快乐得想飞，年轻得想飞。很想就这样好好地活，美美地活。

投奔深圳，要的就是这样一种感觉。

1995年初春

补白

我1983年投奔深圳。头三年日子虽苦，一无所有，却“不会为昨天而痛苦，不会为明日而担忧，想做就去做”。

1985年至1987年，我在北京鲁迅文学院首届进修班读书。1987年元月拿着结业证书回到深圳，发现这个城市的人眼神不再清澈单纯。读书人商品意识提高，开始关注物质世界。朋友间清谈减少，“重农轻商”的传统观念遭遇地震，走仕途、当老板，成为深圳人的奋斗目标。流行语是“为达目的可以不择手段”“做大事者不拘小节”。记得我跟一个文人同事说到“做人要真诚”，他像看怪物般斜我一眼，笑道：“哈，真诚多少钱一斤？现在还有谁讲真诚？你在深圳压根别提这两个字。叫人笑话。”我被噎得无话可说。惶惶然，只敢在心里嘀咕：要是大家做人都不真诚，那不是很可怕？

深圳人心态不再单纯，人性的恶之花在这里张扬绽放。在北京天天读书听讲座，回到深圳真找不着北。社会的确在进步，工资从三十几块涨到了七十块。去酒楼吃饭的机会多起来了，莺歌燕舞，美女云集，各条道上的高手也来蹚浑水。空气中欲望在发酵膨胀扩张，城市味道……很难形容。我想起了那年在中山医院内分泌病区住院，非洲留学生来病房查房，他们身上喷了浓浓的香水，这是我第一次闻到外国的香水味，它与医院的酒精味、来苏水味、药味、病床下的尿壶味、病服上床单上洗不净的血腥味、病人嘴里的酸味搅和在一起，让人说不清辨不出那叫什么味。

离这个城市的人远一点，心就可以静一点。

我不断地逃离战场，躲到北京、南京上学，溜到广州办报，赖在中大校园看书，长住广电部招待所写长篇电视剧剧本。

在深圳市民李兰妮个人眼里，1997年是转折年。泡沫经济得到了遏制，这个城市初步完成了血腥的资本积累阶段。我们可以开始说人话啦。21世纪初的深圳，渐渐有了家的味道。二十年。深圳市民李兰妮的个人精神史就是三个阶段三句话：

看花是花，看人是人；

看花不是花，看人不是人；

看花是花，看人是人。

第50篇

认知日记

2003年12月19日星期五上午11点40分

这几天，我在深圳，周小兵去了上海、梅州开会，乐乐在家挺可怜。虽然有两个钟点工轮流到家里看它，给它喂食，但晚上它独自在家过夜一定很害怕。

小何、小李都说，我和周小兵不在家时，乐乐很乖，大小便都知道要拉在厕所的报纸上，并且很怕她们，见了人不像以往那样欢喜跳跃，直往后退。

我想起了自己十岁的时候，爸妈突然都走了，没有告诉我为什么。我不知道他们是否还会回来，什么时候回来。

出差前，我反复对乐乐说："姐姐、哥哥要出差，过几天回家跟乐乐玩，乐乐不害怕，乖乖在家等哥哥姐姐啊。"

我闹不清小狗能否懂得人话，但说了总比没说负责任吧？

乐乐洗澡感冒了，我带它去金穗动物医院看病，拍了两张胸片，是支气管炎，有点肺炎，心脏有点偏大。给它打完皮试针，又打了三针，据说是消炎，还开了消炎药。那个经理示范给乐乐喂药，被乐乐的牙所伤，大拇指指甲缝出了不少血。结果五片药只喂了一片。从中午十二点多折腾到下午两点五十分才回家。

我给乐乐买了一件绒衣、一件毛衣，它穿起来帅呆了。

现在我整天蓬头垢面在家呆着，不知何时复原。

等待是一门功课，安静地、快乐地、一无挂虑地等待更是一门至高的学问，它必须以信心为基础。我正在学习中，目前还不及格。

随笔

在深圳，与朋友吃饭。有人说起一个重度抑郁的白领丽人，每天早晨盛装而坐，靠在几十层高楼的客厅窗边，想着什么时候往下跳。朋友说：“好像这个抑郁症专找女白领，奇了怪了。”

其实不然。不论男女，深圳的抑郁症病人比例要高于国内其他城市。男人不愿去看病，硬扛，一旦崩溃，自杀死亡率远比女人高。书上说，70%的癌症、脑猝死、心肌梗死等患者实际上死于抑郁。我建议朋友们看看精神病学专著。抑郁症涉及自杀，也是暴力事件剧增等社会问题的源头之一。

有个朋友天真地说：“深圳这种病人多吗？我怎么没见过？”

我说：“死的死了，没死的不肯见人，还有的流落异乡生死不明。像我这样抑郁不死，还在这里傻乐的，没几个。深圳人……真的不容易。二十多年……这么说吧，有抑郁症是正常的，没有抑郁症是不正常的。”

另一位朋友说：“国外有不少画家、作家死于抑郁。好像富有创造力的人容易患抑郁症，创造力不那么强的人，倒不容易患抑郁症。”

我说：“深圳人的创造力……那是没得说的。快查一查，这里还有谁抑郁？”

一桌人乐。即兴对照鉴查，结果每个人都抑郁。当然，那叫轻度抑郁。

夜。深圳。又是这样的梦。

我梦见与一伙朋友去乡下玩，我独自沿着一条羊肠小路走到一个山脚，看到三四个人正要将一个犯人模样的人就地正法。那犯人光着膀子，双手被反拧在背后，跪在地上，头脸正被一人往地面上按。我赶快扭头就走，却听见惨叫声，像是那人被零刀碎剐，大声叫骂，只求速死。后来到一街边，又见一老乞丐在众人的目光下死去。

为什么又做这种梦？

刚到深圳头两年，我很少做梦。第一年，当记者当编辑，每天出去跑采访，累得要死。晚上常常一两点才睡，出报那晚熬通宵，第二天补一觉。人很瘦，憔悴。但是，就是不生病，也不失眠。

记得 1983 年盛夏，有一次，骑着自行车去罗湖一带工地采访，一上午没喝水，中午要赶回报社吃饭。到如今深圳大剧院一带时，被太阳晒得眼发花，舔舔嘴唇，咸，脸上的汗珠成小盐末了。看到路边小摊有汽水卖，很想很想买一瓶喝。我停车隔着马路看，歇一下，没有钱，喝不起。当时红岭路两旁还没有栽树，歇息连个遮阴的树枝都没有。

我在烈日下遐想：什么时候这里有树乘凉就好了，那时候我就有钱喝汽水了。到那时，我要舒舒服服坐在大树下，一口气喝两瓶汽水，想喝多少都行。

这么一想，嘴里好像不那么干渴了，又有力气骑车了。

这篇随笔没写完，抑郁症迫使我不能再往下写，匆匆关上电脑。一个多月过去了，今天，我强迫自己打开电脑，我试图回想这篇随笔是哪天中断的，头痛！恶心！实在想不起来，也无法续下去。就这样保持原状吧。

难受。恶心致使我对着电脑干呕，眼花晕眩，在电脑椅上坐都坐不住，直想往身后的沙发底下钻。可我又很明白，钻进去躲着不管用。上次在里面趴了二十多分钟，没用。这是病态。不要再往沙发底下钻了。打住！治病。出门去。放松。晒太阳。我很难受啊。

挣扎。

心底时有声音。

熟悉吧？强烈的恶心感。不是胃，是整个腹腔、胸腔、头颅，由里到外，骨髓、脑髓、血液、呼吸，恶心在往外滴，像一摊黏糊糊的外太空生物体侵染占位。跟1990年年底的感觉很相似。

装什么镇定？装什么不在意？你敢确定癌细胞没往别处转移吗？你不敢面对坏消息。你怕去做进一步检查。你怕再开刀。你不怕一枪毙命，你怕零割碎剐。

开刀的事不急。命中该死，开刀也死；命不该绝，总有生路。最怕打开电脑面对《旷野无人》。一接近这部电脑，脑子里发出干扰噪音，如麦克风扩音器音频故障，啸叫。钻刮神经。

要不要继续写下去？要！

能不能继续写下去？不能。

意识：你必须战胜自己。

潜意识：不要逼我死给你看。

意识退缩了，躲得远远的。把写书的念头裹成一个紧密的粽子，塞到伸手不见五指的黑暗角落里，盖上干稻草，压上大石头。不惹你。合上眼。闭上嘴。养一养。睡吧。睡吧。

潜意识缩着。眯着眼。似睡非睡。

离家游荡。

放——松。

留《旷野无人》呆在广州银灰色的书桌上。IBM笔记本电脑一直关闭。不掸去黑色盖面上的厚尘。营造隔绝环境。

你为什么总是抱着饼干筒？你有暴食症吗？刚放下碗筷，就轮番吃起了咸发酵苏打饼、枣泥饼、海苔饼、水泡饼，撑得坐不住了，就站着往嘴里塞炒花生、椒盐核桃、纯黑巧克力、香蕉、橙子，你已经胃痛胃胀到直揉肚子，你无法停下来，你必须用各种零食把自己塞成痴呆状态，让血液哗哗直往胃肠方向流，少往大脑方向流，这样就安全了。这叫胡吃海塞疗法。

又有熟人开始吃抗抑郁药。

邻居说："李老师啊你知道吗？前天又跳了一个，女的，教授，才四十出头。"

抗抑郁药＋暴饮暴食＋超量激素＋大脑缺氧＝我的安全应对策略。

2007年元旦假后。深圳。晴朗的中午。独自走在红岭路上。

十字路口，正等待红灯熄绿灯亮。突然，我看到了我的电脑，就是趴在广州家里的那台电脑。在关闭的扁平的IBM黑色笔记本电脑上，我看见了爱因斯坦的头。全世界都熟悉的那张脸。蓬乱的白发，深深的皱纹，神秘的表情，黠慧的眼神，唇边漾出顽皮的嘲讽，他笑：不敢来吗？

车流、人群、红灯绿灯、楼房、树木隐退……我晕。身体后仰，魂魄欲飞。我想抓住身旁一点固定的物体，心说：定住神。别倒。放松。

是的。爱因斯坦的头。他在笑。他在天那边微笑。淡云拂过，白发蓬乱，笑纹顽皮，眼神说：不敢来吗？

此时此刻，我坐在电脑前。我几次想逃离书房。

几天过去了。我就想写完这一小段。但是，表达遇到强大的阻力，没有描述能力。

我竭力控制自己，不许自己逃跑。我要说出我的好奇。一个多月了。我的好奇像个气球，一天比一天鼓胀，胀得焦虑不堪。为什么是爱因斯坦？这是不是心理意象？

我潜意识里面应该没有爱因斯坦的足迹。从小到大，我是科盲。我根本不懂爱因斯坦那些学说，也不曾研究过这个人物。怎么他的头会像童话里的大蘑菇，突然出现在我的电脑盖上？一个多月了，哪怕是在香港半岛酒店喝下午茶，只要一想到我的那台电脑，就看见爱因斯坦的头在那里，他轻松愉快的表情就像刚听完圆舞曲。

我要开始做工。先往电脑上码字，不一定要通顺达意。不然的话，这些天是闪出爱因斯坦，过些天又会闪出哪路神仙呢？

谁能告诉我，这是心理意象，还是精神异常？

2007年2月12日

链接

《画家》摘录

那时候，我住在单位宿舍一间光线很暗的小屋子里。我住一楼，二楼住着几个搞艺术的单身汉。

一天黄昏，我拎着几根青菜、一盒午餐肉罐头从外面回来，只见二楼阳台上晃着一个新面孔——蓬乱的头发长得有点不男不女，一身松垮的旧灰褂裤，小眼睛，厚眼皮，胖胖的脸上有一层骄傲的油光。

"多么的——孤独哟——"他突然大声呻吟道，满口乡音。

我吓了一跳，仔细看去，他正呆望着西天凄美的晚霞。

他来自内地一家很有名气的美术学院，在全国美展中获过奖，上过名人大辞典。

有些刚出校门的大学生来听他摆龙门阵，这时候，他俨然一个阿訇，居高临下，侃侃而谈——尼采说过什么，弗罗姆怎么说，汤因比如是说，萨特这么说那么说。他谈凡·高、达利、康定斯基能谈得极精彩，好几个女孩子听着听着便心旌摇荡，直想嫁给这样一位才子。

曲终人散之后，同宿舍的人总要打击他，说他就知道扯淡，臭衣服泡在桶里十天八天不洗，说他有扯淡的工夫，不如上街卖卖老鼠药，省得总吃速食面。他老实听着，不做声，有时要哭似的笑笑。

和他同宿舍的有作曲家、摄影家、舞蹈家，都获过奖，都红过紫过，虽没上过名人大辞典，但人家会做饭，会种花，会炒股赚钱，还不时可怜他，请他一道喝酒吃肉。肉怎么就比白菜好吃呢？他始终觉得悲哀。他很喜欢吃大肥肉。

我上二楼聊天，他搬出三个沉沉的大相簿，里面拍的都是他的画，多是油画。他的早期作品笔法细腻、传统，那上面每一个人物，都在向我诉说一个故事，那是些很忧伤的故事。他的获奖作品集中在这一时期。他的二期作品尽是些变形头像，有种刻意的疯狂，令我想起中国味的荒诞戏剧。看得出他在求变，求得很苦，上不着天下不着地。

“来深圳怎么没画过？”我问。

“没感觉。心里满满的，空空的。很烦。”

“这个城市挺怪的，搞文艺的来了不少……不知怎么就没音信了，就像船进了百慕大。”

“就是这样的啦——”说罢，他突然仰天长啸，“噢——长铗——归来乎——”他癫癫地弹着手中的相簿，“食无鱼——出——无车，无以——为家啊……”

不久，我搬到了另一个住宅区。

一次，在储蓄所见到他。他正在排队，一脸的冷峻，大有鹤立鸡群的傲色。看见我之后，脸上和蔼多了，嘿嘿地笑，说很高兴见到一个穷哥们儿。

我仔细看看周围，好几个人怀里抱着钱，用报纸、牛皮纸裹着，老沉。有个退伍兵模样的汉子在填取款单，我迅速扫了一眼，扫到一个“万”字。

“人家怎么就能发财呢？”我笑着问他。他叫我往柜台那边看，台面上高高地堆着一捆捆十元的票子，存钱的是个窄脑门的黄脸婆子。

“你存多少万？”他低声问。

“一百块。你呢？”

“取五十。妈的，那堆钱要数多久啊，扔个手榴弹过去好不好？”

再见面，已是几年后的一个冬季。朋友家一伙人在神侃，他却极少接话。他脸上的肉少了一些，不见了那层骄傲的油光，身上穿了一件灰得很优雅的羊毛衫。我问起他的画，他递给我一本小相册。

我看不出他画的是什么，似画不似画，似字不似字，浓的墨，淡的墨，若飞若动，若神若人，若愁若喜，若水天，若云雾，若日月。我想起了远古的天，远古的地，远古的风，想起了女娲、后羿、夸父，想起了东皇太一、山鬼、湘夫人——那里面活着一个个远古的精魂。

“真好。”我暗暗叹了一口气。他终于在这个城市找到了自己的位置。

以前见到他，总像见到一幅有毛病的画儿，人物和背景冲突得厉害。现在好了，画面上开始有了和谐的感觉。

“活得不错？”我说。

“很不错。先把自己贱卖了，然后去卖画，然后到处化缘，出画册。每天……练练厚颜无耻功，生意也做过……喂，不要这样看着我啦——想钱是件高尚的事，钱跟艺术是水和舟的关系。”

这两年一直没见过他。有人告诉我，他现在做生意发得不清不楚，光倒股票就倒了几十万，买房买地，六亲不认，跟穷哥们儿断了来往。有人告诉我，他还在画画儿，坐禅，正张罗着到国外举办画展。有人告诉我，他在这里混得不咋样，又上海南岛折腾去了。

在这个城市里，听到什么我都不惊讶，听到什么我都信一半儿不信一半儿。耳听是虚，眼见也不为实。

偶尔，在黄昏，在日落月升之时，我会突然想起，有这么一年，有这么一个文化人，站在这么一个阳台上，满口乡音，他这么说——

“多么的——孤独哟——”

1990 年 9 月 26 日

补白

这是一幅 20 世纪 80 年代后期深圳文化人的素描。

从 1987 年到 1997 年，作为一个深圳的“文化人”，是我深感无助无望的时期。我害怕深圳，拒绝承认我是一个深圳人。我的魂魄四处流浪，蜷缩在一个又一个大学校园的角落歇息。经济商潮在深圳越来越热，我对这座城市的感觉越来越冷，越来越陌生。仿佛一只蜜蜂撞上了蜘蛛网，激情热力被粘裹吸食。

深圳是房改最早的试点地。我从北京鲁院结业回深，听闻很快就要进入房改。

算来算去，我付不起这笔房改款。周围的人多数可以一次付清。这让我自卑自责：为什么别人有钱你没钱？比你晚来深圳几年的人，能够选择一年或三年付清，你为什么十年都不能付清？你什么时候沦落成为弱者？你在这个城市即将失去立足之地。这座城市不需要你这类人。

让我纳闷的是：我才出去学习两年，怎么深圳人陡然就成万元户了？

在这座城市里，我第一次深切感受到生存危机。

刚调入深圳时，我算一个人才，在报社当记者，有用武之地，报社再穷也能有所依靠。到了文艺创作室，等于没爹没娘的残疾儿童，死活要看你自己的造化。这时候的深圳根本不需要文学。说起“作协”，人们会问：你们做的是什么鞋？提起“文联”，人们会说：好像是一个货运公司吧？

我听说房改困难户可以向建设银行贷款，便去找前同事咨询。

这是我信得过的朋友，当年一同来此创业，一直没有离开过深圳，才华出众，能诗能文，比我更具革命理想主义浪漫主义情怀。

我想问贷款是怎么回事，像我这种经济状况的，贷款十五年扛不扛得起？

利息支付吓不吓人？我急需最可靠的朋友参谋，指点迷津，减轻房改压力。

朋友见到我，可爱的小胳膊飞舞起来，声音一如既往的清脆亲热：“兰妮你来得太好了！正想找你呢。你的房子买不买？”

我很感动，还是朋友贴心，早料到我有难处，要为我支招。

我立刻接过话头：“我正愁买不起……”

话没说完，朋友欢呼起来：“太好了！你不买让给我买。”

原以为会听见充满同情的声音：别发愁，有办法。原以为朋友会说：别不好意思开口，需不需要找人借钱？

面对朋友的兴奋，我蒙了。好一阵子找不着北。

我下意识地问：“那……你的房？”

朋友天真可爱地说：“买呀。我想多买一套嘛！”

不知呆愣了多久，我听见一个怯弱的声音说：“可是……我住哪儿？”

朋友早替我想到了，说：“回广州住嘛。反正你不用坐班。”

好像有道理。我继续发呆。

朋友报喜说：“我老公发了一点小财，买两套福利房正好够钱。”

忘了当时是怎样支吾过去的。

按习惯，我会语无伦次地大说废话，把自己说糊涂了，就以为把话题岔开了。接下去我就逃避，一直逃到忘记。

这是20世纪80年代后期的事。写这本书的时候，它冒了出来。它成了我的内隐记忆。在我的内隐记忆中，有许多这样的碎片。

1990年前后的深圳，说谁是“文化人”，等于骂人。

一天，住在我楼上的熟人路过门口，问我：“在干什么呢？”我说：“看书。”他很惊讶地盯着我，就像医生看着病人那样打量我，说：“你外星人？现在谁还看书啊！”他原是名记，逮着亿万富姐参与“文稿拍卖”，之后弃文从商。

他很诚恳地提醒我：你必须换个活法！他指指自己说：“我，够出名吧？不行啊，累死没人同情你，别人说你活该没本事。去他妈的，老子转行。赚钱。让那些王八蛋看看。老子买车了，马上换新房了。”他大骂那些土老帽暴发户，兔子尾巴长不了，风水轮流转，该咱们这些肚子里有墨水的发财了。这位名记总结道：“告诉你一句实话，当官不难，做买卖不难，写东西最难。你要闷在屋里一个字一个字地写出来，手指上有老茧吧。那真叫呕心沥血。傻呀。真他妈傻！我都算转行得晚啦。你出门瞧瞧，大把机会，还在家看书！莫等闲，白了少年头，空悲切。”

邻居走后，我望着书架上的书，心里一阵琢磨。记得那天我看的是元曲。不是为上进而学，纯属打发时间。我觉得元曲有趣，默读的时候，节奏感韵律感能形成一种戏剧氛围，令人愉快。仅此而已。

我自责。我惶恐。

深圳人都在为先富起来而打拼。时间就是金钱啊。这种环境下看闲书，是最大的浪费。穷作乐。不思变。不知耻。真有病！

可是，不看书，我又能干什么呢？我在深圳能做什么？

傻眼了。呛蒙了。

一个人离乡外出学艺。听说“屠龙之技”是最高本领，便交了银子拜了师。苦练几载，学成回乡。见了家乡父老，他把“屠龙之技”精心演练一番，等待夸奖。众人笑道：天底下哪里有龙啊。傻瓜！我这是“屠龙之技”的现代版。不再是想做就去做的岁月了。想做就去做，有一种自豪感，居高临下，我是主人，我的城市我做主。如今是“我能干什么”，说这句话的时候，我要仰视。有一种深深的自卑感。彷徨徘徊，找不到定位。这座城市不需要我。真不知道“我能干什么”。

我想干什么？！

轮不到我“想”。我已经被这个城市淘汰。我自己也不知道“我想干什么”。

讽刺的是：我的第一部中篇小说《他们要干什么？》，里面说的是一批年轻报人到深圳创业实现理想的故事，曾被誉为“开移民文学之先河”引起关注。事隔两三年，堕落得真快，已经不知道“我想干什么”。我就这么“出局”了。

第54篇

认知日记

2004年1月12日星期一上午10点40分

十几天没写日记了。这些天感觉、滋味多极了。

29日上午做超声波，主任医生怀疑我肝部有一肿瘤，立即叫我多交二十三元照片费，拍片让我排查肿瘤情况。这位于主任很负责，还找了另一老主任看图像，都认为不是囊肿是实体瘤，良性的可能性更大一些。而颈部淋巴肿瘤却没有了。难道转移到肝上去了？我讨厌这个念头，可它由模糊到清晰，由弱渐强。要查清楚。

我此刻仍觉得很累，不能详细记录心境。只记下过程吧。

2004年元月1日中午从深圳回到广州。由于过元旦，不能去医院做重要检查。等吧。

3日、4日是周六周日，曾主任星期二（6日）门诊，找他看比较保险。星期一（5日）电话挂号，挂到了第3号。

6日上午看病，曾立刻开了CT单，写明排查“肝癌变”，求了排日期的小姐，说明我害怕的心情，得到理解和同情，终于可在下午检查。

中午在华泰潮州馆松轩吃饭、休息。下午从三点等到近五点才做检查。检查中一直祷告，心里觉得安静。出来晕倒。护士叫我躺在病床上观察半小时。

要等到8日上午才有结果，不由得胡思乱想起来。2003年12月30日凌晨两点，香港艺人梅艳芳因宫颈癌转移到肝、肺等处，肺功能衰竭而死，但人们说她是太痛选择了安乐死。她两年前得病，本来及时治疗是能100%痊愈的，但她逃避治疗，据说张国荣的死、罗文的死、她姐姐的死对她影响很大。看到媒体成天谈这些，心情难免会郁闷。

8日上午去拿结果。原来只是0.5厘米的小囊肿！接到凡丁电话，他并不知道我的恐惧，但他还是抽空去了医院想帮我，我心里很感动。

下午奉命回深参加晚上联欢会，很疲倦。但心情很好。

9日上午去保健办报销，感冒看病，均顺利。

随笔

为了早一点让此书有个轮廓，我只能先做提纲式记叙。

3月5日与北大深圳医院心理科李博士对话。

3月4日元宵节夜晚独自在园岭撕毁1991年至1992年两本日记。

3月3日梦见乐乐在宾馆跑了找不到。

3月2日梦见乐乐死了，埋在地里，挖出几根白骨、一块肉干。

3月1日梦见乐乐淹死在洗脸池池水里，给它做人工呼吸抢救。

抑郁又开始了。但我懒得呼救。

难受。电脑也抑郁了。尽管只是摘录链接部分，但是，每打一个拼音，字面都会颤抖两下。好像电脑有生命，有认知，有感觉，它不愿意收录这些字，这些文字叫它胆战心惊，它想把这些字吐出来。我很同情我的电脑。

这几天，电脑液晶屏幕总颤抖。字打不上去，即使勉强打上去了，又会发生故障，保存不了。

不写也罢。

我很想剃个光头。但是，人家肯定会当我有病。

剪。剪。剪。我到阳台把两盆建兰的绿叶全剪掉了。光秃秃的。我心里觉得轻松一点了。剪刀不想停下来。我把蟹爪兰的绿叶全部咔嚓剪了。把一大盆洋兰的叶子全剪掉了。长长短短的兰叶散落在阳台上。还想剪。剪刀和心气太默契了。剪剪剪！我把蝴蝶兰的叶子剪了，把芦荟的叶子剪了，把不知名的植物的叶子剪了。芦荟的味道很难闻。我把白兰花的绿叶和枝杈剪了。白兰花的叶子很好闻。乐乐嗯嗯地隔着玻璃门摇尾巴。我放下大剪刀，把它抱到阳台上。乐乐闻着各样的叶子，很困惑地看着我。它用小爪子扒拉白兰花的叶子，逐一嗅着青翠的兰叶，我不喜欢它那样看着我。

不剪了。把所有的叶子收走。扔到门外去。扔掉了。心里轻松一点了。可以坐在电脑前面了。

不行。我不记得把乐乐放在哪里了。我记得它还在阳台上。我必须把它放进屋里来。阳台上没有乐乐。客厅角落也没有。饭厅电视柜下面也没有。我有点发慌。我不记得把它放到哪里去了。正在书房前徘徊，突然看见乐乐正从电脑旁的窗台上仰头望着我，眼神在问：你在找我是吗？

我立刻跑过去，把它抱在怀里。乐乐，对不起，我好像有点犯病了。你要帮助我。

2007年3月16日

链接

《红红的红红的……》摘录

夜里我一想起什么人，那人的脸就会变形。我尽量去想亲戚中最漂亮的那张圆脸，富态，美貌……几秒钟就变了，一个稀巴烂的脑袋，少了一只眼睛，嘴巴不见了，只有一个大得没有边的黑洞。走开。走开。我要把脑子里的图像擦干净。快，换一个。我把意念集中在一个女同事的脸上。一张普普通通的脸，鹅蛋形，呀，又变了，她满头满脸冒出了好多小头小脸，仙人球似的，密密麻麻，天，小头小脸上也有眼睛嘴巴。快，快换一个。一张清秀的瓜子脸……又变了，一个开了瓢的西瓜，碎得不成样，一塌糊涂。

意守丹田怎么样？丹田，快，丹田。丹田在肚脐下面。哦，丹田，用手摁住肚脐眼吧，这样也许好受一点。丹田。一二三四五六七八……睡吧……睡吧。有灯光就好，有灯光胡思乱想就少一点。

天边，有一个血红的大窟窿。

车车车车车车。一分钟在我面前过了七十四辆车，看得我听得我发晕。二十五分钟过去了，我等的专线车还没有影儿。

好愤怒好愤怒好——愤——怒——怒——怒。妈妈的——我喜欢阿Q发明的这个词。每当心理不平衡时，便在心里变着花样骂。

一辆集装箱载重货车呼啸着过来了。我缩着脖子，斜眼盯住它的车底。我总在想，它到底有多少个车轱辘？它从我身边一过，我就能体验到，人在它轮下骨头咯吱咯吱响，血肉湿答答的稀烂，头颅啪的一声爆裂，奶白色的脑浆横飞……我嗅得到扑面而来的又浓又稠的血腥味。

在这座城市里，我总觉得神经紧张。每次出差回来，一出深圳火车站，我就无缘无故地兴奋、焦急、头痛胸闷，无缘无故地长脾气。据说这是生活节奏快所致。但生活节奏快在什么地方呢？街头行人匆匆的脚步？丰富多彩的日程表？周围不断出现的新面孔？迅速扩展的城市规模？说不清。我喜欢这座城市的繁华和喧闹，我惧怕这座城市的繁华和喧闹。

肿眼泡的小老头问我：“你常做噩梦，眼前出现幻觉？”

怪可怜的精神科专家，看了整整一上午门诊，轮到我这最后一名时，已经是十二点三十分了。老头满脑门是汗，眼睛里的光也熄了，厚嘴唇发灰发紫，只有肥大的鼻子多少还有点神气。想必是又渴又饿又乏又热的专家屈起手指头，使劲揉着肿泡的眼睛。我真想对他说：您老回家歇着去得了，我没病。

他看病一点儿也不马虎，绝对对得起群众的两块钱挂号费。他拿着小橡皮槌在我肘关节、膝关节上敲了又敲，举起亮着小灯泡的什么镜冲我照了又照，等到他桌上摆的几件兵器都使过了，才坐下来听我大谈幻觉。

“变形。知道吗？就是人变形。我一想起什么人，比如说我现在跟您谈话，回家后一想起您，眼前就会出现您的脸模子，两三秒钟之后，您的脸肯定就会变形。不管想起什么人，只要是我见过的，都会变。散发出一种死亡气息，大多是揭了天灵盖，没有嘴巴，脸上稀烂。

“还有，在立体交叉桥下，听着车轮子轰隆隆地从头顶上碾过的时候，我就会隐隐看见汽车从桥面上刷地飞下来，要不就是桥面上裂开大口子，把桥下的人砸得扁扁的，一个一个人头，一片稀里哗啦。

“对了，还有，只要一想到哪里可能会出交通事故，肇事场面就会在我眼前出现：一辆大吨位的载重车，轮子下趴着散了架的自行车，柏油路面上一汪汪血，红红的，黏黏的，胳膊腿儿东一只西一条。”

老头很注意听我说话，他问道：“你洗衣服的时候，会不会洗完了晾上，一会儿又扯下来洗，洗了又洗，晾了又晾？”

这是什么意思？把我当精神病诱供？我不高兴了。瞧他穿着一件黯旧的白大褂，一条1960年代的大胯裆裤，一头白发乱糟糟的，没准儿也有点神经病。不奇怪，近墨者黑。成天跟病号打交道，不累死也会累疯，比病人更不成样的大夫多着呢。

老专家宽和地冲我笑笑，他居然有空跟我拉起了家常。我原没有打算说这么多，但他总鼓励我接着往下说。他问：“夜里幻觉更多？”

“是啊。空荡荡的房子里就我这么个活物，连盆花草都没有。我有部旧彩电，看不看都开着它，为的是屋里有点人声人影。上上下下的邻居全没有来往。两年了，我还没有弄清隔壁住的几口人，啥模样。夜里我很怕面对镜子。我觉得镜子里的不是我，是一个游荡的幽灵。它会躲在我的脖子后面，趁我盯着镜子里的自己发愣的时候，突然跳到镜子里冲我阴阴笑。”

老专家给我开了一张检查单，叫我去预约做脑电图和脑血流图。没有结论，有个问号——强迫性观念？

照精神病学的说法，精神病里包括强迫性观念、强迫性思维、强迫性行为三个概念。我没问那都是什么意思。

瘦护士没想到是我做脑电图，说明我不像病号，说明我健康、正常。不对。瘦护士的眼神不对，准是检查表上“强迫性观念”几个字招惹的。

“叫你闭上眼睛，你看着我干吗？聋了？没聋就闭上眼睛！”操作室里，穿着白大褂的小女人骂着一位年纪足够当她妈的老女人。

瘦护士还是眼神不对劲地盯着我，她提起一根老长的银针在我面前比画，要给我做蝶骨电极。她找不准穴位，在我脸颊上掐了又掐，扎了又扎。

又扎偏了一针。我失声嗷地狂叫起来。“我好痛！”我歇斯底里地抗议。医生赶紧过来按住我，给我脸上一边一针，一扎一个准儿，麻得我直蹦。

我遵照医生指示，闭上眼睛。深呼吸。

多久了？医生还不叫停止。我不舒服。我讨厌深呼吸。我累了。累了累了累了！我想砸烂这部机器。我想把头上那些劳什子统统扯下来。我想把屋子里所有的人一个两个三个——七个八个九个——全部轰出去。可是……可是……我怕他们。他们会把我捆起来，扔进精神病院，给我灌喝了睡不醒的药，抓我去坐老虎椅，电击电得我抽筋翻白眼吐白沫屁滚尿流。

我悟出了一个道理：人不舒服就会胡思乱想，胡思乱想就会精神错乱。人生不舒服的时候太多太多了。怎么办？

一位脸上有许多雀斑的少妇给她的男孩削苹果皮。我想……削进去了，刀削着少妇的大拇指，一片，一片，又一片，跟刀削面似的，白森森的骨头露出来了，一眨眼，肉窝窝里灌满了稀稀的掺了水的血。刀削着少妇的鼻子底端，刀削着少妇涂了口红的上嘴唇。明晃晃的刀面上淌着细细的红色小溪。刀子又向小男孩的眼睛削去。快。转移注意力。想点什么？天气真好，阳光灿烂。树叶绿得……从三层楼跳下去会不会死？草地上有块生了锈的刮胡子刀。刀片割喉咙最快。一刀子下去，血就喷出来了。刀片削手指头，一片，一片，肉可以削得极薄。肉片是粉红色的，好恶心。

打住。不想这些。

我每天白日黑夜要做好多梦，十有八九是支离破碎的。

那个大大的粪坑上只有两块薄薄的木板皮，我踩着试了又试，怎么都觉得不对劲。我干脆踩在土坑边上，想把边上的土踩结实。突然，脚底一沉，我一下子滑到坑中间去了。这坑变成了一口泥塘，紧接着一阵翻江倒海，坑中间冒出一个泥了巴叽的大集装箱，还钻出两个泥乎乎的贼人，模样像大河马。其中一个掉头一发现我，大眼珠子立刻鼓了出来，像两个发光的电灯泡吊在眼眶外面，一声怪吼，舞着两条泥胳膊朝我扑来，满脸杀气。我知道我就要淹死在这口泥塘里了。非死不可。我大叫：救命啊——

打仗。打仗。不知打了多久。前面好多情节都忘了，只记得最后。最后我面对一大片稻田。已经收割完的稻田，里面有三寸来深的水，还有稻茬。田里一大块一大块人肉，四四方方的，泛着油光。不知道真的人肉是不是粉红色的，反正我见到的是粉里还透点白，白的可能是肥肉，田里的水是红色的，水面上浮着粉红色的油污。

1986 年 7 月 28 日

补白

这份日记似的手稿是今年元宵节清理书柜时发现的。当时累了，没有打开看。不像那两本日记被撕毁，当晚就扔到楼下垃圾站去了。

今天打开来看，居然是1986年夏天写的，记录了那年我看精神科和做脑电图脑血流图的情况。我的记忆出了差错，我以为自己是1987年以后才开始抑郁的。我记得是看过精神科门诊，那位老专家跟我聊天，我还给他讲怎样看面相手相。他叫我做脑部检查。做过脑电流图后，结论是“脑右颞区有阴影”之类。还曾经吃过药。我不知道那是些什么药，全是拉丁文，看不懂。我没坚持看下去。反正知道脑部没有肿瘤，不用开刀就放心了。

现在才知道，原来1986年我就曾濒于失控，时间比我记忆中的更早。幸亏那天晚上没有撕毁它，否则，我不知道还有过这样的强迫症状况。

摘录这些文字时，我心里发沉。几次离开电脑，离开书房。我感到呼吸困难，心里烧得难受，要是能把心掏出来，用扇子扇凉它会好受一点。我在客厅里瞎蹦，挥胳膊，踢腿，做出拳击的动作。周乐乐趴在客厅沙发上，斜眼看着我，见怪不怪。我抱起乐乐，把脸埋在它脖子间的柔发里，乐乐的味道有点臭臭的，和洗发香波的气味混杂在一起，给我一种人间的感觉。

看到这段文字，想起了2003年4月1日上午去看精神科的情景。有点相像。也是差不多排在最后一个看病，也是不求甚解，也是讳疾忌医。只是，我一点也想不起，也是在这家省医院，1986年夏天，这个科的科主任察觉我有轻度强迫症。当时，这是省里大型综合医院中第一家精神科科室。

我没有继续诊疗。我想，那时精神障碍疾病在国内研究甚少，大概连医生也不知抑郁症是怎么回事。现在看来，当时那些症状已是病态。

我对李兰妮有点失望：你是深圳第一批精神障碍病人。

1986年我已经受到噩梦的困扰。现在看来，我的潜意识在呈现我所处的环境。它在呼救。它认为深圳是个粪坑，是个泥塘。里面有贼人，还有可怕的集装箱之类的工业化机械，不是人呆的地方。它意识到深圳处于打仗的境地，永远不能结束的战争。没有胜利的一方。只留下人们的尸体。被环境机器切割成统一类型的肉块。这是一个普通深圳人的精神层面的真实画面。

第 57 篇

认知日记

2004 年 2 月 16 日星期一上午 11 点

今天凌晨做了一个梦，又梦见考试，考数学。

我坐在考场里，别人都在埋头答题，而我将黑板上的考题往答卷上抄，居然总抄错。着急。想找旁边的同学帮我抄好题目，但又不愿意打扰别人。盯着黑板想了一阵子，觉得没学过，肯定答不出来。

心里闪过一个念头：最好有人主动来帮我，帮我答题。立即遭到内心谴责：绝对不行，不能作弊！

我去找老师，请求延期交卷。我老实说没学过这些内容，请容我恶补后晚一天交卷。

老师是女的，长得像潘霞，温文尔雅，婉言告诉我不能破例。

我走出教室，心里倒不那么着急了。我想，既然没学过，急也没用，坐在教室里也是白费时间，不如出去透透气，散散心。

走着，走着，心想：别人都在考试，我出来晃悠，老师、同学会不会对我有意见？要是大家都觉得我是个坏学生，那么我在学校就难呆下去了，搞不好别想拿到毕业证书。

想到这儿，我很沮丧。

走着走着，忽然想，很清晰地想：我不是已经上过南大了吗？我已经是正高了，我干吗还要再拿一个毕业证书呢？既然考不出来，没学过，一时半时恶补也没用，为什么不退学呢？为什么要赖在学校浪费时间呢？

我站在操场上想：我敢不敢主动找校方提出退学呢？决心难下。一会儿觉得退了学就轻松了，一会儿又想如果校方没叫我退学，我何必走呢？一会儿想：李兰妮，你怎么这么优柔寡断？我在谴责自己。但我已经不焦急了。

梦醒后，觉得这梦很像我现在的处境。我鼓励自己有进步，我在梦中给自己做治疗，在潜意识里减轻焦虑的程度。要看到进步和希望。

随笔

想起多年前的一件事。

楼下邻居上来说："李老师，我女儿要告她父亲。她悄悄联系了律师，要上法庭，告她父亲不付赡养费。你劝劝她好吗？"

我惊讶。

她女儿念初中。腼腆，安静，说话声音细小，胆子也小。这孩子的作文细腻清新。她美术、音乐有天赋，美院附中、音乐学院附中愿意收她，她不去。她舍不得离开母亲。

女孩三岁时，某一天回家，推开门，发现她的幼儿园女老师正跟爸爸在床上。女孩吓得大哭。

母亲与父亲离婚。母亲为女儿着想，一直没有再嫁人。

富爸爸，穷妈妈，女孩选择跟母亲。法院判父亲每月要付赡养费。这里面十几年的恩怨情仇，我没有仔细问，只知道，当妈的是中学教师。早些年教育不吃香，老师没钱没地位，孤儿寡母日子辛酸，孩子内向早熟，很小就为妈妈分担忧愁。

听说，她们这套福利房得来不易。

离婚女人算单身，一直没有资格买福利房。当妈的年年申请，年年落空。她拿过优秀教师和优秀班主任的奖状。逼急了，顾不得斯文，豁出去脸面，像侦探一样查到了市长的车号。瞅准了，当众急往车下扑，学古代民妇拦轿喊冤递状纸。

这个园丁瘦弱，个子不高，端庄，甚至有点胆小。她家的房门，最里一层是实木门，中间一层是特殊钢条网拉门，最外一层是不锈钢大门，下一层楼梯还有一层电动铁门。就是这样，她还几次上门对我说："李老师，我害怕，我家只有母女俩，被歹徒盯上就糟了。麻烦你记住我家的电话号码，紧急的时候，我好求救。"这样一个女人，能下决心拦轿喊冤，可见死的心都有。女孩在这样的环境下长大，品学兼优，但是，谁会关注她的精神创伤有多深？她有抑郁倾向吗？

女孩最终没能上法庭告父亲。律师与我们看法一致。官司一开庭，女孩等于引火上身，局面会失控，即使她告赢了，受害的还是她。为了保护孩子，母亲想尽办法阻止了女儿的行动。

在深圳，有多少破碎的家庭？有多少精神受创的儿女？这座城市美丽的光景背后，有阴影，有伤疤。机遇越多，诱惑越大。不论是一个家庭，或是一个城市，繁荣是有代价的，不经雷雨，怎见彩虹？不进欲海，难登净土。

我听过许多深圳女人的不幸遭遇，也见过她们怎样骂深圳爱深圳。

她们在这座城市里学习"拿得起是聪明，放得下是智慧"。学习色即是空，空即是色，地狱即天堂。学习上善若水。学习怎样爱自己，怎样爱别人。

2007年6月15日

链接

《老人的美屋》摘录

那年，我随中国作家代表团访美，最后一站是布法罗。

…………

老人问：“中国人吗？”他兴奋地指指身上的红T恤，那上面印了长城的图案，还有两行中英文小字：我登上了长城。翻译小汪尽管倦容满面，仍高高兴兴陪着老人说话。我不懂英语，但从老人的表情、手势中，可以看出他正在赞美中国。原来，他多次去中国旅游，非常喜欢中国。老人孩子气地说：“我会使筷子，我爱喝中国的茶，北京烤鸭一流啊！”

老人要请我们去他家做客，他热切地说：“我有一个漂亮的家，那幢房子美极了，你们看了一定会喜欢。”

下车时，眼前有四幢小洋房，老人指着其中一幢说：“就是它！你们看，是不是很漂亮？”这幢房子门前没树没花，没有任何点缀，朴素得有点寒碜，我没法点头，又不愿扫人兴，只好无声地笑笑。

老人兴致勃勃带我们进门，参观每一间房间，他提醒我们仔细看客厅里的吊灯、桌布和窗帘，很自信很快乐地说：“非常漂亮，对吗？”

吊灯算得上别致，桌布也还算古朴，窗帘是有一点东方情调，但与我见过的几位洛城华人作家的家相比，样样都差了许多。我在深圳看过几位同事的新居，论装修布置，家家超过这户人家。但老人家的地下室有满满一屋书，规模相当于国内大学一个系的图书阅览室，里面有很多精装本，很厚，纸张精美。我想，这大概相当于老人家的小金库。

老人的儿子脑子有点毛病，三十多岁的人，心态很像小顽童。他没有工作，整天在家里研究变形金刚的头盔、蒙古射手的弓箭，见有客人来，总抢话说。屋里的空气有点浊，没一丝芬芳的香味，似乎没人理家，衣服、书报、各种生活用具丢得到处都是。我心里暗想：这……就叫漂亮的家？

这时，一个鹤发鸡皮的老妇人扶着墙壁，颤颤巍巍走出卧室，她脸上堆着松弛的皮肉，没有一丝表情。原来，这就是老人的妻子，她患的是一种全身性的肌肉无力症，嘴里只能发出“啊啊”声，细长晶亮的涎水从嘴角滑出来，眼睛里有一种冷静的无奈。

老人扶住妻子，很隆重地向我们介绍她，说她是一个美丽、坚强的女人，一手带大了四个儿女，还收养了一个黑人小孤女，这女儿现在已是一名电脑专家，有了幸福的小家庭。我瞥了一眼老妇人，发现她在丈夫柔情的目光注视下，昏花的眼睛里缓缓漾出幸福的羞涩和骄傲。

我忽然觉得有点不可思议，在老人眼中，妻是美妻，儿是乖儿，屋是华屋，他活得那么安详、快乐，他对已拥有的一切是那样的珍惜。

老人指着卧室里的那扇窗叫我们往外看。外面是一块空旷的荒地，什么都没有。我问："看什么？"老人说："你没看见夕阳吗？多美的夕阳啊。"我顺着他的目光，再次向外张望，果然，荒地上泛着夕阳的金辉，晚霞如花雨徐徐飘落。柔光为空旷抹上了朦胧的祥和，风起处，隐约响起音乐声、笑声、脚步声，似有童话随时会在那里上演。

我又一次暗暗吃惊，老人仿佛有一双神通的眼睛，不论他朝哪个角落望去，那里都是亮丽温暖之境。

走出客厅，屋后是一片草坪。老人见我坐在木梯上，便建议我赤脚到草地上走走。我好奇地依言而行，走着走着，小草在我脚丫下轻轻拱动，它们可一点也不柔弱，叶虽细，根却扎得深，吸足了地气和日月精华，我忽然体验到与天地相通的感觉。

老人仰起脸，白发在软风中飘动，他望着辽阔天空说："我每天都在感谢上帝。感谢他让我每天能在这儿看到太阳升起，夕阳落下，我觉得很满足。"

顺着老人的目光望过去，我看到了一个快乐的世界。我虽然不是基督徒，但是，在那个瞬间，我看见了上帝的天堂，天堂里住着懂得感恩的人们。

1995 年 9 月

补白

写这篇游记时，我并不明白这位美国老人为什么会满怀感激和喜悦。在我眼中，他的车、屋、妻、子全有毛病，这个家庭负担太重，日子会过得艰难愁烦。

今天我想，老人之所以满怀感激和喜悦，是因为他心中真正拥有"爱"。

与老人相比，我们过着一种没有美感的生活。

在深圳，你不能不想钱。没有钱，就没饭吃，水都喝不到，撒尿拉屎都没处去。深圳人最明白没钱怎么苦。在深圳没钱，比在任何地方没钱更困难更痛苦。身心俱苦。有时你未必身无分文，但是你会忍不住想象身无分文的恐惧，越想越觉得自己是深圳第一穷苦人。想象比现实更像是人间炼狱，等于自己挖自己的心肝肠肚，自己把自己千刀万剐，剁碎了，撒上盐，淋满醋，火烧油炸，不得超度。

我有个同事是本地人，人很漂亮，心地极好。单位里许多移民都得过她无私体贴的帮助。她建议我出租一间房屋。她能找到可靠的女房客，房客愿意预付房钱，加上我借弟弟的钱，房子就能买断了。

弟弟很反对房屋出租。他说太不安全。万一房客是女骗子呢？万一她是“鸡”呢？万一她是藏匿的杀人犯呢？万一她搬空你家突然失踪呢？万一她有神经病传染病呢？万一她进驻就不肯再搬走呢？万一她走私犯罪牵连你呢？万一她甩男友引来杀身之祸呢？万一她放高利贷是黑社会呢？万一她是赌鬼还吸毒呢？万一她梦游夜半磨刀切瓜呢？无数万一，都有可能。

犹豫再犹豫，必须出租一间房。我怕夜长梦多，一觉醒来发现政策变了，房子没有了，永远没有了。我更没有地方躲藏了。

还有一条路。出家。不是说笑，我的确认真想过出家的事，多次想过。我深知，寺院未必是净土。我要先在深圳生存下来。

老李家的血统发挥了作用。想当年我爷爷连土匪的黑枪都不怕，日本人的牢房也蹲过，私通抗联险些挨枪毙，他的语录是：有啥怕的？你怕也躲不过去。该咋的还咋的。

房客进门了。

房客住了一年，我都没弄清这是一个怎样的女人。我想，她是一个……好人？用词不当。不应该用好人坏人来定义。她不是我和弟弟担心过的那类人。但我不能给她准确归类。我不知道她的真实姓名。原以为知道，后来发现，她身份证上的名字与我所知的名字没有一个字相同。后来再发现，她家人从外地来电话又是另外一个姓名。她倒是喜欢跟我聊天，谈她所认识的深圳人。她是一个俏丽的女孩，心眼不坏，懂得关心人，容易相处，不多事，开朗。据说，她在读成人教育学院英语班。她刚结婚正等移民。她有一批这样的女友：生活无忧，经常几个女孩一起陪老板朋友吃饭。吃完饭，合伙小宰一下好色的男人。她们称这种男人叫“马拉佬”，这种游戏叫“梗水鱼”。她们不用出卖肉体换钱，有正式的名分，青春靓丽，敢戏弄男人。她让我见识了一种边缘女人，亦正亦邪，不是二奶，不是“鸡”，也不是婚托，却吃的是青春饭。这是特定时期深圳出的特产：趁尚未正式出国成为家庭主妇，为自己活，为自己玩，为自己“叹”世界。

很长一段时间里，在深圳演绎的“新三言二拍”总让我想到“腐刑”与“幽闭”。当年南京大学老师讲中国古代五大酷刑。对男人用的宫刑是腐刑。教授在黑板上极潇洒地写了一个“阉”字。用于女人的宫刑叫幽闭。一说幽闭即把后妃打入冷宫，少则几载，多则无期。一说幽闭即把妇女关在不见天日的地牢里，令其默默衰竭而死。一说用木桩捶入私处……野蛮残忍至极。

我们每个人在精神上都受过腐刑与幽闭。

第61篇

认知日记

2004年3月11日星期四上午11点23分

抑郁症的高发季节。最近很不舒服，又有气郁难解的现象，非常容易感冒喉痛，头晕头痛，注意力难集中，心里焦虑发烧，无法控制。前天又做噩梦。

我走在大街上，下大雨，前面有工人抢修下水道，路人在围观，下水道旁边已经倒着两个工人，又一个高大的工人从半空中掉下来，重重摔死在井盖旁。路人竟欢叫："哈，又死了一个！"

我惊愕，远远站着不知所措。街上迅速涌起浊水，肮脏的水不断漫上来，齐胸时才止住上涨。路人艰难地在街上走。后面的梦记不住了。

我要力保三四月份病情不要反弹。我近几天特别注意出门散步，早上、下午都带乐乐出去玩。

《建构生活》的作者雷诺兹认为：轻度抑郁症患者可运用森田疗法和内观疗法辅助药物治疗。

首先承认自己面临的病状，然后不去刻意理会临床表现，不要被自我所困扰，接受现状，该干什么还干什么。最重要的是行动起来，让积极的行动带出积极的情绪，多活动，多往快乐方面想。

我这两天特别注意活动，在不特别累的情况下，不给自己任何人为的压力。

随笔

近日常想起那幅名画《以斯帖在化妆》，后悔没把那本旧挂历保存下来。记得那是1999年的元月，朋友送我近一人高的大挂历，有许多是裸体的世界名画。翻看时，绝大多数都看过，只有六月份那幅《以斯帖在化妆》没见过。我甚至不知道以斯帖这美女是什么人。

就在那年六七月份，我在圣灵的感动下，找到了东山教堂。我买了一本《圣经》。随后三个月通读《圣经》，这时才知道以斯帖是什么人。但我没明白《以斯帖在化妆》会对我有什么启示，也没明白以斯帖的故事究竟在说什么。

现在我在慢慢体会中。

以斯帖原是一个流落波斯的犹太孤女，由堂兄末底改抚养长大。有一年，波斯王薛西斯招选新王后。以斯帖与众多美女被送入王宫女院备选。候选美女照例要用一年时间洁净身体。六个月用没药，六个月涂香料。等到洁净的日子满了，各美女按着次序，等着波斯王一个一个召见挑选。日子漫长。

此王在位第三年发诏书选王后，他在位第七年十月，才轮到以斯帖见王。

按照王宫规矩，每个候选美女从女院到王宫见王时，凡她所要的都必给她。这个以斯帖却不贪心，“除了掌管女子的太监希该所派定给她的，她别无所求。凡看见以斯帖的都喜悦她”。“王爱以斯帖过于爱众女……立她为王后。”

事情到这里仅仅是开始。此王在位第十二年正月，受奸臣哈曼欺哄，同意在这年 12 月 13 日灭绝通国的犹太人。末底改去见以斯帖，请求她设法见王拯救本族。王宫定例：若不蒙王亲口召见，擅入内院见王的任何人，必被治死。末底改此时带口信告诉以斯帖：“此时你若闭口不言，犹太人必从别处得解脱，蒙拯救，你和你父家必至灭亡。焉知你得了王后的位分，不是为现今的机会吗？”以斯帖听从了末底改的激励，冒险去见王，设计除掉了奸臣哈曼，拯救了本国的犹太人。

这是一个非常好看的故事，有悬念，紧张曲折，让人非一口气读完不可。

《圣经综览》一书提起《以斯帖记》时，有这么一句话：上帝安置你在任何环境中，有他的美意。

我曾在东山教堂听牧师证道《以斯帖的机会》。大意是：上帝施恩，赐位分和机会给我们，没有偶然，一切出于神的美意。上帝用警告、挫折、疾病、灾难来管教我们，是为了使用我们，让我们懂得顺服、祷告、甘愿牺牲。

我想：我们每一个人，都有属于自己的来到人世的使命。我们都可以是以斯帖。在人生的不同阶段里，我们在学习、等待，洁净自己，内外兼修；时机临到时，我们担当，我们付出，我们见证。

我喜欢一个人在家里呆着。

生病的时候，我需要进入“猫冬”状态。我会关掉手机，拔掉电话插头，不开灯，不开音响，不开电视，不见任何人，甚至不说话，就比死人多口气那样躺着，一动不动。偶尔起来，幽灵一样在没有光线的屋子里晃悠。这时候，我觉得很自在。

曾经有几年，我几乎不能跟家人呆满一个月。每个月，我至少要刻意在深圳家里自己过几天，否则，我就觉得紧张、焦虑，就浑身不自在，头脑混乱，坐立不安，就感觉不是我在过日子，是别人在过日子，我没了，找不到了。直到回深圳自己呆上三五天，才把自己找回来。

童年时我习惯了寂寞，寂寞成了我的生活常态。少年、青年时，我习惯独自在医院住院，没有家人探访，没有电话问候，没有书信谈心。在深圳，热闹让我不自在。只有独自一人在家，我才觉得我是李兰妮。

可是，如果独自一人在家半个月以上，惶恐的感觉又频频袭击我。被弃感、上不着天下不着地感、消失感、没有目标目的方向价值感、失重感，许多乱七八糟的感觉又把我赶出家门，我要看到人在街上走来走去，要去赴饭局，要去听人吹牛皮说大话，要跟着同类抽烟喝酒起哄，要在一系列无聊中找到蔑视自己的感觉。

我总在这两种需要和状态中摇摆，分裂。

2007 年 6 月 23 日

链接

《养鸟小记》摘录

宝二爷很有阳刚之气，叫声响亮，眼眸中精光灼灼，黄绿色的羽衣比虎皮还华美绚烂。它喜欢在笼子里上上下下跳，一会儿用嘴去帮宝姑娘梳理羽毛，一会儿用头去蹭蹭林姑娘。两位“姑娘”总是一个站东头，一个立西头，害得宝二爷两头忙，哪头都不敢、不忍冷落了。

林姑娘美得很阴柔。一身粉蓝色的羽衣，蓝得很柔和，很优雅，像一团茸茸可握的梦。它的小脑瓜、小身子怯怯弱弱的，不喜动，不喜叫，眼含轻愁，那愁又衍生出两分隐隐约约的“人气”。

宝姑娘丰丰润润，以至雪白闪亮的羽衣上都沾着富贵气。它食欲好，食量大，吃饱了就去啄笼门的铁丝，可能是蹭痒痒，也可能是想啄个洞飞出去。它喜欢扑扇着翅膀叫，仿佛在说：这儿我当家，我当家。

……我开始对鸟们进行培训，每天教它们说：“你好！”“你回来了？”“开饭啦！”“笑一笑。”“拜拜——”鸟们不知好歹，装聋作哑。宝二爷跳到笼里那只吊环上，悠闲地荡着秋千；宝姑娘一口一口，专心地啄着笼门上的铁丝；林姑娘眼帘半闭，那神情分明在说：“好一个讨嫌的糊涂人。”

我要训练它们跟我玩。没想到，这些家伙狠狠啄我的手，抓我的手。我大叫，它们也大叫。眨眼间，白光、金光、蓝光左闪右闪，客厅里展开了游击战。等我把鸟们一一逮住关好之后，打开日光灯一看，我的手背上几处“挂彩”，沙发上、梳妆台上都蹭上了鸟粪，空粟壳撒了一地。我好气好气，鸟们也好气好气……

从此听到鸟叫就烦。索性将鸟笼搁在阳台上，由它风吹日晒，存心让宝二爷、林姑娘、宝姑娘吃些苦头……我开始懒得理睬它们，常常一次放一大杯鸟粟在笼里，由它们吃几天。我也不再给它们洗粪板子，这活儿交给了一个钟点工。她一周来半天，给我打扫卫生，每次最后一道活儿就是冲洗鸟笼。小钟点工干活快而粗，冲洗笼子时，水龙头开得大大的，连笼带鸟一起用水冲。可怜宝二爷、林姑娘、宝姑娘被浇得踉踉跄跄，衣衫褴褛，魂飞魄散。我看了不免有些心疼，但我从不阻止小钟点工这样做。

一日，接到出差通知，大约要外出五六天。我用一个大杯装满鸟粟，又在水杯里装满清水，把两个杯子往鸟笼里一放，无牵无挂地离开了深圳。

不料，这一去在外面耽搁了半个月。曾两次想起过鸟们。一次是出差第八天吃早饭时，忽然想：那杯鸟粟够吃半个月吗？另一次是看电视时，天气预报说，深圳连续几天有暴雨、雷阵雨，心里想：阳台上的鸟们该遭罪了……嗐，瞎操心。你惦着人家，人家何曾惦记过你？犯得着自作多情吗？浇雨活该。

想是这么想，心里到底还是有点牵挂。回到家里，第一件事就是跑到阳台上察看动静。

鸟笼里一片狼藉，脏得一塌糊涂。水杯干干的，盛鸟粟的杯子倒没空。宝姑娘瘦了许多，萎靡不振地合着眼，身子轻轻哆嗦。宝二爷的羽毛黯涩无光，上面沾着粪便污迹，精神尚好，只是叫声悲哀。我顺着它伤心的目光往笼下望去：一团松乱的蓝羽毛了无生气地紧贴着笼底，是林姑娘！我把手伸进鸟笼一摸，天啊，林姑娘死了。看样子不是近日才死的，现已成了一具又轻又干的木乃伊。是病死的？渴死的？被雨浇死的？被雷震死的？无从知晓。守着林姑娘的尸骨，宝二爷、宝姑娘这些天是怎么熬过来的啊？我心痛地大声说：“对不起，对不起，怎么办？对不起……”我慌忙找出一个雪白的新信封，小心翼翼地将林姑娘装了进去。宝姑娘睁开倦眼看着这一切，神色漠然。我赶紧打扫鸟笼，换上新粟和清水，把鸟笼提进客厅里。宝二爷饮了一口清水，声调沙哑地冲我叫了两声，仿佛在说：“你好狠，是你害了林姑娘。”这时，宝姑娘睁大死气沉沉的眼睛看着我，我忽然有些害怕，怕它会突然口吐人语，我不知道它将会说什么。我忙进书房去找红丝绳，我要用红丝绳把装林姑娘的白信封捆扎好，让它“质本洁来还洁去”。

正翻着抽屉，忽听一阵凄厉的鸟叫，我心知不妙，奔出去一看：宝姑娘倒卧在宝二爷脚边，已香消玉殒。它是怎么死的？我惶惶然望着宝二爷，宝二爷望着我，像一个伤透了心的人，眼睛里没有愤怒，没有怨艾，只有无尽的、无尽的哀伤。我眼睛里很热很湿，不敢再看宝二爷。我找来一只雪白的新信封把宝姑娘装好，心颤手颤地用红丝绳捆好两个白信封。我口中情不自禁地念着“南无阿弥陀佛”，盼着林姑娘、宝姑娘能够灵魂升天。我捧着两个白信封下楼，在楼前草地上找了一棵干净的小紫荆树，将两位“姑娘”葬在树下。

回到家里，屋里静得像废墟，空气中弥漫着浓郁的死亡气味，我膝盖一软，缓缓坐在了地上，不用走近鸟笼看，我已经感觉到了，宝二爷……死了。

1994 年夏

补白

我不敢看这篇散文。我不愿想起有关这篇散文的一切细节。

写这篇文章时，心里有愧。近两三年，想起这件事，不敢往下想。我深感有罪。在这之前，我并不完全明白鹦鹉的死因，直到有一次看杂志，才知道水对于鸟儿来说比粮食还重要。我极其无知愚蠢！可怕的是，问题不在愚蠢，在于对鸟儿生命的冷漠。如果我真正敬重生命，那我一定会在养鸟之前先了解这些重要事项。至少我会打听、咨询，或者以己度其他生命的最基本需求。

我没有这样做。我养鸟不是因为爱惜它们、欣赏它们，而是因为寂寞、无聊。近年，手捂心口反思，愈觉李兰妮潜意识里有恶意。也许疏忽、遗忘、无知、误杀的深层因素是泄恨。也许潜意识中我恨它们，巴不得它们消失。每个人都有这样的时候：怒从心头起，恶向胆边生。在社会上被欺辱、被伤害、被鄙视之后，内心中恶善交战，恶占了上风，卑鄙的恶、无限扩张的怨恨令人成为魔鬼。就像精神病学家所说的，精神抑郁导致对外的愤怒与攻击。表现不一，实质相似。有些人伤害无辜可爱的小动物，有些人伤害比自己弱小无辜的人。

有时候看到新闻，虐猫虐狗，用硫酸泼动物园的狗熊，无故虐杀动物的消息比比皆是。我常常扫一眼，不敢细看。一是汗颜，立刻想到自己的罪过，罪不可赦。二是心惊心寒。三是心痛，我没有资格谴责别人，而这样的人似乎越来越多。这绝对不是小事。这是精神疾患增多的警讯。

我多次在心里忏悔，也曾在教堂忏悔。但是，我总觉得不够。我不能原谅自己。不能。不能。

第62篇

认知日记

2004年4月1日星期四上午11点10分

去年今日的此时，我正在中山三院九楼心理科候诊厅等候看专家门诊。

尽管SARS（“非典”）疫情风声正紧，三院是接收这类病人的专院之一，但来看心理医生的人仍坐了满满一厅。多亏芮琳事先帮我跟张主任打了电话，才加到了号。

直等到十二点零五分才轮到我进诊室。大概十来分钟就看完了，我是倒数第二个门诊病人。一出诊室，我如释重负给芮琳打电话，告知不是抑郁症。

下午就听到了张国荣跳楼自杀的传闻，我不信。因为是愚人节，我想那些恶作剧的传媒真无聊。晚饭时看香港电视节目证实了张国荣死于抑郁症。我感到震惊和恐怖。

我不断告诉自己，好在今天专家说了我没有患抑郁症，我没有自杀念头，不然我不知怎样面对这铺天盖地的袭击。可我仍不敢去听去看电视上的报道，尤其是张国荣的脸、眼睛和他的歌声。

昨晚，香港电视报道张国荣蜡像制成揭幕的消息，直到此时，我才敢去细看画面。今天上午读经、祷告时，我为这位出色的艺人做了代祷，求主让他的灵魂得到安息。

雷雨天。乐乐有些害怕。乐乐是前天下午出院的。

30号中午，与董主席和杨、谢两位副主席在顺峰山庄共进午餐。他们来穗参加省文联的会议。很感激文联党组的关心。

随笔

肚子痛。连续高温酷热，隐隐总有轻微中暑的感觉。书房西晒，午后太阳烤得凶，拉上窗帘，打开空调，还是难受。下午坐在电脑前，就会肚子痛，就要吃藿香正气软胶囊。心口堵，嗓子疼，脑门紧，有点想吐。从昨天起，我暂停抽血放血。突然不想抽血了。家里没人，针筒都拿出来了，就是不想抽，突然对放血、对看自己的血没有兴趣了。我也不明白为什么会这样。

仍然不愿面对电脑。近两三篇要面对丑陋的李兰妮，难受。烧心。

我曾想过要写写深圳人丑陋的一面。谁知，想不起别人有什么丑陋事，倒唤起了关于自己丑陋那面的记忆。

看《中国人的德行》一书。亚瑟·史密斯说到中国人的“爱面子”“节俭”“缺乏时间观念”“不讲究舒适与方便”“孝心”等，观察得很细致。

边看边想，如果亚瑟·史密斯的孙子来中国，就会发现，在商品经济的狂热中，新新中国人出现了。他们把观念改变推向极致。这些人最早出现在深圳。

为了利益，他们绝不会死要面子活受罪，他们为达目的不择手段。他们过分进步，可以不要脸。他们不节俭。时间就是钱。给一个钟的钱干一个钟的活，够钟走人，两不拖欠。孝心那是古人的事。有钱不怕没人孝敬你，没钱活该你要孝敬人。两百平方米的房子住进去，两年就不舒适了，别墅才舒适，极品豪宅才舒适。

至于亚瑟·史密斯说的“欺瞒的才能”“缺乏公共精神”“互相猜疑”“缺乏诚信”“多神论泛神论无神论”倒是发扬光大。打开电视，翻开报纸，山西黑窑工事件、少年砍父杀母事件、唐山黑老大装甲车事件，每天都有类似惨剧在上演。现在的人，求神拜佛，要的是世上的财宝。都说有啥也别有病，没啥也别没钱，有多少人想过：我们的精神有没有病？我们的灵魂有没有病？

我刚进深圳时，职业是记者。一年后，阴差阳错去了文艺创作室。现在我想，如果留在新闻系统，我会活得自信一些。

我是一个失败的创作员。

我认为，深圳只有神话，没有童话。用小说来表现深圳现实，难。

我常被人鼓励，深圳有最丰富的小说题材，你应该写出一部好小说。我却被丰富的题材深深埋了起来，就像突然遭遇泥石流或火山喷发，壮观不假，但是人被激流冲击因尘灰窒息，只有求生的份儿。这时候的你渺小卑微，魂不附体。

逃跑。往远处跑。逃离深圳。

到深圳前，我写小说。到深圳头三四年，我写深圳青年创业的中篇小说。当我对这座城市感到陌生惧怕时，不写小说，改写散文。写生活在别处的感觉。在别处，我能看见自己的身影。写散文直写到混不下去了。照行规，职业创作员必须有长篇。讲现实，写散文没法高产，稿费少，不易发表。

外婆说过，瞎眼鸡崽天照应。此言不虚。

就在穷途末路时，突然有人从北京飞过来请我写影视剧本。高稿酬，高待遇。一写就成。一步到位。无意间成功转型。钱也挣了，奖也拿了。就像那位失马塞翁，他家那匹失马不但回来了，还带回两匹小马。

我哪有塞翁那智慧呀，人家就知道天上不会掉馅饼，知道福祸相倚。我不明白，以为勤劳致富，三匹马明年会变六匹马。我不贪心，不想不劳而获。可是，天下万物均有定时，缝补有时，撕裂有时，攒钱有时，散财有时。

1996年至1999年底，我一直在北京等地写影视剧本。2000年2月做手术，接着化疗。这一年，我正好花完了前几年挣的钱。是天意吗？

刚接到通知，中国作协创联部邀我参团走军营。二炮部队、二十七军、空五师、北海舰队。

前两年，曾跟作协团去酒泉卫星发射中心。最让我感动的地方，并不是参观卫星发射控制室，也不是宇航员上天前的住所，而是酒泉烈士墓地。

荒漠中，几百座烈士墓，灰白色的墓碑。从将军到士兵，一样的坚忍，一样的朴素，一样的沉静。

这些军人曾住干打垒土屋，吃沙漠荆棘充饥，与外界隔绝，奉献忠诚和智慧。奉献、牺牲就是他们的称呼。献完青春献子孙，他们的孩子注定要做出牺牲，与风沙荒漠为伴。

航天飞机上天，举国欢庆。很少人知道这片酒泉烈士墓地，极少极少人会想起他们，以及他们的儿女、老父老母。

2007年6月27日

链接

《一路春光》摘录

带我去看滨海大道工地的几位朋友，分别毕业于清华、南京、同济等大学的城市规划专业，其中有博士硕士。他们开着一辆越野吉普，穿过暴雨后泥泞的工地，拉着我爬上刚刚铺垫完毕的滨海大道的土基，第一阶段的填海和软基处理工程已经结束，全长9.6公里的大道初见雏形……我特意去看了看往北移的那段路，滨海大道在这里拐了一个弯。朝南望，红树林上空有飞鸟盘旋；朝北望，世界之窗的铁塔隐约可见。时至今日，这座城市的现代化文明水平正在向国际一流水平看齐，深圳正在将自然风光、人文景观和城市风采进行有机的结合，科学地创造这个时代的城市美。

看完这条建设中的世纪马路，我问一个五岁半的小男孩：你想要一条什么样的滨海大道？小男孩是那位校友的儿子，喜欢画画，他抓出一把彩色画笔，画起了这条大道：路边要有好多好多花，还有好多果树，嗯……还要有一个采蘑菇的地方，靠海的这一边要有沙滩和贝壳……

1998 年 7 月

补白

摘录此段文章，想说说文中提到的校友博士和他五岁半的儿子。2001 年的一天，同事说，这位博士被“双规”了，而就在一个星期前，他曾想约作家朋友们一聚。很快又得知，博士的太太也被“双规”了。我立刻想起那个有一面之交的小男孩。

当初，因滨海大道项目采访校友博士，在他严谨整齐的处长办公室里居然见到一个小孩子。听人说，这位处长手中权力颇大，想上项目必须先过他这道关。又听说此人内行且能力很强，对人对己要求都很严。处长在办公室里言行举止很有威严，同时带有博士特有的清高，给人一种距离感，只有面对他的儿子时，他才会流露出温情。他的部下说，他宠儿子宠得不得了，差不多百依百顺。

他部下说得有点夸张，也许是对人对子态度反差大。我想，我能够理解他为什么要刻意与人保持距离，这个位置实在不好坐。在深圳多年，我早明白：挑战的背后是机遇，机遇的背后是陷阱。挑战越大，机遇越大；机遇越大，陷阱越大。你必须越过陷阱，才算完成挑战。

他意识到了这一点，可惜，终究还是掉进了陷阱。我觉得，这不仅是他一人的罪过；如果换了别人，在同样缺乏有效制约的环境中，或早或迟，或深或浅，总要遭遇陷阱的。

我在想：那个用彩笔画出滨海大道的小男孩怎样面对家庭变故呢？父母出事前后，他所看到的人的嘴脸是大不相同的。巨大的心理落差会导致怎样的精神疤痕呢？有没有人关注这类孩子的精神障碍呢？

之所以说“这类”，是因为在深圳的潮起潮落中，这种事情不鲜见。

从 1983 年到深圳起，我个人觉得，世事变幻，目不暇接。名人、名企业家不到十年必换一大拨。1990 年，我连续在外写影视剧本，回深圳与同事聊天时得知，90 年代一些引领潮流的名人正在一个接一个往下栽。有的消失在海外，有的东窗事发被判刑，有的一落千丈欠债难还。我不怎么惊讶。似乎已经是规律了。但我想，这类事件对抑郁症患者的潜意识大概会有所作用。包括那些有抑郁倾向的人。不知不觉间会更自闭，不信任情结更撕扯神经。

在我开始此书写作时，我已练就基本功：听到类似的消息，不惊讶，意料之中。深圳就是这样，充满挑战充满机遇充满陷阱。地狱天堂，祸福相倚。

第 77 篇

认知日记

2004 年 6 月 2 日星期三上午 11 点 25 分

儿童节黄昏时分，在物理系前的草地给乐乐照相，很有趣。也许我是在弥补自己的童年缺憾吧。

童年的记忆中，缺失了儿童节的片段，更没有父母给我们过节的画面。我们这一代人缺乏爱的滋润和熏陶，我猜测，多数人身上存在病态人格。

看《我们时代的病态人格》一书时，没有兴奋，觉得作者有关病态人格的叙述太熟悉，司空见惯。时至今日，那已不是病态，乃是常态。不如此才叫异常呢。

我们这一代人与前一代后一代人有所不同，童年时期特别缺乏具体的、细腻的、安全的父母之爱。在我们的文化中，批评父母是一种禁忌，对父母有怨恨更是一种罪恶。

时代造成了父母在家庭、亲子、精神保健方面的无知和过失，儿女深受其害却不能把精神层次最深的痛说出来，不能为此哭喊、求援。气滞于心，血淤不畅，心结渐成肿瘤，恶化到一定程度便是癌症。最终癌细胞迅速吞噬、毁灭我们。

谈到病态人格，精神病学家、心理学家都认为童年的伤害是最重要的因素。这样的伤害积聚焦虑、恐惧，量变酿成质变，人心化为地狱，生死不得安宁。

不仅我们是受害者，我们的父母、孩子也是受害者。我们必须拯救自己的心灵。

拯救的第一步是正视伤害，说出来，与父母一同做“化疗”。化疗是危险的、痛苦的，几乎是以毒攻毒，但治疗癌症必须如此，不可逃避。过了化疗关，才有机会进入漫长的顺气消滞、活血化淤的调养阶段，很漫长很漫长，须小心加小心。

很想知道，在这方水土上，究竟有多少人受过这样的文化禁忌之苦害？

话剧《刺客》到深圳演出。偶遇去看。

进场前，深圳大剧院《刺客》海报上有宣传文字：士为知己者死。女为悦己者容。

话剧演到近尾声，才搞清楚为什么剧中刺客豫让一而再，再而三要杀赵襄子。豫让跟着他的第一任主公时，是个油漆匠；跟着第二任主公时，身份相当于客卿。第二任主公死于赵襄子之手时，手无缚鸡之力的豫让誓死不降，立志刺杀赵襄子。赵襄子几次饶豫让不死，豫让不罢休。毁家毁容毁嗓音，心志不毁。屡败屡刺。赵襄子问豫让，他第二任主公杀了他第一任主公，他没什么表示，而赵襄子杀他第二任主公，他却定要复仇，究竟为什么？豫让答，第一任主公待他不过是普通的油漆匠，而第二任主公待他为国士。

由此引申出“士为知己者死”的主题。豫让死了，赵襄子以国士之礼葬之。

散场后，走出大剧院，独自散步回家。

走着，走着，脑子又活跃起来，似有强迫症地想着有关“士”的成语。

心里有个声音高叫：士在哪里！声音霸道粗鲁，疯子一般蹿到我脑子里，扇我耳光，捶我脑浆，扯着我的神经吼；士可杀不可辱？士为知己者死？士穷乃见节义，不为富贵所淫？士在哪里！在哪里！

耳朵痛，天灵盖痛，太阳穴痛，百会穴那个点发烫。幻觉又来了，脑浆像煮开的豆腐脑跳跳跳。我边走边用双手紧拽头发根，拽得越痛越舒服。我要稳住脑子里的那个李兰妮。

突然，另一个声音在说话，那是一个陌生的声音，不在脑子里，也不在心里，好像来自身外，来自大街上的空气中。它是一个幽灵吗？它在我脖子后面，它说：知己在哪里？我问你，“知己者”在哪里？

想起那个没有上京会试的穷举人，穷举人算不算士？应该不算吧？想起当年楼下阳台站着一画家，他对空气说：“多么的孤独啊。”到底先有“士”，还是先有“知己者”？你问我我问谁？

曾经，士说：知己在哪里？

今天，民说：士在哪里？

读报。《羊城晚报》：“深圳自杀死亡人数超过交通死亡人数，近几年平均每年超过两千人，其中中产阶层占了大多数；去年交通事故死亡人数为九百一十人……据悉，我国每年至少有二十五万人自杀死亡，是世界上自杀率最高的国家之一。而广东省每年有两万人自杀身亡，超过十万人自杀未遂。”

这篇报道谈到，深圳人大常委会审议深圳卫生事业的发展规划时，提出全社会要关注市民精神卫生。作为一个深圳市民、一个重度抑郁症患者，看到深圳已经在关注市民精神卫生，心里很欣慰，是一种实实在在的有盼望的感觉。

“神经科学将揭示出焦虑、抑郁和犯罪之间的某些重要联系。直觉告诉我们，抑郁和暴力是同一事物的两个方面，也就是说：攻击可以是朝内的，也可以是朝外的。”若根据国外精神病学家的说法来推断，抑郁和暴力，在全国所有城市中，深圳这样的移民城市首当其冲；而广东在全国各省份中首当其冲；中国在发展中国家中首当其冲。有时候，我忍不住会想：如果除去八十岁以上老人、五岁以下小孩不算，刨去精神障碍病人、心脑血管病人、癌症病人、残疾人、瘫痪病人、艾滋病尿毒症自闭症先天弱智病人，再刨去狱囚、各类型犯罪分子，我们还能剩下多少身心健全的人？我们的社会支持系统也存在问题，兄弟姐妹之间、夫妻之间充满误解。我们的爱是脆弱的，不能持久的。有时我们付出的是爱，收获的可能是恨。

2007 年 9 月 8 日

链接

《我的抑郁症》摘录

当我考虑自杀时，我会想起那些名人和他们的自杀方式。

弗吉尼亚·伍尔夫往口袋里装满石头走进一条河。

科特·柯本崩飞了他的脑袋。

西尔维亚·普拉斯把头伸进了烤炉。

三岛由纪夫剖腹自杀。

我的单子上有一长列选项：

上吊

酒加安眠药

被警察弄死

开车冲下悬崖

切腕

割喉

海洛因过量

吃错药

勾引变态者约会
头上套塑料袋
从屋顶或窗口跳下去
长时间在海里游泳
沉入本地的沼泽
尝试一下著名的胡迪尼逃脱术
在油污的地面上骑摩托疾驶
其他……

——[美]伊丽莎白·斯瓦多

补白

“阅读关于别人的抑郁症”，这是伊丽莎白·斯瓦多女士的建议。我极赞成。

从2003年春季直到今日，我迫切渴望得知别的抑郁症病人怎样面对抑郁症。如今，我进书店，首先会直奔精神、心理、医学书架，查看有无关于抑郁症的新书。我最想看抑郁症病人写的书。目前，我所看到的，都是国外的病人写的书。他们有的是心理咨询师，有的是节目主持人，还有剧作家、导演、畅销书作家。在《旷野无人》这本书中，我尽量列出看过的有关书目，直接摘出引起我共鸣的忠告。我想，一定有许多在抑郁旷野的黑暗中独行的人，盼望得知这些信息。

斯瓦多女士这本书的中文版是崔永元作的序。崔序的第一行就说：“编辑不知道是第几次催稿，我很尴尬，编辑更是。其实稿子早就写好又撕碎了。写得太真实，看得自己头皮发麻。”

当初在深圳，把书买回家，只是站在书架前随手翻翻斯瓦多女士的画作，也就翻了两分钟吧，里面图画的线条墨印刺激我，堵心，不敢细看，图画比文字更能激发幻觉，脑子又将高速运转。我把书放在枕头边，打算临睡前翻看，可是不行，里面那些疯狂的图画线条全是煎熬的声音，它们会引发李兰妮在我脑子里怪叫。那就不看吧。熄了灯，还是有感觉，摸黑坐起身，摸到书，把书放在脚边，不行，再摸索，要离脚远一些，放在床帮与墙壁的夹缝间。第二天一早，赶快放回客厅书架。

这次去深圳，把书带回广州，下午时分，在广深列车上翻书，阳光凶猛，车窗要拉上窗帘，这样的环境较安全，脑子较易受控制。

当看到崔永元说“写得太真实，看得自己头皮发麻”时，立刻想：原来别人看自己写抑郁症也会感觉头皮发麻！

前段时间，我一想到要坐在电脑前写这本书，就起鸡皮疙瘩。最后，只能中断写作，给自己一点调整的时间。但是，我对自己很怀疑，我每天都在自责，我总觉得李兰妮不够坚强，是不是找借口逃避？李兰妮是不是所有抑郁症病人中最神经兮兮、最胆小的？我无休止地批判自己，心情恶劣。

看到崔永元写的“头皮发麻”，我开始原谅李兰妮。

我看国外抑郁症病人写的书，特别喜欢看他们写到自己的软弱，大概因为我自己总在软弱中挣扎。“阅读关于别人的抑郁症”，也是一种疗伤中的认知。

看斯瓦多女士列的一长串单子，深感中外东西有别。有个洋名人说过，看一个人究竟是怎样一个人，主要看两条：一是看他娶什么样的妻子，二是看他选择怎样死。

中国的农民自杀，多选择喝农药；中国的白领自杀，多选择吃安眠药。看到斯瓦多女士列出的以上十五条，我知道其实有更多。每一个抑郁症病人都认真思索过无数自杀方法。我常琢磨的十二种是：

1. 五十度以上白酒加安眠药。（经研究不可行，他人已有太多失败之例，十有八九昏睡几天几夜，闹不好只伤及大脑记忆，后半辈子成为家人累赘。）

2. 用长丝袜上吊。（并非十拿九稳，操作不好，自取其辱。被救过来后，易因大脑缺氧过久，成为嘴眼歪斜口水长流的傻子，生活不能自理。）

3. 把胳膊放水中割腕。（血会自凝，只能作为自残自娱项目。）

4. 从十五层以上的高楼天台跳下去。（要夜里两三点时跳，楼层越高成功率越高。）

5. 从海船甲板跳下去。（比较麻烦，远水解不了近渴，还会劳烦船员下海相救。）

6. 卧轨让火车碾死。（时间不好拿握，闹不好还会害火车司机下岗。）

7. 出门被汽车撞死。（就怕撞不死，撞成残废反害人。）

8. 坐飞机摔死。（这是有害他人的坏想法，摔飞机不能只摔死你一个人啊。）

9. 打吊针快速点滴引发猝死。（成功率不高。会被医护人员发现，被骂得狗血淋头。）

10. 找个机会撞在枪口上误杀而死。（这种找死的机会太小太小。）

11. 开煤气中毒而死。（会殃及家人四邻或保姆。）

12. 触电而死。（不那么简单，很有可能只是电麻或弹开。）

当你无数次琢磨自杀事项时，一定要有个原则底线：找死的时候，不可伤害他人性命及利益！比如，拿炸药包到车站引爆，跳井让井水从此没人敢喝，放火自焚，往家中菜汤里放老鼠药，等等。你那不是自杀，是杀人，是犯罪！

自从重度抑郁之后，我很留意有关别人自杀的消息。我在报刊上看到过，香港有人在过境处闹自焚，结果自己没死却害死了一个公务人员。有人跳河或跳海，自己没死却害死了救援的人。《过平常日子》一书中提到，李夫人曾吃安眠药、开煤气、割腕、服毒药四度自杀，死不成。我非常注意这几种方法为什么不行，经过研究，我认定，跳楼比其他方式成功率高。但是，最近看新闻，广州大学城一个大四的男生自杀，他并非抑郁症病人，只是创业受挫一时冲动寻死。他跳楼自己没死，却砸死了一个大二的女生。被砸死的女孩十九岁，品学兼优。

我知道，重度抑郁症病人不可能不琢磨自杀，谁也挡不住他们这样那样想。作为过来人，我有两句话要跟你们说：一、这种时刻其实是可以熬过来的，哪怕叫人把你打晕或做电击。二、不可祸及他人。

第 78 篇

认知日记

2004 年 6 月 6 日星期日晚上 10 点 10 分

写认知日记已经整整一年啦！

没有回头看过。不想看。最想写的没法写出来。曾想把手术前后的伤痛、抑郁症爆发时的恐怖念头写出来；可是不能想，仿佛想下去人会发疯！说不出来，好多痛是无法表达的。

我似乎一直生活在三个世界里。现实的、梦中的、幻想的世界。每个世界都与另两个世界不同，分裂得厉害，令我筋疲力尽。我一人好像同时活了三辈子。

难道我就是三个不同的人？

哪一个是李兰妮？

这三个李兰妮我都不喜欢。

我盼望看见一个健康的、喜乐的、进入了新天新地的李兰妮。

认知日记要不要再写下去呢？

还没想清楚。

什么时候浏览一遍？李兰妮，你能回答我吗？

“小兔子乖乖，把门儿开开，快点儿开开，我要进来。不开不开我不开，妈妈没回来，谁来也不开。”

这是我记忆中第一首儿歌。不记得是谁教的，也许是幼儿园老师，也有可能是军营里的家属阿姨。这首儿歌教育我，大灰狼想吃掉小孩子，什么模样的人都不要相信，谁都可能是大灰狼。为什么清楚记得它？因为那时候的我很担心，如果大灰狼装成妈妈来敲门怎么办？怎么才能看出它是假妈妈？妈妈吃掉我怎么办？

我在子弟小学读书，每天要在教室外排队，一排队，就有同学指着队伍数数点点，说：“老一放个隆咚屁，把老二崩到二里地，老三磨尖刀，扎穿了老四的屁眼子，老五开飞机，老六扔炸弹，炸得老七一头汗，老八吹喇叭，吹得老九一脸稀屉屉。”于是，排老四、老九的同学就不乐意，要抢着换个好位置。混乱一阵刚排好队，又有人出来这么数，又引发混乱，排队的人位置总在调换。

老师没给我们讲童话，也没讲过神话故事，我不知道那些顺口溜是从哪里流行过来的。

城里孩子在少年宫学唱歌、朗诵、拉手风琴、吹笛子、听安徒生童话故事的时候，我身边的小朋友只会说顺口溜：“报告司令官，没有裤子穿，走到司令部，捡到两块布，左补右补还是露屁股。”

每天到山坡公厕蹲茅坑，总有同学在厕所门口或墙背后怪叫：“谁要草纸——红毛手套！红毛手套来啦。快跑啊。”

男生们没事就哼着《地雷战》鬼子进村的音乐，唱：“叮——疤瘌，叮疤瘌，叮疤瘌。”女生有时就几个人扯着我，唱：“泥娃娃，你坐好，我来给你洗个澡。洗呀洗，洗呀洗，洗出一个烂泥巴。”

我转学寄宿，同宿舍上床的小朋友给我讲的故事是梦游吃死人。她说：“你晚上会不会梦游？你知道吗？听说医院死人房里总有人半夜偷吃死人肉，查不出来。第三天，医生就叫护士往所有的死人肉上都涂上紫药水。到了早晨，医生对护士说：‘我们一个人一个人去查，看谁的牙齿是紫色的。’护士突然大叫：‘就是你！’”

上床的小朋友突然指着我大叫，我吓呆了。这时她咯咯笑着说：“就是那个医生啊。”

很长时间里，宿舍的小孩子都喜欢玩这种恶作剧，不但吓唬新同学，也吓唬自己。有时候，早晨起来，我们都暗暗担心自己的牙齿是紫色的，我们都害怕自己会梦游。

我就是在这样的文化背景下长大的。我记忆的底色该怎样形容？苍白？贫瘠？污糟？粗俗？除了打仗，抓特务，其他知识一概不懂。没听过“科学”这个词，没看过画展，也没听过“作家”这个词。我熟悉的是：哨所，刺刀，钢枪，舰艇，望远镜，战壕，坑道，高炮，手榴弹。我的玩具是：红缨枪，木头手枪，弹弓，竹箭，石子，沙包，棍棒。

听说，儿童时期是记忆力最好的黄金时期，很多科学家、艺术家、文学家、政治家、企业家都是在儿童时期奠定他的知识基础，开启智慧之门。纯洁的心灵，美善的印迹，人生之初的基调决定你的个性、能量、发展走向。种树、种菜、种花，都要讲究底肥，底肥的种类、质量、数量，钙钾磷氮锌等搭配，决定种苗的生长速度，抗病虫害能力，能否开花结果。

假如，那时候的我，是一粒小萝卜籽儿，我的底肥就是忠勇。就算是钙吧，薄薄一层，这棵萝卜苗准是蔫巴巴的，叶子发黄，虫害必多，将近收成时，再怎么追肥也作用不大。拔萝卜的时候，了不起拔出一个二两重的细萝卜，不甜，不脆，味道怪怪的。

2007 年 9 月 11 日

链接

《荣格自传》摘录

我的一生是一个潜意识自我充分发挥的故事。

我梦见……谈话是用拉丁文进行的。一个戴着长而鬈曲的假发的绅士对我说话，问了我一个很难的问题。醒来后，我立刻想到我正在撰写的著作《潜意识心理学》，又想到那个没有回答出的问题，痛感自卑……迟至多年之后，我才理解了我的梦和我的反应。那个戴假发的人是一种祖先的灵魂……我灵魂上的先人向我提问，看来是希望并期待得知他们在尘世未曾得知的一切……如果死后有一种意识的存在，那么，我认为，这种存在就会在人类所达到的意识水平上延续下去，而意识在任何时代都具有一个可变的上限。

——[瑞士] 荣格

补白

我自己不会解梦，但我对潜意识很感兴趣。国内研究潜意识的书很少，写得精彩好读的，我不知道有没有。我们现代的医学专家多注重尖端技术，不重科普，写书是给医学博士们读的。而文化界对人类潜意识的关注少，注意力过分集中在社会的表面纷争上，有点遗憾。

书店的畅销书柜台上，清楚地摆明现代人的热衷和追求。一眼扫去，我看到的是：急迫，躁动，焦渴，肉欲。物质的，世间的。只争朝夕。

曾经多年，书店是个冷清的地方。那时我想，什么时候书店变得拥挤、热闹该多好啊。今天我想，什么时候书店里变得安静、内敛该多好啊。

第79篇

认知日记

2004年6月8日星期二上午10点30分

没想到这么快就必须打开电脑，继续写我的认知日记。原以为可以在很长一段日子里不用做认知治疗，病情稳定了，噩梦不会再困扰我的魂魄和神经。

凌晨。在梦中。

前后的梦境都记不清了，唯有一段不时浮现，挥之不去。

……我无意路过一个废弃破败的仓库区段，一间平房前的屋檐上挂着一个吊死的女人，她四十岁左右的年纪，长得端正丰满，有些像我过去的同学宋。

我是突然与这吊死的女人正面相遇，离得非常近，看得非常清楚。她的脸紫涨着，肌肉僵硬，垂着眼帘，下巴不知是本来就胖还是勒得太紧，显出古怪的双下巴，第二个下巴特别鼓，好像就要掉下来了。她的躯体、四肢也有些臃肿，但表情并不可怕，似乎她满意这样得到解脱。

我很害怕，快步离开。我决定不跟别人说这事，就装作不曾看见过。心里模糊觉得，好像听说过这人作过什么案，正在被调查，但罪不该死，可能她压力太大，选择了断。

……此间又有一小段模糊不清，只记得跟几个人进了这死者的家，她父母热情招呼我们喝茶，强留我们吃饭。他们边做饭边笑着跟我们聊天，似乎一点不知女儿已死。

我觉得困惑，难道她不是他们的女儿？难道他们一点不知道女儿有难？饭菜快做好了，那当妈妈的悄悄出了门，回来时疲惫，显然哭过，却仍装作无事。

我心里在想：是了，她一定是去将女儿解下来，放在一个隐秘处，要等夜里偷偷掩埋。我替死者感到安慰，不管她犯了什么错，毕竟父母还是在乎她，心疼她的。我心里又替那当父母的难过，女儿自杀了，尸体还没安置妥当，他们竟要在家应酬众人！

我眼前不断闪现出那具紫涨的女尸，我心里有种说不清楚的混合型感受，悲哀、恐惧、怜悯、理解、守密、恍惚……

醒来后，头痛、心累。精神不振。在床上眯了好久。

写出来了，就忘掉这些吧。用不着分析，我既没力气分析，也不明白这个梦象征着什么，就知道一点，继续吃药吧。

随笔

做了一个梦。醒来是早晨五点四十五分。夜里三点多，我起床上过厕所。这个梦约在四点至五点半之间。

不记得开头。……我住在北京一家会所里。秋凉天，有点冷。

会所是一个家族式管理的旅舍，平房，大院落。会所中心是个大客厅，可以通向各个房间。房子、家具都比较旧，不是破旧，是有点贵气古气的旧。有个七八十岁的老妇人在客厅指挥几个人干活，那些人好像都是家族成员。

老妇人对我很和气，问我到北京来干什么，家里人近来好吗。她叫我别客气，想住几天都可以，她和我家是熟人。

我拘束。我想她肯定认错人了。

我懂得会所是招待会员的，这是一家颇讲究的会所，没有一点珠光宝气，没有一点现代奢华，干活的人不说话，个个像在自己家里无拘无束。客厅偶尔可见两三个客人经过，他们也不说话。很安静。

这时，王云来了，我奇怪她怎么知道我在这里。见到熟人让我感到轻松。

王云说，带我在北京玩一天。

我立刻跟她走出会所。没想到出了大门就是大街，不是闹市，但人来车往，这是我熟悉的环境。我给中国电视剧制作中心写剧本时，王云是我的责编，我很信任她。她指着街边一个路牌，建议坐车去那里玩。路牌上似乎写着：惠州——香港。我说："不好，太远，这种地方以后什么时候都能去。"王云说："那好，我带你骑车看一个好地方。"

我穿着短风衣，骑着一辆山地车在街上走，到了一个岔路口，路口旁有个行人岛，要过路口的人和自行车都在这里等绿灯。路旁有红白横条的扶栏。

我突然发现王云的车后跟着几个自行车赛车手，有中国人，有老外。我前面那辆赛车很漂亮，男车手很高大，戴着头盔，弓着腰，时刻准备冲过路口。

受到影响，我也弓着腰，盯着红灯等它绿。绿灯总不亮。这时三四个溜旱冰的小孩子挤到我车前，在扶栏下爬来爬去。

我心想：谁家的小孩子？滚街拖地多脏啊。当父母的在哪里？

我张望，想找那当父母的。前面的赛车已冲出老远。我赶快跟，紧踩车子拐进一条大街。那些赛车手骑远了，追不上。王云也不见了。

我想，她一定以为我跟在后面呢。我使劲蹬车追，追了一段路，觉得不对劲，刹车停了下来。伸长脖子望去，这条大街远远望不到头，街两边的大厦像纽约曼哈顿的景色，华丽，高耸，越远处越气派朦胧。

眼睛出了问题，痒，蒙，眼角有分泌物流出来。我用风衣的衣袖擦，擦不干净。看街模糊。很不爽。

我心想：王云一定会回头来找我，原地等吧。等了一阵不见她回来。回头看看行人岛，岔路口还有一条路，王云也许从那条路走了？

我到另一条路的路口张望，这条路好像是一条被废弃的路。一边是海边，只有零零散散的旧屋，没什么人迹。我又伸长脖子使劲往远处看，看不到头。心里想，两条路在远处必有交汇点。

我丢下车，选择这条路往前走。心里不踏实。别人怎么不走这里？前面荒，万一有坏人在旧屋黑店埋伏怎么办？

我退回岔路口，心里着急。我不懂回会所怎么走，也不知道眼前两条路通向哪里。无意触到风衣口袋，有钱包、纸巾。

高兴。原来我带了钱包出来呀，松了一口气，有钱就好办了，累了就找咖啡馆坐。我用纸巾擦眼睛，眼角的分泌物擦掉了，眼睛舒服了，心情开始好转。

信步朝荒路的海滩走去。心里想，奇怪，北京还有这样的大海，望不到尽头的海。海水是浅绿色的，很洁净。海滩居然没有人玩。

我往海边走，海滩有几块大礁石，不高，形状敦实，一大块一大块靠着。石面褐色泛光，上面没有小蚝壳，质感稳厚，里面包着很大的能量。这时海浪扑过来，撞在礁石上，激起比礁石面积还大的浪花。粉碎的浪花在空中飞溅，浅绿色裹着雪白色。

我心里突然发紧。

我想起了九岁，在那个地面下全是军事坑道的小海岛。黄昏，我要独自穿过一个礁石洞，去连长叔叔家吃饭。礁石洞比大人还高，里面礁石狰狞，可以藏几个人。海浪这个时候特别喜欢撞礁石，声音好大好大，浪花好大好大。

我怕洞里藏着吃人的大海怪，怕海水淹没这个洞，害怕浪花把我卷到很远很深的海底。越磨蹭天色越晚，浪花撞击礁石的声音越大。我不敢去看那些浪花，但总有浪花会溅到我脸上头上。我总会忍不住把眼睛眯成细细一条缝，偷看浪花会不会卷走我。从此，落下暗伤。我不喜欢近距离看浪花撞击礁石。

我想离海边礁石远一点，故意不看礁石，极目张望远处的海水，海面上有点灰暮气，海纹一波一波的。突然，细海纹变成粗海波急推近前，我来不及躲，来不及闭眼，眼看着浪花撞在礁石上，像花儿一样怒放。花芯雪白，花碎浅绿，像极其巨大的一朵烟花开放在宽广的海空中。我欢呼："好漂亮啊！"心旷神怡。喜悦。喜悦。

我从喜悦中醒来。

今天醒来头不痛。

2007年9月12日

链接

《道德经》摘录

五色令人目盲；五音令人耳聋；五味令人口爽；驰骋畋猎，令人心发狂；难得之货，令人行妨。是以圣人为腹不为目，故去彼取此。

甚爱必大费，多藏必厚亡。故知足不辱，知止不殆，可以长久。

祸兮福之所倚，福兮祸之所伏。孰知其极？其无正也。

强大处下，柔弱处上。

天之道，损有余而补不足；人之道则不然，损不足以奉有余。

信言不美，美言不信……知者不博，博者不知。

既以与人，己愈多。天之道，利而不害；圣人之道，为而不争。

补白

1989年至1999年，近十年里，我特别喜欢白颜色。那种喜欢接近强迫症。

无意间，深圳街头越是喧闹，我越是需要躲在白色中。

有段时间，几乎天天餐餐都要赴饭局。我跟朋友们喝酒，吸烟，说笑，却总有一个微弱的声音：五味令人……五音令人耳聋。让我有点分心，有点烦。

癌症清扫手术后，进入新世纪，饭局大减。有两三个老总朋友都在读书，都说起《道德经》。我赶快讨教："五音令人耳聋"那几句，是老子说的吧？

朋友送我一本《道德经》，告诉我，这是他最满意的版本。

不到一年，读经的一位老总遭遇告状，被调离原集团。这朋友叹道：“我希望好人别总被人冤，好在接我班的人是个老实能干人，这样想想心里好受些。”几个月后，接班的老总又被人这样那样捣弄一通，又调离了工作岗位。第二位老总对我说：“调到哪儿我都会对得起良心，我真盼望是非搞分明。”

我想：怎么读经的人总是这么快遭遇试炼？这不会动摇他们的信心吧？

第 80 篇

认知日记

2004 年 6 月 10 日星期四上午 10 点 40 分

怎么回事？前几年那个伤心的梦又回来了。

1992 年至 2002 年，近十年的时间里，我常在梦里梦外伤心。在梦中总是那样的委屈、失望、忧伤、心痛！常常是忧伤浓烈得把我从梦中呛醒。醒来之后，我深深陷入梦的某个细节中，就像身陷泥沼，越挣扎陷得越深。

这种梦仿佛有一种味道，苦到极致便模糊了，错乱了，似乎有一丝隐约的甘与酸涩紧紧揪扯着，没法形容那是什么味儿。有时，一整天，我呼吸的空气中都弥漫着那股味儿，我从未仔细分辨，意识中晓得它就叫伤心。

这伤心之深是无法言说的，我不曾想过要说，也没想过要写它，因为它是不可写的，写出来就不是它了。人心之真痛、最痛只能魂灵知。可惜前几年不知道向上帝祈求拯救，自己一人硬扛着。

近年几乎不做这种伤心梦了。我常背诵“忘记背后，努力面前”。

不要害怕，不要困扰，不要伤心。

人活一世，谁没伤过心？重要的是，求主医治。“我们经过水火，你却使我们到丰富之地。”

随笔

有几年，我偏爱蓝色。深深浅浅的蓝，棉布的、丝绒的，床单、枕套、被单、窗帘全是蓝色。

忘记在一张怎样的字纸上瞥见：蓝色是最适宜疗伤的颜色。脑子立刻对心说：李兰妮，你受伤了，你需要蓝色，你需要养伤。

其实，人对颜色的偏好是由潜意识决定的，不关流行也不关漂亮。

我刚记事的时候，喜欢翠色。“文革”时全国流行大红色、军绿色，大脑神经对这样的颜色需求饱和，潜意识与之保持距离。

当我身处光怪陆离、色彩爆炸、人欲横流的城市和年份时，潜意识需要纯白色减压，这是人的本能。当我身心遭受功能性、器质性病变时，李兰妮自动进入蓝色躲避。

抑郁症康复期间，我多选择红色衣物。浅红、水红、粉红、枣红、鲜红、酒红，就连闹钟抱枕、旅行水杯、箱子都是红色的，我要振奋精神、振作身心。

每个人的潜意识都会根据需要发出指令。只是社会太喧闹了，自己太折腾了，你就听不到指令，久而久之，你会不断生病。与其四处求医，不如安静下来，倾听你自身体内的声音。这是自然的声音，是让你平安喜乐的声音。

2007 年 9 月 18 日

链接

《活着就是爱》摘录

假如我们没法去爱与我们朝夕相对的人，我们又怎能去爱那与我们只有一面之缘的人呢？……开始时，试试你对家中的孩子、丈夫和妻子说一些亲切的话，要帮助那些在你群体中、工作上或学校里有需要的人。

饥饿并不单指食物，而是指爱的渴求。赤身并不单指没有衣服，而是指人的尊严受到剥夺。无家可归并不单指需要一栖身之所，而是指受到排斥摈弃。

……若没有这些受苦的人，我真不知道世界会变成怎样。这些了不起的人虽然不断面对痛苦，但仍保存自己的尊严和爱。

……今天，我来接受这项奖金，是代表世界上的穷人、病人和孤独的人。

——特蕾莎修女

补白

几年前就买了《活着就是爱》这本书，随手翻翻就塞书架上了，觉得语言平实，不够“抓人”，对特蕾莎修女佩服，但并不太了解她所做的事业。

生重病使人进步。

再次翻开这本书，这句话抓心："代表世界上的穷人、病人和孤独的人"。极有认同感。我就是穷人、病人、孤独的人，她代表我们去接受诺贝尔和平奖，她理解、尊重、爱护我们这些被厌弃的人。

第81篇

认知日记

2004年6月17日星期四上午10点

昨日黄昏，带乐乐去西聚园遛弯。出门时已是乌云堆积在天西南。谚语道："云往东，一阵风；云往南，大雨漂起船。"估算了一下，云偏西偏得更多些。雷声已响，行人飞奔，我却依然牵着乐乐，看它不慌不忙啃草根。

小石子般的雨点刷地砸了下来，眨眼间天昏地暗，电闪雷鸣。我和乐乐慌忙逃到小凉亭。雨太大，必须撑伞才不至于雨溅全身。

乐乐趴在我脚边，我蜷缩在石凳上，园里空无一人，只见到两三只蛤蟆在蹦。电闪得刺眼，雷就在身边此起彼伏地炸响。乐乐并不害怕，扬头看雨，不时威风地吠叫几声。这让我感到安慰。

我从小怕雷，我抱住乐乐大声说："我们不害怕！"乐乐的体温令我觉得有它作伴真好。我开始欣赏雷雨中的世界，我大声背诵："这是耶和华所定的日子，我们在其中要高兴欢喜"，"感谢神赐我赎主，感谢神丰富预备……感谢神赐我苦和乐，在绝望中得安慰。"我唱着赞美诗："哈里路亚赞美主恩，哈里路亚赞美主爱……"

我沉浸在一种属灵的平安中，很愉快，很自在。

雨太大，伞已湿透；雷太响，为避雷我索性收掉伞。我把乐乐放在石凳上，让它趴得更自在，也让自己舒展地坐观雷雨中的风景。心里不着急，知道雷雨不会太久，并盼望着雷雨后的清新天地。

暴雨骤收，雨细如粉。草翠风翩，雷在远处响，闪电不再刺眼。我和乐乐走出凉亭，我们继续遛弯。这时遛弯比平时更惬意。

这就是我的生活。

随笔

乐乐四岁了。上个星期三才过的生日，生日礼物是一匹毛绒玩具马，浅黄色的马背上有几个粉蓝粉红色小圆点，马尾巴缩着像朵花，一拽那条马尾巴，就有音乐轻快地响起，是儿歌：哆哆哆嗦啦啦嗦，咪咪瑞瑞哆。

我拍巴掌跟着曲子唱："我们乐乐真漂亮，真呀真漂亮。"

乐乐歪着脑袋看玩具马，左歪一下，右歪一下，似乎在想：这东东怎么会唱歌呀？

乐乐猜不出来，一口咬住玩具马的脖子，像捕获猎物似的摇头使劲甩，很神气地甩，然后叼着这个猎物在屋里一阵疯跑。跑一会儿，停下来，眼睛闪亮，快乐地看着我，示意我快过去抓它。

我大喊："这是我的玩具。给我玩！我来抓你啦——"边喊边追它。乐乐更乐了，表情好玩极了，黑亮的眼睛里满是得意的笑、顽皮的笑，它跟我玩起了官兵抓强盗的游戏。它和我从客厅跑到书房，又从书房跑进卧室。乐乐躲在床底下，紧咬着玩具马，眼睛溜圆看我怎么抓它。我真有点急，这么大一个人，居然抓不住这么个小坏蛋，太没威信了。我趴在地板上，观察一下地形，迅速钻进床底，伸手去堵去抓周乐乐。乐乐刺溜从我手边蹿出去，它在床沿外伸头往床下看，看我趴在床底拍着地板笑骂它小狗东西。

我们很快乐。

我在补童年。这本是我童年时该有的幸福时光。

2007 年 8 月 19 日

链接

《走进军营》摘录

接到通知走军营，我犹豫。

十九岁之前，我在野战部队军营长大。像我这样的军人子女，童年少年时代军队比父母亲。军营就是我所接触的全部世界。我刚懂事的那几年，父母在军事要塞守岛、备战，我独自远离父母，长年寄宿在艰苦简陋的军队子弟学校。子弟学校老师被打倒或遣散，我和少数孩子无家可归，在没有文化滋养的环境中盲目度日，没有盼望。

多年后的今天，作为一个曾经经历过三次手术、五个疗程化疗的癌症病人，作为一个曾经患重度精神障碍的抑郁症病人，当我写作纪实长篇《旷野无人：

一个抑郁症患者的精神档案》时，触动了潜意识中的内隐记忆。我的精神之痛中，有着过去时代军营孩子心灵的荒寂与忧伤。我们的父母在边防海岛、深山大漠燃烧生命；但是，我没有亲眼看到那神圣的光华，我只触摸到燃烧后沉默的灰烬。

得知走军营的消息时，我正在写《旷野无人》最后的六分之一章节。我犹豫，我害怕失望。军队转型之初，我随父母走出军营，走到军营外的世界。我独自进入改革开放的前沿深圳，经历着社会转型中的种种熬炼。在此同时，我听说军营也在经历转型之痛。我很想知道今日的军营是怎样的面目，可是，我又很怕看见某些谣传中的负面蜕变。骨子里，我永远是军队的女儿。我不喜欢听人拿部队胡乱说事儿，我希望保留军队在我心目中的神圣地位。

怀着复杂的心情，我随作家团走进了今日的军营。

一路走来，火箭兵、陆军铁军、空降兵、航空兵、潜艇兵、舰艇兵，我看到的是现代化的军营，接触的是威武之师、文明之师、奉献之师、善战之师。我军的优良传统仍在，“一不怕苦，二不怕死”，敢打敢拼。与往昔不同的是，这支军队的综合素质大大提高。在今日官兵的嘴里，常听到“科学发展观”“以人为本”“信息化数字化”这样的词语。我留意到，连队阅览室里有心理健康杂志，军营里有心理咨询师，战士们活得充实，健康，有“兵者之气”。我被军营里科学化、战斗化、人性化的种种管理细节所打动。

我热爱现代军营铁的纪律和精神风采。我喜欢看战士纯洁、坚忍的眼神。我从他们黑里透红的脸上，感受到忠诚、勇敢的力量。

一路走来，我每天都在感动，每天都感觉到，我在疗伤，疗精神之伤、心灵之伤。我每天都在为人民的子弟兵而自豪。正因为拥有这样一支听党指挥、现代化的军队，中国才能和平稳定地向前发展，掌握国际上的话语权。

在士兵文化俱乐部，看到一张这样的战士摄影作品：一队尘土满襟的战士收兵回营，一个五六岁的军人之子顽皮地从他们面前走过。穿着卡通童装的机灵孩子忍住笑，无忧无虑的小脸泛着活泼的光，与战士们含笑爱惜的眼神形成有趣的映照。

当年大军南下，妈妈十六岁。一天黑夜，部队冒着暴雨急行军，泥泞路滑，她背着行军包，摔成一个小泥人。实在走不动了，前排老兵叫她揪着自己的背包带跟着走。老兵是文工团美工，见多识广。十六岁的小女兵一边走，一边问：“老铎，毛主席知道我们在这里行军吗？”老兵说：“知道的，知道的。”在信念的鼓舞下，十六岁的小女兵奋力走进了新中国。

2004 年，我在酒泉卫星发射中心采风。印象最深的，是大漠中寂静的烈士墓地。这个墓地有几百个灰白色墓碑，组成一个整齐的阅兵式方队。据说，早年间尚没有这块墓地时，捐躯官兵的土坟就散落在沙漠里，几年后就再也找不着了。默念着墓碑上从将军到士兵的名字，我在心里问：有多少人能知道他们的默默奉献和牺牲呢？

这次走进军营，我得到了回答。战士宿舍走廊墙壁上有一句他们自己书写的大实话："什么也不说，祖国知道我。"

我为祖国有这样的军人而感恩。

2007 年 7 月 15 日

补白

走军营时，我喝醉了。这是我第一次喝醉酒。

我曾经有点酒量，不嗜酒，但要喝就喝高度数白酒。十几年里，出过两次小状况：一次是喝冰冻啤酒，刚喝一杯就胃痛，剧痛。我平时不能喝冷冻饮料，对啤酒没有一点兴趣，勉强为之，报应也快，痛得紧急赶到附近诊所打止痛针。还有一次，是化疗期间，医生明令不许沾酒，我不知厉害，喝了半杯红酒，然后补吃化疗药片。几分钟时间就发作了，心脏闷痛，呕吐发冷，朋友们打 120，我躺在救护车上，被送到深圳福田急救中心。

有时候，我很羡慕醉酒的朋友，有些人平时一般，醉了后无拘无束说话，特别好玩，人的本色出来了，单纯，可爱。

走军营之前，我没有真正喝醉过。也有喝多了，说话声音大的时候。好像越喝心里越明白，潜意识把着关，见好就收。

这回在军营喝的是白酒，没喝几杯，但真的醉了。意识里只记得周晓枫的脸，大概是她扶我躺下，听见叶广芩说这个小红包包要放好。她指的是我的钱包。我心里闪过一丝丝笑，然后就没有知觉了，压根儿不知道作家团的朋友们在担心，大伙儿在我的门外听着动静，商量说："要不要找人看着她？要不要上哪儿找点解酒的药？她会不会稀里糊涂摔坏哪里？"又怕徽章的别针扎痛我，从衣襟上给我取下来放在床头。我呼呼大睡，并不知道我正在享福呢。

这是我第二次同时被众多朋友惦记着照看着，具体地帮助着关爱着。在我做癌症手术时、化疗时、抑郁欲疯时，我没有向朋友们开口求救，但是我的潜意识渴望向朋友们求救，渴望享受一下被人们呵护的待遇。上帝有心补偿我的缺憾，他让与我同走军营的人们化作天使，安慰着李兰妮那忧伤的灵。

几年来，第一次没有吃安眠药就进入熟睡状态。一觉睡到凌晨三点，头不痛，没有哪里不对劲儿，起来洗了澡，坐在床上喝咖啡，吃苏打饼干，心里琢磨着喝醉的原因。

当天下午忘了吃激素。这种激素补充不及时我就发蔫，就跟手机没充电一样，肯定异常。几天走军营，兴奋、疲倦，喝酒前坐了一下午车，体力不支，这种状态下喝酒很容易醉。

还有一个最重要的原因，觉得回到军营就是回家了。这是我精神上的家，我感到安心。走出军营后，我经历了魂飞魄散，今天，重新走进军营，走进21世纪中国精锐之师的军营，魂魄回归的我，潜意识感到了自我的完整。

第82篇

认知日记

2004年8月7日星期六21点30分

晚饭前，为躲乐乐烦扰在学而优书店呆着。我常去那里翻书，有时就是去呆呆地看那些书架上的书名。家门口有这样一个书店真是件很愉快的事情。

买了一本译林出版社出的精装本《基督山伯爵》。就为最后一页的一句话而买。

“直至上帝向人揭示出未来之日，人类全部智慧就包括在这两个词中：‘等待’和‘希望’。”

第一次看这本小说是在1978年底，那时正在中山一院住院。我更喜欢那时看的译本，那句话大致是这样翻译的：“在上帝尚未向人揭示出他的未来计划之前，人类的全部智慧就是四个字：等待、希望！”

我非常喜欢这句话！可是，我曾经忘记过它。

此时此刻是2004年8月7日晚上十点十分，我特意在认知日记里写下心愿：我希望自己从此永远不要忘记，在上帝尚未向人揭示出他的未来计划之前，人类的全部智慧就包括在这四个字中：等待、希望！

等待、希望！李兰妮！

我并不十分喜欢《基督山伯爵》这本书。好像只看过一次小说，一次电影。但我一直记得“等待、希望”这四个字。

此刻，我想知道：小桃看过这本书吗？她知不知道这四个字？她在期盼在清华读书的丈夫回家的那几年里，等待、希望是否支撑过她的精神？

记忆中，她给我们的最后一封信也有四个字：“知足常乐”。

我一直回避思想有关小桃的话题。

以上文字是昨天写的，写不下去。

很长时间里，我控制自己不去想外婆。外婆去世后，有意无意间，我都在祈祷不要梦见她。我怕万一梦见她在另一个世界过得不愉快，会加重我的心病。只有一回，梦见父母收到了外婆的来信。字写在那种老式带竖条的信纸上，信中说：我搬家了，现住在某某大厦1308号房。我跟父母说：“我还以为外婆走了，原来她住的地方离咱们这儿不远啊。”我跟妈妈、弟弟去那幢大厦找外婆。大厦是“回”形的高层商住楼，转来转去像走迷宫。先找到十四楼，十四楼的人说，再往下走。大厦没有安装电梯，爬上爬下，我们累得直喘大气。好不容易才找到下楼的阶梯，是水泥地，光线暗。下了一层就找1308号房，头都转晕了，“回”形楼太大，走一圈要问好几个人。找到08号房，里面住着一家几口人，男主人说：“这里是1208号，你们搞错了，还要上一层楼。”我说：“不对呀，我们刚从上一层下来，那里是1408号。”奇怪了，1308不见了？醒来后，心里想，幸亏没在梦中看见外婆，否则看见她去世前的模样，心里一定会难受很多天。

今天凌晨在梦中真的看见了外婆。

混乱的梦境。不知身在哪座城市，记得有几个陌生人来告诉我，外婆被判死刑了，很快要被枪毙。我很慌张，很恼怒。我说：“外婆她犯了什么法？为什么被判死刑？一定是冤枉的。她在哪里？死刑是哪一天？我要去见她。”陌生人说：“她在医院。她太老了，医生不给她治，说死刑犯不治。”

伤心的气味。心很痛，很伤，嘴里苦苦的。

找到那家医院。医院人很多，熟悉的感觉，碘酒味、酒精味、福尔马林消毒水的味道。每个诊室里都挤满了人，我在医院里迷茫地走，我的眼睛在天花板上俯瞰大厅。

我看见我焦急地在人群中穿梭找寻，我要找谁呢？噢，医院的管理者。

我看见我极不冷静地跟人争吵，我悲愤。我听不见争吵的声音，但是我明白自己想为外婆讨回什么。死刑什么时候执行？不能更改吗？不能再上诉吗？难道就眼睁睁看外婆冤死吗？是枪毙，还是注射毒针？没有任何人告诉我，外婆为什么要被判死刑，我到处问，没有人能回答。我累极，累得坐在楼梯处歇息，我感到绝望。退而求其次，先不要管谁判她死刑，凭什么判她死刑，先要找到外婆，要争取让医生给她治病，我可以当面问外婆到底怎么回事。

突然，我看到了妈妈、弟弟、先生、弟妹，原来家里人也赶来了。我没那么焦急了，弟弟说，弟妹在诊室陪外婆做治疗。我惊喜地想：医院比我想象的好，他们肯给外婆看病啊。我对家人说："为什么判外婆死刑？搞清楚了吗？"妈妈说："不清楚。"我说："外婆知道她要被执行死刑吗？"妈妈说："她知道。她很冷静。可能明天就执行。"我不明白妈妈为什么不发飙不发疯，反正我要发飙发疯了。伤心的感觉。嘴里苦，我想哭，哭不出来，心里干干的，没有泪。我暴跳说："一定要就这么看着她死吗？我受不了受不了！"先生抓住我的胳膊，说："你吃药没有？你赶快吃药。急有什么用？吃完药带你去见外婆。"我一听要见外婆，心里就害怕。我吃药。我对弟弟说："你上次告诉我，外婆已经病得脱了形，现在怎么样了？"我想见又怕见。弟弟说："比原来好一点，样子不会太吓人。"

我和家人到了一个诊室门口，护士说："你外婆输完液，上厕所去了。"我们在大厅等。我心里揪揪的、慌慌的。突然，身边看病的人群都往相反方向走，只有一个人正面朝我走来，离我几步远站住，挡住她的人群分开了，我的外婆就在我眼前。

外婆面无表情，人干瘦，眼深深地凹下去，眉骨高高的，有点像具木乃伊。个子比原来矮，穿着蓝黑色旧衣服。我不敢上前，她不像我记忆中的外婆。外婆肯定吃了很多苦，她的嘴唇紧紧闭着，皱纹一条又一条，很深，很长。干枯。

伤心的感觉。我不能动，想上前抱住外婆，但是，我浑身不能动。

外婆的眼睛轻轻动了动，开始有了一点光彩。眼睛不再干枯，渐渐有点湿，含水的眼睛，这双眼睛像我熟悉的外婆。

我们一家人上前围住外婆，争着要搀扶她。她不要我们扶，她坐在一张椅子上，她的眼睛里隐约有抑郁，隐约有笑意。

外婆看着我。我蹲下身，双手护住她的膝盖，我抬头看着她，心里模模糊糊想：外婆，我们都在这儿。

梦醒了。天还没有亮。

心里一片惆怅。

惆怅中并不混乱。

我正对着电脑发呆。喉咙发紧，痛，酸涩，苦甘苦甘的。

2007年8月20日

链接

《约拿》

一日，上帝差遣先知约拿前往尼尼微城，要他向那里的居民呼喊，因为他们的罪恶太重，为上帝所憎恶。可是约拿不听从命令，反而登上一条开往他施去的船，准备在那里躲避。

当船行到中途，海上突然狂风大作，船差点要沉。为减轻重量，船上的货物被抛到海中。有人建议掣签，看是谁得罪神招来灾祸。结果掣出约拿。约拿告诉他们，他是为躲避上帝才上这船的。这时，海浪翻腾，船即将翻沉。约拿说："只要你们把我抛在海里，海就会平静。"众人不忍心这样做，就想把船划到岸边。可是，船无法靠岸。众人只好祈祷，求上帝随自己的旨意行事，然后把约拿抛下海。这样海浪果然平息了。

上帝安排一条大鱼把约拿吞入腹中。约拿就在鱼腹里呆了三天三夜。约拿向上帝呼求救恩。大鱼就把约拿吐在旱地上。上帝再次命令约拿去尼尼微，于是约拿就遵命照做。

约拿来到尼尼微，在城里走了一天，宣告：再等四十日，尼尼微必倾覆！尼尼微人信服上帝，就全城禁食祷告，表示回心转意，离开所行的恶道。

上帝见尼尼微人诚心悔改，就不把所说的灾祸降到该城。

——《圣经》故事

补白

约拿是先知，他是负有重大使命的人，天赋智慧。他不愿顺从使命，但逃避的结果是无处可逃，他终于明白，该他去做的事，他必须遵命照做。

我们每一个人来到世间，都有一件命定该做的事。人们终其一生，沉浮兜转，不过顺天而行，完成这一项任务。不分贵贱高低，不论势力才能，有所为有所不为。老百姓常说："谋事在人，成事在天。"这朴素的道理涵盖了历代人的体验心得，道出了宇宙的奥秘。

2006年5月的一天，我从北京回深圳，机场高速路上，出租车司机刚收听完一个节目，说的是一个复员兵路过北京丢了钱包，的哥听说复员兵参加过抗洪救灾，便赠他六百元路费助他回乡。几年后，事业有成的复员兵来到北京，通过电台找那的哥感恩还钱。

我听见前排出租车司机大声说："这做好事啊，必须好人遇上好人，我吧，也做过这种好事，可我倒霉呀我，最后恨不得抽自己嘴巴子。"

我问怎么了？

司机说："就去年，大热的天儿，一个客人电脑包落我车上了。我发现了，赶紧地告诉车队，免得人家在电台、报纸登广告找，那不得花两百块钱啊。我是替失主省钱省时间哪。车队告诉我，失主联系上了。我就跟失主打电话，天气忒热，他别跑车队去，说一地点我给他送去就完了。那人约我下午一点，凯宾斯基饭店大厅。我就专门给人送去了。那人接过电脑包，说是说了谢谢，也打算掏钱表示一下，手都伸进衬衣口袋了，我就说了一句不客气。嘿，那丫还真不客气，立刻不给钱了，就这么把我打发走了。把我气得呀！那么热的天，我专门去给他送包儿，开了一小时车，还没有吃饭。他问都没问我一句吃没吃饭，水都没请我喝一杯。你说，这样的好人谁还愿意做？我以后决不再做这种傻事儿。"

我有点难过。我为所有做好事而心受伤的人们感到难过。

我说："你听过丛飞的事吗？"

的哥回头看我一眼，有些迟疑，他轻轻摇头。

我说："就是那个深圳歌手、义工。他资助了一百多个孩子上学。后来，他得癌症了，有的被资助的孩子还催着要钱。"

有报道说，丛飞患过抑郁症，2002年曾经重度抑郁企图自杀。

我绝对相信，处在他那时的境况中，不可能不抑郁。他一个人在深圳，没有固定收入，还要养家糊口，竟十年如一日，以微薄之力资助一百七十八名贫困学生读书，压力可想而知。

有时候，我忍不住会想，2005年丛飞刚开始住院时，仅靠几个义工朋友接济，家有怀孕弱妻，还有前妻遗下的幼女，他那时身体垮了嗓子坏了，再不能演唱挣钱。加上一百多个被资助者的学费没有着落，频频被人辱骂骚扰，内忧外患，如果没有记者媒体的介入，没有政府的爱心接力，没有无数市民被唤起的良知声援，丛飞的命运会是怎样一个结局？

我想，他一定会抑郁再度爆发。他不会死于癌症，他会死于抑郁自杀。他会为一百多个贫困学生的学费焦虑而死。他不愿拖累家人和朋友。事实上，他的义工朋友向《深圳特区报》记者求援时，丛飞已经严重失眠，拒绝住院。他没钱也没机会受到医院高度关注，有可能到死都不知道自己身患癌症。如果是这样，他只能潦倒而死，死于抑郁忧伤。

我再想，今日深圳的时局环境，不会让丛飞在沉默中抑郁而死。从某种意义上说，是深圳造就了好人丛飞，而丛飞精神“折射出一座城市的灵魂”。

我们都是身负使命的人。上帝令我们在这座城市熬炼心志，这座城市需要天使。这座城市的人渴望活出人的尊严。

我曾经想逃离这座城市，也想逃离我的职业。从理论上说，我具备逃离的条件。我曾想调到《南方日报》或《深圳特区报》，还想调到什么大学的写作教研室、文学研究所过安稳日子。可是，我发现，每次试图逃离，都会遭遇打击。1999年底，我想调到某报文艺部，报社老总已经口头答应了。2000年初我就因癌症开刀了。2002年左右，有朋友帮我张望，看哪块萝卜地有坑可去，2003年我抑郁症爆发。2003年底，看《约拿记》，得到启示：注定了，我就必须坚守阵地。我的使命就是做这个城市文学写作这块地的底肥。我的使命就是，得癌症，得抑郁症，不死，老老实实把心得写出来。就像我颈部那块长长的伤疤，头颈科专家用相机把它拍下来，作为手术失败的例子，将在课堂上向未来的医生们展示。目的是，让后来的人活得更健康，更平安。

8月2日是妈妈的生日。我请父母到中大小住。当晚没有出去吃大餐，也没有买生日蛋糕，也没有买什么特别礼物。妈妈牙不好，胃不好，十几年前摘了胆，她不喜欢下饭馆。我让保姆给她做了一只嫩嫩的广州酱油鸡，她没吃几块。我想想，真没什么礼物好买，她需要的东西，我习惯平时见到就买，不刻意等特别日子送。

没有一点表示，我有点过意不去。我偷偷去买了两张CD，是妈妈喜欢的老歌的音乐碟。她不喜欢听人唱，只喜欢纯乐曲。

吃完饭，爸爸妈妈坐在客厅沙发上，我关上门窗，拉上窗帘，打开吊灯，开着二十九摄氏度的空调，把音响调好。我对妈妈说：“生日音乐会现在开始。”

爸爸妈妈稍稍感到意外，但是一看我那报幕的模样便会意地微笑。很多很多年以前，我家最快乐的时刻，就是开家庭音乐会，我和弟弟报幕，妈妈爸爸唱歌。很多很多年没有看见这种场面了。音响里的曲子悠悠扬扬，我挥起手充当音乐指挥，领头唱："蓝蓝的天上白云飘，白云下面马儿跑——"妈妈接着唱："挥动鞭儿响四方，百鸟齐欢唱。"我唱成了"飞翔"，妈妈示意我错了，应该是"欢唱"。爸爸也乐了，跟着唱："要是有人来问我，这是什么地方？我就骄傲地告诉他，这是我的家乡——"

只有一个听众。周乐乐趴在玻璃茶几上，两只乌溜溜的大眼睛看着我和爸爸妈妈，我们三人继续唱："蓝蓝的天上白云飘，白云下面马儿跑——"

这时候，我又走神了，我飞快地想：这就是我的幸福时光。

我看到了，内伶仃岛的海滩。那是海岛的夜晚，月亮照在海波上，妈妈在广播室放唱片，是岛上的兵叔叔特爱听的一首歌："一树红花照碧海——一团火焰出水来。珊瑚树红春常在，风波浪里把花开——"

五岁的李兰妮光着脚丫，笑眯眯坐在海滩上，身边有长长稀疏的野草，她嘴里叼着一根草芯，耳朵听着广播里的歌，眼睛专心看月光下的海，盼望着海里真的冒出一团火，火里开着一大朵红色的珊瑚花。她在耐心地等待，她不敢眨巴眼睛，她相信，碧海里真会有美丽的花儿升起来。

2007年9月21日13点整初稿完成

2008年3月3日12点整删节稿完成

原载《旷野无人：一个抑郁症患者的精神档案》，

人民文学出版社2008年版

大逃港

陈秉安

尾声：从大逃港到大开放

一、“群众外逃，我们总得想个法子呀！”

那时节，“沙沙沙”，十几个青年男女一字儿排开都跪在了沙滩上，含着泪朝我哭喊：“叔啊，你捆吧！你把我们送公安局吧。让我到方书记面前去丢人吧！与其在家乡憋死，不如让你送监牢关死……”

望着旋起一轮轮涟漪的河水，宝安县县委书记方苞陷入了沉思……

1978年。粉碎“四人帮”的惊雷响过了，新的一页翻开了，万物复苏。深圳却依然深陷在“偷渡风”的旋涡中。

他来宝安工作了多年，担任过公安局局长、政法委书记，现在又做了县委书记。但年复一年，岁岁反偷渡，为什么偷渡就是治不了？

20世纪60年代初期，宝安县委提出了“利用香港，建设宝安”的口号，执行“三个五”政策，得到了陶铸的支持。几年后，宝安的人民度过了经济最困难的日子。谁知一场“文化大革命”的风暴卷地而来，县委书记李富林被关进了监狱，“三个五”政策被指为“崇洋媚外”，再不许农民过河去做生意，连养几只鸡也要挨批斗。方苞自己也被红卫兵批斗、“劳动改造”。宝安县冷清了，农民又开始喝番薯糊，吃咸菜根……

结果，外逃风又起来了。

他不明白上面的政策怎么总是摆来摆去，要是这样下去，宝安的老百姓能过上安定的日子？能不跑吗？

有一个保守的数字，即使是这个“保守”的数字，也令他着急——1962年，宝安县逃跑到香港去的人数是一万二千一百四十四人，1978年宝安县逃跑到香港去的人数是一万七千四百五十六人。方苞心里知道，报上来的这个数字，还远不是实情。真正逃走的人可能更多。有一个统计数字可以作参考：宝安县有三十万人，而在香港的宝安籍人呢，也近三十万，哪来的呀！

深圳河边的一些村庄，男劳力全部跑光，留下一些跑不动的老人、妇女。有个生产队只跑剩一个跛子。而在莲塘村附近的一个村落中，竟有一位七十多岁的老妪也钻过铁丝网偷渡到香港去卖针线了。弄得他上任后的头号任务就是组织机关干部、国家职工，包括饮食店的“娘子军”们，堵截那些要跑到“资本主义阵营”里去的叛逆者。

为了反偷渡，县委不知道想过多少办法：1974年，县里组织了一千多人的干部队伍，下到农村各公社、各大队去，几个干部负责一个队，一队之中，有人跑，拿队长是问；一家之中，有人跑，拿老公是问；罚谷，饿肚皮……结果呢，人还是跑，地还是荒。你有啥法子？法不责众。跑的人多了，你罚谁的谷呀？

他也想尽了办法，做思想工作。县委干部轮流下乡，同农民一起在田里劳动，吃一样的饭，睡一样的床。苦口婆心，劝了又劝；新旧社会，比了又比。工作不可谓不细致、不深入。

当你布置反偷渡任务时，那些队长呀、支书呀当着你的面一个劲点头：“行！不会跑的。”“不能给社会主义丢脸，方书记你放心！”

反偷渡的晚会开得多热火！那些粤剧团、文艺小分队编的《XXX饿死香港街头》《XXX大义灭亲》等节目何等精彩！那些年轻媳妇上台发言，要召回逃过河去的丈夫的场面，何等感人！还有夫妻、老幼上台表决心：“永跟共产党”“十二级台风刮来都不走”……誓词何等坚决！你能说，是装出来骗他方苞的？不是，绝不是！

然而，最后他们都还是走了，趁着月黑风高的夜晚走了。在那一刻，他们再也不记得“党的恩情”；再也不记得干部如何同他们睡在一个床头，吃的一锅饭；再也不记得工作队是怎么苦口婆心地留他们；再也不记得他们曾经双泪横流立下的誓言！

县委的工作做得还不出色，还不好吗？

方苞最忘不了的是松岗公社东方大队的那个支部书记，他永远记着他的名字：文治祥。那是个祖孙三代的贫农啊，苦大仇深的“土改”“社教”根子，人又老实又善良。他们队还是全县反偷渡的典型队呢！方苞还想用他来做教育全县的样板，平时同他一起开会，一起下田割禾，比亲兄弟还亲。但是就连文治祥，后来也背着他逃港，终于被公安部门抓起来了。

“你怎么也这样呢——”从广州赶回的方苞望着监牢中流着泪的文治祥，

说不出有多难过，“老文啊，党白白教育了你二十年啊！”

“方书记——”这个四十多岁的汉子竟然捂面大哭起来，“我对不起党，对不起你！”

“算了！你还策划，你还放人呢，你让我拿你怎么办嘛！”方苞生气地说。策划逃港是要判刑的呀。

文治祥心里能不清楚吗？有句话到了嗓子眼了，就是不敢向方书记说：

方书记啊方书记，咱不能睁着眼不看群众的生活哇！你说我们河这边的社会主义“风景独好”，河那边的资本主义“一天天烂下去”，可别人烂了吗？没啊。人家吃什么？牛奶、面包。咱们吃什么？喝粥、吃咸菜根。看着乡亲们受苦，我心里疼啊！

你怪我策划偷渡，那是怎么回事你知道吗？那天夜里，十几个青年正要驾船逃跑，桨还没动呢，我领着七八个民兵赶到了。“不许动！”枪口对准了自己的亲人：侄儿、兄弟……那时节，“沙沙沙”，十几个青年男女一字儿排开都跪在了沙滩上，含着泪朝我哭喊：“叔啊，你捆吧！你把我们送公安局吧。让我到方书记面前去丢人吧！与其在家乡憋死，不如让你送监牢关死……”

我的心酸了，我的眼泪快出来了！

一边是跪在地上的自己的亲人，另一边呢，是党纪，是国法！

我是党员，我担在肩上的是党交待的反偷渡任务，党性重于泰山。但我又是他们的亲人，我是叔父，我是兄长，我更是大队支书，是他们的当家人，我有责任要让他们过上好点的生活啊！

为什么，为什么此刻党性和亲情如此水火不容？

梧桐山的山峰啊，深圳湾上的密雾啊，我分不清谁青谁白。深圳河的河水啊，南海的海水啊，我尝不出孰咸孰淡——

罢、罢、罢！让我一个人来背吧，就让我文治祥受刑受罚来偿还党的恩德吧。

“起来，起来——”文治祥扶起跪在地上，把手都背向背后等他捆的十几个青年。

“走吧，都跑香港去吧，跑得离我越远越好——”文治祥背着脸说，他自己也要流泪了。

十几个青年一下子愣了，等他们明白过来，便一个劲叩头：“叔啊，你大恩大德——”“叔啊，我们来世相报——”他们爬起来，慌慌张张抓起桨就要开船。

“慢——”文治祥说，“西堤边上设了埋伏哨，你们往东走——”

到这时，文治祥已一不做二不休了。他吩咐身边的民兵：回去通知队里的老少，要走的，今晚都走！要快——快上船！

两天后，文治祥一案被侦破，罪名：有组织偷渡。不过，一点也用不着侦破，是文治祥主动向公安投案的，他从心底里感觉自己对党犯了罪！

梧桐山上，风，依然在轻轻地吹；深圳河上，水，依然在微微荡着涟漪……它们温馨，它们真实，它们叫人清醒、给人教育……它让一个跟随共产党走了几十年的老党员，第一次能深深地思索共和国走过的脚印！

县委书记方苞头脑中的想法在激烈地矛盾、斗争——

他想起最近《光明日报》刊发的文章《实践是检验真理的唯一标准》。说得多好啊！说一千道一万，实践才是第一的嘛！

过去一直说，“偷渡”是国内外阶级敌人“煽动”的，那为什么不但“阶级敌人”跑，贫下中农也跑，我们的党员干部也跑？不是别人煽动，是我们自己要跑的嘛！是生活的差距在诱惑群众往香港跑嘛！

三十年来的逃港风潮，说明我们的政策有问题呀！

他也想早早改变这样的局面，也想早点来些实际的、能替老百姓着想的政策，让宝安县人民过上好点的生活。但是，难啊……

他记得，与他共事多年的办公室主任周焕东曾悄悄问他：“方书记啊，现在都搞拨乱反正啦，咱们这反偷渡是不是也该拨一拨，搞点放宽……”

但是，能行吗？

谨慎的方苞看了周焕东一眼：“别乱说——”心里却在嘀咕：小周啊，我也和你想法一样，但这可不是小事啊，这么大的事情，上面没说，是你我敢“反正”的吗？

正当方苞和他的助手们苦苦思索，找不到出路时，邓小平来了，到了广州！

二、邓小平的话是什么意思？

半晌，邓小平掸了一下烟灰：“这是我们的政策有问题。”稍过半刻，他又说：“不是部队管得了的——”

1977年11月11日，主管广东省经济的王全国突然接到紧急电话：“速来南湖宾馆向中央领导同志汇报，临行时带好有关材料。”

中央领导同志来了，是哪位中央领导同志啊？后来他发现去的人还有王首道、焦林义、李坚真、刘田夫、吴南生等。

会议室中传出一阵阵轻微的对话声，其中一个带着浓厚的四川口音。难道是他来了？是邓小平？王全国心中一阵阵激动。

王全国知道，在“文化大革命”中，邓小平是作为第二号“走资派”被打倒的，沉寂多年了。三个月前，在北京工人体育场举行的一场足球赛中，他突然出现在看台上，引起群众一阵阵排山倒海的掌声。没想到仅仅三个月，他就来广州了，就来摸情况了。

当时的广东省革委会主任韦国清听到门口的脚步声便招呼道：“快进来——坐，坐。”

这是一间刚由部队交给省革委的宾馆，房间很大，显得有点空荡，摆了几张沙发。邓小平正坐在沙发上，与韦国清说话。

汇报会很快开始。

“全国，你说说——”听了其他人的汇报后，韦国清点将。

王全国谈的主要是经济，他从广东是侨乡，又毗邻港澳等有利优势，谈到在粉碎“四人帮”后，全省正加紧恢复经济，但百废待兴，问题依然不少。广州市场供应紧张，老百姓说我们“四季常青吃菜难”，“海岸线上吃鱼难”，“边防宝安一带，偷渡外流严重”。

“跑了多少人？说具体数字——”韦国清也许是在有意提醒。

“据汇报上来的数字是——”王全国翻着材料，“十九万四千二百七十四人。”

邓小平不说话，他听着，静静地抽着烟。

“老百姓也有说法，”韦国清插话，对邓小平说，“他们说生活太苦，河那边经济发达，两地差距太大了，所以很难留住人。”

沉默，片刻的沉默。房间中所有的人，从邓小平到在场所有的广东省的领导，都在为这件事情焦心！

“我们加派了部队，”韦国清接着说，“也没解决问题。”

半晌，邓小平掸了一下烟灰：“这是我们的政策有问题。”稍过半刻，他又说：“不是部队管得了的——”

小平同志说的是什么意思？

政策有啥问题啊？哪里出错了？为什么外逃的事部队都管不了？那会交给谁来管边防呢？

邓小平的两句话很快传达到宝安。方苞和县委一班人开始沿着邓小平的思路往深处想……

“当时我们的认识水平也有限。”方苞回忆说，“那时能想到的，只要能再给宝安县来个‘三个五’政策就好了，我们治理外逃就有办法了。”

县委搞经济的李广镇却看到些苗头：从这话看，可能政策要调整呢！

但是，新的“政策”会不会真的来呢？

新的政策没有来，一位新的省委书记倒是真来了。

他就是曾被打成“反党分子”，刚刚平反出山的国务院原副总理习仲勋。

习仲勋一上任，就提出去宝安县。

省委书记来调查了，好啊。

方苞和李广镇等人都感到：机会来了！

三、省委书记与大队支书的一场辩论

“习书记，你也是吃过苦的，所以，我才对你讲了这些真话——咱们共产党政策要是还这样下去，还不改，人都会跑光啦！”

“不听汇报了——”习仲勋摆摆手，对围着他的一大群县委干部说，“别都围着我。你们光用耳朵哪行，得用眼睛，最主要的是得用这——”他拍拍腿杆子，“同我下农村去——”

本来，宝安县委想对这位遭受过迫害的“老一辈革命家”表示一下敬意：准备第二天去“考察”南山荔枝的生产，第三天去“考察”沙井蚝的生产……

监狱的生活却告诉这位省委书记，那些“阳光”下的东西恰恰是不用看的，会看的领导要看阳光背后的东西。

“你们的第一书记叫什么？对，叫方苞。行，就方苞你——领我到你们最乱的农村去看，哪儿最乱去哪儿——”

方苞琢磨：这可是来了个“石”（实）书记呀。那就领他去沙头角一带看吧。

汽车沿着边境往前行。前面是一大片一望无际的芦苇，芦苇丛中不时传出警犬的叫声。

习仲勋拉开窗帘，从车窗中望去，芦苇地上蹲着几个衣服褴褛、像叫花子一样的农民。

“你们又抓人啦？”习仲勋对抓人特别敏感，“停下——我要去看他们。”

三个农民被反绑着手蹲在地上，旁边两个背枪的民兵跑过来敬礼：“报告首长，偷渡的，刚刚抓到——他妈的，看你还跑！”顺势在逃港者屁股上踢了一脚。

“哎——你怎么踢人啦！”习仲勋喝道，“你们要订个制度，不准打人。”

“订了，说了好多遍了。”方苞赶紧回道。

“好多遍，好多遍就要执行嘛！”习仲勋不高兴地说，又绕着三个农民看了一圈，“把手解了——”民兵便上前给偷渡者解开。

习仲勋看见其中一个青年兜中有块纸片，就抽了出来看：“哈哈，小伙计，你还画逃港路线图呢。图画得挺利索的嘛，读过多少书啊？”

被“领导”松了绑，又被叫他“小伙计”，这青年显然胆子大了：“报告首长，初中毕业——”

习仲勋看着他厚厚的胸脯：“小伙计，你读了这么多书，身体又这么壮，留着建设家乡不好吗？怎么还要跑啊？”

小伙计没回答。方苞便向周焕东使了个眼色。

“书记让你说话啦——”周焕东给小伙计“打气”。

“——你是大官吧？”小伙计突然问。他听出习仲勋说的是北方话。习仲勋笑了一笑：“大又怎么样？小又怎么样？”

“官大我就说，官小我不说，没用，”他又看了一眼方苞，“我认识你，你是方书记，跟你说就没用啦——”

方苞脾气好，“嘿嘿”地笑了笑，没呵斥。

“这是省委习书记来啦！”周焕东在一旁提醒小伙计，又在他耳边加重声音，“还不大呀——”这话等于说：傻瓜，还等啥呀！

“啊，那我就说吧——”小伙计说。

“你们共产党天天开会说社会主义好，好在哪里呀？别人资本主义不好吗？逃过去的，每月都是几百几百地寄回来。共产党有钱给吗？我们村那些逃港的家属，家家都盖新房子。”

蹲在地上的另一个逃港青年兴头也上来了：“我们在家不跑的，跟你们走的，倒遭了罪——替那些跑过去的交公粮、养老婆孩子！”

“你是大官，你给我们搞个政策吧。”小伙计要求说。

“政策？”习仲勋有点惊愕，“什么政策？”

“就是你放我们过去一个人，到了香港后，我们每年给政府交两百块港币。”

“真是乱弹琴——”习仲勋坐在车上摇着头，“你们这里思想很混乱啊，老方——”他显然有些不满意。

“不瞒你说，习书记。我们思想工作也做了，阶级斗争也抓了，就是没把这股歪风扭过来，”方苞说，“三十年了，还这样，只能怪我们工作没做好。”

习仲勋点点头：“关键还是要抓这呀——”他指了指脑袋，“要加强思想教育呀，老方。让他们同旧社会比比，旧社会吃什么？现在吃什么？新社会好了，还跑吗？一比，就清楚了嘛！”

“书记呀，可不能比呀——”在车后排插话的是周焕东，“比不过人家呀，他们说香港人天天上茶楼、吃海鲜，社会主义却天天吃番薯根哟。”

这话很有说服力，书记一时不知怎么回答。

“不对——”习仲勋突然想起来了，偏过头来，“那是什么？那是资产阶级糜烂的生活方式嘛！”他激动地说，“地主阶级剥削农民，天天大鱼大肉啦，我们能去吃吗？能这样比吗？”

方苞一看不对，马上转移话题：“书记说得不错，不能那样比，还是思想教育重要。所以，我已经把那些逃港较严重的大队的支书都召集起来了，现在正在办学习班呢，就在党校。已经集中三天了，习书记要不要去看看？”心细的方苞又在盘算着。

听说办了大队支书思想教育学习班，习仲勋换了语气：“这就对了嘛，那我去看看，给他们讲讲当年的艰苦生活。当年干革命，比现在艰苦得多呀，革命队伍中的人为什么不跑，为什么国民党队伍的要往共产党这边跑？”省委书记还是很开明的，“当然，他们有意见，也可以提，我也听，调查嘛——”

“他们的意见很‘右’的啊，首长，”方苞似乎有点担心，“就担心冲撞了你。”

“哎——你这就说错了。共产党员就是要听不同的意见嘛，听不进反面意见的人，再英明都会犯错误——”这位当年的中央委员把话拉得很远。

一进“教室”，习仲勋就感觉情况有些异样：这批支书，对把他们集中“开学习班”，看来心里有意见。昏暗的灯光下，东一团，西一堆。省委书记来了，没有掌声，一些人连身子都不转过来。

这批脸庞黑红黑红，一看就知道是旧社会里受过苦的人，怎么对共产党的感情就这么“淡”呢？

但习仲勋是做足了准备的。看见随来的保卫人员还带着枪，习仲勋挥挥手：“你们都出去——”

气氛轻松多了。习仲勋把凳子朝那一堆“逃港大队”的支部书记移了移，更近了。

“大家放松点，学习班很快就可以结束。明天最后一天，晚上打牙祭，吃完就让大家早点回家。”方苞大声对大家说。

看大家都在看进来的生人，方苞便接着介绍说：“这位就是习书记，省委新来的书记。习书记来，不是来为难大家的，是来看望大家的。决不延长散会时间。大家心里有话，也可以抓住机会说。你们知道吗？习书记本人就是受过‘四人帮’迫害，坐过牢的。”方苞特意把后面几句话加重了语气。

下面开始有点骚动。

方苞又说：“大家放心，习书记说了的，一不打棍子，二不扣帽子，三不抓辫子！”

“三不”交代下去后，下面似乎有人想说话，但半天又冷下去了。

习仲勋只好伸下头去，问靠台最近的一位中年汉子：“你哪个大队的？你先说说，为什么反偷渡就是搞不好——”

那汉子苦笑着摇摇头，反而侧转头，用广东话对旁边的人说：“呢个嘢啊——好难讲啦！”

“什么？他说什么——”习仲勋着急地问，他不懂广东话。

方苞解释：“他说，这话不好讲。”

习仲勋说：“有什么不好讲啊？都交代了‘三不’嘛。”“是嫌我官还不够大？”他忽然想起在路上看到的年轻人。

但还是没反应。

“大家放松，刚才方书记说了，我也是受过迫害的。我很清楚，平时大家讲的很多话都是虚的、假的、吹的！那是逼出来的嘛，哪能怪你们呀？我这次来，就是想听你们说实话，说错了不怪你们。你们给我说实话，逃港到底有没有办法治呀——”

也许是省委书记后面这番话掏了“心肝”，这时，屋角处传来个闷声闷气的声音：“我看，不要治——”

“什么？不要治——”习仲勋有点奇怪，仰起头往后面看。

方苞也感到奇怪，怎么这样回答省委书记？学习班学来学去，倒学出个“不要反逃港”？

“不治，那人不是都跑光了吗——”习仲勋脾气好，忍下了，他尽量和气，想听听这人会说些什么。

这人约摸四五十岁年纪，一脸的“老农皱”。报纸卷着烟叶的“喇叭筒”在昏暗中缓缓地一闪一闪。

“让老百姓自由去不就行了，抓别人做什么呀？”

省委书记奇怪了，怎么这样说话？但他还是忍下了，他今天倒要看看，这些“落后支书”们，脑袋里到底装着些什么“花花”。

“香港怎么可以随随便便去呢？”习仲勋和蔼地问，“政策也不允许的嘛！”

“宪法不是说居住自由的吗？”老头突然蹦出一句，“是我们共产党说话不算数呀——”

省委书记显然没想到他会这样说，有点激动了。应该说，这位大队支书的话，很有“杀伤力”。

“你……怎么这样说！你是不是共产党员？”

“是啊，二十年党龄。”硬邦邦地顶回来一句。

习仲勋早听说宝安人不怕官，没想到会这么不怕。

“你……你什么成分？”他有点火了。

“我三代贫农，‘土改’根子——”

“你……征购任务完成了吗？”他再问，显然想挽回主动权。

“完成啦，我年年超产——”

方苞赶忙贴在省委书记耳朵边说：“习书记，他们大队生产上是个先进呢。”

“什么先进？”省委书记再也忍不住了，“这种书记还先进？你……你叫什么名字？”

“文富祥——”屋角处传来的声音坚定而平静。

半天，再冷冷地顶了一句：“宝安县福永公社凤凰大队，共产党员文富祥——”

呀，在省委书记面前，一点不怕！

这时，这位从监牢中出来的省委书记反而没有发火了。他被这位“真正的共产党员”的气概所打动：英雄，真正的英雄！

文富祥把“喇叭筒”从嘴上摘下来，在脚下踩灭：“习书记，你也是吃过苦的，所以，我才对你讲了这些真话——咱们共产党的政策要是还这样下去，还不改，人都会跑光啦！”

习仲勋没再说话。这些话已经深深地打中了他。

这位老共产党员在沉思，在激烈斗争……

两天后，习仲勋离开宝安，他没有说太多，只是若有所思地对宝安县委的人说：“香港九龙那边很繁荣，我们这边就冷冷清清，很荒凉。你们要下决心改变这个面貌。这些人是外流嘛，是人民内部矛盾，不是敌我矛盾。……经济搞好了，逃过去的人又会跑回到我们这边来。”

方苞最关心的还是经济政策的问题，希望省委书记能“开口子”。

“我同意你们提的办法，过去‘文革’搞错的，现在都要改正过来。”

太好了！方苞等的就是这句话。有了这句话，就可以把以前被错误批判的政策都恢复过来，包括1962年搞的“三个五”政策。

二十多年后，也就是2000年深圳经济特区建立二十周年的时候，笔者有幸在深圳迎宾馆见到了习仲勋同志，问起他为何后来去北京找华国锋、找邓小平，反复向中央要“权”，要求让广东在全国发展经济中当先行官？为什么改革开放的决心会那样大？发展经济的要求会那样急迫？

习老的回答让人深思：“那应该同下面的反映也有关吧。我们共产党人的认识也是逐步提高的。方苞曾经领我到边防去看过，好像还开了一个党员学习班，有个支部书记我印象很深……”

他说的那个“支书”，应该就是文富祥吧！

四、宝安县等来了“尚方宝剑”

“过去的事就别计较了吧，谁能想得到呢？我们在香港赚的钱，全拿来村里，人和钱都回来，还是让我们做村里人，行不行——”人总是会奔向更好的生活，当年逃港的人如今纷纷争着抢着回家。

1979年1月，广东省委准备召开扩大会议。

根据习书记在宝安县所表明的态度，宝安县委向省委呈递了一份报告，要求省委在经济开放上给予更多的“权”。恢复和扩大“三个五”政策，以治理群众外逃问题。

“省委扩大会议一开，我就在小组上发言，要求省委放权。散会后，我又去习仲勋房间门口等答复，”方苞回忆道，“习书记很热情，他知道我在等批示。”

这样催领导，方苞感到有点不好意思。但他没办法，沙井、松岗几个公社来的情报说，又有好几个村有群众在准备“行动”，要“跑”了。如果早点有“政策”出台，就能稳定民心。

当时习仲勋就把刘田夫、黄静波叫过来，让他们和方苞一起研究一下，尽快解决宝安县的问题。

方苞继续回忆说：“当天晚上，黄静波就来找我了。他说，你们再写个报告来吧。同意你们把‘三个五’政策再搞起来，还可以搞大些，门再开大些。

你们先代省革委起个草，我们看看，有些什么要求，都要写上。边境的形势啦，群众的呼声啦，都要写。他考虑了一下又说，不仅你们那里搞，将来珠海也会搞的。你就通知一下麦庚安也来吧——麦庚安是当时珠海的县委书记。

“他一走我就忙着打电话回县里。当时县委管经济的叶振忠患病了，准备让年轻点的李广镇接手抓经济，就通知广镇快点到广州来，说他的估计不错，省里真的答应要给新政策了。

“第二天广镇就火急雷急赶到了广州，我们两人躲在宾馆里商量了几条，由李广镇起草成文。怕不准确，又找来李富林他们1962年搞的老文件看了，对照着改。并且打电话问附城公社的人，看还有哪些政策要补充。最后弄出了一个报告给省委。黄静波看了很支持，说，你们给一份给珠海，让他们参考一下，也交上来。”

1979年3月6日，广东省委批准了宝安县委《关于发展边防经济的若干规定》的报告（13条）。

据1979年任深圳市委书记的张勋甫回忆（批复下来时宝安县已经改为深圳市），“13条”比1961年李富林他们提的“三个五”又有了发展，政策更宽了。不仅允许边境的村庄与香港做生意，而且还扩大到允许宝安县的十四个公社都可以这样做。

如果说1961年还只允许农民经营小河鲜、草皮、稻草、吊钟花等外贸部门不经营的小项目的话，这一次的对外开放，扩大到只要是农民完成了上交国家的任务物资生产，包括猪、禽、鱼、鲜果、蔬菜等都可以拿过河对岸去同香港人做生意了。

此外，1961年的留成比例是四六开，即所得的外汇，40%归集体（队），60%归国家。1979年的留成比例则倒了过来，成了60%归个人，40%归国家。老百姓得到的实惠更多了。

宝安县实行这项“优惠政策”的多达十四个公社、镇，也就是说，在中央创办特区之前，深圳已经有了一个实行特殊对外政策的地区。其范围基本上就是后来办特区的区域。深圳一步步向“特区”靠近了。

1979年3月6日，当文件正式下达到深圳的各基层时，整个深圳河河边都沸腾了！

此后，全深圳市很快掀起了一个面向香港，抓活经济的热潮。到处种蔬菜、挖鱼塘……只用了两年时间，全市就挖了七万亩鱼塘，改种七万亩蔬菜田。大量的蔬菜、鱼鲜运往香港，深圳人民的生活很快富裕起来。

当时横岗镇有个姓钟的农妇，两个儿子都外逃到香港打工了。“13条”新政策一来，她又要磨豆腐，又要养猪、养鸡，一个人搞不过来了，就写信给逃港的儿子说：“你们还是回来吧，两边挣的都差不多了。”结果两个儿子都从香港回来了。一家人养了一万多只鸡，挣的比在香港打工的还多。

而记录深圳历史的档案则显示，最早进入深圳投资办厂，“试水”中国改革开放的那批人，不少便是在香港发了财的当年的逃港者。

随着港商过河，“三来一补”工厂也办起来了，南下打工的外省人也一天天多起来。建工厂啊，建出租房啊，地皮越来越金贵了。当年逃港者的家属们写信说：“你们要再不回来，就分不到地皮了！”

一些村干部逗乐说：“当年困难的时候，你们往外跑，现在好了，你们又跑回来要分地皮了！”

“过去的事就别计较了吧，”当年逃港的人说，“谁能想得到呢？我们在香港赚的钱，全拿来村里，人和钱都回来，还是让我们做村里人，行不行——”

人们的眼光特别注意到离香港最近，历史上人跑得最多的两个地方，一个是渔农村生产队，1975年以前外逃一百七十多人。自从来了“13条”后，再没有一个人外逃。另一个地方是前面说过的沙头角镇。就是这个随便跨一步就可以过香港去的地方，也没有人愿跑了。几户跑过去的家庭，后也携老带幼的又回来了。

跑与不跑，边境线上的罗芳村看得最清楚。一开始，罗芳村村支书陈天乐还有点担心，“13条”后过境自由了，会不会有人过去就不回来了呢？

为此陈天乐准备了一个小笔记本，专门登记每日清晨去河南岸耕作、卖菜的农民的名字，看每次去的人是不是都回来了。

每当夕阳西下，暮霭开始降落到深圳河两岸的原野上时，他就会紧张地站到检查口边，等待村民从香港归来。每过来一个，就在名字上打个“√”。采访的时候，他告诉我，那时候，他天天都在祈祷不要发生不回来的事，不然又会出现像1957年、1962年那样的情况，刚刚打开的门又得关上。

可是，事实证明，他的担心是多余的。这回“开放”是真的：政策站住脚了。几乎每位早晨过河去的农民晚上都满面堆笑，大包小袋地归来，每个名字上都是一个大红“√”。

后来，陈天乐便不再天天登记，再后来，笔记本就成了小儿子的演算草纸了……

为了保住这得来不易的成果，宝安县人民不分昼夜，继续思索着……

1979 年 2 月，宝安县召开常委扩大会议，参加者除县委成员外，还包括各公社的干部。就是在这次会议上，第一次有群众提出了“特区”二字。

在讨论到各公社如何搞活经济，利用香港建设宝安时，边沿公社提出要“划分经济区域”，还有人提出蛇口“可以划为特区，专搞加工、补偿贸易”。

这是笔者发现的基层群众最早提出办“特区”的文字记录。

“好哇！”情况上报到省委第一书记习仲勋那里，他一拍桌子，“经济上来了，老百姓的热情上来了！”

1979 年 4 月，当中央工作会议即将召开时，满怀信心的习仲勋决心到北京去，向中央和邓小平汇报。

1979 年 4 月，中央工作会议在北京召开，习仲勋和王金国等人在会上提出了“让广东先行一步”的问题，并要求划出一些地方来，搞特殊政策，办出口加工区。

邓小平和华国锋等对于广东的要求十分支持。

在习仲勋特意到邓小平家中汇报广东省委的要求——划一块地方搞“特殊政策”时，邓小平对这位当年的陕甘宁特区政府主席说：“就叫特区嘛，陕甘宁就是特区！”邓小平又说：“中央没有钱，可以给政策，你们自己去搞。杀出一条血路来！”

1980 年 8 月 26 日，在叶剑英主持召开的五届全国人大常委会第十五次会议上，正式宣告了深圳经济特区的诞生。

广东省委任命吴南生担任创办经济特区后的第一任深圳市委第一书记。从此，深圳市（宝安县）变成了深圳经济特区，担负起为中国改革开放探路的历史重任！

一个宝安县的新的纪元，一个中国的新的纪元，从此开始了！

五、历史，在随时光远去

三十多年前，那个仅三十万人的为外逃困扰着的小县，如今已经变成一个拥有一千多万人口的大城市。

斗转星移。

三十多年前，那个仅三十万人的为外逃困扰着的小县，如今已经变成一个拥有一千多万人口的大城市。2010年，深圳的地区生产总值预计将达到1.5万亿元，接近新加坡的总量水平，而人均地区生产总值更是在2008年就雄踞全国第一。

随着“深圳试验”的成功，改革开放政策在全国迅速推展，中国一转眼便今非昔比。

三十年前，中国还徘徊在经济崩溃的边缘；三十年后，它的外汇储备量已雄踞世界第一。

这是怎样的梦幻般的巨变啊！

宝安县的老百姓用一句话概括说：全因为有了改革开放！

而那条横亘在香港和深圳之间，曾经为了跨越它而洒下过多少鲜血的边界线，也在慢慢消融……

1997年7月1日香港回归，成立了香港特别行政区。

2005年5月，香港特区政府表示，香港地铁将与深圳地铁在福田口岸和罗湖口岸接通，两地陆上将直通一体。

2006年9月7日，香港特区政府宣布：将边境面积缩小七成。深港边境慢慢成了一条窄窄的“走廊”。

2007年4月，香港媒体的一项调查显示：有30%的香港居民希望来深圳安居买房。深圳和香港的人民逐步交融到一起了。

2007年7月1日，连接香港和深圳的西部跨海大桥接通——桥下正好是当年逃港者下水的深圳湾——两地海上直通一体。

2009年4月1日，深圳市居民被允许自由多次往返香港。

至于深圳和香港，会不会在可以看到的未来逐渐成为一“城”，仁者见仁，智者见智。但是，美国学者理查德·佛罗里达却坚持认为，这一定是几十年后的事实。性急的理查德·佛罗里达甚至已给这个未来亚洲最大的城市起了一个名字：香圳！

历史，打了一个圈，又回来了……

原载《大逃港》，广东人民出版社2010年版

上课记

王小妮

1. 第一课

因为是给新生上课，一开学我还没事，新生正军训，常在校园的各个角落见到他们傻乎乎地四处巡游，手里倒提着武装带。没见哪个穿那种草绿套装是合身的，个个显得格外傻。我的学生将在他们中间。

从这一届开始，我的学生全部出生于20世纪90年代。我问：1989年出生的有吗？没有人举手。这是我在大学四年里的第一次，20世纪80年代就这样被一笔勾销。

9月23号晚上，给2008届新生上第一次课。我请他们在纸条上回答四个问题，是自愿的，可以不回答，问题是：

1. 你来自县城以下的村镇？

2. 你喜欢的书？

3. 你喜欢的电影？

4. 你相信这世界上有真理？

关于真理，是我在第一节课上的保留问题，过去三年都是举手，采用纸条是第一次。

一共四十六人，收上来的纸条有四十一份，统计结果是：

第一条：二十四人生活在县城以下的村镇，十三人不是，其余未回答。

第二、第三条，回答很杂乱，不罗列。喜欢鲁迅的不多，反而喜欢余秋雨的比喜欢鲁迅的略多。最意外的是个男生，他最喜欢的书是普鲁斯特的《追忆似水年华》。我大觉好奇，找他来问，他赶紧解释说，并没看完，翻着看了几段，那书是他的中学语文老师的，老师认为他平时太毛躁，说这本书能磨炼性格，顺便推荐给他。这位毛躁的学生解释完了还追加一句：那书没什么意思，真的，老师你说那个写书的人是不是有毛病？

第四条：关于相信真理。十一人认为不确定。十九人相信，女生多，其中有两个女生说坚信。十人不相信。一个人没回答。后来，我仔细查对了，这个没回答的学生叫黄菊，名字好记，但是，过了快两个月我才把这个名字和黄菊本人对上号，关于黄菊，在后面说。

第一节课下课，感觉喜欢这个班的学生，比起前三届，他们更活泼欢腾兴致勃勃，特喜欢鼓掌，虽然刚经过军训，仍旧心气足，不疲惫。回来仔细看收上来的条子，他们的阅读实在芜杂苍白，他们难道只是些能考试的年轻人？

2. 有人去了文理科实验班

听说，我教的戏剧影视专业大一学生中有三个考取了校文理科实验班。

据说这是今年校方推出的新举措，面向全体新生，只招一个班，未来文理通读，前途远大。

下课后，就要转去实验班的三个学生之一的曹昭明跟着我穿过草坪，她不断问我，要不要去读。我问她自己的意见。她喜欢我们这个专业，也喜欢这个集体，甚至想到将来自己拍第一部电视作品，一定要拉上全班同学做拍档，没想到，还没上第三次课，就要彻底离开了。曹昭明已经去法律系听了实验班的课。她说：好不一样啊。我们的课，你记得吗，你拿着收上来的条子，举着对我们说，你喜欢这种感觉，长短不齐，带着每个人的个性。但是法律系那边的老师收作业，我们全挨骂了，老师说看看你们交上来的都是什么，七长八短，一点都不规整。我问她家里的意见，曹昭明说，远在湖南的父亲坚决不同意她再留在戏影专业。她说：那边的老师都忽悠我们，什么精英什么幸运儿的，好像天上掉馅饼了。我劝她留在那边，起码能学得更多。她噘着嘴走了。

过几天又遇见她，她说：我一个人这么远从湖南跑到海南来都没哭过，就是上这个实验班，我都哭了，好枯燥好没意思啊。11 月，她出现在我们教室后面，下课后对我吐舌头说那边的课逃了。12 月，在草坪上上课，她又拉了另一个从我们班考走的同学来听课。

也许不是人人都适合那个只收“精英”的实验班。

3. 新闻

今年依旧保持课上简短交流新闻的传统，他们不能再脱离现实读死书了。

今年略有修改的是，上学期的新闻都是我一个人说，2008 年改为大家一起谈，目的在于更多地参与。这个变动出自 9 月 23 号第一次课，那天我谈到一条新闻：9 月 22 号，卫生部公布数据，“三鹿奶粉事件”已查出全国病儿 5.3 万。下面一个女生随口很不在意地接话说：是婴儿哦。她的意思是：这新闻和大学生们关系不大，出事的只是婴儿。我马上纠正她：每一个婴儿都是人啊，一个有起码责任心的知识分子不能对自己以外的世界漠不关心。这样在课上就决定了，以后每次课都安排十分钟给大家交流新闻。

虽然时间短，能说话的人少，但是，我注意到很多人都在本子上抄几条新闻来上课。渐渐还有人发明了偷懒的办法，直接带一份《环球时报》，现场读报。而齐仙姑同学总是把自己筛选过的要闻事先抄在本子上，以至后来，我上课的第一句话是：仙姑，你先来？

我有意提醒他们时刻关注身边的新闻事件，谁说那就与己无关？比如“孙志刚事件”，下面有人说谁是孙志刚，四十几个人都不知道谁是孙志刚。

已经读大三的余青娥同学来听我们大一的课。课间，我和她靠在楼道的栏杆上吹海风，那天是 2008 年 10 月 22 号，她告诉我，她父亲在福建福州收废品，最近受金融危机影响，收购价格大幅下降，来电话说赚钱更难了。铃声再响，我对同学们说：在见到你们的师姐余青娥之前，金融危机对于我来说还只是报纸上的标题和消息，经过了她的描述，才感到这危机已经真切具体地影响到一个普通中国人了，新闻不是待在和我们完全无关的地方。

有些男生的军事兴趣格外浓厚，反而对日常新闻并不重视。12 月下旬，班长说：咱校图书馆可以借书了，每次每人能借十本，期限一个月。班长坐下，下面几乎没反应，好像图书馆和他们没什么关系。而接近期末，班长说了另一条新闻：农业银行不同意给咱们贷款了，说原因是怪咱学生，咱校学生还款率低于 50%。班长还没坐下，下面一阵混乱和议论，持续几分钟后又鸦雀无声。

也有人特别关注时事政治。11 月 20 号晚上的课，我说感兴趣的人可以留意《求是》上的一篇文章……我的话还没说完，陈小力在下面大声喝彩：写得好！一下课，我过去问他：你看了文章？他连连翻着英语书，很随意地仰起脸说：没有啊。

4. 一个小事件

也许我觉得这算个事件，他们反而觉得挺正常。事后我再没问过这事，不愿意提它。

恰恰是闹霍乱期间，11 月 4 号晚上的课，刚进教室，班长过来问，能不能给他几分钟时间，我以为发布什么通知，第二节课上课后给他十分钟。第二节课，班长宣布占用几分钟，教室里的气氛突变，学生们的神色和听课时候大不同，好像格外敏感郑重，好像有什么大戏要上演。

班长说希望大家畅所欲言，接着是陈小力、班长和另三男二女轮番发言，剑拔弩张的，好像在争什么名额，有人说到弄虚作假，有人在解释，有人在推辞。我不断看表，其实我在生气。正好十分钟，我直接打断了想继续说话的，我说约定的时间到了。上课四年来，我第一次对学生生气。我说这是大学，是个应当干净的地方，不要把肮脏龌龊的东西拿到这个本该神圣的地方来，真希望你们每一个都能做个清澄单纯的人。他们刚凝聚的气氛被我给破坏了，能感觉到他们当中一部分根本听不进我的“圣经”，另一部分与己无关，但是观热闹的期待被打断。

不用听懂他们争的具体是什么，作为过来人，我在第一分钟就明白这场小争执的实质了，所以毫不关心其中任何细节。我也很清楚根本没什么干净神圣的地方，但是，他们还年轻，还不到二十岁，希望他们这代身上能保留某种幻想，能有人相信这世上还有清澄和单纯，不然，未来还有什么可救？

响铃以后，整节课闷闷不乐的班长留给我一张字条，扭头就走，条子上写着：对不起，现在越来越迷惘了……班长离开后，我经过他刚坐过的桌子，上面留着一张废纸，我拿了，上面都是随手写上去的：气宇轩昂，慷慨激烈，醉翁之意不在酒，辩论，叫嚣……

5. 鼓掌

很久了，我都没弄明白，他们为什么这么热衷于鼓掌。

最初的几次课，凡是我的提议，他们的即兴发言，从宣布上课到宣布下课，他们随时都准备鼓掌，好像很盼望被哄堂而起的响声鼓舞一下。有点莫名其妙。

我曾经把这理解为这一代年轻人性格开朗，思维灵动，对课业充满兴趣。可是，调查了班上四十五个学生，填报我们这个专业的只有十个左右，其余都是被调剂来的，他们原本想学的是法律、经济、外语等热门专业。坐在下面起劲地拍巴掌时，心里也许想的是怎么调换专业。直到期末，我才听说，班上还有没凑齐六千元学费的，听说拖欠学费的学生将没资格参加期末考试，甚至不能购买寒假回家的火车票。可以想象，他们个人的难处、苦恼、疑惑一点儿也不会少，但是，这一点儿都没妨碍他们仰着脸热烈地鼓掌。上课时间有教室传出掌声会显得异常热烈欢腾，有点儿一呼百应，甚至还透出某种励志的效果，恐怕做老师的不该反感这效果。但是，我总感到可疑。

第一个得到持久掌声的是陈小力。那天陈小力起来先读了一段新闻，紧接着自我发挥了一大段关于中国要低调，韬光养晦，振兴崛起的即兴演讲，照搬电视上“大专辩论会”的节奏和声调。激奋的演讲持续了三分钟，这三分钟他不是面对讲台，而是站在教室第一排，侧转身，始终对着教室后面全体同学。他们也最恰当地配合他的“激情表演”，随着他越说越快，越说越激昂，下面已经掌声四起，可以用“雷鸣般”来形容，直到陈小力坐下，掌声还没断。这下，他再次起身，向教室后面各方向挥手致意，引来更热烈的掌声。

另一次，林乐庆在讲新闻的时候，加了他自己的一段评语：同学们不要忘了，在我们讨厌的国家里，除了美国和日本，还有印尼，我最近才知道他们有过排华历史，现在证据就在我的手机里，同学们可以拿去传看一下。说到这儿，他已经把手里的手机递出去。随着林乐庆关于民族自强不屈的一大串结束语，下面又是“雷鸣般”的掌声。林乐庆坐下，掌声持续，他目光很久都炯炯的。下课后，他从同学那儿要过手机递给我说：老师你也了解一下，你光看前几张照片就行，不要看太多，后面有些照片很血腥，怕你受不了。生于20世纪90年代的林乐庆同学不可能完全了解我这代人，我们什么没见过？

从陈小力和林乐庆开始，我开始对这种发自群体的掌声格外敏感。在我过往的记忆里，这声音一直专属于收音机和大会场，激昂强势，是不可抗拒的绝对声浪。

最能引起掌声的话题多数和民族有关。各种媒体上都报道抵制家乐福的时候，学生们讲新闻时一提到抵制，掌声总是最热烈。等安静下来，我问：有不同意抵制家乐福的吗？马上有人大声说：当然没有。我说：不同意的可以举手。当天来上课的四十一个人中有三个人举手，其中有赵朝举。下了课，我问他为什么不支持抵制。他说：家乐福的售货员是中国人，卖的是中国货，买东西的也是中国人，抵制家乐福就是抵制我们中国自己。正说着话，有两个女生凑过来，我问：你们都赞成抵制？她们只顾着笑。我说：你们是不是都鼓掌了？仍旧只是笑。我问她们为什么鼓掌。一个牙齿很白的女生说：不知道哦。原来，在不知道的情况下也鼓掌。

对于林乐庆我有留心观察，有时候他在座位上听别人讲新闻，涉及民族问题时，他在下面自己忽然涨红了脸，直喘粗气。我在前面看得清楚，这个来自黑龙江的大男孩正自己跟自己攒劲呢。我忍不住想笑，我一去看林乐庆，学生们也去看他，紧接着常常又是鼓掌，是鼓励他继续攒劲？有一次下课，他过来对我说，他最受不了的就是中国人被欺负，一听到这种事，他就“来气”。作为东北人的林乐庆，对日本人有很深的成见，但是这并没妨碍他在课余时间自学日语，还很快结交了个日本留学生做朋友，说练习口语方便。林乐庆性格外向，喜欢说话，他说：日本人怎么那么傻啊，老师，你都不知道，他们的脑瓜也太不好使了。我问他为什么学日语，他说：在咱东北那边，会日语能多条出路，也许能去日本打工啥的，你可不知道啊，他们那边工资老高了，老师。

丁传亮也是得到掌声比较多的一个。前半个学期，他并不显眼，渐渐地，他也愿意给大家介绍各种新闻。他讲新闻，不是枯燥地念完了事，经常随口加一两句评论，绝对简短明快，好像是他的自言自语，内心独白。有一次，他讲到受金融风暴影响，春运没到，已经有农民工提前返回家乡了。说到这，他卷起抄新闻的本子，忽然加了一句：我看叫农民工不好听，应该叫外来务工人员，农民工这个名字不好。说完，他就坐下了，教室里笑声和掌声同时响起来。我在心里说，丁传亮啊丁传亮，这两个说法有本质区别吗？课间休息，我随便问一个来自城市的女生为什么给丁传亮鼓掌。她回答我：听他说得挺好笑。

如果“一言堂”是中国大学课堂上的常态，鼓掌，就是学生们除了发言以外，能主动做出的最快活的事情。鼓掌，能带来整齐划一的效果。也许，他们经过十二年的教育，格外爱自己的民族，或者他们只是需要借一个集体仪式来自我振奋，可能他们在这种集体动作中能得到荣誉感和安全感。还有相当多的时候，鼓掌是机械的，无意识的拍打，仅仅表达对周围气氛的呼应，为了自己和别人一样，而不用经过大脑就顺便拍拍手。渐渐地，我也在他们的掌声中体会到了讥讽嘲弄哄笑拆台和“算了吧”等多重隐喻。最后这类情形在后半学期会更多出现。

既然他们关注民族问题，我把萨特关于“二战”时期法国人境遇的随笔《占领下的巴黎》拷给他们，也选了一些段落读给他们，下面安静，没有掌声。我也把新近搜集到的海南历史资料中关于日军侵占海南岛的记录介绍给他们：1939年2月10日，日军三千人携伪军三千人趁夜晚渡过琼州海峡登陆海南岛，当时，被称作中国四大古炮台之一的海口秀英炮台上，几门德国造的满是锈迹的老炮，已经闲置了半个世纪，日军过海峡了，满城都找不到会放德国炮的，紧急请出几个退役的清朝老兵，有一种说法是：老兵们用仅有的百余枚老炮弹抵挡了日军，迫使他们改到离海口市更远的地点登陆，时间上大约延后了几十分钟，最终日军还是顺利登岛。据称，在被占领的第四天，海口市市面已经恢复正常，商贩开始营业，报馆开始出报，而占领者日本海军司令部就坐落在海南大学旧址中。我对他们说，我查到的历史记录显然太少，很可能细节不准确，希望他们将来能去作新的发现和补充，把真相一点点找出来。这节课，同样没有掌声。

这学期的最后一课，我说：虽然只相处了不到四个月，我还是感觉到，你们长大了有心事了，学会用自己的脑子想事情了，不再像我们的第一次课上，我看到下面一片孩子，都仰着被军训晒得通红的脸对着我傻笑，我亲眼看着你们正在成为这个国家最年轻的知识分子，得祝贺你们。

下面，没有热烈的掌声了，这是我本学期的最大安慰。

6. 我们的班长

班长给我的最初印象是他热衷于点名，特别是突击点名。有两次，上课铃响了，他的点名还没结束，他不得不带遗憾地自我中止，说：上课吧。我忍不住问：是学校要求点名？他说不是，是他自己要点的，预防有人逃课，防患于未然。

第一次课上分组讨论，我刚说完“讨论”两个字，班长忽然起身发出最短促的口令：各小组准备好，一分钟之内就位，不要发出响声。他这一喊，让我感觉这一屋子都是军人，心里别扭，但是没表示。

一次课间休息，班长过来问我：老师怎么看大学生的自由？我说大学生应当拥有更多的自由，我不赞成把中学思维带进大学。我想到了他的点名。他没回应我，显然心里有所保留。他转过身对大家说：同学们，现在讨论讨论啥是咱的自由。当时教室里乱哄哄的。有人随口说：自由就是想干什么就干什么。有人说：自由就是不想回答问题的时候，可以不回答。没有得到丝毫的正面答复，班长的脸色变得难看，但是还在坚持：大伙都说说，咱大学生该怎么看自由。上课铃都响了，他还站着，还等待有人给他答案。后面的同学拉他说：上课了。马上有人迎合着喊：上课了！他才很不情愿地坐下，坐下还向后扭着身子对着同学们，直到我说上课，他才转回身来。那节课他没听进去，一个人在座位上较劲呢。

两个月过去，班长有了明显变化，口令少了，话也少了，不再突然点名。有一次他上课趴着，问他感冒了？他有点茫然地点头。

又有一次约他来取影碟，早上七点，海岛上阳光透明，他穿一双高筒的足球袜和运动鞋，满头是汗笑嘻嘻地跑过来，我心里想：就是一孩子。他说他坚持每天早上六点多起来跑步。

国庆假期结束，班长给我们讲他见到的大海：都说海是蓝的，我长这么大，从来没见过海，这回我特意到白沙门，捧起海水一看，这水咋一点儿也不蓝啊，再去西海岸，海水也不蓝，为什么海一捧起来就不蓝了呢？他说完并没坐下，好像在等待答案，教室里一片哄笑。

另一次，我问起谁这一生从来没进过电影院，四十一人中有六人举手，其中就有班长。12月底，有人给我两张《非诚勿扰》首映的票。我都送给他了，很快收到他在电影院发来的短信："老师，谢谢你给我第一次进电影院的经历，电影很好看。"

可惜，来自山东的班长郭新超，如果他第一次进电影院，放的是《天堂电影院》该多好。

7. 在角落里

和历届一样，学生当中总会有三分之一的人木讷寡言。直到学期结束，我都没能找到更自然恰当的机会和他们交流。教室前后各有一扇门，通常，老师的活动区域多在前门，总有学生一听到下课铃立即闷头收拾，快速从后门离开。

我们的学生大半来自农村，其中又有超过半数学生的家长常年离乡打工，孩子们独自留在乡间发奋读书应对高考。历届学生中，主动选择学习我们戏剧影视专业的不足10%，余下的都是被调剂过来的。会有性格活跃的学生把下巴搭在讲台上问：老师啊，学了这个专业，我们将来能做什么，我们有未来吗？经过些时间，大约一半的学生会渐渐喜欢上这个专业，理由很可能是"好玩"。

我们讨论时势新闻，讨论好莱坞的模式化，讨论《疯狂的石头》，讨论正在失去原始活力的成语，这些中国最年轻的知识分子之中，并不缺少热衷于表达个人观点的，而同在一间教室里，始终都有沉寂着的那个部分，像摆放在教室后面的几件道具。我非常不喜欢滥用教师的权威，强硬地要求学生必须做什么，也由于这样，我很难接触到他们中间的每一个。

8. 女生们

在孤寂寡言的人中，会有几个女学生最沉默最边缘，她们习惯了默默地溜进教室，默默埋头坐在后排角落里，交作业的时候，把自己的那页纸反扣着，混夹到别人的作业里面。

和那些兴冲冲的、野心勃勃的，或者还时刻心怀挑衅的男大学生相比，除了穿着打扮的不同，把那几个沉默的女学生放进20世纪30年代的课堂，一点儿也不显得突兀。

能感觉到有些男生更愿意贴近外面那个社会，他们正学习着工于心计，左右逢源，讨好奉承，把握机遇。而大一的女生们，无论活泼的、沉默的，都透出更多的纯粹洁净，保留着一点“发傻”的理想主义。我不认为这是多年来严谨教育的结果，更相信它源于女性的某种基因残留。

去年曾经有个女生在下课后快速经过讲台，放下一张纸条，还没来得及看清她，人就飞一样出去了。纸条上写着：老师，你不能总是讲评写得好的作业，不太好的作业也应该讲评。从那个提醒开始，我尽量讲评更多人的作业。同时，我也在找是谁递的纸条，恰恰她是平时最沉默的学生中的一个。

2008年底，学期快结束了，我连续收到一个陌生手机号码发来的七条短信，其中有这样的段落：“老师，我是郑XX，不知道您是否对得上号……我的妈妈是个简单的人，没多少文化，没工夫也没能力思考抽象的东西，当我对她说我不想读书了，我很茫然时，她只会说我不懂事，说知道吗，孩子，只有读书才有出息。这些我都懂，我不想听，平时很少往家里打电话，因为每次她要说什么我都能预测到。在她看来，我只要健康地存在着就行。当然，我很爱她，从没怨过她，只是无法和她亲近。我常常有想找个人听我说话的愿望，可又找不到我愿意倾诉的人……”我没想到，这个在我印象里连面目都不清晰的学生，心里藏着这么多细腻的感受。

前面提到的学生余青娥，写了寒假纪事发给我看。她平时不言不语，从她的文字里，我知道了很多珍贵的东西：在外地打工的余青娥父母一直到年三十晚上，才带着在城里上小学的弟弟赶回老家，她还在屋子里就听出了踩过雪地的脚步声是自己父母的。当时，天已经全黑了，弟弟进了门就脱棉袄，脱得热气腾腾，他解下贴身捆扎的两条鼓鼓的长丝袜，里面塞的全是钱。一条袜子里装的是她父母一年赚的钱，另一条是亲戚家委托他们带回来准备盖新房的。这么鲜活，又喜又悲的景象，呆在城里的作家怎么想象得出来？余青娥的老家在江西，她祖母到现在还会埋怨她父母说，不该让她念书，女孩念什么大学，还交那么多钱。老人这么说，是因为青娥下面还有弟弟，弟弟长大要念书要成家立业，学费当然要早点给攒起。这组文章，我推荐给杂志发表了。2009年初，足够寒冷的一天，我收到余青娥的短信，意思是她收到了稿费，感觉拿在手里不敢花。

期末，一个大四女生来找我，问能不能帮忙改几篇她的小文章，她想投稿，为找工作创造条件。2005年，她只是上过我三个多月的课，后来再没有过接触。我问她参加毕业生招聘会没？她说去了，说得有点心虚，说长这么大没见过那种场面，连话都不敢说，准备了一大沓简历，根本不敢往前凑。我一听就急，说：你得往前挤啊，现在不是工作找你，是你要找工作，你要养活你自己。分手前，她有点恳求地说：老师，能不能不用专业眼光看我的文章，我知道写得超幼稚。我说：如果现在你还在大一，当然我用老师的眼光，但是，你就要毕业了，除了专业的眼光，就没有第二种眼光。她叫杨秀碧，来自四川，不知道在2009年能不能找到工作。

9. 我不喜欢老师

很偶然看到一个大学生论坛里，一个关于老师的帖子，有人跟帖说：我不喜欢老师。

今天的大学里，让一个学生在隐身状态下还能喜欢某老师，确实是苛刻。在我做学生时也是一样，我曾经就很不喜欢老师。

但是一个老师不能说：我不喜欢学生。特别是今天的我。

10. 黄菊的故事

那天晚上没课，忽然接到班上同学的电话，非常着急，说她们几个女生正在海口火车站，班上的黄菊同学退学了，准备回陕西乡下老家复读，重新参加高考，现在人已经上了火车，突然得到消息说，在老家复读必须把已经迁到大学的户口再迁回去，不然不能报名，她们紧急向我求助。我完全不懂迁户口的程序，甚至记不得班上哪个叫黄菊，除了着急，一点儿帮不上忙。电话那边一阵慌乱就挂断了。

我赶紧搜索对这个学生的记忆，只找到第一次课上收到的字条中有署名黄菊的。当时我给出的问题是：你最喜欢的书。她的回答是：路遥的《平凡的世界》。我的问题：你最喜欢的电影。回答：《背着爸爸去上学》。只有这两行字，字迹非常工整，关于她是否来自乡村和是否相信真理，她没有回答。

第二天我一进教室就问起黄菊，他们说走了。大家谈新闻的时候，周坤婷站起来说：我说发生在我们班上的新闻，黄菊同学退学了，一想这事就闹心，我们每个人都得懂得珍惜，一个农村出来的女生多不容易，我们做的每一个决定都将影响一生。说着说着她就哭了。教室里特黯然。

比起国内国外的所有大新闻，在那个上午，黄菊的离开最使我们触动。算算这时候，火车拉着她已经到中原大地了。我说：不能这么轻率就退学，这么重大的决定要尽量征求更多人的意见，再参加一次高考太冒险，不喜欢某个专业还可以想办法调换。我说的这些，黄菊当然听不到。

一星期后，班长兴冲冲地告诉我，黄菊回来了，现在人已经在返程火车上，她申请复读不成，在家里考虑了几天，决定回来。班长还说：老师，下次课你来咱班上课，准能看见她。

再上课，我特地带了一小包椰子糖，但是，黄菊没来。又过了一星期，课间休息，有个矮小的女生慢慢过来说：老师，我是黄菊，谢谢你的糖。哦，是这张面孔，我有记忆的，但是，在这之前，我不知道她叫黄菊，更不知道她心里都在想什么。

接下来，全是我在说废话，她默默听，默默点头。铃声一响，她又回到教室后排，从此，跟什么都没发生一样。我有意往教室后排搜寻，才能看见她那张很容易变红的脸。她不复读了，但是能从此喜欢上我们这个专业吗？

我有点惊讶，中国传统妇女身上的含蓄、闪避、羞怯、温良、坚忍、倔犟，在生于 20 世纪 90 年代的陕西女生黄菊的身上，居然全都有，并没随着时代的改变而改变。

11. 大地和土豆

第二次课一结束就认识了赵朝举，他主动跟上我说，他叫赵朝举，贵州毕节来的。我说：你们那儿我去过，我去过织金县下面的好几个乡。他马上问我去过织金洞没。结果我和他都没去过那个洞，那是个旅游景点。他来海南上大学，是第一次离开贵州。一路先坐汽车，从乡下到贵阳赶火车，火车到湛江，再从湛江搭长途大巴到海安转琼州海峡轮渡。

他说：从湛江坐汽车到海安，坐得真晕。

我随口说：看来你晕车。

他神色格外兴奋，说：从湛江一出来，那地哦，太平了，我可从来没见过这么平的地，客车上别的人都睡觉了，只有我一直看车窗外。

分手之后，我忽然想明白了，赵朝举说的晕，是晕平原，在上大学之前的十九年里，他没出过山，没见过大片的平原。

下一次再注意到赵朝举，他和同学一起表演小品，他演孙悟空，本来，他的脸就有点红，再做出一连串搔首弓腰的滑稽动作，嘴里几声尖叫，简直惟妙惟肖。节目表演完，他获得掌声最多。赵朝举演孙悟空让我特高兴，说明他是个大方开朗的人。

关于观察的课，我讲到几年前在朝鲜的见闻，下了课，赵朝举过来问我一个问题，我发觉一下子说不清楚。后来，我们一起说到了毕节山区有大片新松林，当地人都知道那是加拿大的援助项目。除了赵朝举，没有别的学生来问朝鲜的问题。

下面是赵朝举的一次作业，题目是他自定的：

吃土豆的人

……土豆在我们那里叫洋芋，为什么叫洋芋呢？据村里的老人说是洋人的东西，是从洋人那儿传来的，所以就叫洋芋，就像火柴叫洋火一样。

……到晚上，我们一家人围坐在快要烧尽的火堆旁，刨开火堆的一角，把洋芋都一股脑儿地放进去，再盖上灰。老爸卷了一袋烟卷，“吧吧”地吸着，烟圈在他的嘴角转着圈。但现在老爸在（到）深圳打工去了，所以，很久没有看到他那样休闲地吸烟了。可老爸每次回家，都要带一大袋草烟去，他说外面的烟都不好吃了，那天听王老师您讲一个老汉每次回家都要带烟卷到打工的地方去，我听了之后，脑中立即出现老爸背着烟卷上车时的情景。

土豆在灰里发出香味，我用手去刨，发现时（是）烫手的，又缩了回来。老爸把我的小锄头递给我，终于看到散发着香味儿的烤熟了的土豆，表皮皱得像刚洗过的衣服。剥开表层的皮，露出有点发黄的土豆，冒着热气，我们一家呼呼地吃着。

在我们村，电视机是个稀有的机器，而能够看上电视，那就更是奢侈了。在我六年级的时候，村里买了第一台电视机，那是邻居家的孩子结婚时买的。刚买的那天晚上，调试了很久，电视上雪花一点一点地闪，然后又是一杠一杠地向上闪动，又向下闪动，滚动着一条一条的（地）向上又向下。最后终于出来了一个台，是贵州的一个台，里面有个美丽的女孩在说着什么，因为没有东西，所以就只能看着里面的人物一个一个地闪动。我们村里几乎所有的小孩都挤在不大的屋子里，实在挤不进去了，就站到了门外，我从家里搬了个很高的凳子放到窗外，趴在窗台上，眼睛使劲地往电视机上挤，老爸说我眼睛都掉在电视上了。屋里放着一个火炉，火炉上的锅里煮着一锅土豆，水冒着泡，咕嘟咕嘟地响着，土豆煮熟了以后，主人剥了皮吃了起来，头也不抬。女主人看见我们都把眼睛移到她的手上，就给我分了一半，我就趴在窗台上吃着，这时，爸爸站起来，吸着烟斗说："这个东西花的进去，白的跳出来，有什么好看的。"他说完后，嘴里吐了一口烟，烟在他脸上跳动着，随着他前进的头向他脸上贴上去。现在想想，爸爸对电视的理论是我现今为止听到的最好的论述了。

现在，每次当我看着电视的时候，脑中就会闪现出一个画面：一个小男孩流着口水，手里拿着洋芋趴在窗台上看黑白电视。

每次到食堂打饭，我都会望望是不是在白色的瓷砖台上（有没有）放着一盘土豆菜，可每次我都没去吃，我认为那已不是我的土豆了。我想，我一定是个吃着其他菜想着家里的土豆的人，而且是唯一的一个人。吃着土豆的人，是一个幸福的人。

我对学生们说：赵朝举的作业没什么好词好句，但是他写出了生动的生活场景，还有由毫不起眼的土豆带出来的穿透力，可见来自乡下的赵朝举是一个有故事的人。很多同学其实都有故事，只是你们还没有意识到，你自己的体验比任何名著名言都更有价值，总有一天，你们能理解，你自己的经历就是一个金库。

12. 霍乱来了

11 月 2 号中午，我刚在教工食堂吃过饭，一出门，见到有研究生说我们系有学生拉肚子。事件很快演变，傍晚已经有人到教工区挨户敲门发药了。我没吃药，因为我不能无故服用抗菌素。当晚有人告诉我：学生不能到校外去，只能在学生区域活动。这个区域相当有限：几块草坪、一个湖面、宿舍、教室。学生宿舍每天四次有专人监督吃药。这么多活蹦乱跳的年轻人都困在一个区域里，还要吃药，能坚持多久呢？

课照样上，学校让老师安慰学生。我挺沉重地走进教室，没想到气氛超正常，好像什么也没发生，其乐融融有说有笑。

我问他们有什么需要，女生骆晶夸张地喊了一声：老师啊，我要吃白米饭。疫情刚发生的那几天，学生食堂大半关了做清洁，学生们只能在校内买方便食品，白米饭成了奢望。林乐庆趴在讲台上念叨，想带点水果来，橘子啊，香蕉啊，好像他念诵的每一样都是仙山上的珍果。霍乱末期，听说有老师把学生藏在汽车里拉到校外去饱餐一顿，有点飞跃柏林墙的意味。

我对他们说：感谢所有的突发事件，从某个角度来说，正是它丰富着我们的经历。比如我自己，我感谢我经历过的一切，因为生活本如此，它给我什么，我就承受什么，人就是在这种复杂的承受中得到历练，这话作为我对学生的安慰。本来这节课准备读一篇记录2008年春运的文章《被踩踏者李红霞的人生》，临时改了主意，我说：我们换个内容，不要在这个特殊时期增加感伤。没想到下面都在说老师读吧，齐仙姑的声音最大，她说：生活本如此。这正是我刚随手写在黑板下边的五个字，还没擦掉呢。

下课后，李博过来跟我说，这些天他都有写日记。我说我的日记也格外详细。另一个学生在后面说：现在这样好，到校外干什么，还不就是去花钱消费？现在挺好，钱都省下了。

霍乱闹了十天，11月12号恢复正常。我发现，刚进校的大一学生对自由的渴望最低，除了要白米饭要水果好像再没更多要求，而年级越高对限制自由的反应越强烈，有2007届的同学保留着服药说明书，有人想方设法跳墙开条子混出校园。外面没什么，但是有自由。

13. 考试真不是个好东西

那天一进教室，就感觉气氛不对，本来我提前了十三分钟到，教室里居然坐得满满当当。天气凉，他们都穿得臃肿，黑乎乎的格外压抑又格外整齐。我一出现，全仰着脸望我。我有点糊涂，这是怎么了，再看每人桌前都端端正正摆着纸笔，忽然想起，是我说的今天“考试”。虽然之前早交代过，考试只是用一节课时间，写一篇作业，题目也是和他们再三商量过，开始是“火车”，有人说没坐过火车，最后改成“车”，有人说，车太不好写，最后的题目是“车或者其他”。

至于这么紧张吗？我问。平时的幽默感全没了，个个好像很怕被我误导迷惑，不管我说什么都百毒不侵，端坐不动，似乎我会忽然变脸，发布什么刻薄刁难的决定。

上课铃一响，下面奋笔疾书。度过了这学期绝对安静、绝对鸦雀无声的四十分钟。铃再响，有人看表，有人擦涂，有人翻来翻去再三核对，都舍不得把那张作业纸交上来。

直到手上没有了那张纸，他们才会笑了，胳膊腿都能舒展了，恢复了正常年轻人的全部活力。我想，把一件本不重要的事搞得煞有介事，那就是考试，它可真不是个好东西，我算是长见识了。

正是在我们考试这天，班长提醒：大伙都听好了，咱就是挂科了也不能作弊。他指的是后面的几科闭卷考试，又开除又记过地强调了几遍。

寒假期间，看到报纸上一篇安徽高中生的文章，说自己被中国考试逼疯了，我绝对赞同这说法。

14. 在太阳下面

晴朗的上午，五楼教室门口的长廊上站了十几个晒太阳的学生，他们的脸都明亮，又年轻又好看，都是我们班的。我说：太阳真好啊，第二节课我们到草坪上去。大家雀跃。自由好，太阳好。

就是那个在草坪继续上课的上午，总是有故事的赵朝举给大家讲：在家乡，他的村子里，有好几个右手缺食指的老头。同学们全问为什么。他说：听说都是早年怕当兵，自己弄残的。我问：具体多少个？他说大约六七个。有人问：多大年龄的老头？赵朝举说：五十多岁。有对军事感兴趣的男生马上说：哦，是越战。在海岛的冬日阳光下说到这个话题上，想到那些自断手指的山民，不知道该说什么。

起初，学生们对什么是文字的“张力”不理解，赵朝举在给我们讲过大地和土豆之后，又在这个晴朗的上午讲了自断手指的故事，我说：我们来体会这些互不相干的事物间包含的东西，大约接近了张力。

15. 困惑

困惑是双重的，有他们的困惑，也有我的困惑。

接近 2008 年末，大学毕业生就业压力已经很突出，未来的不可预料增加了学生的担忧，而作为刚刚进入大学的大一学生，高考的痛苦折腾还没过去，他们还想享受一下忽然解放了的轻闲。这样，他们的心态是既想悠闲又很不踏实。接近期末，我问他们有什么困惑。

一个同学的回答是：为什么到了大学里安静下来看书的时间反而太少，为什么对学习没了以前的热情，为什么再也没有紧迫感虽然明知将来就业形势不好，为什么开始喜欢和适应在外面吃饭喝醉唱歌？

另一同学说：很多时候，我的想法很少纯粹是自己的，大多是外界给的，有时候不敢表达自己的真实想法，也容易受别人影响，听说看的书多了，人就充实，但有些人书看多了就变得极端了。

第三个同学回答：我觉得，从小到大，生活平平淡淡，没有精彩的内容，没有经历，觉得自己空空的。

放假前，遇到去买棉衣的学生周坤婷，她问我：在大学里能学到什么？将来能做什么？自己心里一点儿也不知道，很糊涂。

这个学期，三次遇见2006届的学生邓伯超，我还清晰记得他读大一的时候，在课上发言，说他最喜欢的电影是《古惑仔》，他家乡的学生们都崇尚古惑仔，引起哄堂大笑。现在他已经大三了。一次他在校邮局门口架机器，看见我，笑笑。另一次，还是正跟几个人一起忙着弄三脚架，没看见我。12月去旅游学院报告厅的路上碰见他，那天我参加朗诵，他摄像。虽然是晚上，我还是明显感到他的情绪低沉郁闷，两个人都不说话，只是赶路，他身上挂了不少机器电线。后来我问：课程紧？他说不。又过了一会，他主动说：真不知道能学到什么，越学越没信心，没有方向，有的老师上课……我看老师自己都不懂。然后还是沉默。到了报告厅，他说：老师，我去干活了。我看他闷头架机器，人忙起来情绪会显得好一些。大四学生告诉我说，现在班上的男生有两种，脸黑黑的整天拍片子，脸白白的整天玩游戏。

一个学期下来，我在检讨我自己，我给了他们很多新鲜东西，但是，建树太少，没有巩固的时间，三个多月太短促。还有，我以为我给了他们，究竟有多少能被他们接受？进入2009年，见到余青娥，她问我：老师说生活给我们什么，我们就接受什么，那得多大的勇气和坚定啊。我在想，我还应当有新办法，用好我有限的时间。

同时，我也很清楚，他们眼下最想要的就是怎样就业，怎样顺利轻松地融入这社会，怎样过上最好的生活，我不能给他们这个。我能给的也许恰恰不是他们现在正想要的。

我理解的教育是应当有承继性的，有相对一致的基准线，可是，我没在他们身上看到这个基准。而他们又太需要成功了，这成功甚至应当最快速最简捷地获得。而我自以为能以润物无声的方式影响他们，结果会不会恰恰相反？假如，他们真的接受了我的影响，一旦离开这间教室和大学校园，很可能瞬间就被现实击溃。我的所有心思和努力，也许正在让他们变成一个个痛苦的人。

在吊着明晃晃日光灯的教室里，我和学生们度过了2008年度的六十五节课时，然后，他们再去其他教室听其他的老师讲课，然后，三年一眨眼，各奔东西。再然后就完全不知道了。

2009年1—2月海口—深圳

原载《上课记》，中国华侨出版社2011年版

词典：南方工业生活

萧相风

边防证

进关，进关！此关不是阳关或玉门关，也不是山海关，而是特区的二线关。在民生的呼吁和政策的沿革中，边防证已成为一个历史词语，成为历史仓库中一件过期的呆料。边防证的全称是“中华人民共和国边境管理区通行证”。让历史后退到1981年1月7日，深圳市革委会颁发《关于外来人员的政策处理及管理意见》，规定凡有合法边防证件，因工作需要，期满可以续签；凡有违法行为的，一律清出特区（深圳市史志办《深圳大事》）。于是在深圳，东起沙湾西至南头，设置了六个关口，将深圳划分为关内关外两个部分，也叫市内市外。这就是我们通常所说的“画了一个圈”。圈内是特区，这些关口也成了经济特区与非经济特区的分界线，相对于海关这样的一线关，它被俗称为二线关，进入二线关必须执有边防证或本地居民身份证。在市内，治安员除了检查暂住证（详见“暂住证”词条），还要盘查边防证，否则无证人员同样会遭到收容和遣送。当年要办一纸证件，往往需要托关系，在户口所在地的村委开介绍信，再来到当地派出所户籍管理窗口才能办理。

最初的特区被视作一块改革试验田，一切都可以不同，大胆地与众不同，因而出入管理也显得格外慎重。改革开放本是打开国门，但是二线关坐南朝北对内地关起了大门，留下了几个小心翼翼的关卡。当我们千里迢迢来到深圳，要想进入最核心的改革阵地，如果没有边防证，一道关口就卡在了我们面前，远望着关口那头川流不息的车辆，感觉深圳是在另一个世界里。

一道关口仿佛一条被剑劈开的鸿沟，将深圳明显地分为城乡二元体制。同一座城市隔着一道关口，在政治经济各方面都拉开了极大的差距。关内是上帝的花园，幽雅、有序、安宁；关外则是上帝的垃圾桶，随地吐痰，脏乱、嘈杂、黄尘飞扬。就连最低工资标准也是不一样的，关内最低工资通常要高出关外一百多元。1989年德国的柏林墙倒了，在深圳，自1986年始，二线关正式启用，这条长九十余公里的边防线，成为一堵新的“柏林墙”，耸立于来深务工者的胸间，一条线压缩了迄今二十余年来每一位来深人员的复杂记忆。关于取消二线关的呼声，从 20 世纪 90 年代中后期开始就没有停止过。为了过关，不少人曾经花钱买假证入关，关口上还时而游走着一些蛇头，高价帮人偷渡，带人翻险岭、钻荒林，通过隐秘的铁丝网进入特区。也有人在翻越的路上遭到抢劫和谋害。为了对付偷渡闯关，边防线上也出现了巡逻的执法队伍。

蛇头的偷渡手段也不断翻新，利用手里的真证件直接让人顶替入关。蛇头说，不用怕，我们已经把关系打通了。你就当作就是你的证件，若无其事地过关就行了。

在 2003 年之后，对关口的限制逐渐放宽，偷渡闯关也随之销声匿迹了。我有两个同事，在 2004 年为了图方便不经过检查站，从旁道私自进关，被边防站当兵的抓了，当时已不再收容遣送，罚钱又没钱，咋处理呢？解放军同志将他们关在仓库里抓老鼠，目标任务是二十只，抓足了二十只才放人。那时候他们恨不能变成猫，但他们毕竟不是。从 2005 年起，我曾在西丽的白芒关住了近三年，白芒关是一个小关，两边绿树成荫，新栽的木棉树一到春天就吐出漫天灿烂的火焰。晚上下班的途中，踩着自己的影子向南回到村子里，两边的路灯阑珊，从阴暗的上空穿过夜幕的缝隙投下橘色的光的齑粉——那是上帝的瞳孔照着我们——飘落在灌木丛里似轻飘飘的柳絮飞散。远远就能望见关口，检查站上面飘着一面红旗，在阴影和光线交错中，旗帜随意飘摆两下。每次风吹白芒关，令人沉浸在一座沉寂的花园里，尽管路上哼叫着不同的车辆。而我此时想着大漠上的边关，雄峻地挺起一轮玉盘，沙漠里雪白的月光照着骆驼前行，一排排足迹复印在沙丘的背脊上。在那月光的漂涤下，我往后看自己是否也留下足印。我的步调走得很急，有时也很缓，身体像一只摆钟在春去秋来的白芒关上摆来摆去，关口广告更换了好几次，面巾纸、LED 光电、电缆产品的广告等像花开花谢般更换着，但有一个标语在白芒关的墙上一直挂着：“固边爱民”。我们天天往来于白芒关之间，每天下班时排着长队进入白芒村。此时依然看到不少闯关者与检查站的工作人员发生冲撞。工厂里有一个同事叫小张，进关时与一位边防武警发生了口角，同事小张推了他一把，第二天小张在上班途中被边防武警抓进边防站的院子里，小张蹲在地上，几个人围着他拳脚相加。各厂的工友们站在大门铁栏杆外看着，小张的老婆摇着铁栏杆尖叫“救命”。后来小张要搞万民书，让大家个个在上面签名上表，最后表给了谁，就不太清楚了。关口往事历历，每晚下班，过关还要过马路进检查站，然后再过马路，大队人马经常穿越马路，也发生了不少交通事故。同事们为了省事，直接从旁边的通道过关。通常会有个兵坐在隐秘处守株待兔。最初抓了人要教育一番：去！背一背边防管理条例，背熟了再放你。后来只是将大家赶回去就了事。许多同事不理解，骂娘：不就是一个小关口，又不是国境线，天天上下班来回一次，天天都检查，能检查出个什么鸟来。随着政策的放松，二线关似乎越来越形同虚设。有时忘了带暂住证（详见“暂住证”词条，此时暂住证可以替代边防证），也可以请边防站的同志通融一下。

自2005年元旦起，办理边防证不用再花钱。同年，只需凭身份证即可进入特区，另一个特区珠海也跟着开放了。

如今进入特区，在公交车上直接过关就行了。随着经济的发展，关内关外的差距缩小，在城乡一体化改革中，二线关已经失去了它的意义。慢慢地，这些关口只是一个地理标志而已，或许立在那里可以勾起众人尴尬的记忆，或成为可供后人瞻视的纪念碑。

出租屋

出租屋是打工诗歌（详见“打工诗歌”词条）里的一个常见名词，准确地说，是一个具有动词特征的动名词，出租屋如同一个流行的词，一盘回放的磁带，在异乡人的心灵里飘飞起来，为了短暂停留，出租屋成了一个漂泊的驿站，收容那些暂住的灵魂。

广东最初的出租屋是传统的老屋，土砖砌成，矮而狭小，墙面上打出一个方孔，支起粗陋的木头，就是窗了。条件好的人家，是青砖，还带一些红漆雕窗或翘檐。这样的房子大概是为了适应这里频繁的台风，一座座低头弯腰，匍匐在珠三角的旷野里，颇似又黑又瘦的本地劳作汉子在田间勾腰农作。这样的房子没有在屋顶上装天窗，因此光线昏暗。木门上挂着一把大锁。在深圳等地，客家围屋是一种典型的民俗建筑。让时间回溯到1699年，从永嘉之乱开始，中原第一支大规模迁移的汉人开始向南颠沛流离，在其后漫长的历史变乱中先后迁居了八次，不同时期的北方人从中原迁至江西，又从江西赣州陆续迁往闽粤两地。时人称之为“流人”，就像今天流动人口（详见“流动人口证”词条）的一个简称，他们在当地官方户籍上被视为客，并自称为客家人。这些“流人”散布南方（详见“序：南方”词条）各地，开始了“处处为客处处家”的生活，客家人是南方历史上最早的外来者。他们在新的居住地上建造了客家所独有的围龙屋、土楼、殿堂式围屋，在深圳龙岗等地，客家先人修建了深圳客家特有的围村、围屋和围楼，留下了不少的旧式土屋，如今他们的子孙后代已经成了本地人。广东经济初兴时，本地人逐渐修了一些小洋楼，空出这些祖宅老屋，出租给新一轮的外来者，最早的外地打工者租住的就是这样的房子。历史是一个多么有趣的两班倒（详见“倒班”词条）车间，打工者又成为历史上新的“客家人”，在这样的出租屋里，现在轮到他们换班上岗。房子虽矮小，但是便宜，且酷似外地人的农村老家样式，仿佛又回到了家乡，每天进门一把锁，出门一把锁，在昏暗的房间洗刷，看电视，想家，日子就这样过着。

在这样矮小的农居中间，常会有一座青石砌成的祠堂，两扇沉重的大门闭紧，凝重的红黑两色包裹着祠堂，门楹上挂着一对门联，横联是木匾。祠堂站在矮房中，仿佛拄着拐杖的族长，咳着嗽，监视着这片破落之地。

在村子高楼的边缘，还有许多低矮的铁皮房，简易的红砖石灰构筑，屋顶盖着铁皮。铁皮房是简易房，租价便宜，普通打工族就选择了它。在查暂住证（详见“暂住证”词条）的年代，铁皮房和老房子都是重点光顾的对象。因此，在铁皮房生活，除了小心小偷，最大的担心是治安队巡夜。

待到经济发展之后，城中村改造，旧房子慢慢拆迁了，在偏远的小镇或郊外仍有部分的旧房子，夹杂在光鲜的楼房之间，与一畦畦翠绿的菜地构成了农业最后残余的图景。此时打工仔租房，都是选租那些新修的楼房，虽然楼房高而密，甚至光线也被一幢幢层叠的楼宇吃掉，在里面的房子也就常年不见阳光，但是新楼装修光洁干净，墙面上刷了浆，地面上铺了瓷砖，整个房间看起来有一种金属质感，空气中散发着甲醛的气味。弧线勾连着直线，直线和直线、直角与直角堆积，令房子呈现出冷硬简洁，没有泥土污垢的浑浊。这时的出租房，靠近工业区的楼房价格贵得让人无奈，尤其是市中心的房子，只有小部分高薪者可以安心享用。防盗的门锁也跟着换代升级了，有些房子装了电子锁，在大楼的出口，必须用 IC 卡刷卡进门。在市区里，出租房和住宅楼被规划成小区，由物业管理公司统一管理，门口会站一个保安（详见“保安或防损员”词条），将关卡把住。

每天下班回家，砰的一声门一关，就有了一个自己的小世界。没有对门，没有隔壁，只有空荡荡的自己。

靠着出租房，本地人可以不愁吃穿了。房子出租成了本地人一个最主要的生财之道。于是许多广东本地人拼了一生的心血，最大的目标就是多建几套出租房。房子一幢一幢在周围扩建，用“雨后春笋”来说虽落俗套，却是再形象不过了。新房子在旧房子周围破土、发芽和长高，密密地挤在一起，形成了一个向日葵花盘。每天听着窗外修房的噪声，看着一座又一座钢筋水泥在脚手架的扶植下终于变成了可以出租的房子。

携家带口的外地人，是无法在集体宿舍（详见“集体宿舍”词条）里找到栖息地的。出租房是他们唯一的选择。于是经济繁荣时，在工人密集的区域，找房子成了最头痛的问题。要找到采光好、通风好、环境好、楼层好、交通好的房子确实不易。出租中介服务就应运而生。大街小巷的墙上、电线杆上都贴满了牛皮癣广告，阔气的老板会做一块块广告牌挂在房子附近。然后，等着电话来问房。看房，退房，交押金，退押金，修理房内破损和水电系统，抄水表，抄电表，每月打扫卫生，一切围绕房子的事情都摊在了房东的面前。有些比较散淡的本地人，为了省心，将房子整体出租给二手房东，由二手房东来管理出租和操心房子问题。出租房的房价也随着工业区的发达和经济变化而时高时低。在 2008 年底全球经济危机时，民工返乡潮增多，或在广东出现用工荒，工人迁徙到其他地区，出租房也是直接受到牵连。在大型企业附近，比如龙华，出租房的房价也成了经济的晴雨表。

在深圳等地完成城乡一体化之后，所有的镇改叫街道，所有的村改叫社区。但是出租房在外来工的营生中，景象依然如旧。围绕着出租房而衍生出一系列行业，如搬家公司、疏通马桶公司、买卖二手家电家具的店铺，每天村子里会响起一个录音广播：回收旧彩电、旧电脑、旧冰箱……一个中年汉子踩着三轮车在村子里来回晃悠，那声音在他的小喇叭里唱个没完没了。在周末的白石洲街头，一排排男人女人守在路边，挂着提供各类家务的牌子。几乎每个周末，人流中都少不了他们的身影。

假如说出租房是一台收音机，那么就需要一根天线。在数字电视进入村子之前，每个楼顶上都会看到天线，最开始的是“鱼骨天线”，然后是“卫星锅”，再然后多数房东安装了有线闭路电视，各类线缆在墙与墙之间穿梭，电视线路和网线将房子连成一个整体，也将个人与世界连在了一起。此时一个人关在出租房里，世界也被打通了，远方来到了眼前。

在冬去夏来的寒暑里，出租房接待了一茬茬房客，有的房客会在墙壁上或门后留下一些话语和记号，或用铅笔潦草画出一幅只有本人能懂的图画，或致下一任房客：“你好。”要是你长期在一个驳杂的城中村里居住，你会发现四周的房子不断地更换着新的临时主人。四川的腊肉、湖南打工妹的内衣、江西两公婆的争吵、广西人一堆零乱的啤酒瓶，这些事物跟随季节不断地在对面和隔壁的窗台上更替出现。邻居变了，周围变了，世界好像还在电视里，还是那个老样子。在巷子里，男人赤膊搓着麻将，卖货郎边走边唱，发廊里推子和烫发机嗡嗡叫着，尽管原来的老板走了，但这一切似乎一直没有多大变化。

出租房真是一个奇妙的动名词，一个有趣的时光沙漏，在这个沙漏里，我们过客的身份加速了出租房的出租含义。按照传统的说法，房子是一辈子的事情。在传统的农业社会中，有的祖辈也许一辈子只住一座房子。然而在漂泊不定的南方，我们会不断地换工作，换房子，在这样的地方，我们可以说过了几辈子。

在南方，随着出租范围的扩大，家具出租，家电出租，花卉出租，情人出租。我们在工厂和公司里也是出租体力和脑力。临时性让迁移南方的人从骨子里意识到，生活的短暂和过渡性，仿佛一条摆渡的船；人类在地球上的居住，也是一次出租和暂居。我们，所有人的流浪终点在哪里？理想的居住地是在桃花源或理想国里吗？德国诗人荷尔德林在诗歌里发出了召唤："人，诗意地栖居。"我的理解是，我们住在我们的身体里吧！让灵魂守住最后的空间，最小的房子。

打工

打工，用白话（详见"白话"词条）来说是"揾工"。来广东，第一次看到密密麻麻的蜂窝——工厂，我有些激动，看到工厂里蜂拥而出的那一大片潮汐，由或蓝或绿的工作服（详见"工衣"词条）搭配而成，我梦想有一天也能穿上一套，混入这样的浪潮里化为其中的一小朵。我感觉那些厂服发出梦中铠胄的光芒。作为纯粹的消费者，消费了父母二十多年的心血，现在我急于要做一名生产者。第一站是黄江，寄居在老乡（详见"老乡"词条）的宿舍里，白天和另一位老乡去不同的工业区里找工作。招工启事的红榜或白纸张贴在每个厂的门口，那么一张纸，镜子一样显眼，保安（详见"保安或防损员"词条）刚贴在门口，就吸引了三五成群的年轻男女围靠过来，不同的方言聚拢在一张纸前，"招聘启事"被不同的方言念着。有人说：哎呀，日你先人哟，只招女工。一个女孩问保安：你看我中吗？保安从门卫室窗口探出半张脸：会电车吗？女孩摇了摇头。另一个人客气地问保安：还要不要杂工？保安坐在椅子上抖动二郎腿，翻着眼白有腔没调地说：不招了……杂工……满了。第三个人说：我靠，不招还贴出来。于是大家一窝蜂般散了，有几名还恋恋不舍地蹲在那路边的树荫下，似乎还等着什么。

我首先备了一份简历，现在回想起来，那简历写得太幼稚了。上面写着什么"剑鸣匣中，期之以声"，什么"玉藏于石，以待明主"。将自己看作一把剑，一块玉石，用自以为优质的声音和成色去取悦别人，此时更感觉自己是一匹行走在齿轮上的老马，或是堂吉诃德骑上罗西南多，戴上破头盔，挽着皮盾，手持长矛，从自己的院落奔向了蒙铁尔原野，将长矛投向了风车。这是我出发前的自画像，我的矛头对准了眼中的世界，试图将中世纪骑士的浪漫镶嵌在联动机器和巨型货柜的喧嚣中。而我所看到的是工业表皮下的湿疹和斑疮，在我的老乡或他乡的民工身上，在晃眼的太阳底下和夜市的嘈杂世俗里，很快就侵入了稚嫩的肢体。真正的世界在等着我，也在等着你。我学的是企管，这些年，每当有人问我学什么专业，我不好意思回答。有人说：企管很好嘛。我只是呵呵地笑。这是一门边缘学科，什么都学，什么也学不好。中国的市场经济起步不久，加上理论和实践远不如西方，这大约是内地企管专业的尴尬。我碰了许多霉头，倒也不能怪专业，要怪还是怪自己。

我的这位老乡，在这边呆了一年，竟学会了一口普通话和家乡话杂交的腔调。我们步行逛遍了黄江大大小小的街道和工业区，又步行到樟木头。广东这里有些地名，真的有趣，什么“鸡啼岗”“龙见田”“百果洞”，听起来让人思绪万千。走到樟木头，老乡说：这里有“小香港”之称，娱乐和夜生活丰富。之后又去常平找工作，找了将近二十天，终于在常平桥沥的一个电线厂落了脚。这是个台资厂。后来我在小说中也写到了这个厂。记得进厂时，门口围了一大堆求职者。人太多了，人事小姐只是抽样点了二十人左右进去面试。可惜我那位老乡没有被点到名，他好歹也是高中生吧。先排好队，验证件，我的毕业证（详见“毕业证”词条）比较大，红本本，当时亮在外面煞是显眼。人事小姐瞪大了眼睛：“大学毕业证？”我满是期待地点头。然后就是笔试，考了一些初中级别的语数外，留下了四个人，我就是其中之一。最后由人事部经理面试，这位经理是台干，年纪和我一般，让我详尽说说找工作的经历。我激动了一下，从搭长途车来广东开始，从头简述了一遍找工作的经历。我为自己的讲述功底颇为自得。现在想来，那纯粹是一种调查式的过场。人事小姐对我还是很热心，在办手续时，反复强调这是普工，工作不是一般的辛苦。我说我受得了。年轻人嘛，从农村出身的，不吃苦还吃什么？

办了手续，进厂，果然不是一般的辛苦。我做的就是搬运工，也叫杂工，在厂里俗称“打包的”，被分配在最辛苦的一台机，这台机的前任搬运工被打包机压断了手掌，正在和工厂打官司。我配合一个调机的技术员，原材料和成品搬运、生产、清洁、洗机台、装芯线，样样都要做。和我一同进厂的三人，其中一人与我分在同一台机器，5号机，在另一个班别。那位同事第二天就自离（详见“辞工”词条）了。另两位工友，与我同年，在另一个部门做搬运工，闲暇时我们结成了难得的友情。三个月后，他们一个个也走了。我终于坚持了四个月。后来与车间里一位副课长关系闹僵，也离了厂。这是我第一次进厂，刚进去时对工厂这部大机器一无所知，不知什么叫QC（详见“QC”词条），什么叫生管（详见“生产计划员”词条），工厂是如何运作的，因此还闹了一些低级笑话。

离开这家电线厂，又回到黄江黄牛埔租了一个单房，我的出租屋是一个旅店，每天老乡进进出出，陆续有不少人往来寄宿。接着和另一位老乡找工作。这一找，又找了半个多月，耗尽了身上仅有的钱，在弹尽粮绝的时候，我只好搬到一个捡垃圾的老乡那里去寄居。北岸有一个电子厂招工，也是台资，那天大雨如注，小歇后天还是阴沉沉的，我用仅剩的十五块，买了一把伞赶过去面试。

进去还是拿着自己的大本本，2000年这个毕业证还是能够唬住人的。本来是做普工，工程部正好缺人，在招机修，课长又将我调到了工程部。我的厂牌上写的是“生产技术员”（详见“技术员或扳手”词条）。没想到我修机也修了将近一年。电子厂主要是一些小型的设备，如端子机和裁线机。最近我写了一首长诗《工厂简史》，在这里引用其中一首，概述当时的那种状况：

前半生，他进了一家电线厂
学会了搬运和打包
也学会骂娘和打架
然后进了一家电子厂
学习了修理机器和润滑
润滑剂和机油如何使用
这些本领他以后再也没有忘掉
然后又进电镀厂
懂得了形象是需要电镀的
电金电银电七彩
电得全身闪闪发光
然后是电池厂
又见过不少短路的电池
生活中有太多这样的家伙
说话不经过大脑
大脑不经过思考
总之，短路的家伙喜欢省事

喜欢快、喜欢两点之间直线最短
又弄明白了充电是怎么回事
充电的家伙免不了放电
后半生，他进了一家弹簧厂
现在他看起来更像弹簧
已经被压到了最低
每次上街，他总是出现幻觉
你看，满大街都是弹簧走来走去

做到第二年六月份，因为工厂订单季节性减少，放假，我就去了深圳。深圳特区在打工者词典里早已成了另一个打工圣地。我要去那里朝圣。从樟木头转车，第一次去布吉，又是工厂、广告牌、立交桥、路碑、行李、易拉罐构成的一条条路，太阳底下的南方，路似乎永远向南延伸，炙热的太阳当头照着路上的灰尘和正在施工的天桥，我看到了热火朝天的深圳。像诗人陈傻子所说的，那太阳就是睾丸，已是下午，鲜红的太阳不是某一个人的，是上帝的睾丸垂在天空，无边的工厂挤着工厂，忙忙乱乱的行人和车辆像满地飞窜的蝗虫，这里生机勃勃，被阳光涂上了神圣的光泽。长途大巴驶入了龙岗区，我向南望，望见平湖、丹竹头、布吉。我拖着皮箱投靠了一个远房亲戚，住在布吉关外的荣超花园，七天后办了一个边防证（详见“边防证”词条），从布吉进关，在深圳市人才市场又找了近半个月工作。然后在旁边的一个伯乐职介所免费招聘现场找到了一份业务员（详见“业务员”词条）工作。2008 年路过宝安南路，这个职介所早就不存在了。我面试的业务员是直销性质，天天背着一包产品在大街小巷上叫卖。深圳市被一双脚踏熟了，我干了两周，又去另一个公司做业务员。在龙岗区各镇往来，业绩惨淡，每月收入呈负增长。其间又和一个同事进了一个玩具厂。具体是做什么玩具，我一直没搞懂。因为没做到三四天，我们又出来了。记得该厂招普工时，我这回吸取经验，不再拿出大本本，而是掏出高中毕业证进了厂，进厂还要流动人口证（详见“流动人口证”词条），我又掏出一个临办的红色流动人口证。后来又从 A 厂进 B 厂，从 B 厂进 C 厂，反复了一阵子。2002 年又进了宝安西乡一家电子厂，有个熟人因辞工回家，介绍我去福永某电镀厂做会计。会计？起初我有些不自信，虽然也学过初级会计学和财务管理学等课程，但毕竟不是会计专业毕业，又无工作经验。熟人说：没事儿，我会教你。就这样，在电镀厂又做了快三个月的会计，后来我又离职。这时我好歹有些文职方面的经验，又在沙井某五金塑胶厂找到一份 PMC（详见

“生产计划”词条）工作。又因工资问题，三个月后我又辞职，头脑发热跟着一个老乡跑到了中山去找工作。来来回回折腾，回家再返深圳，第二年在福永某电池厂找了一份 IPQC（详见“QC”词条）工作，又升为车间主管。新厂迁到了桥头工业二区，那时周围一片荒地，不出半年，一幢幢厂房从地底下钻了出来，四周越来越热闹，光秃秃的马路上忽然从四面八方涌出不同的地摊买卖。靠着海边空阔的平原上，飞机嗡嗡地从碧空中滑过，飞得很低，可以看清飞机身上的字样，手掌大的飞机正在滑翔中降落，南面不远处就是机场。但是不久以后，空阔的地方堆满了建筑材料，钢筋、水泥和噪声在烈日下每日争分夺秒地忙碌着。这又是一大片崭新的工业区，南风拂过的地方，工业种子遍地开花。在这个厂做了一年半，又进另一家电子厂做 QE、IQC 及工程部技术员等。当然，现在我早就不在这家公司了，又经历了三次跳槽。

打工，你的名字叫漂泊，这是我们每个人注定的命运。每到一个新的工业区，看着那工业区的拱形大门，数着指示牌上那些工厂的名字，我激动地挤入工友的下班人潮中，我想每一个厂区都是一个美妙的地方。每家工厂我都想进去看看，看看机床旁的工友，听听机床哒哒不休的叫声，噪音，是我最喜欢的意象之一。尽管我一直处在噪音里，听惯了，但是那新型的机器总会发出不同的声音，不同的工友构成了我们另一个新鲜的世界。我认识注塑机，立式或卧式的，车床，冲床，锣床，拉浆机，卷绕机，封口机，充电柜，干燥机，巨型压机，裁线机，端子机，电车和深夜朝地心撞击的打桩机。我还认识四川人，湖南人，江西人，广东人，广西人，河南人，自称九头鸟的湖北人，还有更厉害的“宝庆人”（俗话说，十个湖北佬，不如一个宝庆佬）。在南方（详见“序：南方”词条），这是值得用一生去认识的事物。打工者是大地上最活跃的流浪者。此时，我站在下班的工厂门口，想起了多年前，堂吉诃德骑上罗西南多，戴上破头盔，挽着皮盾，手持长矛，离开了自己的家乡，他在不断奔跑的道路上，将长矛投向了哪里？是风车？不，风车只是自己残缺的梦想。

“跳槽”“找工作”与“打工”是近义词，因此我没有单独列出。跳槽是动物界尤其是家畜界的说法。我记得小时候，在家里帮父母养猪，总有些不听话的公猪或母猪，爱窜出猪栏。猪栏一般用三四根杠子拴住，约七岁小孩的身高，一般的猪，养得肥肥的，或者养得老实，就是乖乖呆在栏里。发脾气时顶多用嘴拱一拱猪栏，饿的时候，也只会呜咽地扯两声。但是脾气厉害的猪偏不这样，饿急了它，或者困急了它，它一时性起，就会毕其功于一役，拼了吃奶的力气跳出来，发挥了奥林匹克运动会的拼搏精神，更高更快更强。一般的猪栏拦不住它。总有那么些猪，会经常跳栏。后来这让我想起了王小波先生的《一只特立独行的猪》。有时我真羡慕那些猪，自由自在地在旷野里奔跑。羡慕归羡慕，那毕竟是猪。总害得我到处去寻找，好在那时乡风尚纯，我一般在别人家的篱笆下或小菜地里找到。要是拱坏了人家的菜地，这个罪过就大了。我拿着一根荆棘条，嚯嚯地叫着，将猪赶回来，通常要叫上父母或弟弟，从两边围堵着，将它赶回栏里。赶猪回栏的印象在我儿时记忆中总是挥之不去。那猪哼哼地叫着，极不愿意，但在荆棘条的鞭击下不得不往回走，猪终于又回栏了。猪啊猪，没办法，你是猪，只得呆在猪栏里。我曾写过一首诗，把猪栏称为猪的定义域。现在回想"跳槽"一词，许多跳槽高手或许沾沾自喜，我却高兴不起来。找工作就找工作，换工作就换工作，干吗说成跳槽，要把自己比喻成"一只跳来跳去的猪"呢？在打工的岁月里，我深知其中的利害和甘苦。每换一个环境，需要重新去认识新的同事和上司，重新适应一个新的地点。仿佛一棵树被连根挖出来，又移栽到别处，这样不停地栽来栽去，随着年岁增加，适应力也会慢慢减弱。

记得刚出来那阵子，憋着一股吃苦的拼劲，似乎天大的苦都能忍受，真想快点认识一下这大千世界。当我再次回过头体味那些所谓的苦难，竟然发现它们都披上了美的外衣，回忆真是一张好砂纸，将粗糙打磨得光亮细滑。在我看到的打工历程中，在那些更大的屈辱中，它仅仅是巨浪里的一朵浪花。路上弯路走下来，我几次都在梦里画直线。人的一生太短，走弯路是不得已而为之。我不宽恕和安慰自己走过的弯路，我还不是阿 Q。企业管理界也有许多奴性文化（详见"企业文化"词条）和阿 Q 精神。在第一个工厂，我向人事部自荐，碰到了一位台湾经理，他也是搬运工出身，在小型会议室里，他谆谆劝导我，要从最底层做起，才能学得更多，走得更远，这是宝贵的经验。多年来我一直用曲折的路来反驳这句话，但我还是感激他的善意。

打卡

2000 年在电线厂时，第一次不懂打卡，问芯线组的组长，组长是湖南郴州人，是我眼里的好人。那时，我是最底层的搬运工，进入陌生的工厂，头天搬行李进宿舍时，清杂物，铺床位，不小心将他的一对小音箱的电源线给拉断了。这可如何是好？初来乍到就坏了事。组长下班后，我小心地向他道歉。他笑着说：没关系，一对旧音箱，我早打算不要了。不知道他是不是真的不要了，总之我向他请教了一些工厂的问题，知道了上班一定要记住打卡。他耐心地教我如何打卡：将个人的出勤卡正面朝向自己，然后伸到卡钟底部，卡钟自动就会打上。半个月就要换一面打卡，每面只有十五天左右的打卡空位。

哦，我知道了。我上的是夜班，上班前我在考勤卡架上找我的卡，几个铁制的考勤卡架并列挂在车间门口的外墙上，分别标识了不同部门，每个卡槽里都插上了纸卡，一个人对应一张卡，我借着卡架上的纸卡数量估算着这个车间的人数。数了数，我这个部门有五十多人。纸卡上手写着不同的名字，有的卡上沾着手印和油渍，我一个名字一个名字逐一查找，摸着每张卡，似乎握住了每一位工友的手，终于找到了我的名字，这就是我的卡，一张空白全新的考勤卡，上面空着日历等着我用每天的时间去填满。我将纸卡伸入卡钟，伸到底部，电子卡钟咚地一震，打卡机“咔嗒”一声，就将时间印在出勤卡上。工资就是靠出勤卡上的时间来进行计算。我迅速抽出纸卡，迎着灯光仔细查看，蓝色的墨水显示 19:21，这个时间就成了第一天打工的记录开端。

五年后，我在另一家塑胶厂，办理好入厂手续，上班打卡时，已经知道我打的卡是感应刷卡机，也叫电子考勤机。用 IC 卡厂牌在打卡机感应区上一放，绿光闪烁一下，同时嘀一声，姓名，工号，打卡时间均在液晶显示器上显现，这表示我打卡成功。感应区也就是读写器表面，一般只要在十毫米以内接触，就可以通过无线电波完成打卡数据的传输，因此这也叫刷卡。智能 IC 卡又称射频卡，由 IC 芯片、感应天线组成，封装在一个标准的 PVC 卡片内，芯片及天线没有任何外露部分。它是目前世界上的一项新技术，成功地将射频识别技术和 IC 卡技术结合起来，应用在不同的地方。

为了规范刷卡，公司也出台了不少管理制度。制度也越来越苛刻，规定打卡最多只能提前三十分钟，每次只能刷一次，必须经由本人刷卡，一经发现有人代刷，双方均计旷工一天，等等。后来人力资源部查出少数“偷鸡”（粤语，意为偷懒）行为，仓务部（详见“仓管”词条）的个别同事周日加班而本人没有来，仅将 IC 卡交由他人代刷，这样产生了上下班记录，工资照拿。为了从根本上杜绝这种现象，科技又向前迈进了一步。

又四年，我进了一家制品厂，最初公司采用前面所说的感应卡，没过多久公司就换了一种更先进的指纹卡。将每个人的指纹事先输入打卡机的处理器预存，每人保存左右两只手指的三个不同侧面的指纹，每天上下班由员工在指纹卡上按手指，按左手或右手，与电脑预存的指纹匹对，打卡成功了，指纹卡会亮绿灯说：谢谢。打卡失败了，指纹卡会亮红灯说：请重按手指。指纹是一个人独一无二的标志，这样谁也代替不了谁。当然指纹机也有个缺点，就是每次在感应器上按手指时，并不是每次都能成功匹配，有时需要按下多次才能成功，有个同事每次在感应器按的指纹都是清清楚楚的，指纹卡却总是无法识别。我们就称她是外星人，感应器无法识别，叫她最好改用脚趾。总有一些人会被笑称外星人。

因此指纹卡容易耽误时间，造成打卡的人排队。生产部人多，每次打卡排长龙，工厂在车间门口又增设了一个指纹卡。大概是有些员工对这家伙反感：还指纹卡，打卡费时费力，还有被监控身体的意思。暗中有人搞过几次恶作剧，竟然将指纹卡的感应器揭掉了一层保护膜，在上面撒了一层胶粉，或抹上一些水珠。公司高层生气了：损坏指纹卡就照价分摊到该部门的所有员工身上。如今市面上还出现了一种人脸识别考勤机。这种更严谨的考勤机通过识别你的脸部特征完成打卡，它是认脸不认人或者翻脸不认人。

据说煤矿上个别工人不识字，就在出勤记录和工资单上画圈圈或按手印，与打卡的性质也是一样的。时间已经被我们的钟表分成了精密的刻度，卡钟要求我们必须踩准刻度，要是哪一天打卡迟到或忘记打卡，就会得到相应的处罚，这时我们就会拿着纸卡找经理签卡，经理问：为什么没打卡，是不是迟到啦？下属笑嘿嘿地说：没有迟到。就是忘了，所以麻烦你补签一下。经理眨着眼睛说：下次注意啦！下属于是侥幸地领着补签的纸卡回来。假若刷的是IC卡，就要写一个补签卡申请，由经理签完字再递到人事部去。

上班打卡，下班打卡，卡吧！中国的汉字是奇妙的符号，也衍生了一个测字卜运的职业。曾有人将上班的“上”和下班的“下”合在一起，就是“卡”，对于上班族来说，“卡”是他们无自由的命运。打卡就一个边界，将工作和生活分开。过去我们的祖辈在田间劳作，是根据鸡叫、太阳和月亮而定，闻鸡起床，日落而息，或者看着月出东山，在田间插秧，月挂中天时则荷锄而归。在人民公社时期，镇子上以打钟为准，一截生锈的钢轨挂在公社门前的古樟树下，清晨天麻麻亮时，就有敲钟人举起铁锤将那截废铁敲得响彻四野，“当——当——”，人们相互在街上喊着：上钟了！上钟了！大家陆续披衣出门，提着农具来到田垄，有人就开始记工了。钟声引爆了整个田野的热闹，人们在田间热火朝天，凑在一起做事，做到天黑时，再次敲钟：下钟了！下钟了！晚上多数时候不再敲钟，书记只是吆喝一声：收工了。在那个岁月，听到钟声，人们全身的肌肉就一紧，耳边仿佛响起一个吆喝声，紧催着自己。钟声是如此急促而尖锐，就像战场上重擂的战鼓，京剧里紧敲的铙钹。责任田到户之后，钟声消失了，人们又恢复到最原始的时间参考，各干各的，自由地支配自己的劳作时间。春风秋雨、春花秋月是庄稼人最直观最准确的时钟。鸡叫头遍，男人们和女人们就开始下地忙开了。鸡鸣是早晨的系数，鸡的掌门人是天上的昴日星官，昴日星官是二十八宿之一，住在光明宫里，专门“司晨啼晓”。几千年来，鸡鸣陪伴着庄稼，陪伴着大地万物，渗入人们记忆的骨髓里，化为亘古不变的基因。对于一个乡村而言，缺少了鸡叫，就不配叫乡村，只是一座死寂的墓地。2008年我回到一个岑寂的乡村住了三天，清晨听到那一声接一声的报晓，在空旷的乡间，嘹亮，绵长，声音是那般自然柔和，在水田和小溪间随风回荡，如叮咚泉涧敲响了空山，刹那间让我感觉回到了童年的梦境。

在工厂里，打卡机代替了鸡鸣或太阳，我们根据卡钟定好闹钟，将闹钟搁在枕头边，清晨闹钟准时鸣叫，电子数码的叫声尖利短促，实在没有乡下的鸡叫声好听。也有的闹钟会模拟公鸡报晓，“格嘞——”，拉长的声音仿佛真是村野里的鸡鸣。在清醒而剧痛的头脑里，我们知道懒觉不能睡了，这一天的忙碌将要开始了，每天踩着卡钟的时间提前上班，按时下班。为了多休息片刻，我们尽可能延迟自己的起床时间，而将中途赶路的时间算得很死，我们必须匆匆地走。我在楼上临窗俯视了下面的公路，下面的一切都开始骚动，在我上班的路上，每天有浩浩荡荡的上班队伍，穿着不同的工衣表明他们不是同一个工厂，但是大家都有同样的目的地，就是打卡机。路上会经过早餐摊点，有的人匆匆绕过早餐摊拼命地奔跑起来，他快要迟到了。有的人蹲在路边快速地嚼着早餐——葱饼、油条或肉包。还有一支陆续下夜班（详见“倒班”词条）的队伍逆流而行，他们刚刚从夜晚来到白天，温和的晨光贴在他们的倦容上，将干涩的皮肤抹上光滑的金粉，早晨的阳光是最好的化妆品。车辆也在公路上横冲直撞，呜呜地抖着身子，撒开四排巨轮向前狂飙。为了赶时间，工人瞅准空隙惊险地穿过马路。路上的喇叭嘀嘀地叫个不停。每个上班的人脸上都是紧绷绷的，两条腿上紧了发条，跑到工厂，进了大门，门卫正在检查。在打卡的地方，工友们排起了长长的队伍，每个人依次通过卡钟，在指纹卡上按下自己的指纹，将个人的时间印在卡钟的存储器里。亮了绿灯，指纹卡说：谢谢！机器是如此礼貌，不忘向每个人都说声谢谢。声音是如此一致，那是一个温和的女声。她为什么要谢谢我们呢？谢谢我们什么呢？这些没有人去理会了。总之，这说明打卡成功。人们只关心是否赶上了时间。车间里的工友正在鸣叫的机器中忙碌，写字楼里有的职员已经提前来了，用口杯打上一杯开水，整理桌面，准备一天的事情，还有的同事在桌上吃着早餐——后来老板规定不允许携带早餐进办公室。在指纹卡上我急忙按下食指，看了一下显示器，还好，时间是7:51。我泄了一口长气。迟到是要扣钱的，因此准时是必须的。在打卡的日子里，我写下这样一首诗来：

准时

上班准时出门，
碰见准时的同事。

大家准时“嗨——”
指纹卡会说“谢谢！”

八点准时开会，
迟到罚款二十。

大家准时低头，
问题准时汇报。

出错货，上班睡觉，
不良率像房价一样居高。

批评准时结束，
有时也会延长。

晚上准时回家，
新闻准时联播。

世界准时在爆炸，
就像我定的闹钟。

哥本哈根发出了邀请，
首脑们将准时出席。

准时上床睡觉，
情人在梦里等我。

她紧紧地抱着我撒娇：

记得下次绝不可迟到。

倒班

倒班是工业生产里的一首回文诗，是马达里循环旋转的皮带。工人们在焚膏继晷的制造车间里被分成了两班或多班，交替连接了日日夜夜的生产。

在塑胶厂、五金厂、化工厂里，尤其是那些大型生产设备，一旦停下来，不但带来能源和材料的损耗，而且大大降低了生产效率。开动这样的设备有一个较长的启动时间或预热阶段。还有的工厂为了充分利用生产资源或者赶急货，也会实行两班制。

上晚班是辛苦的，对人体正常的新陈代谢带来了不可扭转的干扰，天天见不到太阳，你的白天就是我的黑夜，你的黑夜就是我的白天。我们从古老的“日出而作，日落而息”变成了现代化的“日落而作，日出而息”。根据国家法律规定，晚班应给适当补贴。但是在我们的夜班里，只有满脸的痘痘和疲劳，看不到津贴。

2000 年我在电线厂上班时，倒班的那天通常也没有休息，半天交换，就将班次调换过来。不同的工厂倒班的频次也不一样，有的半个月倒一次班，有的一个月倒一次班。对于特殊的工种和岗位，还会安排上常夜班。我在电子厂（详见“电子厂”词条）做机修（详见“技术员或扳手”）时，曾连续上了三个月的夜班。在漫长的夜班里，看着月亮圆了三次，期盼着天空出现刺眼的太阳。这个急盼有如月经推迟的姑娘对月经的渴盼。

对于两班制，通常白班从早上八点到晚上八点，夜班从晚上八点到早上八点。这里就有一个时间界定问题，譬如在 5 月 10 日晚八点上班，会处于 5 月 10 日和 5 月 11 日之间，那么该天夜班是算作 5 月 10 日的班次，还是算作 5 月 11 日的班次呢？这是因厂而异，有的公司夜班先行，有的公司是白班先行。

白班和夜班人员由于作息时间的互换对调，在休息上也会产生冲突。譬如白班的人员中午下班回宿舍，此时夜班的人员正在睡觉，有些不自觉的工友就在旁边打牌或大声说话，自然就会吵到夜班人员休息。我曾在一个电子厂，两班的同事为此骂娘打架。夜班的同事为了报复，在午夜中途休息时，也回到宿舍大吵大闹，弄得白班的人无法休息。公司为了避免冲突，将白夜班人员分在了不同的宿舍。

在颠黑倒白的班次里，两个班别的人通常在上下班间隙中打个招呼就替换岗位。这时就产生了交接班问题，为了两班交接清楚，许多工厂为各车间和岗位设了“白夜班交接记录本”，要求各班将交接的注意事项记在记录本上，方便下一班查阅和跟进。

由于上夜班时，工厂的主要领导都已经下班，夜班的人员也就没了“紧箍咒”的管束，生产纪律也随之松懈。为了加强夜班的纪律，“巡夜”就成了公司的一个管理手段。每周由各部门高层经理轮流来工厂巡夜，检查夜班的纪律状况。这颇似军队里的“查岗”或“巡岗”。凌晨一点至两点时分是最容易打瞌睡的时间，领导往往就选在这个时候来查夜。

我曾在一个工厂，不是各部门负责人来查夜，而是老总亲自来巡查，老总只相信自己。他几乎每周来一两次，无论晴雨，也不分寒暑，每晚从被窝里爬起来，驾着小车从家里开往工厂，在工厂里转一圈，经常发现员工躲在天台上或藏在空调房里睡觉，后来甚至发现保安（详见“保安或防损员”词条）离岗睡觉。于是现场拍照，给以警告、罚款、检讨。再后来工厂的同事相互之间形成了一个警报网，把老总视为偷袭的敌人，将保安视为站岗的哨兵，一旦发现老总的小车出现在厂门口，保安就会在对讲机里小心地报告：各位注意，各位注意，老总来了。收到警报后，各车间的工友奔走相告，整理仪容，各就各位认真地干活。查了几个晚上，老总均没发现异常，夜班也没有睡觉怠工现象了。但是怪了，据私底下的亲信反映，晚班的纪律比以前更差了。有些工人经常串岗，还吸烟（工厂是禁止烟火的），后半夜经常睡觉。某个夏夜，为了更真实地了解情况，老总决定偷偷潜伏进去。他将车子远远地停在厂外，徒步走到工厂后面的幽静处，四周瞧了瞧，不顾肥胖之躯，四肢并用，翻墙爬了进去。老总决定先从后面的车间开始查，来了一个快速的大扫荡，这次突袭收获颇丰，发现了两名员工在水房里洗澡洗衣服，将工衣晾在空压机的管道上；发现了三名员工伏在车间的工位上打瞌睡，口水流了尺把长，老总拍了好几张全方位照片，他们还在熟睡，旁观的员工掩嘴忍不住呵呵暗笑；发现了一名保安在岗位亭里睡觉，三名仓管员（详见“仓管”词条）全在成品仓的角落里打呼噜，吹起了统一的小洋号；发现了一名生产部组长在天台上四仰八叉地睡觉，一名QC员（详见“QC员”词条）在小房间里一边抽烟一边看武侠小说，最离谱的是发现了三名工程部技术员（详见“技术员”词条）躲在锅炉房里“斗地主”。

这次老总气歪了嘴，铁青着脸狠狠地屌（详见“屌”词条）了大家一顿。用挨屌的同事的话来说：“被屌得飞了起来。”

工厂真不好管呐！关键是工人不好管呐！老总有一次这样跟我发了句牢骚。我闻后无语。人毕竟是人，不是机器。而工厂毕竟是工厂，不是大炕。生产管理就是要求稳定、减小变差，包括人性上的变差，无论员工的人性如何参差不齐。奇怪的是，老总一直查得很严，夜班的纪律却一直没有显著改善。人们似乎喜欢上了这种“反扫荡”，查得越严，那种反巡查的刺激感就越强烈。

休息和娱乐是生活中必不可少的润滑油，然而在连续生产的工厂中，休息就只能轮流进行（详见“轮休”词条）。

电子厂

荧光灯挂在低矮的流水线（详见“流水拉”词条）上，在夕照或月夜之时，远望那些荧光灯，它们是新的夕阳或明月，悬在那工业的屋檐下嘤嘤地叫着，哼着。黄昏时蝙蝠从瓦片下飞起，也是轻轻地打开声音相似的电波。一排排浅蓝色的帽子，一排排手和呼吸，她们在白莹莹的灯管下低着头，穿着统一的静电服，长发裹在工帽里，露出一小段青丝，眼睛紧紧地盯着双手，一手抓着电子元器件，一手捏住烙铁。产品在焊锡中不时冒出一缕青烟，沿着排风机零零散散地飘走。是焊锡，将产品和汗水焊接在一起，电容、二极管、悲欢和青春共同装配在印刷线路板上，这是一般电子厂里常见的情景。

电子厂的种类是最复杂的，生产电容、电阻、二极管、三极管、接插件、线圈、音圈、PCB、SMT、IC 卡、LED 和各类家电的都叫电子厂。人们都说，21 世纪是数字化时代。所谓的数字化时代就是由电子厂缔造而成，由流水拉上无数双女工的手缔造而成。深圳有一个号称“中国电子第一街”的电子市场，占地 1.45 平方公里，它就是华强北电子市场，2005 年创造了销售额两百八十亿元的商业奇迹，其中电子产品占七成，而电子专业市场的营业总面积近二十万平方米，占整个商业街营业面积的四分之一。在这里集散的电子产品通往整个华南和全球市场，成为亚洲最大的电子产品交易市场。这些产品主要来自散布在珠三角的大大小小的电子厂商。

由华强北沿地图上的交通路线往北一万五千一百二十米，这里有一家全国著名的民营企业：华为技术有限公司；紧邻华为公司一千二百米处则是另一个全球知名的电子产品代加工基地，即富士康集团。在全市纳税企业中，作为电子行业的代表，华为技术有限公司和富士康集团旗下的鸿富锦精密工业（深圳）有限公司连续三年（2007—2009 年）分别排名冠亚军，成为远近闻名的纳税大户。据深圳新闻网 4 月 9 日报道：“仅在 2010 年一季度，华为公司就上缴税收逾 30 亿元，占龙岗区分局税收总额的 70% 以上。”在国家税务总局计划统计司每年发布的“中国纳税百强排行榜”中，华为连续多年位居榜首。

深圳富士康除了纳税，还以规模大、员工人数众多著称，它的供应商仿佛一个血液系统，遍及全国各地，当然，主要集中在深圳、东莞和惠州一带。

从深圳沿梅观高速转莞深高速在黄江出口转出，共约三十八公里，从东莞黄江公常路东转北岸路进去三百米左右，有一家极其普通的电子厂，2000 年我曾经在那里工作过一年，该厂属于台资企业，一栋三层楼的厂房，两栋八层高的宿舍，围成了一个北京四合院的样式，这是珠三角一带比较典型的电子厂，宿舍面积是厂房面积的五倍，间接表明了它是一个劳动密集型的工厂。厂房上嵌着一块工厂钢字招牌：QB（隐名），QB 厂主要生产接插件，规模小，共两百至三百人，组织架构也相对简单，总经理是台湾人，副经理是贵州人，一位初中毕业的女士，管人颇为严厉。它的主要客户来源就是台商，其中就有富士康的业务往来。2008 年金融风暴时我路过黄江，特意去看了这家往昔的工厂，工厂还在，令人生疼的阳光依旧照着泛旧的厂房以及泛旧的招牌，唯一的变化是员工都换了，我一个也不认识。周围曾经的空地上建了更多的厂房，迁来了五金厂（详见“五金厂”词条）、塑胶厂（详见“塑料”词条）、鞋材厂和别的电子厂，同时对面原有的两家工厂不在了，换成了别的工厂。中午下了班，QB 厂涌出一波下班潮，员工们身上的工衣没有变，还是当初那件黄色 T 恤衫。我问了一个不认识的工友：最近厂里生产忙吗？她答道：一年不如一年，说不定要搬厂。我一愣，这个厂最初是在深圳建厂，为了降低人工成本，两年后搬到了东莞，曾经在这一带工业区待遇不错啊，难道还要搬？我问：要搬到哪里去啊？她不耐烦地说：谁知道！

来料加工曾经是广东“三来一补”企业的主要产业模式之一，经过大量复制和覆盖，在广东的发展中慢慢失去了原有的荣光，被新型产业和日新月异的市场一步步进逼到败退的境地。成也萧何败也萧何，劳动力密集是代加工的电子厂的命门。

在劳动密集型企业中，手工操作仍然占了很大的比例。烙铁就是电子厂里最常见的工具。我记得进西乡固戍 Y 电子厂做储干时，在产线的每个工位上学习几天，股长（屁股的股）首先将我安排在焊锡工位上拿烙铁。坐在工位上，拿着锡线，在高温的烙铁下，一个女工教我如何焊，如何识别虚焊假焊。锡线在烙铁头上熔成一滴滴，我将漆包线的线芯接在零件上，让锡滴冷却，银白色的锡液像一滴泪珠，不听话，在手指间慌乱滚动，此时需要用指甲挡住那滴锡点，女工让我沾一点黄色助焊膏，将烙铁头用砂纸打磨光滑。至今我还记得工位上的她们，那些大拇指的指甲盖被熔化的锡点灼得黄黄的，每个人都是留着长长的指甲盖。现在有波峰焊，但自动化程度再高，焊锡这道工序总是离不开人工。

拿烙铁的工位，因为接触有害气体，又稍有些技术含量，通常有一些岗位津贴，每月会多发几十块钱。有些女孩子在焊锡中皮肤过敏，脸上长痘痘。休息两天，痘痘就自然消失。焊锡产生的烟雾，毒性不小，比较正规的工厂，通常在旁边设一个吸烟的排气管。2003 年欧盟颁布了 RoHS 指令，对于锡的铅含量有一些强制性规定。RoHS 指令虽然是贸易保护主义的产物，但同样也是环境保护主义的产物，它对电子消费品和生产过程提出了有害物质控制的要求。

在电子厂，除了焊锡，还有一个常用词语，就是SMT，汉译是表面贴装技术。它可以是名词，也可以是动词；可以是技术，也可以是生产流程。SMT 是电子厂里常见的主要工序。作为 SMT，一个电子零部件，上面可能有成百上千的零件。通过流水拉上一双双女工的手，最终变成一个半成品。在 SMT 这道工序或这个车间里，流水拉的概念显得更为贴切和流畅。流水拉上，零件一件件汇聚在一起，然后经过 FQC（详见“QC”词条）终检，入仓，又通过一个个货柜送到客户的工厂，半成品又在客户的流水拉上转一圈，这条产业链或物流链，经过货柜和流水拉，公路或码头，你会蓦然发觉，整个经济社会都是条流水拉，我们都在流水拉的旁边忙忙碌碌。

电子厂除了 SMT 之外，手工还是占了主导地位。这是一个典型的劳动密集型的场所。而在这个场所，又存在一个有趣的现象。《西游记》里有个女儿国，电子厂也是一个“女儿国”。流水拉上所有的作业员，都是女工。操作工是女孩，QC 员是女孩，物料员是女孩，技术员（详见“技术员或扳手”词条）、助拉、拉长都是女孩。可以说，电子厂是女孩子的代名词。在这样的女儿国里，青春变成了一道纯粹的靓丽风景。在流水拉下埋头做事时，工作服（详见“工衣”词条）里裹着那裹不住的绿色青春，仿佛工业齿轮缝隙里的花瓣。

原载《词典：南方工业生活》，花城出版社 2011 年版

西潘庄札记

吴晓雅

在深圳，找到潘庄村的明西

2008 年 10 月底的一个下午，在深圳梅林路某公交车站，我见到了十九岁的小堂弟明西。认出他，主要是靠直觉，空无一人的站台上，他斜斜地、轻飘飘地立在那里，形容枯槁，面色无华。事先知道眼前这个一米八左右的年轻人居无定所，营养不良，但看到他那双从廉价 T 恤里垂下来的细瘦的胳膊，还是有些吃惊。他也从我询问的眼神中认出了我，试探地叫了一声，便很快把视线躲开了。他短暂飘忽的一眼，除了陌生和羞怯之外，还有十二分的毛躁。我领他进了附近一家小吃店，为他要了一份水饺。他坐在对面，两只胳膊撑在凳子上，用肩膀斜对着我，眼光低垂，表情沮丧，同时又像在生气，因为低着头，黑瘦的脖子显得尤其长。我试着理解他的心情，同时思忖该怎么开口跟他说话。

按道理，我们的关系是很亲的，他是我小叔的孩子。在我五岁之前，因为父母工作的关系，我断断续续在乡下呆了好几年，小叔那时有十多岁，常领着我山前村后地玩。上学之后我随着父母到了另一个城市，小学期间的假期，也常常回老家看望爷爷奶奶，和家里人都很亲热。只是再后来的二十多年，毕业、工作，南北隔离，爷爷奶奶相继去世，姑姑小叔也都早早成家生子，联系就很少了，偶尔回趟老家，亲戚多，每家坐一会儿，不过夜就走了。短暂的见面寒暄，每家的具体情况，究竟过得如何是不大明了的，毕竟各走各的人生路，相当陌生了。但陌生归陌生，血缘这种东西是不怕时间打磨的，它有持久的吸引力。

这次，素无来往的小叔从父亲那里要到我的电话，说小儿子明西在深圳，托我找到他，说服他赶紧回家。听了小叔的大概叙说，我也不由得担心起来，答应他无论如何一定办妥此事，劝他别太着急。据说明西两年前开始出来打工，先到惠州，之后到广州，又回到陕西，在西安某电厂干过一段时间，2008 年 4 月之后不辞而别，再次到了广东。打工第一年，明西不断给家里寄钱，第二年就很少寄了，尤其第二次到广东之后，还不断向家里要钱，说自己得病了。小叔不知他是真病了还是参加了传销，说有病让他回去治，若是传销，要拖住他拉他出来。这些年，人们对传销的恶名和恶果深恶痛绝，我当然也和小叔同样担心。我立即着手找人，结果并不如想象的那么糟糕，凭着一个手机号，十分容易就联系上了，接电话的就是他本人。看来，即使是参加了传销，他也没有被限制人身自由。由于不明情况，我谎称家里寄来了钱物，让他尽快来取。他当时在关外，听说有钱来，立刻就要过来。一个多小时之后，就有了我们那个下午的见面。

我解释并不是有意骗他，说了家里人的担忧，问他得了什么病，有没有参加传销。他梗着脖子粗声粗气、结结巴巴地说，根本没参加什么传销。“就是病了，他们都不信。”一提到他们——父母，也许是因为吃了些苦，又不被信任，觉得委屈，他的眼圈红了，眼睛突然蒙上了一层雾，又因为倔强，他强忍住了，那一层雾终于没化成眼泪。说到他的病，他把胳膊伸过来，我仔细一看，有许多指甲大小的青灰色斑点，他说除了脖子和脸，全身都有。我问他为什么不回家治病，他斩钉截铁地说，不想回！问他为什么不想回，他不耐烦地抛了一句什么。从站台到小吃店，他没说过几句话，但“妈的妈的”不离口，这句粗话，他讲得极不自然，不仅不能显示自己的强大，反而显得可笑。我提醒他好好说话，结果他涨红着脸态度恶劣地咕噜了一句。我呵斥说，如果再这么没礼貌，那可不行！也许是因为失了脸面，他的脸又唰的一下红了，不知是怒是羞，眼里又起了一层雾。长期营养不良，心情不好，即使是男孩子，也会变得脆弱爱哭，这是可以理解的，但我对他说，要哭就痛痛快快地哭，不要动不动就红眼圈，不像个男子汉。他脸更红了，刚才那股子别扭劲收敛了些，下意识地直了直腰，舒了口气，又陷入了沮丧。

他在龙岗某电子厂找到了一份工作，是来深后的第二份工作，上夜班。他说上夜班白天看病方便。饺子端上来了，他三两下就下了肚。他答应先看病，回头就辞掉工作，当晚也不回厂了。到家后，我拿了老齐的衣服让他换上，他洗了澡穿上，裤腰是折了两折之后用皮带扎上的。他瘦得皮包骨。他的背上满是色斑，我脑中立刻浮现出一个印象，北方，夏天，干燥的地面上，大暴雨降临，打前锋的大颗雨点砸到地面的一刹那，浮土迅速吸收了雨水，只留下一个青灰色的水印。他身上的斑点，就像地面上的水印，一点一点，连成一片。

吃了晚饭，我给他铺床，他对睡客厅的地板毫无意见，其实，铺了竹炭防潮垫，又铺了两层软毯，对一般小伙子没有问题，但对他，我担心会硌着骨头。明西说不怕，在厂里还睡光板床哩！一条毯子既当床单又当被单。蚊帐撑开之后，他躺进去试了一下，伸了伸胳膊腿，长长吁出了一口气，代替那种焦虑不安的神色，脸上松动出一种想要休息的表情，但很快，他就坐起来出了蚊帐，坐到一旁沙发上去了。他很不自然，有些手足无措，过了一会儿，问，你说我的病能不能治好？我问医生怎么说，他都进行过什么检查，吃过什么药，他偏了偏脖子，说话又吭吭哧哧的了。

明西的病

明西说，他的病“八成是中了毒了”。然而，中了什么毒，是不是和工作有关，他说不清，也没有证据。

按照他的叙述，半年前身上出现色斑，刚开始在腿上，那时刚学会抽烟，抽得不少，还以为是抽烟中毒了，他抽的是“便宜货、烂烟”，就试着戒，半个月之后没有好转，去西安某医院检查，遵医嘱内服、外用西药，一两个月后还不好，药断断续续吃了一阵子就停下来了。半年后四肢、前胸、后背都出现这青灰色斑，最近一次治疗在深圳龙岗某医院。

我问他龙岗医院的病历，也就是看病时花五毛钱买来的小本子在什么地方，他说放在医生那里，医生说由他保管，过几天去拆线时就可以拿回来了。拆线？从他磕磕绊绊的叙述中，我听明白，他去的是一家男科医院，医生说他的皮肤问题跟前列腺炎有关，而要治好前列腺炎需要为他切除包皮，他就在一个星期前做了手术，为了预防感染、加快愈合，医院还为他用高级设备进行了消毒和理疗，花了两千多块钱，是他几个月打工的积蓄，现在身无分文。

我问医生对他皮肤病的诊断结果，他又为什么去看男科，他说，你是问这病叫啥？……叫那紫啥？——呀，想不起来。他说医院每个周末都在工厂附近做宣传，往人手里塞宣传单，他也好几回路过那家医院，“楼新，是大医院”，就进去了，进去一问，医生说治好没问题，就治了。真实情况如此，还是他编出一套说辞应付我，暂且放在一边，我为他眼前的手术担心起来。

当晚九点半，老齐回来了，在我的催促下带他到附近一家正规医院看夜诊。医生确定手术没什么差错，也没有明显炎症，但据明西形容的消毒、理疗之类的，医生说，说好听点儿属于过度治疗，人家要赚钱嘛，说难听点儿，关外这一类的医院遍地都是，有钱人和穷人都不放过，你自己去看的，又不是人家绑你进去的，就是挨宰，也没办法。他说割包皮是小手术，花不了两千。至于皮肤色斑，跟前列腺没有关系。具体原因，要做一系列检查。

明西的打工经历

第二天，明西一直睡到九点多还没醒。早餐之后，我带他到附近公园走了一趟，想借此让他改换心情。他单薄的身体插在宽大的衣服中，走路偏着头，在阳光下皱着眉眯着眼，懒洋洋的。他说主要是想抽烟，可医生说治病期间不能抽，他戒烟一个星期了，戒烟之后就老觉得没精神。之前他一天抽两包烟，什么便宜抽什么。他对周遭的树木花卉、停在路当中的小鸟飞禽都不感兴趣，我试着和他谈谈南北气候地貌的不同，他说这边“好活”，不冷。又说这里穿的便宜吃的贵，其实也存不下什么钱。他对自己这次能只身南下并且一路顺利地找到活干很得意，说只要随便找个厂，一般都要人。还说，厂里有很多活都是有毒的，戴上口罩也没用，很多人干不长就跑了。自己这次换了三个厂，倒不是因为刺鼻的气体，而是干着干着就不耐烦了，一不耐烦就想换一家，换一家至少能找到短期的新鲜感。他对在家干农活没有丝毫兴趣，从小就没干过，也不会干，说呆在家除了吃住不愁，一点意思都没有，出来至少可以多认识些女生，村里有好几个人都在外面找到对象了。他打工的一个重要的目标是找对象。我问，在村里找不好吗？他说，谁愿意找村里的嘛。听他的意思，能把外地女孩领回去当媳妇，那才是本事。他说自己有过两个女朋友，现在吹了，他特别强调，是自己先不愿意的。

公园里挂了不少植物标识牌，写明科属产地和形态特征，我有意考考他，让他念出来，结果发现他识字能力只相当于小学二三年级水平，断句更有问题。他承认自己的那张初中文凭是假的，但强调自己可是念到初二才停学的。他说，工厂里好多没上过初中的，还不是照样弄一张初中文凭。

中饭后，明西给自己洗衣服，手法之马虎和笨拙是同龄人中少有的。下午，我教他洗菜、切菜，他也觉得学家务没什么坏处，很乐意，也很认真。他说自己有个同学在杭州餐馆打工，从淘菜洗碗开始，已经能出师做菜了。问他有什么兴趣爱好，他想了想，说不上来。第一年出来，工厂在惠州山里，周围除了超市就是荒地，后来到广州，厂区附近热闹了些，天天晚上出去逛，学会了上网，回到北方，在西安打工的那段时间，离市区近，交通又方便，一有空就进城玩。他在西安某电厂的工作是亲戚帮忙找的，小叔在电话里恨恨地说，一个月一千八，他却一声不响扔了，跑了。提起此事，明西没有解释，只是龇着不太整齐的牙笑一笑，躲闪着目光说那活儿很危险。

第三天，上午带他去医院，下午他去厂里辞工。他午饭后出去，晚上八点多才回来，关口堵车就堵了两个多小时。厂里规定，不满一个月自动离职的没有工资，除了自己的包，他一分钱也没有拿到。临出门前我给过他一点钱，他在外面吃了顿饭，还了工友二十块。他的包里有一条发馊的又小又薄的腈纶毯，一件牛仔上衣，两件内衣，洗漱用具和一包洗衣粉。他从包里拿出一个破本子，问我是不是病历，我一看，果然是，是西安一家医院的。我看了病历，原来他已做过病理检查，但医生并没有注明检查结果。问他病理检验报告在哪里，他支吾说有几张单子，包括验血的，以为没用就丢掉了。

深圳关外的一家医院

明西应该拆线了，本来，若不想和那家男科医院纠缠，肯定是就近找医院了，但明西的“主治”医生已经多次打过电话，以极其“关心”的口吻催促过他了，直到这天早晨，还让他尽快回去接受治疗。我很想去看个究竟，老齐有事，我请一位同事开车直奔关外，具体地点明西说不清，只知道在龙岗主干道家乐福的对面，是326路公交线的一个站点，问了160，大概四十多分钟以后，我们就到了。

这家医院在立交桥旁边，是一栋崭新的六层楼，从外观看，和深圳城中村的民房无异，只是周围空旷一些。像其他刚开业的场所一样，张挂条幅，悬拉彩带，门前停着几辆前来捧场的簇新轿车，而楼顶颜色醒目的某某男科几个大字，隔好远都能看得清楚。进去之后，不像一般门诊有挂号收费窗口，倒像是酒店的大堂，陈设着沙发茶几等，服务台前坐着两位年轻女孩子，像是咨客，其中一个迎上来，看到明西，似乎认出他来。明西的主治医生在三楼，我们进去的时候，他正和另一个医生聊天，我自称是明西的家长，他先是一怔，也并不理会我们，对明西说，哎呀，这些天你怎么不来，不来伤口会发炎的，发炎可就不好办了。他在帘子后面为明西做了“检查”，表情为难，判断发炎厉害，今天只能拆一半，先治疗一下。我说先看一下他的病历吧。看到病历上诊断结果是紫癜，消炎药之外还注射过激素。医生没等我们说话，就对明西说，你看，你身上的斑比刚来的那几天浅了，再坚持一个多月就差不多了，还交代他交费时把拖欠的几百块钱也补上。

打激素当然有褪色的效果，可是打激素对皮肤病有害无益。因为事先已经在市医院排除了紫癜的可能性，同事在一旁忍不住了，他口气非常生硬：你是皮肤科的吗？你这儿是男科！是不是紫癜不是你这儿做得了结论的！就算是紫癜，也是血液病，你这儿治血液病吗？那医生拿出病历，说，你看，我写的是疑似，也没说一定就是。既然疑似，你凭什么随便用激素？我生气地问。同事也质问他，有执业医生资格吗？太不负责了吧？他一个从农村出来的小孩容易受人骗！旁边的那个医生看情形不对，早已悄声出去了。同事这一番老实不客气的话当然惹怒了那个医生，他指点着说，你说话客气点儿，谁骗他了？我的所有证件都在院长那儿。你自己的证件怎么会在院长那儿？医院会押你的证件吗？押不押是我们医院的事，与你无关！我们收的每一分钱都有依据，又没强迫他。

他的逻辑是这样的：病人割了包皮，炎症发生率就会降低，也容易治愈，炎症消失了，免疫力自然会提升，免疫力提升，无论什么病，包括皮肤病，当然也容易治了。至于明西是不是有年轻人少见的前列腺炎，或者需不需要割包皮，按照他们医院检查的结果，当然是，当然需要割。

我们到三楼找到了院长。

院长，也就是投资这所谓男科项目的老板，很年轻，西装革履地坐在沙发上，示意一旁的行政主任沏了茶。他说，医生关于疑似紫癜的说法的确不合适，应该道歉，但关于男科的诊治还是很规范的，至于是不是过度治疗，理论依据并不只有一个，现代男科不仅有治疗，还有保健功能，收费也不能等同于一般医院。这一番话，可谓态度诚恳主旨明确：退钱不可能，道歉没问题。他大度地说，至于明西拖欠的几百块钱，考虑到明西的经济情况，可以免除。旁边的主任还暗示，既然他们能堂而皇之地开在街上，就不怕小扯皮、大纠纷。这一套说辞是意料之中的事，我们也无心说道了。尤其是，明西本人并无任何反应。当务之急是先拆线。院长做得可谓周到，他让另一个医生为明西看了伤口，断定当时可以拆线，医生让手术大夫给他拆了线，大夫说伤口愈合得不错，在主任授意下，又让护士给他做了一次“免费”红外线消毒，“赠送”了一包消炎药。临走时，院长送到门口，表示要找那位医生好好谈谈，说一定要对患者负责。从医院出来，同事半开玩笑半认真地问明西，又不是治性病，你跑到这儿来干什么？你小子是不是在外面乱来了？还是看里面的小护士漂亮？明西龇牙一笑，不置可否。这个同事对医疗的混乱状况十分了解，一路上讨论着这个话题，除了无奈还是无奈。明西心不在焉，失神地瞄着窗外，好像我们的讨论与他无关。

村里又来了年轻人

西安的医院比较多，又有几家医学院，老医院、老医生，多少让人放心一些（这当然只是我一厢情愿的推测）。我准备带他回去看病。

得知明西并未参加传销，我可以在半个月后送他回去，小叔放心不少，叮嘱我明西身上不可多装钱，提防他乱跑不归。其实，明西已经做好了回家的打算。据我观察，他生性顽劣不假，但本性不坏，心性虽然野，属于青春逆反，并非小叔说的胆大妄为，相反，他胆小，没主意。

接下来的两个星期，明西一天一天计算着回家的日子，白天除了时不时摆弄他的手机，还有时去买菜，洗好等我们回来，饭后洗碗，收拾厨房。他偶尔看报。他看报，把报纸从头翻到尾，看看图片，再看看招聘栏，连标题都不知道浏览一遍，更别说找自己感兴趣的内容了。有时，报纸都拿倒了，他还在稀里哗啦地翻，翻到招聘栏，才正过来看一下。我拿简单的文章让他念，把其中的生字挑出来教他，他很不自在，强忍着学一会儿，无论如何都坚持不到半小时以上。他不高兴地说，迟了，迟了，跟不上了……现在学东西太晚了！我说不晚，不识字寸步难行！他辩解说，自己写个信皮寄个东西还是没问题的，为了让我相信，还把家里的门牌号从县到乡到村到组一字不漏地说了一遍。他有他的狡黠。见我坚持，他就耍心眼，不管有没有学会，他都点头：嗯，嗯，知道了，下一个，下一个……如果我起身喝水或者走动两步，他立刻起身，不失时机地“开导”我：一个人一个性子，不能勉强！别看我不识字，认路还行，不然咋能从家里跑到广东？再说，不懂可以问人么，也不是非要靠认字，而且我也不是完全不认识，看个大概还是行的。

其间，明西接到一个电话，着实高兴了一会儿。村里的一个同龄人，叫五丁，要来深圳，想找工作，要明西等他来了之后再走。明西满口答应，沉浸在意外和兴奋的状态里面。

周末，在深圳火车站西广场，我陪着明西找到了他的伙伴儿，潘庄村来的五丁和小雷。他们俩每人手里拎着一个包，简简单单装了些换洗衣服就来了。他们看上去都挺机灵的，一点儿也不像没出过门的。果然，五丁在西安上过几年技校，小雷来过广东打工，他对广东的天气风物比较了解。一坐下来，上菜之前，明西殷勤地倒茶递水，他们很不自在，直说，你不用管嘛！也许是因为想家了，见到他们，明西一直笑得合不拢嘴。吃完饭，我们坐12路公交车回到了梅林，在梅林二村附近的河背村，还是在明西的探访下，找到了一个干净便宜的私人小旅馆，这家旅馆靠近街边，八十元一个小房间，两张床，卫生间和洗澡间在走廊上。城中村的旅馆难免有猫腻，好在这家在路边上，灯火通明，人来人往的。他们毕竟年轻，又刚来，我叮嘱他们别随便和人搭讪，小雷很老练地说，知道，小心着呢。

安顿好之后，离吃晚饭的时间还早，我先带他们去公园转了一圈。按道理，应该留些时间给他们单独相处，这些说大不大说小不小的年轻人，应该有说不完的话。但事先明西的妈专门打电话来说，让他千万别跟着村里的再跑没影了——五丁他们来，她事先也知道，紧张得不得了。用她的话说，“这伙娃打着伙儿地跑呢，让他们一拉扯，就不回来了。”我也就不知不觉紧张起来，生怕他们在一起合计什么。

明西让我用手机给他们拍了几张照片，他们在镜头前倒是自然熟练得很，尤其是明西，伸着指头摆着pose，让人想起深圳公园平日里众多的打工仔打工妹。

五丁刚从河南他舅舅家回来。西潘庄和附近的村庄，有些人是外省的移民，像五丁家，他奶奶是河南的，因此，她又做主给自己的儿子，也就是五丁的爸，娶了个河南的媳妇。五丁的爸，虎胜，是小叔的好朋友，遇到交通意外，横死村口，这事儿让五丁伤了心，他妈怕他出事儿，就打发他到河南他舅舅家去了一段时间。五丁坐在草坪上，说着那段时间他舅舅对他的特殊照顾以及他来这里的经过：每天早晨，我还没起床，豆浆油条就给我端来了，活不多，就怕把我累着，好吃好喝的，但不知道咋的，我就是不高兴，他们说我不想干就不干，想干就干，不指望我挣钱，我想了想，算了，还是走吧，就回到潘庄村看了下我妈，在家里呆不住，我妈也看出来了，她给我些钱说，儿子，你要想出去就出去吧，饿不死你，不怕！

看来五丁的妈挺有见识的，河南人比陕西本地人精明。前几十年开始，河南县县村村都有人全国各地跑，适应能力强，就连嫁到外地的农妇，也显得主意多见识广似的。

小雷说到他爸，他爸叫纪文，和大伯家的小儿子是同龄人，是村里的医生，也帮助村长干些上传下达的事。他说，他爸他妈都不放心他出来，但又觉得现在不让娃出来是不可能的。最放心不下的是他爷爷，他爷爷直到现在还给他掖被角呢。他说，我爸把我送到村口，说，儿子，到了外头，全靠你自己了！

这两个年轻人，靠着旺盛的生命力和好奇心就这么出来了，但出来干什么，他们也和明西一样，没有目标，听明西说工厂“有得是”，要人的地方“多得是”，尤其是关外，他们就高枕无忧地来了。我建议他们在关内尤其是梅林一带先找找看，他们一听需要简历照片，说，还不如就到关外有老乡的地方，靠着介绍直接进去算了。

老齐回来已经很晚了，他们和他大大方方打了招呼，聊了几句就回去了。明西想去跟他们住一晚，被我阻拦了，也许不近人情，但我觉得听他父母的意见，也只能如此。五丁很会看眼色，对明西说，以后有的是时间，你今天先回去。

当晚，明西在蚊帐里不停地发信息。第二天，明西说他们已经去关外了，第三天，他们就已经上班了，好像是在电子厂。明西也归心似箭了，一天问几遍：啥时候回？啥时候买票？

火车上

明西按照这两年来往返打工的习惯，坚持让我给他买了硬座票，他不想让我花钱，一再说，回到家一定让家里人还钱给我，另外，在他看来，买卧铺简直太不划算了，不就是躺一躺嘛？躺一晚多花将近三百，太傻了！

第一天的中午，我们在餐车见面。硬座不通餐车，明西按照约定，停车时从他的硬座车厢下来，找到餐车上来。坐下之后，明西看了看菜单，说，这么贵！我点了两个菜一个汤，简直无法下咽，明西连连说还不如回到座位上吃泡面，说归说，但他还是尽量把菜里的肉吃得一块不剩。他说，在厂门口，有的盒饭看着还行，吃着恶心，吃不了几口就扔了，扔就扔了，也不可惜，便宜么！让他一起来到卧铺车厢，买了碗面给他冲上。我对方便面实在没有好感，但明西却不同，听他的口气，看他的表情，好像那是他生活里唯一能靠得住的好东西。防腐剂、过期面粉之类的信息，对他根本不起作用。我讲了一个从报纸上看来的消息，说某人常年吃碗面，结果在体内查出胃壁上有一层厚厚的蜡质——正是从碗壁上融化下来的东西，他也就一听，根本不往心里去。我想，对他来说，不吃泡面，吃路边两三块一份的盒饭，又能好到哪里去呢。再说，我们在餐车里掏了钱，却也同样没法吃，这是多么无奈的事情！我又何必批判方便面呢。不用看，闻一闻车厢的味道——甚至都不用闻，那种方便面的味道简直就没从车厢散开过，大家除了自带干粮的，谁不靠方便面维持呢？虽然如此，我还是教给他一个吃泡面的方法，把第一次泡面的开水倒掉，再加味料进去，味料也尽量少放，尤其是那一包粉末状的东西。他看我扔了调料包，说，呀，可惜了！

停车时，我从卧铺车厢下来，快速走过几节车厢，送他回去。硬座车厢人很多，车厢与车厢之间、车厢过道上都坐满了人，还没走到座位上，一个女孩子就冲他喊，哎哟，你回来了！你跑哪去了？我们以为你丢了没赶上火车呢！另一个女孩也帮腔，是呀，我们好急呀！这两个女孩白里透红的，听口音是南方人。我看不出明西的座位在哪里，直到他在女生旁边拘谨地挤进去坐下来，对我说，你走吧，要开车了！

原来，那两个女生只有一张票，还有一个没补票呢。她们从一上车就想着如何省钱，能少报站就少报站，报得越少补得越少。以前可以混过去，现在不行了，票是一定要补的——有个女生说。

硬座车厢里，打工的农民和刚毕业的学生居多，他们仗着年轻和好体力省钱，省多少是多少，和明西的想法一样。

看病

火车是在第二天下午三点多到达西安的。一下火车，在旅馆安顿好行李，就和明西去找为他诊断过的医院。他在城市靠公交车号认路，只要记住坐过哪一路公交车，上了那趟车，在某个站台下来，再按照印象中的方位去找，不会错。他根本不记什么路多少号，他说，记个路名儿有啥用，路在哪你还是不知道！他只凭自己的记忆去找，从来不问人。这是第四军医大学的分院，就在灞桥电厂附近。公交车路过电厂时，他指着高耸的烟囱说：看，那么高，我还爬上去干过活，怕得很！

这家医院人不多，挂号没怎么排队，到了皮肤科，排到了一位医生，医生听说他以前来这里看过，还做过病理检查，就看了一下病历，病历上写着无法确诊。他说，这就难了。凭他的经验，也看不出是什么病。他说，这两年皮肤病多了，各种各样的，但像你这样的还没有见过。医生开了一盒维生素 E，说，先用着吧。这就很不错了，诊断不了就说诊断不了，至少没有乱开药，一盒维生素 E，就算治不了病，也能保养皮肤。

我建议明西再找一下当时给他看过的医生，很幸运，找到了，是个女医生，五十岁上下。那天她正好值班，她把存档的病理切片调出来，重新拿到显微镜下看了看，还是不能确诊。她出了主意，说可以拿到西安医学院附属医院，找一位姓王的教授看一下。我交了押金，拿出了那个切片。

医学院附属医院在城内，西五路。我们就住在城里面，所以，第二天早早就去了医院，排队挂上了号，又到科室分号的护士那里排队等候，这时候，医生还没上班。排队的人真不少，莫非全省得皮肤病的人，老老少少都到这里来了？在出租车上，司机都很了解行情：皮肤科还是西医附院好么，肯定么，这儿看不好，其他地方也就没希望咧。

医生终于来了，七八个诊室一起开门，人群骚动着在各个诊室门前又形成小队伍，等着各诊室的护士或者实习医生叫号。主任医师、主治医师等被实习生围着，一边看病人一边讲解，有的医生，像那个王教授，被实习生和级别稍低的医生围着，颇为壮观，一个一个地接见病人，无论病人多急——尤其是那些在外面等着的病人，他都不紧不慢，连怎样写病历都要指导。间或还有本院的医生领着病人来插队，直接进去，他就放下手中的病人，为来人先看，诊断，然后开药，处理完熟人，又接着为病人看病。没有哪个病人有意见、提意见，说什么按顺序来的话。本地人多，是人情社会，谁没两个熟人？谁不想托人看病？大家都习惯了。

轮到明西了，王教授将他衣服揭起来一看，皱了半天眉也看不出所以然，问疼不疼痒不痒发不发烧吃饭如何睡觉如何，等等，都正常，又将病理切片拿到显微镜下看了，没有结论。他想了想说，这样吧，你这个切片看不出什么东西，重新切一次吧，你明天早上来。

第二天早晨，我陪他先去一楼抽了血拿了化验结果，证明没有炎症可以做病理取样，然后，到另一栋楼上等医生，来做活检的人并不多，但医生的一个学生来找，领了一个熟人来，学生还给了红包。明西当然就继续等，等到十二点钟，医生说明天来吧，下午不做。第二天，又陪他去，将近十二点钟，他进去了，不到十分钟，他就出来了，麻醉、切皮、上药，都是由那一个女医生来做。她叫我们进去，开了些消炎药，我打量四周，里面简陋至极，她将做完的标本直接伸手放在外面的窗台上，窗户外面就是车水马龙的大马路。

吃着消炎药，又等了三天，星期五，拿着病理报告和切片去找王教授。虽然没有再挂号，但还是需要排队，排到跟前，王教授看了报告和切片，一时不能给出结论，又再看他的背，看来看去，想了想说，很可能是色素性玫瑰糠疹，就开始指导学生写病历。开了些西药，开了些软膏，说，注意饮食清淡。明西指着一样药说，这个我吃过，吃了两个多月，都没好。王教授“哦”了一声，就开始看下一个病人。

从王教授那里出来，我想，要么再去找一个教授？明西一听，说，对！再去找一个！当天下午，又找了一个女教授，她看病的程序几乎和王教授一模一样，先看了病理切片，看不出来，建议做第二次切片，听说这已经是第二次了，就诊断为色素性玫瑰糠疹，连开的药都一样。这真是奇怪，如果从病理切片上看不出来，或者，如果凭经验认为是玫瑰糠疹，为什么在切片之前不能给出个大概的结论呢？就这样，也只好和明西拿着他两年前就吃过的西药离开了医院。

正在消失的卧虎山

回西潘庄很方便，在西安东郊总站买票，可以一直坐到西潘庄的村口，这真出乎预料。大巴很新，准点开车，出市区到了高速路口，上来一个跟车的男孩，二十多岁，瘦小机灵，他自己在车站外又拉了两个散客，搭出租车把他们领到这里，刨去路费和车费优惠部分（因为没有座位，客人坐在走道的小椅子上），能赚二十多块钱。他和认识的人打着招呼，对明西说，你面熟得很么，是继母祠（地名）的？明西说，是西潘庄的。哦！你在西安给人家干啥哩？我没在西安，在深圳哩——明西说。深圳工作好找不？好找得很，工作多着哩！——提起广州深圳，明西像个熟人甚至主人似的，毫不计较曾经的麻烦和伤害，很愿意给人家讲讲见闻。

西安周边很平坦，车在大片收割过的田野之间行驶一个多小时之后，过了泾河、渭河，地形稍稍抬高一些，进入渭河平原，又行驶了一个小时，终于进入了老家蒲城县。

这个县城在唐时一度改名为奉先——因为这里埋葬着唐朝的多个皇帝。明西问，其他有墓的县咋不改名哩？途经各县都有皇陵。这里和中国北方的很多县城一样，灰蒙蒙的，但路都很宽很新，在入城处有个圆环，环着冬青一类的绿化植物，其中树立着粗陋的不锈钢雕塑。路边的新铺面不少，多数还未出租。除了延安路、解放路这些中国大小城市都相同的名字，还有一个能说明本地历史的新路名，叫五陵路，是通往北部山区的，我们正是从这条路往北，又向东拐，二十来分钟，便到了一个叫作山前洼的地方，到了这里，就离村子不远了——卧虎山就在眼前。

原来这山，东西横陈，形似卧虎，神有威仪。这虎从东方侧头望向西南，俯瞰着大片良田。中国与它同名的山地有好几处，但它的形神兼备是少见的。据县志记载，这卧虎山属于金粟山脉，金粟山脉由三座山峰组成，西南一座，东南一座，中间是主峰，主峰九百多米。“东南之峰形似卧虎踞道，谓之卧虎山，海拔六百二十六米。”——这卧虎踞道可不是个比喻，那是真正的白描。可惜这只虎如今被开膛破肚，残缺大半，除非熟悉它的原貌，不然连何处是首何处是尾都无从判断，如果对外地人讲，这原是一只栩栩如生的老虎，没人会信。

从20世纪80年代开山取石开始，在零星的炮声和散落在山间的粉石厂隆隆的机器轰鸣中，这只卧虎先是失去了蜷曲的右腿，伤及腹部，又被掏空胸腔，现在已被挖走了脊梁，失去了虎臂，成了一具残缺不全的石兽的尸体。同时，它产出的石块、石子、石粉，通过它脚下的一条铁路，被源源不断地运往省县各处，铺铁轨道路，烧水泥石灰，附近的村民靠着它有了饭吃有了钱花。我的七叔、九叔——也就是明西的父亲，正是从它身上找到命运的转机。而几个伯父的孩子，刚开始都在山上打工，直到现在，他们当中仍有人在粉石厂、水泥厂干活。这以能源消耗为主的原始采石业，从一开始只稍稍遇到了一点阻力，中途关闭过，最近一次是2004年，停过一段时间，近几年又开始了更猛烈的采掘——因为机器更新，技术改进。也就是从2004年到2006年，这只虎才彻底失去了原貌。

金粟山的主峰叫尖山，高耸居于卧虎山之后，尖山脚下是唐十八陵之一的泰陵，埋葬着唐明皇李隆基。卧虎山与西南一峰充当守灵卫士，是无可匹敌的石兽。有传说，此山一心要与华山比高，一到晚上便偷偷长——哗哗响哩——村人说，尉迟敬德发现后，结实抽了它三鞭子，第一鞭笑，第二鞭哭，第三鞭死了，不再长。这个传说是早年村里孩子都知道的童话，但明西却未有耳闻。

回到村里

车很快到了南村口，从村口往前有一段两百多米的路，叫南沟，以前是土路，一下雨就泥泞难走，现在是水泥路，往前走向西边是潘庄七组，就是西潘庄，往东是潘庄六组。组是行政叫法，大家还是按照以前生产队的叫法，叫七队。南沟两边是田，所谓南沟其实很浅，田比路面高不过两米，两边土崖向空中长出茂密的酸枣树。一路上都比较兴奋的明西站在南沟口有些犹豫，他问能不能从地里，也就是南沟左手边的田里走。我问原因，他犹豫了半天，说，不想碰着人么。——哦！近乡情更怯。于是我们就从路口沿斜坡上了田。一到了田里，明西又兴奋起来，指指点点地，说这儿是谁家的地，那儿是谁家的地。碰到几个人在路边放羊，明西也不打招呼，那些人也像看陌生人一样，神情漠然地看着他。

到门口时，小叔迎出来了，他接过箱包行李，跟我打过招呼，没搭理明西。下午两三点钟，正是村人吃饭的时间，小叔端出刚出锅的吃食——蒸菜卷，婶娘后脚就进来了。她放下热水瓶，问了问明西的病情，说，不怕，马湖（地名）有个医生看皮肤病看得好，叫他爸把他引去，吃上几服药就没啥事了。马湖是附近的一个镇，我劝婶娘别那么乐观，正规医院的专家都说没把握，镇上的医生更不能轻信。她一副胸有成竹的样子，说，村里人比明西严重多了，都破皮了，最后还不是看好了？她的神态，仿佛是自己亲手开药，药到病除。见我怀疑，小叔说，那医生有些本事，有时候这乡里的东西你还不能小看。我说，试试看也行，不过得让明西按时吃药打针。说到打针，婶娘放低了声音讲，你出去就说明西是过敏了，没啥大事。我请她放心，说这病本来不是要命的病，不传染，但要注意营养，要多吃粗粮和蔬菜。婶娘轻描淡写地说，屋里有豆子哩。

从下午到天黑，明西家一直有人进出，有的是来打牌的，有的是过路的。村里几乎家家都有前后门，村人有个习惯，干活办事去，从不绕远，谁家门开着就从谁家过，婶娘开着麻将桌，门一直开着，因此大家习惯了从此穿堂而过。邻居熟人知道明西回来了，见了他都不免好奇，村人说话直，好心的免不了要替他父母训斥几句。他们说，你这娃，一年半载都不给屋里寄钱，把钱糟蹋到哪咧？在电厂干得好好的，工资不低，还有劳保，你咋敢不言传就跑咧？跑到广东就没信了？村里你这一伙儿娃都胡逞（折腾）哩，就不能教往一答（一处）凑，凑到一答就胡跑（到处乱跑），是谁把你勾引走了的？——村人对不上学、正值青春期的这些半大小伙子普遍不信任，觉得“都不是啥好东西”，是“害货”，对付“害货”的最好办法是把他们隔离开。无论别人说什么，无论明西一开始是多么难堪，但毕竟是回到家了，他吃得多了，走路放松了，眼神活泛了，连呼吸都粗壮了些，见到他的玩伴时，还高声说笑起来。

麻将桌

婶娘刚做完子宫肌瘤的切除手术，显得格外憔悴，她本来生得好看，如今面相已不复从前，因整日愁眉不展，额头上一个深深的几字，即使笑说高兴事，也必拧着眉。她从小没妈，是家里的老小，说不上娇惯，但却比同龄人出格任性，皱眉当然是儿时哭闹的遗影，也是常年健康不佳的自然反应。本来，一个眉眼好看的娇气女娃，长大之后在村里是很招人稀罕的，可惜，由于从小缺乏管教，又没读过书，言语神态、待人接物反而比一般村里妇女显得粗俗。一大家子人都明白，她就是差些斤两，人倒不坏。何况自从她过门之后，很快分了家，爷爷奶奶跟着小叔过，大家与她并无过节，尤其是她有个好脾气，不轻易跟人翻脸。我以前见过她两次，第一次，她手里抱着孩子——可能是明西，又瘦又黑，哭闹不停，她的脸也脏兮兮的，胸前被鼻涕口水抹得一塌糊涂。那时奶奶还在，她抱着明西时，老大就由奶奶对付，我当时还是学生，奇怪怎么会有那么“匪”的孩子。平时，他们下田干活时，八十岁的奶奶一个人应付这两个小东西，十分劳累。第二次，奶奶已去世，她的第三个孩子也十岁了。当时小叔在山上干活，孩子们也都没在家。我由三伯母领着进去时，她正包蒸饺。手忙脚乱了一阵子，她端来的不是茶或白开水，却是一个冷馒头和半碗咸菜，笑嘻嘻地说，饥了先吃吧。我说已经吃过了，问了问家里的情形，放下一点水果，和三伯母很快就出来了。我很纳闷，这并不是吃饭的时候呀？三伯母笑着说，她啥时想起啥时吃！

明西家的日子在村里还过得去，如果别人欠小叔的债能要回来，他们在村里应该算有钱人了。但据说要回来的希望很渺茫。小叔十多年前在山上干活攒了些钱，自己买了车——先是手扶车后是旧卡车——给附近的水泥厂和预制板厂送石子儿，随着体力的过度透支和相貌的日渐苍老，生活逐渐富裕，近年送石子儿的活儿不再干了——一是拿不到现钱，二是要账太难——苦干一场得不到报酬，还要在漫长的等待中不断交涉，他感到很无奈。最近他托人催债，中间人要到手后自己先用了，他憋气但却无计可施，一连喝了数月的闷酒，终究不能排解胸中的烦闷；好在他几年前已经盖好了房子，即使不拉石子儿，靠着几亩田，吃饭还不成问题。眼看石子儿的销路也是越来越差了，他索性将旧卡车换成了铲车，方圆几个村子哪里要盖房推土了，就设法让明西的哥哥明辉去干几天活儿。有铲车的不止他一家，活也不多，可是他好说话，价格又要得低，时不时可以挣些零花钱。家里的收入越来越少，婶娘开始着急，前年，她在家里开了麻将桌，从此，打牌这个让她痴迷到不管孩子不做饭的恶习，终于给他们的生活带来了一线生机。按她抽成的方式，并不是稳赚不赔，但每月总有盈余——这一点让一贯气盛的她有了更大的话语权，成了名副其实的内当家。小叔因为外债要不回来，又无新的生财之道，除了平时干干地里的活，比如摘棉花，刨红薯，还兼顾做饭。在小叔做中饭的时候，婶娘就开始打电话，或者穿上她的西装出门去找人来打麻将。

年长的叔伯姑嫂都觉得麻将桌不是什么好东西，自家吃不好睡不好，村里人还说闲话。婶娘知道很多人看不惯，可她不管这些。他爸两年都不挣一分钱了，要吃要喝，你叫我咋办？亏得有这个麻将桌，不了的（不然的话），日子过不下去——她这么说。

既然开了麻将桌，她全部的心思就得用在桌子上，生活琐事就无法顾及了。明西需要多吃小米之类的杂粮，她没准备，她说没顾得上这事儿。家里有白面，那是用自己种的麦子磨的，今年没种玉米，有一点绿豆和豇豆，是别人给的，还有一袋大米，是买的。明西回去的当天晚上，还是邻居送来了一碗包谷糁子，才解决了熬粥的材料。我对她说，补充B族维生素，对明西的皮肤有好处，她听了嘴上说哦哦，不知有没有往心里去。她不明白营养这些说法，她自己晚上的一顿营养餐也不过是鸡蛋（养鸡场来村里卖的）挂面，天天如此，一成不变。

在小叔和婶娘看来，大米白面就是好生活，又有蛋又有肉——想吃就买，还要啥营养。以前吃红薯高粱包谷面吃怕了，那样的记忆不是轻易能忘记的，村里哪家没有那样的记忆呢？何况，大部分村民所谓的富，也不过是温饱问题解决了，有吃有住了。至于吃粮是不是粗细搭配了，青菜是不是打药了，禽蛋是不是加激素了，他们还考虑不到这一层，潘庄村的人尤其懒得考虑。

婶娘要么不买菜要么买一堆，常常放坏。她花钱不心疼，用小叔的话说——她这人，有时候“舍得得很”！她过日子的姿态是大方的，比如炒菜，满满一大盘。因为常常剩下，小叔又不愿意倒掉，因此总吃剩菜——有时是偷懒图省事，把下顿的一起做出来，比如凉拌豆芽和胡萝卜丝，一拌一大碗——量大的另一层考虑是，打牌的饿了，从笼里拿个馍，夹些辣子和菜，能顶饥——这样的话，主人不显得小气，又不影响打牌。

西潘庄

西潘庄是孙镇乡潘庄村的一个村民小组——七组，组是行政叫法，人们还习惯沿用人民公社时期的叫法，叫“队”，队即生产队，潘庄村有七个组，五六七组是挨着的，五六组即东潘庄，村委会设在七八里外的西庙庄——以前叫大队部，人们现在还把村支部书记叫大队书记。西潘庄、东潘庄没有一家姓潘的，倒有一大半姓吴。吴姓是何时在东西潘庄繁衍聚居的，没人说得清，在六队机井附近的田里有一个吴姓老坟，一块石碑，碑身带底座高丈余，是一家富户无疑，但字迹模糊看不清具体年代，字体也很不讲究，大概是请一般石匠刻就的。西潘庄是个小村，只有五十八户人家，三百来口人，八成本地人，两成外来人——有从县内各处，也有从外县外省来的。

村庄本来分为两处，一处紧贴着卧虎山山脚，人们说起来，就是西埝上谁家谁家，埝是高土坎的意思，一处是山下平阔处，以城门洞为界。这个城门洞的历史大概不短，村里七十岁以上的老人说从自己的爷爷出生时就有。相连的城里和城外两部分，近些年，西埝上的人家陆续搬下来，城外从单面村变成门对门的双面村，村道也逐渐由一条增加为两条，村子在逐渐扩大。村里有几个空院子，有的人家不止一院宅基地；也有的人家，因为在县城买了房，自家的门就常年锁上了。这样的空院落很少。

村里没有学校，小学在五队，初中在一队，高中在镇上，考得好的学生可以上县重点中学。学生从初中开始住校。解放后至今，村里只有二十几名大学生，从20世纪60年代到80年代考取的有四名，90年代没有，2000年之后有十几名——包括大专生。

村人种田基本上供给自用，没有大棚或经济作物，以前种过果树、棉花，没有人因此致富，而种苗、化肥、机械租用及劳力费都在上涨，因此人们种地动力很低。小雷的爸纪文讲，如果麦价长一分，成本涨一元，又得伺候，还怕天旱——谁愿意种地嘛！近几年有劳力的人家都想法子在附近水泥厂和采石场打工，或者在本县几百里外的煤矿下煤窑，像明西这样在外省打工的有五六个。潘庄属于干旱丘陵地带，以前吃窖水，含氟量很高，村人四十岁以上的都或多或少有牙氟斑，几年前通了自来水，时好时停，有的人家即使盖了新房，还在院里打了窖。窖与井的区别是，窖比井浅，靠收集雨水以备不时之需。自来水的质量不够好，与县城居民饮水有差距，窖水当然更不可靠。

村人的地分为村前和山后两部分，山后是旱地，村前靠近公路低处的少量土地遇到旱情时可以靠水渠灌溉。

村里人除了种粮，养鸡种菜喂猪这样的事是很少干的（这几年养羊的人渐渐增多），磨面、轧花、杂货店这样的小生意也没人干，吃菜就等着卖菜的来叫卖，自家的玉米也等着脱粒粉碎机哪天到村里来了才打成糁子，等不及了才自己想办法送去。七叔上山采石之前开过一台磨面机，自从他停掉那台机子以后，就再没人侍弄了。也许是嫌村里人少不赚钱。总之，潘庄村的人很少做生意。不过这几年，也有几家人在公路边上盖了房，开起了饭馆和电焊铺子，村里人也有跑到饭馆请客的。在南沟的路边儿上，也开着两家小卖铺，卖些小东西和零食。

炳元伯父和水花伯母

我住在大伯家，和大妈（大伯母）同屋。大妈叫水花，娘家在东村里（六组再往东的一个村庄）。不管是本家还是外人，没谁能正经挑出她什么毛病，她打从头就没跟谁嚷过仗（吵过架），若说她有高声的时候，那顶多是对自己的几个孩子。她跟谁都没有过节，再怎样无理的人，她也能对付。谁——也就是本家人——委屈了她，在背后或者即便在当面说她的长短，她就是回几句，过后不记。她是我见过的唯一心无挂碍的人。她对人的好，是给人尽可能的照顾和体贴。爷爷是个讲究多要求多的人，众人嫌他麻烦，背着爷爷，大妈也会对大伯说道说道，可是，她从不正面顶撞爷爷，和伯父尽量满足爷爷的各项要求。伯父理解父亲的处境和想法，大妈自然无话可说，心平气和地，或者息事宁人地把样样事情做到。奶奶曾两次骨折住院，都是她从头到尾伺候，喂水喂饭，擦身梳头，收拾大小便，她一点也没有马虎过。作为长嫂，对待弟妹们，她毫无怨言地尽了责任，贤良淑德用在她身上，字字不虚。

大伯一个月前左腿骨折，打了石膏躺在床上，正处在伤筋动骨一百天的初期阶段，他一天天算着日子，时不时埋怨自己的大意。伯父有胃病，听到一个用牛奶做主料的偏方，就开始试验，用他的话说，都初见成效了，一跤摔得前功尽弃。那天下午，他骑车到东村里买回一箱牛奶，在回来的路上不小心摔了，连人带车翻倒在路旁，他努力了半天站不起来，心想，这下糟了，怕是伤了骨头！他坐在路边等，等了一会儿，本家侄子新平路过，上前搀扶，发现他不能动弹，又等。还算运气好，六叔家的女婿孝文正好开车经过，就和新平一起把他弄上了车送回家中。伯父躺了一晚，感到疼痛加剧，便给在邻县电力公司当办公室主任的大儿子打了电话，大儿子赶回家中，将他送往县医院拍片检查，检查结果是大腿股骨骨折，建议手术。大伯曾在县医院工作过几年，认识几个退休医生，他托人把其中一个好友叫到病床前，讨论一番，觉得还是保守治疗，打石膏挨日子，等骨头自己长上比较好。伯父说，我实在怕受罪，把钢钎钉进腿里，那是啥感受！于是，他又给几百里外的大弟，也就是我的父亲打了电话，要他出主意。父亲是西医，当然觉得西医的办法可取，但伯父执意不肯。父亲便联系自己高中和医学院时期的同学崔宽龙，崔大夫是西安某大医院的，骨科手术高明，退休后仍被原单位返聘，他自己在家乡——孙镇附近的东陈庄办了一家骨科医院，东陈庄有本县最大的电厂，商业稍微发达些，崔大夫大部分时间在东陈庄为附近乡民服务。几天之后，崔大夫与父亲同时来到伯父家，亲手为伯父钉了一个吊架，材料因陋就简，手法却很专业。就这样，伯父躺在一张有活动靠背的钢丝床上，左腿固定，开始养伤了。

村人仁厚，听说伯父摔了，男女老少能来的都来看看，伯父因而常有人陪着说话。六十多岁的满林常来，一次，他咂着烟袋说，你这是怕疼，不挨那一刀。你有退休工资，住院吃药都能报销，要是村里人，没在外头干事（有公职）的，想挨那一刀都挨不上！满林近来才被定为村里的低保户，第一次的低保还不曾拿到手，具体数目他还不晓得。他和很多村人一样，爱抽烟，几块钱一斤的旱烟，或者两三块一包的纸烟，大概是因为肺不好，时常咳嗽，背也驼起来，他养着两只羊，等着养肥时变现。

对于伯父的喝牛奶，医生很不赞同，对他说，你的肠胃暂时就不要喝了，现在的东西也不可靠，这一项可以免了，怕缺钙，腿好了之后，多晒太阳多活动，粗茶淡饭吃好，吸收好了，也行。可是伯父却有自己的一套，他不仅要喝某著名品牌的袋装牛奶，还把早餐改成麦片了，麦片装在鲜艳的塑料包装袋里，十分刺眼。放着自家现成的新鲜麦子不吃，对麦片却高看一眼，他觉得，麦片有营养，是营养品。麦片容易吸收，也有助于肠胃蠕动，是没错的，可是，伯父对这些年食品加工的猫腻是不大清楚的，他很拿自己的身体当回事，却对原材料的来源没有提防，对添加剂没有概念。他也过于依赖药品，为了治胃病，几样西药、中成药换着吃，让家人看着很担心，大妈尤其上火，说，好人这么吃药都能吃坏了！我也观察过伯父，觉得他药物过量了，胃药之外，有治失眠的，有治便秘的，冲剂、丸药、药片一抽屉。我揣摩，这其中的原因，他自己没有仔细想过，也许，消费药品也是他潜意识里区别于农民的一种优越感？

小雷爷爷讲的村史

七十多岁的纪文他爸，也就是小雷的爷爷，常来伯父这里坐一坐。老人识文断字，早年给人写过法律文书，常给村人主持红白喜事，人缘颇好。近些年，因为腿脚不便，放手了这活儿，由年轻人操持去了。

他说，潘庄村虽然说是旱地，但多多少少都能打上粮，就是在三年困难时期的时候，人确实受过大罪，即使那样，人还能吃上红苕哩。近十来年，太没有（基本没有）饿肚子的，因此，只要不得病，人就不怕，穷日子只管往前过。怕就怕得病，得了病，就得看谁家儿女了，儿女有孝心没钱也没办法。

老人说，潘庄附近这一带地广人稀，历来不缺饭吃，一两年歉收，老人都不怕，家家有存粮。20 世纪 30 年代末，从外面传来了罂粟种子，人们开始一片一片地种上了。刚开始人们把烟当药，上了瘾就怕怕（可怕）了！大人抽烟，肚子里的娃娃都染上了烟瘾，城门洞头一家，狮子家，知道不？狮子的爸落地就带着胎瘾，生出来一点声息没有，一口烟喷过去，哇一声才哭开了。后来政府禁烟，但人都上瘾了，不抽咋办呀？种不成就买，村里的几个大户，穷下来都是因为抽烟。为了抽烟往外卖粮，还是期货买卖，麦还在地里就有人盯上了，卖的是青苗。到了解放前，烟掺假的越来越多，越吸越没劲，这倒好了，戒起来容易！好戒！他说，潘庄村的人本来就民风淳厚，因为那时期抽烟，人的身体都没劲，性子越发胆小怕事。

胆小怕事是不是与抽烟有关且不说，我知道从爷爷开始，本家一大家子人都是胆小怕事的。三伯、六叔都当过村长，他们都是最最老实和胆小的村长。他们没捞过村里的好处，可也没给村里立过什么功，谋过什么福，上面让干啥就干啥，不管对错不敢违拗。说到村官，伯父讲了一个叫陶西禄的老人。他直说，老汉是个好人，好人！

大妈收拾完了锅灶，戴着老花镜坐在伯父对面的窗前给鞋垫扎花。伯父提到陶西禄老人，他说，呀，老汉今年都八十六了，本来还说去把老汉看一下，这腿一摔，可耽搁了。老汉是有今没明的人咧！大妈早年当过妇女队长，认识那人，说，老汉那真是个好人，要是哪一天猛一下子没了，心里怕是不好受哩。她说，年上（春节）你就能下地走了，跟前离得开人，我跟三元去把老汉看一下。三元是隔壁的三伯父，三伯和三妈几乎天天都来看大伯一回。

陶西禄老人是爷爷的好友，是个难得的好干部，当大队书记时做过不少好事。

这天下午，我让明西领着去爷爷的坟上看了看，烧了一卷黄纸。既非清明也非中元节，我去买这东西，小卖铺的人觉得奇怪，从旮旯里掏出纸来，吹了吹，用手挥了两下，说，满是土！

爷爷的坟就在明西家对面的地里。他的坟旁边是奶奶的坟，紧挨着。这两座坟旁边没有种柏树，因为地是别人家的，不好再种东西，影响人家的庄稼。但坟上长满了茂盛的酸枣枝子，形成了一张密不透风的网，把两座坟牢牢地覆盖着。在西潘庄，还有两处坟地埋着两个我没有见过的奶奶。一个是大伯和三伯的亲妈；一个是没有生产过的，除了爷爷之外，所有人都没见过，也没有在西潘庄生活过的陌生女人。这个陌生女人是爷爷的第一个老婆。

这是我第一次给爷爷奶奶烧纸，就我和明西两个人。我跪下，把纸摊开握着，由明西划火柴。我怕引燃了蒿草，明西很熟练，说，不怕不怕，两脚就踏灭了。他从我手里接过黄纸，点上了，空气干燥，火的温度将蒿草烤出了一种好闻的味道，在黄灿灿的一小股火焰里，我想对他们说几句话，但终究没有开口。

爷爷志俊

爷爷名叫志俊，活到八十二岁。

他是个农民，从未干过一天农活。他背不驼、腰不弯，无疾无痛，却几乎不摸农具。他爱土地，爱庄稼，却只限于村头田间不紧不慢地散步。农活都由孩子们干，他从不插手，孩子们都必须孝敬他，好吃好用的要拿给他。

那时我才四五岁，已经知道爷爷是有威严的，虽然他在我眼里很慈祥，一点也不可怕，但家里上上下下，除了伯父回来时陪他聊天，奶奶和他住一屋，其余人包括小叔小姑，都不会主动亲近他。似乎人人怕他，同时恭敬着他。奶奶有时对他生了气，手里的东西就交给我，说，去，给你白胡子爷送去！他留着胡子，不是很浓密，也不是过于长，恰到好处，吃过饭漱了口，靠在炕上养神的时候，常常理一理自己的胡子，捋一捋，或者用食指和中指夹着展一下，我若逞脸抢手拽一拽，他也不恼。

他每天早起，等着奶奶打来洗脸水，擦洗一番，喝一茶缸开水，然后背着手出门。早饭做好之前，他回到家，等在小桌前，抽烟，喝茶。

爷爷的吃喝，都是由奶奶或者小姑伺候的，他自己一个人吃，我若没串门到大伯家，也和他在一张桌上吃，小姑小叔跟着奶奶在厨房吃。

爷爷在我眼中是和蔼可亲的。他赶会（集）回来，也带一两样玩物给我，所以过年时小叔若想要炮，必拉我一起去说。爷爷曾给过我一个拳头大的柳条小篮子，编得很精巧。有一次，大风刮了一夜，沙果树下落满了还未长成的小果子，我捡起来装满小篮子，拉着他的手走出院门，无论如何要提着篮子跟他在村道上“转一转”才肯回去。

我常常回忆起从他房里传出的那一声长叹，几十年过去，音犹在耳。他的叹，非低沉，反而响亮悠长，声音之大，之迂回，让正在院里玩耍的我吓一跳。那一声长叹，听上去舒坦的成分多一些，近似于养生之长啸，但记忆中它回响在清冷的黄昏、院里悄然无人之时，缠绵似有余音，总有难以挥去的寂寞。

爷爷不干农活是习惯使然，但更多出于精神的倦怠，这是我成年之后做出的判断。

爷爷自幼父母双亡，由祖母养育成人。他的祖母从民国九年（1920年）开始，连续三年，丧子、丧媳、丧夫。祸从天降，心境可想而知。民国十一年（1922年），她力不能支，关闭了由丈夫开创的叫复兴炉的银匠行，专心吃斋念佛，抚养爷爷，视他如珍宝。她做主让他念完了中学，拿出成本让他学做生意。

爷爷的生意没有多少长进，花钱却很上路，还很能结交朋友。他讲究吃穿，穿长袍、戴墨镜，还给自己买了辆县城少见的自行车。由于他喜欢抛头露脸，冬学里的女生都认得他，据上过几天冬学的外婆说，大一点的女生在学校门口见了他，交头接耳，不害羞地评论他的长相穿戴。

祖母做主，给他娶了大他两岁的本分人家的女子为妻。他看不上，却不敢违拗祖母的意思。娶回家没两年，那女人就投了井。那个烈性女人，跳井时怀着身孕，不只自己，还拖累未出生的孩子做了淹死鬼。据说入殓时，她的肚子上紧紧缠着白布。不喜欢归不喜欢，幸亏他没虐待过人家，不然，女方娘家人很可能大闹一场。外婆在七八十岁对我说起这可怕的事，还直说，作孽哩！作孽哩！

爷爷的许多事情，是外婆讲的。因为外婆的姐姐，正是爷爷的第二个妻原氏。

在原氏那里，爷爷却体贴入微，俨然情种。然而好景不长，产下二子一女之后，原氏就因病去世，时年二十五岁。这令同龄的他痛心疾首，从此染上烟瘾。

爷爷爱看戏，领过戏班；爱新潮，开过百货店。他讲究“为人”，这个“为”字，有围着自己维护一圈人际关系的意思。他赚来的钱没少打点朋友，朋友中有人是地下党，这一层关系，让他从中得到的好处是，“土改”时，他被定为不大要紧的“小土地出租”，而不是地主或反动商人等。在这之前，解放的当口，他回到乡下，当起了农民。他回乡时四十多岁。可是他实在没有干过农活，所以，“土改”后，他被安排在生产队的保健室，保健室关了，他就回到了自己的屋里。他有一只药箱，村里人有个头疼脑热总来找他，他也十分上心地找出几粒药，冬天安乃近，夏天仁丹，来人就在他屋里喝了，若是老人，喝了就坐下来聊天。

一解放，他当然就不抽大烟了。但残余的烟瘾还是要想办法对付。他的秘方就在那只药箱里。他对去疼片（安乃近）另眼相看，用量比平常人多几倍，平时一不舒服，倒几片在掌心，放进嘴里，嚼碎，喝一口水，仰头喝下。他的药箱一辈子都没有空过，先是由伯父补充，后来，学医的爸爸也加入进来。

我记事的时候，爷爷已经六十多了。

他的小房间不算寂寞。我记得的有隔壁的自家亲戚，我们叫二爷，也就是爷爷的堂弟，东村里的劳儿，西埝上的某某。

二爷原来在县城给人家的货栈当把式，新中国成立后回来，在生产队的饲养室喂过牲口，也记过工分管过账。他是个瘦高老头，头小，戴个小瓜皮帽，上工时耳朵上夹一支笔，戴着老花镜翻着账本，平时还保留着当把式时的习惯，裤口扎着绑脚，走在路上显得利索。

劳儿的故事又特殊又普遍，特殊是因为它很戏剧性，普遍是因为在那个时代，这样因祸得福的故事在中国东西南北各个角落都有。他家本来有田有地，他吃喝嫖赌，最后穷困潦倒住在破庙里，没几天赶上解放“土改”，他被定为贫雇农，带着生产队分的家当，欢欢喜喜住进了下地窑（像东北的地窨子）。冬天的时候，他穿一件羊皮袄，毛朝内，皮朝外，腰里绑一根腰带，戴着一顶双耳的棉帽子，帽翅一个朝上一个朝下，红着鼻头和两个圆圆的颧骨，带着寒气进了爷爷的屋子。他留着长胡子，须发皆白，面红，如果干净一点的话，倒像圣诞老人。

冬天，老头们一坐下，爷爷便取出茶叶放进一只黑色的生铁皮茶壶里，叫奶奶添上生水，不一会儿，泥炉上咕嘟咕嘟地响起来，水汽和老头们烟袋锅里的旱烟掺和在一起，这时候如果挑门帘进去，是暖的，呛的。爷爷喝的是砖茶，有时抽烟袋，有时抽卷烟。

爷爷有惜老怜贫的好名声，对长辈尤其上心。我刚记事时，爷爷的婶娘，也就是二爷的娘，还活着，爷爷父母去世后，婶娘奉祖母之命奶过他，所以，他格外孝敬，他对我的亲奶奶也就是他的第三个妻的娘家妈——他的岳母也十分孝敬。这些令他得了一个孝子的美名。

他又讲究礼数，知道谁家有红白喜事周岁满月的，一定要备一份礼叫人送去，生怕落下了谁家得罪了什么人，让人心里“犯病”。

他吃要细粮白面，穿要干净利索。那时他里外都是家织的老布（粗布），连袜子也是粗布缝的。春夏之交，他里面一件白的，外面一件黑的，浆洗得服服帖帖，穿在身上十分清亮。他对时新的东西从来都不乏兴趣，从煤油炉、手表、收音机到后来的电热杯、黑白电视，他都尝试过，无论是在有一棵沙果树的老屋，还是在分家之后小叔的院子，他的小房间里总能看到新添置的东西，虽然一张硬杂木的老桌子从来没有换过——那也许是他对老早（过去）的最亲切的念想。

爷爷对“赶会”十分积极，小会到镇上，大会到县上，每次都下个馆子，吃一回水盆羊肉或者包子。我想这是很自然的事，他好热闹，贪恋繁华，自然不愿意错过集会。爷爷七十多岁时还轻松骑着自行车上县城，我是见过的，爷爷戴着一顶草帽，带子系在下巴上，背挺得直直的，没有一点颤颤巍巍的意思。他到外爷家，一般都在外面吃了来，带着一包茶叶或者点心。

奶奶因为爷爷的讲究，从中少不了委屈和为难，那时白面很金贵，可是每隔一段时间都要给爷爷蒸些精粉白馍，难得吃一回肉，留着肥的要炼成猪油，盛在碗里凝结了，专放在爷爷屋里的柜面上，给他一个人留着夹馒头或者调面。小姑小叔，六叔七叔的新媳妇都没有任何享受，爷爷的花销放在首位。这些都要靠孩子们孝敬，毫无经济来源的奶奶当然不敢出面摊派，但递话儿是少不了的，奶奶不情愿却没有办法。

儿女们除了大伯大妈，都觉得爷爷自私，背地里有很多怨言，孙儿辈除了我，和他亲近的人不多，大概是因为父母不在身边，他对我格外和气，七婶娘到现在还有怨言，嫌他和奶奶对他们的孩子不好不亲。对于他的一些额外要求，除了父亲，没人敢当面顶撞他，父亲一两年回去一次，替弟兄们提些意见。也许由于父亲那时是家里也是村里唯一的大学生，又是医生，所以，他就任由父亲数落，不仅没有勃然大怒，反而面带笑容全不计较，过后仍然我行我素。

他从四十岁开始就不能左右自己和一家人的命运了，所以，他把对生活所有的坚持都放在了对家庭的统治上。他对家人有时像暴君，但对外人却礼让敬重，一半由于经历了解放、“土改”“文革”，胆小怕事，一半由于他本性善良仗义又好面子。

炳元妈

奶奶姓赵，是县城西北赵家塬（台地）上的人。她本是有名字的，叫赵碧春，爷爷一辈子叫她炳元妈。她的母亲看到爷爷对前妻爱护体贴，十分中意，觉得自己的女儿嫁给这样的人，日后必定不会吃苦受罪，因此欢欢喜喜地将女儿送了过来，做爷爷的第三任媳妇。奶奶嫁过来的时候，前任，也就是她的表姐，留下的三个孩子（大伯、三伯和叫秀娥的一个姑姑）都还未成人，婚后的十多年里，她操持家务，连续生子，手脚没有闲过，心也不曾停歇，嫁过来之后，就像套上了磨一样，围着锅台转，围着爷爷转，干活、生育，操劳一辈子，直到老年，还在帮小叔带孩子。农村妇女一生大多如此，与别人不同的是，她遇到了爷爷这样的人。

奶奶的母亲不明白，爷爷之所以对前妻原氏体贴入微，是因为爷爷从心里喜欢她，他们是有故事的，爷爷当初怎么追她，怎么在戏园子散场之后，用干净手帕包着刚出笼的包子和瓜子送去给她当夜宵，怎么在她回娘家的时候因为思念而在卧虎山上张望良久，一等一个时辰……日后多次听外婆讲起过这些，她叹息说，一个对一个咋这么好嘛！

换了奶奶却不同，爷爷收起了所有的温存体贴，生儿育女之外，任由奶奶一天到晚劳作，不闻不问。加上爷爷讲究多，要求多，令她常常作难，她感到十分沉重。

奶奶娘家家境尚可，从小没受过委屈，嫁过来之前，还只知道和姊妹们玩耍，连针线活还没练熟，过门之后，身负后母的身份，又看着爷爷的脸色，很快又生儿育女，环境的急剧转变，让本来就笨嘴拙舌的她，变得十分郁闷。好在大伯三伯他们几个都十分听话，她并没有因为他们产生多少麻烦，但爷爷的漠不关心，在她心里留下了很深的积怨。她落下了一个毛病，遇到矛盾，觉得委屈的时候，就到陵（家族的坟地）里去长哭一场。这个习惯跟随她一生。奶奶婚后生了八个孩子，五男三女（一个男孩送人），父亲是老大。但孩子们是否被照顾得周到，就很难说清，艰难的生活让她很少流露感情，孩子们也习惯没有交流的生活。父亲是家里唯一的大学生，从初中开始，在镇上，在县里，在大城市读书，直到工作，他基本上不和奶奶交流。老大如此，其他几个儿子也大多如此。有一个叔叔从小送了人，两个姑姑从小挨爷爷的打，她这个做母亲的也保护不了，等她们都嫁人了，她也松了口气。后来，父亲和六叔七叔相继成家，又都相继育儿，这时候，小叔未娶，小姑未嫁，她的心事还多，就是在这个时候，我被父母送到了奶奶家，在家里陆续呆了两三年。日后对奶奶的印象，大多是那时候留下的。

奶奶的哭，我是有记忆的，有时偶尔听婶娘们议论，说奶奶又到陵里去了。当天晚上，大伯母就会过来看奶奶。

按照成年之后我的理解，哭是个不得已的办法，但对于健康来说，这是个好办法。她无人诉说，大伯母为人好，常常去看她，她也到大伯母院里去，但毕竟是媳妇，做婆婆的再多委屈，又怎么好说呢。六叔七叔都成了家，两个媳妇，尤其是七婶娘，平日里和她这个婆婆少不了磕磕碰碰，对错在谁身上，各有各的理，说不清楚，家大了，矛盾也多了，奶奶是更沉重了，沉重而无处诉说，她便常到陵前去哭。痛哭一场，然后回来，继续干活，把日子往前过。这个办法是不自觉的，是生活逼出来的。至于她去谁的坟头前哭诉，这是我一直没有弄清楚的一件事，她在坟前说些什么，口齿是不是比平时伶俐了，这在我看来都是一个谜。

奶奶很勤劳，还有了几样生活的手艺，她会做醋，还会做面酱。这两样东西，即使不带任何感情色彩，凭着记忆客观评价，味道实在是上乘。

奶奶用树上结的黄澄澄的柿子做醋，具体的过程不记得了，但那种凛冽甘甜的味道，只要想起来，就会满口生津。

那时我很顽皮，仗着一家上下的宽厚，无法无天，每天若不是肚子饿了，是见不到我人影的。有时，我就在院子里，可他们，至少奶奶和爷爷是发现不了的，我感兴趣的都是一些犄角旮旯，大人是不常去的。

我躲在一只空柜子里玩，看到奶奶拿了一只粗瓷碗过来，走到一口大缸跟前，掀起盖子，闻了闻，舀了一下，对着太阳往碗里看了半天，然后喝了一口，嘴咂摸来咂摸去的。哎呀，里面是能吃的东西呀，我咣啷跳出来，吓了奶奶一跳。踮着脚尖往缸里看，一股很特别的味道冲着我扑来，我一激灵，脚跟儿就落下来了。是啥呀？我看到里面是一缸“水”，上面漂浮着一层细细的麦秸梗。奶奶知道，什么东西，尤其是吃的，只要被我发现，不如赶紧喂到我嘴里，不然有得厮磨。她从碗里拣起一根麦秸梗，让我噙着，让我在碗里吸一口。她说轻轻地吸一口，我鼓着劲深深地吸了一口，奶奶说，看——酸！从舌尖到喉咙，我感到了凉飕飕的酸和甜。怕我祸害了那一缸醋，奶奶把小叔叫来，让他领我出去玩。我跟着小叔东走西走的，很快就到了村口，到了村口，就不走了，这是我在乡下能到达的最远的边界。不远处有一大片金黄的柿子林，我说要吃柿子，小叔说，你都吃过了，你刚才尝的醋是用柿子做的。

爷爷泡青花椒的醋就是奶奶做的，青花椒是在春天，柿子醋等了它一个冬天。爷爷还用柿子醋泡紫皮蒜，一把蒜丢进碗里，不剥皮，一会儿工夫就夹起来吃，就着馒头。

奶奶还会做面酱，做面酱的馒头是平时收集下来的，干的，长霉的，或者我和其他孩子吃剩下的。她把这些馒头上锅蒸了，放在一只瓷盆里捂着，长了一层银色的长绒毛，拿到太阳底下晒，晒到一定的程度。她拿着一双长筷子用力搅拌，搅了晒，晒了又搅，不知多少天之后，瓷盆里就是红糖一样灿烂的面酱了，浓香甘甜的味道就在空气里游丝一样窜动，成为我味觉记忆中的宝贝，历久弥香。后来，我在小学的假期回去看她，走时，她就拿出来收藏好的广口瓶，装一瓶面酱，让我带回去。她说，没啥给你拿的！

地里的重活奶奶干不了，两顿饭之间的工夫，或者天黑之前，她也会挎着篮子去干些力所能及的活计，像捡花，拾麦，挖野菜，刨红薯，搓包谷。

我推理，奶奶最轻省的日子，是两次住院和她弥留的最后的那些个时日。奶奶因高血压摔倒，胳膊骨折，住进了县医院，大伯母负责照顾她，没有人比她更合适，她对奶奶的照料无微不至。父亲带我回到县城去看过奶奶一次，她气色好，眼睛也比往日亮堂，看上去倒比不住院的时候精神。

奶奶是八十六岁时去世的。她走得很快，也很安详，但这次回去，听大伯母说起来，却令人唏嘘。奶奶一辈子都在照顾别人，照顾老的小的，轮到自己，却怕成了别人的负担。她因为长时间消化不良，被家里人送去检查，那次，她的弟弟即赵家塬上的老舅也来了，检查完之后，结果还没出来，老舅就把奶奶娘家在县城的所有亲戚都叫来吃了顿饭，还给奶奶照了相。据伯母说，那次回来以后，奶奶就不吃东西了，在炕上躺着，偶尔说说话，困了就迷糊着睡。后来，几个姑姑都来陪她，我母亲也从外地赶回去了，她对围着她的女儿和儿媳们说，不用管我，我好着哩，可是，除了喝水，就是不吃东西。没多久，奶奶就走了，很安详。这次回去，有个中午，伯母说起奶奶，泛着眼泪花说，真是个好老婆（老太太），唉！多余吃那顿饭，照那个相！她心重，还能不知道那是啥意思！她就知道那是最后一面，她就怕给儿女添麻烦。

早年的儿童游戏

三妈说，小玲前晌还来过，可惜我没见着。我们很早就没再见面了，所以记忆中她还是小时候的样子。记得小学某个寒假，我回到蒲城，迫不及待地回到乡下，刚下了自行车后座，就在村头麦场对面的地里看到小玲姐了。她挎着一只篮子，系着一条红头巾，正拿着一把铲子往这边张望，她的弟弟也挎着篮子，站在她身后不远处。一学期不见，她有些腼腆，跟在我身后。那次，她总是提她看过的《火焰驹》，口口声声说，我就爱看《火焰驹》。《火焰驹》是戏剧电影。看电影是娱乐大事，一年没有几回。西潘庄是个小村，电影很少能轮到，所以，看电影总和走夜路连在一起。小玲、红霞、冬惠这几个小女孩，跟着雅丽几个上中学的女子，夹杂在村人之中兴奋地走着快步，坑坑洼洼的泥土道上不断汇集着来自不同方向的人群，人们都从自己的村子往相同的目的地走。没有路灯，也很少有谁拿手电筒，近了，借着月光或者从说话声音辨认：这不是东村里的谁谁吗？哦，你是谁么？我是潘庄的谁谁谁。哦，西潘庄的，你屋里人都好着哩？好着哩。

看完电影，也有迷路的时候。散了场，不知怎么就和村里人走散了，几经周折，还是走不到往潘庄去的路。几个孩子，一夜未归，家人虽然留着门，却并没有多么担心，自己的娃肯定在某村谁家过了夜，第二天，果然跟他们猜想的差不多——“我婶婶说在她屋里先睡下，等天明再回。”——之后，从春到冬都有话题了：是不是咱遇上鬼打墙了？就是就是，地里坟上有蓝火哩！

平时，孩子们，尤其是女孩们，是没有什么娱乐的，你叫我，我叫你，最后集中到某个孩子家玩上一会。如果不丢沙包（里面装的是豆子或者玉米粒）、踢毽子，就把各自的头巾重新系一回，或者换着戴一会儿。谁家有吃奶的婴儿，小女孩也很愿意轮流抱一会儿。常看婴儿拉在褯子上，然后，大人就开始叫狗：吆——吆——吆——吆，小孩也跟着叫：黄狗吆——吆，一头黄狗倏地一声跃过门槛，跳上炕，把褯子上的粪便舔得干干净净，然后毫不留恋地跳下地，夺门而去。这时，大人们才把褯子往屋角的盆子里一扔，手上拿把刮刀开始洗。

缺少玩具，但农村孩子玩乐的天地却很辽阔。他们很小就开始劳动了，放了学的小孩，没有专门的时间玩耍，不是去割草就是去放羊，一边干活一边玩，那种田间地头才能发现的乐趣，非生活在农村不能体会。我记得，跟着小玲和新平他们去割草，割草的时候，大家最喜欢寻蜘蛛，蜘蛛爱在空中结网，它们的家却在地下，看上去平平整整的田边村道上，眼尖的孩子走着走着便趴下来，那一定是找着了蜘蛛洞，我们围上去，把那个和地表在一个平面上的，很圆很圆的肚脐大小的盖子用小柴棍掀开，七八只手在洞周围拍一阵子，喊着：开个门，快出来——开个门，快出来——一会儿，就会有蜘蛛出来。要是不出来，在离洞口一寸远的地方用一根棍儿扎进土里一两寸，蜘蛛就能出来。那洞上的盖子，外表和地皮一个颜色，里子却是灰绿色的。掀开的盖子也还连着地表的土皮，是蜘蛛为自己装在地表的门，很圆，像比着小纽扣画的。

在收割过的田里拾麦穗的时候，往干燥的田土里挖个馒头大的坑，铺上一层枯草，人们继续往前走，等拾满了篮子，也玩够了，再回去看，运气好的话会有鸟蛋在里面。鸟蛋很小，取暖一样挤在一起，薄薄的蛋壳上布着褐色的麻点，像人脸上的雀斑。一次，小孩都伸手取，不小心打破了一枚，从蛋壳细碎的纹路中露出粉红色的薄膜，用麦芒刺穿薄膜，便看到包裹在其中的透明的浆液开始一点点地在手心流淌——这是我亲眼所见。好玩的是，在挖坑铺草之后，还要举行一个简单的仪式，就是一定要有人往坑里吐一口唾沫，小孩们相信，忘记吐唾沫的话，鸟是不会往里下蛋的。

男孩们打猴（陀螺）、翻宝（折纸的一种）、滚铁环。铁环不见得人人都有，猴却是人手一个。猴是用木头削的，男孩子们拿鞭子，啪——啪——，抽几鞭子，让它疯转。

还有一次玩水的经历。小叔在一次大雨后领我出去，我戴着草帽，他光着头，在田间积水里捉虫，水雾蒙蒙，有一种能吃的甲虫点缀在田间水洼，时不时飞起来，又落在作物的梗上，它们带着速度落下，枯梗也跟着三摇两晃的。小叔辛苦捉到了一瓷缸甲虫，他牵着我一路跑回家，在灶下把甲虫掐头去尾弄干净，升上火，在炒瓢里把甲虫炒了，放了油放了盐，味道很香。剥壳能看到粉红色的瘦肉，是我没有想到的，壳是小叔帮我剥的。

玩水在潘庄是不常有的事。暴雨过后，村头的涝池满了，男孩子在里面游水，大人连骂带跳地把年龄小的往岸上叫。但没有用，一连好多天，孩子们都在水里泡着。儿童对水的亲切感是什么力量都无法阻拦的。

织布纺线

大妈，七十多岁的老人了，还在吃力地端下一只锅，往炉子里换上蜂窝煤，又把锅端上去，然后用一把扇子扇了一会儿。她的脚因为骨质增生而变形，走路不稳，她的耳力也下降得很厉害，听话常常打岔，让人哭笑不得。即使如此，她在厨房忙完了饭菜，也要抽空纳上几针，她做不了别的了，就纳鞋垫，有亲戚来就送一两双。看到她慢慢走路，端锅，在窗下聚精会神地纳鞋垫，不由得想到她年轻的时候。

我曾见过大妈织布，现在，至少在亲戚中，没有谁家织布了。亲戚们送给我的粗布床单和洗碗布，要么是别人送的，要么是在会（集市）上买来的。这些东西就像针绣的手工鞋垫，是稀罕物，不像早年间那样，是村人生活的必需品。在我的记忆中，织布机不是家家有，纺线机子却是每家必备，据说，纺线机也是娘家陪送的嫁妆，所以，新媳妇的纺线机子，自然就新一些，像大妈、奶奶和隔壁的二婆的机子自然就旧得多，可是，旧机子好用，这是小孩都知道的。

那时奶奶也才五十多岁，小姑还没出嫁，也没有因为高血压摔坏了胳膊，大妈、奶奶、六娘（六婶）她们都在各自的炕头上或者屋子地上吱吱扭扭地纺线，缠穗子。穗子是用来织布的。大妈的织布机有时在院里，有时在屋里。那些经线纬线高低错落，梭子一扔，脚一踩，一只手把梳子样的横档往胸前一拉一推，身体随着腰带往后一靠，织布机咔哒一响——有节奏有美感。

大妈说自家是有织布机的，可是不好用，不够大，我见到过的那一台，是从变变家借来的。变变是堂姐的同学，她妈希望接下来还能生男（变变有个哥），叫了变变几年，之后果然又生男。变变妈矮胖，脸上有麻子，人很能干，里外收拾得干干净净。她话多，力气大。她家门斜对着生产队的机井，来水浇地的时候，人们就在机井前拆洗，说笑声数她的最大。她拿着一根棒槌，在石槽子里边洗边打，被单晒到半干，还要和女儿你一头我一头抻一番，抻过之后再用槌打一遍。

那时候，人们穷，生产资料有限，买得起就买，买不起或者用坏了，就不再添置了，你借我的，我借你的，并不觉得为难。像自行车这样金贵的东西，都是可以借的，更不用说小零碎了。

像煎药的砂锅，洗衣服的搓板这些小物件都互相传借，今儿在村西，明儿在村东，问到谁家是谁家。来了客人，来不及烧水，还会到别家借一只淀壶（热水瓶）哩，假如人多，连杯子都要借——到刚娶了媳妇的人家借，因为新媳妇都有时新的玻璃杯作陪嫁。新人屋里都有一对红色的暖水瓶，一个搪瓷圆托盘，图案鲜艳的玻璃杯就放在里面，上面有可能盖着一块大手帕，讲究的话，盖一块白棉线钩的装饰品——这很少见。在潘庄村，包括临近的村子，别说拿钩针，就是拿竹签子（毛线针）的女人都很少，20世纪80年代之前，村人很少穿毛衣。有些东西，虽然是生活用品，整个村子却都没有，我有印象，曾经跟着七娘（七婶）到她的娘家，也就是六队，借过打馍的石子儿（鹅卵石）。石子儿馍是农村人除鸡蛋之外款待产妇的吃食。妇女们把石子儿倒进铁鏊子（平底锅）里烧热，将一张张擀得很薄的面饼摊在石子儿上，面饼靠着滚烫的石子儿的热度，很快就熟了。人们在锅底下填把柴，一直给石子儿加热，满灶火（厨房）飘着香味。亲戚多的人家，从后晌到黄昏，几个小时，打出的干馍能有几大蒲篮（浅口的藤筐或柳条筐）。给产妇留一部分，另外的送亲戚邻里。饼摊在高低不平的石子儿上，干熟以后，一个个的窝，样子特别，面里也许放了花椒和茴香，也许只放了淡盐，咬起来酥脆。

2009年的泰陵

2009年国庆节前后，我和老齐一起回了趟西潘庄，因为我父母在另一个城市生活，老齐一直没来过蒲城县。要不是见过明西，也关心着明西，他想不到自己会去潘庄村，我也不会想起要带他去潘庄村。

这次回去，我们住在大伯大妈家，在这边吃饭，也在六叔家吃饭。

六叔很热心，我一说要去附近泰陵看看，他马上表示要带路。六十多岁了，还骑自行车带着我们十里八里地跑，我很过意不去。他说这不算啥，身体好着哩，要不是厂里停工，他还在机器边上“粉”石头哩。粉石头就是给大型粉碎机中填料，靠的是臂力，噪音且不说，粉尘污染就很厉害。回来的那天，正好在村头看到他，他正往厂里赶，头上脸上蒙着一层灰，回来取一样东西，顾不上洗脸。他们作业时要戴口罩，大概是因为口罩质量不好，不舒服，或者是因为安全和健康意识淡薄，工人常常自作主张摘下来干活。那天在村头乍一叫他，因为视力模糊，他半天没认出我。

泰陵是唐明皇李隆基的墓。那天天好，吃了早饭，六叔推着自家的车，又借来邻家的，早早就到大伯家来等着了。堂哥铭仁厂里也停工了，正好陪着去。我们从村后沿着卧虎山下的坡路往西走，下了坡，经过两个村子，顺道去看了一下早有耳闻的山西村。山西村是个被研究人员记录在案的古村落，除了不起眼的土城墙还在自然风化中坚持着，无论从东西两道城门哪一个方向进去，看不到一点特别之处，老屋已经没有几间，新房仓促简陋，无论新房旧房，家家都无声无息，不是静谧，而是了无生气。

附近有高力士墓，没费一点功夫就找到了，它就在山西村西城门村道边上，那个小土堆和村人埋在田间的先人的土坟没有区别，只是二十米开外还有条通道能通向地下墓室，通道口盖了一间简易房，房门锁着，上面用粉笔写了一行字：如要参观，请打这个电话。有个手机号。高力士墓被考古人员发现之后，报纸上是有过报道的。但料想不到的是，它是如此简陋，没有任何保护措施。

泰陵墓区很大，从甬道向外延伸的公路有一公里左右，路两旁种着樱花，因为拉石头和白灰的车辆往来频繁，加上天旱，小树被粉尘覆盖，花朵倒像灰色的棉絮。

陵附近有个县文物局泰陵管理处，小院子锁着。泰陵脚下有个石道村，村委会开着门，看门人友好地招呼我们进去坐坐。聊了没几句，原来这人是已经去世的二爷家养女的女儿的公公。他五十岁上下，身体健壮，声音洪亮，抽着烟斗，说自家村里日子还好，村书记是个能人。

泰陵山势雄伟，山色凝重，很远就能看到，从大势来看，丝毫不比城西的桥陵逊色，只是未开发为旅游景点，甬道两旁的巨型石雕，有文臣武将、鸵鸟、战马等，站在野地里等待规整修葺。有几个泥瓦匠站在脚手架上，正在给一块碑加盖遮雨的顶棚，旁边有一辆手扶拖拉机，一辆摩托。这块碑是民国时期陕西一个叫毕阮的知府立的，此人是外省人，到陕西之后为很多古迹立碑题字。

泰陵所在是花岗岩石山，拔地而起，不高，山势却陡，上山过程中能看到许多圆孔，是探测留下的痕迹。墓道口就在山腰当中一块巨石平台下，被封死了，往上越来越难走，风大，说话声已经听不见了，堂哥和老齐继续往山顶走，我和六叔掉头下山。墓道口以下种了些柏树，没几年，还不成气候。下山途中碰到两对小青年，骑着摩托往上冲，不知最终能冲到什么位置。

从山腰往下看，周边地势像把太师椅，左手方向，有零星人家，土墙土院，有的有人住，有的已经久无烟火，大概是因为交通不便，迁居到山下平坦处了。从那些院落的位置来看，最初应该是守陵人集聚而居形成的小村落。

回去没有走原路，沿着泰陵往东走。紧挨着泰陵往东，也就是翻过“太师椅”的“扶手”，就是大型采石场，白花花的石头裸露着，像没有包扎的伤口。这真是讽刺，蒲城县从唐朝以后才开始真正人丁兴旺起来，多少人是守陵人的后代，到了 20 世纪末，却因为贫困，多少人又变成了皇陵的掘墓人。

这一带就是小时候常听人说起的“北山里”，地势渐高，再向东南望，看到的是卧虎山的背面，几乎看不到山势，比较平坦。铭仁说，泰陵的背面也是这样，平得像个缓坡，覆盖着黄土。幸亏如此，不然都是石头，耕地可就少多了。话又说回来，这一带是旱原，坡地不好浇，分给谁家都不受待见。铭仁和七叔在卧虎山后坡上都有地，今年大旱，麦苗长势堪忧，去年冬天集体灌溉了一次，直到现在没下过雨，听说最近还要来浇一次水，时间不定。有的人家没有用化肥，本来青苗不旺，加上天旱，对收成不抱希望，盼水的心情没那么急切，管它来不来，反正是不打算浇了。山上虽也有水渠，但要靠泵往上推，水费之外还要加电费，成本和收成一比，根本不划算。

北山里属于本县的贫困山区，靠天吃饭，20 世纪 80 年代之前，一遇到干旱就没辙，人们靠返销粮和救济粮过活，不像西潘庄一带，毕竟坡地少，家家还都不至于颗粒无收。80 年代之后，尤其是近十多年，人们靠山吃山，采石头烧石灰，北山里的人日子比之前松快多了。很多人都靠着自己的力量搬下山了，在附近水泥厂或者远处煤窑干活，要么就外出打工，在建筑工地上干。成年人外出大多数不走远，多在本县。六叔的女婿，家就是在北山里的，现在在县城买了铺面做着生意。

路过了几个村，村里的新房很少，还是土院泥屋，不像西潘庄，八成人家都翻新了。路边有一个新村，统一式样的院子，院落和房屋面积都不大，还没有人入住，据说是县里拨款给北山里某村盖的集体搬迁房。原村庄是开山取石的重点区域。

没有走原路回来，是六叔的好心。他说，西潘庄以北三四里有一面土窑，窑背上长着一棵柏树，远近村人都觉得奇特，奉为一景。实际上，那是一面很普通的土窑洞，不像居家的窑背，要晒个薯干麦谷的，常有人爬上爬下。它上面的土已经风化松动了，那棵柏树应该是鸟粪里的一粒种子，发了芽生了根，像长在野地里一样长在了那里，大概是因为那窑解放前原本是一个道观，住着一个外地来的道人，人们就附会起来，觉得奇特。如此，它居然成为这贫瘠土地上的一道风景。

关于帝陵采石，媒体陆续有过报道，从网络摘录内容如下：

按照太宗昭陵开创的依山为陵制度，唐十八陵中有四座埋藏在蒲城县的皇帝陵墓，它们分别是睿宗桥陵、玄宗泰陵、宪宗景陵和穆宗光陵，代表着唐陵的总体风格。

不久前《经济参考报》记者在蒲城采访，刚出县城向北走不远，就见北边光陵所在的尧山挂满了“白补丁”，因炸山取石变得满目疮痍；山下的石料场内则是灰尘弥漫，响声隆隆；山间崎岖道路上满载石料的大小车辆来来往往，穿梭不断。

登高一望，只见一个个采石场犹如章鱼的触手一般，正在将光陵紧紧缠绕。站在光陵东门远远看去，有的采石场已经挖到了东阙台附近，有的距离阙台石狮已不足一百米，还有许多被百姓称为石窝子的小型采石场，早已越过陵园城墙深入到了陵园之内。

穆宗光陵的西边紧挨着其父亲宪宗的景陵，由于采石场的不断侵袭，也未能逃脱整体风貌被破坏的厄运。记者看到，一座相当具有规模、投资数百万元的采石场，已经完全进入了景陵的主体范围之内，严重损害了景陵的整体风貌。

无独有偶，分布在蒲城的另一对父子帝陵也受到了侵害，尤其是距离光陵仅仅三公里的唐玄宗泰陵更不容乐观。尚未进入陵区，远远就听到泰陵所在的金粟山炮声此起彼伏，爆破腾起的烟尘将整座金粟山团团包裹。赶到近前，在泰陵陵山东支脉上一字排开了东西长达百米的大型采石场，大型机械正在将爆破后落下的巨石装载运到旁边的石料厂内进行粉碎，而山顶上一些地方标有安放炸药的标志，异常醒目。

据统计，蒲城县2006年拥有水泥企业三十二家，多数都以唐陵陵区及其周边石源为原料，当年生产水泥三百七十七万吨，产值约8.5亿元。水泥企业因拥有雄厚资金和较大规模的生产能力，在陵区甚至蒲城的产业中都居于主导地位，其中光陵脚下的尧柏水泥厂最大，它的一个分厂与洛东水泥厂正从两个方向对秦陵陵区形成夹击之势。

陕西省考古研究院副研究员、唐陵考古调查队副队长张博对《经济参考报》记者说："大型机械不停地采石，不停地向外运送石料，陵区周边的采石场近两年内的扩展有加速趋势，距离陵山的距离也是越来越近了。"

三伯的院子

我回来的第二天清早，从大伯家后门出去，看到一个老汉在几十米外通往后山的村道边草丛里放羊，他驼着背，穿着夹袄，偶尔咳嗽两声。走近，是三伯。三伯眼神不好，只能模糊看人，他说前几年在县里做过白内障手术，也没有效果。三伯一辈子在土里刨食，他是我见过的最忠于土地的农人，脚跟上永远沾着泥土麦秸，若不是刚从田里回来，就是准备往田里去；一回到院里，不是捏着鞭子，就是挽着篮子。他养牛养羊，侍弄草料。他是农活的好把式，但他说农活养活不了人。

三伯就住在大伯隔壁。晌午饭后，我到三伯家坐了一会儿，他正坐在炕上抽烟袋，见我来，下地去端来水壶，又从桌子上捧起一只罐头瓶，从里面费力地挖出一勺白糖，要给我冲糖开水。三伯至今还拿白糖招待客人，这是我没有料到的。20世纪70年代，我的幼年时期，村人把白糖当稀罕物和奢侈品。三妈不在，给村人干农活去了，一上午能挣十来块钱。三伯眼睛不好，如今只能放个羊，干点院子里的活。他说三妈勤快。

三伯的大儿子早年学厨，靠村人的红白喜事挣吃喝，近来在村头公路边开了个小馆子。二儿子在外打工，媳妇在家干农活。三儿子两口子都在县城打工，能顾住自己的嘴。二儿子的两个女儿前几年一起去广东打工，老大好长时间没有音信了。

三伯的院子没有翻新过。儿女各过各的日子，院里就他和三妈两个老人，他们没有拾掇房子的打算。院里有三间瓦房，瓦房对面是厨房，他们老两口住在院子最后面的窑里。窑洞这种打造在山坡上黄土里的民居，被渭北平原的农民改良成一种平地而起的样式，因为拱形屋顶可以分散承重，在穹隆形的砖窑背上堆置厚土层，可以防寒隔热，住在里面冬暖夏凉。这是很多年前的样式，盖起来费力，人们盖新房是不会选择它的。新房的屋顶都是用水泥浇铸的楼板。

院里还有个牲口棚，三伯的两只羊就住在里面，柴草堆在门房。

三伯家有限的一抹亮色，是从土墙隔壁爬过来的，那是大伯家的瓜蒌，藤蔓上开了几朵黄花。

西潘庄的人，包括附近村庄的农民，历来对绿化不感兴趣，门前屋后会种几棵树，种花养草很少。大伯退休之前，纪文他爸是这村里唯一养花的人，大伯退休后也在院里侍弄花草，他俩经常切磋。有几家盖了新房的，晚辈也弄回来些花种子或者小树苗什么的交给老人侍弄。

西潘庄的日常饮食

六叔叫我过去吃饭，他说，你大妈年龄大了，做不出来了，他们自家两三个人还可以对付，再加两个人，恐怕吃力。他说得没错，除了二堂嫂趁星期天给我们做饭，我自己下厨一次，虽然大妈一再挽留，我还是去六叔那边吃。

西潘庄和渭北地区所有的农村一样，以面食为主，一天两顿，早晨九十点钟，中午两三点钟。早饭主要是稀饭和馍，中午擀面。变饭（来客人或者自家改善伙食）有蒸饺、扁食（水饺，土话也叫角儿）、煎饼、春饼、纸卷（一种菜卷）等。现在每家人口少了，也开始用小锅小灶，但大灶都留着，蒸馍用。平日里，蒸馍是灶火（厨房）里的大事，大铁锅大蒸笼，蒸一次吃一星期左右。馍冷了，风干了都不怕，往笼里一放，锅里煮着小米绿豆稀饭，蒸汽一上来就软和了。蒸馍时若有时令菜，如冬天的萝卜，夏天的南瓜茄子，就捎带蒸两笼包子。茄子包子是个特色，茄子青辣子（又细又长，也叫线辣子）切成丁，油、盐、花椒面儿一拌，蒸出来味道十分好。村人爱吃辣，吃面放油泼辣子，吃馍就青辣子（把线辣椒切成粒，用盐醋油凉拌），蒸馍的时候还蒸面辣子。面辣子除了本县之外，别处没有，按道理讲，它是充数来当菜的，可是，无论人们日子过得如何强过以前，这道不是菜的菜还是让本地人喜爱。它的做法是在一碗水里兑些面粉和成稀糊，放入粉条、豆腐、蒜片，加菜油和盐，尤其要放上鲜红的辣椒面儿，蒸馍的时候一起上笼蒸，馍蒸好了，它也好了。它的吃法更奇特，热馍掰成块儿，往面辣子里一泡，馍裹着一层鲜红的面浆，又香又辣。以前人们穷，舍不得买菜，冬天也没菜，蒸馍时面辣子就必不可少。几十年过去了，现在可不一样了，但人们还是爱吃面辣子。

说到吃菜，村人对青菜不爱好，我在大妈家、六叔家，很难看到大盘青菜，他们两家算生活富裕的。可见这是生活习惯。比如六叔，每顿都端上来一大盆肉——这当然是为了照顾我，但青菜却小小一盘。大妈家招待我，也做了一桌子菜，有肉有蛋，有冷有热，青菜也是一小盘。不过，面食却常把青菜纳入其中，比如菠菜面，蒸菜馍（菜团子）等，青菜是搭着面粉这道车来补充的。另外，每天早晨也有一道凉拌菜，如萝卜丝（红萝卜或者白萝卜）、菠菜、蔓菁、豆芽等。馍加辣子，就着凉拌菜，可以解辣。

春季野菜比较多，像茵陈（白蒿）、刺荆等。人们挽着篮子，到地里一挑一堆，回来洗干净，把茵陈拌上面粉，调味，上锅蒸半小时，出锅浇调料。调料是用蒜泥、辣椒、盐、醋调和成的汁水，上面漂着烧热的菜油。这就是麦饭。刺荆用来擀面，先把它在开水锅里焯一下，捞出来挤干水分，加面粉，拌一拌，加水揉搓成面团，醒一醒，再擀面切成菱形的片儿下锅，可以吃捞面，也可以吃汤面。汤面也叫连锅面，装碗前就把作料下在了锅里，盛起来连汤带水吃。捞面自己调，酱油醋，辣子盐，再加葱花（菜码）。葱花未必一定是葱，春秋天也可能多了炒韭菜，夏天可能多了炒西红柿。

洋槐花、苜蓿都可蒸麦饭，新韭、菠菜都可擀面，村人的面是很丰富的。红薯粉可以做成刀削面，干捞加调料，带着甜味，又因为浓油赤酱红辣椒而五味俱全。不过如今很少吃红薯粉了，那是困难年代的白面替代品。村人称红薯为红苕，红苕最普遍的吃法是放在稀饭里——红苕小米稀饭，或者红苕沫糊。沫糊其实就是面糊，面粉用水拌成稀糊，等水开，往锅里一倒，迅速搅拌，两三开，或者愿意多烧一烧也行。别看它简单，谁有个头疼脑热，消化不良，或者大病初愈，都喝沫糊。它容易被人体吸收，性质温和，能快速补充营养，还能随便加料进去，放白萝卜丝同煮和胃，放生姜红糖暖腹，放杏仁加调料开胃，喝什么也不放的白沫糊清肠通便。沫糊里放青菜，酸碱平衡；赤小豆汤里加面糊——小豆沫糊，粗细搭配。总之，村人谁也不把它当宝，可实际上一辈子离不开。

正当春季，院里的香椿也正在茬口，村里不少人家都有香椿树，因此饭桌上就有香椿炒蛋、香椿辣子、凉拌香椿。香椿辣子是夹馍的菜。多放油，油锅烧热，撒辣椒面进去，把焯过的香椿切细扔进去，翻炒两下就出锅。凉拌香椿，轻盐淡油保留原来的清香。

村人对肉食的做法没啥讲究，不是煮就是炖，要么就是包饺子，只有像三伯家的老大，学了厨，会做席，处理肉的章法就多一些。六娘端上来的肉说是红烧，其实和炖差不多。肉是六叔从几里外的集市上买的。天天有人来卖菜，但肉一般要到集市上买，因为乡民以素食为主，这是多年的生活习惯。以前是因为穷，现在也富裕不到天天有肉的程度。就算有的人家天天吃肉，也顶多是一碗八宝辣子，八宝辣子是将肉丁、红萝卜丁、咸菜丁、青红辣椒丁加辣椒面同炒，肉用的是五花肉，油烧开之后先将肉丁放进锅里，这样猪油就被炸出来了。八宝辣子夹馍是本地的一道菜，也是红白喜事宴席上的压轴之作，因为主食是馍，八宝辣子夹馍就是主食的吃法。

2010年的婚礼和婚宴

2010年9月下旬，大伯父的孙子程程打来电话，说自己要在国庆节期间结婚了。这消息倒不意外，因为他已在一年前和他的女同学——军校的自费生，在西安北郊合买了房子。这个女生是本县人，毕业后到温州打工。据程程的母亲说，女生来过几次，她不是很满意，我也看过那个女生的照片，是化浓妆的艺术照，也看不出眉眼真相来。后来，可能就是买房之后，他母亲也不阻拦了。伯父伯母更是没有意见，听到女娃娃叫婆叫爷，他们很高兴。

我与程程的沟通是比较多的，在他考大学的那年，他父亲——久不联系的堂哥让我照看照看，小心他被别人挤下来。他的分数在一本线之上，但被挤下来的事也是常有的，在小县城这不算什么。我又没有在本省工作过，自己是不可能有什么关系的，门路完全不清楚。问了两个高中同学，还真找到了同学在省高教局的熟人，也问到了另一个同学在空军工程大学的关系，这样，双保险，他就顺利进了空军某院校导航系。毕业的时候，为了留在陕西，我又找了同学。他被分到汉中，过了秦岭，可仍在陕西。在汉中呆了两年，他自己找关系，又调到了咸阳境内武功县空军某部，属于地勤，行政。程程在单位表现怎样我是不清楚的，但他的人品是没问题的。单从性格来看，作为一个男孩子，他算不上坚强，部队那种地方，灌酒、欺负新人是难免的，一般有点个性的人都吃不消，他这种被宠大的农村孩子，在部队是不是机灵到会看眼色、会来事儿就很难说。但无论如何，对他在电话里的几次掉眼泪，我印象很深，很不以为然，虽然我也从内心痛恨部队那种风气，但同时也觉得他娇气了些。程程虽然算不得吃苦耐劳、发奋图强的类型，但他待人有礼，不闯祸不惹事，又长得一表人才，还知道孝敬老人，对伯父伯母和他在县城的姑姑都有心有意，很受大家喜欢。

程程婚礼之前的一天，父母从铜川市回到蒲城县舅舅家等我，我从深圳回到西安，再回到县城跟他们汇合，当天下午就到了西潘庄村。回去时正是下午两点左右，这时候村里帮忙的人正在吃饭。厨师炒了几个菜，人们轮流吃，吃完的就按分工忙各自的活儿，干的干，吃的吃，都不耽误。看我们回来，伯母很高兴，帮忙的亲戚也都上来招呼，硬是把我们请到桌上，拿来筷子。我没有心思吃饭，对宴席的准备很有兴趣。

本以为三元伯父家的大儿子、学厨的黑娃应该来主持这个婚宴，却并非如此。听伯父与父母的谈话，他们说，这个宴席是外包的，一桌二百二，由孙镇街上的厨子来做，物料也由他们提供，厨具、煤气、菜品等全包。怪不得我看到一大盆巴掌大的冻海鱼，还有红得怪异的猪耳朵（显然是染过色的），这些东西，自家是不会有的。

黑娃虽然没有掌厨，但他负责人工派活，村里人、本家人、小伙儿媳妇全由他支配。他用红纸写了个单子贴在墙上，把各小组的组长和组员写在上面，有上茶水的，有上菜的，有上馍的，有洗碗的，大家就按照这个分工来。村里人能来帮忙的都来了，即使干不了活，比如本家（隔壁二爷家）同辈人高平的媳妇，长期风湿，才刚能下炕；明辉的媳妇，怀孕九个月了，弯腰都困难，也坐在一旁观看，哪怕是陪干活的人说说闲话，也算尽了力。

村里有个秧歌队，是前两年由几个爱热闹的热心村人发起的，天佑、黑娃和队长万才都对这事儿抱着热情。天佑和万才都是部队上退伍的，万才是村民组长（以前叫生产队长）。伯父尤其热衷，虽然年迈，但也跑前跑后置办锣鼓服装，还鼓动着三伯和他一起，跟着村人练鼓点儿，听大妈说，你伯就像疯了一样！人来疯！年轻人的事，他一个劲跟着掺和，应激地（兴奋地）！提起这事，伯父说，懂啥！这潘庄村老早就有社火班子，新中国成立前卧虎山上过庙会，那时候我和你爸都在村上上学哩，我和三元都耍社火，三元被绑到杆子上都不怕，杆子多高！这番（现在）老东西又行（流行）回来了，村里有个班子到底是好么，总好过媳妇婆娘跟着打牌赌博！现在，还有啥能把人聚到一答儿里（一起）去？

为了第二天的婚礼，秧歌队的姑娘媳妇还在头一天下午忙里偷闲练了一两个小时，她们有的正在切菜或者洗碗，就被拉去化了妆，换了衣服。化完妆、等着排练的女人，又回到案前来切菜。妆是六队的一个媳妇化的，排练时，她也充当秧歌队的领队，吹着哨子，拿一根树枝指挥节奏。她们跳得很有味道，很像那么一回事。这是我没有料到的，这不是我印象中的村人，我从没有见过村人有如此浪漫快活的一面，我心里的惊讶就好像看到土胎泥塑，没有生命的东西，突然一下子被仙人吹进了一口气，活了，灵了，生动了！敲鼓的就更投入了，这些村汉们，有老有少，十分卖力也十分享受。这是我平生第一次不觉得锣鼓声过于震撼刺耳，只觉得震惊和喜欢。这短短的一两个小时，我发现老家的乡亲跟往常的老实木讷完全不同了。原来，他们的身心里，有我根本不认识的一面！

第二天的婚礼是个阴天，其间还陆陆续续下了些小雨。一大早，接新娘的车就到了门外，大概有十来辆，车有从熟人单位借来的，也有亲戚家的。六叔家的女儿儿子都在县城做着买卖，也都有自家的车。儿子还没在县城买房，就先买了车，他觉得有辆车方便，就像这亲戚家过事（举办婚丧嫁娶等红白喜事），帮个忙是常事。

到了中午才把新娘接来，一阵鞭炮锣鼓声先把新娘迎进了门，进了新房，不一会儿，婚礼就开始了。婚礼是在大门外的大棚里举行的，这大棚是租来的，头一天就由村人帮着搭好了，棚里设了十几桌，自家院里的厅房底下还有几桌，里外座次不大讲究。村人吃汤水（也叫吃席、坐席），上午下午各一顿，多年不见的村人亲戚，都在这样的场面上碰头了。

在我看来，婚礼乏善可陈——因为是从县城请来的司仪，走的那些套路，说的那些套话，虽然也不乏笑料，但因为少了村人熟人的知情和灵活，就了无生趣；汤水因为包给了饭馆的厨师，当然也好不到哪去，但村人似乎是满意的，村人厚道，觉得只要油水多还是好的，觉得有鱼有肉也还是好的。我终因没有再看到传统的汤水席而遗憾。传统的汤水席，颜色素静，肉不多，却是货真价实的新鲜好肉，五花肉入汤，瘦肉生炒，切丁肥肉是八宝辣子的主料；凉拌菜不过是莲菜、豆芽、细粉条；汤菜不过是丸子、豆腐；过油肉，再加几个蒸碗，条件好的有鸡，节省些的有条子肉——皮红肉烂、香酥味浓；开席前再点缀些麻糖（油炸小面叶）、果子（红糖点心），朴素的一桌，却也冷热齐备荤素搭配，尤其豆芽是自家发的绿豆芽，粉条是自家制的红苕粉，馍也是提前蒸好的白小馍——小馍是专为过事待客用的，比平常的馍精致，坐席的人吃四五个是常事。婚礼上，连馍都是从饭馆买来的，这出乎我的意料，可见村人也是花钱把能买的都买了，只要自己方便。程程的爸妈，除了有一份工，还要干农活，婚礼完了，他们就要去摘棉花了，他们今年种了两亩棉花，时间也是很要紧的。就是没有工作的人家，也大多数不愿意受累劳神了。

多年不见的亲戚

借着这个婚礼，我见到了几个姑姑。我有十多年没见过小姑了，二十多年前，她嫁到了山前洼（地名，在卧虎山前），男方家是从渭河边上的朝邑县移民来的，十多年前，不知什么原因，在什么政策之下，他们又迁回了原地，姑姑因此成了外县人。我记得最后一次见她是在爷爷三周年祭的时候。朝邑县在蒲城东北部，搭汽车大概需要两个多小时。姑姑说，姑父在农闲之外，要外出寻活挣零花钱，在建筑工地上当杂工或者到远处给人收麦——就是麦客，不像潘庄村，有山、有石头，村里人好赖都能在附近寻些活，就像今年，水泥厂停着，谁料想又来了铁路上的，总是零零星星有些活叫人做。她在朝邑，就守着几亩田，除了种些口粮，前几年种棉花，今年也不种了，种棉花的田是租来的，成本越摊越高，又挣不上几个钱，她血压有些高，太劳累也不行。小姑有个儿子，从西南民族学院金融系毕业之后，2007 年到深圳，几份工作都是在证券公司，被派驻到银行网点去做所谓的理财经理，他们这些没有资金没有经验只有一点儿生硬的金融基础知识的毕业生，毕业时的梦想就像大海里的泡沫，几个来回就被拍碎了。刚毕业时，他和同学合租房子，还自己做饭，每个人几百块钱，一两年之后，就很吃力了。也许是工资应付不了生活费，他打算回陕西，想在西安找工作，走之前给我打了一个电话，我再三要求他走之前来一下，吃顿饭，他勉强过来，匆匆走了，说回去还要收拾东西呢。可是据小姑说，他在西安没呆几个月，又去了深圳。是吗！我奇怪这个表弟为什么不跟我联系一下，也许是自尊心作怪，没有心思和亲戚联络？总之，他的难处，他的个性，我很能理解。

婚礼上，也见到了七叔和孙镇的八叔。七叔是家里的能人，很早时就带着家里的叔伯弟兄去黄陵县伐木，又买来电磨子开过磨房，后来就在山上开山炸石，粉石头，再后来，粉石厂交给亲戚打理，全家搬到县城去住了，大儿子、两个女儿该娶的娶，该嫁的嫁。他们早几年就在县城买了个小独家院儿，一直住在县城。这两年，因为把村里的房子租出去了，就很少回来。七叔住的是爷爷奶奶的老院子，他们已经翻盖过两次了，两年前，村里来了铁路建筑队，他们把一整院按每月八百元的价格租给了工人，这两年他们也就很少回来。七婶到自家院子看了看，直感叹：看把这院儿弄成啥咧！这黑水，咋能直接往井里灌！

和七婶闲谈起来，她说，大儿子因为一直在镇上的小学当老师，带一帮小孩子，常常感到郁闷。她自己呢，因为没有孙子，只有一个孙女，感到遗憾。我说，当老师也是很好的工作，小学又没有升学压力，对普通村人来讲，能有一份稳定的工作，已经很让人羡慕了，让她带话给堂弟，还是安心上班吧，带好课，当个好老师就很好。她说，就是，我看也是！现在比过去的情况不知好多少，也不能不知足。她问：你记得原先的事情不？我说当然记得，一边同她往六队走。七婶家在六队，父母都去世了，老院子里住着大哥一家，她哥家却没有动院墙，只把房子重新盖了，正因为如此，我觉得十分亲切。七婶说，哎呀，这院子都怕你笑话！我见过七婶的两个妹妹，七婶刚结婚时，因为娘家近，常常回去，她们也隔三差五地过来，有时还把我领去她们家，她们让唱歌我就唱歌，让跳舞我就跳舞，一点儿不知道害羞，那时大概就是三四岁的样子。

八叔不常见，他抱着孙子，显得很满足。八叔家在孙镇街上，他的儿子和儿媳代理药品，经济比较宽裕，很能孝敬他。女儿在东陈电厂上班，收入稳定。他们两个都在西安买了房子，儿子是在2005年买的房子，在西安的北郊，当时两千多块钱一平方米，2010年的价格，每平方米涨到了六千元——这时已经有了限购令。

婚礼当天，亲戚们能回去的都回了，我的几个姑姑当晚住在六叔家，第二天一早，她们就在村头搭上村镇公交或者长途车回去了。

2011年高铁经过西潘庄

2011年8月初，接到了明西打来的电话，他说休探亲假，回到潘庄了。这是明西参军之后第一次回家。当兵，对农村人来说，是一条活路，虽然不像人民公社时期那么难那么吃香，但也不是谁家想去就能去的。他的父母能将他送去参军，这是我想不到的。他们花了些钱打点，觉得花得很值。那是2009年初的事，他的年龄没问题，但皮肤上灰色的斑点，着实让人担心。按道理，这个病虽然不传染，但至少说明他自身的免疫力受到了某种程度的破坏，是不能参军的，村人、亲戚都不看好此事，觉得办不成，尤其看明西懵里懵懂的样子，更让人不抱希望，但他父母硬是托了人，把这事儿给办成了。据说，婶娘很为自己的能力骄傲了一段时日。

明西参军之后，刚开始打过一两次电话给我，我给他寄了些维生素之类的药品。之后将近两年的时间，就再没有联系过了。他们的部队在甘肃。他的病一直没有好，但也没有继续恶化，那种灰色的斑点，基本上成了他身体的一部分，不想还罢了，一想，不知该如何是好。

明西是站在家对面的砖瓦场上给我打电话的，他说家里人多，吵得很。听得出来，他回去还是很兴奋的，说，到镇上，见同学都抱上娃了！说，家里安了两台空调！说，自己已经转成士官了，每个月三千多块钱，这样的话，再过五六年，退役之后，加上部队给的钱，就可以在县城买个房子了。最后说，想到华西医科大学附属医院去看病。他是在网上看到华西附院的广告的，除了知道它在成都的某条街上，其余什么都不知道了。他已经准备出发了。他说，我想后天就买票，尽快去，假期只有二十来天。

我不知该对他说什么好。去成都找医院，赞成还是反对，我没有主意。有病乱投医，病人是没有选择的。我只好说，你先去西安，再找正规医院看看吧，听听医生的意见。他想了想，说，对！快两个星期过去了，明西才打来电话，听他的口气，对自己的病也不抱希望了，也不打算去成都了。他说，唉，医生都是冒碰（没把握瞎撞的意思）的！他说，人家也没骗我，说不好治，有的人能治好，有的人治不好。什么叫有的人能治好，有的人治不好？这真是糊涂账，又让我想到2008年带他去医院找教授的事。想到当时的场景，只觉得无力。他没有讲开了什么药，我也没再问。病人自己讨论，能讨论出什么结果呢？

他过几天就要回部队了，说，在家呆长了也没意思，觉得村里落后。我问，怎么个落后法？他说，反正就是落后。他说自己爱看书了，爱学习了，还说，不学习根本就不行。这一点，他和两年前可不一样，看来，部队对他是有所改造的。他在部队当电工，每天从报纸电视上看新闻，或者在阅览室看书，但说到储蓄，他基本上不懂活期定期的区别。还说，他本来有两万多的存款，他哥前几天借走了一万五，既没有借条，也没有说什么时候还，说，要是他买房的时候可以帮忙。怎么个帮法，明西没有说，也不清楚。

村后的铁路通车了。明西说，听人说，还没有正式交给国家，现在只是试运行，一天几次，有拉货的，有拉人的（客车）。大部分村人对线路、车速都没有准确概念，他们与铁路唯一的联系，是修铁路的赔偿款和在他们家住过的工人。我回去参加程程的婚礼时，走之前，还和大伯一起去看过这条铁路，已经完工、封闭了。伯父说，这是高速铁路，是从西安开到包头的。明西家因为被占了两三亩地，分到了一万多元。村里是这么分配的，被占了地的人家，要把赔偿款的一部分拿出来，平均分给那些没有分到地的人家。村里的分配方法，当然是按照上面的意思来的，上面让咋办就咋办。

原载《中国作家》纪实版2012年第12期

女工记

郑小琼

女工：被固定在卡座上的青春

时间张开巨大的喙　明月在机台
生锈　它疲倦　发暗　混浊　内心的凶险
汩汩流动　身体的峭壁崩溃　泥土与碎石
时间的碎片　塞满女性体内汹涌的河流
混乱的潮水不跟随季节涨落　她坐于卡座
流动的制品与时间交错　吞噬　这么快
老了　十年像水样流动……巨大的厌倦
在脑海中漂浮……多年来　她守着
螺丝　一颗　两颗　转动　向左　向右
将梦想与青春固定在某个制品　看着
苍白的青春　一路奔跑　从内陆乡村
到沿海工厂　一直到美国某个货架
疲倦与职业的疾病在肺部积蓄
卡在喉间　不再按时到来的月经
猛烈地咳嗽　工厂远处的开发区
绿色荔枝树被砍伐　身边的机器
颤抖……她揉了揉红肿的眼窝　将自己
插在某个流动的制品间

竹青

你　或者我　在出乡的洪流中

只是细小的流沙　被带往
遥远的城市　接受陌生的风景
不管愿意或者不愿意　我们必须接受
工厂的一切　在裹挟中从摇摆到改变
朝不可预知的方向流动　风在
流浪中碎裂成风景　生活已变成
生下来就得活下去 破碎的道德与风俗
在陌生的工业区楼群消逝　你已无法返回
过去的模样　也无法把握住现实
剩下愤怒成为对真实的渴望　那些日志
与 QQ 交谈　成为内心一小块风景
我们不断向生活的深处潜进　现实却
嘲笑我们　我们原以为会走向更广阔的城市
却不幸走进狭小的胡同　五年前
我们在网络上交谈　偶尔相见
有相同的看法　却常常无言
我们热爱世界　对庞大的事物
有莫名的忧伤　这些意味什么
立场偏左或者偏右的知识分子看法
它们似乎不适合我们的身份
从乡村到城市的农民工　某些时候
周围的人会觉得我们的争论有些可疑
似乎不应该出自我们口中　我们讨论的
应该是升职　发财　流水线　面对工友
我们被嘲笑　对这些我们报以微笑
却充满悲伤　两个办公室女工不关心办公室
政治与钩心斗角　而对体制充满热忱
这本身是对生活的背叛　五年后
我们偶然相见　你已丧失对过去一切的
兴趣　谈论香水　车辆　美容店
LV 皮包……生活总是令人期待
我们已被降解得面目全非　或许
正如现在的你所说　对于现实　我们只有

装作视而不见　才能避免痛苦　这仅是

成长的改变……

手记1：朋友竹青

七年前，我认识了她。她在麻涌纺织厂的流水线工作，看守机器，我在东坑镇的五金厂开冲压机。我们都喜欢阅读、思考。她经常去时政网站，比如天益社区、文化先锋网等网站，我在诗歌论坛上闲逛。我们在QQ上聊天，一对十足的愤青，我们有共同的话题，对现实中不平的事情充满愤怒，但无能为力。

我至今仍记得她的话："不要等待曼德拉，不要等待甘地，不要等待皇帝出现，每一个人都要成为自己的曼德拉或者甘地，为自己争取公平与公正，没有谁会比自己做得更好！"这段话曾让我热血澎湃。很多时候，我和她都被工友嘲笑，是不合时宜的人，其实我们自己又何尝不同样自嘲着，在周围很难找到可以交流的对象。幸而有网络，它打开我们与外界交流的窗口。竹青对体制、国家充满了热忱，而我仅喜欢诗歌，有时也会关注一下时政。她对现实充满愤怒，比如她去投诉工厂不遵守劳动法，但结果却杳无音信，她抱怨法律全是扯淡，社会缺少正义，在工厂里，她成了异类。

在这片土地上，不要说出现曼德拉，不要说做自己的甘地，就连一个文化先锋网在虚拟的网络上都难以生存，我和她，都有一种无力感，只能像丧家犬一样活着。她的愤怒很茫然，她经常抱怨底层人只能像狗一样活着，不能改变自身的这种环境。很多时候，个体的成功被无限放大，成为媒体与政府宣传的典型，装饰着无奈的现实。直到今天，我都努力地告诉自己，不要成为这样的人。我知道在现实生活中，对于大多数农民工来说，他们的努力是如此的无力，无论他们如何挣扎，他们的青春与生命，都会被拖入一个巨大的泥淖中。无法改变的现实像泥淖一样将他们的青春、梦想、希望吞噬，曾有过的不屈服于命运的念头，也这样被消除掉了，他们变得平庸，服从命运。他们的一切努力在现实面前都显得徒然无力。她告诉我，如果不读书，不思考，没有抱负，像机器一样劳动，她就不会如此的绝望，知道得越多，想得越多，她就越痛苦一点，抱负越大，挫折感就会不断地加深。

2004年她离开麻涌那个工厂，去了江苏昆山。她告诉我，年龄大了，需要换一种活法，我不知道换一种活法是什么意思。那时我还在五金厂敲打铁片、钻头，下班的时候，写着无用的诗歌，将内心的愤怒在纸上呈现。而竹青，我这位要换一种活法的朋友，就这样消逝在我的视野中。

后来，我们的另外一位朋友告诉我她在昆山的情况，她成了一个台湾人的情妇，台湾人在台湾有妻室，她成了台湾人在这边的妻室。我们有过一次偶然的交谈，谈论的是汽车、发财、房子……我与她，相隔在两个世界里。

当她得知我还在写着无用的诗歌时，她很意外。

而我同样意外她的改变。

现实中，时间不断降解着我们的生活，我们曾经的愤怒与理想在现实面前是那样的虚弱，我们不断地失望，失望多了，成了一种绝望，在绝望中接受，或者嚎叫。很多时候，正如现在的她所说的一样："对于现实，我们只有装着视而不见，这样才会快乐一点，何必让自己那么痛苦呢，反正，我们没有能力去改变这一切。"

周红

你向我叙述虚幻而摇晃的人生
命运像疲惫的车辆　拐向肉体的寒冷中
突兀而至的现实将你刺伤　堕落的天使
或者夜间的流莺　红色的霓虹和暧昧的身影
美容厅或者化妆间　小吃店挂着的招牌
辉煌的酒店　粉色的床铺……
繁华沉积着悲哀　沉默　孤独并且快乐的
人生　带一点风尘的味道　风尘这个词
有点奢华　有美丽的诱惑　微辣的天使
肉体与媚眼　那是 1987 年　17 岁
在广东某个有些肮脏的发廊　黑色的沙发
黝黑的树木　迷茫的阳光照亮变幻的街景
是的　你的同伴向我说起你当时的笨拙
你坐在异乡　初次离家的忧郁　如今一切
都过去　在发黄的海边照片中　你的笑　年轻
它似乎见证一些事情　饱含你的青春
对于这一切　你不耻辱　只是有点后悔
2001 年 你已堕了四次胎　腹部有些疼痛

三次是跟你所谓的男友　另外一次不知是谁
留下的　那团模糊的血块从你的身体里
掏出　你像丢掉了一个负担　你曾目睹
乡间流与刮的计生运动　它们只是一次很正常的
手术　2003 年私处的疾病　2004 年在湖南长沙
107 国道边某个小饭店　向来往的司机出售
肉体　2005 年你想返回正常的轨道　八年的
风尘生活　你有些疲惫　也有些厌倦
婚姻是一个离家四十多里的村庄　本分的男人
你的过去无人提及　也没有人想提及
这年月　在中国偏远的乡村　无数的女孩
与你相同的命运　她们在异乡出卖肉体
回到故乡是女儿　妻子　母亲　2006 年
你返回一个贤妻的角色　跟丈夫返回广东番禺
丈夫在某汽车修理厂　你在某个超市当营业员
租住在城中村　对未来充满了想象　婚后一年
未孕　被公婆唠叨　独苗的丈夫
2007 年在中药西药中度过　年迈的奶奶
去求巫医　这一年终于怀孕
最终习惯性流产　2008 年再次宫外孕
它们终于击碎了你　2010 年　在争吵与
打骂中结束了婚姻　你回到 107 国道的旅馆
半年后　不知所踪……

手记 2：一个湖南的村庄

这两年，因为写《女工记》，我会经常去湖北、湖南、江西等地，跟随工友或者朋友一起去她们老家，杨红与周红是我去湖南时碰到的两个女孩。我在《南方周末》看到过有关于湖南乡村少女到城市从事色情行业的故事，题目是《被“鸡头”改变的村庄》，时间是 2002 年。而我的工友也是湖南的，她曾跟我说起她们村里的故事，如同《南方周末》中写的那样，她们的村庄也是一个被“鸡头”改变的村庄。这两个女孩大约是在 1997 年或者 1998 年到广东从事色情行业，杨红是被“鸡头”拐去的，周红是主动跟同乡出去的。工友告诉我，在她们的村庄或者附近的村庄，有很多人在那几年去沿海一带从事这项古老的职业。

她们为什么失学而选择去沿海地区从事色情行业？朋友说起那两年他们村庄的故事。朋友的村庄在湖南北部，洞庭湖滨，一个水乡，平原地区，种植着棉花、稻谷，在那几年里，那里的农村有着沉重负担，农业税收、各类摊派等合在一起，农民种地越种越亏损。如果碰上收成不好，亏损得更多，而那些摊派与税收并不会减少。在朋友的记忆中，每年秋收后，乡村干部便会组织一队一队的人员下村来收税收摊派款，十几个人围着一户农家，有乡村抽调的干部，也有临时请来的党员之类的人，他们拿着农民所欠的账目，打开农民的谷仓将稻子装走；掀开猪圈，将农民家只有七八十斤重的还没有长大的猪牵走；有的年初刚结婚的夫妻的嫁妆，比如床、柜子、电视机等，都被他们搬上拖拉机拖走了，去抵那些名目繁多的税收与摊派。如果偶然碰上一两个农妇反抗，便让派出所的人带走农妇；偶尔会有老人站出来说要给人家留一点口粮，也会挨骂。在那些年，何止他们那里的农村，在我的故乡，四川乡下何尝不是一样。我生活的村庄，因为政府征收农业税与摊派款，导致村里出了一桩杀人案，一个农民杀死了收税费的村干部，然后自杀了，这是我们村庄几十年来第一桩凶杀案。湖北的李昌平曾写过一封至今仍有影响力的《一个乡党委书记的心里话》，发出“农民真苦，农村真穷，农业真危险”的感叹。那些年，比如学生上学，必须让学生多交一百块或者两百块学费才能发课本，其中这一两百块钱可以抵消父母种田所欠的摊派款，诸如此类荒谬而不可想象的事情在中国大地上演着。也是在那两年里，有无数个乡村的周红、杨红们走出村庄，她们沦落为色情行业的工作者。现在，在那个村庄，有很多女性曾从事过这个行业，她们结婚了，有的离婚了。很多女性像周红一样，因为从事这个行业，身体受到损害，无法生育。在那个村庄，我遇到五六个这样的人，实际上，人数肯定会更多一些。

有时候，我想问，她们为什么要出去从事这个行业，我问过其中的人，她们没有说。如果说村庄第一批从事这个行业的人还有耻辱感，那么在这些被“鸡头”改变的村庄，几年之后，人们对从事这个行业习以为常了。当我问一些十年前从事这个行业的女性原因时，我努力想从根源寻找价值观念改变的原因与过程，但我也不愿残忍地揭开她们内心的伤疤。

这么多年过去了，这些从乡村走出去的杨红、周红们，她们的生活如何？我想关注这些从事古老职业的女孩们回到乡村后的生活。在这个小村庄，我遇到很多杨红、周红们，数年后，她们从城市回到乡村。有一些像周红一样的女孩，从事这个行业时很年轻，没读多少书，不懂得如何保护自己，她们没有了正常生育能力。我遇到的从事这个行业的女性，她们似乎分成两个群体，一般来说，结婚后，如果生育了小孩，生活便走向正常轨道，回归到母亲、儿媳、妻子的正常角色，生活慢慢稳定下来。如果结婚后没有生育，几年后，大部分人都离婚了。在乡村，生育后代依然是一件很重要的事情，小孩很多时候成为维护家庭稳固的砝码。比如像周红这类女孩，我遇到过几个，她们结婚后，没有几年便离婚了，然后离开村庄继续从事这个行业。有些离婚再结婚，后来又离婚，我曾问过她们怎么办，她们总是幽幽地说，过一天算一天吧。

今年过年，当我再次去这个村庄时，我发现一个很重要的现象。有一个女孩在亲戚的介绍下，去长沙一所医院做了人工受孕，后来生育了一个小孩，再后来有数个从事这个行业的女孩结婚后选择去医院人工受孕，这让很多人看到了希望。唉！但愿她们能够成功。

杨红则是走上另外一条道路，她中间选择了外嫁，未婚先育。从事这个行业的，还有一些在乡村人看来是成功者的，我没有遇到她们，所以没有写。在这里，我依然想说说她们，其中一个好像嫁到广东一个富裕家庭里，生活不错，经常寄钱给家里。另外一个成为一个小官僚的二奶，为小官僚生育了一个儿子，那个小官僚帮这个女孩家里的亲戚谋得工作，工资很高，成为乡间艳羡的对象。

在这之前，我无数次想用道德等来评价这一切，但是在真实面前，常常觉得无言以对。

李燕

体内的黑暗像铁涂抹肌肉　血管　骨骼
那些让我迷茫的铁　用幽冷的微亮
照耀破碎的日子　1996 年从湖北来到广东
带着少女明亮的梦想　1999 年四川
山区雨中的竹林　躲计划生育工作者
怀孕八个月了　丈夫在遥远的广东
父母在遥远的湖北　剩下四川的
雨水敲打迷茫却充满爱的脸
2000 年　将七个月的儿子带往湖北
再返广东　2003 年在四川乡间建房

有点明亮的日子 她看见未来的美好
像广东的天气 温暖而丰盈
厂外　荔枝林和路灯照亮的机台
喧嚣的日子　拥有爱与眺望的心灵
2005 年还清所有债务　她感受婚姻的枝条
摇晃着　2007 年　十年的丈夫
外遇　离婚　她离开打工十年的地方
去了另一个小镇　她怀抱一颗破碎的心
坐上夜行的公汽　晃动不安的过去
让她迷茫的十年　夫妻分居的岁月
直到破碎的婚姻像阴冷的冬雨敲打她的脸
2008 年再婚　依然是四川的山村
男方离异　净户出身　与她一样
2009 年女儿出生　她的生活奏着新的音阶
——重新建房　养育小孩　要有信心
选择新的开始　为未来留出蔚蓝的天空
为漂泊的灵魂寻找一小块安静的容器

手记 3：李燕的故事

我和她相识于东坑，我们一起在五金厂做了三年多，直到我离开五金厂，后来她也离开那里。2007 年，我在常平桥沥做五金工具业务员，她们的工厂也搬到了桥沥，我们相隔很近，一直有联系。

在东坑五金厂，她是工厂的质检员，我是生产文员，她前夫是四川的。我们租住的房子是对门，我们一起上班，一起下班，放假时一起做饭。她前夫原来在我们工业区的另一个五金厂上班，后来去了寮步的分厂，每周都会回东坑。她那时年轻，自信，初中毕业后就来广东打工，先在广州一家五金厂做品质员，后来到了寮步，然后辗转来到东坑。她喜欢打扮，化比较浓的妆，在工厂员工里显得有些时尚。她前夫是一个模具师傅，工资是我们这些员工的数倍，属于工厂里的高薪一族，在我们面前，她会显出一种优越感，跟她在一起的时候，我只是一个倾听者。

她说起许多关于她的故事，比如在广州时，有一个香港人追求过她，她年轻，不懂事，香港人把她调到品质部，她以前是操作机器的（在那时，品质员的活比操作员轻松多了，工资也高一些），但她就是不喜欢那个香港人。后来同在一个工厂的前夫追求她，她说她前夫追她时有耐心，人好而且很细心，她被感动了，他们未婚先孕。前夫的父亲死得早，母亲带他长大，家里很穷，没有修房子。她怀孕后，独自一人回四川生小孩，丈夫留在工厂继续打工。因为没有办结婚证，怕计生办的人抓她，拖她到医院引产。她滔滔不绝地说起她躲计生办的故事，她听到邻居说计生办的人来了，她便朝后山跑，后山有一片竹林，她屏着呼吸，不敢出声，她听到计生办的人在对话，“应该没有跑多远，刚才还在这里。”“仔细找找。”她听到他们的脚步、咳嗽声、交谈声。她不敢出声，紧张得汗水流了一脸，她回忆时，眼里充满了兴奋。计生办的人找过她很多次，她都躲过了，后来吓得不敢回家，拖着大肚子，去丈夫的姨妈家呆了几天，去丈夫的姐姐家呆了几天，这样东躲西藏地在四川呆了几个月，直到把小孩生下来。我问她，难道你不怕吗，第一次去四川，老公又不在身边，人生地不熟。她笑着说怕什么，只要他们不抓住我人就行了，家里什么东西都没有，三间破屋，要拆就拆吧，以后也要起新房。她与我认识时，小孩已经四五岁了，寄居在湖北的老家。四川的家中也砌起了新房子，欠的钱也还清了，她赚钱打扮自己，让自己穿得时尚。

后来我离开那个五金厂，直到有一天，她打电话告诉我，她离婚了，我还不相信。她说她前夫有外遇了，是一个江西女人，那女人怀孕了。她选择了离婚，什么都不要，儿子判给了丈夫，她一个月给两百块钱。我那时在樟木头一家工厂做宿舍管理员，离东坑有一段距离，也很少有假期，我们在网上或者电话中沟通。

2007年，我到桥沥，她告诉我，她找了一个比她大九岁的男人，那个男人跟他妻子离婚不久，人还不错，也是四川人。再后来，他们工厂搬到了桥沥，我见到了她的现任丈夫，一个很老实的中年男人，在五金厂做管理员。然后她的生活渐渐改变了，跟现任丈夫生了一个女儿，一家人生活在五金厂，岁月渐渐磨去她脸上曾经的光泽，身体也变胖了。现任丈夫跟她一样，离婚，什么都没有要，一个人净身出户，还给了前妻三万块钱，他们欠着三万块钱的账。

前段时间，她打电话给我，她又怀孕了，然后说，前一个女儿还没有上户口。说起这些年的生活，她依然很乐观。

乞讨的母亲

衰老的脸上有难以表达的言辞
破旧的瓷碗中盛装孱弱的生活
无法澄清的命运 工伤的儿子
公道与公平 尽管离她有些遥远
钞票 人情 权势腐蚀着它
她依然坚信这些神圣的词
她用古典的方式来证明公道的存在
她跑部门 工厂 她用乞讨的方式
谋生存 生存目的就是讨回公道
如此清晰而泥泞的人生
讨 成为她在这世界对话的方式
她向路上的行人伸出破旧的瓷碗
她向高大的部门递上诉的状子
碗中与纸上有着一颗母亲的心
一颗公民的心 两年了
这位来自贵州的母亲
她的声音有些苍凉
她的面容如此坚定

手记 4：失踪的女工与寻女的母亲

我见过无数个母亲来这边，有来到陌生地方帮儿女看小孩的母亲，也有找工作的母亲，而我记忆中最深刻的两位母亲，一位是为工伤的儿子讨公道的母亲，另外一位是寻找自己女儿的母亲。

我在工业区的小商店买水，遇到一位老年妇女举着一块红色的牌子在工业区道路上走着，她头发凌乱，显得十分疲倦。她见到路上每一个人都会问："你们有没有见过这个人？"她指了指牌子上的女孩，一个年轻的女孩，大约二十多岁，披肩长发，河北人，纸牌上写着"马红英，你妈来东莞常平了，如果你见到后，请速找妈妈，妈妈的电话是……"。她在十字路口呆了一会儿，很快，有一大群人围着她，看那块牌子，议论着。她说她女儿的头发很多，有点胖；

她女儿很聪明，读过大学；她女儿自尊心很强……她不断向围观她的人说着她的女儿。她从口袋里掏出一封信，上面写着“东莞常平”。她跟我们说，她女儿三个月前写信告诉她，她在常平一个工厂上班，叫不要担心她，现在工厂工资不高。我接过信封，信封上只有一个收信人的地址、姓名，寄信人的地址仅有一个内详字样，这位妈妈从邮戳上得知女儿在常平，红色的邮戳印着“东莞常平——06”的字样。这位母亲不断地说着女儿在常平的工厂里，有人劝她说，这样很难找到，常平很大，有数千家工厂，几十万人。她告诉围观者，她准备每天找一个地方，又对围观她的人说，拜托大家，如果见到这个女孩，打电话告诉她。我跟她交流了一下，我说可以在网上公布一下，现在网络相当发达。她说好，然后走了。第二天，我又碰到她，她说她回去问了儿子，还是不能在网上公布，因为在网络上公布，怕老家那边的人看到，女儿很没面子。又说起女儿很要强，要是知道家里人以为她丢了，还找，肯定会寻短见，闺女以后还要活下去，这么大的人，如果村里人知道她的事情，怕出意外，她不断地重复着。“我都不敢跟人家说是来找闺女，我跟人家说是去广东看闺女。”她问我有没有别的办法，我说贴一些寻人启事。这些年在东莞的大街上，我经常看到这样的寻人启事贴在墙上、电线杆上、车站等地方。她说贴过了。我知道这些张贴的寻人启事犹如大海捞针一般，但是还是有人找到自己失踪已久的亲人。一周后，这位母亲再次找到了我，说她要回家了，然后给我留了一个电话，说如果碰到她女儿，打一个电话给她。

如今，四年过去了，我也不知这位母亲找到女儿没有。这些年，我遇到无数从家里过来的母亲，年纪都在五十岁以上，她们一直生活在乡村，也没有外出务工的经历，她们偶然来到这边。看到她们，我想起自己的母亲。

龙美红

七年的婚姻　并没有如父母想象的那样稳定
它四壁松动　原本的理想结构也摇摇欲倒
像一台可以预见马上要报废的机台
尽管你将螺丝一再拧紧　滴上润滑油
它注定磨损　相隔两个镇的距离无法保养
未来在亏损中　它像锯齿植物
将你的手指割伤　时间在工卡上剥落

从 1998 年到 2007 年　将你的青春卡住
从五金厂到毛织厂　从毛织厂到玩具厂
从流水线到卡座　你给自己规划出
一种谦逊的将来　对过去你有莫名的
恐惧与惊悚　比如暂住证　比如收容
比如荔枝林的墓地　黑夜屏住了呼吸
反锁的出租房……它们饱含政府的威严
你如此胆怯　时间无法喂养
迷茫与黑暗　你上班　劳动根本无法
慰藉内心　你无法用它对未来
有所期待　打工仅仅是打工本身
“广东挣钱广东花”你在工卡上
来回滑行的生活　未来一片空白
没有感觉　也没希望　每月的工资
从三百二十七块涨到两千二百四十六块
少半截的小拇指　赔偿了七千四百多元
那是多年前的事情　你已忘记　它曾经
呻吟　流血　如今剩下的只有疤痕
你经历　感受　体验　咒骂　幸福
叹息　疼　喜欢……各种形状与味道
你都已饱尝　七年的婚姻已散架
儿女一双　各自抚养一个　前夫已跟
江西女人结婚　或许不久　你将远嫁湖北
他与你同一个工厂　离婚一次
有一男孩在咸宁乡下　你不能确定回邵阳
或者咸宁　在这个生活十年的城市安家
这出乎你的想象　你依然上班
加班　没有期待也就没有绝望　迷茫与沮丧

手记 5：出轨的夫妻及其他

这些年，我遇到无数对出轨的夫妻，出轨的原因有很多，有因不在同一个工厂，长期分居两地而出轨的，有因物质的诱惑而出轨的，还有的甚至连自己都不知道是什么原因而出轨。在这之前，我总用传统的道德去评价她们的情感出轨，将她们划进道德沦丧的靶子之中，不断抨击。当我与她们深入地交流之后，才觉得自己的想法过于简单化。海燕跟我说，每次出轨之后，她总懊悔，会责骂自己，对丈夫充满愧疚。每次出轨后，她用拼命加班来折磨自己，让自己麻木，不去想这事，但越折磨却越想这事，有时，她感觉自己会崩溃。她也想与丈夫一起上班、下班，在工厂外面租一间小房子，现实却不允许。她跟我说，她觉得自己有点下流，经常想那种事情，每次想的时候，她告诉自己要控制住，却越来越想。她感觉身体里似乎潜伏着一头野兽，每到夜晚，那头兽便会跑出来折磨她。在这种自责与出轨的战争中，她痛苦而疲惫。在我们的交流中，她会一次次地跟我解释“但是爱与思念终究不能解决肉体的需要，我们长期分居两地，我也是一个正常的女人，有需要”。

这些出轨的夫妻，他们中间有的婚姻进入了“冷战”，有的解体了。一个家庭解体后，受伤害的往往是孩子。去年，我跟一个在工厂做人事的朋友交流，说起现在工厂的流水线工人，90后的工人增加，工厂人员的管理越来越难。她不断埋怨90后的工人难以管理，太自我。我问她为什么会这样，她说主要是成长环境。后来，我和她对她们工厂的三十几个她认为难以管理的90后工人进行了调查，结果有百分之三十五的90后工人生活在父母婚姻破裂的家庭，有百分之八十的90后工人从小就没有跟父母生活在一起，要么跟爷爷奶奶生活，要么跟外公外婆生活，或者跟其他亲戚邻居一起生活，一年跟父母呆在一起的时间不超过一个月。他们有一个共同的背景，差不多都是农民工二代，从小生活在破碎的家庭，与年迈的爷爷奶奶外公外婆没什么交流。读书时没人管，与父母缺少沟通，他们旷课去上网，或者打架，早恋，辍学……大部分人只读到初中，有的初中没有毕业便辍学，跟随父母来广东打工。我和朋友做这个调查的时间是2009年下半年，这群工人才十七八岁。他们中间只有一个小孩读到高中二年级才辍学；有十个孩子初中毕业后进了职中技校，读一年私立职校就出来打工；大部分初中毕业后就出来；还有几个初中没有毕业，先在家里浪荡两年，等办到身份证后，就出来了。

从夫妻长期分居，到孩子长期得不到父母之爱，当社会以一双“无形的隐性的暴力之手”将家庭中的夫妻关系扭曲，父母与子女的关系扭曲……他们充满暴戾的自我情绪会不会成为另一种暴力，将我们社会的秩序破坏？当我面对一个个支离破碎的家庭，我常常感到一阵寒冷，它来自我内心的深处。现在，面对数以亿计的农民工，他们注定还要过着家庭成员长期分离的生活，对农民工二代来说，他们依然会在物质上和精神上过着漂泊的生活。

当工厂主不断抱怨员工越来越难以管理，当我们的社会学者抱怨犯罪年龄越来越小，社会秩序越来越差，或者监狱里的人越来越多之后，我们做过什么，我们的社会为这些孩子的成长提供了怎样的环境？当一对夫妻在工厂里做了十几年，他们依然只能领着微薄的薪水，他们仍然不能在生活的地方安居乐业，他们还要忍受夫妻长期分离，忍受着与孩子骨肉分隔，他们还必须生活在没有家庭伦理的工厂集体宿舍……我无言。

这么多年，在这片土地上，诸如富士康这样的中型企业已成长为巨无霸企业，我看到一批批员工不断用青春浇灌着它的成长，这些渐渐老去的员工依然无法在富士康所在的城市安居乐业，他们被无情抛弃，只能回到贫穷的乡村，我无言。

熊曼

在雨水中奔波　被风吹得
摇晃　踉跄　一颗母亲的心
被揉碎　她和八岁的儿子在电话中交谈
空荡荡的心被儿子的哭泣
叫得更空　“过年妈妈就回家
你要听爷爷奶奶的话”她跟年老生病的父母
谈论庄稼地　稻茬　村里的人与事
夏日的蚊虫　河边砍伐的柳树
那些雨水从广东一直落到湖南
密密的雨丝　轻柔　从工业的广东
碰触贫穷的湖南乡村　通宵达旦的雨丝
带着一颗母亲的心　离别的心
疼痛的心　雨中年幼的眼神
异乡的雨　像琴键按在灰色的
工业区与遥远的乡村　叮咚作响
两颗离别的心在白茫茫的雨中彼此触碰
儿子的哭泣还停留在雨中　她三十二岁
五金厂打磨工　雨滴落在锃亮的铁片上

思念像锈迹遍布　遥远的乡下
年幼的儿子与年迈的父母
贫穷的庭院　残破的屋瓦
留守乡下儿子的哭泣
啊　十七年了啊　她已老了
雨落在湖南的屋顶上　清晰的时间
在回忆　缓慢的雨滴中　她拥有的青春
被一滴雨水收藏　沿着天空缓慢地
叙述　多么泥泞的一生啊　“你们在外面
好好上班　小晟我们会带好”儿子与儿媳
在遥远的广东某个电子厂　孙子在膝下
两岁的孙子在电话中哭着叫“妈妈”
父母三年前过世　在地下长眠
只有这些白茫茫的雨滴　在安静地下
它们轮回着　它们在天空中交谈
像一个古老的匿名者　在屋前房后
交谈她的一生　十八年的打工生活
她老了　回家　十八年后　她将长眠地下
儿子将回家……只有雨水顺着衰老的屋檐落下
积水处　像泪水　也像一颗颗
离别的心　溅起……

手记 6：渐渐老去的第一代农民工

我一直在持续地关注农民工进城的问题，一个从乡村进城的农民如何能够在城市扎根，一个底层农民如何能够转换身份，我找到一些成功个体，却看到更多失败者。在少数成功个体与绝大多数的失败者之间，我心里充满愤怒与悲伤，有几次我跟人家争论的态度强烈得如同泼妇，哪怕这样，我仍然掩不住自己内心。因为户籍政策，中国农民要转变自己的身份相当困难。现实中农民进城的途径也越来越窄。

我有一段时间特别关注第一代进城农民工的生存境况，他们来广东打工十几年，有的二十年，但我接触到的现实让我感到悲伤。比如熊曼，在她和她儿子身上，我看到的不是希望，而是一种悲剧的轮回，一种不管底层如何努力也无济于事的轮回。这个女工，20 世纪 90 年代初来广东打工，一直在鞋厂、毛织厂等地方生活，把几岁的儿子放在家里，让公公与婆婆照顾，两夫妻在城市的鞋厂等地方做了将近十八年，儿子也读完了大学。他们以前出来打工的目的很简单，就是努力想赚钱，供儿子读书，等他考上大学之后，能逃出乡村，找到一份稳定的工作，能够端着“国家饭碗”则更好。他们最低的希望便是儿子不要像自己一样，在工厂做“苦力”。他们拼命努力工作，送儿子上学，但是现实并没有朝着他们设想的那样发展，因为在她的想象中，读完大学后，儿子肯定会有安排好的工作，会成为城市人。但是儿子读完大学之后，并没有如她想象的那样端上“国家饭碗”，成为城市人，而是跟她一样，成为捧“泥饭碗”的打工者，为此，她经常受到村里人嘲笑，笑他们两夫妻拼死拼活送儿子去读书，结果钱没有存下来，儿子还得去工厂打工，读这么多书做什么，白白地花钱。因为在熊曼眼里，农村人只有读书才能变成城市人，才能端上稳定的“国家饭碗”，没有想到读了大学的儿子依然只能重复着与自己一样的命运。当儿子进到工厂后，熊曼便衰老下去了，她曾经希望儿子读完大学能够成为城市人的希望落空了，她仿佛被抽空了，衰老下去了。后来儿子结婚了，公公婆婆去世了，她老了，只能返回湖南的老家，重复着公公婆婆的日子，在家里带孙子，种点地，儿子却重复着自己的命运。在他们打工的城市安居乐业，在现实的低工资高物价面前，成了遥远的、不可触及的梦想。在这个家庭，我看到一种命运的轮回，一种无奈与辛酸。熊曼们在这个国家，不是一个个体，而是一个庞大的群体。当农村人上升的途径被越挤越窄，越来越艰难时，当中国阶层不断固化缺少流动时，当看到公务员事业单位的职员岗位不断“近亲繁殖”时，一个缺乏活力的衰旧的社会管理机器，使底层向上流动的力量不断被扭曲、压抑，愤怒情绪、不满情绪等不断在积聚，越积越深，我感受到一种来自暗处无形的暴力不断地在扩张，这让我深深担忧。

面对数量庞大的熊曼们的命运轮回，这些年我唯一的感受是：“当初挤进纽约的美国农民放弃乡下八间大房而选择进入纽约住在狭小的居所，是因为他们相信自己最终会变成纽约人，这是他们的希望所在，也是一个城市的活力所在；而在同样现实的中国，当我们选择放弃乡下楼房来到城市，我们却看不到我们会变成城市人的希望，没有了希望，剩下的只有绝望！”这句话，我经常说，也经常提起。要让底层人民有一个向上流动的机会，要让他们有一个可以预期的未来。

面对熊曼们的命运，我对社会管理者无言。

阿敏

在这个工业的城市　你和我都用诗歌
感受内心的忧伤　保持理想与美梦
我们习惯了工业时代的荒诞与尖锐
在制品合格纸或报表上倾听黑暗
油腻的诗句有机器的粗糙　在昏暗的
阴影中读书……在句子与词语间虚构
生活之外的场景　诗歌是有毒的鸦片
它包裹幻想　我们在纸片上
记录现实的生活……这些可怜的诗句
又怎能抚慰工业带给我们的伤痛
狭小的空间里　现实与精神双层困窘
“也许不该对现实思考　这样可能会让
自己快乐些”“你们想得太多　所以痛苦”
工友们如此嘲笑我们　我们在QQ对话
你来自湖南　洞庭湖边的乡村　十八岁年纪
打工两年半　初中毕业　大岭山的家具厂
你谈论起爱情　与这个城市的某位诗人
有妇之夫　他某天占去了你的贞操　你说
你要离开这个城市　伤心之城　我们谈论
《诗刊》《星星》　人生　诗歌是我们
唯一的止痛药……是的　对于一些诗人
我又能说些什么　有时我宁愿将自己困在
东坑的五金厂　用孤独来驱逐孤独
在白纸上写内心小声的哭泣　你终究无法
摆脱某个诗人带给你内心的耻辱　去了佛山
要在那里开始“新的生活”　你的QQ有着
黑色的忧郁　现实无非还是黯淡的灰色
不知在下一个工厂　我们的人生会简化成
哪一个标准的动作　“小琼姐　我现在
做推销　电话卡”“我想赚两年钱再写诗”
我离开了那个五金厂　过着漂泊的生活

你时常会在我QQ留言　时间越来越长
或者去长三角　回了湖南……终于
有一天　你消失在我的QQ中
这就是我们的命运　偶然相遇又各自离开
再次知道你 偶然在网络上　电话卡　传销
非法获利数百万　骗子　一千多人上当
我在网络上搜索这位二十三岁的朋友
某市首例组织领导传销活动罪的主角
判刑三年　我找出你曾经那些诗句
我不知道　对于你或我又有什么意义

手记7：阿敏的故事

2010年初的某天，我在网上乱逛，发现一个帖子，觉得里面的人物与我相识的阿敏相同，都是湖南某市人。因为生活漂泊不定，我有很多像阿敏这样的朋友，热爱文学，有自己的追求，在铁架床上、餐厅的桌子上写着拙嫩的文字，我自己也是这其中的一员，对这群人，我有着本能的情感。我曾有一个QQ，加了很多这样的朋友，我们通过QQ聊天，然后相互交换自己的诗歌，很可惜，这个QQ在2008年被人盗了，这其中的朋友很多便永远消逝了，阿敏是其中的一个。我在网上看到那个消息时，第一感觉里面所说的便是阿敏。因为QQ丢失前，我与阿敏有过几次网上聊天，我感觉她开始在做传销，一直以来，我把她当妹妹看待，没有想到她会变成网上传的那样，于是，我开始在网络上搜索有关这条信息的报道，很不幸，网上所说的那个人真的是我认识的阿敏，涉及数百万案值。我觉得心里闷得慌，想起这些年与她的交往，心中一阵悲伤。于是写下这首诗歌。写完后，我给朋友吴季阅读，他说，难道是X敏？肯定是X敏。是的，我这样回答他。吴季叹了一口气，说了一声真可悲。阿敏曾经跟吴季他们很熟，在工人诗歌联盟论坛上很活跃。吴季曾把阿敏的三首诗改成歌曲，在QQ上，吴季兄把他改编阿敏的《那一年的春天》《回到从前》歌曲传给我。在网上听着《回到从前》，我有一种恍如隔世的感觉，为阿敏，也为自己，为无数像阿敏这样的人。

写这首诗之前，东莞诗人汪洋在QQ给我留言，问我是否知道东莞另一位在工厂打工的男诗人石建强的联系方式。这位男诗人我相当熟悉，我们在2002年左右就认识了，那时我在反映打工生活的杂志《嘉应文学》《创业者》《侨乡文艺》等发表了一些诗歌，诗歌的后面，一般会留下通信地址。我收到很多打工朋友的信件，他们写信告诉我他们的人生故事，也有很多相同爱好者，比如现在的朋友池沫树、蓝紫等人都是那时通过信件认识的，包括之后对我写作有影响的打工诗人张守刚等人。汪洋问我的这位诗人，是我首批认识的在工厂写诗的朋友之一，那时，他在东莞大朗镇的街道上摆地摊，卖旧杂志，一块或者两块一本，在2003年前后，那时候，手机、网络在打工者群体中还不普遍，工作之余，大家一般选择阅读书籍或者逛街，我是地摊杂志的常客。石建强在大朗镇生活，我在东坑镇生活，许强在常平镇打工，三个镇相邻。直到2006年左右，我离开东坑镇，跟石建强都还有联系。我在《打工：一个沧桑的词》中曾提到我认识的几个打工诗人，其中包括与我通信较多的石建强。后来，我知道他去了东莞文联的《南飞燕》杂志做发行员，一份比在工厂打工更艰难的工作，没多久，他选择了离开。再后来，我去了广州，他也不知所踪。我的手机里存了他的电话，但现在这个电话却打不通了，连同他的人，好像消失了一样。汪洋在我QQ这样留言："汪小姐，请问你们是否有打工诗人石建强的联系方法，他已经两年没有和家里人联系了，只知道他之前在东莞有诗发表，手机也打不通，家里人现在也没有办法找到他，他爸爸已经去世了，她妈妈年龄大了，故我们现在也只有求助您这个圈子内的人，我看到您的博客中提到石建强在卖书，我想应该就是他，他之前讲过在东莞卖书和在杂志社、学校做保安等工作，石建强是陕西洋县人，麻烦你们了，帮我们找一下这个人。"这份留言是别人留给汪洋的，汪洋转给我，还有东莞海平面诗刊QQ群，那里有很多在东莞打工的诗歌写作者。当我看到汪洋留给我的信息，我想起与石建强交往的点点滴滴，然后想起阿敏，想起还有很多还在工厂坚持写作的工友们。

一直以来，别人把我当作写作改变命运的典型，我打从心底拒绝做这样的典型，我知道，在像我这样改变命运的典型背后，有无数个阿敏、石建强们，这使我心存恐慌。

年轻妓女

她们坐在那里嗑瓜子 打麻将
站在流动小贩的麻辣烫车旁边
纤细的手指涂满了指甲油 戴着

银饰品或者佛珠 裸着的手臂上
印着蝴蝶的花纹 黑色低腰短裤
将臀部的欲望勒出 蓝色的眼影
有对尘世的不屑与迷茫 或者
茫然地坐在门口谈论 有时我经过
她们的门口 看见她们涂得苍白的
脸 诱惑的脸 有如被高楼打扮的
城市或者国家 无法窥探出胭脂底下
苍白与孱弱 她们艳丽的服饰下
掩藏着疾病的躯体与灵魂
这么多年　我经过行政中心
面对四周的繁华 背后是贫民区与
挣扎中的人民……这些
让我活在深深的担忧之中

手记 8：南埔村的记忆

2007 年，我租住在常平天虹商场后面一个叫南埔村的城中村。附近有一个综合市场，市场旁边是大片的城中村，城中村里居住着很多出卖肉体的女孩，这些女孩大部分只有二十来岁，有的更小，十六七岁。每天我都会穿过小巷去常黄路坐车找工作。晚上回来后，从我租住的楼上，向下看到她们站在暧昧的夜色间，裸露暧昧的身体，男人们经过时，她们便会凑上去搭讪，在她们的不远处，有男孩看着她们，这些男孩有的光着膀子，胳膊或者胸口、背部有纹身，报纸上或者新闻中把这些男孩子称作黑恶势力。我在那个城中村里租住了一个月，因为害怕，搬走了。这一个月里，我知道了很多关于这群人的故事。站在这些小巷里出卖肉体的姑娘，有的是被骗过来的，她们来自工厂，电子厂与玩具厂的居多，另一些被网友骗过来，还有一些是老乡带来的，她们知道来这边就是从事这个行业。我隔壁住过一个湖北恩施的女孩，她以前在桥头的电子厂，跟工厂里的男孩谈恋爱，同居，怀孕堕胎，然后跟随男孩出工厂。失业后，被男孩带到这里出卖肉体。她们没有悲伤，也没有我想象中的耻辱等，她们把这当作一份职业，大部分想赚点钱后就不做这行，回老家结婚或做生意。但在灯红酒绿中混日子，现实并不会如她们想象的那样，无事可做的男孩打牌，玩老虎机，有的染上了毒瘾，这些女孩赚的钱大部分被她们背后的男人花光了。我知道有些女孩被暴力控制才不得不出卖肉体，有的被骗过来的女孩想逃跑，结果被这些男孩抓了回来，毒打一顿。从表面上看，这些男孩与女孩关系很好，她们称他们为哥或者男朋友，我租住的一个月里，没有碰到暴力殴打的。我隔壁邻居在玩具厂做工，她住得久一些，说经常碰到。我曾想去了解她们，但她们对不从事同一个行业的人，或用她们的话来说，我跟她们不是一个圈子里的人，很是防备，偶然之间，我们也有交谈，但终究有隔膜，她们也不会说什么。

我租住的房子旁有一个来自贵州的女孩，二十岁。跟她同居的是湖北的男孩，她叫他男朋友，他们在楼上租房子住，在楼下拐角处租一个低矮的平房作“生意房”。我经过“生意房”时会侧过头看看，打量一下里面，就是一张床，床头有一个小风扇。女孩每天九点多下楼，打开他们的“生意房”，有时搬来凳子坐着，有时侧倚在门口，如果有男人经过，她便会凑上去，有时会强扯着过往的男人。男孩在附近蹲守。在玩具厂做工的隔壁女工告诉我这些男孩为什么要蹲守在附近，因为怕这些女孩出事。如果女孩叫上嫖客，进门后，二三十分钟后还没有出来，这些男孩便会去敲门，因为这里经常发生嫖客打人或者抢劫女孩的事情。

后来住在我隔壁的一个湖北的中年妇女告诉我，这群人有很多故事，比如住在我旁边的这个贵州女孩为什么要用出卖肉体的钱养湖北男孩，因为贵州女孩怕有人欺负她，她指了指那个湖北男孩，说这个男孩纹身很大，样子看上去很凶，能镇住一些人，如果没有一个男人在身边，这些女孩怕遇上难缠的客人挨打，会被人抢劫。这个湖北妇女告诉我很多关于这群人的生活，比如谁的男朋友染上了毒瘾等。她在附近的一个工厂上班，在这里住了一年多。她说经常听到被拐过来的女孩不肯接客被殴打，也有一些嫖客不想给钱被打。这个湖北妇女很喜欢交谈，我从她的嘴中得知不少有关这些女孩的故事，有时我也碰到几个身体还有伤痕的女孩，穿着很暴露的衣裳站在门口。

有时候我经过她们身边，她们会谈论自己生意的好坏，然后说哪个去大酒店坐台，被一个香港佬看上，包养，送了一台车。她们谈论着，最后骂一句：“妈的，那车二十几万啊，像我们这样做，做几年都赚不到这么多钱。”

后来，我离开那里，但是这些女孩子的眼神给我留下深深的记忆。

凡慈香

我被这突然而至的忧伤击中 掀翻的三轮车
砸碎的玻璃 划开的轮胎 连同三轮车后面
张贴的性病广告 都被灰色大盖帽敲烂
它们豁开着嘴 像无声的尖叫 它们疼痛地
躺在柏油马路 她趴在地上哭泣
皱巴巴的衣衫与乱糟糟的头发 扭曲的钢圈
她用手指紧紧揪住绿色车架 衣裳纽扣
被扯掉 露出白花花的腹部 她的手背
渗着鲜血 砸烂的三轮车那么疼痛地躺在地上
她那么伤心地哭泣 我痛入内心
这个叫凡慈香的女人 来自河南
四十五岁 蹬着三轮车 我的邻居
她浓重的鼻音似压抑喘息的生活
多少次 我看见她在异乡的秋风中
哼着小曲 车后面是她的两个孩子
她弯曲的身体里饱含着蹬三轮车的母亲
粗糙的爱 她拐过铁皮房狭长的小道
颠簸的车轮像她的生活 阳光照在
她的脸上 黝黑中透出一股红
像她艰辛生活的光亮 我忧伤地看着她
我知道这样的事情每天都在发生 散落的三轮车
拦截下来的摩托车 倒在地上的凡慈香们
我啊 无法感受到大盖帽下的通知
禁止 没收 罚款……感受它们像针
扎得隐隐作痛　在心灵的深处
她们被暴力掀倒在地的车轮　空荡荡的
像无声疼痛的叫喊　啜泣　从凡慈香喉间发出

手记 9：城中村的邻居们

在常平，有一段时间，我租住在老瓦房的城中村，一间阴暗而潮湿的十几平方米的房间，没有床，两个长凳搭上几块木板，木板厚薄不同，一个煤油炉，一个油腻的门窗。我以前在高英村住过这样的出租房，2007 年做业务时，为了省钱，也租住过这样的房子。城中村遍布各种各样的人，小贩、三轮车载客者、补鞋匠、中年妓女、清洁工……我每天很闲，不跑单，就闷在租房里看书，有时跟她们聊天，家长里短，她们年纪比较大，看见满屋子书，说我读了书，应该找一份办公室的工作，工资高，轻松。那个叫凡慈香的女工跟我说，她有老乡在工厂负责招工，帮我问问。她很热心，四十五岁，河南人，有一双儿女。她们告诉我她们的故事。做菜贩的刘芳说，她原来想进毛织厂，没技术，年纪大，工厂不要，只好贩点菜。有时，我跟她骑车去常平木伦市场批发蔬菜，晚上七八点左右，木伦市场有很多从外地运来的蔬菜，新鲜的蔬菜摆得整整齐齐，批发价很便宜，出乎我的想象，有时低得我不敢相信。我跟在刘芳背后，她拖着平板车，跟批发菜的人砍价，我站在旁边听。有时我会问，为什么这么便宜都不赚钱，她会跟我算要交多少钱给市场，要多少摊位租金，摊位需要转让金，算下来实际没多少钱可赚，我无言。

我在那里生活了半年多，听到她们很多故事，比如补鞋匠与黄娇兰的婚姻。年老的湖南补鞋匠戴着黑色老花镜，他六十三岁，对生活充满了信心。他的妻子死于车祸，他跟我谈起他死去的妻子，说现在还没有找到凶手。他经常去派出所与交警队，但没人关注，也没人管，他有些失望，然后开始抱怨，说世界上没公平，如果有点关系，肯定能抓到凶手，或说有钱也行。他讲起妻子被撞死的往事，眼里布满哀伤，肮脏的手从油腻的鞋机上抽出，擦擦眼角，此时他全然没五分钟前那种对生活的信心。言谈中，他被现实纠结着，他说他小儿子不务正业，经常换厂，有时跟些不三不四的女人勾搭在一起，说这样下去怎么行，对小儿子充满担忧。有时他又说，在工厂里老老实实打工也存不了多少钱，一天累得要命，还是两手空空，然后又说起小儿子，什么正经事都不做，居然也活得好好的。最后总会归于叹息，说世界就是这样，让人看不懂。我常去那个鞋摊，有时会碰到老鞋匠与他的搭伙人黄娇兰，他们来自同一个市，不同县。黄娇兰是湖南娄底人，那里是湖南山区，家乡话也一样。黄娇兰以前在附近毛织厂做厨工，丈夫去世了，有两个儿子一个女儿在东莞打工，来东莞十几年了。以前在毛织厂查衫，后来年纪大了，眼睛不好，便做起了厨工。鞋匠的生意不错，补鞋时顺便缝补衣服，附近工业区的年轻人大部分不会缝补衣服，掉了纽扣，新买的裤子裤腿长了，需要裁掉一些，一般都找老鞋匠。黄娇兰比老鞋匠小九岁，她的三个儿子中有两个儿子不听话，大儿子在工厂做工养不活自己，小儿子十年前跟一个江西女孩未婚生育一个小孩，三年前分开，把小孩留给了黄娇兰，现在小儿子跟一个河南女孩谈恋爱，也未婚生育小孩了，二儿子在宁波那边打工，很少过来。老乡把他们介绍在一起时，对黄娇兰说，老鞋匠做了十五年鞋匠，应该存了些钱，也不需别人养老。老鞋匠租了一个老式的房子十多年了，黄娇兰带着小孩，跟了老鞋匠，不用租房子，老鞋匠也顺便帮她看一下孩子。介绍人跟老鞋匠介绍黄娇兰时，说她在工厂打工，三个儿子都成家了，没负担，自己赚钱自己用。两个人在异乡搭起了伙，没结婚证，把老乡叫来一起吃顿饭，便成了半路搭伙夫妻。搭伙后，黄娇兰才发现老鞋匠并没媒人介绍的那样好，老鞋匠喜欢喝酒，常常喝醉，醉了就会胡言乱语，有时还摔东西。老鞋匠发现黄娇兰两个儿子把小孩丢给黄娇兰，从来不过来照看，也不给家用，孩子花的钱还需用老鞋匠的。搭伙后，老鞋匠原不想让黄娇兰再去工厂打工，想让她帮他做饭，顺便帮他一下。老鞋匠怕老了以后无人养，把钱控制在自己手中。黄娇兰带着小孩，儿子又不给钱，便继续去工厂打工。有时，我经过老鞋匠家门口，看见他喝了酒，在骂黄娇兰的两个儿子。他不喝酒时，对黄娇兰不错，带着小孩在鞋摊边。老鞋匠是个善良的老人，对几个小孩不错。有一次，我看见黄娇兰七岁多的孙女在帮老鞋匠忙，便问她有没有回过湖南，她一脸茫然。问爷爷对她好不，她抬头望着老鞋匠，说："爷爷，你说呢？"然后跑开了。老鞋匠说，小孩子什么都知道，这孩子聪明。我们又聊起了这三个小孩，我问老鞋匠，他们父母打没打算领结婚证，小孩有没有上户口。老鞋匠说，没结婚证，小孩子也没户口。从老鞋匠的口中，我才知道，老鞋匠的小儿子也没有领结婚证就生育小孩，小孩没户口，也不准备上户口。我问老鞋匠，没户口如何读书，如何办身份证。他笑着说，现在读书上私人学校，不需要户口，有钱就行。我说这样初中毕业后不能上高中，也不能考大学。老鞋匠说，考大学有什么用，读完初中就出来打工，读完大学还不是要打工，都一样。老鞋匠又说哪个工厂的大学生工资还没有文盲的工人高。我说没户口，不能办身份证。老鞋匠说，办个假证，找老乡熟人介绍进厂就行了，再说等他们长大，我早死了，哪能管得了这么多。老鞋匠告诉我，又不是只他们一家，这样的人很多。老鞋匠与黄娇兰出来打了十几年工，对保留户籍的故乡，早没多少概念，全家都在这儿生活。年轻人的婚姻是合得来就一起过，合不来就分开，生了小孩就养着，读书送到民工学校，大部分读几年书就辍学了，进工厂，或找老乡学技术。当黄娇兰的大孙女走过来时，我问她喜不喜欢学校，她说，不好玩，为什么喜欢。她明亮的眼神没一点多余的话，而我的内心却有着一种无言的悲伤。我不知道，我们的户籍制度等政策会不会改变，也不知老鞋匠口中聪明的孙女未来的命运会如何，我看到的是一种可怕的世袭的贫穷。就我的了解，有许多像黄娇兰孙女一样的农民工子弟，他们就读的民工学校，有时一学期一门功课都要换三四次老师。他们没户口，大部分初中毕业或没有毕业就出来工作。

常平遍布酒店，许多从事肉体交易的女孩，她们租住在公寓里，离酒店有一段距离。街道上有许多化妆间，每到黄昏，那些女孩从租住的公寓里出来，去楼下不远处的化妆间化妆，化完妆后，她们便叫上一辆自行车或人力三轮车，有时是的士，去酒店。人力三轮车价格相对便宜，路程也不远，五块或三块钱，成为这些女孩最好的选择。我的邻居凡慈香是一个踩三轮车的女工，她四十多岁，身体健壮而肥硕，踩着三轮车在大街上拉客，傍晚出去，一直到深夜回来，跟酒店里的女孩一样。她来自河南，认识几个在酒店里出卖肉体的女孩，她每天接送她们上下班。她的小孩在河南读书，老公在附近工厂做搬运工。她租住在城中村，离接送女孩们上班的酒店有十来分钟的路程。因为东莞禁摩，也禁止三轮车上路，她得小心翼翼地走那些偏僻的小巷，以免被治摩办的人发现。但是，还是有不小心的时候，她赖以谋生的工具三轮车就会被交警或者治摩办的“大盖帽”拉走。她不理解为什么城市要禁止摩托车通行，也不理解为什么城市的马路越修越宽了，穷人能够行走的路却越来越窄。她常常跟我说第一次进城是在八九十年代，城市的马路上有汽车道、自行车道、行人道，而现在马路越修越宽了，汽车道由四车道变成六车道、八车道……有的更宽了，但是自行车道、行人道却不见了，而到了现在，居然连普通老百姓的摩托车与三轮车也禁止通行了。有时，她骑着三轮车出去，空着手回来，眼圈红红的，用手抹眼泪，不断叹气，并且责怪自己不小心。是的，当中国官僚们的公车以无限的速度增多时，终于将凡慈香们这些弱小老百姓赖以谋生的三轮车与摩托车挤出公共道路了，我对越修越宽的马路无言。

生活是艰难的，但她们对生活的态度及邻居间的关心常让我感动。后来，那里的房子拆除了，这些邻居们不知去了哪里。我知道她们无法挤进她们生活多年的城市，也无法将自己的一切安顿在城市，而城市中央的城中村得以改造、升级，变成高楼大厦，楼房越建越多，越来越漂亮，曾经在城中村生活的底层百姓被挤到离城市越来越远的地方，他们谋生的三轮车、摩托车也被挤出了城市的道路。这究竟是值得高兴还是担忧的事情？我无法回答，但是我有一种疼痛，一种被无形之刀切割的分裂之痛。

阿艳

这么多年　我已习惯许多人
用无法理解的方式生活　比如卖淫
抢劫　乞讨　行骗　对于你
我无话可说　一度无语
我又能说些什么　十七岁出乡
电子厂　外省男孩　恋爱　怀孕
销声匿迹的男友　挺起来的肚子
在腹中生长的生命　不知所措的担忧
生活对于十七岁的你犹如巨大的伤口
在发炎　在疼痛　你闻到腐烂的味道
刺在喉间　“生活总会有办法”
她如此对你说　“女人总会有办法”
她们说　“路总会有的”　她们
安慰你　尽管你不齿于她们的职业
但是现实的危机　像腹中的生命
日益长大　你出厂　住进她们的房子
没有理发工具的发廊　等候十月分娩
这个孤零零的小生命最终没有跟随你
他　一个七斤多重的婴儿换来一万块钱
“营养费”对你来说　是精神的营养
或是肉体的营养　怀胎十月的结晶
不知所踪　有人说送到了潮州
也有人说是湛江　茂名　抑或在隔镇
当你平静地叙述这一切　我和你仿佛
隔着一个世界的距离　虽然我们属于
同一个世界　我也能理解你现在的
职业　比如眼影　嘴间叼着香烟
或满嘴脏话　一万块　小孩　男性
营养费……它们构成玻璃或者墙
将我与你隔在陌生的世界中
“生活总是快乐的”你叼着烟

用修长的手指甩出一张麻将牌

你仿佛在说别人的故事

涂满厚妆的脸　我看到白色的冷漠

没有表情　也没有忧伤

手记10：阿芹与阿艳

2006年，我离开工厂后，有一次感冒去东坑医院，碰到我以前在黄麻岭工厂上班的同事，她去东坑医院做人流手术，我们交谈了几句，跟她一起的也是我以前的朋友。医院里做人流手术的人很多，另外一位工友说，大医院里做人流手术要排很久的队，没有在小诊所做得快，然后就说某某是在小诊所做的，很快也很方便。做人流手术的工友说，小诊所不好，C车间有个女工在小诊所做的，第一次清宫未尽，刮了两次宫，后来感染了，估计以后没生育能力了。陪她一起来的工友说，好多人是在小诊所里做的，她出问题，是运气不好。

她们的对话让我产生了做一个有关这方面调查的想法，我卫校毕业，学的是社区医学，了解一些简单的医学常识。我花了半个月做了一个小型的有关“女性生殖健康和人流”的调查，当时我找到十五个曾做过人流手术的女工，她们是我托工友、老乡们找到的，这样私密的事情，大家不愿意说。找到十五个愿意说的女工，我费了很大力气，我告诉她们，我不会写她们，只是好玩随便问问，不会把她们的姓名等有关信息透露给别人。受访的十五个有过人流经历的女性农民工中，有十一人是在不具备医疗条件的小诊所里进行手术的，只有四人是在正规医院做的人流手术。我有点吃惊，在这之前，我没想到比例相差这么大。

工厂里还有一些人因为害怕，或者出于其他原因，没有去做人流手术，比如我写到的这两个女工，一个叫阿芹，一个叫阿艳。阿芹是我以前的同事，她把小孩生在厕所，后来离开那个工厂，从此再没有了她的消息。她不是跟我同一个车间，也没有在同一个班，我上白班时，她上夜班；我上夜班时，她上白班。我不认识她，但我以前的舍友里有一个她的老乡，是她告诉我阿芹的情况。我一直想了解出厂后阿芹的境遇，但没有找到她，她消逝在茫茫人海中。大约在2007年，我在桥沥一个五金公司做业务员，租住在南门的城中村里，我楼下对面有一个小发廊，发廊里有出卖肉体的女子，阿艳是其中一个。阿艳以前在工厂打工，跟人恋爱，怀孕，生了一个男孩，卖掉了。一万块。我听到后很吃惊，有时站在楼上，看着阿艳她们在谈笑，好像什么事情都没发生过。后来从工厂出来之后，阿艳去了酒店，被一个台湾人包养了一年，一年之后，不知什么原因，就呆在这个小发廊里。每天看到阿艳，我会想起我的同事阿芹，我不知道出工厂后的阿芹会不会走上跟阿艳同样的道路，我一直告诉自己，阿芹应该不会。

我又想到在小诊所做过人流手术的女工们，不知她们现在生活得好不好。

张姨

她是凌晨五点死的　我还在
睡眠中　夜班工人正露出疲倦
她死于非命　过马路时
被一辆飞奔的货车撞死
她来自重庆　四十七岁
食堂的厨工　在工厂半年
每天清晨四点半踩三轮车去
五里外的市场采购蔬菜
她死得很惨　听人说
头颅撞烂了　大摊的血与脑汁
撒在黑色的马路上　在工厂
我来自四川　与她的重庆口音相同
她告诉我她在家里过得很好
跟丈夫吵架才出来打工　过年前回家
她告诉我她有俩小孩　儿子二十四岁
女儿二十二岁　都很听话
她告诉我她家里多少人　多少亩地
家里的山上种了很多核桃树
也不知丈夫收完没有
她说我人好　帮我介绍对象
说帮我找的是什么人
她说个不停　我只是倾听　微微一笑
在这都是年轻人的工厂
谁愿听一个中年女厨工的唠叨
与她交谈的人太少　她有太多话要说

每次她都跟我说不停　出事三天前
她告诉我　还做一个月回家
辞工书已经交到人事部
有人说她死了　我不敢相信
也许她还会在我耳边唠叨
我跑到出事地点　她的尸体
已搬到殡葬馆　她的亲人
从远方赶来　工友们
在谈论她的死亡　公路上
还留有她大摊血迹　但是我知道
不久以后　她将会被我们遗忘
在工厂　人来人走
已习以为常　她的血会
被车轮压进柏油路中　不留痕迹

手记 11：女工的非正常死亡

2007 年，我曾获过一个奖，我写了一段获奖感言："因为一桩交通事故，我知道了衡南县河口镇贫穷的河口村，这个只有一千三百多人的村庄，这个有百分之八十的青壮年在广东打工的打工村庄，1996 年至 2006 年的十年时间里，这个村庄有九个在广东打工的人非正常死亡。我不知道在全国还有多少这样的打工村庄，也无法统计到底有多少外出打工者非正常死亡于异乡。文字的力量在现实面前永远是那样脆弱。当我的手指曾经让机器压掉指甲盖时，我内心充满了对机器与打工的恐惧，这种恐惧从肉体延伸到精神。我在五金厂打工五年，每个月都会碰到机器压掉半截手指或者指甲盖的事情，我的内心充满了疼痛。当我从报纸上看到在珠三角每年有超过四万根断指时，我一直在计算着，这些断指如果摆成一条直线，它们将会有多长，而这条线还在不断地、快速地加长中。此刻，我想得更多的是，这些瘦弱的文字有什么用？它们不能接起任何一根断指，但是，我仍不断告诉自己，我必须写下来，把我自己的感受写下来，这些感受，不仅仅是我的，也是我在南方打工的工友们的，我们既然在现实中不能改变什么，但我们已经见证了什么，我想，我必须把它们记录下来！"

一直以来，我把这段话看作我在写作有关"农民工"题材的一个基本态度。

我当时说出这段话时，很多人关注到其中提到的断指四万根这个数字。

我更关注的是进城农民工中的非正常死亡者，他们命丧异乡。他们不像断指的打工者，去医院诊断，相对来说容易统计，而非正常死亡，他们遍布在中国乡村中，最后无声地消逝。《南方周末》调查过的湖南衡南县河口镇河口村，是中国一个普通的村庄，十年时间，有九个人在广东非正常死亡。这个数字触目惊心，但这十年内，究竟有多少人命丧异乡，我们却无法知道，也无法统计，我相信这是一个庞大的数字。当富士康在不到半年的时间内发生了十几桩自杀事件之后，当媒体热闹地报道过一阵之后，我知道这个工厂依然有跳楼自杀事件，但是他们在这个国家的新闻版面上无声地消失了，在这个年代，这样的自杀事件已构不成任何“新闻”了，他们被遗忘，最终被时代的胃消化得干干净净。

这些年，我遇到无数桩非正常死亡事件，比如我堂嫂死于从广东回乡的车祸，比如被老板的狗咬死的，被谋杀的，因过劳而死的，有的无声消失在这世界，不知被拐卖了还是死亡了。死者长眠大地，我只有用这些诗句来复述他们的一生，他们构成了这个时代的一个音符，在某些人看来，甚至有点不合节拍。但是对于这一切，我除了记录，又能做些什么呢？

艳芬

不愿清楚　也不想去寻找
真相　将生活撕得血淋淋
将日子过得沉重而悲哀又有什么用
我总在想象痛苦　灰暗的词语
“为什么要活得这么累　又能改变什么”
你如此对我说　我熟悉的一切却有
沉重的本身　我还有足够的耐心
对现实愤怒　或许某天我会跟你一样
感到厌倦　对世界没有热爱也没有愤怒
剩下活着本身　直到死亡将一切覆盖
这么多年　我们过得如此疲惫
小芳去了深圳出卖肉体　魏祺嫁到河南
郑梅回了老家　徐辉死于一场车祸
你常常说　“天知道　我会在哪天

死于一场意外”“这本是真实的生活
也是我们的命运　注定终老故乡”
无论我描绘或不描绘　该逝去的会逝去
要到来的定会到来　这些忧郁的词语
不能解脱我们的困惑　不能
将一场背叛的婚姻挽回　它不能救赎
我们的内心　现实教会我们更加无味的
现实主义　只有回忆安慰我们曾有过的年轻
它为漂泊的命运留下哭泣与欢乐
悲伤与喜悦　我们还记起出乡的车辆
高英村的铁皮房　治安队　康佳家具厂
时间的列车呼啸而去　整整十年
当我们再次相聚　在小餐馆回忆往事
你两次失败的婚姻　我至今的单身
时间在不同的角度将我们筛落
最终淹没在过去里　我用无用的诗句
回忆你或者我这十年的命运
仿佛黑白胶卷的默片　最终消逝了
这些年　你奔波的命运　婚姻
小孩　眼角的皱纹……我们都无法
看清楚生活的样子　它与我们擦肩而过
留下真实而虚幻的记忆　像昏暗的路灯闪烁……

手记 12：艳芬们的故事

2001 年，我在大朗大井头一家玩具厂做员工，那条玩具拉是工厂在大井头第二工业区租借的厂房里开设的，工厂总部在大朗水平还是水口，我已忘记。那时，找到一份工作十分难，我进玩具厂后，做助拉，第一次出来，不知助拉是什么样的职位，不过拉上的员工对我很好，我认识一些朋友，比如艳芬、魏祺、郑梅、小芳……她们分别来自湖南、广西、河南等地，有的出来两年多，有的出来才半年，我是刚从家里出来。我们住在一个宿舍，我一直把打工生活当作学校生活的延续，比如住一个宿舍，来自不同地方，只是把读书换作工作，把交学费换作有工资发，我单纯而简单。她们与我不一样，处处提防着人，遇到一些小问题就互不谦让，吵架，有时还会打架，从那个女工宿舍，我知道了“碾轧”这个词，那样直接、充满强悍的暴力，将你碾碎后，还要轧上几脚……每次她们吵架，我都去劝她们。宿舍里有十八个人，我们五个关系相当好，一起上班，一起去食堂，然后一起下班。遇到某个人被人欺侮了，会合起来碾轧那个人，打开水时，或排队吃饭时，要么睡觉时，如果不幸碰到那个人是一条拉线的，肯定在拉线上要小动作，让那人挨批评。在那个宿舍里，我知道了几个人团结起来对某个人碾轧的痛苦，有一个女工被另外一伙八个女工欺侮，只做了三天就哭着自动离开工厂。一个月后，拉线关闭了，我们都失业了。我们一起在大朗竹山村租房子，两张床，五个人，一个煤油炉，一个铁锅，一个电饭煲，一把菜刀，一个锅铲，一个案板，几双筷子，几个盆子，一人一个皮箱，一个桶，一个脸盆，这些是我们全部的家当。我们一起做饭，一起去找工作。住了三四天后，来自广西的魏祺被她男朋友接到樟木头去了，我们四个女孩每天沿着竹山村的公路出发，向四周延伸找工作。那时候，魏祺叫我“阿琼，阿琼”，我习惯人家叫我名字，还不习惯别人叫我“阿琼，阿琼”，她叫我时，我会开玩笑说，别叫我阿穷了，这样越叫越穷了，我们现在本来就穷。后来小芳与郑梅进了一个电镀厂，我跟艳芬在寮步一家鞋厂找到了工作，艳芬是我老乡，来自四川。在寮步那家鞋厂做了十多天，我身体不适，受不了车间的高温，得了热感冒，全身无力，请假休息，却请不到假，后来实在身体受不了了，便有两天没有去上班，第三天无精打采去上班时，班长说我两天没上班算自动离厂，没工资，连进厂交的一百二十多块钱的押金都不能退还给我。艳芬一直在那家鞋厂上班，魏祺三个月后也进了那个工厂。我们的房子租一个月，还没到期，我又独自搬到那个房间里，艳芬下班后，走四十分钟路，从寮步那个鞋厂到我们租住的房子来陪我，顺便告诉我附近哪个厂在招工，让我第二天去面试。那时，没有电话，我们也没有传呼机，所有的信息都需要亲自跑过去传递。晚上我们睡在一张床上，她安慰我，说我有文化，是中专生，能找到更好的工作，不应该呆在流水线上等。第二天早上，她又回工厂上班。我们一直有交往，后来我进了东坑一家叫康佳的家具厂做仓管员，跟艳芬一直有联系，放假时，不是她来东坑看我，就是我去寮步找她。她在鞋厂做了三年多，在鞋厂找了男朋友，然后结婚，后来离婚了，去了长三角，在昆山。去年我去上海，跟她打电话，顺便去看望她，我们聊起往事，聊起那时查暂住证，比如我们被反锁在房间里，听着查暂住证的治安队员敲门；比如因为被反锁在房间里，我们必须在狭小阴暗的房子里忍住不拉屎，因为出租房里没厕所，只有公用厕所，我们被锁在里面不能出去，有一次清晨，被尿意涨醒，憋到天亮。我们聊起我们的朋友这些年不断漂来漂去的命运，她跟我说起小芳现在消失得无影无踪，只是在2003年听郑梅说，小芳去了深圳上沙那个地方出卖肉体，而魏祺2002年嫁到河南以后，没联系了。再后来，说起她的婚姻，她留在四川的小孩，如今九岁了，她说她这几年有过两次同居的爱情，但是终究没有结果。她叹了一口气说，时间过得太快，还不知下一站将要去哪里。

黄华

你晃动空荡荡的左边袖管 谈笑
黝黑的脸上沾满水泥制砖厂
生活的灰尘 你坐在低矮的凳子上
肮脏的衣服沾满沙子与干涸的水泥
头发上的油腻 破烂的胶鞋与草帽……
丈夫在不远的工场劳作 我想从
你断臂中找出悲伤 事实上你并没有
你用一只手择菜 切菜 做饭……
你习惯了被机器咬掉半只手臂的日子
你向我叙述断臂的过程 你的平静让我
有些不适应 我深知律法与赔偿
你却用人情与良心来回答 “老板是好人
出了全部医药费 还赔了四万块钱”
“是我自己不小心 不能怪老板”你陷入
深深的自责 反复地唠叨
仿佛某部影片中犯错误的人 我原本想
安慰你 或倾听你的不幸
你的叙述中似乎工场主比你更不幸
你谈论四万块钱给你带来的用途
比如四川乡下的房子 大学读书的女儿
你感激四万块舒缓了家庭的拮据
我原来对社会有仓促的反感
总怀着厌倦与敌意 从这时起我必须

重新学习热爱 对现实保持一份爱意
你空荡的袖管 我明白另外的含义
我原本想告诉你律法与维权 按我所理解的
方式去生活 事实上我已无话可说
只是坐在那里倾听 你在设想未来
美好的情景 一个四十多岁的女工
庆幸断的是左臂 庆幸断的是自己
一个女人的手臂 如果是男人的——
自己丈夫的手臂 将变得更难些……

手记 13：黄华

三年前，我在湖北郊区的砖厂碰到她，她是四川达州人，四十多岁，甩着空荡荡的袖管，丈夫在水泥砖工场上班，他们全家都在那里，大女儿在这座城市的职业技术学院读大学，儿子读初中，小女儿读小学。他们夫妻在这个砖厂打了七年工，生产空心水泥砖。在这里很少有外地人，他们全家居住在工场搭的简易铁皮房里，与村居相隔有两百米距离，空荡荡的工地上，只有他们一所房子，他们很少跟村庄里的人交往。

我朋友说他们来自四川，我便过去跟她用四川话交谈。他乡遇故音，她很兴奋，滔滔不绝地说个不停。她说她现在这个工场的老板人好，很善良。工场老板是郊区普通农民，开了三个水泥砖工场，都比较小，工人来自河南或四川。我问她一些关于空心水泥砖的情况，因为以前家里建房子都是用实心红砖，对于这些空心水泥砖，我有点担心，这种担心仅仅是因为砖是空心的，质量没有实心砖好。她也说不出所以然，告诉我现在都用这种砖，成本便宜些，修房子合算些，大家都用，没有谁觉得有问题。对我的疑问，她觉得不可思议，说有人要这种砖，当然就有人生产。她又说起他们老板人好，生产的水泥砖相当结实。她这个老板做的砖，要预订，老板的信誉好。我问她为什么。她回答，同样是用一包水泥，别的工场比这个工场要多生产十来块砖，水泥用得少，砖不好，很容易碎，她老板每次都叫她要把砖的质量做好，人家买砖是用来砌房子，是大事情。她老板工场生产的砖落下来不会碎，很结实，水泥用得多些，质量就好些。她指着远方骑摩托车的说，那个就是她老板。然后又告诉我，开砖厂的老板，大部分人都买了汽车，她老板还骑摩托车，赚的钱没有那些人多。我看了看她的老板，一个四十多岁的人，前面头发掉了一大片，他伸手的瞬间，我看了他的手，指节很大，很粗糙，像做重体力活的手，他在装砖，一个很普通的中年农民。我又问道，这些砖运到哪里。她说她老板没有多少关系，大部分销给私人建房子，有些工场老板关系多人源广，销给城市的建筑商，那些砖质量不好。她告诉我，城市的房子是框架的，人家都说砖差一点没关系，但乡间就不同，质量要求高些，因为砖着力大些。我说那砖的价格呢，她说差不多。后来我问到她的手臂，因为朋友告诉我，她的手臂被制砖机压掉半截。我问她有没有赔偿，她说她老板心眼好，医药费是老板出的，还赔了四万块钱，老板一年没有赚钱，还亏了不少，她叹了一口气。她说有一对河南夫妻在另外的工场做，那个男的也被压断了半只手臂，老板不仅没有赔钱，而且医药费也是老板一半，工人一半，理由很简单，就是乡村的风俗，你给老板做事，老板付了工资，老板没叫你压断手臂，你自己不小心，与老板无关，出一半医药费是老板心眼好。我问起那对河南夫妻的情况，她说因为断的是男人的手臂，当然只能回河南。她又开始说，她的老板赚的钱没有那个老板多，但心眼好多了，全部医药费都是他出的，还给了四万块。她还说，要是断的是她老公的手臂，像那对河南夫妻一样，她都不知怎么办。最后她叹了一口气，我们这些离乡打工的人，命就是这个命。我本想跟她说她可以获赔更多，但终究没有说出来。

赵芳

对于未来 她已丧失了想象
对于现实 她已不再有苦闷
生活没有光也没有黑暗 剩下
一片幽暗 模糊而轰鸣的车间
汗水与卡尺 合格纸与返工品
二十五号的薪水 每天十一小时的工作
上班握着卡尺 下班搓麻将
川音遍布的铁皮房间 她似返回
四川悠闲的生活 十六年前
她来到这个叫樟木头的小镇
在磁带厂做插件工 二十四个
老乡 第二年她跟其中的

男工结婚 第三年生下儿子
返回樟木头 成为五金厂的
质检工 这个工业区又来了
六十多个四川人 他们是亲戚老乡
朋友与同学……在异乡生活在四川的
村庄里 打四川麻将 吃四川麻辣烫
听习惯了“啷个锤子”的四川方言
第六年 丈夫跟随着一群四川人
厮混 办假证 收保护费 有时
也介绍几个老乡进工厂收中介费
丈夫每隔几个月进一次拘留所
她去赎人 她打麻将或者上班
第九年丈夫因为勒索 判刑五年
在广东的另一个城市服刑
她在某个电子厂做质检工
每月一千多块 儿子在遥远的
四川乡下 跟公婆在一起
第十三年 丈夫出狱 她从电子厂
跳到印刷厂 生活还在重复
丈夫依然游手好闲 而她该上班时
上班 该搓麻将时搓麻将 “生活就是
这一个样”她摔出一张牌“想那么远
有什么用”她将牌推倒“和了！”

手记 14：一个女工的婚姻

2007 年 8 月份，我以前的一个湖南女同事要回家相亲，我跟她一起回湖南。她 1982 年出生，二十五岁，这个年龄，在湖南乡下看来，早该结婚生子了。这个女同事一直没找到合适的对象，把结婚耽搁了。她在流水线上，一直想通过婚姻找到逃脱流水线的生活，但她所有的人际关系都在流水线上，接触的异性大部分也是流水线工人，而她所在的工厂，女多男少，像她那样很普通的工人，很难找到合适的对象。

她回乡相亲，一个远亲表姨做媒人，男孩二十六岁，父母健在，一个哥哥已结婚，在佛山陶瓷厂打工。男孩读完技校去了宁波打工，在宁波打了七年工。两家相隔两个镇，大约六十多里路程。

我们俩晚上坐车从东莞常平出发，农历八月份，火车上挤满了回家的人。火车在黑暗中快速地行驶。坐在我们对面的是一个在东莞厚街打工的男孩，好像在一家鞋厂修边还是贴胶，来自湖南岳阳，坐在男孩身边的是一个河南南阳的女孩，跟男孩不是一个厂，他们很亲昵，是一对恋人。从交谈中得知，他们以前在同一个鞋厂打工，然后恋爱，这次带女孩回家过节，顺便见见男孩父母，看看男孩家里的情况，过完中秋节，再返回东莞上班，等到年底回河南南阳，去女孩家里。男孩说着这些时，女孩老是用手肘暗示男孩不要说。但男孩过不了一会儿，又会说起来，说他们本来不想回岳阳，因为女孩家里不同意他们谈恋爱，女孩有一个姐姐在虎门打工，要她去虎门进她姐的工厂。为了避开女孩姐姐，他们选择了回湖南。我的同事坐在旁边，默不作声地听她们讲，她脸上没有表情。我的这位同事，去年谈过一场恋爱，男孩贵州的，她跟男孩回贵州，从贵州过来三个月后，男孩去了深圳，她还留在东莞，分手了。

第二天早上，我跟女同事在长沙下车，坐公交车去长沙西站，到那里坐去她们县城的汽车。同事说她们那里很偏僻，在洞庭湖边。她说她家是移民过来的，好像以前是在湖南湘乡还是湘潭什么地方的，曾祖父那一代是移民过来的，她偶然听父亲说过。她不太关心，也说不清楚，只说她们那里以前是洞庭湖，后来围湖造垸造田才形成的村落。我们沿着长常高速公路前进，在益阳转入一条二级公路，同事跟我说以前回家需要过几个轮船码头，现在建桥了，路通了，不需要过渡船了。到县城后，在县城汽车站坐上去同事家的中巴车，大约有两三个小时的路程。汽车在平原上行驶，两边是树木、稻田、鱼塘、屋舍……汽车转过一座桥，同事说以前每次过这里，差不多要等一两个小时左右的轮渡，有时会更长。过完桥，同事就兴奋起来，跟我说起她故乡的事情，比如棉田、树木、湖洲、芦苇……还有她小时候的趣事。又过了二十分钟左右，同事对我说，男孩子是这个镇的，我们大后天可能要来这里，她表情很庄重。之前，他们通过电话，大约联络了半个月左右，然后网络视频聊天过几次，感觉还不错，她才回来的。后来，她不再出声了，我不知道她这次回家相亲仅仅是因为年龄大了，不得不回来相亲，还是真的想见见在宁波打工的男孩。到了镇上，我们打了一辆摩托车回她家。

第二天，媒人带着男孩过来见面。一个很朴素的男孩，有点腼腆，姓崔，以前在宁波打工，现在在昆山一家台资厂做事。男孩基本不说话，当媒人或同事问一句，他才回答一句。男孩子高大，还不错。同事对媒人说，表示满意。约定第三天去男孩家里吃饭，男方向女方下聘礼订金等，这桩婚事就算是订下来了。第三天，男孩子跟他的朋友来车接同事家人过去相亲。男孩家是很普通的农家。第五天，男孩子回昆山，他只请了八天假，必须要赶回去。第六天，我跟同事回广东东莞。

三个月后，农历正月初八，他们回家办结婚酒，同事在年前辞工回家准备嫁妆，我年后去湖南喝同事的喜酒。我知道很多打工者的婚姻就是这样，趁着假期回家相亲，然后各自返回自己打工的地方，过几个月后，再回去结婚。

酒席很热闹，有二十几桌，农村的流水席，我在同事的送亲团里。当我看着热闹的酒宴，看着穿红色结婚礼服的同事跟她的丈夫挽着手，端着酒杯来往于各桌前敬酒时，我才想起这对男女只是第二次见面，他们以后的生活就要捆在一起了。看着他们的婚礼，想起他们从认识到结婚，我都恍然如梦，我只是在心里默默地祝福他们，我知道，这是很多进城农民工的命运。

这些年，我目睹多桩类似同事这样的婚姻，她们出来打工，原本想融入社会，或能够在打工的城市呆下来。她们除了年轻，什么都没有。她们在工厂里，工地上……劳动，生活，数年后，耗去了自己的青春，融入城市仍然是一个想都不敢想的希望，所以到了一定年龄，都会有找一个“温暖的家园”的想法。她们回老家相亲，结婚，生育。有数个工友曾对我这样说，就这样外出打工，结婚，老了以后回去，把青春耗在这里，她们心有不甘，但却无能为力。这个温暖的家会不会给她们真正的温暖，我无法回答。

同事结婚后的第三天，我回广东。她辞去了这边的工作，跟新婚的丈夫去昆山打工。

2008 年 5 月，我接到同事的电话，她说她离婚了，说去宁波后，才发现两人性格不合，差别太大了，天天吵架，终于离婚。

这些年我见过许多这样的婚姻，他们中间有幸福的，也有不幸福的，更多的是找不到合适的人，就这样凑合着过，或者磨合几年后，就如同赵芳一样。

女工：忍耐的中国乡村心

黑色油腻的寒溪哭泣　暗藏血管里的
疾病　肺间塞满铅尘　你曾经清澈的眼神
像另一条被污染的溪流　迷茫而浑浊

瘦弱的身体像天空中被光污染的星星
机器磨损的苦涩　被拆散　分解　熔化
薄薄的薪水爱抚　眉间浮出古典的忧伤
饱含五千年的暗疾　吞噬着命运的尊严
你的生活有着乡间朴素的传统
却无法相信现代的法律　维权或者官司
都在想象之外　你和民族一样学会了忍耐
强权让猪尾巴似的辫子在男人头颅上
拖了两百多年　肺与血液间的疾病
身体里黑色的虚弱　跟废旧的机台　加班
欠薪　它们黑色的阴影带给你的伤害
这一切　都让你用中国乡村的心忍耐……

后记：女工记及其他

八年前，我写下一首叫《田建英》的关于该女工的诗歌，她是以捡破烂为生的四川达州人，1991 年来广东，1997 年到一个叫黄麻岭的地方捡破烂。我认识她是在 2003 年，她来广东十二年，四十六岁。我有很多旧报纸与书籍，差不多全给她了。她给我说她和她家人的故事，我写了她以及她一家人的故事。那时我没有想到自己会写《女工记》，只是觉得她和她家人的命运很悲惨。我当时是流水线工人，一天上十一个小时班，上半月是夜班，下半月是白班，我的工号是 245，装边制开关，拉线上百分之八十以上的都是女工，她们手工装配螺丝、弹弓……

2004 年，我一位在樟木头打工十多年的亲戚因家里有事辞职出厂，回四川老家。半年后再来这边打工，她已三十七岁，在工业区转了一个月，都没找到合适的工作。因为年龄偏大，所有工厂都拒绝招一个中年女工，她在这边有十三年的打工经历，做的都是流水线工种，没有技术含量。像那样的年纪，当时的工厂招普工几乎不考虑，工厂只招十八岁到三十五岁的女工，大部分只招十八岁到二十八岁的女工，她只好选择回家。我送她上车时，看着过早爬上她脸的皱纹和头上的白发，看着她走进火车站的背影，我一阵心酸。在她转身的那一刻，我从她身上看到我未来的影子，我强忍着不让自己流泪。她上车后把脸贴在窗口时落寞而无奈的眼神时时折磨着我，我写下两首诗，一首便是

《三十七岁的女工》，在另外一首《黄麻岭》中我写道：“风吹走我的一切/我剩下的苍老，回家”。是的，我注定跟她一样，最后只能带着苍老回家。城市终究是属于别人的，我只是过客，只是南飞的候鸟，注定漂泊不定，没有落脚的地方。我像无脚鸟一样飞着，没有停下的地方。这种过客心理让我对生活充满悲观情绪。我不知道该走向哪里，未来在哪里。走在工业区大道，看到一群群年轻女工，她们穿着工衣。看见她们疲倦的面孔，想到她们渐渐老去后回到北方的情形，我想起我自己，还有拉线上的工友，觉得想写一些故事，于是开始注意收集这方面的资料。

2006年，由于请假太多，我被工作了四年的工厂辞退。走出工厂的瞬间，心里空荡荡的，拎着行李走在黄麻岭的凤凰大道上，面对三大箱书和日常行李，我不知道自己该走向哪里，在生活了五年的城市里，我找不到一块可以安放我行李的地方。天下着雨，我把行李寄放在工厂附近的士多店里，给了十块寄存费，一个要好的姐妹陪我去城中村租房子，雨水打湿了身体，我惶惶如丧家之犬，不知所措。尽管这个地方不属于我，但我仍然不想回南充，我知道回南充以后，呆上一个月或半个月，我还得出来，还得来广东，毕竟这里经济发达些，更容易找到一份工作。我在工厂呆了五年多，五年多来的生活，基本是一个月上二十九天班，一天十多个小时，觉得很累，也想休息一下，这种想法也许出于无奈。日子有些灰暗，还不至于绝望。偶然的机会，我参加了《诗刊》的“青春诗会”，东莞何超群老师与方舟大哥为我争取到东莞文化局的一个出书扶助项目，能补贴一万多块钱，这笔钱差不多是我一年的工资。

2006年，东莞文学院首次对外公开招聘签约项目作家，一个月能补贴三千块钱，合约期限大约是一到两年，当时东莞不少人都暗示我能签上，我对此抱有希望。我也想安心写东西，没有急于找工作，选择在城中村呆下来，开始了自己的写作，写作诗集《黄麻岭》还有一些散文。出工厂一个月，我遇到两件事，我一位多年的工友离婚了，她跟我在五金厂一起工作了几年，我们关系相当好，她老公是四川人，她是湖北人。她是工厂品检员，她老公在另一个工厂做技术员，在我看来，他们是很稳定的家庭，他们的婚姻解体完全出乎我的意料。另外一件事，因为感冒，我去东坑医院，在医院遇到以前工厂的一位工友，她去做人流手术，我们聊到一些女工怀孕后，在小诊所做人流手术的事情，说到有一个工友在小诊所做的人流手术，清了三次宫，才清除干净，估计以后不能生育了，还谈到以前有一个工友把小孩生在工厂厕所。这两件事让我想做一个关于女工们的婚姻与生育方面的小调查。我通过老乡、工友的介绍，认识许多婚姻解体的女工，也了解到一些女工怀孕后做人流的故事。这些做人流的女工都很年轻，十八九岁，很多是初次出门打工，在工厂认识了一个异地男孩，同居，怀孕。有的怕家里知道或者家里反对，有的因男孩或者女孩离厂，永远地分开，她们只能选择去做人流手术。在我的调查中，这些在流水线的女工普遍文化程度较低，对生育知识知道得太少，来自农村的她们比较保守，对性行为的防护措施也相当少，往往很容易怀孕。调查一个月后，我便想写些女工的故事，我不知道有没有人关注这些女工，我开始有意识地选择跟踪一些女工，有意识地去跟老乡、老乡的朋友、租房旁边的邻居交流，通过她们的介绍，我认识了很多女工。我跟以前的工友联系，她们也帮我介绍一些女工。我当时计划花两年时间做这件事，如果能签上东莞文学院的创作项目，每个月有三千块的补贴，至少我不至于担心我的生活了，这样我有更多精力去做女工调查，完成一部关于女工的作品。2007 年，我申报东莞文学院的项目落选了。从三月份出厂，到七月底知道没有签上，我已经四个月没有上班，而东莞文化局补贴的一万多块钱也差不多用完了，我必须得找工作。于是，我去了樟木头，在那里的一个塑胶厂打工。有关写作女工们的念头就搁起来，我知道我要写，如果东莞文学院的创作项目没有签上，因为生活，我没有太多的时间去调查女工，我就不急于写这些女工的故事。我当时想写成散文或者故事之类的，后来才想到写成诗歌可能更适合。

半年后，我从樟木头辞职，来到常平镇，在一家五金公司做推销员。在我印象中，推销员有大量时间可以自由支配，这样，我有更多时间去完成关于女工的调查，还有一些其他计划中的写作。

我有意租住在混乱的城中村，每天都会碰到抢劫的、卖淫的、嫖娼的、做小贩的、补鞋的、收购废品的、做建筑工的、失业的、偷盗的、贩毒的……各种各样的人出没在我的周围，我也出没于他们之中。2007 年 5 月，因为一次偶然的机会，我获了一个奖，然后引起媒体的关注，很多报纸媒体去采访我，我怕我的邻居们知道我的真实情况，我不敢带他们去我租住的地方，如果让邻居们知道，我与她们之间会有隔膜，她们不会告诉我有关她们生存的真实境况。跟《南方都市报》记者见面，我约他们在桥沥的公园里；《南方周末》的人采访，成希陪我去长安，去见我的客户与朋友；后来《三联生活周刊》的朋友们过来，也是去的长安。我觉得我寄住的城中村才是我的生活全部，我觉得自己要慢下来，写作要慢下来，我放慢了速度去写作长诗《七国记》。正是跟这些媒体与外界的交流，我知道自己要写一部什么样的女工记了，当他们把聚焦的光线对准我的时候，我想如果不是我偶然获奖，也许没有人关注我，我会如同我的邻居们一样，默默地生存着，艰难地生存着，像她们或上进，或堕落，或成功，或失败……我目睹被拐骗的女工如何变成娼妓，目睹一些男工变为吸毒者，沦落为抢劫犯。在租住的桥沥城中村，我经常见到的一名女工被一个吸毒者谋杀了，我只有默默在纸上记下这一切。

我尽力地逃避着媒体的关注，我怕我的同事知道，怕我的老板知道，怕我的邻居知道。我拒绝很多媒体的采访，他们想采访我居住的现场，我都拒绝了，我知道自己将要写什么样的东西，我必须深入到邻居的生活中，成为像她们一样的人，只有这样她们才会告诉我她们真实的生存状态。我有一位邻居是卖淫女，我说我是业务员，我们经常碰面，她经常带不同的男人回来，我会跟她点头，也仅仅是点头，在这个世界上，所有的人都在防备着别人，都不想把自己的真实状态告诉别人。我这位邻居也一样，她心里充满了自卑，虽然她努力地把自己打扮得漂亮些，装作清高不理我的样子，但是我从她的眼神里看到了她的自卑。大约一个月后，我知道她是四川的，我们以老乡相称，她有时会到我房间借一些打工类杂志，比如《佛山文艺》《打工族》等，我们之间的交流慢慢多了起来，她会讲一些她们的故事。2007 年过年，她回四川了，然后回来，她告诉我她回去相亲了。我指着楼下那个与她同居的男人问，那个不是你的男朋友吗？她苦笑着说，是的，但我们不会结婚。后来，我才知道，这些卖淫者天天跟着的所谓男朋友并不是她们想结婚的对象。只是因为她们卖淫，会遇到各种各样的人，有时面对无赖的嫖客，有时遇到抢劫的，有时会遇到敲诈……做她们这行的，碰到这些事情，不好报警，所以只有选择跟一个男人，所谓能够保护她们的男人，这些男人就是外界以为的男朋友。她介绍我认识了几个她们店里的姐妹，有的是被拐卖的；有的原来在工厂，碰上一些专门进工厂勾搭年轻女工以谈恋爱为陷阱的男生，逼这些年轻女工出来出卖肉体；有的是主动而自愿的，被老乡从老家带出来专门从事这个行业；有的因为谈恋爱失败，破罐子破摔而从事这个行业。她们完全把我当作她们的朋友，有几次，我去她们的店里，那些嫖娼者把我也当作她们中的一员，我吓得跑了，她们在后面笑。从这个年轻的卖淫者口中，我知道了她们这个行业的很多秘密。比如有一对河南夫妻一起出来，妻子卖淫，丈夫跟在妻子后面，妻子一直想通过出卖肉体赚点钱开个小士多店，让自己的生活走上正常轨道，但丈夫却喜欢打牌、吸烟，不存钱，他们两夫妻经常吵架。大约半年后，妻子瞒着丈夫存了两万来块钱，再找她的姐妹借了一点钱，他们盘下一个小士多店，让丈夫看管。妻子继续做一段时间，还上姐妹的债务然后转正行跟丈夫一起开士多店。但没有一个月，丈夫天天打牌，不会经营，还跟一些人染上毒瘾，结果士多店只能关门，妻子生气跑了，没有经济来源的丈夫也离开了，后来我听说丈夫去了湛江贩毒，妻子去了另外的城市继续出卖肉体，有一个小孩在河南乡下。还有一个广西女孩，她是一个孤儿，从小父母双亡，是姐姐带大的。她一直想努力赚一笔钱，帮穷困的姐姐修房子，于是选择了走这条路。她没有读过书，什么都不懂，因为年轻，光顾的嫖客多。有些女孩爱惜自己的身体，一般会选择客人，或者控制每天做几桩生意，但这个广西女孩想努力赚钱，不挑选客人，有客人光顾她就接，她没有像别的女孩，用出卖肉体的钱养一个男朋友。邻居告诉我，因为那个女孩不懂得爱惜自己的身体，夏天出汗太多，皮肤溃烂了，私处烂了，也舍不得去医院，两三个月后，附近的小流氓知道她存了一笔钱，便敲诈她，结果被人敲诈了一笔钱。邻居说起广西女孩的故事，说，就是不养男朋友，赚的钱还不是给别人用了。自己不要命地做，还不是帮别人做。她说这些时，露出一副看不起广西女孩的神色。她们在一个店里出卖肉体，平时关系很好，我在旁边听着，什么话都没有说，我本身也无话可说。我只是默默记下这些。

当我与她们接触时，我知道我需要写下这些女工们的故事，那一年，我接触了很多媒体，也知道了媒体如何做这方面的新闻。比如媒体做一个选题，做工伤方面的选题，他们就会选择一个或者两个关于工伤方面的个体，用个体呈现农民工在工伤方面的境况。他们选择他们需要的对象，以及适合他们需要的部分，而其他方面被省略掉了。更多的时候，她们被媒体、报告、新闻等用一个集体的名字代替，用的是“们”字。我是这个“们”中的一员，对此我深有感受。当越来越多的媒体关注我的时候，我有一种惶恐，我知道媒体在选择报道我时，他们会把我当作一个选题，一个所需要的选题去报道，或者让我成为一个脸谱化的代表，比如女工成才的励志对象。我一直拒绝做一个脸谱化的典型，这种脸谱化的生活让我有一种说不出的憎恶，很不幸，我依然成了这一张脸谱。我知道自己需要努力深入到女工中，把这个“们”换作她，一个有姓名的个体，只有深入到她们中，才会感受到在“们”背后的个体命运和她们的个人经历。2007 年，也正是与她们接触的时候，我对世界充满尖锐的敏感。尖锐的敏感、过多的愤怒让我无法在最为世俗的业务员生活中如鱼得水。但这些女工与她们的生活带给我很多感动，我努力想靠近一些，更靠近一些。

2006 年冬天，从樟木头的工厂辞工后，我去了湖南、湖北。我跟以前的同事一起回她们的老家，一路上听到很多有关女性民工的故事。平时同事跟我讲她们的朋友、同学的经历，比如周红与杨红的故事，美丽与卫红的故事。在洞庭湖平原，从益阳到安乡，沿着湖区行走，见到了大片的芦苇林，开阔的平原。我在网上找到一些有关那里的历史与风景的资料与照片，同事陪我去看那里的防洪堤，谈论起被改变的树种，被改变的村庄。同事跟我谈起，以前他们村庄有很多种类的树木，比如榆树、槐树、杨树、柳树、椿树、喜树、杉树、苦楝树……同事和她的父亲说了一大堆在他们屋前和河道边种植过的树木品种，她父亲说，现在这些树种都很难见到了，河道与屋前屋后只剩下速生杨与杉树，杉树是用来造棺木的，如果不是要造棺木，估计只会剩下速生杨。何止洞庭湖平原，我的故乡，嘉陵江边的村庄，以前河边的桑树、梓树都被砍伐尽了，我们南充是绸都，嘉陵江边，屋前屋后，有过大片的桑树，如今都被砍伐完了，也只剩下速生杨。同事的父亲叹息村庄树种的变化，同事跟我聊起村庄人心的改变。她说她很多同学到南京、广东等地方从事色情行业。十年前，在她们村庄，很多女人出去从事这个行当，有姑嫂、姐妹搭伴而行的，有同学、表姐妹一起南下闯广东的，在她们村庄，最先外出的就是村庄里年轻的女性，她们从事色情行业。她向我描述她们村庄里的一切，那个平原的村庄让我想起《南方周末》曾报道的被“鸡头”改变的村庄。在湖北，我陪一个女同事回湖北老家相亲。十一国庆相亲，农历正月结婚，一年后，小孩出生。小孩半岁后，同事离婚了，从相亲到结婚到离婚，同事一直跟我有联系，离婚后，她去了长三角，彻底在我的视野中消逝了。这些年，我目睹无数我曾经跟踪过的女工从老家过来，她们与我相识，然后又离开了，最后消逝于茫茫人海中。有时候，站在拥挤的人群中，特别是节假日的公共场所，看见来来往往的人群，我有一种说不出的孤独感，这种在人群中的孤独感让我变得敏感起来。在人群中，我感觉我正在消失，我变成一群人，在拥挤不堪中被巨大的人群压碎，变成一张面孔，一个影子，一个数字的一部分，甚至被拥挤的人群挤成了一个失踪者，在人群中丧失了自己，隐匿了自己。生活何尝不是，我们被数字统计，被公共语言简化，被归类、整理、淘汰、统计、省略、忽视……我觉得自己要从人群中把这些女工掏出来，把她们变成一个个具体的人，她们是一个女儿、母亲、妻子……她们的柴米油盐、喜乐哀伤、悲欢离合……她们是独立的个体，她们有着一个具体名字，来自哪里，做过些什么，从人群中找出她们或者自己，让她们返回个体独立的世界中。

2008年，因为经济危机，我彻底失业了，六月份，我去了江西、河南、重庆等地，通过朋友介绍，我去了很多村庄，见到很多女工，听她们讲自己的经历、人生，她们工作的城市，她们未来的打算。她们中有曾经打工然后回家不再出来的，有成功在这边开工厂做老板的，有一个在外打工疯了，她疯的原因至今我不知，她老实巴交的父亲也不知。听到一些客死异乡的女工的故事，被拐卖的女工，有的沦落为偷窃者、娼妓。还碰到一个在工厂打工数年，回安徽后，跟随老乡一起做假尼姑骗人的女工。有跟丈夫一起偷盗的女工。有离婚的女工，有婚姻出现大问题却没有离婚的女工……我努力记着她们的故事。当我接触的人越来越多，我越来越迷茫，我不知道自己在做一件什么样的事情，我不知道我该用哪种形式来表达我所遇到的女工以及她们的命运，如何在纸上还原她们，用诗歌还是散文，还是纪实类的东西。2008年，我曾试图写有关女工的组诗，写了两首，是这本书中的第一首与最后一首。我发现这种形式并不是我所需要的，于是把这个题材搁浅下来，等待能找到一个合适的方式去表达。下半年，我去了广州，在广州一个杂志社培训，是一个有关农民工写作者的，培训后，我被留在广州的杂志社。我一直没有放弃我准备多年的女工题材，我知道我要写这些东西，也许它是我命里注定的。我选择每周五坐广深线回东莞，星期一再返回广州，我一直这样在广深线上往返奔波，在东莞与广州，工业区与大城市，流水线与写字楼之间不断往返。我把房子租在大朗，在常平横江厦或者天虹附近，我接触的女工越来越多。比如在横江厦，有很多曾经在工厂打工多年的嫁给香港人的女工，被包养的女工，我倾听着她们的故事，她们讨论着如何申请到香港长期居住，如何申请到香港的廉租房。这么多年，我学会了倾听，她们的内心深处充满了孤独，她们的故事无人倾听，她们积聚了太多东西需要表达。在工业区的市场里，我跟补鞋的、卖包子的、小菜贩们等交流，我租住在她们之中，在她们不做生意时，和她们串门交流。这些城中村的邻居们会跟我说起有关她们自己的和她们熟悉的人的故事，她们的婚姻，她们老乡与朋友的生活，她们被没收的人力三轮车、被砸掉的摊子、被掀翻的水果架。我跟随她们一起去蔬菜批发市场批发蔬菜。

通过网络，我认识了另外一些女工，比如四个都是被父母遗弃，别人抱养大的女工，她们因为共同的不幸的身世而走到一起。她们分别是重庆人，河南人，陕西人，云南人。她们四个人一起进工厂，一起出厂。她们对自己的身世都有着深深的自卑，那是她们隐形的伤口，她们不肯多说她们的身世，我曾努力想与她们沟通，但我不忍心撕开她们的伤口，我终究没有完整记下关于她们的故事，她们便在我的视野中消失了，我还没有完整地了解到她们的情况，我知道我与她们之间，还需要更长的时间才能建立起信任，后来我的一个QQ被盗了，便彻底地与她们失去了联系。我与她们只见过一次面，半天时间，我没有写下有关她们的故事，后来我接触了与她们有类似背景的女工，我找到了在单亲家庭长大的女工，写了她的故事，在写她的故事时，我便想起那四个女工，想起被人抱养大的同事。我那个同事很胆小、老实，跟老乡们一起来这边打工，她的老乡欺负她，她学会忍气吞声。我见到的四个被捡养的女孩子胆子很大，她们是90后的一群，她们四个人抱团取暖，完全不同于我了解的小敏与亚芳她们。直到现在我都懊恼自己没有好好地与她们交流。

2010年，我觉得我应该开始写准备了整整六年素材的诗歌了，我把我了解的女工们列表，把以前写在碎纸上的东西整理了下，有一些已经忘记了，剩下些模模糊糊的印象，有很多仍有着清晰的记忆。五月份，我写了《周细灵》等二十六首诗，我不知道我能不能把这些人物写下去，也不知道她们会成为什么样子，是小人物的志传，还是小人物原生态的呈现，我有些惶惑。我只是努力地告诉自己，我要将这些在别人看来微不足道的小人物呈现，她们的名字，她们的故事，在她们的名字背后是一个人，不是一群人，她们是一个个具体的人，她与她之间，有着不同的故事，不同的命运，她们曾经那么信任地告诉我她们的故事。"每个人的名字都意味着她的尊严。"这是我在流水线生活中最深的感受，在流水线的时候，我们被简化成四川妹、贵州妹、装边制的、装中制的、工号……我在流水线时都努力地叫工友的名字，很少用工位或工种、地域叫人，比如插钢通的刘忠芳，插旗仔的戴庆荷、陈群。在流水线时，每当人家叫我"装边制的四川妹"，我心里总有些不舒服，我更希望人家叫我的名字。正是有这种感受，我会叫工友的名字，当她们听到我叫她们的名字，她们的脸惊愕了一下，转而很兴奋，然后问道："你知道我的名字啊！"我觉得我跟她们的关系近了很多。我知道我需要写的是她们名字背后的人，而不是她们工位背后的面孔。到六月份，我写了三十几首后，我把这些诗歌给一些朋友看，比如《南方都市报》的余远环、刘炜茗等，他们在他们主编的报纸上大力推出这些人物，比如余远环兄长在他的时评版把这些女工记里的女工以时评的方式发了一个整版，刘炜茗兄长在他责编的《南方都市报》副刊用一个整版刊发了部分诗歌，他发短信告诉我，有很多人关注这些诗歌。我并非想为这些小人物立传，我只是想告诉大家，世界原本是由这些小人物组成的，正是这些小人物支撑起整个世界，她们的故事需要关注。现实中，无论是新闻还是报纸、杂志……太多版面都是关注名人以及他们的成功史，我用这些薄弱的诗歌去写一些小人物的故事，她们都有一个共同的背景，都是农民工，都是女性，我和她们一样，也是女性农民工，我们有着相同的梦，从农村来到城市，面对无法进入的城市，有着相同的苦恼，比如婚姻、工作……我们有着相同的背景和生活。

我只是努力地记下这些女工，当我在2004年写下田建英的故事时，直到2010年，我都在迷茫中，我不知道如何着手，我能为这些女工写下什么呢？我自己是女工，我能为自己写下什么呢？这些年，有的工友客死异乡，有的跳楼，有的被车撞死，还有一个被狗咬死了，有的在茫茫人海中消逝了，不知死活；也有的在异乡改变了命运，她们开工厂，开商铺，做到高级白领……我曾经因为她们的命运流泪，也为成功改变命运的高兴。当我穿过阴暗而低矮的城中村房屋时，当我打开铁皮房的门时，当我看到她们坐在门口、拉线上时，当节假日我们一起去公园、街头时，当我在车站看到她们背着行李回家时，当我在医院门口见到她们去做人流手术时，她们失恋时，她们被抢劫时，她们为了讨薪跪在工厂门口时……我不知道自己该说些什么。

有时候，我胆怯，害怕，觉得耻辱，有一段时间，我租住的城中村有很多从事出卖肉体的女工，路过的那些嫖客把我也当作她们中的一员。我曾想到退却，当我经过城中村低矮的巷道被抢劫时，当我租住的房间被盗时……我都想过要放弃。有一段时间，我因诗歌获得虚名，我感觉我跟她们有了距离感，我不自觉地把我跟她们划开，我内心有一种疼痛，我反复地谴责自己。直到有一次，我在一个成功者的办公室见到她对待她下属工友的态度，她的行为让我彻底愤怒了，正是这种愤怒，使我重新找回了自己，我为自己在心里与她们划开感到耻辱。是的，我一直在诗中说自己是一个怯懦者，我胆小怕事，比如租住在东坑一个城中村时，我的房间被撬开，电脑被盗，我吓得搬家了。当我从湖南到四川到湖北到江西等地，只是为了倾听她们的故事，去看看她们生活的乡村，这些乡村与我老家没有两样，我问自己为什么要去看，是一种态度，还是真的想去了解，我都迷茫过。我究竟要如何写这些女工们，我知道需要努力地记下来，我是一个笨拙的人。六年里，外界一直在变化着，比如由找工难到招工难的转化，农民工的就业环境有了一些改变，劳动合同法的制定，最低工资的增加，收容制度的废除，是的，看来一切都在改变。但是她们在底层的状态却没有改变，她们依旧用肉体直搏生活，跟她们交流，我无处不感受到压抑之后在她们心里积聚的暴戾情绪，这种暴戾的情绪一直折磨着我，而底层与底层的碾轧是那样暴力、血腥、野蛮、赤裸……她们让我担忧，我在一首叫《底层》的诗歌中有过表达："贫穷的生活正摧毁坚固的道德与伦理／马低头啃食着寒霜　苦与涩更添／人间的寒冷　在底层　悲伤／已沦为暴戾　不幸的人用伤口／测量着大地的深度　黝黑的春天／看见底层人群不断地分裂　他们是／麻木的器具者或者血腥的暴力者／我没有找到与世界和解的方式　深深的／担忧从我的心间投到马眼　我与马的交谈／就像一副衰老的马皮披上寒冷的树枝。"我不希望这些女工沦为麻木的器具者，也不愿意她们成为血腥的暴力者，但是现实中却不能找到与这些和解的方式，我只能深深担忧着在底层积聚的暴力，或者被压抑的暴力会成为一股什么样的力量，它会将我们这个国家如何扭曲！

原载《女工记》，花城出版社2012年版

深圳自然笔记

南兆旭

隐居在山野里的精灵

喜欢英国诗人西格里夫·萨松的一句诗："心有猛虎，细嗅蔷薇。"

在年平均气温22.5℃，从来不结冰的深圳，山野里一年四季都盛开着野花。世界上能开花的植物有二十五万种，深圳山野里开花的野生植物超过两千种。在山野里行走，盛开的花朵吸引了我们的目光，也是吸引我们了解植物秘密的开端。

作为植物繁衍传播生命的性器官，每一种植物的花都竭尽全力地展示自己独特的形态、颜色和气味，细细观察一朵花，你一定会相信世界上真的有全能的上帝，要不然，谁可以设计出这样奇妙精巧、浑然天成的结构？谁能描画出这样匪夷所思、千变万化的色彩？谁能调配出这样风情万种、勾魂夺魄的花香？

在这些千姿百态的野花中，有一些野花悄悄地盛开在人迹稀少的山谷里，掩藏在茂密的灌木和草丛中，它们美丽却低调、隐忍，对环境的清幽和洁净极尽苛刻。也许，这是它们自我保护的一种策略——与人保持距离可以躲开采摘和伤害。

田野好声音

夏日到来，万物茂盛，树林、草地、水池中的生命，轮番唱着大自然里的好声音，即使是住在小区里的人们，也可以从早到晚地欣赏到它们的演唱。

天刚蒙蒙亮，迫不及待发出鸣叫的就是鹊鸲。民间把鹊鸲称作"四喜鸟"："一喜长尾如扇张，二喜风流歌声扬，三喜姿色多娇俏，四喜临门福禄昌。"可爱而招摇的叫声导致它常被人奴役，养于笼中玩赏。

太阳出来后，蝉鸣成为主角，每个雄蝉都声嘶力竭，用鸣叫吸引异性，以获得交配的机会。

夕阳西下前，百鸟归巢，八哥、麻雀、红耳鹎、喜鹊各自成群，聚在一起欢快地鸣叫，似乎是在用只有它们才懂的语言叽叽喳喳地交谈，抢着述说一天里的收获和趣闻。

太阳下山后，鸣虫和蛙类开始登上舞台，蟋声轻柔，螽音清脆，蝗鸣响亮……是特别悦耳的“田野好声音”。如果正好有一场雷阵雨降落，蛙的求爱进行曲就会格外亢奋，像合唱团里的男中音，与鸣虫细柔的叫声配合在一起，此起彼伏，远比汽车马达、空调冷却机的声音悦耳得多。

数年的修行只为了这两周的歌唱和相会

在夏日的山野里行走，除去鸟叫之外，最常听到的就是蝉鸣。问过一起行走的同伴：蝉的寿命有多长？大部分人会回答：很短，一个月吧。

事实上，一只蝉的寿命最短三年，最长十一年，但它们大部分的时间都在暗无天日的地下度过，真正在阳光下歌唱的时间只有两周左右。

夏天，雌蝉产卵后一周内就会死去，卵经过一个月左右的孵化，长成初龄若虫，初龄若虫掉落到地面，马上寻找柔软的土层钻进去，开始漫长的潜伏生活，潜伏期从三年到十年不等。它在暗无天日的地下经过四次蜕皮，长成幼虫，在它认为成熟的时机，钻出地面，穿越各种危险，爬上树干，开始羽化。

蝉的羽化，也就是我们通常讲的“金蝉脱壳”，是一个令人感动的过程：爬在树干上的蝉蛹外壳从头胸处裂开，蝉像新生儿一样慢慢爬出来，玲珑剔透、图案美丽的蝉翼缓缓张开，一个生命从此正式成熟。

羽化后的蝉大都只有不到一个月的寿命，它们珍惜时光，拼命用鸣叫吸引异性。被歌声吸引的雌蝉会主动飞来和雄蝉交配，短暂的幸福后，雄蝉很快死亡，雌蝉在产卵后也告别“人世”。

蝉那漫长而又暗无天日的修行和等待就是为了一段短暂的歌唱和相会，真的有些禅意——天上地下、几经蜕变的一生生动演绎了佛教苦、集、灭、道的基本理念：肉体穿过凡尘，修行达到彼岸。

西方人对蝉的理解就有趣和轻松得多，因为只有雄蝉才会鸣叫，所以古希腊人留下一句谚语：蝉啊，你真是幸福，你有一个不会说话的妻子！

一棵树对深圳人有多好

深圳的树木对深圳人的好，印证了释迦牟尼佛的一句话：森林就像一个无限慈悲的生物体，它一无所求并付出生命的产物，它给予众生各种各样的呵护，甚至给伐木人遮阴。

深圳有一千三百多万人口居住，一棵五米以上的树，可提供四个人一天所需的新鲜氧气。

深圳有超过两百万辆机动车，每辆车每年一氧化碳的平均排放量在0.7吨以上；一棵高五米以上的树，每年可吸纳一辆汽车行驶十六公里所排放的污染物。

地处亚热带的深圳，夏日骄阳似火，而林木面积每增加1%，气温就可降低0.1℃。

每年夏天台风袭来时，林带可在树高二十倍的范围内减缓风速50%；在车水马龙的深圳街头，每五米宽的林带可降低噪音一至两分贝。

深圳是一个“贫水国家的贫水城市”，人均水资源占有量仅为全国平均水平的十分之一，树林是存储和净化水源的中转站，一万平万米的林地比裸地多储水三千立方米。一万亩树林的蓄水能力相当于蓄水量一百万立方米的水库。

一棵树可提供阴凉，可增加湿度，可让鸟儿落脚筑巢，可为动物提供栖息地，还可以救命——2012年9月7日，两位男子带着一个小孩开着电动三轮车在马峦山游玩，车子失控掉进三十米深的山崖，山谷里茂盛的树冠托住了小孩，两个男人在树枝的拦截下缓冲落地，保住了性命。

树木无言，我们要知恩图报。

红树林保护区里的秘密

如今的中国，几乎每一个城市都有麦当劳，都有CBD，都有档次不同的“天上人间”，但只有深圳，有全世界唯一一个位于市中心的国家级自然保护区。

由武警严守，用双层铁丝网封闭的红树林自然保护区对公众限制开放，是这个城市里人迹罕至的生态秘境。在这片差不多和华强北一样大小的土地上，没有一个居民，却飞翔着七十九种以上的水禽，五十五种以上的陆鸟，整个中国有白鹭科二十种，这里就有十五种；这里还栖息着六十六种以上的甲壳与软体动物，游弋着十一种以上的海鱼，有近百种小昆虫在各个角落里忙忙碌碌；整个中国三十多种红树，大部分种类在这里都有生长……

1984 年，深圳建市没几年，就将深圳湾畔的 415.48 公顷土地确定为自然保护区，1988 年升级为国家级自然保护区。这里最多时有超过一百八十种鸟类，其中二十多种属于国际珍稀品种。1986 年，世界野生生物（国际）基金会主席、英女王的丈夫菲利普亲王专程来深圳，到保护区观鸟。1989 年，丹麦野生生物基金会主席、丹麦女王的丈夫亨里克亲王也来到红树林观鸟。

每天，日出日落间，一千三百多万深圳人在两千平方公里的土地上演绎着没有终场的悲喜剧，与此同时，成千上万种生物也在红树林保护区里演绎着延绵不断的生命故事。草木、飞鸟、鱼儿、昆虫乃至我们肉眼看不到的浮游生物，在这里都能找到自己的栖息地，生生不息。

点点萤火的浪漫

曾经有个小伙子悄悄问我，在深圳，哪里能看到萤火虫，女朋友生日快要到了，想带她去看看，给她一个惊喜。

我说，在深圳，这样的浪漫只能在红树林保护区的核心地带实现了。在深圳山野行走这么多年，只在保护区内看到过成群结队的萤火虫。

萤火虫是对环境特别敏感的昆虫，要在夜晚看到它们，必须要有以下的条件：洁净的水源、茂密的草丛灌木和安静黑暗的环境。近来因为水源污染、光污染、天然植被减少和灭虫剂的大量使用，深圳已难觅它的踪迹。

动物异性间的吸引通常依靠气味、色彩和声音，萤火虫用光来作为沟通媒介是罕见的创举。在黑漆漆的夜里，雄虫打着灯笼四处徘徊，发光的频率和闪光的模式是只有雌虫才能看懂的密码，它们相互发现、判断，寻找心仪的目标。

海底的森林

与深圳相连的香港近海，有八十四种珊瑚，深圳的海洋面积、天然环境和香港没有太大差异，珊瑚的数量理应接近。但深圳湾以西，水质污染，泥沙沉积，加上珠江入海冲淡了海水盐分，已基本没有珊瑚生存，深圳的珊瑚大部分生长在水质相对良好的大鹏湾和大亚湾。

站在海边，我们望到的是碧蓝的海面，对海底的景象是那样陌生，辽阔的海底犹如大地，健康完整的珊瑚群落就像陆地上的原生态森林，它不仅为数不清的生命提供了栖息的领地，还给这些生命提供了延绵不断的食物链，一个珊瑚群体的顶部、底部、周边甚至内部都生活着大大小小的生命：用珊瑚沙把自己埋藏起来的河鲀、生长在珊瑚礁上像烟花似的管虫、在珊瑚礁孔穴中生儿育女的螃蟹、共生在珊瑚虫体内的藻类、一生都不会离开珊瑚礁的蝴蝶鱼……多种多样的海洋生物都围绕着珊瑚找到了生存之所，并在其中生生不息。

在海底，许多生命不会做长距离的迁徙。只要珊瑚礁还在，它们就会在其中一直活下去，一代又一代，哪怕这里的珊瑚已全部白化死亡，只剩下没有活珊瑚的珊瑚礁，它们也还会在这里坚持生活很多代。

我们采伐的珊瑚，对我们来说也许只是摆在桌上的一件工艺品，而对生活在其中的生命，是性命攸关的家园，失去后就无法再延续繁衍。

原载《深圳自然笔记》，深圳报业集团出版社 2013 年版

在大地上居无定所

程鹏

岳阳记

1

车进入岳阳地境时，我凑近玻璃去看一刹而过的湖泊、山泽、树木、野草。我对它们是陌生的，我又仿佛狠狠地闻到了它们的气味。我跟《诗刊》社的唐力和广州的黄金明发短信：我将在 9:37 到达岳阳。黄金明很快回短信：我已下了火车，正准备打的去南湖宾馆。真没想到他比我快。唐力说他们下午到。我晕，居然还有下午到的。下了火车，我看了下邀请函，坐 35 路车可到。我看看站台，没有 35 路车，就向的士走去。的士司机很客气地说十五元到南湖宾馆，我想了下，觉得很便宜，他又招揽了两个去往南湖方向的乘客。的士司机的客气使我原谅和宽解了他。车终于在岳阳的大街小巷穿过，拐了几拐，就到了南湖宾馆。我付了钱，的士司机说别小看这宾馆，它可是中央领导下榻的地方。我笑了笑，想到自己是个农民工。转而想自己今天是诗人，就做几天诗人了。于是很有信心地走了进去。

大厅里坐着两个人，都很高，一个平头，一个留着长发，单看他们的穿着，都很潇洒很有派头。我以为他们是《诗刊》社的成员，后来才知道是天界和张作梗。我说我是从深圳过来参加青春诗会的。他们马上说你是程鹏吗？我说是的。这时，我听到有人喊“程鹏”，我抬头一看，在走廊站着一个青年，他说他是黄金明。我和黄金明很简短地通过两次电话，看他和我高矮差不离，都是从广东来的。这样就有了种近距离感。后来有个穿得很厚重的诗人，好多天后才知道他叫鲁克，当初听上去以为是英文名。在分房时，我和黄金明被分在 2202 房，真好。因为黄金明的诗歌我都很喜欢读，语感好。搁置好行李，冲了个凉，我感觉很不习惯室内的空气，简直让人窒息。黄金明建议去南湖边走走。我们沿着南湖的栏杆感知着南湖的气息，它此刻是安静的，向我们伸出温暖的手。我们一直走着，我向黄金明讲着我在打工时的故事。直到我们感觉把栏杆走尽了，那边的农田又发出粪便味，我们不得不折回来。到楼下，一大群诗人报到了，他们纷纷向黄金明伸出友谊的手，黄金明的诗歌发表得不少，知名度高，第二天在新闻发布会上代表所有来参加青春诗会的诗人做代表发言。忽的有人说岳阳的一个女诗人是岳阳检察院的，请大家吃饭，于是大家闹哄哄地上了三辆出租车。这个女诗人就是岳阳的叶菊如，网名叫萧萧春雨。她一直跟着大家直到青春诗会结束，抱着很谦虚很认真的学习态度。我不得不跟她敬了一杯酒说，叶大姐，你真好。我一直以为青春诗会是二十多岁的年轻人参加的，看着他们都四十岁了还坚持着诗歌的精神，我很佩服。我最小又是打工者身份，所以他们叫我小孩子或打工诗人。会议期间我主动敬了三个人的酒。一是叶菊如，二是黄金明，三是李小雨老师。我对李小雨老师说的话是："我不会说话，但我很感谢您。"酒一直喝到黄昏，天界闹酒很厉害，他一直向李满强挑战，甚至骂李满强的诗歌很丑，酒也喝得很丑。于是他们就杠上了，猛喝了一阵，要大打出手。然后又相互大笑，拥抱在一起又猛喝了阵。他们喝掉了很多啤酒，酒瓶喝了个底朝天。喝到大家封天界为老大，韩玉光居然喝倒了，歪在那里，不肯说话。天界骂他是女子做的。黄金明不喝酒，我只是应付着，天界就说，程鹏你低调。出于工作原因，我很少和诗人聚会，不知说什么，也不知道怎么应付。酒终于把黄昏喝来了，天界还闹着要喝，最后被张作梗架着走了。回到宾馆，又看到黄金明和天界架着喝翻了的李满强，天界说李满强吐了他一身。李满强还说他没醉。天界骂道，你这厮刚开始酒喝急了，像没喝过酒似的。李满强说我高兴。到了晚上，我和黄金明就谈开了，向他问了一些我熟悉的名字，比如梦亦非、郑小琼、王十月、温远辉、谢望新等。知道郑王两人都在广东省作协《作品》上班，替他们高兴。黄金明告诉我诗歌不要有概念，不要局限在打工诗人这个圈子跳不出去，我支吾着，看了会儿1983年版的《射雕英雄传》，就睡到了第二天。

我不知什么时候跟唐力打过招呼了，他第一次给我打电话时，我就知道他是重庆的。有人说重庆的厉害，这次参加的有三个，一个金铃子，一个蔡书清，一个就是我。我望着主席台，有几个是见过的，比如叶延滨、张胜友老师等。但他们不认识我。我一直望着主席台，看着那三个大字："李小雨"，这个把我请到第24届青春诗会的老师，我不认识她，所以我心里总有种知恩知遇之感。我终于看到她了，齐耳的短发，一件棉质大外衣，走在北京的街头都能看到的一个很普通的去买菜的大妈。就是她有一颗平民的心。李小雨老师第一个介绍了我，着重说了我在深圳打工。我站在那里听着就不好意思了起来，摸摸后脑匀，幸亏黄金明拉了我一把，我才坐下。下午的会议里，李小雨老师主动找我说话，她说她发现了谢湘南、郑小琼，再一个就是我，于是她就问我，户口弄到深圳去了吗？我说，没有。她说你们深圳不是搞了个大赛的吗？我说农民工诗歌大赛我落选了。她大吃一惊，睁圆眼睛说，我觉得你不错的啊！我不知道怎么回答了。于是她跟我说诗歌，要我避免诗歌中出现的几个问题。会议间，金铃子叫了我，说程鹏，我们三个重庆来的一起照个相，我说好的，我和蔡书清分别点点头。我被分在周所同老师那里改稿，周所同老师问了问我在深圳的生存问题，他问我是不是读了很多书，我说我贪玩，我不是只写打工题材的诗歌。他看中了我很多诗，他说很打动人，在可选的问题上，他没选那几首，可能是诗歌偏激了的原因。他要我找到诗歌的和谐点，要我从各个角度去思考，用各种艺术手段进入诗歌。我听下了，我当时想，他并不是在打工现场的那个我，是旁观者的那个我。他给我的推荐理由如下：愈是生活的，愈可能是艺术的。以此来概括程鹏的作品或许是恰当的。他是一位打工者，每天做着最苦最累的营生。什么离他最近，最熟悉，最直接，最有伤痛感，什么就构成了他诗中最必要的元素。从扳手、老虎钳、钢筋、水泥、电钻等劳动工具，到钉、砸、锻、刨、凿等劳动姿势，在他思想情感之水的浸润下，在忧伤、快乐、希望的期待中，渐次复活，充盈、丰沛且沉重地站在我面前。这是他生活和生命的作业线，也是他诗意的作业线。应该说，他是可以期待的诗人，如果他能成为一个“贫穷，但能听到风声也是好的”的诗人，那就更值得加倍期待了。

2

去张谷英村参观时，我穿了我那件破烂的牛仔裤和一件风尚的名牌外套。有诗友过来问我，这条破烂的牛仔裤是不是比较贵些，我说一样的，我没有裤子穿了只好穿这件。车颠簸了两个小时才驶进了张谷英村。这是一个朝代留下的村庄，张谷英不满朝廷的制度，就隐居在此，人丁兴旺，子孙满堂。整个村子是一个风水宝地，张谷英是懂得风水的。占地面积很广，被称为民间的故宫。跟着讲解员走，我们进入到村里，整个宅子阴凉，透风，路路相通，有各种方形的天井把蓝色的光线辐射下来，让我们走在若有若无中，下面是吃水的井台。叶菊如一直拥护着李小雨老师，她的落落大方和湘妹子的热情一直感染着我们，她还能和天界他们对饮几杯。王燕生老师被天界和张作梗一边一个护着走。王燕生老师已经高迈了。金铃子总是闪动着她的相机，啪，啪啪，啪啪啪拍下很多照片。终于在张谷英的村尾，她就着池塘，就着柳色拍下三个重庆人的相片，也拍下了我和黄金明的相片。我们跟着讲解员走在阴凉的村里，看了古时在小说中没出嫁的妹子的阁楼，雕花很深，透着一股旧。我们看了绣楼，可是一个绣女也没有，空有迷情在。我看到几个老婆婆在忙碌农事，满是皱纹的脸，说不尽的沧桑，想到她们是不是当年的绣女和阁楼里的闺女。我们走着，就到了宗祠堂，看了张家的家规、年事、婚俗，在婚床上还坐着一个盖着红盖头的“新娘”。我想，我要是生在那时多好啊，那个新郎就是我了。还看到了他们耕读年代的犁、耙、锄、笔、墨、纸、砚等器具，哦，这是一个庞大的家族。

岳阳楼因范仲淹的《岳阳楼记》传古千世。“先天下之忧而忧，后天下之乐而乐”等耳熟能详的句子气贯九天。八百里的洞庭湖烟波浩荡，一眼望不穿它。我们吹着从湖里卷来的风，看着立在岸边的诗碑。历代几乎所有的诗人到了这都留下了精美的诗篇。我读着一句形容湖面的“镜未磨”，于是再也不去读其他的诗碑了。我们登上了城楼，黄金明打电话给我，说他被拦在外面，不准进来，叫我找下导游。我没找到导游，就找到唐力，唐力找到陪同来的两个市领导。黄金明说他上厕所了，就被落下了，我嘿嘿地笑他。登上城楼，讲解员要我们去远眺洞庭湖，我就把手伸出窗去，只感到辽远的洞庭湖的波浪，还很混沌。于是就下了楼，刚好二十三个诗友聚在岳阳楼前留影。快走出城楼了，王妍丁拉着我要合影，说我是最小的一个诗人，很有代表性。于是我摆了个姿势和她拍了张。在张谷英村时，王妍丁坐在一座旧墙前照相，那刻我看到了她具有女诗人从棉布里抽出的气质。

我最忘不了的是君山。我忘不了这个名字——君山，所谓君者，令人仰望不止。一路上我默念着，像个小女子似的，怀揣着，体贴着，温暖着。车到了洞庭湖边，洞庭湖的潮刚刚退去，于是乎就给我们分出中间的路来，我们是在车里又感觉在舟中，两边是整齐的芦苇荡，正在飞絮，我整个人感觉像在童话里了。傍晚，洞庭湖的水汩汩流淌，有几只鸟点缀着，于是乎大家忘情地惊呼了。车一停，大家纷纷跳下，争着前去观望湘妃竹。看着泪水斑斑的湘妃竹，我们都在为古代的这两个女子——娥皇和女英而感动着。奇怪的是湘妃竹只长在湘妃墓的周围，其他地方生长不得。我抚摩着这竹子，想着要用多少泪水才能打湿这竹子，尽管是个传奇的故事，可是世人宁愿相信它。金铃子错过了看湘妃竹，不顾导游的反对，拼了命要跑回去看。不知她感受到什么了，或者有什么撞了她的灵魂吧。导游说，李白曾几次要去祭拜湘妃而船不得靠岸，留下了千年遗憾不得见湘君的诗篇。我就去问黄金明，李白哪里来那么多钱到处游玩，他答不出来。又问李白是怎么死的。他说李白是喝醉了要去捞井中的月亮，这是一个传说，但我很相信，这就是李白的死。我点了三炷香祭拜湘妃，心里念着家人的名字，也念叨着和平盛世。庙里的小师傅要我花三十元买三炷大香祭拜，我就买下了。他又向我推销三百多元的蜡烛，他见我没反应，就向我推销一百多元的小蜡烛。我一下感到我们被蒙了，我就说我可不可以不买呀。于是他就带我去抽签，抽了签要我去解签。这时我看到一个和尚，面容矍铄，口中念念有词，正在给其他的诗友解签。他一会儿说你老人不利，你去买一支三百多元的大蜡烛，祈祷你上人长寿；一会儿说你小孩不吉，你去买一支两百多元的蜡烛，为你小孩祈福。然后郑重其事地把签放在别人手心里念念有词，别人捧在手心里，那份被骗过的虔诚看着难受。我看定了他的把戏，看他解我的签，心中想着不管你怎么解，我就不买蜡烛。也许他看清了我这点，于是念了几句，说我的签好，还对别人说，这小子一生平安。从庙里出来，张作梗说他花了三百多元，有几个诗友暗笑。我们去了柳毅井，传说穷书生柳毅用被困的小龙女的簪子敲三下柳树，通过这口井到龙宫禀报龙王，才解救了小龙女，于是这口井就留在了人间，就有了柳毅传书的故事。讲解员说，传说归传说，但这个井是通向洞庭湖的。有喜欢打牌的就去洗下手，再摸摸鲤鱼的嘴，手气就好了。于是真有诗友去洗手了，大家就哄笑他，哦，原来你是一个赌棍啊。我看见李小雨老师去摸鲤鱼嘴，我也情不自禁摸了下。到了一口古老的钟前，这钟被称为飞来钟，讲解员要大家去敲钟，看谁敲得响些。王文海敲得最响亮。讲解员就问，老兄你咋敲那么响啊。告诉大家，据说，谁敲钟敲得最响就是这两天做了亏心事。于是大家就哄笑着王文海。哦，君山，你有太多传奇的故事了，我们看也看不够，听也听不完啊！但是我们却要随着暮鸟萧萧而归了。

我们很大的遗憾是没有去屈子祠和杜甫墓凭吊。那天去时，天将小雨，车从平江过来，一路上我还在想着平江起义时敌人对待革命军的刑具，比如电椅、脚镣、烙铁。我没法想象填胸石是怎么塞进革命家的胸膛里去的，人性是多么的残忍。我一路愤怒着，沉默着。车在一个地方塞紧了，等了三个小时。导游说不得不取消去屈子祠，那里山路远而崎岖。可能是我们造诣浅了，与屈原不得相见，是的，我们拿什么样的诗歌去祭拜。杜甫墓在修建中，也不得见。有一条江叫汨罗，以前我把它读作泪罗，我很相信我的误读，像中了邪。奇怪的是两大诗人就死在这里，他们是屈原和杜甫。我们趁着黄昏去参观了任弼时同志的博物馆和他的故居，天气寒冷，我们在寒风中倾听着革命战士的生平事迹，当我看到收容过他的5号监狱，我一下想到因没有暂住证而收容过我的黑房子。风从头顶狂刮过来。

3

我还记叙下两次吃饭时的乐事，有次在宾馆吃饭，远远地看到端过来螃蟹了，我觉得我整个呼吸都停止了，盯着不眨眼。但我又不好意思先下手，静观着别人，先看别人怎么对螃蟹下手和怎么分解它的。我看到有两个老师动筷子了，于是也毫不客气地夹了一只放在碗中，但不懂怎么吃它，怕自己出洋相。只见一个老师揭开螃蟹的壳就分吃开来，冒着蟹香。我照着吃。没想到我一只螃蟹吃完，老师还在那里津津有味地啃着螃蟹的腿。看来我天生就会吃螃蟹的啊。想起小时候去小沟抓螃蟹，如果一个幽深的洞里藏着一只螃蟹，我非得把它擒到手，哪怕它把我的手指夹出血来。我吃完一只，还想着吃第二只。见别人没动手，又不好意思去夹。直到要散席，我见还剩下两只，赶快拿来，把它吃了个干净，服务员不断地给我换盘碟，但没有任何人注意到我，心中为吃了三只大螃蟹而窃喜不止。还有次在张谷英村，我和李小雨老师在一桌，我坐在唐力旁边，吃到中途，来了几只狗。狗也是我在乡村时的热爱。它们让我想起我曾养过的老黄和小黑来。一只大狗欺负一只小狗不给它吃，于是我的同情心就上来了，就给小狗分了很多吃的。舒黎怕狗，尖叫着，还说我干吗呀。唐力以为是他触犯了舒黎，对她说对不起。当狗再靠近舒黎，她再尖叫时，我们都笑着说是唐力来了。那只大狗见小狗有得吃，就和小狗打起架来。我就故意搞大狗，给它扔一块肥肉，它一口叼着吃了，扔骨头它也叼起来，放在一旁，嗅了嗅，小狗趁机从它眼底叼走，它理都不理，于是我给它扔一只辣椒，这下它觉得上当了。

十七号坐大巴车回来时，李满强在车厢里主持唱歌，李辉激情万丈地朗诵了吉狄马加的诗《牛》。他的声音穿透了整个傍晚，使我立刻想读到吉狄马加的诗了。没过多久就收到李辉的告别短信，大家笼罩在一层离别的愁绪中。告别会在十八号下午，几个老师发言讲改稿时的感受，周所同老师赞扬了我，并鼓励我说生活虽然给了我苦难，但也给了我财富，听得我的心都在流泪。王青风老师对我说，你有什么事就打《诗刊》的电话，《诗刊》会管你的。我很激动和感动。到我发言时，我不知道说什么，只说了诗歌是从我内心爆发出来的，我会记住你们的。每个学员发表各自的感受，有的唱歌，有的讲故事，有的甚至唱了诗。离别在眼前，大家的心里都不好受，只是谁也没爆发。终于，林莉要走了，她匆匆做了两个姿势，一个是向老师深深地敬个礼，一个是做了个“我爱大家”的手势，于是很多诗人都哭了，很多人拥着出去告慰林莉。鲁克的眼泪挂得很长，金铃子眼睛红润润的，黄金明也在抹眼睛，李满强把握不住主持了，我的泪终于夺眶而出。匆匆，啊！匆匆！我们还来不及交流就又要散了，来不及记住相互的容颜又要散去，来不及亲切地叫一下彼此的名字，来不及啊，来不及。天涯啊天涯！海角啊——我的诗人们啊，坚强啊，勇敢啊。金铃子告别时说，我还没和程鹏好好交流呢，我对她和蔡书清挥挥手，他俩在车厢里挥手了很久。陆续送走了很多诗友。晚上，剩下的去看了首届岳阳文化艺术节开幕式，我的座位是一排一号，大家都说程鹏都把第一拿完了。天界又喝醉了，命令我跟黄金明换个座位，他就和黄金明说个没完。黄金明和他东一句西两句地对答，他感觉无味就打的独自回宾馆。我有点困顿和风寒，就懒在座位上迷糊地看了气势磅礴的《家在长江边》大型舞剧。十九号上午，黄金明说要去送一个人，拎着行李就把我留在宾馆。我看了一会儿电视，的确无聊，就收拾行李。我放掉了我在南湖抓的小乌龟，那小乌龟做了几次沉浮，我多情地以为是在向我告别呢，其实是它蜗居惯了我给它的玻璃城堡，一下子不习惯融入它的故乡湖泊了。我一下子觉得索然无味。我一直沿着南湖边走边想，诗歌到底何为？诗歌到底何为？诗歌到底何为？这样走着，想着。我的是晚上七点多的火车票。我想时间还早，就干脆在岳阳走失算了，这老城墙。

找工记

我看着他的个人简历，姓名：罗舰疆。性别：男。年龄：二十二。籍贯：重庆开县。学历：本科。专业：计算机软件工程。我对他惊呼，你大学生？大学生还进工厂？他笑笑，说，没办法啊。我说，桥头附近有很多工业区，你可以找找。他说，我不熟悉。我对他说，我明天带你去找找。这个罗舰疆，在我的印象里，还是穿裤衩的小孩，流着鼻涕。他是我母亲一个远亲的孩子，住在县城的郊区，他该叫我表哥。他打电话回家得到我的联系方式。之前，他在宝田工业区一家塑胶电子公司担任 IPQC。他摇头说，那家厂不正规，加班才 5.5 元一个小时，不合劳动法，所以在那里干了不到三个月，听说工厂容易找，年前就辞掉了。

第二天，桥头的大街小巷还笼罩着过年的气氛，看那些在阳光下晒暖的人们，悠闲，只穿一件薄薄的棉衣。但打工找工的人，就都在路上了。我们沿着宝安大道往沙井方向走，那有一片一片的工业区，四方的排列，都有高高的围墙，栽满葵叶植物，叶子被镀上工业时代的病症。很惊异，找工的只有三五个，零零星星；让人诧异的是，招工的居然把招工台摆到大路上来了，脸上流露出那几乎算是渴盼的神情。我们一路看过去，招工栏大都招普工，五十名，一百名，两百名，五百名。月工资九百元。加班，7.76元一小时；双休加班，10.34元一小时。我张大嘴巴，眉毛耸得高高的，成了一条虫，算了算，一个月拿两千元左右。我为这个数字动了心，赶快打电话给我的二姐，我说现在民工荒了，来深圳打工吧，有两千元一个月。二姐是我们那个村里走出的第一代打工妹，后来嫁到了新疆，她心里很厌倦在工厂打工。我又致电在湖北的妹妹，妹妹说，鬼去哟，跑到外地去，现在武汉打工也是一千五百元左右。于是，我又打电话给大姐的女儿，她说，我男朋友过来了，不知道找不找得到工，算了，我们还是在北京。我的嘴巴这时成了一个零，一颗小小的太阳和铁圈，它们分别代表我的惊诧。有的招工像菜市场那样叫喊，招工了，招工了。找工的视若无睹，从一个摊位走到另一个摊位，很少有人坐下来填表和咨询。我看着这一切，突然大声失笑，想想十年前在东莞白沙找工的经历，挥之不去。

1993年左右，我在深圳月亮湾光大木材公司里认识了工友刘先隆。那时，我们都很年幼，十五六岁的样子，他像一棵白葱，因为他皮肤雪白，我则像一棵大蒜，因为我茁壮。我们都在那个车间生长着，把黄金般的颜色慢慢镀成机器的油污。有一天，我们都松懈掉了，就像机器失去了齿轮。我们先后辞了工。没想到，几年后，我们又在工厂相遇。他说，他在找工，不想回到这个工厂。我说，我也是。于是，他跟着我去了东莞白沙，住在一排旧式的围屋居。我们整天在虎门、白沙、厚街、篁村跑，甚至去了东莞市区找工，脚都跑断了。每天早上出发，晚上回来挨上床就不想动了；在太阳底下，渴了，捡起路边的矿泉水瓶子，灌田间的水喝。但工厂的大门永远关着，铁制的大门，横竖的钢条，冰冷的物体。有一天，在白沙一个士多店前，有一个人喊我乳名，我很诧异地看着他，因为我不认识他，无法从哪个记忆的角落里把他找出来。他说是我中学同学，还请我们喝了百事可乐，玻璃瓶的那种，一元五角，灌下去，嗓子就不再冒烟了。他说，他们工厂要招工。我们问，什么厂。他说，是木材厂，他可以帮我们。我和刘先隆听说是木材厂，一下子就闻到过去的味道，尽管心有不愿，但又无法选择。过了几日，雨霖木材公司招工，没想到，我们去时，门前排上了几条长龙，还拥挤着一些人群。我们看是没希望了，但还在厂门口张望着。大门一开，其实是开了旁边进出的一道窄门，保安吆喝着，挥着铁棒，放进去几个人。如此这般，看来要进到这个工厂，要过的第一关是保安，不然，任你是个人才，连见工的机会都没有。我拼命地推着刘先隆，终于挤到前面去了。透过大门，我们看到，招进去的人在围着圈子跑步，有的女生招架不住了，叉腰喘粗气，被放了出来。后面的人群推着我们。到了中午，保安说，不招了。我们悻悻然，责怪运气不好。回来的路上，刘先隆问，你那个同学呢？我回答说，没看见，人在外面，不要当真。

我想天空从来没改变过什么，阳光还是一样，浮云还是往日。只是时代在翻云覆雨，昨天和今天是不可比拟的。我想罗舰疆大可找到一份办公室工作，因为他是大学生，那才不辜负他四年的寒窗苦读。于是我托了富士康的文友，对方的回答是做普工随时进来，找办公室职务要看机会。我突然想起，去年金融海啸，挤在人才市场的人，像海洋那么宽。媒体报道找不到工的人数有一千一百万，天天看返乡的数字令我担忧不已。我刚从老家上来，也挤在其间，想找找有没有适合我的职位，我所擅长的技能是电工，还有一个就是爱好文字。我见到一个关于内刊的招聘，对方问我有没有大学文凭。我说，写东西需要大学文凭吗？我怅然不已。又见到一个刊物招聘，我掏出了广东文学院的毕业证，她看了我出示的一切证件，问我，你有撰写企业人物的经验吗？又问我，有拉广告的经验吗？我摇头，摇头，摇摇头。

我们走过一个又一个工业区，看到东芝、爱普生这些大工厂，大门森严壁垒，它们的工厂就像一个霸主，张着四肢，横着。我说，这些好厂大都是内招工。罗舰疆问，什么是内招工？我说，好厂大都不在外面招工的，它们是通过学校输送，还有工厂人员通过关系介绍进去，大都是亲戚朋友，有的要给介绍费才能进去。比如，一年前，进富士康要给一千元左右的介绍费。他不谙世事的眼睛闪了一片乌云。我看着他干净、单纯的脸，有些消瘦。我们走过一片又一片工业区，终于有了一个好厂，很多找工者扎在那里填表，招聘广告上写着大量招普工，其他职位要有经验。工厂区有空调，每月一百二十元的生活费补助，四人的床位，招聘广告上还贴上了工厂的图片。罗舰疆去索要表格，招工小姐冷不防地抽出一句，看清楚啊，招女工，普工也要女工。这是多么具有讽刺味道的时代。记得我十四岁时，我是多么想去南方打工啊。回来的二姐告诉我，她们工厂只招女工。于是，我跑到房间去，穿上姐姐们的衣服，出现在大庭广众之下，举手投足，学着女孩的样子，把大家都逗乐了。我还不解气，跑到房间去，穿出姐姐们的高跟鞋。在后来的南方岁月中，在一些打工刊物上看到一则漫画，一个男孩化装成女孩去见工，见工不成，还骂了一句，丢你老母。我没笑，为着这种幽默我笑不出。甚至还有媒体报道，有男孩化装成女孩在工厂打工，后被揭露，扭送派出所。我不去想这些事件的真实程度，但南方的这种生活体验是多么荒诞。罗舰疆问我，他们为什么只招女工？我回答不出，只是说，大概女孩子听话，闹不出事。他懂了，又不懂。我又何尝不是懂与不懂。我曾问过工厂的一些管理层人员，为什么只用女工？他们回答不出来，只是说，其实做管理的是想用男工，男工有体力，还可以做点事。但老板喜欢用女工，大概怕男工闹事。我还是没找到答案，这不是我真正想要的答案。我试图通过熟人给罗舰疆找个可靠的工作。晚上，我带着罗舰疆去见福永商会的一个朋友。他说，有很多企业老总托他找工人，朋友看了看递过来的简历，担忧地说，他才毕业啊？没经验啊？罗舰疆无话，我小心地说，你看能不能帮他找个合适的工作。他打了很多电话，说只招普工。最后，拉着我问，你有没有要进厂的女工，那些老总给两百元一个的介绍费。我啊了一下。

我回罗舰疆的短信迟了，他说收到我的短信时，他们已经被关在一间房间里，有十几个人，招工的骗去了每人一百元。他的一个工友见事情不对，反抗了几句，就被重重地打了几拳，幸亏他没挨打。我问，你们在哪里看到的招聘广告？他说，是在一个灯柱上看到的，打电话过去，对方就有人来接，到了和平那边，骗大家每个人给了一百元。给了，发觉不对，因为他们去的地方根本不是工厂。我说，你们出来后，没想过打110吗？他摇头，摇头，摇摇头。原来，时代并没有改变，陷阱永远为我们这些弱者挖着。我们的弱小，让这些挖陷阱的人永远逍遥法外。十年前，我也是罗舰疆这个年纪。又开始回忆了。我和刘先隆，整天在东莞的土地上找工，太阳从来没想过为这些困苦中的打工者躲进云层，挂着个红辣椒。走得脚都断了，盲目地看到一个招工广告，在厂门口，竖着一个招工牌：招普工，招电工，招仓管，招拉长。我一下看到仓管，来了兴趣，因为我在北京做过仓管。我兴奋地跑过去，就好像遇见了清泉。招工的女人说，你要见工？我说，我来见仓管。招工的明显是个本地人，她说，要考试。我说，没问题。她说，先要缴考试费的。我一听说要给钱，犹疑了一下，因为我身上没有多少钱了。我吞着口水说，要多少钱？我说得很重，钱一个字，那一刻，比我的生命还重。她说，三十。我一想，不多，我用渴盼的眼光望着刘先隆。刘先隆付了钱，招工女人就带我进了一个房间，房间里摆着很多排桌子和椅子，她找出一份题卷，我沙沙沙地答着前面的试题。比如，大写二十六个英文字母，一些四则运算，还有一些问答题。我终于卡在一道问答题上，怎么计算都算不出，我横冲，它向我冲过来，我竖立，它立着不动，我的大脑都冒出汗来。那个招工女人走过来，说，答不出来吧，答不出来就不合格了。我不想放弃，我说，我想考电工，因为我在北京通过培训考取了电气管理工长。招工的女人说，你要交五十元，电工的工资高。我还是望望刘先隆，刘先隆替我付了钱，我说，等我有钱了还你。招工的女人拿出一张题卷来，我一看，蒙了，还是那些题。我说，怎么是一样的？电工是技术上的问题。招工的女人说，当然一样的啦，这么多找工的，难道出不一样的题吗？我感觉是受骗了，问她退钱。招工女人就凶了，你都报名了，办了手续，自己考不上，哪有退钱的好事。我横出去了，我是受骗了，非要钱。招工女人更凶了，她说，你再不走，我要叫人了。我还是横竖不走，我说，你今天不退我钱，我就不走，我看你敢把我打死。招工的女人怕了，有点妥协，退了我五十元。我还想要回那三十元，刘先隆拉着我走，说，算了，自认倒霉。

出租屋的白炽灯光亮很足，罗舰疆垂头丧气，看得出他很心疼他的一百元。我劝他说，不要丧气，这是你成长的一个机会。因为自己的经历，很多时候我成了一个先人。我又告诉他以后找工不要去职业介绍所，他问为何。我就告诉他，我曾在一个职业介绍所目睹他们如何操作，就是大贴广告招工，其实内设了一些自己的工作人员在里面冒充企业招工单位人员。我想时代多么像一张张复写纸，把我们一代又一代打工者的经历相同地印出来，没有一点出位。

一连几日，罗舰疆见工不成，心下急了。我托朋友替他找工作的事，始终没有来电话。我拿起了电话打给我现在公司的老总。因为他目前也和人投资了一家工厂。我把罗舰疆的简历送过去，他看了看，说，让他做业务员吧，公司在招业务员。我说，这个小孩很内向。他再看了看简历，那只有去工厂了，开机器。我问，多少钱一个月？他说，按劳动法来，一千多元。我说，现在一般工厂不是两千多吗？他说，要工厂货源足，加班加点才有。我仔细算了算，一个月九百元的底薪，就算一天加班四个小时，一天才三十元左右。要足足加班三十天啊，才一千八百元左右，那么每天必须上班十二个小时。十二个小时的工作日，那不把人整天架在机器上不停地运转。我突然后怕起来，有冷气吹在我的脊梁上。

我整天忙，因为目前公司给我开了一个单，厂房装修，又有朋友给我介绍装修业务，整天在搞预算，跟业主沟通，询问报价和建材市场价位。因为罗舰疆心急，我就安排他去我们工地做小工，他实在不适合在工地上生长，但他懂得生存的法则，忍着，坚忍着。看着罗舰疆这个年纪和他的经历，时光真的从来没在我们这一代打工者身上变过，只是一代又一代人遵循和挣扎在宿命之间。那一年，我和刘先隆没有找到工作，眼看快要过年了，没有钱，心下惶惶。这时，跟我们合租的湖南人介绍我们去打鸭毛，一只五毛钱，我们兴奋地去了，拖着一个红盆，拿着毛刀。在充满鸭屎味道的鸭棚里，本土的鸭主说，看男人打鸭毛啊！看男人打鸭毛啊！我们在月色下打鸭毛，这样有了钱，过了一个年。年一过，找工的像从地底冒出来的水，汹涌在工厂的大门。我们都没有找到工，刘先隆去了深圳，我去深圳找过他，没找到。后来我才知道，他在工地做小工，后来做了泥水工，再后来，成了小包工头，有所积蓄，这是后话。我回了北京，继续在工地上做电工。2004 年 10 月，北京下第一场雪时，我又来到深圳，南方的太阳一下把我身上裹有的北方阴冷一扫而光。其间，我在深圳找过无数次的工，做过若干工种，都是跟力气活有关。最后，还是回到工地。我想我的整个人生都与工地有关。因了我喜欢文字，有了打工生活的经验，写了一些打工诗歌，受到《诗刊》社李小雨的关注。她近日来深圳，我去见了她，在谈话中，她说她去看看郑小琼笔下的工厂。我说，现在工厂生活好多了，是体会不了那些年的工厂体验了。回来后，在电话里跟郑小琼谈到工厂一事，这家伙就来了脾气。她说，以前找工的人，在厂门口排成队，现在只是招工的人到处拉人。实质根本没有改变过。最后，我们只是发出一声叹息。

罗舰疆脱下鞋子，脚底磨破了，伤了一片皮。我赶快下楼为他买了一支软膏和纱布、棉球，轻轻地为他擦拭，包扎。我问疼不，他扯着嘴，说不痛。我为他的苦难和坚强流下了泪。这个坚忍的孩子，在工地上没几天，在一次安装电器插座时，一不小心，被电刺了一下。他惊惧地跳了起来，手中的老虎钳一下扔出去很远，弹跳在地上。我看他脸上的颜色都变了，仿佛身体上所有的红色元素汇集到脸部，成了酱色，骤然间的变化。第二天，他无论如何都要去找工厂，他说他习惯了工厂的生活，尽管工厂里没有自由，就像我习惯于工地，我理解了。我们一代一代的打工者，多么容易习惯于一个环境，就像草习惯于大石头，鸟习惯于笼子。我没阻挠他，塞给他一些钱，我说是这些天的工钱。他也接下了，小心地说了声谢谢，我差点没听见。他开始了一天又一天的找工，晚上就住到我这里来。这不，我见他脚一瘸一拐的，经验告诉我他的脚磨破了，才叫他脱了鞋。好在这个小孩性子急，对于失业，他想起来心里就慌。我很喜欢他有这个危机意识，以免我为他担忧，不由得在心里对他有所改观。他在房间里待了一天，第二天又拐着脚找工去了。时隔多日，他也没找到合适的工作，他说他是做 IPQC 的，又不想去做普工，那样会掉身价。我说，什么身价？我惊惧他有这个意识。他也说不出来，恐怕没理解出身价真实的含义。我只好对他说，人生不进则退。我不知道他听明白没有，但我希望他有好运，能找到一个好工厂。记得有一个打工作家说过，打工者的命运就是看你站在哪家工厂门口。我这里的工厂装修紧接着结束，听说是电子厂，就想到了罗舰疆以前也是在电子厂。在装修的过程中，我和工厂的老板有所接触，我就问他们工厂招工不。他说招，大量招。我说到了 IPQC 职位。他说，这个职位有人。他听说我介绍的人是个大学生，又很听话，就叫过来面试。我下午就拖着罗舰疆过去了，没见到工厂老板，只见到他们工厂的负责人，女的，操着听不懂的话。负责人简单地询问了下，就要罗舰疆下到流水线去试工。结果试工不成，罗舰疆说产品不同，这家是做塑胶产品，他们是做薄膜产品。老板见他是大学生，仍然有心留他，叫他去经理办公室谈下。出来后，罗舰疆摇头，拉着我走。我问，怎么了？他出到厂门口才说，这家工厂底薪是九百元，但工作日制是二十六天制，按正规的是二十二天制，加班另算。我说，有这么多问题啊，不知道的还被蒙在鼓里呢。罗舰疆被工友拉到一家新开的工厂，担任IPQC职位。他说工厂的生活条件很好，有空调，四人床位，有热水器。但过不久，他给我发短信说，新开的工厂货源不足，不用加班，工资就九百元。不久，他又将面临找工。

原载《在大地上居无定所》，花城出版社2015年版

评论

在时代大潮中更新、发展
——1986年《特区文学》所发报告文学作品漫评

吕炳文

深圳经济特区创办后，便开始有自己的文学创作，不过发展得比较慢，其成就也不尽如人意，但报告文学的创作发展得快一些。这是不奇怪的。今天我们正处在一个剧烈变革的时代，而特区的创办正是这个时代的产物。它不仅要起四个窗口和对内对外两个扇面的辐射作用，而且是政治、经济体制改革的试验场。在这过程中，新旧交替、思想纷呈、矛盾交织，时刻都有新人、新事物涌现。而报告文学具有紧贴生活，真实、敏锐、迅速、能动地反映现实，与当前急剧变革的社会生活的节拍更为协调等特点。一旦它与思想解放大时代拥抱，又牢牢扎根于特区的土地上，便能源源不绝地得到新鲜的血液和青春的活力，迅速地发展起来。1986年《特区文学》所发表的报告文学作品便是有力的佐证。

一年来，《特区文学》发表的报告文学作品，与前几年比较，不但数量增加了，而且在思想上、艺术上有了较大的提高。这些作品在题材的开拓，对时代精神的感应，主题的深化，人物形象的丰富多彩以及反映社会生活的底蕴等方面，都取得一定的新成就。

一

在这批报告文学作品中，最吸引人、最受人注目的，当首推《深圳·两万人的苦痛与尊严》。这篇作品的一个突出优点是它在题材的开拓上具有强烈的新闻价值，有广泛而深刻的感应作用。如果说题材的选择对于其他形式的文学创作，如小说、散文等并不具有举足轻重的地位的话，那么对于报告文学来说，情况就不同了。报告文学是新闻与文学相结合，兼收两者之长而经再创造的产物，因此，它同时具有新闻与文学的特质。这就是说，直接地、迅速地和真实地反映社会生活中的重大问题是报告文学的一个显著特质，由此便决定它不能回避现实生活中存在的而又亟待解决的重要矛盾。相反地，要及时而鲜明地报告自己对这些矛盾的解剖与态度。《深圳·两万人的苦痛与尊严》所反映的内容，正生动地体现出报告文学这一重要特质，而且写得形象、生动、深刻。

当年，经中央决定，两万基建工程兵集体转业到深圳，参加特区的建设。他们兴冲冲地从祖国的四面八方汇集到南国边陲这块土地后，好梦不长，很快便受到特区建筑市场的改革、开放的客观形势的重大冲击而陷入重重危机。造成这种被动局面的既有主观原因，也有客观因素。但是，在这主客观因素交织的繁杂矛盾中，什么是问题的根本？换言之，特区在改革建筑市场上是否存在着某些弊端？一时间这个问题便成为特区干部、群众所关心的事件，也是该作品所着力回答的主要内容。前两年，我国著名作家、久负盛名的文化领导人之一夏衍同志便提出："广东、福建的某些经济特区，现在逐渐引起文艺工作者的兴趣了，但我看写到作品里的，多数还是只反映了新的、好的一面，对那里出现的新问题、困难以及消极的东西，却很少涉及，而这些是无须回避，更不应该加以粉饰的。我很希望见到能够真实地反映经济特区这个新生事物的报告文学。"《深圳·两万人的苦痛与尊严》这个作品的出现，在一定程度上实现了夏公所提的真诚愿望，同时也不能不由衷地赞赏两位作者的勇气和强烈的责任感。

该作品以大量的事实材料为基础，结合生动的情节安排，用饱含感情的笔触和艺术典型化的方法，深刻地解剖了两万基建工程兵在特区的遭遇这个重大事件，不仅使人看清了其来龙去脉，而且揭露出隐藏在建筑市场改革后的弊端，促人思索。作品同时塑造出沈致虎、王凤荣、张敬东和李钦文等几个有着不同个性、不同地位和不同处境而都显得可亲可敬的人物形象。这不愧为近几年来特区报告文学创作中少见的一篇力作。

《在蛇口，一次短暂的"罢工"》则以蛇口工业区三洋半导体厂一次小规模的工人罢工事件为契机，通过多层面、多棱角的解剖，深刻地揭示了独资厂中深藏着的重大矛盾。这是实行对外开放后产生的新情况和新问题，如何妥善解决，无疑是特区面临着的一个严峻考验。它在一定程度上关联着特区的发展走向，大有牵一发而动全身之势，所以过去很多人对此都讳莫如深，不敢正视。而作者罗建琳却以其值得称赞的勇气和胆识，深入到矛盾的底层，在掌握大量第一手材料的基础上，破天荒地向世人道出了内中的秘密。从作品所展示的一个个场景和一组组镜头中，人们看到了在外资独家经营的现代化生产支配下，年轻工人光怪陆离的感受：这里有冷峻、威压和等级森严的实录；有感到屈辱、丧失人格尊严的写照；有学非所用，不知不觉成为机械人的懊丧；有因连续加班，劳动时间过长而带来的经常神经过敏；有混乱莫名的内心世界；还有对人与人的友爱和关注的深切渴求。所有这一切，都是导致罢工的思想精神因素，如不能因势利导，彻底解决，也就不能排除罢工闹事的危机。这的确是一切关心开放、引进事业的人们必须重视、深入思索的大问题，也是作品的价值所在。

对外开放，引进外资是符合国家、民族的根本利益的，它有利于加快四个现代化建设的进程。如果因存在着矛盾便畏缩不前，那是愚不可及。叶公好龙要不得。但对矛盾视而不见或无动于衷也不可取。这就是生活的辩证法。虽然作品没有提供出什么现成答案，但它挖掘出来的事实存在的一桩桩的隐忧，犹如一柄柄重锤，敲打着人们的心灵。常言说，感奋觉醒是成功的先导。也许这便是《在蛇口，一次短暂的“罢工”》这个作品的出发点和归宿。

这篇作品初看似乎有点平淡，但愈读愈感到其力透纸背，可谓于平叙中显尖锐，于淡白中见沉雄，感情饱满，语言富有感染力，实不失为一篇较好的作品。

改革，已成为响彻我国神州大地的主旋律，这是20世纪80年代的最强音。而报告文学艺术生命之强大，还在于它的时代精神。缺乏时代色彩，看不到时代脉搏跳动的作品，是不会打动人心的，更没有生命力。因此，面对改革这个不可逆转的社会潮流的作家，是绝不会无动于衷的。相反，他们或挥毫泼墨，重笔渲染；或白描勾勒，传人的神韵；或多种手法并用，着力为特区的改革者树碑立传，为改革的新事物擂鼓助威，充分显示出报告文学的时代风格和战斗性。对此，《腰缠万贯的流浪汉》是较突出的。作家杨干华以其老练的笔锋，浓墨重彩地勾勒出廖勇这个青年改革创业家的形象。在这个人物形象身上，饱含着作家对改革事业真诚、激越的礼赞，又熔铸着其对生活的冷静观察和深刻思索。

廖勇，这个信宜县的农民青年，是乘着改变农村产业结构，鼓励农民进城办企业的东风走进改革创业的历史舞台的，这是他事业成功的基础。同时，他之所以能从曾是流浪汉，像一叶浮萍没个安身的地方，变成拥有三间颇具规模的工厂和一间贸易公司，俨然一个不大也不小的企业家，又是与他个人的过人气质、气概、胆识和毅力分不开的。正像有些改革家历尽坎坷一样，廖勇所走过的道路也是不平坦的。但是，在一连串的打击之下，在重重困难面前，他没有气馁、退却，而是坚定不移地去斗争，一个劲地朝前闯。这就表现出一个改革家的可贵品格。没有这种品格，事业要成功是不可能的。不过，仅凭这一点去乱闯乱撞还是不行的，到头来还是会失败。因为改革是个新事物，要建设具有中国特色的社会主义是前人没干过的，所以必须具有对新事物的敏感、热情和科学头脑以及实干精神。也正因为廖勇同时具备了这些素质和条件，才使事业从小变大，立于不败之地。他在改革的崎岖道路上不断往高攀登，从中放射出耀人的光彩。

诚然，廖勇是在奋斗着、成长着的。他的确已经不是昔日陈奂生式的农民了。但也正因其还处在成长过程中，所以，从祖辈承袭过来的那些落后愚昧的精神负荷还不可能一夜之间就全甩脱掉，在他的身上也还不时表露出这些负荷散发出来的因子。问题只在于他能否时刻保持清醒的头脑，把克服自身的弱点作为不断前进的动力。否则，盲目乐观陶醉，就会潜伏着失败的危机，到时什么“大家风范”“不卑不亢”等也会变成掩盖实质的空壳了。这无疑是个现实而值得思考的问题。好在杨干华笔下的廖勇，已开始认识到这一点。他立志要跟上时代的脚步。如能坚持到底，那么，他的前程肯定是无限光明广阔的。这就是《腰缠万贯的流浪汉》所塑造的农民企业家廖勇的形象及其给我们的深刻启示。在这过程中，由于作者运笔自然洒脱，有如江河直下，一气呵成，加之描写生动幽默，从而使人物形象有血有肉，亲切感人，整个作品格调清新而浑厚。

深圳经济特区创办后，经过短短的几年时间便取得了巨大的成绩，从昔日贫穷、落后的边陲小镇，一跃而成为一个初具规模的现代化新城。如今，整个特区阳光普照，生机勃勃，受到国内外各界人士的注目和惊叹。这固然是党中央对外开放、实行特殊政策和灵活措施的结果，但也与特区万千建设者的勇于开拓、顽强拼搏和创新自强分不开。在建设过程中，在特区的成长道路上，既有成功，也有失败；既有犹如大江东去，一泻千里的澎湃巨流，有时也碰到暗礁险滩；既有鲜花怒放、春回大地的美好季节，也有雷雨霏霏、连日不断的时刻；既有生活的欢乐，也有失意的痛苦……总之，奋搏、竞争、胜利、失败、得意、失意、欢悦、苦恼相互交织，此消彼长，构成了特区社会这个五光十色的旋转世界。而这旋转世界所产生出来的各式各样的光束，照射到报告文学创作上，又反照出不同内容的作品。这除了上面已论述过的以外，还有以电影化的手法纵横驰骋，对特区的成长历程作全景式反映的《深圳经纬》；以沙头角中英街为特定对象，集中描绘其历史沿革、地理风情以及对美好未来的展望的《在未来历史地理的刀刃上》；有力图以多角度反映特区建设新貌，一心一意去刻画创业者形象的《蛇口有这样一个男子汉》《旋飞》《高楼之魂》《选择者的轶闻》《一个男人和一百五十个女人》以及《中国大陆有一位年轻人》；也有剖析在金钱、女人面前堕落变节的人的犯罪过程，无情地揭露、鞭挞其丑恶灵魂，以便使警钟长鸣的《逃匿者》。此外，还有一篇《离开港岛夜生活的人》，主要是写港商如何热心在特区投资兴业的。事实上，特区的繁荣发展，离不开深港两地的互相支持和紧密合作，这中间自然也有港商的一份功劳。这反映到特区的报告文学创作中，占有一席之地，也是顺理成章之事。近一年来所有这些作品在《特区文学》上相继出现，虽还说不上百花开放，满园春色，但也可说是林林总总，蔚为大观。这些作品把关注的目光投向变革的社会，把感应的触角伸向火热的生活，马不停蹄地追踪当代人生活的步履，对各行各业有着美好心灵的普通人物作了多面、多角度的反映，传达出时代变化的新信息，表现了与新生活相协调的新观念，鼓舞着人们为特区的兴旺发展，为建设中国特色社会主义事业而奋斗。

二

新的时代、新的生活，要求报告文学在表现形式上要有新的突破，有所创新，放射出新的姿彩、新的色调和新的韵味。《特区文学》一年来所发表的报告文学作品，虽然艺术成就参差不齐，也不能说已达到了新目标的新要求，但其中有些篇什是颇有特色的，个别作品不仅唱出了我们时代的最强音，而且写得有声有色，像钻石一样色调缤纷、多面闪亮，给人以美的享受。从总体上分析，我认为这批报告文学作品在艺术表现上有以下几个特点：

（一）鲜明的时代精神与历史真实性的统一

我国著名的文学家茅盾指出："每一时代产生了它的特性的文学。'报告'是我们这匆忙而多变化的时代产生的特殊的文学样式。读者大众急不可待地要求知道生活在昨天所起的变化，作家迫切地要将社会上最新发生的现象解剖给读者大众看，刊物要有敏锐的时代感——这都是'报告'所由产生而且风靡的原因。"而同时，真实又是报告文学的原则和生命。只有把这两方面有机地结合起来，作品才会有感人的力量。《特区文学》一年来所发表的这批报告文学作品，尽管所反映的题材事件各有不同，所刻画的人物形象也有差别，但却有一个共同的特征，这就是洋溢着时代气息。从作品对所选取报告的事件的姿态，它的发生和发展的历史，它所表露的矛盾以及它的发展前途等所进行的各种记述中，读者便可感受到新时代特区社会的精神风貌，特别是那一幅幅生动感人的开拓创业者的缩影。但是，这些作品体现出来的时代感和时代精神的投影不是凭作者的主观虚构想象强加的，而完全是事件和人物本身产生出来的。所以两者不是分离的，而是统一的，有些还达到了水乳交融的境界，从而散发出艺术的光彩。

（二）思想向纵深开拓与诗的抒情

报告文学作品如果没有思想，就等于没有灵魂。只有不停留在事件和人物行为的表面报告上，在更为广阔的历史背景面前，向事物的纵深开拓，去掌握反映生活进程中本质的东西，才能成为有生命力的好作品。要做到这一点，作者就不能满足于对生活现象作表面的、粗枝大叶的观察，而要深入到饱满的生活中去，真正掌握生活的内在联系而还生活以丰腴的本来面目；也不能孤立地、单一地去就事论事，只见树木，不见森林，而要向四面八方，向更深层次开拓，以丰富、深化作品的思想力量。

《深圳·两万人的苦痛与尊严》在思想向纵深开拓上是较突出的。它以两万基建工程兵集体转业到特区后的遭遇为主线，有意识地从这轴心出发，注意拓展与整个特区生活相交织的千丝万缕的各种联系。作品不仅反映了主人公们身处逆境的苦痛，更写出了人生的丰富内容。这里有因失业而产生的近乎疯狂的心态，也有宁咽泪水，也不给集体丢脸，坚持人的尊严的精神。是的，“人们靠希望支撑未来，失去希望便失去一切。而这种希望建立在人自身的尊严上，便会创造奇迹！苦难压弯了脊梁，头颅却不肯低下”。沈致虎这个长跑“业余冠军”，顽强地抵抗着缺少卡路里的困扰，仍然咬着牙坚持训练，难道是自讨苦吃，不是为特区、为祖国争取更大荣誉的思想闪光？基建工程兵改编为地方企业后，竟栽在特区多如牛毛的民工建筑队手里，阴沟里翻船，主要是因为他们不干、不想竞争？还是背后隐藏着更深的东西？这些东西是否触动到特区的某些敏感神经？时任深圳市建设（集团）公司总经理王世伦，这个经受着来自各个层面的复杂而又沉重的压力的领导者，在回答记者指出的招标、投标的不正之风时只淡淡一笑说：“我相信时间！时间最公正。”这个诙谐的回答不正具有千钧重量吗？这篇作品没有满足于事件表面过程的报告，而是着力表现人的精神世界，并向纵深开拓丰富的思想，这是作者在生活矿藏中敏锐地挖掘出来的新鲜汁液，因而也就大大加强了作品的内涵和力度，自然地发出本色的光泽。

在这批作品中，还可看到，抒情性加强了。不少作者常常熔事和诗情于一炉，用诗的语言，抒发自己对生活的感受，并将感情融注于人物形象之中。这是我们这个激情奔涌的时代赋予报告文学的新特色。

《中国大陆有一位年轻人》有不少地方洋溢着浓郁的诗情，个别处更简直完全诗化了：

“黄河之滨，中华民族的摇篮。这片深厚而古老的冲积平原，一荣一枯、春风几度，孕育出多少英雄豪杰。就在那唐雕石刻埋没的草莽深处，在那历代皇陵划出的森严禁地，在黄河故道漫天风沙之中，影影绰绰地晃动着一老一少的身影。……

“是先人不敬，触怒神灵，抑或劫数未尽，华盖运难逃？人间竟有如此骇人的恶疾。他头一回见到一个患‘脱疽’的病人，坏死的一条腿，自膝盖以下腐烂得只剩下一条黑色的筒骨。还没傍近，但闻一股熏天恶臭，差些儿没把五脏六腑呕出来。他跑上黄沙漫漫的荒丘，缩在簌簌抖动的荆条丛中，望着沉沉暮色下闪着落日余晖的混浊而凝重的黄河，眼中噙满了泪水。老师常常带同学们到这黄河滩边，讲中华民族悠久的历史，讲黄河的变迁，讲这块古老土地上战祸迭起，血沃中原的惨烈。水深火热的土地啊，你为什么这样不幸？为什么让这样的恶疾肆虐横行，折磨着父老乡亲？”

这段文字运用充满诗意的语言、象征的手法和沉雄的调子，不仅生动地勾勒出脉管炎肆虐给乡亲们带来灾祸的情景，而且描绘了主人公少年时代的美好心灵，为其以后成长和建立殊业埋下伏笔，给人索思的回味，富有诗的功效。

与此同时，作品还不时用精辟的哲理概括来深化主题，既不失真，又有诗情，这就增加了形象辐射的力度。如：

“谁料到，马同长面前的不是鲜花，不是锦旗，而是一个接一个的旋涡。这些能置人于死地的旋涡，从他决心攀越脉管炎这道医学界高墙时便产生了，好像是作用力和反作用力一样，他事业愈取得进展，要毁灭他的旋卷力就愈大。”

（三）着力于写人与艺术手法的多样化

近几年来，我国的报告文学创作出现了一种新倾向，即从过去以纪事为主转向到以写人为中心。这一倾向在《特区文学》1986 年所发表的作品中也表现得较明显。不过，报告文学中的写人不同于小说创作。人物的典型性主要源于现实生活本身。但它刻画出来的人物形象也必须是鲜明、生动、有血有肉的。可见，它比小说创造人物困难得多。

看来，要写好报告文学作品中的人物形象，除了首先必须从大量的生活现象中择取那些能够深刻体现生活本质、富于时代感而又具有鲜明特色的人与事外，更关键的恐怕是要在事实中挖掘出典型的细节和人的心灵世界，以丰富人物的精神面貌。《特区文学》所发表的这批作品中的较优秀篇章，也正是这样做的，因而所收到的艺术效果也就大一些。

先说典型细节。《深圳 · 两万人的苦痛与尊严》对一个年近三十的陕西兵跷着脚丫，笨拙地勾着脑袋剪趾甲和一个瘦子双手枕在脑袋下，专心地数着上层床板大小不一的孔洞的细节描写，不仅写得生动，而且起到了深化主题、丰富人物形象的重大作用。试想想，本来命属麒麟的小伙子，却整天整天地无所事事，有劲使不出，这意味着什么？人们透过这两个细节的表面，不是便可领悟到这些小伙子的心灵深处的苦闷、压抑已到了何种程度了吗？由此引爆出“黑暗中的骚乱”就绝不是偶然的了。这无疑具有“于无声处听惊雷”的力量。

《腰缠万贯的流浪汉》对廖勇一双眼睛的细节描写也很精彩，不落俗套，且饱含深意。具有如此一双眼睛的人，能会是平庸窝囊碌碌无为之辈吗？有时候，一个细节、一个动作、一句话就充分表露出人物的内在气质和精神特征，给人留下很深的印象。

其次是人的心灵世界。这一点可谓是报告文学创作中最棘手、最困难之处，因为被描写对象的内心活动往往是深藏不露的。他那灵魂深处的秘密不是轻易就能被挖出来的，这就要看作者的采访本事和敏感性了。不过高明的作家对此仍是大有作为的，《中国大陆有一位年轻人》就是突出的例子。

当作品写到主人公马同长经过长年的自我牺牲，舍命钻研，终于攻克了过去被视作绝症的脉管炎的治疗难题，为人民造了福，却招来了被诬陷、受审查的横祸，他的思想一下子陷入了矛盾、痛苦的深渊。他昏昏沉沉地来到了龙山想自杀。在这关键的时刻，在特定的条件和环境下，作品对主人公的心理矛盾活动作了真实而又淋漓尽致的展示刻画，不仅强烈地勾起了读者的爱憎情感，深化了主题，而且更使人物形象的血肉丰满了。

《特区文学》1986年所发表的报告文学，在表现手法上也是丰富多彩的。表现形式的多样化大大加强了作品的文学性和美感作用，从而给报告文学这一独特文体注入了更强的生命力。

三

前面已经简括分析了《特区文学》1986年所发表的报告文学作品所取得的成就，但也不能不清醒地看到它还存在某些缺陷。

报告文学与其他文学创作不同，它对现实生活的表现最直接，最能及时地把握时代的脉搏，把作者对生活的真知灼见和真情实感传达出来，所以题材的开拓就很重要。创作者必须把目光投向现实生活中刚发生的、带有普遍意义的新情况新问题和重大矛盾，以反映现代生活的本质。但是，正如著名的报告文学作家刘宾雁所说：“有一些永远无法进入艺术文学领地的现象、人物、事件和问题，却可以是报告文学极好的素材。可惜，目前我国全社会所关心的许多重大问题，例如经济改革、干部问题、教育事业的发展、社会道德问题和青少年犯罪等，在报告文学中还很少得到反映。”这在特区的报告文学创作中也存在。的确，像《深圳·两万人的苦痛与尊严》与《腰缠万贯的流浪汉》这样直接切入、干预生活的作品还不多。有些作品甚至不敢触及重大矛盾，只停留在对先进模范人物的一般化反映上，既欠新意，也缺乏思想的深度和广度，因而作品对读者的感染力也就不够强烈。特区创办本身这个崭新事业，早已开始并正不断深化的政治、经济、思想、文化领域的伟大变革，还有时刻坚持在困难与矛盾旋涡中搏斗、顽强地开拓前进的创业者们的光辉业绩以及特区社会中丰富的人生百态，都在召唤着我们的作家，并为他们的创作提供深厚的土壤和广阔的天地。

与反映重大的社会问题力度不够相联系，有些作品表现出来的另一个缺陷，就是艺术功力不足。而这艺术功力不足又首先体现在深入生活、细致采访上。诚然，报告文学创作离不开艺术构思，也需要运用各种文学手法去描绘事件和刻画形象。但这些都必须严格遵循真人真事的真实性原则。因此，只有在掌握了被反映对象大量丰富、生动的事实材料和细节的基础上，才能产生出好的艺术构思和形象刻画。否则，再高明的作家也无能为力。在这里，最用得上“巧妇难为无米之炊”这句格言了。我常想，为什么特区生活中本来真实存在的如此丰富生动的素材，在报告文学创作中却得不到充分的反映呢？这不能不首先归结到作者深入生活、艰苦采访的功力不足上，特别是在这过程中思想的敏感性不够。只有思想敏锐，才能发现、挖掘出新鲜的、具有特殊个性的事物，也只有在这方面狠下功夫，才能为创作出优秀报告文学作品打下坚实的根基。

此外，有些作品艺术构思没多大特色，形象刻画不够生动、丰满，行文也显呆滞。所有这些都说明了特区的报告文学创作虽取得了一定的成就，但离成熟、硕果累累的要求还有较大的差距，这需要特区的作家和文学界的巨大努力。

原载《特区文学》1987 年第 1 期

报告文学漫谈

徐迟

报告文学，有两个问题想探讨一下：一个是写什么；一个是怎么写。

来到深圳，看到一本《深圳特区文艺丛书：报告文学选》。读了其中的三篇文章，三篇都是深圳大鹏文艺奖的得奖作品。

一篇是陈秉安的《来自女儿国的报告》，副标题是“深圳二十万女临工掠影”，写的是20世纪80年代初，有二十几万的女工，由十八岁到二十二岁的少女组成，从中国北边的广袤大地涌向珠江口，形成了一股席卷而来的南下大潮。她们可以说是这个地区的基层人物。

另一篇是林雨纯的《一个香港企业家的悲喜沉浮》，副标题是“施祥鹏印象”，写的是一个搬运工人成为跨国实业家的全部经历。他是一个在改革开放中浮沉的企业家。他经过在深圳、厦门、香港、海南岛的几番奋斗，成为贸易王国的一个名人、一个拔尖儿的精英、一个亿万富翁。

另一篇是王向同的《火中飞起的凤凰》，副标题是“超越死亡的‘特区四君子’”，写了一对医生夫妇和一对文学家夫妇，后者患了癌症，经前者分别做了手术后，奇迹般地战胜了不治之症，恢复了健康。

《深圳特区文艺丛书：报告文学选》一书共有三十三篇，上面三篇只是其中的零头。其他的文章也都是很有深度地反映了深圳特区丰富的生活，新鲜的内容。暂且先漫谈一下已看过的其中三篇吧。

《来自女儿国的报告》共分六节，描绘了南下深圳的女工像潮水一样涌来。二十几万的临时工，都是被深圳的招工启事招来的。她们受雇于中国的（尤其是港澳的）、外国的厂主，干一天活，拿一天的钱。因为工人、技术人员甚至一些厂长、经理都是女的，连保卫人员也都是女的，所以那里是地地道道的女儿国了。

作者写到其中蛇口的一个四海宿舍：“……任何一幢宿舍，你会看到，八张铁架床，密密麻麻躺着以各种姿势睡着的八个打工妹……想到那六亲不认的打卡机，打卡迟到要罚钱，忽然一下，八个人全都下床……半小时后，最后一口早点还在口中，人却已在机器边操作了……”

“……我们每天工作十几个小时，甚至二十个小时，有时真想在座位上闭眼五秒钟，但流水线上的产品马上传过来了……”

“……不加班不可以吗？”“不行的——”一位女工说，“除非你不想干了，老板只要钱，谁管你累不累？”

以上所引的这几段，不禁令人想起20世纪30年代作家夏衍所写的著名报告文学作品《包身工》。当然现在是80年代了，不可同日而语。但也有女工说：“进了那个厂，就像进了监狱……一上班，大门一关，就没有了自由，上厕所都要工头点头。一天只给我们吃两顿饭，菜是萝卜、干白菜。谁做错了事，或谁生了病，就罚不让吃饭。有人饿得不行，就偷偷上伙房偷菜吃。”有人写信给家里，要家里寄钱来，但是没有一个人能收到回信，更没有收到钱的，因为信和钱全是先交到厂干部手里的。于是她们只好爬墙逃回家去。

但是在这女儿国里，居然也出了个“国王”。一个农家女娃，变成了女儿国“国王”，跻身企业家的行列，她叫赵露珍。这篇报告文学作品讲了她的故事，也讲了从全国各地，包括井冈山、宁冈以及一些封建闭塞的山沟里一批一批地跑来的许多姑娘的故事。有许多姑娘又跑了回去，跑回去了的又有跑出来的。

这些工人有受了工伤的，有的得到工厂的关怀和医治费，有的被“扫”出了门。她们是没有法律保护的。有的受到老板的侮辱，有的打胎，有的跳楼自杀，有的就堕落了。“她们就这样为了生活，日夜如源源流水，向深圳流来，流去，流来……”全文是在这一句里结束的。

这文章当然是不错的，它已得奖。但怎样写，和追踪再写这样的文章，是需要研究的。这不仅是深圳的问题。整个珠江三角洲，还有长江三角洲，今后还会有更多的地方，都要有更多的加工类工业的女儿国的工人，她们是这个历史时期的基层人物，是几百万的“原始积累者”。这是一个值得深思的问题。报告文学作者应当如何来理解和判断这个社会问题呢？

女儿国的那位“国王”是否发迹了，不得而知。但施祥鹏这个身材魁梧的苦力白手起家，真正成为香港新远（国际）贸易有限公司、恒兴基立有限公司、恒兴地产有限公司、精英电子公司、鹭江有限公司等十家企业的董事会主席，他还成了香港文学社社长、文学报社长。这是传奇性的一生，他吃过很多很大的苦头，受过冷笑、奚落，有过愤怒、痛苦、忧伤，经历了各种各样的遭遇。那一次他为了厦门市急需进口的一批红地毯和成套的宾馆装修设备，从香港冒着八级大风强行运到厦门，亲自监督赶工，最终地毯如期铺设就绪，顺利接待了一位国宾。他得到厦门市市长的重视，把陈嘉庚捐资兴建的宾馆给了他去管理。凭借着完善的设施、先进的管理、优质的服务，他的宾馆赢得了中外宾客的交口赞誉。从此他真正地发迹了。他在香港北角建立了公司，把目光投向香港的地产。他看准地产短时期的不景气，认为地产经过短暂的调整期后会强劲复苏。把握了这一时期，他赢得了这一场大的战役，公司实力又进了一大步。

后来他又投资泉州市石狮新区的开发。当推土机在新开发区的土地上吼叫的时候，他又飞抵海南岛，一口气洽谈了六个投资、合资合作项目。现在他已进入“知天命”之年，锋芒不减当年，有一种咄咄逼人的气势，是少壮、中兴一代企业家的典型。

林雨纯的这篇报告文学绘写了一个当代的企业家。究竟应当怎样来看待他呢？此人原来没有多少文化，成功以后他孜孜不倦地追求文化，并且致力于发扬文化。他组织了文学社、出版文学报，等等。我们回头再谈这篇文章。

至于“特区四君子”，四位高级知识分子分别是郭文兴大夫、王雪圃大夫和周乐群副教授、陈道林副教授。他们出现在完全不同的场景和气氛中。在一次干部体检中被发现患有严重晚期癌症的周乐群，对这结果漠不关心，还准备到外地参加学术会议。医院到处寻找他，终于找到，下军令似的命令他立即停止工作，进院治疗。终于，郭文兴大夫对他进行了手术，切除了全胃，连贲门、幽门都切去了，还把脾、胆和部分胰腺，连同腹腔内的十六组淋巴结一起清除掉。整个手术做得非常成功。

周乐群醒来时，说，几点钟了？我该起来了。今天要上课。他的妻子陈道林说，你是病人，需要休息，不用上课，安心休息吧。他说，那我再睡一会。后来他又问，我的脑子还能用吗？

所有熟悉的资料全都记得，理论推导还能进行，思辨能力并未减弱，还似有加强，周乐群觉得出现了奇迹。分析起来，是因为他跨入了一个新的精神境界，杂念少，一心想干事。这些是来自他后来记在日记中的话。

一年多后，他又因腹部剧痛，被送进医院。因疑似癌细胞转移，郭文兴再次打开了周乐群的腹腔。结果癌细胞并没有转移。但因切除贲门，出现胆汁反流的问题，郭大夫就在二次手术中，在空肠靠近食道不远处，运用熟练的手法，做一个伸缩结，形成了一个人工贲门。这第二次手术也是做得很成功的。

其实陈道林早发现自己得了乳腺癌。因丈夫癌症未愈，且自己有儿童文学课要上，还要编写小学教材《儿童文学》，因此隐匿不言。直到丈夫的两次手术都成功了，她才找了王雪圃大夫，女医师给她做了手术。这一手术不仅是成功的，还有了科研方面的新名堂。

原来王雪圃在做这个手术的时候，给陈道林移植了胚胎胸腺组织，增加了她的机体的生命力，不仅治愈了乳腺癌，还起到抗衰老作用，这是王雪圃多年研究的成果。

这篇报告文学作品中，写了这样一段话："一个身体内部的各种器官，构成一个神奇、复杂而严密的组织，头脑就像是司令部，神经系统就像是通信员、传令兵。胃、脾、胆、胰等某一器官的患病或损失、死亡，那只不过是局部的崩溃。但如果头脑出了问题，精神崩溃，那就等于是司令部被摧毁。即使大部分器官健全，部分器官本来还可以继续调整、补偿、工作，司令部如果崩溃，那就无济于事了。"

这里所叙述的三个手术之所以都比较成功，就是像这段话所说的，由于周乐群和陈道林精神上并没有因患癌症而崩溃。这确是不简单的，甚至是较罕见的。周乐群在病中和病后，还都进行了各种各样的学术工作，并且参加了多种多样的有意义的社会活动。他给许多病友写过信，动员他们"主动配合大夫，一同来和顽癌相抗"。

要问，究竟是医生的功劳呢，还是患者的精神力量？难道又是两者并重的效果？如果说两者并重，还要问一问，其中又是何者更重要些呢？

以上是三篇报告文学的梗概。现在再考察一下。

报告文学家不能听到什么，就写什么。报告文学作品是有这样一些个人任务的：要提出当时当地的新事物新人物，它的作者还不能不表示出他自己的倾向性来，要把读者带到目的地去。因此，报告文学的作者必须对他手上的题材加以深深的思索和认真慎重的考虑，表示出他鲜明的态度，实际上他是不能不显示出他自己的一点倾向性来的。

报告文学的两个问题：写什么和怎么写。写什么就包括了为什么要写它。而可以写的题材是很多很多的。这正是报告文学的时代。可不可以写的问题，这是最重要的一个。作者对所有这些题材都要进行思考。报告文学并不是随便就可以写的。没有考虑好，就不能急急忙忙地写。

写什么报告文学是一个很严肃的问题。容许我说一句不客气的话，现在不应该写的报告文学，确实写了不少，都是没有考虑过，或没有考虑好的。有些报告文学作品发表后，不知打了多少官司，已有足够的教训了。我差不多是压根儿反对"干预生活"的，而此风却盛行得很，虽然也不是一定不能写。但是有人以包青天的姿态，写悲天悯人的文章，叫冤告状，有左拉作例子，然而这可不能轻率地说干就干，想要帮忙却帮了倒忙的有不少，可得慎重！

当然也还有考虑过，要写而又觉得不好写，因而就不写的情况。不能因噎废食。但我也曾说过，天下没有不可以写的文章，就看你怎么写而已。所以写什么和怎么写，这两个问题也是连在一起，几乎是不可分的。该写的文章因为没有写好，就成了不该写的文章。本来不该写的文章，因为想对了，写好了，就成了可以写，甚至是该写的，而且写得很成功的文章。

我对自己手上的许多题材都曾经反复思考过。许多文章该写，而且写了，但发表的时机尚未成熟。我就放起来，暂不发表，继续思考它，不断修改，直到思考成熟，而且时机（时机很重要）也已到来，方才拿出去发表。

《来自女儿国的报告》这篇文章，我认为，是应该写的，题材是重要的。但怎么来写它，还可以研究。从一个群体，逐渐写到分支，写到个人，材料很多，情节也很好。但是此文还是可以改进的，特别是结尾，并不能令人鼓舞。作者并没有想到要从一个社会学的角度，去探索这一方面的问题，这是一个重要的、关键性的问题，是一个还没有得到解决的文学题材。珠江三角洲和长江三角洲都存在这种社会现象，需要记者和作家去进行社会调查，深入到这种社会现象的核心中去，给以反映，并提出看法。我的建议是作者要追踪下去，这里面大有文章，直到水落石出，眉目清楚了为止。报告文学的影响，弄好了，往往是很大的。

施祥鹏的身世该不该写呢，以及该怎么写呢？我认为作者的心里是很清楚的。他对这个人物寄予很大的同情，人物的悲喜沉浮是感人的。他写的“爱国男”用了三个惊叹号是有深意的。作者写的结束语，君子之交浓于血，也不错。不过，也不能说这篇文章就尽善尽美了。文章写得很有热情，理念上的探索尚嫌不足。人物本身也还有很多何去何从的问题可以思考。我们需要企业家。我们对企业家也要有我们的要求。企业家是当代的英雄，当代的英雄必须符合当代的要求。这里面可以探索的问题有很多，物质的和精神的，经济的和伦理的，可以投射的远景和课题不少。

《火中飞起的凤凰》这个题目，要写也是可以的，并且也已经写了。但似乎题目太大，大得有一点过分了。前面已经说到，这篇报告文学的主角到底应该是谁？写什么不成问题。怎么写，我稍有点不同意。作者显然把重点放在两个病人身上了。然而，他写得好的，却是郭大夫所做的手术，即第六段。病人已经躺在手术台上，医师们已经把手臂在酒精中泡了五分钟。麻醉师替病人做了全身麻醉。郭文兴在患者上腹正中划开了一道长约十二公分的切口……文中不仅写了手术过程，而且写了医师的一句座右铭：“即使只有百分之一的希望，也要作百分之百的努力。”接着又写了手术，那一双灵巧的手，都写得很细致。写到手术步骤的第六步，又写了手术的第七步，作者对这个大手术的干净彻底作了充分的肯定。

这是写得很好的，我特别喜欢这样的报告，但从全篇来看，我总觉得写周乐群的精神力量，在战胜癌症这件事上，似乎更受作者的重视。主角是周乐群，不是郭文兴了。作者一共写了四个人，两个是学者，两个是医生，各有主次之分，而两者之间，也有主次之分。很明显，题目就叫“火中飞起的凤凰”，作者自己在最后亲口对周乐群说：“那你也就可算是郭沫若所说的火中的凤凰了。”郭老这首诗是针对我们整个民族的再生而言的。

而我总认为，这篇报告文学的主角应当是郭文兴，一个外科学的普通大夫。当然，到底谁应当是主角，这是可以讨论的，这是可以好好思考的。救了周乐群的命的，还是郭文兴吧！不过周乐群自己的精神也起到作用，也要指出。

报告文学要解决怎么写的问题，要求每一篇的作者，好好地考虑，深深地思索。报告文学的力量在于它的现实的社会意义。但首先要写出它的事实，从中才能展示出它的意义来。最有说服力量的是事实。而现在我们的多数报告文学却事实与论述的比例有点失调，论述有时竟多于事实，而且论述还处于主导的地位。几乎大多数的报告文学，一开头，就要发表一套套的政论性的议论，这却并不是读者所喜欢的。

原载《特区文学》1991年第4期

让历史告诉未来
——评《深圳的斯芬克思之谜》

李小甘

文学是人类掌握世界的特殊形式，面对着深圳特区奇迹般的崛起，无论是将这种巨变描述为“斯芬克思之谜”的神秘、“阿拉丁神灯幻化”的神奇，还是“一夜之城”的神速，都显示出人们对特区的好奇与翘注。高楼巍峙，大路坦荡，霓虹叠彩，都市喧嚣……生活于这火热沸扬的特区，作家、艺术家们自然有充沛的激情与灵感。这些年来，他们尝试着从不同的角度去描绘这崭新的人文景观，寻觅这谜一样的“深圳速度”的奥秘。在许多表现特区生活的作品中，我们看到由中共深圳市委宣传部写作组采写的长篇报告文学《深圳的斯芬克思之谜》（策划与审定：倪元辂；执笔：陈秉安、梁兆松、胡戈），这是一部力图以马克思主义经济理论为指导，从十年的时间跨度、全景式的空间背景去俯视特区发展进程的史诗般的力作，它熔思想性、艺术性、史料性、理论性和知识性于一炉，集创作者的眼光、胆识、信心、毅力和才气于一体。自1991年6月起，《深圳特区报》破天荒地以整版的篇幅予以连载，产生了一定的“轰动效应”，一时间竟成了人们的热门话题。

一

《深圳的斯芬克思之谜》（下称《斯》文），从标题上便透出历史与世界的气息，而作品一落笔便是东汉熹平四年的汉砖，颇有“仰观宇宙之大，俯察品类之盛”的气度。作品中，秦瓦汉砖、柏林围墙、苏东（欧）剧变、共市狂飙，从《乌托邦》到《资本论》，创作者求索于上下五千年，纵横八万里，使古今中外许多值得深思的史实与今日深圳的种种现象联系在一起，跃入读者的视野。《斯》文不是从深圳的角度去自我返顾，或简单地去讴歌特区十年来在“两个文明”建设中取得的成就，而是以超然与睿智，将深圳特区的发展放到历史和世界的参照系上来考察，置深圳特区的实践于我国改革开放事业乃至国际共产主义运动的大背景下来评介。黑格尔说："历史题材有属于未来的东西，找到了，作品就永恒。"（《美学》第一卷）《斯》文旨向明确，它探求的正是具有历史价值与现实意义的东西。作品第一章写到了"如果说在欧洲，隔开社会主义与资本主义的是那道铁网高架的柏林墙的话，在亚洲，在中国的南方，分开社会主义制度与资本主义制度的，就是这条河——深圳河。只是，柏林墙挡住了人们的视线，而在这条河边，洞若观火，对比更强烈"。这是一种严峻的伏笔，其立意不言而喻。我国正进行着建设有中国特色的社会主义的伟大实践，而深圳作为"窗口""排头兵"和"试验地"，她所进行的探索具有普遍性与超前性。同时，随着国际共产主义运动在东欧尤其是在苏联所遇到的挫折，社会主义的前途问题愈来愈引起人们的极大关注。在社会主义制度下，社会生产力能否充分发展，能否创造出比起资本主义国家毫不逊色甚至超而过之的经济增长速度？《斯》文站到了这样的高度去表现深圳特区的开拓历程，使作品具有更深邃丰富的内涵及更恢宏高远的意境。

二

黑格尔说："没有思考和理论，艺术家就无法驾驭他所要表现的内容。"（《美学》第一卷）反映社会历史的文艺作品，都应有理论的自觉，但理论对文艺的介入绝不是简单地抄录大段大段的论点，它必须寻找一种形象的载体并主要以融会贯通了的理论方法为指导。深圳特区的起飞，是以其经济体制改革为驱动力的，要深入表现深圳这场"经济的革命"，当然要切入特区内部经济机制的运作。《斯》文意识到了："任何一种经济现象（如果同意我们把经济特区的出现归于经济现象的话），都是一种经济历史发展中的必然。"它在驾驭报告文学这一体裁来剖析深圳十年发展的规律时，采用的是把文学与经济理论相嫁接的办法，从经济理论入手来解剖深圳，这种手法是文学创作上的大胆尝试，也是《斯》文的明显特征。作品的策划人在市委政策研究室和市委宣传部理论处潜心研究经济理论多年，三位执笔者也是研究特区经济的有心人，因此他们在尝试运用这种方法时果然得心应手。作品中，人们不仅可以看到古今中外许多思想家与经济学家，如托马斯·莫尔、康帕内拉、亚当·斯密、科尔内等的思想见解，重温马克思、恩格斯、列宁和毛泽东的经济学说，而且可以了解现代经济学中关于价值、商品、市场、证券、劳务和资源等诸多的理论，作品对"亚洲四小龙"经济增长的比较、对苏联经济模式的透视和对中国房改势态的阐析等，也非浅尝辄止的旁征侧引。由此我想到了关于“作家的学者化”的呼吁，在纷繁复杂的经济生活中，作家们倘若仅有炽热的情感而没有冷静的“经济头脑”，他们的作品将会是多么的苍白。广采博闻，厚积薄发，《斯》文在用马克思主义经济理论来阐析深圳十年来所发生的种种经济现象时，做出了有益的尝试。内地有些单位来信索要作品的单行本时称：“我们要将它作为学习政治经济学及进行社会主义教育的教材。”

三

十年的春风夏雨，十载的秋岚冬雾。深圳特区在这难忘的三千六百多个昼夜里，人事几番更迭，道路几经坎坷。“非非是是，是是非非，究竟谁是谁非？”要把握这历史演进的脉络的确难度很大。然而，《斯》文找到了历史的解剖刀，那就是辩证唯物主义与历史唯物主义的思想方法，从而比较客观、真实地再现了特区发展的不同阶段中的人物与事件。文中，许多为特区建设立过汗马功劳的拓荒者和曾经活跃于特区历史舞台上的风云人物跃然纸上，为特区做过好事的，人民不会忘记。而作品浓墨重彩描写的深圳的第一次“卖地”、第一次招标承包、第一次放开物价……又把人们带回到当年云谲波诡的改革风浪中，历史证明了“第一个吃螃蟹的人”的胆识。同时，《斯》文表现出了直面现实、揭露矛盾的勇气。作品的基调是深沉冷峻的，它不是一味廉价地唱赞歌，而是坦言“深圳干过不少‘冒天下之大不韪’的事”，写出了这些颇具冒险性的探索；又正视了深圳“既创造出举世震惊的‘深圳速度’，又伴生出令人深恶痛绝的种种痈疽”。它也不讳言来自各方面对特区的诘问与批评。由此令人想到艾青当年所说的：“希望作家把癣疥写成花朵，把脓包写成蓓蕾的人，是最没有出息的人——因为他连看见自己丑陋的勇气都没有，更何况要他改呢？”（《了解作家，尊重作家》）在作者笔下，“深圳是充满了奇诞、充满了竞争、充满了机会，同时又充满了爆炸、充满了危险的城市”。作品第五章第三节，坦然地将特区发展过程中出现过的基建失控、信贷失控、消费资金失控以及由此产生的一系列问题都抖搂了出来，并发出了“壮士断臂”的呐喊。“欲看银山拍天浪，开窗放入大江来。”倪元辂同志多次说：“创作这么一部作品是要冒险的！”的确，倘若没这种胆识，只会举步维艰、裹足不前，当然作品也只能是甜腻腻的，不会有这样的思想震撼力。

四

深刻的思考来自对现象的鉴析，而对现象的掌握则有赖于深入生活。据说直接参与写作的四位同志，用了近两年的时间，采访的人数不下两百名，足迹遍及深圳市的每个角落，收集资料达上千万字。难怪作品中所披露的许多珍贵历史资料和数据让许多生于斯长于斯的“深圳土著”都自叹“不识庐山真面目，只缘身在此山中”。读过这部作品，人们不仅可以形象地感知 20 世纪 80 年代伊始，作为中国改革开放总设计师的邓小平同志创办经济特区的思路与初衷，掂出“杀出一条血路来”的沉甸甸的分量，还可以了解江泽民等新一代领导人当年对兴办特区的支持，甚至可以发现早在 20 世纪 50 年代，毛泽东主席在珠江口畅游时便闪过了在广东沿海吸引外资的思想火花。《斯》文对情况的熟悉和对素材的利用是令人叹服的，其中描写了真实与感人的细节，如 1980 年江泽民同志作为国家进出口委员会副主任，在滂沱大雨中与深圳市领导人在罗湖火车站附近的泥泞中勾画特区蓝图的事例。又如 1985 年底，新任市长李灏私下探访的情景——“颀长的男子凝望熟睡中的城市，眼圈感到有些发热。一分钟、两分钟……伸出手去，抚摸着那建了半截的钢筋水泥柱，仿佛在抚摸着战友伤残了的胳膊。让我们再站起来吧——就从这儿开始！”这些细节亲切而生动，也显示了这部作品气象阔大和探幽入微的双重特征。

五

“回答历史吧——哪怕你的思绪还纷杂，言语还稚嫩。”在试图揭开深圳的斯芬克思之谜时，创作者并不掩饰他们在完成这么一部作品时思想上、理论上和技巧上的准备不足。《斯》文的政论性、叙事性显然超过了它的文学性，因而有些地方不无直露、粗糙、匆促之感。报告与文学仍待水乳交融，有些章节（如第二章的二、三节），笔墨欠挥洒飘逸，囿于交代事情的始末与罗列有关数据，与总体风格不太协调，我想，读者是颇难忍受那些冗长的关于钢材与水泥的购买过程的。同时，在把握如此宏大的主题与宽阔的时空时，这部作品仍时有捉襟见肘之感。对许多人物和事件的描述与评价本应可以写得更全面、客观与深入。文学也是项遗憾的艺术，好在深圳的斯芬克思之谜已开始昭然于世，也好在深圳特区正处于一个动态的发展进程中，人们还会有很多的机会去关心她、了解她和表现她。

原载《深圳特区报》1991 年 12 月 5 日

报告文学的枯竭和文坛的“青春崇拜”

李敬泽

《当代》2003年第5期上，编者议论道：最初，是想把真的写得更真，运用了假的手法，才有了报告（纪实）文学。遇到麻烦，又把真的说成假的，天长日久，就真成假的了。然而，在读者当它是假的同时，站在侵权官司的被告席上，法官总当它是真的。于是，歌功颂德的赞助文学和无法查证的匿名隐私文学，就成为报告（纪实）文学的必归之路。

这些年，不断有人预言小说的衰亡或诗的衰亡，好像“公开宣扬的谋杀案”即将发生，但我们心里都清楚，我们不大可能创造出一个奇观般的精神废墟：在全世界率先消灭小说、消灭诗。然而，有一种文体确实正在衰亡，那就是报告文学（或纪实文学），真正的衰亡是寂静的，在遗忘中，它老去、枯竭。所以，我赞同编者的议论，让我们确认“恐龙已死”。这个文学中的庞然大物曾有过强健的生命，但在急剧变化的社会和文化生态中已无法生存。与小说、诗不同，报告文学没有深广的传统根基，它是中国现代化进程因缘际会的结果：既“报告”又“文学”，这是一种权宜之计，在大众传媒和公共知识分子缺席、稚弱的情况下，文学家以个人勇气充当“真实”“思想”“正义”的守护者，直接参与确定公众议题。但事到如今，已经水落石出：文学家不是向公众提供事实的记者，也不是向公众提供知识的专家，他们的“报告”不能满足我们，就像他们的“文学”不能满足我们一样。

正所谓作法不自毙，《当代》在发表议论的同时推出了邓贤的长篇纪实文学《中国知青终结》：那些死去的人，那些苍老疲惫的人，他们曾满怀理想，曾经热血沸腾，他们穿越边界，加入“金三角”游击队，战斗、奉献、牺牲，他们以为自己正创造历史，正解放人类，但最终，他们被历史遗忘。

正如编者所说，这部作品的问题是“‘文学’过多，伤害了‘报告’”。这隐然指出了报告文学作为一种文体的根本症结：它在叙事伦理上是不成立的。任何一种文体都预设着作者、作品、读者之间久经考验的伦理关系，看一篇新闻时，我们确信记者必须为它的客观“真实”负责，否则会被老总开除；读一部小说时，我们知道这是被豁免的“谎言”，小说家有权利以虚构想象世界。而报告文学呢？它既承诺客观的“真实”，又想得到虚构的豁免，天下哪有这等左右逢源的便宜事？

所以，每当邓贤在《中国知青终结》中神采飞扬地“文学”时，我就忍不住想劝劝该老兄：不要自我放纵。这种“放纵”是对事实和人物的侵害——邓贤一定会喊冤，他是多么热爱那些人和事啊！但当一个写作者无所顾忌地代替曾经活着和正在活着的人们说出“他怎么想”“他怎么感受”时，他对那些有名有姓的人是粗暴的；当他把自己放到作品中去，到处抒情、到处议论、到处进行诗化描写时，他对作品表达的那个世界也是粗暴的，好像仅仅因为他是作者而且“文学”，他掌握着说话的权力，他就可以随意逾越他和事物之间的天然边界。

这个边界就是“知之为知之，不知为不知”，很简单，大家都应遵守，而报告文学却致力于享有超越伦理的叙事特权。曾经有一度，报告文学最常用的标题是“大某某”，在这类标题背后，我们倒是看见了那个骄横浮躁自以为“大”的作者。

所以，《中国知青终结》如果不是写成纪实文学或报告文学，而是继承中外叙事史的传统，如果邓贤专注于认识、理解而不那么放纵地自我表现，如果他充分意识到认识的难度和限度而不强求小说式的完整，如果他为自己确立严谨的叙事伦理并在此范围内精确施用他的文学才能，那么，它本来会成为一部具有真正价值的作品，它将忠直地保存濒临遗忘的记忆，使中国历史、中国人的经验中某些偏僻的成分进入我们的视野……

当然，这样的作品不是报告文学，它可能有一个突出强调伦理界限的名称：“非虚构作品”。

原载《南方周末》2003年10月30日

约拿与尼尼微城的故事
——读李兰妮的《旷野无人》

陈思和

“风中芦苇柔当强，旷野无人圣意扬。绝症三刀留痛迹，郁忧五载抗魍魉。滔滔巨浪先知命，尼尼微城证断肠。三代女心传抑郁，艰难于汝待天堂。”这是我读完深圳作家李兰妮的精神自传《旷野无人》后自吟的一首诗。本来不准备示人，今年三月去深圳参加研讨会，也没有当面送给兰妮。读完这部书后，我觉得任何语言都是轻浮的，语言无法回应灵魂的呼喊。唯有怀着默默的爱意，感受兰妮的受难，支持她与病魔作抗争，这才勉强与本书的旨韵相吻。

《旷野无人》的副题是“一个抑郁症患者的精神档案”，全书八十二篇，每篇包含了四个片段：一、作者治疗精神抑郁的认知日记（2003 年 6 月 6 日—2004 年 8 月 7 日）；二、随笔（2005 年 8 月 26 日开始整理认知日记，直到 2007 年 9 月 21 日，作者为每一篇日记配上相关内容的随笔创作）；三、链接（提供与认知日记相关的资料、病历、读书文摘以及作者的散文作品）；四、补白，根据前三者内容进行缀补和说明，起画龙点睛的作用。每篇（或称为章节）都由这四个片段构成，浑然一体，文气贯通。2008 年 3 月 3 日作者修订全书完毕，3 月 9 日又写了后记，补了两个梦像。所以，我不太愿意把这本书仅仅当作一个抑郁病人的精神资料，事实上，它的意义也不仅在于病理报告和病人自述。由四个片段构成的完整文本，其中病理意义的认知日记仅是其中的四分之一，其他三个片段都是作者整理这本书的时候有意为之的加工创作。她要解释的是疾病背后的巨大的时代隐喻，以及探讨当代人身处的困境及其拯救的故事。

这就是作品的文学性。我非常同意书的前言中潘凯雄先生所说的：“即使优秀的文学也根本无法涵盖这本书丰厚而现实的意蕴，这里是一声发自生命和心灵的呐喊！”我还想补充：这本书所体现的恰恰是文学的真正本质，优秀的文学就是来自生命和心灵的呐喊，离开那一声呐喊，我们就没有文学史上的皇皇巨著，也没有尼采所说的“血写的书”。很多人都批评当代文学疲软，批评它无力揭示时代的核心问题，就是在这个意义上说的。而且，发自生命和心灵的呐喊也不是孤立的，生命不能脱离生存环境而呈现意义。这本书之所以能让人读之震颤，就在于作家没有孤立地介绍一种病例，也不仅仅是指导同病患者的自我疗救，而是面向全体的人类，告诉他们抑郁症的时代症状和它的象征性的隐喻。

李兰妮是个弱者、不幸的人，她因患癌症三次动手术，至今还时刻处于淋巴增生的威胁之下，又被严重的抑郁症拖入生死界。她不断地与病魔抗争，她信仰基督教，把希望交给上帝，把自己的抗争作为生命的见证，她所有的自我疗救的努力都成为神的意志的体现，反过来她又成了一个至强者。她的角色转化是通过她的书写来完成的。李兰妮在整理这本书时说到，她似乎等于三个人："我的身躯在现实中活，而我白天常常会出神，元神出窍四处游历，夜里我的魂魄经历着另一种人生。"[①]也就是说，精神抑郁症患者是她的一个叙事视角，以现实的眼光思考现实中的治病与生活意义，以白日梦的视角追索家族史和抑郁症的关系，再以黑夜梦境的形态呈现病患者的无意识世界。所以，写认知日记时她虽然是个病人，但在整理日记时她却是个作家，何况她作为一个病人写认知日记的时候，她仍然是一个作家，她是一个患了抑郁症的作家。所以，这八十二篇认知日记（连同随笔、链接和补白）是一个作家写的完整的文本，渗透了作家对于人生、社会、生命的独特的感受、思考和描写，于是，疾病也就成了文本中的象征。

作家还是一个癌症患者，她的抑郁症的发作与癌症手术带来的恐惧不无关系，但是作家不写癌症的心理疗救却写抑郁症，正是因为抑郁症更加靠近社会的、心理的、精神的因素。写一个抑郁症患者的精神档案，也就是提供一份形象生动的当代中国社会的现代化进程的人文档案，记录了经济发展（以深圳为样板）给人的心理和精神上带来的巨大影响。这本书的结构是：

认知日记—探索病源（随笔）—文献补充（链接）—综合（补白）；

其创作思路是：

病状—走出病状—回到疾病或病理分析—综合。

所以，第二部分（随笔）是最为关键的部分。在这部分里，作家的细腻笔触慢慢地探寻、摸索、思考，渐渐深入到两个领域：一个是家族的女性命运，一个是社会的宗教寓言。

作家在随笔部分刻画了自己家族四代妇女的命运：喜姑一代，小桃一代，兰兰一代和作家自己一代。喜姑是旧时代的妇女，一切苦难都被掩盖在传统的伦理道德之下，浑浑噩噩地度过一生；小桃是被五四新文化运动唤起过的一代，

---

① 李兰妮：《旷野无人：一个抑郁症患者的精神档案》，人民文学出版社 2008 年版，第 12 页。

她当过女学生，走的是传统路，这样的女性是最可能患抑郁症的，但她为了抗争一生的苦难，最终的教训就是“知足常乐”；兰兰是解放的一代，少女时期参加了革命队伍，却在“文革”的恐怖中变得惊恐失措，患有严重的抑郁症。在这一部男性导演的中国近代历史上，随波逐流的女性总是走错房间：被认为是麻木的，能够平安度过一生（但我们并不知道她内心承受的真正痛苦，时代太遥远了）；而走近历史进步的，却在各种考验下变形变态，以致抑郁。最后轮到了作家李兰妮来承受这家族女性的灾难性命运，她这样来描绘自己的因果：“在忧郁绝望的岁月里，小桃夜里做噩梦，梦境里是小孩子僵硬冰冷的尸体。很多年之后，小桃的女儿兰兰常做噩梦。她梦见孩子在河里游泳，突然沉下去看不见了。她哭喊：快来人啊，救命啊！好多人都跳下河帮她捞孩子。左边捞起来，是一条鱼。右边捞起来，还是一条鱼。河里都是鱼，只有鱼。她痛哭：我的孩子没有啦！我的孩子死了啊！她总是从梦中哭得醒过来。很多很多年之后，兰兰的女儿干脆选择不当母亲。”……几代女性挥之不去的梦境，当然不仅仅指传宗接代，如果作家用小说的笔法来写这个家族故事，这是一部长篇小说的题材。

作为家族第四代的女性李兰妮，她不是消极地见证女性与时代的命运，她的抑郁症是集体无意识的心理积淀、社会快速转型的精神压力、高度物质压榨下的人性异化以及生理上的疾病恐惧等综合征的爆发结果。军人家庭出身、受过正统理想教育、人文素养很高的作家李兰妮，显然难以适应中国社会在1990年代发生的急剧转型，她身处改革开放的前沿深圳，面对的是金钱以及金钱背后的欲望支配一切的疯狂世界，社会伦理的堕落突破了人性底线，这才是她难以接受的生存环境。人作为环境的产物，她本人或者也是参与了创造环境的一员，无法脱离这样的环境而生存，这是精神危机的深刻之处。从认知日记里了解到，兰妮信仰基督教。我不知道她是为了抗拒病痛和绝望而入教门，还是之前已经听到了神的召唤来抵御物质生活的泛滥。我宁愿相信是后一种情况，在精神痛苦难以解脱的困惑中，她不得不追问形而上界，于是有了新的皈依。再者，在我的印象中，二十多年前的李兰妮神秘玄幻，善解人意，命运强加给一个美好的女人如此痛苦，如果没有神的特别意志，真是难以接受。因此，基督教对于李兰妮来说有双重的意义：读着兰妮在日记中的祈祷、读经以及自我慰藉，我感到安慰和温暖；读着兰妮对于《圣经》里所多玛和蛾摩拉的隐喻，对于“七个污鬼”的警告以及约拿和尼尼微城的故事，都体现了作家与环境的自我调整的心迹和努力，确实让我感到了震撼。

我经常往来于深圳，那儿也有我的许多朋友。也许是这个城市在二十几年的时间里完成了从渔村到现代经济高度发展的大都市的迅速变化，所有的居民都是直接参与了这个巨大奇迹的建设者，所以我所遇到的深圳人，不管是相熟的朋友还是邂逅的陌生人，都是由衷地为这个城市自豪，他们夸耀城市的同时也充满了对自己的创业史的肯定和赞美。这是我在其他城市里很少见到的现象。但是在李兰妮的这本书里，我读出了极其痛心的文字。虽然这些文字都被晦涩地遮蔽在病理分析或者宗教训谕之中，但是我明明感受到了兰妮的良知在发出另一种声音。如《圣经》记载，所多玛城里人们罪恶深重，上帝要毁灭这座城，亚伯拉罕请求说，如果那里有十个义人，能否就宽恕城里的众人。上帝答应了。作家补充说："听这故事的人多，警醒、反思的人少。有人嗤之以鼻，从不跟孩子讲这样的故事。这样下去，城里的义人会不会越来越少？我担心。"①在"七个污鬼"的寓言里，耶稣以人体中的"污鬼"作比喻，说明世界上邪恶的东西不会一次性地被驱除，它会变本加厉卷土重来。作家起先用这个比喻来解说自己的抑郁症负面思维为什么会反复出现，最后又引申到当代人缺乏信仰的现象："他们什么都不信，心中大大空虚，这样的'空屋子'，不招污鬼才怪呢。污鬼必带七个更恶的鬼来住在他的心里。这样的人怎能不邪恶？这样邪恶的人多了，这世代怎能不邪恶？"②这里所谓的"城"和"世代"，显然是有所指，作家生活在这样的环境里，她能够清醒看到社会经济高度发展中人文因素的严重缺失，精神生活的极端贫乏，并且直截了当地把这些具有尖锐挑战性的问题指出来，这显然是一般抑郁症病理报告或者自我疗救手册不能也无需担当的。这就是我说的《旷野无人》远远超过了一般治疗抑郁症的意义。它是一部漫游于精神领域的奇书，以一个抑郁症病人的眼睛和心灵来观察、感受世界，指出了正常的人们感受不到的生活真相。

如果说，这些比喻只是一种广义的文学描写，那么，作为一个作家，她在书中描写了一个接一个的梦像，则成了作家与环境之间关系的最生动的写照。整个文本里包含了三十五个梦境，其中认知日记里记载了十六个，随笔描写了十五个，链接里有一个，后记里有两个，还有一个在认知日记里，只提到一个"伤心的梦"，但内容被删除。把随笔与后记放在一起，梦境的总数与认知日记里的梦境相当。认知日记里的梦大多是不完整的片段，假定是作家真实的梦像记载，那么，随笔与后记的梦很可能是经过作家加工以后的梦境；认知日记的梦境里不断出现考试、迷路、死亡等困境镜像，无疑是作家疾病的无意识反射，

① 李兰妮：《旷野无人：一个抑郁症患者的精神档案》，人民文学出版社2008年版，第17页。
② 李兰妮：《旷野无人：一个抑郁症患者的精神档案》，人民文学出版社2008年版，第159页。

在随笔和后记里，梦境的细节性则完整得多，看得出是作家心理的补充性描写，也是对疾病和死亡的超越。以第七十九篇为例，认知日记与随笔都有梦的记载，前者梦境里出现了死人的意象，是一个噩梦；但在随笔部分，作家写了一个长长的梦境，包括出游、遇友、迷路、观海等复杂细节。从梦的分析来说，汹涌澎湃的大海应该是很好的意象，一种生命的冲动被唤起，然而梦中人回忆童年时代有过害怕海水礁石的经验，那是童年生命受到伤害的隐喻，所以当大海汹涌而来时，她感到害怕，但大海终于冲上礁石。“花芯雪白，花碎浅绿，像极其巨大的一朵烟花开放在宽广的海空中。我欢呼：‘好漂亮啊！’心旷神怡。喜悦。喜悦。”大海象征生命，象征了纯洁的、不带杂质的生命本原，终于克服了作家生命意识中的恐惧，显示了生命的活力。这不能不说是作家的艺术想象的精细设计。

从文本结构来看，全文八十二篇，暗示了传统文学中八十一个困难被克服而修达正果的过程。第七十九篇将近尾声，已经有了喜悦的生命意象涌现，但在第八十篇日记里又有反复，出现了一个“伤心的梦”的意象，但内容被删除。随笔部分描写了蓝色的意义，而蓝色是海洋的颜色，仍然有回应前篇的意思。第八十一篇极好，日记写的是在一场大雷雨中感受生命喜悦的故事，显然是第七十九篇的梦中海水的意象在现实中的应验；随笔描写了回到童年时光的快乐，也是回应第七十九篇关于生命恐惧的童年记忆。链接和补白部分摘录了作家采访军营的故事，再一次回应童年的军营生活，“这是我精神上的家，我感到安心”。[①]

第八十一篇是小团圆，第八十二篇则是大团圆，大喜悦。随笔部分连续写了两个梦境，都是关于宣扬知足常乐哲学的小桃（外婆），告别了外婆的在天之灵；补白又补充了对兰兰（母亲）的感情弥补，这样三代女人的故事也有了圆满的结局。作家对自己的故事是这样说的：如同《圣经》里约拿与尼尼微城的故事，[②]每一个人来到世间，都有一件命定该做的事。“注定了，我就必须坚守阵地。我的使命就是做这个城市文学写作这块地的底肥。我的使命就是，得癌症，得抑郁症，不死，老老实实把心得写出来。……目的是，让后来的人活得更健康，更平安。”[③]

---

① 李兰妮：《旷野无人：一个抑郁症患者的精神档案》，人民文学出版社 2008 年版，第 363 页。
② 上帝指派先知约拿去拯救尼尼微城，约拿起先想拒绝使命，从海上逃亡，后来大海风浪骤起，约拿知道那是上帝的旨意，自愿被抛进海里，被大鱼吞食。后又从鱼肚里逃生，重新担任使命，拯救了罪恶的尼尼微城。
③ 李兰妮：《旷野无人：一个抑郁症患者的精神档案》，人民文学出版社 2008 年版，第 368—369 页。

所以我说，不要把这部当代奇书视为简单实用的抑郁症治疗类书，更不要认为是励志类书，作家李兰妮用心血、病体、经验、审美、知识集中来构筑起“抑郁症”这一时代隐喻，抑郁症既是个人的疾病，也是时代的疾病，社会与宗教，医学与文学，心理的精神分析和家族的女性秘史，都熔铸在一本书内，展现出异常丰富的生命信息和社会信息。好好地阅读《旷野无人》，深深地认识李兰妮，会让我们的心胸渐渐变得丰富、开阔和宽容；对于烟雾弥漫的当代社会以及我们身处的环境，会有更加清晰的认识。

原载《文艺争鸣》2009 年第 12 期

《旷野无人》：一颗孤苦灵魂的自我剖析

雷达

《旷野无人》是一本用特殊生命体验换来的书，是一种敢于与死亡对视的自由无畏的表达。它倒是真的体现了“以人为本”的精神，透过一颗孤独痛苦灵魂的自我剖析，完成了一次对人在病态境遇中的被忽视和被伤害的重要发现。书的后记援引惠平的话说：“我们身边原来有这么多抑郁症患者，但我们了解得是那么少，因为不了解，世界不宽容；因为不宽容，世界缺乏尊重；因为缺乏尊重，这世上有多少生命在扭曲中痛苦地挣扎着。”的确，全球每四十秒钟就有一人自杀，而其中百分之八十是抑郁症患者，内疚、焦虑、烦躁、失眠、绝望，深深折磨着无数不幸的人。我们只知道张国荣、三毛、顾城、阮玲玉、戴安娜、玛丽莲 · 梦露，等等，那是因为他们太有名，而不知名的芸芸众生呢，他们不也是值得尊重的生命吗？我们知道多少他们深隐的痛苦？在这本书中，作为癌症患者和抑郁症患者双重病人，李兰妮对自己孤立无助困境的大胆披露，对难言之隐的吐露，使人动容；她对抑郁症的家族根源和遗传基因的追问，令人不寒而栗。

我们的文化历来对人类潜意识关注甚少，注意力过分集中在社会表面的纷争上。我们提倡以人为本，却只会从人与社会的角度，极少从人与自我，人与自然的角度出发和深挖，甚至讳疾忌医。一般说来，公认的深度模式有这么几种：一是黑格尔和马克思的辩证法，也即现象与本质论；二是弗洛伊德和荣格的精神分析学说，包括本我自我超我与集体无意识；三是存在主义哲学；四是结构主义符号学，等等。我们似乎只专注于“人是社会关系的总和”一说。

这本书的另一价值是对现代人身体、精神、灵魂困境的深入揭示。现代人的境遇是需要多角度多方面观照的，卡夫卡开了先河。这本书则从一个极为特殊的角度——内在疾病的角度，通过作者独特的表述方式，深刻地揭示了现代人在身体、心理、灵魂乃至病理上的巨大困境。以前的文学对此比较忽视，至少在中国当代文学中是颇为匮乏的。所以，我不认为这本书仅仅是一部抑郁症患者的精神档案，仅仅是为了一种自我疗救的需要，仅仅是为了抚慰同是抑郁症患者的人。当然这是它最初的起因，但它一旦触及了作者自身的精神创面、心灵隐秘和生不能生、死不得死的无限痛楚，也就是在用文字戳挖自己的心，把自己彻底“打开”，解脱和释放自己，展开了一个潜意识的广大海洋。是的，真正的痛苦是无法描述的，这是上帝造人的秘密。比如，李兰妮做好了离去的准备，开始逐渐切断与外界的联系，但她仍不忘把信件、文件、合同、物品全都撕掉、扔掉，把手稿和电脑存盘也扔掉，这是否害怕引起误会和污蔑？谁知道她心中的隐忧？一个人连死的决心都下了，按理说什么都不怕了，可是活着时的担心还不肯放过她，读至此，我心悲哀，原来是死也难，活也难。

李兰妮对时代性的焦虑很有感觉：“一眼扫去，我看到的是急迫、躁动、焦渴、肉欲。这是一个急于求成的年代，也是一个过于紧张的年代。人们追求用最少时间办最多的事，在争分夺秒与时间赛跑。”这里包含了作者对现有文化语境的批判，一种对物压倒人和人的被忽视、被伤害的发现，她在寻求抑郁症普遍化的社会心理根源。这是贯穿全书的。比如，报销窗口的冷眼，办公室里冷漠的领导者，她想起了《圣经》里所多玛与蛾摩拉之城的毁灭。

李兰妮把自己彻底打开，把一切公之于众，把自己融入大众中，让一切抑郁症患者读到这样的文字时能感同身受，唤起共感，相濡以沫，激起共同战胜病魔的决心。她宣称她写的是自我疗救之书，也是写给病人、穷人、孤独的人们的书。在她最痛苦的时候，发出了这样的呐喊：“李兰妮，你为什么要活？我（你），一个被边缘化的落魄病人，一个衰败的、晦气的平民，一个没有利用价值、呆在世上只是一个负数的人，一个没钱、没权、没有名利地位靠山背景、没有利益交换的任何资源、只会成为累赘的人。我找不到要活的理由。我为什么要为别人而活？唯一令我低头沉默的，是信仰道德。但我终究悟出，活着比死要艰难。我所有的精气神都用在坚持活着。”她研究过自杀，那各种死法的优劣，她常琢磨的十二种死法让人触目惊心。她主张，一是自杀的时刻其实最终是可以熬过来的，二是自杀者不可祸及他人。

李兰妮说，她一直生活在三个世界里，现实的，梦中的，幻想的。她分裂得厉害，如一个人同时生活了三辈子。她说，如果没有这种感觉，她是不可能写出这部书的。《旷野无人》具有一定的独创性、创新性，是一次令人感动的生命写作。它是边缘性文体。在抑郁旷野的无边黑暗中踽踽独行的李兰妮，注意搜集有关抑郁症的书，但大都是国外病人或心理咨询师写的。她自己在写此书时，无时不活在抑郁症患者与作家双重身份的冲突中。几个栏目中，“认知日记”是抑郁症患者的自我陈述；“随笔”是作家的言说，寻找病因踪迹；“链接”是文本佐证；“补白”是补充。写作此书时不仅需要理性、科学、权威的精神，而且还要求融入感性、直觉、丰富性与复杂性，需要融会贯通，需要言人之所不能言。举个例子，正如作者所言，抑郁和暴力，是同一事物的两个面。抑郁是向内的暴力。她由观看一出《刺客》，由士为知己者死，女为悦己者容引出了沉痛的“知己在哪里”的追问，士在哪里，尊严何在？由士可杀而不可辱，引出了人的尊严话题。由广东每年有近两万人自杀，抑郁症患者占绝大多数，引出了“我们的爱是脆弱的，有时付出的是爱，收获的却是恨”的感叹。“在一个缺乏道德信仰，充满虚伪贪婪冷漠的环境里，死亡在加速。癌症并不可怕，可怕的是癌的环境，癌的人心。”真痛语也。

总之，这是一部直面灵魂，干预灵魂，由自我的疗救推己及人，疗救所有不幸者的书，一本敢于袒露自我，袒露病情的书。这是抛弃了一切形式规约的写作，任性地流淌，没有“做”的痕迹，回到原点，回到原生态，回到切肤感受，反抗外在的压力，反抗抑郁，敢于与死亡对视，与灵魂对视。其中，一个是生命的尊严感，一个是对大爱的呼唤，都很突出。

原载《文艺争鸣》2009年第12期

《旷野无人》却有“灵”

崔道怡

这是一部旷世奇书，一部非常有价值而且具有非常价值的书。此前我从未见过这样作家、这样内容、这样写法的著作。一名被癌症、抑郁症折磨的患者，不仅未被人们普遍称为绝症的病魔逼上绝路，反而在战胜病魔之后，把人们不可得知、不可感受乃至不可思议的战胜病魔的历程，抒写为艺术品，提供给虽未罹患病痛却也大都需要精神疗养的读者。这是很了不起的，是功德无量的；这是振聋发聩的壮举，是难能可贵的义举。这是一本值得出版界鼎力推举的具有开创性和经典性的读物，是一项值得文学界给予重点褒奖的艺术性与思想性水乳交融而又独特新颖的成果。我因《旷野无人》感动，我向李兰妮所禀赋的“灵”致敬。

中国现实的生存环境，在一般人的心目之中，癌症是极其可怕的，而抑郁症却又常被误解为仅是心理方面的毛病。这种状况，除了因为缺乏知识，根本原因其实恰是诸多人的精神领域存在着缺憾或误区。这是需要自觉地认证并积极地治疗的，而若仅从医学角度开出处方，未必能够切实引起人们关注。即便是“精神卫生”专科诊断，即便是“精神化学”药物治疗，终归主要针对生理问题，属于理性思维范畴的操作。而作为人学的文学，施展形象思维魅力，主要针对心理问题，便也该承担起疗救灵魂疾患、促进精神健全的社会职责。在这方面，我们至今仍然没有如《旷野无人：一个抑郁症患者的精神档案》这一类型的文学著作。

兼有癌症和抑郁症的患者，存活下来的本就已无多，而同时又兼有文学之才情并愿意且能够“现身说法”者，唯有李兰妮。如果世上还未曾有李兰妮这样的作家，那么她就是在这方面给人类做出首创贡献的天使。她是用心血、用信仰、用意志、用难以想象的毅力来抒写这部长篇巨著的。她是以坦诚热忱、如实记叙、毫不避讳、无所雕饰的态度和手法来叙述这一段生命和人生之原生态历程的。这部书不是小说，却穿插着情节、细节等不可或缺的小说元素；它也不是报告文学，却具有报告文学之以事实说话的素质；或可称之为散文长卷，如诗人和哲人散文那样回旋着诗意和哲理。其实，这部书就是“档案”“精神档案”“文学记录的精神档案”。

因此，作为“档案”，原汁原味，不必加工，无须修改，只进行文字的校正，“保留原始滋味”才好。如李兰妮自己所说，“想为精神病学家、心理学家留下一本完整的病历”。如其文友读后所感，“不要去考虑这本书好看不好看”。而在我看来，这部书并非真正纯粹的“档案”或“病历”，当然也不是只为了给精神病学家、心理学家和需要精神、心理治疗的患者看的。它是一种特殊文本，它是给具备一定文化之读者提供精神营养的文学补品，是给有待增进素质之读者充实心理能量的艺术教材。它所蕴含的人文意义内涵，要比科学的价值贵重得多。它和其他体裁的出色文学成果一样，是历史和现实的明镜，也是光照灵魂和前程的灯火。

在结构上，作品由四个部分组成。而在叙述者身份和叙述的风格上，李兰妮充当了四种角色：写“认知日记”时，她是患者；写“随笔”时，她是作者；写“链接”时，她是读者；写“补白”时，她是论者。“病历”与“档案”部分，可谓作品之“经”；“探索病源”“自我疗救”和“检点历史与现实”的内容，可谓作品之“纬”。“经”是理性的、单纯的，“纬”是情感的、丰富的。“链接”之“检验摘录”“读书摘记”，又是“筋”；“当作背景”从中能够“找出抑郁症形成脉络”的“个性化资料”，亦即作家回首历史和面对现实的“自况性散文”，那才是“肉”，才是“灵”。“身”是物质的，“心”是精神的，“灵”则是对“身”与“心”的关照和感召。

这部书的最可贵处，正在于“灵”。李兰妮抗击病魔摧残，经受死亡磨练，却能坚韧不拔，写出精神档案。这是为什么？因为什么？不是为自己而是为众生；因为癌和抑郁不仅是生理的而且是心理的、不仅是群体的而且是社会的残酷杀手。而今健身已成时尚，养心也已得到认同，人们唯独对“灵”却还蒙昧。“癌症并不可怕，可怕的是癌的环境和癌的人心：缺乏道德信仰，充满虚伪贪婪。”“你什么都不信，怎么会有平安、健康、美好的人生？”李兰妮是患者更是作家，她回首家族和个人成长史，以病痛身心面对“旷野无人”的现实，从而感悟并领受“灵”的洗礼。无论是《圣经》还是“佛缘”启迪，她通晓且秉持了为人不可或缺的纯洁高尚信仰。

她的家族和个人成长史，既有独特性又有代表性，那是整个民族经历的劫难。人性被扭曲，个性被摧残，个人迷信导致国人发疯。当噩梦醒来却又陷入迷梦，无所信仰，无所适从。于是，自私自利、无情无义、腐败堕落、花天酒地，这是人性重症，亟待社会疗救。作家李兰妮，本是善良人，身心陷绝境，却仍信守爱。她意识到“现代中国人，要有‘爱人如己’之心”，“要在爱之中成长，为此必须不停地去爱，去给予”。因而，她把自己的一切奉献出来，告白天下，普度众生。这就是她抗击病魔的力量所在，就是她写此书的缘起和目的：向人类表达和呼唤爱。

《旷野无人》却有“灵”，这“灵”应该成为广大民众修炼美好灵魂的课本。为此，应该在出版前后广为宣传，对读者做具体切实的导读，对此书做切中肯綮的评价。而考虑到读者会有种种，对于只求乐趣的读者，此书的可读性力度不足。因而，我认为不妨印行两种版本，原稿出版之后，另编通俗简本。按照时间顺序，把病痛发生、诊断、治疗、反复、克服、治愈的过程条分缕析，简练清晰。把“自况性散文”部分，既作凝缩又小说化，使其故事性更浓郁而议论性更精粹。字数控制在三十万以内，更利于大众化和普及化的发行。我的这个建议未必可取，但我觉得如果大胆尝试一下，或许可能成为出版事业的一项创举。

原载《文艺争鸣》2009 年第 12 期

李敬泽：文学的求真与行动

陈竞

“非虚构”这个词包含着一种争夺的姿态，争夺什么呢？争夺真实。它是把一些在这个时代困扰着我们的问题放到了台面上：文学如何坚持它对“真实”的承诺？小说在这个时代是不是在这个问题上面临极大的困难？小说失去的那部分权威性在相当大的程度上是由于小说家而未必是由于小说这个体裁。我们常常明显感觉到作者缺乏探求、辨析、确证和表达真实的足够的志向、诚意和能力。希望通过“非虚构”推动大家重新思考和建立自我与生活、与现实、与时代的恰当关系。

从今年第2期开始，《人民文学》杂志开辟名为“非虚构”的新栏目，陆续刊发了韩石山、梁鸿、萧相风、李娟等人的作品，在圈内外引起广泛反响。今年10月，《人民文学》又启动“人民大地·行动者”计划，向全国公开征集十二个写作项目，提供各一万元资助经费，支持非虚构写作。至今，网上和书面的申报已超过五百份，这些申报人中有小说家、报告文学作家、散文家、评论家乃至普通作者。“非虚构”，这个在西方文学中一直占据重要空间的文学门类，一时成为当下中国文坛热议的话题。近日，《人民文学》主编、评论家李敬泽接受本报陈竞采访，以“非虚构”为焦点，畅谈当下文学创作。

陈竞：从今年第2期开始，《人民文学》开辟一个新栏目：“非虚构”。设立“非虚构”的初衷是什么？

李敬泽：当时我要发韩石山的自传《既贱且辱此一生》，然后就有一个难题：把它放在哪个栏目里呢？你知道，文学期刊大致是几大块：小说、散文、诗，有的还有报告文学。像韩这样的作品，当然不是小说，是报告文学吗？是散文吗？都不很对。中药柜子抽屉不够用了，我也想过临时做个抽屉，比如就叫自传，但我又没打算发很多自传，做个抽屉难道用一次就让它闲着？最后，就叫“非虚构”吧，看上去是个乾坤袋，什么都可以装。

由此我们也想到，体现在文学期刊上，进而体现在一般的文学观念和阅读习惯中的文体秩序其实是相当狭窄的，它把一些可能性排除在外，让你对很多东西视而不见。现在立了这个名目，就不免四面八方去找，或许会有意外的宝贝，结果一年下来，也发了十多篇。

当然，“非虚构”这个概念不是我们的发明，外国早已有之，而且在大众阅读中，通常比虚构类小说占的比重更大。但在中国我们不知道应该怎么做，似乎很多作者也不知道，那也不要紧，先做起来，树一杆杏黄旗，招降纳叛，做着做着就知道是怎么回事了。

陈竞：在已经发表的非虚构作品中，有不少得到了普通读者乃至作家、评论家的广泛关注，以梁鸿的《梁庄》为例，有人认为它比当下很多农村题材的小说“好看”“过瘾”。您认为这反映出什么问题？

李敬泽：前几天和几个朋友吃饭，梁鸿在，年轻的评论家张莉也在，张莉提了一个很有意思的问题，她说，梁鸿你这个《梁庄》，如果刊发的时候不叫“非虚构”，而是叫“散文”或“报告文学”，那么还会有这样大的反响吗？

张莉很敏锐，我要“剽窃”发挥一下她的观点：所谓名不正则言不顺，“名”这件事很重要，它一下子就给读者预设了看作品的特定角度，“非虚构”特别强调了一点：这不是虚构，不是“向壁虚构”，这是真的。这在某种意义上确立了它相对于小说的优势。

什么事一“非”，就有了一点叫板的意思，“非虚构”这个词包含着一种争夺的姿态，争夺什么呢？争夺真实。它是在说，我比你那个虚构、你那个小说拥有更多的真实。这一点，小说家们肯定不同意，我也认为事情没那么简单，但是，我相信，它是把一些在这个时代困扰着我们的问题放到了台面上：文学如何坚持它对“真实”的承诺？小说在这个时代是不是在这个问题上面临极大的困难？

就《梁庄》而言，最初的反应和直到现在的反应常常都胶着在一点上：人们认为看到了比很多小说更多的“真实”。你仔细研究这个问题，就会发现，这里牵涉到一组关系：一是读者，我们总是近乎本能地知道什么是真实或更真实，什么是不真实，这种“知道”既涉及世界是怎样的，也涉及我们对这个“是怎样”的认识和判断；这两方面加起来，按通常的说法就是“世界观”，就我们的问题而言，我把它叫作“现实感”或“真实感”。而非虚构和虚构，它们都各有一套应对我们的“真实感”的策略和伦理，小说的了不起在于它居然“虚假”——在“虚构”的基础上建立起了强大的“真实”的权威，但现在看来，似乎小说的这种权威性出了问题。

陈竞：为什么在这个时代我们会强烈地感到虚构的贫乏？在当今时代，“虚构”意味着什么，“非虚构”又意味着什么？

李敬泽：生活比想象和虚构更精彩，现在很多人都这么说，很多小说家也这么说，快成顺口溜了。但是这句话也可以换一个说法：生活比小说更像虚构。生活并不是先在地拥有比虚构或小说更多的“真实”，你不能说，我是在写真事儿我就真实，真事儿也可能被你写得毫无真实感。“真实”不是一块石头，它永远涉及人对世界的认识和判断，而这个认识、这个判断，现在本身就存在纷繁的矛盾和分歧，这使“真实”变成了一个极具难度的目标。小说失去的那部分权威性在相当大的程度上是由于小说家而未必是由于小说这个体裁。如果说，小说让我们感到贫乏，那绝不仅仅是戏剧性、传奇性的贫乏，而是我们常常明显感觉到作者缺乏探求、辨析、确证和表达真实的足够的志向、诚意和能力。而非虚构，在很多人的理解中，它是退了一步，退到“真事儿”那里去，它力图回到“事实”，像历史叙述那样，借助“事实的权威”，就如章学诚《文史通义》所说：“文士剿袭之弊，与史家运用之功相似而实相天渊。剿袭者唯恐人知其所本，运用者唯恐人不知其所本。”当然刚才说了，事实也不能天然地保证真实感，这就有了人们对非虚构的另一重理解，它还是一种作者在场的事实，作者把自己真正放进世界的风雨中去，直接感受、认识、反思。这不是一个“现场感”问题，而是作者的心在不在、身体在不在的问题。

陈竞：作为文学的非虚构与新闻报道的非虚构有什么区别？即使在文学内部，非虚构与报告文学等纪实类文学作品又是怎样的关系？

李敬泽：尽管记者陈竞是署名的，但他的写作不是个人的，他承担着公共职能，客观报道事件，或者说，客观报道公共水平上的事件。也就是说，有些事不是陈竞感兴趣的，比如一个杀人者，他的复杂内心世界、他的事件前史、他的经验细节等，这些可能却是文学特别感兴趣的；而且文学也不仅仅是在事件的层面上看待生活，它可能注视某种状态，比如我们有个作者，他提出要写一个人，这个人没有任何新闻价值，这样的人可能有几千万，我说这特别好，你把这个人写好了，几千万人都能看到自己。

说到底，新闻不是陈竞的作品——那些人、那些事和一份包含观点的报纸才是新闻真正的作者，但非虚构作品一定是作者自己的作品。任何文学写作者一定会带着他个人的前史，他的身心，他的理解、角度、修辞，在非虚构写作中，他力图捕捉和确定事实，但与此同时，他是坦诚地自我暴露的，他站在那里，把他作为个人的有限性暴露给大家，从而建立一种“真实感”。这种“有限性”的意识，我想是现在的非虚构写作的一个关键问题。在处理很多非虚构的稿子时，我们做得最多的一件事就是删，删掉作者的抒情和议论。这绝不意味着我反对作者在情感上和理智上的介入，恰恰相反，真正介入了，身心相关了，你才不会像个游客和看客一样贸然地廉价地抒情和议论——你必须深入到对方之中去，而不是把对方粗暴地装到你自己的袋子里来，人类生活不是为了成为你抒情和议论的口实，它自有意义，它比你大，就像历史比历史学家大，你得怀着敬畏、谨慎去接近它。这一点我们很多文人很不习惯，习惯了下车伊始，哇啦哇啦，真理在握，比谁都高明。

至于“非虚构”与报告文学、纪实文学、史传文学等类别的关系，我没有多想，这些事争论起来很费口舌，我宁可说，“非虚构”可以是个更大的概念，包括和大于上述各种类别，不争论，让我们看看会不会有些新东西出来。

当然，实际上我们还是会面对一些具体的写作和理论疑难。比如，研究报告文学或纪实文学的朋友常常谈到，某个作品有问题，太小说化了，当时的人怎么说话，某些细节某些内心活动，活灵活现，不真实。这同样是非虚构写作会面临的问题，其实也是个老问题了，“七月七日长生殿，夜半无人私语时”，那么接下来人家就问了：夜半无人君怎知？你怎么听到了？这不是自打嘴巴？《左传》《史记》都有这个问题，至于西方史家，从修昔底德开始就面临这个问题，这如果细说起来还牵涉到语言、书写和叙事的本质问题，在这里也扯不清。总之，非虚构，我看也不会是全“非”，全“非”了无法构成叙事，这里就有一个边界问题，有待于我们思考，更有待于在写作中探索。

陈竞：《人民文学》倡导“非虚构”，不仅是提倡一种文体、一种写作方法，其实也是提倡一种写作态度？

李敬泽：对。我们希望推动大家重新思考和建立自我与生活、与现实、与时代的恰当关系。我绝没有劝人家不写小说，都去写非虚构的意思，《人民文学》也绝没有计划少刊发乃至不刊发小说，只搞非虚构。我们的志向是刊发最好的小说，也刊发最好的非虚构。但是，我们也“吁请海内文豪”，对于这个世界建立起刚健有力的行动和认识意愿。否则大家都是“宅男宅女”，靠着“二手生活”自得其乐，看看电视、翻翻报纸、上上网，然后各种活动、四处开会，不管你弄出多少精巧的理论依据，这样的生活对一个作家来说都是极有问题的，动不动就说“我这生活不是生活吗”，听上去有道理，实际上谁都知道这不过是懒惰的托词，是身体上、精神上的懒惰。他可以看着电视、报纸、网络，振振有词地写“底层”，但他很可能对他们家钟点工的生活都没什么兴趣。精神和话语的空转可以暂停，或许可以去真的接一接地气、人气，我们提出一个写作计划：“人民大地·行动者”，就是说你能不能对“吾土吾民”建立一种直接的情感和认识关系。

陈竞：这个计划向全国公开征集十二个非虚构写作项目，各提供一万元资助经费，目前进展怎样？

李敬泽：10月份我们开了会，发了启事，到现在，网上和书面的申报已经达到了五百多份，不少小说家、报告文学作家、散文家、评论家和普通作者都表达了强烈的意愿，我们会仔细论证评审。目前我们已经签了第一份计划，就是新疆作家李娟，她随着哈萨克族牧民家庭到了春牧场、夏牧场，写了非常出色的作品，然后，她要去冬窝子、冬牧场，自然环境很严酷，非常艰苦，但她很想去，我们就资助她去，现在她已经在山里了。

当然，我前几天看了一遍申报，有一个强烈的感觉，就是很多申报人对于写什么尚未深思。我希望我们的非虚构作品能够打开一个特定的经验面，我们现在是对世界所知甚多，但同时也所知甚少，也就是说，你天天知道的事、接收的信息很多很多，但真的知道吗？稍微问一问，你原来不知道。我们的生活中到处都是这样的盲区，比如像梁鸿，她就是从农村出来的，现在还是经常回老家，但是有一天，她问问自己，我知道我的家乡现在怎样了吗？她发现她其实不知道，她得回去，扎下去。我记得英国的德波顿写过一本小书，是写机场的，他在机场呆了一段时间，然后写了这本书。是啊，我也经常上机场，可是我知道机场是怎么回事吗？那里汇聚、交换、隐秘地流动着的人类经验、人的故事，实际上远远没有被打开。所以我希望，作为文学的非虚构，多在“状态”上着力，它确实不是新闻，它看到的是新闻下面那个人生的底子，那个生活的土壤。

陈竞：“非虚构”在西方文学中一直占据很重要的空间。对于中国文学而言，重提非虚构的可能性和可供探索的空间在哪儿？

李敬泽：谈起非虚构，大家耳熟能详的是二十世纪五六十年代杜鲁门·卡波特的《冷血》、诺曼·梅勒的《刽子手之歌》《夜幕下的大军》，还有汤姆·沃尔夫发起的“新新闻小说”。这都为我们提供了重要的启示。但是我想，电视时代和网络时代的“非虚构”是不太一样的，具体的历史语境也不一样，我相信非虚构会给我们开出宽阔的可能性，但是现在，我宁可说，我也不知道它会是什么，还是那句话，保持开放性的态度，打开一扇门，走出去，尝试、探索。

原载《文学报》2010年12月9日

“非虚构”的内涵和意义

王晖

“非虚构作品”一词应该是舶来品，包含范围广，文史哲等都有。在文学领域提到该词，较早的是在20世纪60年代的美国，以“非虚构小说”和“新新闻报道”为代表的非虚构创作盛行一时，诺曼·梅勒、汤姆·沃尔夫、杜鲁门·卡波特等是其中的典型代表。1988年春风文艺出版社曾出版过美国学者约翰·霍洛韦尔的《非虚构小说的写作》一书的中译本，该书对此专门进行过介绍和探讨。英语中的“Nonfiction”一词，直译是“非小说”，还可译为“非虚构文学”。我和南平在国内学界比较早地使用了“非虚构文学”这一概念，于1986年和1987年先后在《当代文艺思潮》和《文学评论》杂志上发表《美国非虚构文学浪潮：背景与价值》和《1977—1986中国非虚构文学描述》等文，将中美两国的报告文学、非虚构小说、新新闻报道、纪实小说、口述实录文学等统摄为“非虚构文学”来考察。后来，缪俊杰、吴炫等人使用过“非虚构文学”这一概念，《钟山》杂志开设过“非虚构文本”栏目，王树增等作家也称自己的作品为“非虚构文学”。但尽管如此，至少在去年《人民文学》提出“非虚构”写作之前，这一概念在中国大陆并没有获得更为广泛的响应。而2010年《人民文学》对于“非虚构”写作的提出，某种程度上就意味着“非虚构文学”进入主流文学媒体的视野。

我一直认为文学文体可以分为“虚构”和“非虚构”两大类。相对于“虚构”写作，“非虚构”写作其实是指一个大的文学类型的集合，而不仅仅是一种具体文体的写作。它既包含非虚构小说和新新闻报道，也包括报告文学、传记、文学回忆录、口述实录文学、纪实性散文、游记等文体。在广义上，非虚构文学是一个相对于“虚构文学”的文学族群，在狭义上，它专指美国20世纪60年代至70年代兴起的非虚构小说、新新闻报道和历史小说等新的写作类型。我们可以按照文本所体现的作家的写真意识、文本再现的似真程度以及读者接受时的真实感效果等三个方面因素，将非虚构文学划分成完全非虚构（包含报告文学、传记、口述实录体、新新闻报道和纪实性散文等）和不完全非虚构（包含非虚构小说、纪实小说、新闻小说、历史小说、纪实性电影和电视剧剧本等）两种主要类型。另外，还有一种基本属于虚构文体的类型，如新写实小说之类，它在某些方面和某种程度上具有“非虚构”的一些元素，我们将其视为仿非虚构类型。非虚构文学最重要的特性即是它的非虚构性，或者说是“写实性”。田野调查、新闻真实、文献价值、跨文体呈现应该成为构建非虚构文学的基本内核。

对于“非虚构”写作的内涵梳理固然十分重要，它至少能够让创作者和研究者认识某类文体的核心元素和规范。同时，另一个问题也是同样重要的，那就是在当下语境下重提“非虚构”写作的意义。《人民文学》编辑部在编者“留言”里表达过对这个新栏目的定位——“我们希望由此探索比报告文学或纪实文学更为宽阔的写作，不是虚构的，但从个人到社会，从现实到历史，从微小到宏大，我们各种各样的关切和经验能在文学的书写中得到呈现。”的确，从目前这一刊物已经发表的“非虚构”作品来看，“关注现实”“文体宽阔”“呈现生活原生态”是其中的关键词，这也旨在表明刊物的主办者打出“非虚构”写作旗号的鲜明的倾向性。这里的“非虚构”汇集了回忆录、田野调查等文字，但它们与现存的报告文学样态有很大的不同，都在不同程度地强调作者身份的个人性、写作的亲历性、文本的揭秘性、题材的猎奇性和叙述的故事性等。应该说，《人民文学》的“非虚构”实践实际上向我们提出了“非虚构文学”建构的必要性和紧迫性，以及由此所引发的对于整个中国当下非虚构文学族群的祈望，即拓展文学表现的疆域，强化文学对现实的参与和渗透，显现文学的生命力和独特价值，而这正是当下“非虚构”写作的重要意义所在。从文学本身的意义上来说，这可以看作对于文学观念的一次积极的调整和拓展——它认可了写实作品的文学性质；这还可以看作对当代文学写作方向的重新定位——现实生活比虚构玄想更精彩，经验的故事比想象的故事更迷人，田野写作比书斋写作更本真。从文化意义上来说，“非虚构”写作是对印刷媒介面临全媒介时代受众收缩困境的主动回应，是社会转型时期人们精神和生存困境的深度解读，因为任何时期的最好的非虚构文学都可以显示出明辨是非、检视反思、激浊扬清的导向作用。这诚如《非虚构小说的写作》的译者所言：“非虚构文学作品的激增，标志着人类写作活动的一重大转变，即从传统的艺术虚构写作转向现代的纪实写作。维多利亚时代的小说写作方法已难以反映当代这个繁杂快节奏的世界了。真实生活的生动性有时超过了虚构故事的魅力……”当然，我们并不认为“非虚构文学”是重振文学雄风的唯一灵丹妙药，也不奢求“非虚构”写作能够替代社会变革和文化出新，我们只是希望文学能够更加贴近现实、感应民生、捕捉善美、表达真情。

2011 年初，美国作家雪莉·艾利斯的《开始写吧！——非虚构文学创作》一书中译本问世。这是一部关于包含散文、随笔、传记、回忆录等非虚构文学文体写作的书，它带有浓厚的“术”课色彩，强调的是把握原则和如何操练。此时此刻，这部著作的出版更像是一个极富针对性的、敦促立即行动的信号，鼓舞我们努力前行，将“非虚构”写作进行到底，兑现非虚构文学“不久将成为文学最重要的形式”（萨特语）的美丽预言。

原载《文艺报》2011 年 3 月 21 日

“非虚构”写作：新的文学可能性？
——从《人民文学》的“非虚构”说起

张文东

本文所讨论的“非虚构写作”或“非虚构”，主要出发点还是传统意义上的文学或所谓纯文学；同时在当下的语境中，我认同“非虚构写作”的合法性及合理性，但觉得其“文学性”等问题仍多有待厘清，故有所疑问。“非虚构”写作并不是一个新生事物，这倒不是因为从二十世纪五六十年代以来英美文学中开始流行所谓“非虚构文学”并成为一时的主流，而是因为仅从传统意义上的文学乃至文学叙事的发展来看，不论中西，即便在最简单的意义上，“非虚构”也都可算是一种历史悠远的传统和方式——中国文学叙事传统中的“史传”始终是影响最大的模式之一，其中当然包含着丰富的非虚构特质；而西方文学传统中具有较强非虚构取向的“史诗”，甚至恰好是其叙事文学的鼻祖——作为一种特殊的叙事取向，“非虚构”本来就是内含于文学之中的。不过按现代以来的文学定位和分类，上述非虚构的写作已经被特意划定在纯文学之外，被单独划分成如报告文学、传记文学等纪实文学一类，从而与“文学”（尤其在叙事的意义上与小说等“虚构”文学）疏离甚至对立起来。很显然，《人民文学》现在所提倡的“非虚构写作”，并不是对报告文学等纪实文学写作的重新张扬，而是试图以“非虚构”来重新定位甚至改造我们习惯意义上的文学（尤其是小说），并将其视为一种文学的“新的可能性”：“我们认为，它肯定不等于一般所说的‘报告文学’或‘纪实文学’……希望非作家、普通人拿起笔来，写你自己的生活自己的传记。还有诺曼·梅勒、杜鲁门·卡波特所写的那种非虚构小说，还有深入翔实、具有鲜明个人特点和情感的社会调查，大概都是‘非虚构’。”[①]所以，回到“文学”的层面上或者在“文学的视界”内，来认真讨论并认识这种“非虚构”所内蕴的相关“文学性”问题，实在很有必要。

---

①“留言”，《人民文学》2010 年第 2 期。

一

写作的实质是在建立一种关系——人与外在世界之间的一种存在与阐述关系——并且一定是依靠人自身来完成的，是人在“有限”中创造并体验“无限”的自我发现与实现。“文学的表述言词与世界有一种特殊关系——我们称这种关系为‘虚构’。文学作品是一个语言活动过程，这个过程设计出一个虚构的世界，其中包括陈述人、角色、事件和不言而喻的观众（观众的形成是根据作品决定必须解释什么和观众应该知道什么而定的）。文学作品是指虚构的，而不是历史人物的故事……一部文学作品——比如《哈姆雷特》——就其特点而言，是一个虚构人物的故事，而这个故事本身又在某些方面具有代表性（不然，你为什么想读它呢？），但同时它拒绝界定那个代表性的领域或范围——正因如此，读者和批评家们才能如此轻松自如地谈论文学的‘普遍性’。”[①]显然，不用再回到亚里士多德关于诗与历史哪个更富有哲学性的久远追问当中，文学尤其是小说必然具有虚构的本质这一点还是不容置疑的。但值得注意的是，这并不一定意味着文学只能是虚构并只有虚构的形态，因此，非虚构作为对应于虚构的逆性写作，既然同样也是以“表述言词”在人与世界之间建立一种“关系”，那么这种关系便同样具有了某种文学的本质。

事实上，就像任何本质的规定性都有可能被泛化或僵化一样，“文学是虚构的”这一命题在将文学区别于历史等其他写作的同时，也不免导致了自己的狭隘和异化，即不断使自己在虚构的意义上成为一种语言的“游戏”，从而在建立自己与世界的关系过程中，出现了某种片面强化“自我”的态势。当下的文学之所以在虚构的意义上时常被诟病乃至被否定，问题可能并不在于虚构本身，而是在于这些所谓文学往往只有虚构，并以虚构消解掉了真实的生活及生活的真实。或许可以这样理解，非虚构之于虚构，其含义大概应有两层：“不是”虚构，“反”虚构。所谓“不是”，意味着可以进入非虚构写作的材料都是“真实发生的事实”，未曾发生的（包括可能发生但事实尚未发生的）则不能进入；所谓“反”则是指一种书写姿态，即写作者不对生活进行某种主观加工，只是如实描摹事实或复制现场。尽管从表面看来，非虚构这种“不是”与“反”虚构的书写策略，几乎完全否定性地对应于虚构及虚构文学，甚至还有着一种令文学回到历史或“纪实”的斜溢。但我却以为，非虚构这种“写什么”与“怎

① [美] 乔纳森·卡勒：《当代学术入门：文学理论》，李平译，辽宁教育出版社、牛津大学出版社 1998 年版，第 32—38 页。

么写”的明确界定背后，实际是另一个更大的“为什么”或“为什么这样写”的背景问题，即它并不是一定要使文学仅仅回到事实或世相本身，而只是试图使文学重新回到生活及其真实。

《人民文学》没有对非虚构划出明确的界限：“我们只是强烈地认为，今天的文学不能局限于那个传统的文学秩序，文学性正在向四面八方蔓延，而文学本身也应容纳多姿多彩的书写活动，这其中潜藏着巨大的新的可能性。”[①]这一命题的合理性在于，当下的文学在遭遇着巨大艰难和危险的同时，也正因此面临着新生的机遇和可能，因为从二十世纪以来，我们开始进入了一个新的文学的时代：知识和写作从来没有像现在这样普及过，新媒体的开放与自由让每个人都有可能成为诗人，日常生活的意义被充分放大并被赋予了日趋强大的美学意义……传统的文学“疆界”在人们的犹疑中不断地径自扩大，当下的文学“可能性”也不断地丰富、放大起来。因此，如同当初小说在现代的兴起一样，以“对普通人日常生活的深切关注”来试图回到生活及其事实本身的非虚构，便时常在历史或纪实甚至个人记事的层面上创设出了前述的所谓“文学性”。《人民文学》一年多的努力，已给我们带来了许多具有纪实或个人记事性质的非虚构印象。例如萧相风的《词典：南方工业生活》，就是一个工人“自2000年起至今奔走于珠三角”的打工“纪实”，作者用一种关键词的方式结构出一部打工生活的词典，用日记一般的真实记录诠释着这部词典里的每一个词，将他日常所经历的，所感受到的，所接受、抗拒甚至无可奈何的种种经验和体验如流水账似的细细道来……如果说“文本”必须借助读者方可成为“作品”的话，那么在这部词典里，作为一个读者，我注意到，我那些原本生成于某种“文学阅读”的底层经验与这种“南方工业生活”有着很大的不同，而我常常报之以同情地理解的打工者也与我的“文学想象”有很大出入，它甚至会时常让我惊诧——在放弃了所谓“文学欣赏”之后竟仍可以获得如此充实的阅读感受。因此，当梁鸿用自己的感受、体验和调查重新书写“梁庄”，或慕容雪村用自己在传销团伙中卧底二十三天的真实经历给中国开出“一味药”的时候，就都让我们不得不承认，这些非虚构的写作，的确已经在打破传统文学思维乃至文学秩序以获得“新的生机、力量和资源”的意义上，成为一种新的文学可能性。

①“留言”，《人民文学》2010年第2期。

二

我认为非虚构是一种创新的叙事策略或模式，这种写作在模糊了文学（小说）与历史、纪实之间界限的意义上，生成了一种具有“中间性”的新的叙事方式。非虚构写作并不想，当然也不能摆脱所谓“文学的表述”。换句话说，非虚构虽然试图并有可能摆脱所谓文学的想象或虚构，但必须作为文学写作并因此被接受始终还是其根本愿望，《人民文学》刊发的“战争史”“日记”“回忆录”等皆是如此。例如，董夏青青在《胆小人日记》里就曾自语，希望自己的作品能有好运气，至少可以被当做“文学书”来看；①而事实上人们很早就认识到了，“传记作家像小说家一样，也面临着使紊乱的素材秩序化的任务”，并且在他使用的原始材料必须确凿无疑的同时仍必须采用某些小说家的技巧，②这就让我们不难理解韩石山，尽管是在写自己的历史，但还是有一种在“没有戏”的地方发现“好戏”的小说家“言路”③……凡此种种，便造成了非虚构写作“中间性”的特殊张力结构：一方面极力试图回到历史或事实，另一方面还需要作者和读者都认同的表现形式即“文学的表述”，其所构建的依旧是一种“文学的表述言词与世界之间的特殊关系”。所以在我看来，非虚构写作的理想和现实的可能性都在于：在尽可能模糊的文体界限中营造一种特殊的叙事策略，以某种“中间性”的创新模式打破传统文学（小说）叙事的存在样态，使历史或事实在被最大限度还原的基础上成为一种新的文学景观。

众所周知，在当下的文化语境中，按费瑟斯通的说法：“大众文化中的琐碎之物，下贱的消费商品，都可能是艺术。艺术还可以在反作品（anti-work）中得到发现：如偶然性事件、不可列入博物馆收藏的即兴即失的表演，同时也包括身体以及世界上任何其他可感物体的活动。”④因此，随着大众读者自身的日常生活以及阅读趣味的变化并日益加强对文学的实质性介入和作用，便使得“非虚构”的现实日常生活成为可能的审美呈现，文学及其阅读更加成为大众生活中的一种“日常化”的行为和存在。这种文学不再因外在的观察以及超越的想象而成为某种孤立的虚构，而只是立足于每个人当下生活的此时此刻，感知到“发生在世界上每个人身上的事情都非常重要”，并以“内在的视角”“带

① 董夏青青：《胆小人日记》，《人民文学》2010 年第 4 期。
② [英] 艾伦·谢尔斯顿：《传记》，李永辉、尚伟译，昆仑出版社 1993 年版，第 94 页。
③ 韩石山：《既贱且辱此一生》，《人民文学》2010 年第 2 期。
④ [英] 迈克·费瑟斯通：《消费文化与后现代主义》，刘精明译，译林出版社 2000 年版，第 96 页。

着人们赋予自身的多种意义”去看待这些事情，[①]从而使生命本身的丰富性得到了更加细致和细节化的文学性呈现。例如，《人民文学》2010 年第 11 期刊发的两篇非虚构作品，就都有这样的特点。李娟的《羊道·春牧场》里有一个“小小伙子胡安西”，作者用相当细致的笔墨写了他对幻想和游戏的热衷，也写了他作为劳动者的出色素质，这一切都不是故事，而只是他的日子，并仅仅止于他六岁的“此时此刻”，“胡安西的世界只有这么大的时候，他的心也安安静静地只有这么大”，但只有这么大的世界对胡安西来说同样具有非常重要的意义；王族的《长眉驼》的“内在的视角”也很鲜明，在作者这次并未精心准备的“寻找”当中，长眉驼始终都在哈萨克族牧驼人叶赛尔家的平常日子里，就连它那原本十分传奇的历史，也并没有成为一个“完整”的故事，大多还留在阿吉坎·木合塔森老人的心里——这也许正是长眉驼对于叶赛尔一家的真正意义。因此，当文学以非虚构的样态走进这种大众文化并关注每个人的独立性及其合法性的时候，我以为，尽管它的核心问题可能已不再是传统的文学主题，但其对于个人日常生活的关注还是具有了某种现实意义上的文学价值。

可能还需看到，置身于大众文化背景下的非虚构写作，实际上还有一个大众传播的背景，并因此成为可以更加模糊不同写作界限的叙事文本。回望二十世纪五六十年代兴盛于西方的非虚构写作，其概念缘起和文体生成大概都离不开美国的“新新闻主义”(New Journalism) 及其纪实写作的理念（许多后来人们津津乐道的如梅勒等非虚构小说家，实际上大多有新闻工作者的背景）——认为“小说家能为记者和历史学家提供其研究专题欠缺的一个方面”，试图借小说家的笔法来使新闻写作从“客观的”走向“主观的”，“在这种新闻中，作者作为一个中心人物而出现，成为一个对各种事件进行筛选的个人反应器”；[②]然后再用记者杰出的社会观察和分析能力对小说家的眼力进行补充——将新闻与文学整合在一起，建立起了一个具有边缘性的写作文体“NonFiction（非虚构小说）”或“True-Life Story（真实生活的故事）”。[③]也许正是这种“边缘性”或“中间性”的存在，使非虚构写作并没有被置于报告文学等传统样本里面，而是时常在大众传播的影子里成为一种时尚的媒体写作策略。所以现在不仅《人民文学》张扬非虚构，事实上早在几年前，《中国作家》便曾分出《纪实》一

---

① [美] 玛莎·努斯鲍姆:《诗性正义——文学想象与公共生活》，丁晓东译，北京大学出版社 2010 年版，第 54 页。

② [美]MORRIS DICKSTEIN:《伊甸园之门——六十年代美国文化》，方晓光译，上海外语教育出版社 1985 年版，第 139—150 页。

③ 王雄:《新闻报道和写作的新维度——论“新新闻学”对我国当代新闻报道和写作方法的启示》，《江苏社会科学》1998 年第 5 期。

刊并开设“非虚构论坛”，而本来就长于现场专题和深度报道的《新周刊》等时尚媒体，近年来也一直都在提倡把新闻的非虚构性与文学的审美特性融合起来……如此种种，其实都不仅从新传媒写作的角度为非虚构添加了注解，而且还使非虚构得以连绵不断地跨界，为文学在这个大众传媒时代里创设了更多的新的可能性。

三

《人民文学》的非虚构写作计划命名为“人民大地 · 行动者”，目的是“吁请我们的作家，走出书斋，走向吾土吾民，走向这个时代无限丰富的民众生活，从中获得灵感和力量”，并“特别注重作者的‘行动’和‘在场’，鼓励对特定现象、事件的深入考察和体验”。①显然，作为当代中国最有影响力的文学杂志之一，《人民文学》这一计划的提出十分值得称赞，这既因为中国当下文坛的确需要大力张扬一种肯于行动并敢于行动、勇于发现并善于发现的精神和风气，也因为其中如上所述蕴含着“从个人到社会，从现实到历史，从微小到宏观，我们各种各样的关切和经验都能在文学的书写中得到呈现”的巨大可能性。②但换个角度看，假如这种非虚构写作的理想模式可以如此表述——行动起来，走进现场，用“行动”来发现“真实”，用“在场”来代替“虚构”——那么在鼓掌叫好之余，我们不禁要怀疑，所谓的行动也好，在场也罢，如果所有的参与、进入、在场和发现最后都落实在非虚构这种表现方式上，那么这种表现的“文学性”是否足够充分？行动是发现的前提，就像主体是创作的前提一样，但对文学来说，行动与发现都不是目的，也不是结果，只有最终借助一种言语方式将行动及其发现“有意味”“有价值”地“呈现”出来，这种行动及发现才真正具有“文学”的意义。再回到文学的本质来看：文学是人作为一种精神存在的特殊方式，其最大的价值和意义，应该就在于它是一种创造，而人们之所以把虚构性和想象性视为文学的特质，当然也就是因为文学的想象世界本质上是一种人自己的、自主的创造，并且正是在这种创造当中，人真实地体验并实现了自己的“本质力量”，从而使人在自身成为审美主体的同时，可以“诗意地栖居”。

---

①“留言”与“启事”，《人民文学》2010 年第 11 期。
②“留言”，《人民文学》2010 年第 7 期。

非虚构之所以能够质疑并试图改造虚构，就是因为虚构与想象的创造常常是在事实真实的基础之上而不是停留在其本身，而非虚构所谓的“行动”与“在场”的最终意义则全在这种“真实”的发现与再现上。因此，对应“真实”建立一种什么样的关系，便成为重新思考非虚构之非文学化的又一关键。首先必须承认，在《人民文学》的非虚构作品中，“真实”始终都是第一位的，不论本文是否提及，但都明显得一看便知，其中的种种“真实性”与“现场感”，的确与一般虚构文学形成了鲜明的反差。但是，文学这样完全地回到这种生活真实，或将这种生活真实完全地等同于艺术真实，究竟是不是文学的真实意义所在？文学与世界之间这样一种关系的构建究竟是不是文学的真实本质所在？假如承认非虚构可以或应该是一种“现场”的“复制”的话，那么所谓作家或者写作者的主体以及他们区别于新闻记者、传记作者、历史记录者的特质又在哪里？而人类一直珍视的文学发展到了今天又将何为？作为小说家的王安忆曾就这个问题有过很好的追问：如果小说所做的就是反映真实，反映现实，那为什么要有小说呢？已经有历史学、政治学、社会学、心理学等那么多学科来直接描述现实了！电影的材料要比小说具象和真实得多，电视节目《纪录片编辑室》的纪录片完全就是生活的真实，它们已经把真实做到家了，那小说还做什么呢？当我们看到一个东西，完全和我们真实的生活一模一样，何苦再要去制作这样一个生活的翻版呢？所以她的回答是：小说是由一个人在他的“心灵的制作场”里创造出来的、另外存在的、独立的、完全由它自己来决定的世界，它不是我们这个世界的对应或翻版，而是“拓展了我们的存在，延伸了真实世界的背景和前景”的“真正的创造，真正的造物”。[①]也许这种回答因带有很强的个人经验性而不一定得到理论家们的认同，但并不妨碍我们可以就此深思：不仅仅是小说，其实整个文学的本质价值压根儿就不在复制生活的意义上！因此，我十分希望“行动者”计划可以消除某些作家身心内外的懒惰，使他们走进生活，回到现场；也真诚相信一定会有更多的非虚构能让我们不断见到愈发真实的生活和情感。但同时我仍想强调：无论在什么意义上，“文学真实”都不可能是“复制”的“事实真实”，而非虚构如果一味坚持这种“复制”的话，那它可能会在“非文学”的可能性上与文学渐行渐远。

依我看，置身于大众文化背景下的非虚构写作其实还有着很强的非理性色彩：其所谓的“现场”本身就有着某种“图画”或者“画图”的意味（这倒与大众文化的读图趣味保持了一致），而其所谓的“真实”，本质上也是在强调现

① 王安忆：《小说家的十三堂课》，上海文艺出版社、文汇出版社2005年版，第10—15页。

实高于可能、存在高于创造。因此，表面看来非虚构是在努力地走进时代的“现场”，并试图投影般地成像这个时代的“真实”，但实际上它可能已经在开始回避时代，回避这个时代所能激发起来的想象和创造，即回避这个时代原本赋予它的反思与反省，以及任何一个时代文学都不应该放弃的理想和理性。因此我们不禁要问：当写作者的主体已经不复存在的时候，其所呈现出来的现实除了“图画”之外还会有什么？当某种生活仅仅被作为事实“复制”出来的时候，其原本丰富深刻的生命性及完整性又在哪里？而当提供给人们的阅读文本始终都是某种不是由主体而是由事实复制出来的图画的话，那阅读主体又为何要将其视为“文学”并始终保持对它的文学性想象？当然，这依旧可能不是非虚构本身的问题，而是非虚构写作在大众文化语境中的某种“可能性”问题。所以我喜欢李洱的说法：我们越是生活在一个非虚构时代，虚构就显得越重要——当这个世界过多地沉浸在非虚构的语境中的时候，在某种意义上，虚构就成了“他者”。正是这种“他者”，这种异于现实的美学，让我们得以与体制化的现实疏离开来。而正是这种疏离，让我们不仅得以认清现实，而且有可能使我们的文字具有一种介入现实的力量，当然，它也让我们得以从另外一个角度确立自己的身份。①事实上，这倒不是一个虚构与非虚构孰轻孰重的问题，而是这种“介入”与“确立”对于作者和读者都同样具有深刻意义的问题。

回顾《人民文学》一年来刊载的非虚构作品，起码可以看到两个主要特点：一是用“生活的在场”营造出的再现性，二是用第一人称叙事所形成的抒情性。就前者而言，这些非虚构作品并没有强调主题的深刻性，甚至也没有追求题材的重大性，都是在自己“在场”的生活里观看、发现并写作，希望借生活本身的“现场感”来呈现写作的“真实感”；从后者来看，这些作品大多都是以“我”来展开叙事，用“我”的眼睛来观看，用“我”的身体来感受，用“我”的笔法来写作，甚至如祝勇的《宝座》（姑且把它视作一篇学术随笔），也是把一个富有象征意味的发现置于“我”的学术思考和联想中，像其他作品一样具有了浓郁的主观抒情色彩。必须肯定的是，这些作品的确都以一种“向着各种艺术形式和纷繁的书写活动开放的文学态度”行动起来了，②并由此开始探索一条比报告文学或纪实文学更为宽阔的写作之路，③着实令人耳目一新。不过在我看来，这样表面融客观再现与主观抒情为一体的写作，实际仍没有超越生活现场本身，

① 李洱：《传媒时代小说何为？》，《社会科学报》2010 年 7 月 8 日。
② “留言”，《人民文学》2010 年第 1 期。
③ “留言”，《人民文学》2010 年第 7 期。

始终还都是有“我”在场的生活现场的复制，甚至都在努力还原生活事件或事实本身“片段”的同时，试图消解或者掩盖某种具有超越性的道德立场和价值判断，当然也就无从谈起所谓文学的完整性或深刻性。这就不禁让我想起当年傅雷在批评张爱玲时所说的：“倘没有深刻的人生观，真实的生活体验，迅速而犀利的观察，熟练的文字技巧，活泼丰富的想象，决不能产生一样像样的作品。”[①]所以我说，非虚构这种模糊的“中性”叙述，在带给文学某种“可能性”的同时，也有可能在一定程度上模糊了文学的“自觉”。

当然，非虚构写作在这个时代里的大行其道，并不意味着它仅仅是这个时代的衍生物——既然文学本身即已蕴含着丰富的非虚构因素，而虚构又经常被自己弄丢了生活和真实——而是在任何时代里都实际存在的一种选择和可能，所以当非虚构写作换了一副面孔（即不再以报告文学、传记文学等纪实文学的名义）试图挤进文学里来，甚至希望“可能”改造文学的时候，我们既不必惊恐，当然也不一定欢呼。或如我要说的：我们的文学确实出现了许多问题，但也许并没有哪个药方可以一下子医好它。因此我们不能否定非虚构吁请文学回到生活的努力和尝试，更不能基于某种传统观念而拒斥这种写作，而是应该同时明确：文学的意义并不在于它仅仅告诉我们生活是什么样子，而是在于它要告诉我们生活应该是什么样子，这也许才是它更大的“可能性”。

原载《文艺争鸣》2011 年第 3 期

---

① 迅雨（傅雷）：《论张爱玲的小说》，《万象》1944 年 5 月第 3 卷第 11 期。

关于“非虚构”

李炳银

“非虚构”这个概念的提法，在国外早就被人提出，在国内也已经出现了很久。但是，真正把“非虚构”作为一种“文体”，作为一种文学形式认真推向前台的，是《人民文学》在2010年正式在刊物中除开辟有“长篇小说”“中篇小说”“短篇小说”“诗歌”“散文”等专门栏目之外，新开辟了“非虚构”这个栏目。这是试图在文学作品的体式上为作品定格的努力，所以很快就引起文学界各方人士的关注。看了《人民文学》的编辑编发在这个栏目中的作品，如梁鸿的《梁庄》、萧相风的《词典：南方工业生活》等作品之后，又看了该年十月份编者“留言”：“我们认为，非虚构作品的根本伦理应该是：努力看清事物与人心，对复杂混沌的经验作出精确的表达和命名，而这对文学来说，已经是一个艰巨而光荣的目标。”即使是这样，我还是没有明白地感受到所谓“非虚构”作品奇特的个性特点，也看不出来属于这种“非虚构”作品的个性特点与报告文学有什么严格的区别。再之后，看他们又将作品标为“报告文学”“非虚构小说”等行为，我就更加被搞糊涂了，真不知《人民文学》的编辑是如何理解把握这些概念的内容特点的。

像“非虚构小说”这样存在明显的理解归纳破绽的概念就不必说了。小说本来就是以虚构为基础的文学叙述方式，如何又谈“非虚构”呢？其中的含义对立混乱十分明显。在20世纪80年代，也曾经有人提出“报告小说”的概念，很快就被人们否定和排除掉了。像这样的做法，是很轻率的。

在文学创作的体裁分类上，基本上就是虚构和写实这两大类。虚构类的有小说、戏剧、影视剧本；写实类的包括报告文学、传记文学、回忆录等，而像散文、诗歌这样的体裁对象，虽然不好严格强调其写实性，但是离开了作家的真实感悟确实是写不出精彩感人的作品来的。这也许就像人类，有男人、女人，而基本没有又是男人又是女人的人，除非是变态畸形的现象。“非虚构”是个很不坐实的概念，它的核心和边缘都没有被阐述清楚过。所以，在文学创作中，人们已经接受了虚构和写实这样的体裁分类与表达分工局面，还有没有必要再人为强迫地构筑面目并不清晰的阵局呢？难道报告文学、传记文学、回忆录等不是“非虚构”吗？我们应该积极地寻找报告文学不同表达对象范围之间的异同，而不是要不断地扩展它的品种，使概念越来越变得局促和叠加复杂起来。至于主动放弃“报告文学”的概念而视之为“无名”的表述，就更加令人难以理解和接受。这其实又是一种“似是而非”的概念游戏，缺乏持论的定力。

另外，非虚构概念在出现的初期，新闻出版传媒还都不是很发达，要么就是似乎高雅庄重的诗歌、小说、戏剧创作，要么就是简短枯燥迅速的新闻报道。后来出现了像捷克作家基希式的报告文学，这就在虚构文学创作和新闻的真实报道之间，找到了既可以文学真实地表达现实生活事实的方式，又跳出了新闻表达简洁速变干枯局面的局限，成就了一个重要文学体裁的根基建设。伴随着社会的科技进步与社会生活日益复杂化，读者对于事实真相的渴望和更多的主观理性介入，为报告文学这种新的文体提供了越来越大的舞台。小说的式微和写实文学的勃兴已经是不争的事实，在这样的时候挖写实文学、报告文学的墙砖的做法是带有诡异的行为。现实、真实、理性、文学，这就是报告文学创作的坚实基础和文体特征特点。因此，非虚构是报告文学的题中应有之义，是报告文学已经完全容纳和体现了的个性特点所在。我们可以要求报告文学有更好、更精彩的表达，有更具个性和更加充分深入的表现，有更多文学艺术的表达成分，但我们似乎不必再在报告文学的领地上树立新的旗帜，导致诸色迷人，使人更加迷茫与糊涂。

在根本的基点上看，历史的文学创作，不管是街谈巷议的小说，还是志怪传奇，其实都是离不开人们的生活存在和感受想象的。后来，文学之所以强调虚构，原因就在于作家不乐意使自己被真实的生活对象所捆绑，不愿意使自己的表达受到限制，为了实现典型概括，使自己更加顺利地抵达“文学艺术的真实”，也是为了给自己寻找到一个天马行空、自由表达的空间。但在根子上还是为了更接近真实。这是因为，文学的核心是真实，只有真实是可以诱惑和感动人的。正如基希所言：真实是艺术的上等原料。在人们缺乏想象力，虚构已经不足以超越和表达现实的社会生活感受时，真实，哪怕是有些粗糙的表达，也会比那些扭捏作态、虚伪矫情、无病呻吟、苍白干瘪、“灵异”“穿越”的虚构表达有价值。因此，“非虚构”的提出其实就是试图借用和开发真实的价值。但是，在这个开发和借用的过程中，编辑、作家又想给自己留下足够的自由表达空间，使自己不被紧紧地捆绑在事实上，避免因真实带来某些压力和纠缠，就在写实的边缘，为自己开了一个可能逃避的小口（所谓的纪实文学，有不少就是耍着这样的花活）。这其实是作家、编辑缺乏对真实承担责任的勇气的表现，是不惜牺牲真实而为了所谓的文学性的投机做法。若以某些所谓“纪实文学”“非虚构”作品的态势来看，用近似这样的眼光来扫描文学，那么像《红楼梦》《三国演义》《二十年目睹之怪现状》《保卫延安》《红岩》《红旗谱》《堂吉诃德》《九三年》等这样的作品，似乎也可以看成“非虚构”了。

“非虚构”在理性关注和实际表现中，都会产生不少的歧义和谜团，这是不争的事实。还是不要将已经是大家清晰明了的文学现象搞复杂化的好。

原载《文学报》2012年2月16日

非虚构写作：直面多重危机的文体变革

蒋进国

【摘要】非虚构写作与当代文学创作危机、批评话语危机和都市心灵危机等社会文化语境相契合。它是对当代“虚构”作品想象力固化、新媒体时代的“虚构”逆反心理、纪实文体“庸俗化”的反驳，是学院知识分子对学术“不及物”状态的反思。“梁庄”用真相敲碎都市人的“返乡”迷梦，昭示着当代都市困顿心灵“无地彷徨”。非虚构致力于探索一种“大地张力”叙事路径，展现了当代知识分子跨越知识隔膜、介入现实的勇气，同时显示出文学作品追问社会、叩问心灵的潜质。

【关键词】非虚构写作 文体变革 多重危机 批评话语 都市心灵

之所以用“非虚构写作”命名一种当下文坛现象，是源于以下两个方面的考量：首先，从《人民文学》2010 年第 2 期开辟名为“非虚构”栏目起，陆续推出令文坛耳目一新的《中国，少了一味药》《梁庄》《羊道》等纪实作品。其中，《梁庄》因客观展示了物质与精神双重困顿的乡土真相，而在纸质媒体和网络平台受到广泛关注。[①]小“梁庄”瞬间响彻“大中国”的事实，显示了文本具有在文学界之外引爆巨大能量的潜质。这种犹如重返“20 世纪 80 年代”的境况，成为值得关注的文坛现象。其次，用“非虚构”冠名本是虚构的文学，其原因值得反思。囊括自传、回忆录、历史散文、社会调查等多种体裁的“非虚构”文体，虽然尚未真正形成特定的内涵，但其“口述历史”的“真实性”和“田野调查”的“在场性”，业已构成一种文体变革。面对“非虚构”和“梁庄”这两个高频词语，研究者既要对这一正在生长的文学形态进行理论思辨，又要

---

① 《梁庄》获人民文学奖，其母本《中国在梁庄》截至 2011 年 5 月，已九次印刷，入选 2010 年度新浪“十大好书”“新京报文学好书”“亚洲周刊非虚构类十大好书”，其评论见诸《人民日报》《文艺报》《南方周末》《中华读书报》《文学报》《南方文坛》等。

对“非虚构”背后的文坛现状和文化语境进行反思。可以说，“非虚构”叙事是对当代文学创作的资源危机、文学批评话语危机和当代社会心灵危机的回应。

一、创作：文化场域的“悬置”样态

“非虚构”并非本土概念。20世纪60年代中期，美国作家卡波特（Truman Capote）的纪实小说《冷血》使“非虚构小说”（Nonfiction Novel）在美国一时风行。目前，全球文化市场依然是“虚构”盛行的时代：《哈利·波特》系列炙手可热，《阿凡达》《2012》《暮光之城》《盗梦空间》等欧美大片均取得优异票房。国内文坛的消费方式，也逐步由传统纸质阅读步入“轻阅读”“青春阅读”和“数字阅读”，“盗墓”“穿越”“玄幻”等类型文学占据新媒体主流，《小时代》《爵迹》《幻城》《东霓》《西决》等虚构作品持续热销。《人民文学》推出“非虚构”之后，就遭受部分质疑，有学者认为“虚构”并非当代文坛诸多问题的渊薮，[①]但“非虚构”的变革姿态表明：“虚构”模式及其导致的文本与现实的“悬置”，已经引起文坛的警觉和反思。

必须承认，面对现实生活的无力感，是当代文坛的危机之一。“虚构”文学潜藏着想象力枯竭的隐忧，同时还导致了受众对“虚构”作品的逆反心理。首先，就想象力而言，大部分虚构类型文学，在相对较短的时间内已严重固化，它们徜徉在各自的创作、消费和叙事模式里乐此不疲，过于自信和封闭，逐步丧失了对社会现实的介入和关注，降格为人们逃避现实的迷幻剂。急剧变化的社会结构，远远超出我们原有的经验范围，所以，丧失驾驭当下现实的能力，就会导致想象力的匮乏和文本的“悬置”。在此语境下，“非虚构”找到了登场的时机。其次，从信息模式来看，现代人的日常生活，大都是由间接信息建构的虚拟世界。身处信息泛滥、脑力贫困的吊诡时代，人们面对互联网的海量信息手足无措，对沾满“媒介暴力”和噱头的图文逐渐丧失信心，于是渴望没有被欲望染色的眼睛，期待能分辨和洞察世界的深邃头脑。“梁庄”的真相恰恰契合了新媒体时代对“虚构”的逆反心理，其“毛茸茸的”在场视角为我们打开了一扇通往真实世界的缺口。

除了文化场域的“虚构”样态，“非虚构”文体也日益蜕化。20世纪80年代中期兴起了报告文学热，“三驾马车”载着“现实主义冲击波”迎面而来；

① 子干：《问题是出在虚构上吗？》，《文学报》2011年1月20日。

90 年代后，小说界提倡新写实主义，诗歌界倡导“及物的写作”，散文界则强调“在场的写作”。曹征路、阎连科、刘醒龙、陈桂棣、廉思等人的乡土文学和底层叙事都带有明显的“非虚构”因素，《那儿》《妇女闲聊录》《丁庄梦》《政治课》《蚁族》等都因展现当下底层和乡土社会的真实生态而震撼人心。此外，《天涯》《作家》杂志的“个人生活史”“民间语文”等也独具特色。但大部分报告文学、私人传记、历史钩沉等“非虚构”文本退化严重。首先，体裁要素“虚构化”。近年来，报告文学的文体规范逐步被抛弃，为了增加可读性而大量渲染冗长的心理活动和对话，其严重戕害了报告文学的核心要素——真实性。其次，叙事模式“去生活化”。纪实文学往往聚焦于重要人物和突发公共事件，对平凡个体生命的微观叙事和尚未定性的混沌叙事很少触碰。这种不食人间烟火的“非虚构”文体已与“虚构”无异，因为早在 20 世纪 90 年代，宏大叙事和革命英雄主义就面临被解构的尴尬语境。再次，精神内核“庸俗化”，其突出的表现是缺乏批判意识和独立精神。因为纪实文学的文本建构需要驾驭社会现实的深刻洞察力和敏锐感受力，作品理应展现作家对社会现实的观察、反思和批判，所以“非虚构”作家首先是一个思想者，其次才是文学家。而近年的部分纪实作品穿着“直击现实”的华丽外衣，为权势人物歌功颂德，而对底层和边缘弱势群体视而不见，放弃了对社会公平、正义和良知等普世价值的坚守，对广大读者的吸引力越来越弱。

由此，非虚构写作的首要意义在于探索新的叙事路径。正如批评家李敬泽所言：“如果说，小说让我们感到贫乏，那绝不仅仅是戏剧性、传奇性的贫乏，而是我们常常明显感觉到作者缺乏探求、辨析、确证和表达真实的足够的志向、诚意和能力。”①历经拉美魔幻现实主义，尤其是马原“打碎之后进行重新组合”的极端叙事实验之后，技巧似乎无法成为卖点。当代文学创作解决了“怎么写”之后，正经受“写什么”的困扰，写作的技术层面和生活层面发生倒置。“非虚构”可以看作对 20 世纪 90 年代以来的小说形式实验的反驳。一般认为，“非虚构”事物是自然状态，它的发生特别漫长和无序，看不到结局，因此不注重形式，但《梁庄》修正了这一成见，梁鸿借鉴历史学和社会学中的“口述历史”“田野调查”等方法，记录村民个体沉浮和波澜不惊的日常生活，让乡村和农民诉说自己的命运，适时注入启蒙者的批判视野。梁鸿用新的姿态（融入而非旁观）、新的形式（纪实而非虚构）、新的语言（豫中方言而非普通话）、新的材料（访谈而非杂闻）表达乡土的生存困境，叙事视野无限敞开，层层剥离乡村真相。“梁庄”

---

① 陈竞：《李敬泽：文学的求真与行动》，《文学报》2010 年 12 月 9 日。

的文本是开放的，读者能以主体身份无障碍介入。那些出于求学和工作等原因远离故土的人群，因具有类似生存经验而更易获得心灵共鸣和震撼，他们不禁会产生幻觉：梁庄就是自己的村庄。“我”不是单数而是复数，且同时扮演三种角色：努力还原乡村生态的记录者、远离故土的“返乡”者和用现代意识审视农村的启蒙者。前者要求理性克制的“零度叙事”，第二种身份裹挟着厚重的温情和淡淡的哀伤，而后者不禁要发出鲁迅“铁屋子”式的呐喊。在“叙述者”“返乡者”和“批判者”这三种身份焦灼中，文本形成了现实、回忆和学理之间的张力结构。

此外，慕容雪村在传销窝点当卧底的亲身经历（《中国，少了一味药》）、新疆作家李娟跟随哈萨克族牧民扎克拜一家转场的见闻（《羊道》系列）、萧相风在南方工厂摸爬滚打的辛酸体验（《词典：南方工业生活》）、土摩托的数十年音乐心路历程（《关于音乐的记忆碎片》）等，都为我们打开了一个通往边缘隐秘地带的通道。困顿的村庄、狂热的传销窝点、动荡艰辛的牧民生活、充满苦涩的南方打工岁月以及在音乐世界穿行的个人生活史，无一不挑战着我们的生活经验。《羊道》系列以扎克拜妈妈一家为点，以阿勒泰牧区为面，以时间顺序为经，以作者目光所及为纬，构造了人物、背景、时间和空间四位一体的缜密叙事架构，清新流畅的叙事风格犹如在夏天的牧场里策马奔驰。

大地是最富有张力的，蕴含着无穷无尽“毛茸茸”的叙事元素，贴地飞翔的作品本身就已经具备最高超的技巧，这种叙事模式或许可以称为“大地张力”叙事，其促使我们反思已经习焉不察的古老命题：真实与虚构、技巧与内容的关系。有学者认为：“真正的文学必然有与历史和社会现实搏斗的过程，这样才能接近文学的真实本身。”[①]“非虚构”叙事启发我们重新探寻文学的真实，寻找理想与现实之间的文学交会点。无疑，以《梁庄》为代表的最原始、最朴实、最少技巧的“非虚构”叙事模式，摆脱了花样百出、过分自恋和复制拼贴的布尔乔亚趣味，直奔文学的本真理想。

二、批评：知识分子话语的“不及物”

毋庸讳言，当代文学批评公信力日渐缺失，批评空间日渐逼仄已成不争的事实。我们正身处文学批评“缺席”的时代，“在中国，很少有哪个时期的文

①张燕玲：《重新探寻文学的真实》，《文艺报》2010年12月22日。

学批评像今天这样软弱被动，尴尬无奈，在多种力量的牵拉和围堵之中，找不到自己应有的无可替代的独立位置，也难以找到摆脱困境，奋然前行的途径。”①面对知识分子的话语危机，不少批评家选择“越界写作”，《梁庄》就是反思当代文学批评话语危机的例子。梁鸿深感当代文坛创作与农村真相之间的隔膜，以及学院化知识生产方式的缺憾，为“写着言不及义的文章”而羞耻，遂决定“真正回到乡村，回到自己的村庄”。②所谓言不及义，并非批评家主观使然，而是起源自作品的“不及物”状态。乡土本是无法复制的时代命运，乡土文本理应镌刻历史烙印。当我们在《阿Q正传》里目睹到辛亥革命前后绍兴的风云际会时，不得不钦佩鲁迅再现历史变革中乡村命运的手笔。如前所述，社会现实是急剧变幻的，不是相对平滑、一成不变的，当代作家理应书写当代社会变动中的灵魂状态。的确，当代乡土文学与社会现实之间的隔膜已成不争的事实，由于缺少当下乡土经验，很多当代乡土作品遮蔽了乡土。“现当代乡土文学恰恰缺失了对90年代以来的乡村现实的描述，很多作品中的乡村是一个抽象的乡村，完全结构化和虚构化。”③梁鸿的批评是中肯的，她将自己坚守的“有体温”、贴近心灵的批评理念运用到《梁庄》的创作中，揭开了无数读者为之心痛但无力展现的乡村真相。

面对与大地有隔膜的作品，批评家何为？若无法洞察作品的“悬置”状态，批评话语注定是“不及物”的。当代学者大都隶属于安全、纯粹和多产的学院派体制内，但学院体制的弊端之一是因固守书斋而逐步放弃当下旨归，极易导致学术的精神稀薄和自我封闭。学术研究本是社会文化生态的一部分，因此，当代文学批评公共空间萎缩和话语危机的首要原因，不在于文学边缘化态势、消费文化泛滥和传播载体变更等外部因素，而在于学院“内循环”批评范式无法洞察作品的“不及物”状态，并在此基础上实施了二次“悬置”。我们亟须紧贴“大地”的作品和批评，紧贴作者血肉的作品和指向个体、民族与人类命运的文学批评。作为在农村长大而在学院体制下成才的文学评论家，梁鸿积累了比某些乡土作家更鲜活的农村经验，她将批评理念融入文学创作，迂回实现了个人批评话语的转型。

鉴于此，非虚构写作的第二个意义就在于重塑当代知识分子的社会担当。在“学问家凸现、思想家淡出”的今天，知识分子早已习惯用“学术”而非“思想”参与当代中国社会的建构进程。于是，保持独立思考与批判立场，将“学

---

① 雷达：《真正透彻的批评声音为何总难出现》，《当代作家评论》2011年第2期。
② 梁鸿：《中国在梁庄》，江苏人民出版社2010年版，前言第1页。
③ 梁鸿：《中国在梁庄》，江苏人民出版社2010年版，前言第2页。

术写作”转变成“思想写作”就显得弥足珍贵。“我们总自诩为人文知识分子，但如果对这样颓败、伤痛、矛盾状态下的现实都不关心、不了解的话，那真的非常不合格。”[①]梁鸿对梁庄人的痛苦与哀伤感同身受，对中国乡村的生存状态乃至民族的健康充满沉重的责任感。再如《中国，少了一味药》所揭示的传销真相，就是极少有人愿意真正面对的公开秘密。“我希望这本书能够成为一剂苦药，可以在人们心中植下清醒的抗体，帮助他们抵御传销病毒。这邪恶的瘟疫肆虐已久，世间苦无良药，但愿我能够为此做点什么。”[②]为了挽救那些缺乏常识的狂热人群，慕容雪村混进上饶传销窝点，用知识分子的社会良知熬过黑暗的二十三天。梁鸿、慕容雪村、李娟等知识分子走出相对优越的生活环境，毅然踏上“返乡”之旅，用反省的姿态介入现实，唤醒我们对民族和国家未来命运的关注。

当然，当代知识分子一旦选择“返乡”，就会身处都市与乡村、现代与传统、启蒙与愚昧的二元对立之中，这就使得“返乡”过程十分艰难。随着近代以来教育模式和谋生手段的变迁，现代知识分子群体最终脱离了和传统农耕社会的直接联系，而逐步聚集到城市空间。许多知识分子一旦脱离乡土，就不愿意也没有勇气再回到农村。接受现代西方学科谱系和学术训练的知识分子一般远离乡土经验，既中断了传统社会的文化血脉，又无法在城市里找到新的文化根基。即便“返乡”，知识分子的知识、语言和生活方式，依然与农民格格不入。“传统士绅与宗法乡村的文化一体化已荡然无存，剩下的只是难以跨越的文化隔阂和城乡断层。”[③]因此，知识分子“返乡”需要极大的勇气和行动力，作者要放弃安逸的生活，走进琐屑、枯燥甚至危险的农村、牧场和传销窝点。梁鸿的孩子因为看到脏兮兮的站台而哭喊着不下火车；李娟所在的冬窝子没有电和网络，一方印有汉字的纸片成为打发无数漫长时光的读物，小塑料瓶成为牧民争抢的宝贝；慕容雪村临行前给唯一的亲人留下遗书，在传销窝点里饿得头晕眼花。其次是知识谱系转换的困难。无论知识分子操控个人意识形态的能力多么强大，都不可能掩埋原有知识谱系而迅速转换到底层状态。生存空间距离越大，时间分隔越久，人与人之间生存状态的差异就越大，彼此之间的生活经验在对方心中取得共鸣的可能性就越小。乡土中人对“返乡”者往往保持一种天然的警觉和距离感，为了打开“五奶奶”的心扉，梁鸿登门不下十次。可以说，“非虚构”叙事跨越了时间、空间和知识谱系的隔膜，展现出当代知识分子直面、记录和

① 陈曦：《梁鸿：现代化忽略了人心》，《现代快报》2010年12月5日。
② 慕容雪村：《中国，少了一味药》，中国和平出版社2010年版，第2页。
③ 许纪霖等：《近代中国知识分子的公共交往（1895—1949）》，上海人民出版社2008年版，第24页。

反思变动中的社会画卷的勇气和能力。

三、社会：都市心灵的“返乡”受挫

观照了文学本体语境，再来审视非虚构写作的社会语境。当代乡土或底层小说大都倾向于渲染悲情和苦难叙事，都市大都被置换为乡土对立面，成为宣泄愤懑的对象。而《梁庄》却宣告“都市剥夺乡村”这种二元对立思维的苍白：如果都市能够给人们提供心灵栖息地，都市人群就不会急切地精神“返乡”。事实上，都市也处于迷失状态，而且都市隐性的心灵问题远比显性的物质层面问题更为棘手。都市人正面临着一场潜在的心灵危机，他们在新媒体营造的“虚构”空间里流连忘返，大都与心灵的自我放逐有关。中国都市化进程虽然竭力避免重蹈西方都市发展模式的覆辙，但有限的时空无法提供足够的反思和回旋余地。当代中国城市扩张模式的弊端之一，是忽视了与西方截然不同的人口分布、社会分工和资源流动架构，当市场经济迅速催化中国城市面貌的同时，也瞬间摧毁了原有的城乡平衡，其直接后果就是重商主义主导下人口和资源的无序流动，进而加剧了城市物理和心灵空间的危机。

都市生活是远离泥土的“虚构”生活，对精神层面的要求更为苛刻。但中国的都市发展，只见都市（urban），不见都市人（urbanian），都市成为人本剥离的物质存在，迅速膨胀的商品拜物教遮蔽了对心灵空间的关注。吊诡的是，在物理空间日趋逼仄的同时，心灵距离越来越远，摩肩接踵的地铁里倍感孤单无助，拥挤的电梯里无处安放局促的目光。法国哲学家列维纳斯（Emmanuel Levinas）批判当代城市社会病态时说：“每个人都自动觉得自己与全人类整体关联，但同等的却是孤独和迷失。人发现人与人之间只是各站在旁边，而不是脸对脸的关系。”①身居闹市却淹没人海的孤单无助，其对人心灵的摧残远甚于独处荒野。都市人扮演着“摩登时代”的一颗螺丝钉角色，被数字和报表抹平个性，成为格式化、“单向度”的人，这些人最终组成马克思所说的“异化”（alienation）社会。

身处“异化”的“虚构”社会，都市人正经历着心灵迷茫和精神荒芜的阵痛，于是出现了所谓的精神“返乡”，其最突出的表征就是“怀乡症”（nostalgia）。

---

① Emmanuel Levinas，“The Pact”，in The Levinas Reader，edited by Seán Hand，Basil Blackwell，1989，P.212.

都市里弥漫着布尔乔亚的“怀旧”情结，“大地”和“诗意地栖居”的意象，抚慰了无数人的不眠之夜。这些都市人大多是近三十年来从乡土迁徙到城市的“无根”人群，即便在都市拥有安定的生活空间，他们依然心向乡土，但乡土记忆正一点点地被急速膨胀的现代化步伐蚕食和抽空。中国文化的“记忆共同体”不是都市范式，而是传统的乡村模式，当代乡村物质和精神的双重凋敝，宣告传统社会“记忆共同体”的逐步瓦解。作为文化建构元素之一的“群体记忆”，是一个民族获得文化共识的根基。为了拯救迷失的心灵，都市人踏上“返乡”之旅，当直面鲁迅笔下萧瑟困顿的故乡，必将陷入更深的失落。这是我们回到“梁庄”的动机，又是深深迷失在“梁庄”的原因。

如前所述，文学本是虚构的，为什么会出现“非虚构写作”？这一看似矛盾的概念背后隐藏着都市直面精神危机而做出的退守姿态和救赎努力。“梁庄”的意义不仅在于唤起当代中国对千百万个“梁庄”命运的关注，而且在于对数以亿计、远离乡土的“梁庄人”心灵之警醒。“梁庄”现象清晰地表明“我们所面临的不只是政治、经济危机，而是心灵危机、伦理危机与价值危机”，①并以无可辩驳的乡村真相敲碎了都市人“返乡”的迷梦，打破了都市“虚构心灵”的幻想——乡村也无处安放我们的灵魂！我们或许对这个结局有着某种预感，但没有料到会来得如此迅捷，震惊之余幡然醒悟。“梁庄”的现实提醒那些依然沉浸在故乡美好回忆的都市人，故乡在不经意中已经困顿和萎靡，我们必须自我救赎！“返乡”情结的受挫，昭示着当代中国都市困顿心灵的“无地彷徨”，同时呼唤一种反思和回归“人本中心”都市文化，渴求一方安放都市灵魂的栖息地。如果都市只能靠回忆或者“返乡”支撑，其文化生态已经岌岌可危。都市人对尊严、关爱、归属感等基本人性的需求，对收入均衡、工作意义、社区福利等生活要素的期待，对个人选择、命运掌控等社会价值的渴求等，理应成为当代中国都市文化建构的核心。

因此，非虚构写作的第三个意义就是文学追问社会、叩问心灵的行动力。即便面对都市人心灵“返乡”的受挫，他们依然在困惑中反思自我。梁鸿说：“写《梁庄》并不是出于理论的需求，恰恰相反，是因为情感的需求。一是出于对自己生活和精神状态的不满意，另一方面也是因为我心中一直有一个情景：故乡、大地，和生活在大地上的亲人们。它们正在成为中国发展中的‘问题’‘阻碍’和‘病症’，这使我非常痛苦。我必须弄清楚他们的生活、精神和痛与悲，才能够继续

① 李云雷：《我们能否理解“故乡”？——读梁鸿的〈梁庄〉》，《南方文坛》2011年第1期。

走下去。”[①]一个知识分子如果不能直面自己内心的困惑，就无法确认其知识的社会价值，其知识谱系永远是惰性的。文学批评家只有直面自身精神危机，完成自我的救赎和反思，才能从内心出发理解作品。同时，知识分子只有对个人“文化身份”保持清醒自觉，才能防止文本最终滑向苦难和悲情的深渊。“梁庄”没有呈现出现代文学史二十世纪二三十年代“乡土文学”的反抗和控诉姿态，而是试图用客观真相为政策制定者、执行者和社会研究者提供参考借鉴。故事展开之后，作者立刻抽身反思，使文本处于连续追问状态。虽然梁鸿的“返乡”未能完成心灵寻根，慕容雪村的举报和营救活动也不能立刻改变传销窝点的现状，但是他们追问的过程，为社会增添了一份沉重和思考。

当代文学不缺少技术写作，却缺少思想写作；不缺少马尔克斯、博尔赫斯那样的叙事高手，却缺乏像萨特、波伏瓦、索尔尼仁琴、帕斯捷尔那克那样的知识分子姿态。康德曾经预言：“在真正欢乐而健朗的人类作品成长的地方，人一定能够从故乡大地的精神深处伸展到天穹。”[②]“梁庄”只是一个开始，当作家和批评家展现出介入现实的行动力，就会有更多梁鸿式的知识分子走进大地，有更多“梁庄”那样被遮蔽的“吾土吾民”浮出地表。

原载《当代文坛》2012年第3期

① 魏如松：《〈中国在梁庄〉：直击中国农民的痛与悲》，《海南日报》2011年1月10日。
② [德]马丁·海德格尔：《海德格尔选集》（下），孙周兴选编，生活·读书·新知上海三联书店1996年版，第1234页。

一种谦卑的行动写作

梁鸿

《中国在梁庄》出版之后，经常会遇到这样的提问：你为什么要去做梁庄的调查？是什么原因促使你从城市回到乡村，去调查梁庄的生存？是什么原因促使你又从梁庄出发，再到城市去找寻梁庄打工者的轨迹？

每当此时，我也总是很迷茫。是啊，我为什么要回梁庄？为什么要寻找梁庄？仅仅是学术的琐碎、重复和无聊所致吗？仅仅是个人生命的郁结吗？好像是，又好像不够确切，没有那么具体，也没有那么显在。那是什么呢？是在想到村庄时，想到“农民”“进城农民”“打工者”“留守儿童”和“新一代打工者”等那样的名词时，一种莫名的悲伤，一种突然的心悸，一种说不出的羞耻，一种如骨鲠在喉的愤懑，还是什么？

我想找到我自己。作为一个人，个体的人和社会的人，“我”在哪里？“我”的形象是什么？“我”又在做什么？我经常问我自己。我对自己的工作充满了怀疑，我怀疑这种虚构的生活，与现实、与大地、与心灵没有任何关系。我甚至充满了羞耻之心，每天教书，高谈阔论，夜以继日地写着言不及义的文章，一切都似乎没有意义。

是的，言不及义。当代知识分子几乎处于一种“不及物”状态。20世纪90年代以后，学术逐渐回归自身，回归专业层面和技术层面。但是学术回到了自身，却无法再从自身走出去，而真的只成为“专业知识”和“学院派知识分子”。知识分子端坐于书桌前，被那一束灯光照射，同时，也被深深地拘囿在周围无限的黑暗与虚空之中。对于文科知识分子来说，这一“专业化”无疑是在把自身局限起来，把其与对人类整体精神的表达隔离开来。如德国哲学家雅斯贝斯所言：“每个个人仅仅在一种事情上是专家，他的才能范围通常极为狭窄，并不表现他的真实存在，也未将他带入与那个超越一切的整体的关联中去，而后者乃是一种经过修养的意识之统一体。”实际上，这种“超越一切的整体的关联”意识——自我、社会与政治统一于人的精神内部——恰恰是个体精神得以坚持，人能够成为自身并超越自身的基本条件。如果没有这些，“学院派”真的只是知识活动本身，而无法把自身建构起来，也很难达到一种精神的穿透。

文学也同样。有一种非常明显的感觉，当代文学的艺术成就、语言、风格、结构都达到了相当的程度，甚至可以说很精美，但却与真正的大地、心灵，与真正的现实相隔太远，形式华美，语言繁复，却极端缺乏一种“整体的关联性”，尤其是现实社会的“整体”。这种感觉在阅读乡土小说时更为明显。20世纪90年代以来，当代小说中的乡村与现实的乡村很少有对接的地方，大部分作家的笔始终停留在改革开放初期的乡村变化和那时的矛盾冲突。作家长期居住在城市，思维跟随着文坛潮流的变化而不断改变，对现实中的乡村却不愿意真正了解，更没有把当前中国农村所存在的重大问题纳入自己的视野之中，从而缺乏对乡村现实问题的思考能力和书写能力。这又是为什么？我一直想，当代文学与乡土现实之间，作家与社会生活之间，是不是出现了某种误区？文学的“行动力”“批判性”表现在何处？它与人类整体生活和精神存在之间的关系又是什么呢？我希望在文学中能够找到这样一种血肉的关联，希望能启动自己内在的精神的痛点，以达到最终的“真实存在”。

也是在这个意义上，我回到梁庄，我的故乡，中国的一个普通村庄。我希望能够找到自己，启动自己，由此反观社会。在写作过程中，我进行了好几种文体的转换。现在回想起来，这一转换过程本身无意间也是在与当代文学的某些问题进行对话。

最初用的是一种沉思式的抒情体。其实现在我的书稿里面还有这一痕迹。我发现，这样的书写极容易陷入鲁迅的《故乡》的启蒙模式里面。因为这里的叙述主体和对象之间的心灵是以有距离的审视为前提的。我们回想一下《故乡》里面分家具的场景，还是有点居高临下的味道的。当闰土神情麻木地看着作者，并喊出一声“老爷”的时候，知识分子与他的叙述对象之间深不见底的隔阂也暴露无遗。也许，恰是因为作者的身份与思考方式使闰土无语，两者根本不在同一个空间内，也无从交流。在作者“悲天悯人”的目光下，作为老农的闰土能讲出他的贫苦生活的某点欢乐或幸福吗？从这一角度来看《故乡》，毋宁说是作者使闰土麻木不知所措。在这种情景之下，闰土会和他有交流吗？显然是不可能的。但鲁迅的审视里面是有自我的紧张、反省与痛苦在里面的，这也多少改变了他和人物的关系。现当代以来的小说多了启蒙的审视，但却少了心灵的自省。我断然放弃了这一文体，我不想自我沉思，我想走进他们。

后来我改用一种思辨体和议论体，议论居多，观点居多，也放弃了。其实我的观点并没有社会学家和人类学家的深刻和全面，而实际上，我所重点考察的并非社会层面的乡村组织结构、体制、经济、政治等，也不是一种固化的民族性格，而是着重于现在、当代、当代乡村的情感状态，不管这种情感是因为我们的体制，还是因为我们的政治，它们折射在乡村生命身上，造成了这样一种创伤和疼痛。议论容易陷于空泛，容易有观点和一元化、绝对化，当然，也容易暴露自己的弱点和缺陷。

然后又回到日记体，日记体已经写了十万字，这最省心，因为在调查的过程中，每天都记日记。后来，也全不要了。太个人化，显得以自我为中心，把乡村人物的主体性给冲淡了。实际上，在我的书稿中，也有抒情，但不是那种纯自我的抒情，因为在这里的“我”是乡村生命的一部分。

这才是现在这种以人物自述为中心，以“我”的故乡之行为线索，杂糅的、有点像人类学和社会学调查的，又有点像文学的四不像的文体。它是开放的，作者、乡村人物和读者之间心灵是平等和开放的，彼此是可理解的、容纳的。不要修辞，不要比喻，那种随意的、充满棱角与意外的语言，我让读者看到我在村里说话聊天，看到我的乡亲们在乡间地头、房屋巷口坐着、站着，他们生活，他们痛苦，欢笑，等等，你和他们一起在现场。也可以说这一过程是从虚构到非虚构的移动，强调“在场”，你也在这段历史和时间之内，而不是观望者和审视者。它既是记录，是现实，同时，又还是文学，因为有文体，有情感，有对人、人生与生存的思考。

《人民文学》杂志把《梁庄》放在“非虚构”栏目，其实，也无意间使得这一写作获得了它的命名。“非虚构文学”在美国并不是一个陌生的词语。美国学者在《非虚构小说的写作》中将其定义为“一种依靠故事的技巧和小说家的直觉洞察力去记录当代事件的非虚构文学作品（nonfiction）的形式”，融合了新闻报道的现实性与细致观察和小说的技巧与道德眼光——倾向于纪实的形式，倾向于个人的坦白，倾向于调查和暴露公共问题，并且能够把现实材料转化为有意义的艺术结构，着力探索现实的社会问题和道德困境。最著名的就是诺曼·梅勒的《刽子手之歌》，他的副题为“一部真实生活的小说”。在回答这部作品属于什么归类时，他回答：“就我本人看来，非虚构的作品提供答案，虚构的作品出示疑问。”他认为他的书属于后者。梅勒在他其后的小说《夜幕下的大军》中加了一个副标题，“如同小说的历史和如同历史的小说”，意在强调非虚构文学不但具有现实性，同样具有小说的道德严肃性。

作者这一研究的起因是20世纪50—70年代出现了大量的这种介于事实与小说之间的作品。他认为美国五六十年代社会的剧烈变化是这一文学现象出现的主要原因，“艺术家缺少能力去记录和反映快速变化着的社会。美国的这种现象是与不同寻常的加速度有关系的。一切事情好像都在以比过去快十倍的速度变化着，这种状况给文学带来巨大的困难”，“这一时期里的日常事件的动人性已走到小说家想象力的前面了”，“小说家经常碰到的困难是给‘社会现实’下定义。每天发生的事情不断混淆着现实与非现实、奇幻与事实之间的区别”。非虚构小说的出现是对社会危机的反映与象征。这很有点像近三十年来中国社会的情形。在近四十年中，我们完成了西方四百年的历史，在这一转变下，中国生活经历了犹如过山车般的眩晕与速变。光怪陆离的现实常让人有匪夷所思之感，比虚幻更为不真实，就像雪村进入传销团伙之后的感觉。也许，非虚构文学的提倡与写作恰恰更能够反映这个时代的精神和时代生活的内核。它集中在两点：一是准确性，对现实的无懈可击的准确描述与理解；二是还应该具备只有在文学中才有的情感作用，在个人的思索和公众的历史、社会现实之间寻找平衡点。

反观当代文学，恰恰正在远离一些非常重要的品质。《中国在梁庄》发表之后，获得了一些好评，但说实话，我并不认为《中国在梁庄》的价值和它的文学性就有多么的高。它的启发性，由它所看到的一些新的视野和可能性大于它本身的价值。但它为什么让人有震撼之感？它只是写出了一些真实、现实与事实，这些故事、细节早已普遍存在于中国乡村大地，并且还在继续，不是被尘封的故事。对时代现实和人性真实的发掘与关注本应该是文学最基础、第一步的工作。这种震撼本身就说明了我们时代文学所存在的问题。很久以来，作家很少下死工夫去观察、体会、揣摩自己的写作对象及其历史存在，也没有作家真正有耐心去感受并真正了解乡村，感受那一个个卑微的生命存在，即使是一些来自乡村、长期以来一直书写乡村的作家。作家太过自恋，每一个人物都是自己思想的传声筒，迷失在艺术与审美之中，不想知道我们的民族、我们自己在这场声势浩大、不可逆转的现代化运动中究竟失去了什么，究竟要面对哪些重大的问题，而为一种虚假的历史感伤，其实，这也是被一种知识分子权力丧失的失落感所支配。

在我看来，《中国在梁庄》是一种倾听式的、进入式的书写，努力进入未经命名的黑暗之地，和人物的心灵、读者的心灵更能靠近。这种冒着牺牲所谓“文学性”的危险，以人类学和社会学的文体来书写人物的方式，真正的作家可能不敢尝试。当然，也可能是因为我不是以一个作家的身份来要求自己的，所以才有这样的意外收获。这本身也说明了一些问题。当代文学像模像样的小说太多了。

因此，如果一定要为非虚构文学定义，除了刚才理论上的一些条件之外，更重要的还是与作者灵魂相关的那一部分。首先是行动，从书斋中，从我们逐渐中产阶级化的生活中走出来，走进你所书写对象的“日常生活”，而不是“观念生活”。这是我们必须清楚与正视的一件事情，不管我们如何真诚，对于我们的书写对象而言，我们已经如鲁迅那样，是“高高在上”的姿态。必须要真正地深入、真正地行动。不管是主动的卧底，还是被动的“流浪”。

而行动的前提是谦卑。谦卑是什么呢？就好比托尔斯泰关于俄国农民和贵族的思考，它必然涉及自我，有着自我心灵的紧张、痛苦与冲突，是一种深刻的原罪感，所以，即使在八十二岁的高龄，他还要为此离家出走；就好比卡夫卡写《变形记》，那就是他自己心灵的感受，那种无可比拟的压抑也是他自己的。就好比你走在中国大地上，矿山、小镇、城市、原野，你不只是个思考者，你还应该是他们，试图以他们的眼睛来看待世界，然后反观自我。谦卑能使作者和人物心灵之间形成一种开放和贴近的关系，不只是审视、批判，更不是自恋或一种修辞，那是他们的生命、他们的生活、他们的情感，你要感同身受，你不但要体会到他们的疼痛和黑暗，还要准确把握他们的疼痛与黑暗的点位在哪里。你要对他们所处的历史语境有真正的理解，这也包括一些知识上的储备，政治学的、经济学的、社会学的，而不只是借他人之口抒自己之情，或进行一番貌似正义与独立的批判，其实，毫无真正的内容，没有给理解世界提出任何新的空间。在这里，艺术的构思与语言的推敲都要首先服从于你的人物，要寻找到最适合他们的生命及存在的表达方式。这样，作品才会有真正的情感，才能打动人的心灵。最终，也会通向“我”，通向真正的自我的精神深处。

在中国这样一个复杂而广阔的语境中，非虚构写作应该有它的价值，也应该有它的宽广度。文学不仅应该具有内在的自我价值，也应该对国家生活和民族生活起真正的作用。非虚构小说或许在这方面能发挥出更大的作用。

原载《中国图书评论》2012年第12期

“非虚构”之“非”

李丹梦

“非虚构”的名目自《人民文学》2010年2月推出以来，引发了不小的震动，是年底已有五百余人加入“非虚构”项目的写作申请（全名系“人民大地·行动者”写作计划，一个庄严、响亮的称号）。虽不能跟“超女”式的火爆反响相提并论，但在落寞的文坛亦可算是提振人心的事情，如果不是“自慰”的话。

“非虚构”的设置，原本是为了容纳韩石山的自传《既贱且辱此一生》。这一半路杀出、“浑身长刺”的作品无法并入《人民文学》已有的栏目，而另立“自传”的“临时抽屉”，又太不醒目、经济（栏目的立名岂能搞得像“一次性针头”？），它跟刊物的风格似乎也有“冲克”。于是，编者在作品和刊物宗旨间找了一个公倍数，“非虚构”的“乾坤袋”由此出炉。[①]之后任何对“非虚构”的解释和理论支撑都不应忽略这一“经济”的原点。现代文学自诞生之日起，便与其媒介捆绑在一起。所谓文学的独立品格，只是相对而言的。探讨“非虚构”的内涵和意义，亦不例外。在当下市场求新趋异的语境中，人们对“非虚构”的关注，掺杂着“概念消费”的意味。有人指出，“非虚构”绝非崭新的词语，它兴起于20世纪60年代的美国，又称“新新闻报道”，但这一舶来语对中国读者尚有陌生化的剩余价值。特别是在被《人民文学》这样的“国刊”征用后，“非虚构”更带上了郑重的承诺意味：一种新的严肃的文学理念？抑或重大题材？如同精简的、直指人心的广告，“非虚构”提纲挈领地调动、引导着读者的体验，以致在进入具体的作品之前，读者已预支了某种情绪与快感。

笔者并无贬低“非虚构”的意思。事实上，这一灵机拈来的语词的确把握、击中了某种需要。质言之，“非虚构”给人真实的暗示与兴奋，它让人想起报告文学、纪实文学之类。虽然编者极力要让“非虚构”从后两者的牵绊中挣脱出来，但理由并不充分。就已推出的“非虚构”作品而言，将它们归入报告文学实无不妥。说来，《人民文学》与报告文学颇有渊源，历任主编中，王蒙、

① 陈竞：《李敬泽：文学的求真与行动》，《文学报》2010年12月9日。

刘心武、刘白羽、程树榛、韩作荣都是创作报告文学的能手。新时期初，《人民文学》刊发了徐迟的《哥德巴赫猜想》、刘宾雁的《人妖之间》；1985年，刘心武的《5.19长镜头》《公共汽车咏叹调》引起轰动。以此看“非虚构”的出现，也就并不全然是借鉴与构造，灵机闪现的背后是承续历史的无意识冲动。

把“非虚构”与《人民文学》结合起来，能解释某些问题：为什么类似“非虚构”的栏目在别的刊物上没有像在《人民文学》这里进行得相对顺利？①抛开概念的“提携”，焉知没有历史记忆、政治品性的作用？纵观《人民文学》刊登的报告文学，除了这一文体通常具有的直截热切的社会介入性、敏感鲜明的问题意识之外，还渗透着一个重要特点，即对现代中国的整体想象与认同。《哥德巴赫猜想》体现了以陈景润为代表的知识分子投身现代化建设的热忱及否定“文革”的“新时期”逻辑，《5.19长镜头》折射出国家权力与个人权利的博弈（刘心武试图从青年滑志明当日的情绪流中来解释那场关涉国家声誉的“5.19”惨败与球迷泄愤）。目前对“非虚构”的认识一直纠缠在虚构与真实的关系上，在我看来，“非虚构”名下的作品有一种“回归”的倾向：通过强化国家与民族叙事，对当下已走向疲软的个人化写作予以纠偏，这当是所谓真实与虚构角逐、较真的焦点与内在动力之一。②从部分“非虚构”作品的题目——如《中国，少了一味药》《中国在梁庄》（以下简称《梁庄》③）《词典：南方工业生活》等，我们已能感受到这一点。而反响较大的也恰恰是这类带有中国叙事与“抱负”的作品。另外，乔叶的《盖楼记》写农村民房拆迁的纠纷，南帆的《马江半小时》写近代史上的马江战役，贾平凹的《定西笔记》记述自己在中国“苦焦的地方”——定西的行走，或隐或显都闪烁着“中国问题”的焦虑。在《人民文学》的编者按语中，关于“非虚构”使用了一个词：“吾土吾民”，从中不难察觉创作与期刊间的“呼应”。它们彼此澄清，相互激发，某种程度上，我们可以将上述“非虚构”作品链接在《5.19长镜头》之后。这当是《人民文学》引领文坛的“杰作”了，虽然它实际仅有部分的效力。

在《人民文学》与创作者之外，考察“非虚构”还有一层因素不容忽略，即大众的阅读口味：那带有猎奇心理的对信息与真实的偏好；可以有点思考，

---

① 《钟山》从2007年1月便开设“非虚构文本”栏目（比《人民文学》早了三年），王树增等作家也称自己的作品为“非虚构文学”。但直到《人民文学》2010年2月打出“非虚构”的旗帜，这一概念方在中国大陆推广开来。

② 此处的虚构，其内涵跟以往认为的大胆、积极的想象（一种正面的界定）发生了参差与偏移；虚构带上了不知禁忌、编造做作的意味，这让它几乎成了个贬义词。

③ 《梁庄》在《人民文学》2010年第9期刊出时，题目就叫《梁庄》，出书后更名为《中国在梁庄》（江苏人民出版社2010年版）。

但深刻不要，最好一看即懂。这种趣味自非天成，图像媒介的“直击”与“洗脑”功不可没。打开每日的电视新闻，战争、灾害、死亡、暴力是重头戏，它们给人一种错觉：我们的世界充满了坏消息。这恐怕亦是真实的禀性、精粹或“高级形态”？目下备受欢迎、有泛滥之嫌的纪实节目延续、发扬了上述真实的逻辑，并在此基础上增加了对历史、疑案的追踪。对比“非虚构”名下的作品，能感觉到纸面文学向新闻、图像媒介的倾斜，如内容的近似、对负面信息的敏感（《梁庄》的章节名就像新闻标题的罗列，如“老贵叔：砖厂是老百姓遭殃的铁证”“建昆婶：王家少年强奸了八十二岁老太”，确有视觉的冲击力），对边远、落后地区（如慕容雪村《中国，少了一味药》中的上饶，李娟《羊道·春牧场》中的阿尔泰，王族《长眉驼》中的托拜阔拉沙漠草场）的热忱……似乎非如此，便够不上“非虚构”/真实的档次。（什么时候我们的真实开始跟浑然的生命脱节，成了一个可以内部区别的等级概念？）此外，一个最明显的例子是，“非虚构”作品强调和引以为傲的“行动者”“在场者”（亦即叙事人“我”），其功能相当于镜头：“我”永远无法走进被采访者的内心，所谓的“交流”形同虚设。慕容雪村那富含表演性的传销卧底经历便是证明（《中国，少了一味药》）。他对传销者的呈现恰如镜头对人的赏鉴：“是个稀罕题材，收视率应当不错。”很难感受到作者对底层传销者的真切关注，相反，厌恶和歧视是流露最多的情绪。对话在“瞒与骗”的技艺中展开，仿佛镜头对人的诱导（让其做出希望的漫画姿态）。

《梁庄》亦有类似的问题。这是“非虚构”名下最受公众认可的作品。曾有人问：倘若《梁庄》发表的时候不叫“非虚构”，还会取得现在的反响吗？[①]这是一个相当尖锐的设问。我们发现，作者对梁庄的观照大多是单向的摄取，其洞察缺少相应的“对视”，特别是那类含有落差、对抗与挑衅意味的反向探询。村民在面对“我”的笔录或录音时，他们是怎么想的？他们了解自己“声音”的用途么？当“声音”付诸文字后，他们是否还有申述的余地（特别是当“我”公开了——自然谈不上出卖——他们的隐私、秘密时）？透过村民对“我”的“敞开心扉”（凭什么？），幼时好友菊秀对“我”单纯的羡慕（绝无妒忌、揶揄或“揭老底”之类不良之想），以及县委书记对“我”的大力支持（作品未交待“我”是如何获得这种“支持”的），能感受到含蓄却坚执的自我秩序的营构。作者曾声称这是“一种谦卑的行动写作”[②]，但老实说，叙述人与村民的地位并不平等，

① 陈竞：《李敬泽：文学的求真与行动》，《文学报》2010年12月9日。
② 梁鸿：《一种谦卑的行动写作》，《中国图书评论》2012年第12期。

她是矜持、优越而精英化的。一个从京城归来、中规中矩又富于同情心的大学教师，一个“荣归故里”的高级知识分子，其言行举止让人想到不无范式的“镜头人格”（恕我直言）：“责任”明确，扁平客观，又自我绝缘、严密保护。《梁庄》总体未跳出鲁迅《故乡》的启蒙模式，虽然作者以直录的方式让“人民”发声了，然而“人民”所道的内容与显露的思维却能大体完美地塞进启蒙视角所预期的、蒙昧落后的结构性框架。作者对梁庄／中国的描绘、布局带有纪录片的扫描、提炼与体系的味道：从宏观到微观，从乡村政治到“救救孩子”，从理想青年到“成年闰土”，力图以点带面。看不到性格丰满的村民，每个人都以其震撼、深刻的人格侧面为记录、采写的整体性默默做着贡献。不用太多改动，便可将《梁庄》文本转换为纪录片的脚本。有剧目（那带有新闻意味的醒目标题：“遭殃的铁证”“救救孩子”“我不想死”……哎哟，是祥林嫂的苦戏么？瞧瞧去！），有声音（这可是原汁原味的乡土中国的诉说！底层，边缘！），有议论（穿插在“人民”声音中，像纪录片的“画外音”。不错，省得琢磨了）。从一开始，梁庄之行便注定是一场“为了告别的聚会”。始于写作，终（忠？）于写作。结尾出现母亲的坟并非偶然，它表明作品内里的气度远不如它的名字“中国”那般廓大与博爱，只是一趟孤独、漂浮、自慰的行旅。抛却由母亲表征的家庭与血缘情愫，梁庄／中国与“我”还有什么瓜葛、牵系？

以上分析旨在表明：“非虚构”是在《人民文学》、创作者以及大众趣味合力作用下的产物，其内里系“利益”的调适与妥协。鉴于《人民文学》的“国刊”身份，或许可以这样表述，“非虚构”的出炉，乃意识形态、知识分子、大众在文学领域的一次成功合作，利益的“交集”或曰合作基点，即前文所述的“中国叙事”：《人民文学》于此看中的是“正统”风格的延续，对文坛（尤指市场语境下个人写作的无序化）的干预；知识分子则趁机重建启蒙身份，投射、抒写久违的启蒙情致；大众在此欣然领受有“品位”的纪实大餐。三方皆大欢喜，“吾土吾民”就这样被“合谋”利用了。

关于知识分子在“非虚构”中的利益诉求，“启蒙”的描述尚嫌宽泛了些。确切地讲，知识分子需求的核心，乃是“跨界”言说的能力与权力。南帆对历史的去蔽、推测乃至重新编码（《马江半小时》），便是一例。“回溯这个历史事件的时候，虚幻不实的感觉时常缠绕在我的叙述之间，挥之不去。我不时试图与这种感觉搏斗，力争还原一个真实的历史版本。我曾经认为，巨大的历史距离吞没了种种日常生活气息……因此，马江之战若即若离地浮动在远方，无法精雕细刻。”在这里作者道出了还原或结构历史的一个基本准则，即日常化，或曰世俗化。这种精神在“非虚构”系列中是一种未曾明言的共识。《马江半小时》里遍布着“我相信”“我猜想”“我期待”“突然想到”以及“恐怕”“否则”等字眼，这让人联想到刘心武解读《红楼梦》时的关键词：“很可能”“极有可能”，它们的反义词是“不可能”“没有可能”。且不论南帆对历史还原的结果真实与否，至少他实践了强悍的主观分析与智性扩张的愿望。这想必也是作者考证马江战役的兴奋所在：把严肃规整的历史叙述转变为个人化的智力挑战与游戏，但一味的逻辑推衍亦有单调、不透气之虞。在此，“中国”的意义相当于言说的版图，一个可供智性驰骋、游刃的宽广疆域，其存在已被对象化、客体化了。念及新中国成立初期知识分子对“中国”的信仰与皈依，变化之大让人感慨。而又恰是这种“对象化”的“中国”的存在，成为“非虚构”作品中个人言说及物性的明证。

仍以《梁庄》为例，梁庄之行本含有自我寻根的意味。依照作品前言里的说法，它源于对当下工作的怀疑：“每天在讲台上高谈阔论，夜以继日地写着言不及义的文章”，这“虚构的生活”“与我的心灵、与我深爱的故乡、与最广阔的现实越来越远”。作者冀望重建与现实、大地和心灵的关系。[①]（贾平凹的《定西笔记》亦有类似的交待，叫“接接地气”。）但她并未沿着初心的设定深入下去，而是避重就轻地来了一次话语转换：从讲求严谨、逻辑而难免压抑的学术八股中暂时竦身，转向兼具抒情、议论和社会调查的“四不像”文体，好比从夹脚的舞鞋陡地探进泡沫拖鞋，自由、适宜了不少。然而在将“中国”切片化、问题化的过程中，仍然能感觉到作者极力否定的“当下工作”的惯性，那研究、论议、综合的语调和气息，便是证明。如果说以前的“言不及义”乃是因为所用的多为二手材料或者仅是抽象的概念推衍，那么这回的例证可是“真人”采风，有直录的夹带方言的“声音”为据！这或许便是“言及于义”的真谛（真实）？

这种带有后现代意味的体式杂糅或曰“跨文体”现象，在“非虚构”中并不罕见。另一明显的例子是萧相风的《词典：南方工业生活》（以下称《南方》）。该作荣获2010年度人民文学奖非虚构作品奖，并摘得了第三届深圳原创网络文学拉力赛非虚构文学的桂冠。《南方》的优点在其外形的别致，它以词条的方式将打工族的南漂生活串联起来。如“摆地摊”“流水拉”“老乡”“打卡”……可惜只能远观难容细品。每一个词条下都是一篇多调叙述的杂感或随想。于震撼人心的第一手记录（包括事件和声音）中，间入作者的思考及自身复杂艰辛的经历，语言平滑、流丽，然而说的大多是常识，一种精致的泛泛而谈。譬如，

① 梁鸿：《中国在梁庄》，江苏人民出版社2010年版，前言第1页。

在“电子厂”词条下，作者写道：“在这样的女儿国里，青春变成了一道纯粹的靓丽风景。在流水拉下埋头做事时，工作服里裹着那裹不住的绿色青春，仿佛工业齿轮缝隙里的花瓣。”在“老乡”条目下，又有这样的话：“老乡是一个出门在外的生词，一双漂泊异乡的布鞋，一顶土祠或公社时期的破草帽，一粒临时抵御乡愁的安定药。但是这个生词永远回不了家，这双布鞋已经走在千里之外的路上，至于这顶破草帽是否挡住了他乡的风雨呢？如今人们对这粒安定药也产生了更多的抗药性。”这话自是打工一族说不出口的，底层草根的生活经由这种文绉绉的诗语警句式的转译，似乎有所“升格”，但隔膜反而更深了，我指的是打工者那被看的对象化状态。打工的生活大多实际、灰色而无奈，但在《南方》中却成了用来遣词造句、激发诗语的源泉、鹄的，这实在有些讽刺。虽然作者适时地表达了关切之情，但仍抹不去整体的造作印象与隔靴搔痒之感。把《南方》看作一长篇杂感倒也罢了，若非说这是一篇“非虚构”的底层呈现，笔者着实不敢苟同。不客气地讲，萧相风根本没有找到切入打工者的调门，整部《南方》就像中学生或文学青年拿腔捏调、拼凑美文的习作或练笔。

想到20世纪90年代学人余秋雨在《文化苦旅》所作的潇洒转型。无独有偶，萧相风亦坦陈是从“散文的角度来审视‘非虚构’文体”的。[①]与《南方》《梁庄》相比，在《文化苦旅》中，同样是远行（那时没有“非虚构”，叫“文化大散文”），同样是“无法划定体裁的奇怪篇什”（《文化苦旅·自序》），如果说《文化苦旅》显示了知识分子文化与大众文化的亲善、合流，那么《梁庄》的表达亦有类似的味道。感伤的（自我）回忆，痛切的（梁庄／中国）陈说，亲历的刺激，都让人产生如是联想，它们平易而不无煽情。我把《梁庄》《马江半小时》等一类作品看作知识者在反拨刻板的学术体制中的一个次生产品。《梁庄》虽然延续了某些智性的特质，但思考已然泛化、浅近。它嵌套在一个基于倾吐、释放的虚脱抒情的外壳中，成为身份与“品位”的提示。一次带有大众风格的言说尝试。所谓重建自我与现实、知识与生活的关联，说白了，即面向大众发言。听得懂、有共鸣是必要的基础。而“中国”（题材）则是提请公众注意的起点，我们于此达成“共识”。

某种程度上，可以把回到梁庄之类的“行动”或“中国叙事”的凸显，视为边缘化的人文知识分子为自身创造公共空间、以重返社会中心的努力。读者对《梁庄》的接受，除了内心不自觉的图像审美习惯的延伸之外，作品凸显的

① 萧相风：《从〈词典：南方工业生活〉出发》，《文艺报》2011年4月20日。原文如下：“而作为多年诗歌作者的我，却从散文的角度审视非虚构文体——这些都是出于本位的考量。”

端严合矩、指点江山的自我形象符合民众对公共知识分子的格式化想象、期许，亦是一个重要原因。在突破僵化狭隘的学术限制，追求“越界”言说方面，《梁庄》自有其意义，但似乎也仅限于此。一种形式的突围或风格的“换挡”“拼贴”，以此来扩张自我，抚慰和充实当下“虚构的生活”。至于风格变换指向的内容，却并非重点（至少不像看上去那般重要），它可文化、可历史、可中国、可底层……套用诗人韩东的话，一切到语言（风格）为止。

“非虚构”的成功在于它对真实的暗示与提倡，但这亦是它最大的问题。“非虚构”的作品中，大都盘踞着幽灵般的“看”的意识形态。看民工、看梁庄、看历史，贾平凹的《定西笔记》亦是从自我游历的角度来理解和契合“非虚构”的主张的。老贾到定西，有名家私访的意味。他在此采撷了一串散落的传统中国的符号：农具、牲畜、酸面……至于定西的整体面貌究竟如何，我们不得而知。然而能肯定的是，它不像贾平凹渲染的那样富有情调。那种士大夫般的欣赏、回味及随遇而安，只有固着、停驻在游客的身份与“看”中方能得到。这是一个极难跨越的门槛，再进一步，贾平凹那落拓不羁的风格恐怕要崩溃了吧。看来，我们的写作、欲望、空虚都需要“看”来充实与搅动。“非虚构”极力标榜的“行动”，可化约为“看”。大家跟“我”来看“中国”、领略“真实”吧——“非虚构”主张的“魅力”就在于此。至于“看”的方式，却是被忽视的。

把“看”与“真实”剥离开来，是“非虚构”最大的误导。它建立在物化的真实观上，显示了文学在读图时代向图像媒介的趋附。然而真实，并非最终给予的什么触目惊心的事件，却恰是给予和敞现本身。它充满个性与偶然，“在场的有限性”即由此而发。不难体会，真实最终是指向自身的。说到底，个人只能对他的敞现行为（即“看”）负责。为了抵达真实，他不得不跟自我的有限性（如生活、审美的习惯，思维定式等）进行抗争。“有限性”存在与否，是判定“在场”或“行动”效力的最终依据。不是客串、猎奇、制造噱头或简单的目击，真实的彰显与自我有限性的发掘成正比，二者乃是一个过程。至于结果，系自然涌出，不在自我支配的范畴。而假如结果是可控制的或直接呼应了某种潮流式的需求，那么这种真实的品质当值得怀疑。

由此打量“非虚构”中的作品，大多中正平庸。印象最深的，要属乔叶的《盖楼记》。叙事人没有镜头式地旁观，她深深卷入了乡下姐姐的盖楼谋划。作者在该篇的创作谈中写道：“我想尽量客观地裸露我所看到的事实，还有事实中的我自己。”[①]这是笔者见到的对“非虚构”的“在场性”与“行动性”最质朴、智慧的表达。其中裸露“事实中的我自己”，触到了“非虚构”的关键与脉门。《盖楼记》虽算不上震撼之作，但感觉比其他作品真实得多。在场者的“活泼”，她的介入性，以及对己对人一视同仁的“裸露”，都深谙真实的意味。有意思的是，《人民文学》没有把《盖楼记》纳入严格的“非虚构”系列，而是特为其开列了一个“非虚构小说”栏目，[②]它是想以“小说”公认的虚构品质为“我”的介入行动“遮羞”吗？这似乎也反证了“非虚构”作品中“在场者”不言而喻的正面性，对所谓“真实”的揭示，当以不触动这种正面性为宜。在此，《梁庄》似乎更接近《人民文学》“非虚构”的“本义”。质言之，“非虚构”的真实，是对外不对内、对人不对己的。“在场”或“行动”，以超离的、宝藏自我的“客观”方式进行。这让“非虚构”写作跟书斋中的闭门造车并无本质的不同。采风来的“吾土吾民”的“声音”如同援引的脚注，或用以敷衍、铺陈观念的例证，是一种确凿的幻象与修辞。

有人说，“非虚构”的盛行，意味着虚构的贬值、文学性的失落。在我看来，文学性的失落恰与目下错误的、追求眼球经济的真实观的泛滥密切相关。换言之，真正的文学性与虚构，是奠基在敞现意义的真实上的。撤掉对敞现的琢磨与自我抗争，虚构则或沦为空谈，或陷于表演，更遑论“非虚构”？前文曾述及虚构内涵的贬义化。人们之所以会对虚构产生反感、厌腻的情绪，虚构与自我反思、抗争的分离，应该是最核心的原因。一种被抽去了根基的虚构，它的感染性、生命力连同与之而来的文学性，都可想而知了。

想起张辛欣的《北京人——一百个中国人的自述》（以下称《北京人》）。1985年，当这部大型口述实录的部分文本在《收获》《上海文学》等五种期刊同时推出时，曾让不少喜爱张辛欣的读者哗然。他们认为这是张辛欣浪费才华与智慧迷失的产物，评论界对《北京人》的热议集中于“《北京人》是否属于文学”“虚构与纪实的关系”两方面。今日关于“非虚构”的争论大部分已在那时“预演”过了。相比而言，当时的人们对文学、虚构尚抱有神圣的感觉，认为口述实录之类的新闻纪实手段是对“文学纯洁性”的伤害。而“非虚构”则是文学地位边缘化后文坛的自我提振与炒作。今天看《北京人》，仍旧为张辛欣的勇气感动。美国的金介甫认为：“《北京人》是张辛欣发展现代派意识

---

① 乔叶：《盖楼记·创作谈》，《中篇小说月报》2011年第7期。
② 参见《人民文学》2011年第6期，同期“非虚构”栏目下刊登的是南帆的《马江半小时》。

的一部作品。”[①]我把张辛欣前期的心理小说与《北京人》视为一体，二者统一于作者逼近生活真相的探索。或者说，纪实乃是张辛欣对虚构虔诚之至的结果。和今天同类的“非虚构”作品比较，《北京人》的最大特点就是它的虎虎生气和去体系化。作者不以任何特定的民族理想或自身观念为轴心，甚至不拘泥于任何特定的时代或社会经验，但还要试着去把握它。这分明是在挑战自我，挑战自己的虚构极限，张辛欣真的豁出去了。假如承认没有什么摆在那里的真实，真实均有赖于主体的发现和叙述，那么，就不存在什么“非虚构”；“非虚构”本身，即是一个假设与虚构。

有个问题一直被忽略：为什么我们本能地觉得写“中国”要比写个人更真实？我想，这不是什么真实的教条或对个人的压抑，而恰恰表明真实的伦理性：这是一个内含集体信仰与个人修持（或曰自我克制）的概念，并非时下想当然的景观或图像的敷衍、铺陈与拷贝。感觉写“中国”比写“个人”真实的原因就在于此，它跟“有朋自远方来，不亦乐乎”的意味相通。换言之，真实指向自我与他人那已被忘却的牵系与“命运与共”。为了抵达这种状态，个人必然对自我、私情（广义的）有所克制。恣情轻松的表达很难彰显真实，真实的言说总带点滞涩（自我修持、克制的痕迹）。这种“命运与共”的真实论调听来可能有点怪异。怪异感的产生，跟现代化进程中愈演愈烈的功利主义、个人主义的熏陶分不开。我们只知道自己，仅晓得一个“我”，却忘记了人本是相互依存的动物，遗忘了人性的彼此向往与缠绕。其实哪里找得到一个特异的“我”呢？无论语言、需求抑或情绪，“我”的或用来界定“我”的特质都能在他人那里找到相应的部分。佛家一直讲“我”与他人是一体，这并非神话或单纯的信仰，实在是人类真实的生存样态。利益将人心和人性隔绝开来，我们对此虽然也痛楚，却殊无怪也。

“非虚构”系列中的个人叙事与中国叙事是分裂的，它表现为内 / 外、诗语 / 分析、智性 / 蒙昧两种不同的笔调与人格。《梁庄》《南方》自不必说，在《中国，少了一味药》中，慕容雪村在潜入上饶传销窝点前，还煞有介事地在微博上写了一篇“遗嘱”：“消失一个月，拿老命开个玩笑，若回得来，还你一个好故事；若回不来，舍我一副臭皮囊。”说是给“读者的交代”，够酷的。一副孤胆英雄的模样，跟传销窝里的“虾米”自然不可同日而语。然而，《中国，少了一味药》究竟是要呈现传销者的生存状态，还是为了成全一个“好故事”，

① [美]金介甫：《现代派与新闻之间的张力与共鸣》，董之林译，《广东民族学院学报》1991年第1期。

完成一段个人的传奇？我不想将此简单地归结为“人性的弱点”，话说回来，这也不纯是作者个人的问题，它触及当下写作里“中国叙事”的根本困境。中国人的国家观念向来淡薄，现代中国意识的崛起，实为外力冲击的结果。而当战争、民族危机、“冷战”强加的“内聚力”相继失效后，“中国”对个人还有“魅力”可言么？在讲求利益至上、等价交换的市场语境中，还有什么能与之抗衡，让个人与“中国”恢复以往的牵系？

我以为，恢复真实内在的伦理性至关重要；最切实的办法，莫过于重新认识自己：从自我切入。突破一分自我的局限，放下一分自我的坚执，便会多一分平等，多一分对他人的接纳与慈悲，以此延展到“中国”——会蓦地发现：“中国”实非外物，诚然是我之“宿命”。就像鲁迅所讲的：“无穷的远方，无数的人们，都和我有关。我存在着，我在生活，我将生活下去，我开始觉得自己更切实了，我有动作的欲望——”[①]这最末一句是否在暗示：“行动”系文学的本有之义？倘若真的存在所谓“非虚构”的话，从文学行动的角度，我想还是把它对准自身吧。

原载《小说评论》2013 年第 3 期

① 鲁迅：《“这也是生活”……》，载《鲁迅全集》（6 卷），人民文学出版社 1981 年版，第 601 页。

非虚构写作：贴着大地飞翔

王雪玲

现实荒诞虚构平淡 非虚构写出世道人心

每一种文学潮流的发端，都曾是星星之火。当人们在越来越多地感叹生活“小说都不敢这么写”“童话都不敢这么编”时，现实已经越来越荒诞，而虚构却越来越平淡。此时，有人在这一团剪不断理还乱的生活中埋下了一颗文学的种子——“非虚构”写作。即使“非虚构”写作此前早就以报告文学、纪实文学的样式存在，但它真正火起来却是近三年的事。可以说，如今的“非虚构”写作已经像点燃的“星星之火”，虽无燎原之势，但也足以像火炬照亮文学界的一角，它要求作家置身生活现场，积极介入历史或现实内部，直面复杂的生存逻辑与伦理秩序，既展示自己的精神姿态和思想作为，也为人们了解中国社会的现代化进程提供独特的思考……是的，“非虚构”写作，不仅非虚构，而且写作。它在田间地头，也在时代现场；它来源于生活，却绝不伪饰生活；它关注大地上的实情，却绝不单纯记录书写……“非虚构”写作的这种独特姿态，就像一株在广阔天地里自由生长的野百合，为那些在书房里呆久了的迷茫作家提供了写作的另一种可能。那么，作家们，就从此刻开始，带着笔，走出书房，走向大地。

“非虚构”写作：贴着大地飞翔

自从《人民文学》在三年前开辟“非虚构”栏目，并相继发表了梁鸿的《梁庄》及《中国在梁庄》、王小妮的《上课记》、李娟的《羊道》、郑小琼的《女工记》、乔叶的《盖楼记》及《拆楼记》、孙惠芬的《生死十日谈》、丁燕的《她在东莞》等作品，如今“非虚构”已成为文学界与社会学界、历史学界以及广大读者热议的话题。这些作品推出单行本之后，反响也非常热烈，甚至形成了独特的“非虚构”出版现象。其中值得一提的是，著名作家阿来也投身“非虚构”写作的潮流，写出了刊登在《人民文学》2013年第8期上的《瞻对：两百年康巴传奇》这篇“历史非虚构”长篇力作。

那么，“非虚构”究竟是怎么一回事？它有哪些魅力能让众多作家纷纷追随？它的发展现状和前景如何？本报就此采访了《人民文学》的主编施战军以及作家梁鸿、乔叶和丁燕。

“非虚构”：现实感和接地气

“非虚构”在外国早已有之，但在中国，是在2010年以后才开始“流行”起来的。它是由时任《人民文学》主编李敬泽在《人民文学》上开辟“非虚构”栏目而引发的。此前，李敬泽在接受采访时说，《人民文学》设置这个栏目是希望大家重新思考和建立自我与生活、与现实、与时代的恰当关系。“吁请海内文豪，对于这个世界建立起刚健有力的行动和认识意愿。”如今三年过去了，在《人民文学》的大力推动下，“非虚构”已成为中国文学界一个耳熟能详的词语。

现任《人民文学》主编施战军说，他们发现大量来稿中的兴趣意绪相对有些狭窄，即便在非虚构性的作品中，对社会、时代和人类的内心关切度也不够。“目前有些中国作家在创作方面缺乏现实感，写作自备一格之后常常发生与丹纳所言的‘环境、种族、时代’三要素脱节的状况。‘非虚构’栏目的意向之一是为了提示写作者‘现实感’的不可或缺。如今，《人民文学》‘非虚构’栏目下作品的内容也在不断拓展，今年第8期就刊发了阿来的一部虚构作品——《瞻对：两百年康巴传奇》。这部作品有别于一般的‘现实非虚构’，这是阿来的‘历史非虚构’长篇力作。作家阿来为了写这部作品，长期深入康巴藏区，翻遍从中央到地方的相关史料，准确地重现了从清廷、民国政府到共和国新政权初期两百年对瞻对以及康巴地区统辖的历史状况。而这样的作品，对现实的启示意义是不言自明的。但尽管如此，我们还是希望作家关注现实，多写一些与现实相关的作品，展现作家深入到现实中观察、体验、记述的行动能力，从中发现世道人心。这是设置‘非虚构’栏目的首要目的。”

目前，在中国文学界和新闻界流行的一个价值标准是“是否接地气”，其实，“非虚构”写作就是一种最接地气的写作。在施战军的眼里，“非虚构”写作本来就要从大地上获得力量。“这种写作本身就是吸了地气的写作，大地散发出来的生命气息和‘非虚构’的写作意识是交融的。在这个过程中，作家从切身体验和真正感触出发，是作家‘情愿’的劳动，作家和大地构成了一种亲密的互文关系，二者同呼吸、相映照、共命运。”

《人民文学》设置“非虚构”栏目是想要检验中国作家对现实本身、对自己身处的世界所发生的事情的知情能力和行动能力，用更为热切的心敏锐感应和自觉观照“大地的实情”。

“非虚构”：要有更高的文学标准

其实，从一脉相承的角度来说，最接地气的“非虚构”写作和现实主义的写作流派有着内在联系。施战军说，“非虚构”写作在创作方式和创作手法上都属于现实主义。“过去的现实主义是用小说或者报告文学的方式来展现和关注一个时代的重大事件或塑造有重要影响的典型人物以及历史巨变等，在现实主义精神的感召下，作家们写了很多展现时代发展和重大变迁的作品。但是近些年来，人们更多地关注日常生活，笔触更多地落到了个人的日常悲欢甚至鸡毛蒜皮的事情上，有的人写来写去没有现实感了，对世界的认识越来越偏狭。所以在这种情况下，‘非虚构’呼吁我们中国作家找到一种现实感，注重个人对时代的发现和体会，是作家从个人的真切体验出发，用个人的发现来真切地表达出和‘我的生活’相关联的‘我们的世相’。”

虽然“非虚构”已经引发了社会极大的关注，但施战军觉得，目前人们更多的兴趣似乎还局限在“非虚构”内容与社会学、史学研究的范畴相洽的那部分上。“事实上，‘非虚构’作为文学作品，更强调的是作品里的人性及其生态的发掘而不是事件本身，因为人的生存状态、生命困境和情感需求等意味性的东西，是文学所要表达的。‘非虚构’作品要从一个文学文本的角度，给读者留下永恒的思考和艺术魅力，并非逞一时之快。否则，就会成为社会新闻特写或社会事件特稿，这不是‘非虚构’要做的。‘非虚构’面对的是大地上实在的世情，不再做出妄自代言的架势，在呈现生活的美学倾向里展现作家对人、人性、人类社会和自然世界的深沉关怀。”

谈及“非虚构”作品的艺术性，施战军强调说：“无论是现实题材还是历史题材，我们对‘非虚构’更热切的希求是人性意味、结构、语言等经典性文学要素，能够更自然从容地渗透在写作意识中。”本着这种理念，施战军说《人民文学》目前刊发的“非虚构”作品已经基本上实现了他们对“非虚构”写作的预想，但还不够理想。“目前这些作品已经有了较大的反响，但它们的文学性还相对不足，还没有出现足以和《冷血》《遗产》等世界名篇相提并论的‘非虚构’大作品。真正能够代表‘非虚构’文学高标准的、更丰实的、更入心因而也更具艺术感染力的作品，还在我们的期待中。”

传统的中国式的现实主义更注重比较重大的题材，也就相对忽视了生活中特别具体的、个别性的东西。但后来的这种日常生活性的写作又过于关注个人的小局域。这两者之间就有一个宽厚的中间地带，这个中间地带联结着个人和大世界。这也就是“非虚构”需要展现的天地。

作家谈“非虚构”

梁鸿：真实不是“非虚构”的唯一品质

在“非虚构”写作这个领域，梁鸿的《中国在梁庄》和《出梁庄记》是两部“标杆式”的作品。其实，早在2010年《人民文学》开辟“非虚构”栏目之前，梁鸿就已经在做关于梁庄的调查。在梁鸿的眼里，“非虚构”属于个人观察社会的一个角度，是作家探索性地书写社会的一种方式。所以，梁鸿说《中国在梁庄》和《出梁庄记》并不是客观的真实，而是主观的真实。

对于由自己的梁庄书写引发的“非虚构”写作潮流的兴起，梁鸿的态度非常理智。她一方面很高兴，一方面也很警惕。“文学联系现实，承担了它作为一种传播形式的义务，但文学不可能纯粹地承担这样的义务。当一种文学体裁变成一种写作风潮的时候，它会让作家变得浮躁起来。面对这样的现象，我们不妨停下来思索一下。对于目前的‘非虚构’写作，我们得一分为二地看，一方面表示欣慰，但一方面还得谨慎，不能把它作为唯一的真理。因为文学是通往各个方向的。更不能因为‘非虚构’就把虚构的作品看得如何如何不好，虚构作品当中不是有很多伟大的作品吗？”

尽管是“非虚构”写作潮流里的领军人物，但梁鸿自己并不特别偏爱“非虚构”。“我对虚构和‘非虚构’都非常喜欢，我读过中外的很多文学作品，像托尔斯泰、陀思妥耶夫斯基、卡夫卡等人的作品都是虚构的，并不会因为取材而让某个作品显得伟大。决定一部作品是否成功，和作家的能力、作品本身紧密相关。就社会实践来说，虚构和‘非虚构’都可以完成，就看作家怎么来完成。”梁鸿觉得，真实并不是文学的唯一品质。“‘非虚构’作品给人的第一印象就是真实，但是好的‘非虚构’作品并不仅仅因为它真实。比如在生活叙事方面，如果没有广度和深度的话，同样也不是一部好的‘非虚构’作品。只有真实的话，并不是对‘非虚构’作品的最高评价，好的‘非虚构’作品必然在生活的广度、深度和丰富性上有深入挖掘。”

丁燕：写艺术的真实而非客观真实

在进行“非虚构”写作的作家中，诗人丁燕以《工厂女孩》闻名。丁燕说自己接触到“非虚构”写作是在2010年，她从新疆迁居到广东之后，才在写作实践中有了“非虚构”写作的内容。此前，一直以诗歌写作为主的丁燕曾读过《冷血》《刽子手之歌》等“非虚构”经典著作。到了广东，丁燕发现广东的地域环境和新疆的差异性特别大：“新疆适合写作诗歌，而在广东，用诗歌的形式来表达，我的写作出现了瓶颈。我觉得面对珠三角这幅现代化的工业图景，需要一种更直接的表达。所以，我写作的文体也发生了改变，我进行‘非虚构’写作是自发式的。”

在丁燕开始“非虚构”写作的最初，她以现实场景和人物为元素，借用短篇小说的结构，使用诗歌和评论语汇，进行一种类同于报告文学的创作，但又和传统报告文学有区别。“我希望在我的表达中能写出属于我个人的新意。”最后，丁燕的这种想法就在《她在东莞》这个系列文章的写作中实践，而《工厂女孩》这本书，是丁燕写的《她在东莞》系列中有关工厂女工的集结。

如今，“非虚构”作品《工厂女孩》得到了众多好评，丁燕认为这种好评来源于真实。同时，真实也是“非虚构”作品最大的魅力。“这种真实是艺术的真实而非客观的真实。我觉得‘非虚构’作品一样是文学作品，同样会对作家在写作中提出很严苛的要求。比如说我写《工厂女孩》时，到工厂去，突然一下子，有许多细节涌现，为什么我选择这个而不选择那个，在这种选择的过程中要体现出我这个作家个人的选择。所以，我所理解的真实不是那种平铺直叙的、浅薄的真实，而是作家所挑出的那个人物、那个事件是否具有典型意义。”

在丁燕看来，“非虚构”写作是戴着镣铐跳舞。“因为真实性的要求非常强烈，但同时，又不能简单陈述你所看到的那一切。”正因为有了这种独到的理解，丁燕觉得自己在进行“非虚构”写作时发挥了自己的潜在优势——“我本身是学新闻的，采访是长项；我以前还从事过文学评论写作，这也是长项；多年的诗歌写作，让我对语言的要求非常苛刻；而且我是一个行动能力较强的作家。这一切的特点，在‘非虚构’这个文体中都得到了全面展示，故而这个文体相对来讲是比较适合我的，我在这个过程中有写作快感。”

乔叶：有温度和色彩的“非虚构”

乔叶是在2010年接触到“非虚构”写作的，只是乔叶是通过《人民文学》举办的几次关于“非虚构”写作的会议才开始产生兴趣，进而开始了《拆楼记》和《盖楼记》的写作。关于这两部“非虚构”作品，乔叶说自己没怎么构思。“确实是我姐姐家那个村子里有这么一回事，在确定要写作这个题材之后，我就对事件进展进行密切跟踪，一有风吹草动就回老家。创作这两部作品的动因，首先是因为它就在那儿，不需要我去构思，事件本身的微妙性、复杂性和新闻事件式的热点性对我产生的诱惑促使我到事件当中去看，去参与。”所以，在《拆楼记》和《盖楼记》中，作者乔叶本身就处于水深火热的现场。“那种活生生的细节，很传奇、很真实的各种生活故事，必须得扑到生活中去体会和感受。”

乔叶的《拆楼记》在《人民文学》上发表时是作为“非虚构小说”发表的。对于“非虚构小说”这个有些悖论感觉的称谓，乔叶是不在乎的，她说：“我觉得这个称谓不是特别重要，退一万步来讲，即使我的作品是完全虚构出来的，但是你在作品中看到了现实的真实感，难道还不够吗？就像我们做出一道好菜，难道还要去调查它有没有严格遵循某个菜系的烹调标准来做？我觉得这完全没有必要，只要菜好吃就行。事实上，我经过了很严格的采访，如实记述了这件事情，是小说化的‘非虚构’。”在乔叶的眼里，文学作品就像社会生活的神经末梢，非常细微和敏感。“我要写的这种东西，需要小说的技法才能把我想要的这种效果表达出来，那就可以使用。‘非虚构’写作不是非得用社会学者那种田野调查式的、非常缜密的、客观的、冷静的方式来写作。像‘非虚构’经典作品——美国作家卡波特的《冷血》其实就是不太接受旧有的创作风格嘛！”

在乔叶看来，“非虚构”作品打动人心的力量就是那种具体的真实感。“这种真实感主要来源于现实，但和电视镜头的真实感、新闻记者笔下的真实感是不同的，这是作家特有的发现。因为每个作家都有自己的三观，对生活有自己独特的表达，他所看到的真实是带有自己的体温和色彩的。我觉得每一个人都无法完全客观地、零度地观察社会生活，每个人都有自己的出发点，当然，优秀的作家发现和表达社会生活的能力可能会更强，展现的社会生活的深度和广度会更深、更广，也因此会让人们的阅读更有期待。”

原载《生活新报》2013年8月6日

当文学与疾病相遇

谢有顺

五年前，自称是“资深病人”的李兰妮根据自身经历写出了《旷野无人：一个抑郁症患者的精神档案》，该书作为精神病历的文学范本，将生理、心理及与病症息息相关的个人成长史、家族史逐一剖析并呈现，试图还原一个抑郁病患者生理和精神上的双重病相。事实上，李兰妮所遭遇并承受的癌症、抑郁症只不过是一个隐喻，它承载着当今社会巨变下的丰富内涵。在更长的与抑郁症相抗争的时间里，李兰妮依然服用着各种药物，尝试着各种疗法，动物疗法只是其中之一，于是也就有了现在这本《我因思爱成病——狗医生周乐乐和病人李兰妮》。

记得在写作《旷野无人》时，作者曾纠结于文字叙述表达的方式。作为一个病人，想从生理和精神的层面来记录一种被很多人忽视、不了解，却又让很多人困扰的病症；作为一个作家，又不满足于病理学上的专业描述，文学性仍是其最基本的追求。不管怎样，当文学与疾病相遇，它对于生命和写作都是一次提升。这让我想起史铁生，在当代文坛，大概没有多少人像他一样将生命与写作结合得如此紧密，残缺的生命赋予写作以丰赡的思想，写作还芜杂的生命以澄明之境。那么，对李兰妮呢？在她的写作中自然难见哲学的形而上探讨，她也未曾给自己的写作做那种严肃宏大的命名，但这并不意味着写作意义上的虚无。李兰妮不回避一个病人日常生理上的疼痛，由此所带来的自杀、自虐等消极的情绪及行为，她正是要从这里挣扎出来，获得精神上的光与爱。

病痛是日常存在的，李兰妮的思考和写作也从生活的细部开始。《我因思爱成病》以病人和小狗乐乐的相处生活为主线，以丰盈生动的细节叙述人与动物之间从偶遇到相识相伴到误会、敌意再到用爱来化解一切，彼此更加信赖温馨相处的过程，其中也穿插以小狗乐乐为引，改善并更好地维系作者与父母之间的关系，让乐乐安抚同为抑郁症患者的母亲，给她带来快乐；文中还辅之以李兰妮的自述旁白：对疾病治疗过程的记录，病痛困扰中的梦境和幻想，对自我的认知和反省，对年少经历的回顾，以期呈现更为详细的病理信息和丰富的个人精神史；还有模仿小狗乐乐的口吻，拟人化地呈现动物的心理，以动物的视角来感知社会和人类。三重视角最终回归“爱”的主题，既见人与动物之间可亲可感的情节场面，也可细微地感知小狗乐乐给病人李兰妮及家人的生活和心理所带来的触动及变化，而这也正好得以见证小狗乐乐在病人与病痛相抗争的过程中所充当的角色。

当初选择动物疗法，在一个抑郁症患者看来，更加看重的或许是动物的陪伴能够减轻寂寞、缓解压力。在小狗乐乐身上，李兰妮确曾感受到来自天性舒展的快乐，回到童年时代的纯真和天真，也在有意无意间瞥见那些童年的阴影与创伤——缺乏关爱与呵护，缺乏安全感及家的温暖，由此形成一种极度自立自强的个性，不向外人诉苦，不轻易寻求精神援助，将自己困守在“孤岛”，也许那些暗藏的隐疾就是这样累积的。动物疗法对李兰妮来说是补偿性的，也是代偿性的。一方面是回到童年的纯真和柔软，重温缺失的快乐；另一方面是回归到最为简单的人与世界与他者的关系当中，重获存在的感受。她与小狗乐乐相识相伴的过程，恰恰也是确证内心需求的过程。究竟什么是基于人类存在的需要与感情呢？在人本主义精神分析学派创始人艾里希·弗洛姆看来，其中之一就是与他者关联：“与其他有生命之物结合在一起，与他们相关联，这是人的迫切需要，人的精神健全有赖于这种需要的满足。这种需要存在于人们所有亲密关系以及所有在最宽泛的意义上被称为爱的感情的后面。”①也就是说，用爱来与他者相关联，以爱来维系与世界的关系。因有小狗乐乐相伴，李兰妮那些潜伏于内心的爱意牵挂有了寄托，她也在尝试着做一些改变，与父母亲人，与那些同样养有宠物的住户们交流分享，尝试着离开自己的“孤岛”。

如果叙述只是止于此，那么我们在这本书里看到的只不过是一个看似成功的抑郁症动物疗法案例，隐藏于文本中的另一条线索是作者对精神深处之秘密的窥探。文学本就源于内心的坦诚和探寻的勇气，是对生命隐疾及命运的注目，它关注社会及个体生理层面上的病痛，更关注人类精神的肌理及血脉，李兰妮的书写源于自身的境遇，就更是如此。作者把小狗乐乐与病人的日常细节呈现得越丰富细微，她对内心世界的探幽也就更加细致深入。小狗乐乐的存在，给了那段时间患抑郁症的作者一个省察内心的机会，如同最初将被诊断为抑郁症当作一个笑语，不承认看似每天乐观的自己会患上抑郁症一样，要认识并坦承内心对爱的迟钝与不屑、不易察觉的冷漠和自私也确非易事。当李兰妮发现正

① [美] 艾里希·弗洛姆：《健全的社会》，孙恺祥译，上海译文出版社 2011 年版，第 23 页。

是内心深处对爱的疏忽和漠然抹杀了乐乐的快乐天性，让它变得精神不振，使得两者之间失去可亲近的信赖时，她不断反省自身："我承认自己有病，但是我不敢追寻病根。不接受爱。不付出爱。不传递爱。"[①]"从小受教育，我学的是，要热爱党，热爱祖国，热爱人民。我没有学过要爱家人，爱邻居，爱狗狗。我懂得向远方付出爱，不懂得在身边怎样爱。"[②]如果说此前在溯源自己的精神历史时，李兰妮感受到的是一个缺乏爱的生命成长空间，那些来自天性和内心的需要被政治历史、社会家庭的"蒙昧"屏蔽、忽略、扼杀，那么在小狗乐乐身上，她觉察到的正是自己身上同样欠缺的爱的能力。文末作者所感悟到的动物疗法就是爱的疗法，发现爱，接受爱，传递爱，我想这样的发现并不是一个人文主义者高尚的宣言，它关涉到在日常的生活，在与一切生命交往的细节里如何真正去接纳一个生命，去呵护一个生命的成长，给予他生命所需要的爱与快乐。

李兰妮触及的是一个古老的话题，但是，对这一生命真谛的发现，却需要用年深日久的疾病和疼痛的代价来揭示，这样的发现和感知，不能不说是沉重的。

作为一种隐喻，李兰妮借疾病以省察社会历史的精神病症，因为"所有的病痛都是社会的病痛"。[③]毕竟作为社会中人，身体是人对社会情状的直接承载体，身体的不良症状也正是社会危机的隐形呈现。在这本书里，作者转换视角，通过以小狗乐乐为中心的宠物狗群体来窥看社会生态的一隅，测量一个社会健全、健康的精神指数。当作者以极为轻松幽默的笔调来展现一个至情至性的动物世界——狗狗们的生活习性、性情喜好、生理反应及它们之间的嬉笑逗乐，对同伴们的追随思念，在这里，每一只狗都是独一无二的个体，如"三好学生"酷丫、"闷骚诗人"毛毛、"小土匪婆"匪匪……但隐忧甚至是恐惧也伴随而来。狗的世界并不是一个独立的乐园，任由它们的天性舒展和发展，毕竟它们隶属于这个以人为主导的社会。尽管围绕在宠物狗身边的既有像钟点工兰姨、珍姨这样充满爱心、珍视每一个体生命的朴实之人，但也有对这一群体恶语相向、肆意伤害的人。狗狗们所处的社会生态并不容乐观，不论是乐乐所遭遇的无端索赔案，一些工作人员无礼的盘问，还是面对霸道同类的欺负伤害，那些暗处隐藏的毒手，使得狗狗的权益无处申诉，这点从狗的户口办理上就可

① 李兰妮：《我因思爱成病——狗医生周乐乐和病人李兰妮》，人民文学出版社 2013 年版，第 295 页。
② 李兰妮：《我因思爱成病——狗医生周乐乐和病人李兰妮》，人民文学出版社 2013 年版，第 296 页。
③ [英] 布莱特·特纳：《身体与社会》，马海良、赵国新译，春风文艺出版社 2000 年版，第 187 页。

清晰看出。社会把这群动物当作负累、依附之物，而并非可以与人分享，有着与人一样的喜怒哀乐和孤单寂寞的生命个体。

爱，仍是如此稀缺的资源。一个人有爱，尊重生命，无论是对他人还是对自己，这是不是可以作为一个社会健康的标准？一个健全、健康的社会若能顺应人的生命潜能，满足并实现生命本能和内心深处的需要，人的生命世界一定会更加灿烂。这一点也应该适应于社会中所有的生命个体，包括一只狗，或者一只猫。

回到书名《我因思爱成病》，该语出自《圣经》，但实属李兰妮的身心自况。在这里，“爱”不是空灵缥缈的事物，它是病人李兰妮在检索成长和生活病痛的经历后发自内心的切近实有的吁求与呐喊，也是希望在与一切生命的交往中得以践行的理念；它指向个体的生命成长，也指向沉疴在身的社会时代的病症。李兰妮在书的开头引用了《圣经》的名言：“爱是恒久忍耐，又有恩慈。”“凡事包容，凡事相信，凡事盼望，凡事忍耐。”“爱是永不止息。”这种爱的哲学，指向生命的完整性，以及从这种完整性而来的生命的能力，它关乎生命以什么为准绳，以什么为内涵，以什么为盼望。现代人也谈爱，但那多半是残缺的爱，不是他们不愿意爱，而是他们没有能力爱。爱的匮乏，是因为生命的无能；生命的无能，又因为人的欲望、局限、叛逆和罪，使得人生命中的光亮日益黯淡，从而失去了肯定的力量。生命的拯救，首先是要恢复爱的信仰，无所爱，也就无所信；无所信，就无从肯定，生命就容易被黑暗和绝望所劫持。

在李兰妮的《我因思爱成病》一书里，讲述的也许只是个体的见证，是人与人、人与动物交流的一些片段，但我们能在阅读中，感受到那个爱心苏醒的过程，也能由此分享爱的力量、爱的甜美。正是在这个意义上，李兰妮完成了文学与疾病相遇的生命书写，以及她对爱的独特礼赞。

原载《文艺争鸣》2013年第9期

漫说“非虚构”

雷达

一位海归友人对我说，在中国，小说家的地位还是很显赫的，文学的荣誉百分之七八十归于小说家，剩下的百分之二三十，才归于纪实作家或其他作者；而在欧美一些发达国家，尤其是美国，虚构与非虚构至少是平分秋色，甚至，非虚构作品占的份额还要大一些。这已成为近些年来新的阅读风尚。我没有深入地调查研究，不敢妄言，但他的话却引发了我对“非虚构”的思索。

早在20世纪中叶，一些美国作家发表了一些非虚构作品，中国读者最为熟悉的当然是杜鲁门·卡波特的《冷血》和诺曼·梅勒的《刽子手之歌》。这两部作品都以杀人犯为主角，描述了杀人犯也非彻底“冷血”。作品皆取材于真实案例，但都进行了文学性扩写，采访的深度和所下的功夫之大，不亚于写一部大部头的长篇小说。它们拥有新闻报道和法律陈词无法表达的复杂性、深刻性和丰厚性，在当时，甚至被誉为“当代文学的巅峰”。1973年，汤姆·沃尔夫编辑出版了著名的文学选集《新新闻》，收纳了不少杰出的非虚构作家的作品。于是，推波助澜，在美国兴起了一个“新新闻主义”或“非虚构小说”的浪潮。这是否即是非虚构的源头呢？

我想不是。非虚构的历史不应该从卡波特算起。依我有限的，但也是尽可能搜索之后的范围来看，我认为非虚构的开山者或鼻祖型人物应该是茨威格。正如译者舒昌善所说，虽然茨威格在给友人的信中说，“出于绝望，我正在写我一生的历史”，但《昨日的世界》并非他的自传和生平，作品的副题是“一个欧洲人的回忆”，它又不同于一般的回忆录，茨威格写他亲身经历的事件、人物，在此基础上，写他对时代的感受，他对世界的看法，特别是写出了时代的氛围和人们的心态。他在1941年还写了《巴西：未来之国》，茨威格总体的风格是客观陈述，娓娓道来，他总是从历史、地理、文化等脉络入手，展现被遮蔽的巨大的事象的真实和心灵的真实。目前，“非虚构”虽然没有公认的定义，似乎也不可能有，但茨威格这种既非自传也非回忆录，重在目击、见证，揭示心灵的真实的写法，却奠定了非虚构的某种本质特征。他的《异端的权利》

对加尔文的心理的惊心动魄的刻画，一点儿也不比《冷血》差，他在《人类群星闪耀时》的序中说："历史是真正的诗人和戏剧家，任何一个作家都甭想去超过它。"

所以，"如何讲述真实"是非虚构的核心问题。如何准确地表现时代精神、心灵真相，如何抓住典型特征，一下子就从各种毛糙的感受中一把拎出那最耀眼的细节，是考验作家的时刻。如何活生生地、毛茸茸地表达我们这个时代，是非虚构的重要命题。奈保尔曾谈到"作家视角"的问题。他讲述了"从看不见到看见"的过程，其实，就是"如何呈现真实"的另一种说法。"对一切都不视为想当然，每时每刻都看到、触摸到而且感觉到，以一种宗教的方式来赞美这个实体的世界"，如此，作家便会"看到更多"；否则，如果习焉不察，肤浅地看待世界，那么，世界依旧会被遮蔽着。

《寻路中国》是彼得·海勒斯目前在中国出版的三本非虚构作品中最好的一部（其余两部是《江城》《奇石》）。他也是让"非虚构"三个字在中国大陆得以普及化的作家之一。他在《我的老师麦克菲》中谈到有关"非虚构"的定义。他说，这种体裁至今还没有一个令人满意的名称。一些人称之为"记述性非虚构作品""创意性非虚构作品""文学类非虚构作品"或"长篇新闻报道"。在彼得·海勒斯看来，"非虚构"以否定的句式下定义，本身就是个奇怪的词。但在普林斯顿大学开设"非虚构写作课"的教授约翰·麦克菲（也是彼得·海勒斯的老师）强调：名称并不重要；重要的是，几十年来——事实上，近一个世纪以来——这类作品在美国愈加受人重视。美国是个大国，读者众多，需要能支撑得起《纽约客》这种周发行量超过百万的杂志，而这正是非虚构作品在支撑着它。

在我国，"非虚构"逐渐成为一种现象和潮流，大约开始于2010年《人民文学》编辑部首倡的"人民大地·行动者"计划及其开辟的"非虚构"专栏。不少作家有意抛却文学的虚构性，从书斋中"出走"，走向都市企业，打工族群，民居民宅、田间地头，甚至埋头于厚厚的历史卷宗，以"田野调查"的方式记录现实生活中某一群体或个体的口述或记忆。这种"走向民间""以写作见证时代"的风气甚至形成了一股不小的"中国非虚构"写作潮。非虚构在当下中国，其介入现实的方式及其表现对象的特殊性，在于对被淹没的真相的重新发现，在于对被遮蔽的现实的"去蔽"，而不在于情节是否生动，想象力是否雄奇。当通向真实的通道并不通畅时，作家试图用一种新的语汇、新的对话方式，或者一种新的体验方式完成一种文本的意义和结构，该是一种曲径通幽的意义呈现。

事实上，非虚构倡导者和部分写作者对于这一概念本身包孕的内涵已有较为清醒的自觉。他们以较为清晰的口号和栏目标举“见证者”“亲历者”“记录者”的身份，以免陷入与其他文类的纠缠，认为与传统文学纯粹“虚构”的区别在于，非虚构也是一种抵达真实的方式；它与以“重大事件”为中心的新闻式的写作和以“时代报告”重大题材为主的“报告文学”之间的差异在于，发现、见证、记录那些被时代洪流所遮蔽的暗流涌动。这样的自觉和争论在美国、法国、英国、匈牙利等国家已讨论过，并不是新鲜话题。我们关于非虚构的讨论却“迟来”了半个多世纪。

总之，渴求真实的诉求反映在文学上，便是当下中国文学非虚构写作勃兴的真实动因。在中国，“非虚构”虽是舶来品，但大众对真实的渴望却由来已久。从这个意义上讲，即使非虚构的概念和观念是舶来的，也将经历有效的中国化过程。倘若我们能像印裔英国作家奈保尔那样，以惜字如金的态度对待非虚构写作，中国有理由出现很多高品质的非虚构作品。

原载《文艺报》2015年8月5日

| 编后记 |

在中国文学史、学术史乃至出版史上，1930年代中期，由上海良友图书印刷公司编选出版的《中国新文学大系》是一座公认的纪念碑。该文集出自编辑赵家璧的创意，借用日本出版界的“大系”编撰体例，将五四新文化运动以来新文学的第一个十年（1917年至1927年）中最优秀的文学作品，以西方文学的体裁分类法——四分法——编辑到一起。该书成为中国最早的大型现代文学选集，为后人研究新文学发展提供了珍贵的史料。更重要的是，作为中国新文学最初的整体亮相，《中国新文学大系》通过对经典作品的认定，确立了“文学”的标准，奠定了中国新文学史写作的体例、原则与基本框架。

《深圳新文学大系》的编撰构思，自然不无《中国新文学大系》的启发，但是，在八十年之后编撰这样一部以“深圳”为名的“新文学大系”，却无意于复制前者的成功经验，它定位于“以深圳文学讲中国故事”——通过浓缩改革开放以来整个中国城市化进程中的深圳故事，再现当代中国近四十年来发生的巨大而复杂的历史变化以及与之相伴生的情感与心理变化。具体而言，就是通过对近四十年来深圳的各类文本的纂集，不仅要记录这个城市的现实变化与精神脉动，而且要显示流灌于其中的当代中国的激情和梦想。

深圳并不是一座普通的中国城市。作为中国改革开放的试验田，深圳故事是中国当代社会和文化变革的寓言，是“中国故事”中最具华彩的乐章。坊间曾有一个说法，形象地说明了深圳之于“中国故事”的意义：“要知道中国的历史，五千年看山西，三千年看陕西，一千年看北京，一百年看上海，四十年看深圳。”一百年前，呱呱坠地的白话文学记录了古老中国在步入现代之门时的躁动、困窘与渴望，这份记录如今已经成为我们辨识历史、探寻未来的一个基本参照。从某种意义上说，深圳四十年来的“新文学”也同样可以被看作是中国步入一个新的时间门槛的记录。

中国近四十年来的现代化、城市化实践见证了众多城市的崛起和发展，如同《看不见的城市》（卡尔维诺）中马可·波罗将世界上所有的城市都视为自己的故乡威尼斯的影子，对于《深圳新文学大系》的编撰者和评论者而言，从1980年代中期开始，所有的中国城市都是深圳的影子。

深圳作家邓一光曾指出，深圳文学的重要特点是其表现的强烈的“漂泊感”和“悬浮性”。它表现为异乡生活的内心焦虑、现代化生活的挤压、身份确认的恐慌、文化的盲目与盲从，等等。很显然，邓一光总结的这种情感体验并非仅仅属于深圳，它同时是正在经历人类历史上最为壮阔的城市化进程中所有中国人的情感结构与集体无意识。换言之，我们记录的深圳，不仅仅是一个地理概念，一个空间概念，同时还是一个时间范畴，一个历史范畴。正是在这一意义上，这部全新的“大系”虽以“深圳”为名，讲述的却是正在发生的“中国故事”。

新的中国故事需要一种新的讲述方法。诞生于1930年代的《中国新文学大系》及其确立的“中国现当代文学史”写作模式，通常采用文学体裁分类法，即以“小说”“诗歌”“戏剧”“散文”四种文类作为基本的结构方式。近年这种分类方式受到了越来越强烈的质疑，除了因为这种分类法完全照搬历史不长的现代西方文学制度外，更重要的是这种纯文学分类方法常常遮蔽了文学实践所蕴含的更为丰厚的文化政治内涵。《深圳新文学大系》将近年学界的理论反思转化为具体的文学史实践，打破“纯文学”的体裁限制，采用主题学的分类原则，选取“新城市文学”“打工文学”“底层文学”“非虚构写作”“网络文学”“青春写作”“新移民文学”“诗歌人间”等虽然创生于深圳，但其意义远不局限于深圳的文学—文化政治范畴，展开知识考古与思想辨析。每一主题单独成卷，由相关作品、评论以及选编者撰写的导言组成。

我们希望兼具“文学史”与“作品选”双重功能的《深圳新文学大系》不仅在“问题与方法”层面为“中国当代文学史”的写作提供启示，同时，还能为“中国故事”的讲述提供新的视野与动力。

《深圳新文学大系》编委会

敬启

为纪念中国改革开放及深圳经济特区建立40周年的伟大成就，在深圳市宣传文化事业发展专项基金的支持下，本社致力于“以深圳文学讲中国故事”，先后组织、编撰和出版了包括《深圳新文学大系》在内的反映深圳—中国改革开放成就的系列书籍。本书即为此系列中的一本。

在本书的编撰及出版过程中，我们联系到大部分选文的作者，他们同意将作品列入《深圳新文学大系》出版。但由于作者面广，仍有部分作者和译者未能取得联系。请作者和译者看到本书后与我社联系，我们将尽快奉寄样书和稿酬。

此外，在《深圳新文学大系》的编辑过程中，在尽可能客观记录和呈现深圳文学筚路蓝缕的足迹的同时，我们按照相关出版政策以及现代出版规范的要求，对选文中的个别文字进行了技术处理，敬请作者、译者谅解。

诚致谢意！

联系人：张梅

电话：0755-83460012

E-mail：3034419623@qq.com

海天出版社